"十二五"普通高等教育本科国家级规划教材

文学欣赏与创作（第三版）

袁勇麟　冯汝常／主编

WENXUE
XINSHANG YU
CHUANGZUO

四川大学出版社

责任编辑:徐　燕
责任校对:王　冰
封面设计:墨创文化
责任印制:王　炜

图书在版编目(CIP)数据

文学欣赏与创作 / 袁勇麟,冯汝常主编. —3 版. —成都:四川大学出版社,2018.11(2021.12 重印)
ISBN 978-7-5690-2606-1

Ⅰ.①文… Ⅱ.①袁… ②冯… Ⅲ.①文学欣赏-高等高校-教学参考资料②文学创作-高等学校-教学参考资料　Ⅳ.①I06②I04

中国版本图书馆 CIP 数据核字(2018)第 270829 号

书名	文学欣赏与创作(第三版)	
主　编	袁勇麟　冯汝常	
出　版	四川大学出版社	
地　址	成都市一环路南一段 24 号(610065)	
发　行	四川大学出版社	
书　号	ISBN 978-7-5690-2606-1	
印　刷	四川盛图彩色印刷有限公司	
成品尺寸	185 mm×260 mm	
印　张	24.5	
字　数	596 千字	
版　次	2019 年 1 月第 3 版	
印　次	2021 年 12 月第 2 次印刷	
定　价	62.00 元	

◆读者邮购本书,请与本社发行科联系。
　电话:(028)85408408/(028)85401670/
　(028)85408023　邮政编码:610065
◆本社图书如有印装质量问题,请
　寄回出版社调换。
◆网址:http://press.scu.edu.cn

版权所有◆侵权必究

目 录

绪 论 …………………………………………………………………………（1）

第一章 散 文 …………………………………………………………………（8）
第一节 散文的含义、特征与种类 ……………………………………（8）
一、散文的含义 ……………………………………………………（8）
二、散文的特征 ……………………………………………………（9）
三、散文的种类 ……………………………………………………（9）
第二节 名家名作导读 …………………………………………………（10）
一、散文发展简史 …………………………………………………（10）
二、散文名作导读 …………………………………………………（13）

  论　语（节选）……………………………………………（13）
  庄　子　庄子·逍遥游 …………………………………（15）
  司马迁　史记·淮阴侯列传 ……………………………（19）
  梁启超　少年中国说 ……………………………………（26）
  鲁　迅　现代史 …………………………………………（30）
  周作人　故乡的野菜 ……………………………………（32）
  郁达夫　水样的春愁 ……………………………………（33）
  何其芳　独　语 …………………………………………（37）
  梁实秋　雅　舍 …………………………………………（39）
  傅　雷　傅雷家书（选一）………………………………（41）
  唐　敏　女孩子的花 ……………………………………（43）
  余秋雨　一个王朝的背影 ………………………………（46）
  王小波　一只特立独行的猪 ……………………………（58）
  苇　岸　大地上的事情（节选）…………………………（60）
  琦　君　髻 ………………………………………………（64）
  余光中　听听那冷雨 ……………………………………（67）
  林燿德　宠物 K …………………………………………（71）
  也　斯　在地下车读诗 …………………………………（72）
  董　桥　中年是下午茶 …………………………………（75）

柯清淡　五月花节……………………………………………………（76）
　　　周腓力　幽自己一默…………………………………………………（81）
　第三节　散文写作………………………………………………………………（87）
　　一、写作理论…………………………………………………………………（87）
　　二、写作练习…………………………………………………………………（89）

第二章　小　说………………………………………………………………………（93）
　第一节　小说的含义、特征与种类……………………………………………（93）
　　一、小说的含义………………………………………………………………（93）
　　二、小说的特征………………………………………………………………（94）
　　三、小说的种类………………………………………………………………（95）
　第二节　名家名作导读…………………………………………………………（97）
　　一、小说发展简史……………………………………………………………（97）
　　二、小说名作导读……………………………………………………………（97）
　　　短篇小说部分………………………………………………………………（99）
　　　白行简　李娃传………………………………………………………（99）
　　　冯梦龙　金玉奴棒打薄情郎（存目）…………………………………（103）
　　　朱　定　关连长…………………………………………………………（105）
　　　王　蒙　组织部来了个年轻人（存目）………………………………（111）
　　　汪曾祺　受　戒（存目）………………………………………………（112）
　　　陈启佑　永远的蝴蝶……………………………………………………（114）
　　　刘震云　一地鸡毛（节选）……………………………………………（115）
　　　郭美玲　有毒物品………………………………………………………（119）
　　　秦　俑　我的网恋手记…………………………………………………（120）
　　　毕飞宇　相爱的日子（存目）…………………………………………（122）
　　　中篇小说部分……………………………………………………………（124）
　　　三国志平话（节选）……………………………………………………（124）
　　　沈从文　边城（存目）…………………………………………………（127）
　　　张爱玲　金锁记（存目）………………………………………………（129）
　　　刘索拉　你别无选择（节选）…………………………………………（130）
　　　池　莉　烦恼人生（节选）……………………………………………（141）
　　　严歌苓　谁家有女初长成（存目）……………………………………（149）
　　　毕飞宇　青　衣（节选）………………………………………………（150）
　　　东　西　不要问我（存目）……………………………………………（158）
　　　叶兆言　马文的战争（节选）…………………………………………（159）
　　　胡学文　命案高悬（存目）……………………………………………（162）

长篇小说部分……………………………………………………(164)
　　　　吴承恩　西游记　第十四回——心猿归正　六贼无踪……(164)
　　　　金　庸　倚天屠龙记（存目）……………………………(171)
　　　　琼　瑶　几度夕阳红（存目）……………………………(173)
　　　　黄　易　大唐双龙传（存目）……………………………(175)
　　　　都　梁　亮　剑（存目）…………………………………(176)
　　　　安妮宝贝　彼岸花（存目）………………………………(178)
　　　　张牧野　鬼吹灯（存目）…………………………………(181)
　　　　王晓方　驻京办主任（存目）……………………………(184)
　　　　莫　言　蛙（存目）………………………………………(185)
　第三节　小说写作………………………………………………(187)
　　一、写作技巧……………………………………………………(187)
　　二、写作练习……………………………………………………(189)

第三章　诗　歌……………………………………………………(192)
　第一节　诗歌的含义、特征与种类……………………………(192)
　　一、诗歌的含义…………………………………………………(192)
　　二、诗歌的特征…………………………………………………(192)
　　三、诗歌的种类…………………………………………………(195)
　第二节　名家名作导读…………………………………………(196)
　　一、诗歌发展简史………………………………………………(196)
　　二、诗歌名作导读………………………………………………(201)
　　古典诗歌部分……………………………………………………(201)
　　　　孔雀东南飞……………………………………………(201)
　　　　陶渊明　归园田居……………………………………(204)
　　　　骆宾王　在狱咏蝉·并序……………………………(206)
　　　　王　维　竹里馆………………………………………(207)
　　　　李　白　梦游天姥吟留别……………………………(208)
　　　　杜　甫　登　高………………………………………(209)
　　现代诗歌部分……………………………………………………(211)
　　　　郭沫若　天　狗………………………………………(211)
　　　　闻一多　发　现………………………………………(213)
　　　　徐志摩　偶　然………………………………………(215)
　　　　李金发　有　感………………………………………(217)
　　　　戴望舒　我的记忆……………………………………(220)
　　　　冯　至　十四行诗·26 ………………………………(223)

冯　至　十四行诗·27 ·· (225)
　　艾　青　手推车 ·· (226)
　　穆　旦　春 ··· (228)
　　蔡其矫　川江号子 ·· (230)
　　曾　卓　悬崖边的树 ··· (233)
　　食　指　这是四点零八分的北京 ··· (235)
　　北　岛　在黎明的铜镜中 ·· (237)
　　舒　婷　惠安女子 ·· (239)
　　顾　城　一代人 ··· (241)
　　顾　城　远和近 ··· (242)
　　海　子　亚洲铜 ··· (243)
　　韩　东　有关大雁塔 ··· (245)
　　于　坚　0档案（节选） ·· (247)
　　翟永明　潜水艇的悲伤 ·· (250)
　　纪　弦　你的名字 ·· (253)
　　余光中　白玉苦瓜 ·· (255)
　　洛　夫　石室之死亡（选四） ·· (258)
　　郑愁予　错　误 ··· (260)
　　马　朗　北角之夜 ·· (262)
　　也　斯　寒夜·电车厂 ··· (264)
　　苇　鸣　蠔境意象十首（节选） ·· (266)
　　陶　里　过澳门历史档案馆 ·· (268)

第三节　诗歌写作 ·· (271)
　一、古诗写作 ··· (271)
　二、新诗写作 ··· (275)
　三、写作练习 ··· (283)

第四章　影视文学 ·· (286)

第一节　影视文学的含义、特征与种类 ··· (286)
　一、影视文学的含义 ·· (286)
　二、影视文学的特征 ·· (286)
　三、影视文学的种类 ·· (287)

第二节　名家名作导读 ·· (288)
　一、影视文学发展简史 ··· (288)
　二、影视名作导读 ··· (294)

电影部分……………………………………………………………………………(294)
　小城之春（1948）…………………………………………………………………(294)
　大闹天宫（1961—1964）…………………………………………………………(296)
　英雄本色（1986）…………………………………………………………………(298)
　红高粱（1987）……………………………………………………………………(300)
　倩女幽魂（1987）…………………………………………………………………(302)
　胭脂扣（1988）……………………………………………………………………(304)
　悲情城市（1989）…………………………………………………………………(305)
　阿飞正传（1990）…………………………………………………………………(307)
　黄飞鸿Ⅰ（1991）…………………………………………………………………(309)
　牯岭街少年杀人事件（1991）……………………………………………………(310)
　暗恋桃花源（1992）………………………………………………………………(313)
　霸王别姬（1992）…………………………………………………………………(314)
　喜　宴（1993）……………………………………………………………………(316)
　大话西游（1994）…………………………………………………………………(318)
　阳光灿烂的日子（1994）…………………………………………………………(319)
　女人四十（1995）…………………………………………………………………(321)
　甜蜜蜜（1996）……………………………………………………………………(323)
　榴莲飘飘（2000）…………………………………………………………………(325)
　一　一（2000）……………………………………………………………………(327)
　卧虎藏龙（2000）…………………………………………………………………(329)
　十七岁的单车（2000）……………………………………………………………(331)
　无间道（2002）……………………………………………………………………(332)
　可可西里（2004）…………………………………………………………………(334)
　孔　雀（2005）……………………………………………………………………(335)
　三峡好人（2006）…………………………………………………………………(337)
　疯狂的石头（2006）………………………………………………………………(338)
　唐山大地震（2010）………………………………………………………………(341)
　让子弹飞（2010）…………………………………………………………………(342)
　无问西东（2018）…………………………………………………………………(344)

电视剧部分…………………………………………………………………………(346)
　名著改编剧：《围　城》（1990）…………………………………………………(346)
　历史剧：《雍正王朝》（1997）……………………………………………………(347)
　公安剧：《永不瞑目》（1999）……………………………………………………(348)
　传奇剧：《大明宫词》（1999）……………………………………………………(349)
　商业题材剧：《大宅门》（2001）…………………………………………………(351)

　　青春剧：《情深深雨蒙蒙》(2001) ……………………………………… (352)
　　农村剧：《刘老根》(2002) …………………………………………… (353)
　　都市情感剧：《中国式离婚》(2004) ………………………………… (354)
　　革命历史题材剧：《亮　剑》(2006) ………………………………… (355)
　　军旅题材剧：《士兵突击》(2006) …………………………………… (356)
　　情景喜剧：《武林外传》(2006) ……………………………………… (357)
　　谍战剧：《潜伏》(2009) ……………………………………………… (358)
　　穿越剧：《步步惊心》(2011) ………………………………………… (360)
　　宫斗剧：《甄嬛传》(2011) …………………………………………… (361)
　　权谋剧：《琅琊榜》(2015) …………………………………………… (362)
　　反腐剧：《人民的名义》(2017) ……………………………………… (364)
　第三节　影视剧本写作……………………………………………………… (365)
　　一、影视剧作的含义及特性………………………………………………… (365)
　　二、影视剧本格式………………………………………………………… (367)
　　三、影视剧本写作的基本元素与要求……………………………………… (370)
　　四、文学作品的影视剧改编……………………………………………… (373)
　　五、写作练习……………………………………………………………… (374)

参考文献 ……………………………………………………………………… (376)

附　录 ………………………………………………………………………… (381)
　一、常用文学阅读、研究网站……………………………………………… (381)
　二、文学刊物目录…………………………………………………………… (381)

后　记 ………………………………………………………………………… (383)

绪 论

《易经》云:"文明以止,人文也。观乎天文,以察时变;观乎人文,以化成天下。"(《贲卦·彖辞》)作为人文成果之一的文学,是人类特有的一种具有审美特征的语言艺术,它在"人文化成"中的作用是巨大的。中国的儒家把《诗经》当作教育弟子的经典,后世的科举还曾经把诗、赋、散文等列为封建士子学习与考试的内容,明太祖朱元璋曾说《琵琶记》"富贵家必不可少",近代梁启超甚至提出了"欲新一国之民,必新一国之小说"等观点。

那么,什么是文学呢?从中国文化发展史看,文学曾经从属于史学与经学,所谓文史哲一家也道出了文学的渊源与从属地位。从类别上看,文学是与史学、哲学、经济学、法学等学科并列的一种艺术,它属于人文学科。章炳麟曾说:"文学者,以有文字著于竹帛,故谓之文;论其法式,谓之文学。"(《国故论衡·文学总略》)西方学者韦勒克也有类似观点:"文学研究不仅与文明史的研究密切相关,而且实在和它就是一回事。在他们看来,只要研究的内容是印刷或手抄的材料,是大部分历史主要依据的材料,那么,这种研究就是文学研究。"(《文学理论》)似乎文学就是人文,但是问题并不这么简单。傅道彬、于茀在《文学是什么》一书中谈到文学概念时的语言描述就十分耐人寻味,指出"文学作为人类一种重要的精神活动方式,正是用来满足人类精神需要的","从这一意义来讲,文学不是别的,文学正是人类的一种生存方式"(见该书引论,第4页)。把文学提高到一种生存方式的高度正是看出了文学作用于人的情感需要这一特殊功能。那种把文学看作是一种打发无聊时间的消遣或作为附庸风雅的装饰的认识是非常肤浅的。在这个物质世界已经变得发达的时代,文学必定会成为人类精神生活的一部分,是与现实物质世界生活相和谐的精神世界的组成部分。

南帆主编的《文学理论》(新读本)在追问"文学是什么"的时候,说"可以从文学理论史上发现,历代的文学研究似乎都无法顺利地解开这个谜语——文学是什么","文学似乎在坚定地拒绝定义的召唤,拒绝向世界敞开自己的秘密"。这不仅使文学理论"极大地降低了威信",而且也使文学研究在寻找自身身份的时候遭遇了来自自身的怀疑。认为"任何声称对'文学是什么'拥有永恒、绝对的答案的文学理论,都只能是一种虚构和幻想",所以,该书从"文学是什么"转向了"什么是文学"的探讨,即"在特定的历史语境指认什么是文学",也即从对"文学本体论的思考途径转向认识论的和功能论的思考",所得出的"合乎逻辑的选择是,文学就是一个特定历史语境中的社会认为是'文学'的任何文本"。这个关于"文学"定义的选择显然很高妙,它离开具体内容从形而上的角度进行的解析,使人们对文学概念的期待增加了几分玄妙。

在《文学是什么》一书中,著者既对"文学是语言艺术吗"进行了辨析,又对文学

"是美的还是真的""是闲暇的游戏还是布道的牧师"等命题进行了选择性考问,让普通的"文学"一词的解释变得有难度而深邃,能感知又不易言说。

其实,假如我们放低姿态,在常识性与普通意义上分析文学的本质属性并进行界说,应该不会无所适从。就本质而言,首先,文学的属性是一种语言表达艺术,无论口头语言还是书面语言,都需要经过艺术加工才会获得文学性;其次,文学诉诸感情,能够通过语言所承载的信息感动人是文学的追求;再次,文学是人们需要的非物质化的"食粮",它作用于人的精神世界。因此,我们认为所谓文学可以这样界说,即文学是一种用语言承载感情的艺术表达方式,是凝结人类精神向往与需求的高尚艺术。

德国语言学家海德格尔对文学语言有过这样的描述:语言却是连接完满深厚感觉之大地与崇高无畏精神之天空的路径……语言敞开的是这样一个领域,在这个领域中,处于天地之间的人栖居在世界之家中。这也证明了文学艺术的语言特色,即它是一种凝结与承载着人类精神向往与需求的高尚艺术。由于文学艺术这种与人的精神世界的联系,使得它在以往、当今乃至后世都是一种重要的语言艺术。也正因如此,进行文学欣赏就成了我们作为社会人的一种精神需求。

在今天传媒发达的信息时代,人们可以通过影视、互联网、手机等媒介获得图像、音乐、文字、声音、动画等多种信息,人们的精神世界也获得了前所未有的信息沟通。但是,这都不能够表明人们已经不需要文学欣赏与有关欣赏理论的指导了。恰恰相反,在信息化时代,人们比以往任何时候都更需要文学欣赏与欣赏理论的指导。这主要表现在以下几方面:首先,由于信息时代文学作品的传播更加快捷,大量的作品与巨量信息的出现,欣赏者需要欣赏性的选择与指导;其次,随着时代变迁,不仅古代作品因时间差异而难以理解,而且当今文学创作的手法与艺术性都在不断发展,文学欣赏已经需要专门指导才能够进行;再次,在快速发展的时代,快节奏的生活使人们的精神交往变得奢侈,让精神世界在短暂的时间内获得文学欣赏带来的精神满足,或在文学欣赏的"共鸣"中获得"精神交往",这尤其需要欣赏理论的指导,那种"操千曲而后晓声,观千剑而后识器",仅仅凭借经验的欣赏模式在今天快速发展的社会中已经变得不可奢求。

那么,应该如何进行文学欣赏呢?

从文学欣赏的实际区分,存在两种不同层次的欣赏。一是文学研究,它是一种注重创作规律、艺术特点的理论层次的欣赏;二是文学作品欣赏,它往往是对具体文学作品的阅读感悟,侧重文本、情感、语言、思想等具体可感的作品形式与内容。一般来说,文学作品欣赏起始于语言这个媒介,读者通过可读听的语言介质,感知语言承载的意义与情感,进而深入体会文学作品的深刻思想意蕴。

在理论实践上,文学欣赏与文学批评是相互交织的。文学欣赏要结合具体的作品,"文学欣赏是读者透过语言符号去感受、理解和把握文学作品中所表现的审美意识,从而获得情感愉悦和精神满足的一种特殊心理活动"(欧阳友权等主编《文学原理》,第349页),而文学批评则是"对以文学作品为中心的一切活动和文学现象的理性分析、评价和判断"(同前书,第392页)。可见,文学欣赏多是对具体文学作品诉诸感知的一种接受,而文学批评则是对文学作品的研究评价,两者都是围绕作品进行的阅读接受,只是文学批评更具有系统理论性。但是,也不能说文学欣赏就不需要任何批评理论的介入，只是侧重点不同罢了。

进行文学欣赏，除了知道传统的现实主义与浪漫主义创作手法外，还需要了解精神分析、象征主义、原型批评、新批评等现代主义与后现代主义理论方法，针对不同文学作品可以采取不同的批评方法进行文学欣赏。

在创作方法上，现实主义是指作家在一定世界观和文艺观指导下，按照现实生活的本来面貌，以艺术化的手法展现与反映生活的一种创作手法，如杜甫的"三吏""三别"等。新写实主义是现实主义的新变。浪漫主义是指作家用想象与夸张的艺术手法，注重描绘作家理想生活的图画和主观感情，根据理想的方式来表现生活的一种创作方法，如《西游记》等。正如亚里士多德在《诗学》中所分辨的那样："他（索福克勒斯）按照人应当有的样子来描写，欧里庇德斯则按照人本来的样子来描写。"

精神分析学是以弗洛伊德精神分析理论为基础建立起来的文学批评流派，它把文学看作一种无意识活动的结果，通过寻找作家作品的动机，发掘其中存在的"症候"即特殊细节，追溯背后的因果，进而揭示或破解作品的象征意义。如研究者对莎士比亚《哈姆雷特》关于杀父娶母情结的分析即如此。

象征主义强调人的主观个性，往往以想象来创造某种带有暗示和象征性的画面，通过特定形象的综合来表达主体的观念与内在的精神世界。象征是以特定的具体形象表现或暗示某种观念、哲理或情感，运用到创作上就是一种托物取喻以抒情言志的艺术表现手法。象征主义是指整部作品都充满象征，整部作品的形象体系都具有象征性。如戴望舒的《雨巷》，整首诗就充满迷茫的象征。

原型批评是西方20世纪五六十年代流行的重要批评流派，主要创始人是加拿大的弗莱。"原型"意为最初的形式。弗莱认为最初的文学样式是神话，故原型批评也称神话原型批评，但它还涉及巫术、宗教、民俗等诸多领域。原型批评力图从文化人类学等角度通过文学作品中反复出现的各种意象、叙事结构和人物类型，寻找出其背后的基本形式即探究神话原型，进而揭示出其中蕴涵的普遍规律。

"新批评"之名源于美国文艺批评家兰色姆1941年出版的《新批评》。新批评（或称本体论批评）是英美现代文学批评中很有影响的流派之一，流行于20世纪二三十年代至四五十年代。该理论认为文学作品是一个完整的、自足的、多层次的艺术客体，文学批评应以作品为本体，通过文本细读，立足文本的语义分析，探寻作品的内在结构，并提出了语境、张力、反讽等新概念，对文学批评尤其是诗歌批评产生了深远的影响。

以上所介绍的文学批评多属于现代主义，又称现代派，是指20世纪以来具有前卫特色，与传统文艺迥然不同的各种文学流派和思潮。

如果说现代主义文学摒弃了传统文学的"反映论"而建立了"表现论"的规则与范式，那么，后现代主义则把反传统推向极端。它不仅反对传统的现实主义，也反对现代主义的各种对文学创作形成制约的新规则。它要求否定作品的整体性、确定性、规范性和目的性，主张无限制的开放性、多元性和相对性。它注重展示主体的生存状况，不做任何评价，而是让读者去思索归纳其审美价值与内涵。后现代主义摈弃了传统的"终极价值"，倡导所谓"零度写作"（作家在话语、语言结构上为所欲为，写作成为一种纯粹的表演、操作），它采用矛盾（文本中的各种因素互相颠覆）、交替（文本中对同一事物

的不同可能性的叙述交替出现)、不连贯性和任意性、极度(叙述中有意识地过度使用某种修辞手段以达到嘲弄的目的)、短路(运用某些手段中断对作品的阐释)、反体裁(故意破坏体裁的公认特点和边界)等手段,在作品中表现的生活具有明显的虚构性与荒诞性,往往也造成读者对作品进行解读的阻隔与困难。那些荒诞派戏剧、新小说派、黑色幽默、垮掉的一代、魔幻现实主义等流派都属于后现代主义。

学习这些理论对于文学作品的欣赏是必要的,当然,更重要的是阅读文学作品,它是直接获得感悟的第一步。再者,进行文学作品欣赏还要阅读有关作品赏析的文章,学习有关作品赏析的知识与方法,了解文学作品的背景与作者的经历等。当然,如果时间允许,能够通过长期的阅读获得赏析经验会更好。另外,对于各种体裁文学的发展史也需要了解,因为只有把作品放置到一定时空环境中才可以更好地理解它的思想内容与艺术价值。

从文学类别上划分,我们可以把文学作品分为诗歌、散文、小说、戏剧;从媒介形式上划分,可以分为阅读文学、讲唱文学、影视文学;从时代上划分,可以分为古代文学、现代文学、当代文学等;从国别上划分,则有中国文学与外国文学等。

就中国文学发展史来说,按照历史朝代可以分为先秦文学、两汉文学、魏晋南北朝文学、隋唐五代文学、宋代文学、元代文学、明代文学、清代文学及近代文学等几个阶段。

先秦文学是中国文学的直接源头,时间上它包括自人类产生以来至秦王朝建立前的社会发展阶段,主要文学样式有远古神话、歌谣和散文。古代神话是中国文学的源头,主要作品有《女娲补天》《鲧禹治水》《黄帝战蚩尤》《盘古开天地》《精卫填海》等。先秦诗歌以《诗经》《楚辞》为代表,风骚并举,形成了中国诗歌的现实主义与浪漫主义传统。散文有以《尚书》《左传》《国语》《战国策》等为代表的历史散文和以《论语》《老子》《庄子》等为代表的诸子散文。先秦文学不仅是后世文学的直接源头,而且儒家、道家、法家、墨家、阴阳家、纵横家、小说家、杂家、农家等"诸子百家"的出现,也对中国社会与文学的思想产生了巨大影响。

秦汉时代的文学比较简略。秦于公元前221年统一中国,建立了统一的中央集权制,但因严酷专制,秦代文学较有名的只有吕不韦门客编著的《吕氏春秋》与李斯的散文。经历楚汉战争而建立的汉王朝,文学成就以散文、汉赋和乐府诗歌为代表。散文和汉赋的代表作家主要有贾谊、司马相如、晁错、司马迁等。司马迁"成一家之言"的《史记》中的文学传记,为后世文学叙事与人物塑造树立了榜样。东汉班固的《汉书》也具有较高的史学价值和文学价值。汉乐府诗歌"感于哀乐,缘事而发",其深刻的现实主义倾向、质朴的民间性和独特的叙事方式为后世文人诗歌创作提供了有益的借鉴。无名氏《古诗十九首》为东汉文人五言诗的代表作品,具有高度的艺术造诣。

魏晋南北朝时期是中国文学的自觉与成熟期,其标志是此时不仅有了明确的"文""章"之分,而且出现了众多的文学批评作品,如曹丕的《典论·论文》,陆机的《文赋》,挚虞的《文章流别论》,刘勰的《文心雕龙》,钟嵘的《诗品》等。东汉末年的建安时期,围绕"三曹"形成了邺下文人集团,他们的作品具有悲凉慷慨、刚健有力的风格,被后世称为"建安风骨"。东晋大诗人谢灵运是第一个大力写山水诗的人,而晋末的陶渊明以纯净的田园诗歌和超然的生活态度成为彼时最有成就的诗人。此时，骈体文也盛行，出现了江淹《别赋》等众多作品。真正意义上的小说也开始出现，如以干宝的《搜神记》为代表的志怪小说和以刘义庆的《世说新语》为代表的志人小说等。

隋唐五代文学中以唐代文学成就最为突出。隋代文学成就不大。五代时期词获得发展，出现了以香艳为特色的花间词派，其中以南唐后主李煜成就为最高。唐代文学获得全面发展，唐诗不仅流传下来的作品有48900多首，而且还出现了初唐四杰、盛唐时期伟大的诗人李白与杜甫、中唐时期的白居易、晚唐时期的杜牧与李商隐等大诗人。唐代散文不仅扭转了五代以来的形式主义倾向，而且在中唐时期韩愈、柳宗元发起的古文运动的影响下，出现了大量佳作。唐传奇是用文言写的短篇小说，标志着中国古典小说的成熟。唐代的词、变文等也成为文学发展的一部分，共同形成了唐代文学的繁荣局面。

赵匡胤建立宋朝后，采取了重文抑武政策，宋代的文化与文学获得发展。宋诗走了一条与唐诗不同的道路，不仅爱议论，而且意境狭窄。宋初诗坛歌颂升平的"西昆体"曾风靡一时，后来又出现了江西诗派，南宋时期的陆游则是爱国诗人的杰出代表。词是宋代文学最光彩的明珠。宋初词坛的晏殊与欧阳修，其小令清丽可喜。柳永的慢词擅长铺叙，多用俚俗语，婉约动人；苏轼的词内容丰富，形式新颖，形成豪放词风。南宋则出现了大批爱国主义词人，如张元干、张孝祥、岳飞等。李清照因身世遭际前后词风也迥然不同，辛弃疾则继承与创新了词的豪放风格。宋代散文师承韩柳"文以载道"主张，敢于直陈时弊，出现了欧阳修、王安石、"三苏"、曾巩等六大散文名家。宋代出现了说唱文学及与之关联的话本小说，宋杂剧也获得发展。金代董解元的《西厢记诸宫调》则为王实甫撰写《西厢记》奠定了基础。

在蒙古贵族建立的元代政权，传统的诗文受到冲击，但是戏曲、散曲等俗文学获得发展。元曲包括杂剧和散曲。元杂剧现存剧目约600种，作品162种，前期作家有关汉卿、王实甫、白朴、马致远等，后期创作重心南移杭州，创作日渐式微。南戏是北宋末年产生于浙江温州一带的民间戏曲，用南曲演唱。它不同于杂剧的四折一楔子结构，结构宏大到每本戏可有几十出。其中高明的《琵琶记》成就最高，《荆钗记》《白兔记》《拜月亭》《杀狗记》"四大传奇"也较有名。话本小说中的《全相平话五种》为明清长篇小说的创作奠定了很好的基础。散曲是金元时期流行于北方的一种和乐歌唱的新诗体，它的形式自由活泼，语言通俗明快，风格朴实爽朗，具有极大的艺术感染力，如马致远《天净沙·秋思》。

在1368年建立的明朝初期，文学被压制，中期后才获得发展。历史小说《三国演义》、英雄传奇小说《水浒传》、神魔小说《西游记》、世情小说《金瓶梅》四部长篇小说被称为明代四大奇书。另外，《封神演义》《平妖传》等神魔小说也很有影响。冯梦龙编写的"三言"、凌濛初的"二拍"等话本、拟话本短篇小说集，具有较高的艺术成就。明代杂剧作家徐渭的《四声猿》形式创新，汤显祖的《牡丹亭》等"临川四梦"成就突出，影响深远。明代诗文出现过前后"七子"和"台阁体""公安派""茶陵诗派"等创作流派，但多脱离现实，成就不高。

1644年开始的清王朝是中国封建社会的最后一个帝制政权，而清代文学也是中国古典文学的终结。清代小说中，蒲松龄的《聊斋志异》是文言短篇小说的高峰，吴敬梓

的《儒林外史》代表了讽刺小说的最高成就，曹雪芹的《红楼梦》在思想与艺术上都超越前人，成为古典长篇小说的巅峰。李汝珍的《镜花缘》等才学小说想象奇特，别具一格。英雄传奇小说、历史演义小说、武侠侠义小说、才子佳人小说等也获得长足进步。清代传奇戏曲出现了洪昇的《长生殿》和孔尚任的《桃花扇》等优秀之作。在诗、文、词等方面，诗有王士禛的"神韵派"，沈德潜的"格律派"，翁方纲的"肌理派"等，词以朱彝尊的"浙西词派"和张惠言的"常州词派"等为代表。散文则以"桐城派"影响最大。可以说，清代文学获得了全面发展，也标志着中国古典文学的终结。

近代文学中，有四大谴责小说，各种各样的诗、词、文流派也不断出现，但是成就不高，其中南社成就稍有代表性。

五四时期，中国文学进入现代，无论是诗歌散文还是戏剧小说，都出现了大批名家名作。1917年，陈独秀在《新青年》杂志上发表《文学革命论》，倡导文学革命，在思想上，反对封建专制主义，提倡科学和民主；在语言上，反对文言文，提倡白话文。从此，中国文学从内容到形式都发生了巨大变革。胡适的《尝试集》是五四时期第一部白话诗集。此后"湖畔诗社""新月派""七月诗派"等不断涌现。鲁迅的《狂人日记》是现代文学史上的第一篇白话小说。"文学研究会"的茅盾、冰心、叶圣陶、王统照等人与创造社的郭沫若、成仿吾、郁达夫等，写出了反映时代内容的作品。巴金、老舍、沈从文、张爱玲、钱锺书等作家更是各具风格。戏剧文学以西方传入的话剧为主，曹禺、夏衍、阳翰笙、陈白尘、于伶、郭沫若等人的创作能够结合时代，具有鲜明的时代性。散文创作获得了大丰收，不仅有鲁迅这样的文化旗手，而且还出现了周作人、林语堂、梁实秋、徐志摩、冰心、朱自清、沈从文等一大批散文名家。

1949年，中华人民共和国宣告成立，中国文学进入当代阶段。从1949年到1966年，是文学史上称为"十七年"的时期，这个阶段的小说与诗歌具有社会主义现实主义的特征，作品主题突出，多具有教育和鼓舞人民的作用。小说有柳青的《创业史》（第一部）、杜鹏程的《保卫延安》、梁斌的《红旗谱》、吴强的《红日》、杨沫的《青春之歌》、罗广斌和杨益言的《红岩》、曲波的《林海雪原》等一大批优秀之作。诗歌以讴歌党和新时代的政治抒情诗最受欢迎，代表作有郭小川的《青纱帐—甘蔗林》、贺敬之的《回延安》等。散文则以讴歌和赞颂为主的"抒情散文"或"艺术散文"较为流行，杨朔、秦牧、刘白羽等是代表作家。在戏剧创作上，老舍的《茶馆》被誉为中国现代话剧的"经典"和现实主义话剧的高峰。郭沫若、田汉等人创作的历史剧体现出鲜明的主题性，这亦恰如鲁迅所言"政治先行，文艺后变"。

1976年"文化大革命"结束后，文学创作进入新时期，当代文学也第一次出现了现实主义美学形态之外的另一种美学形态——现代主义，如意识流小说、荒诞小说、魔幻现实主义小说等以及各种探索性、实验性的诗歌、戏剧等。小说创作进入了新的繁荣期，先是出现了刘心武的《班主任》、卢新华的《伤痕》等"伤痕小说"，稍后是鲁彦周的《天云山传奇》、高晓声的《李顺大造屋》、王蒙的《蝴蝶》、张贤亮的《灵与肉》等"反思小说"，然后是蒋子龙的《乔厂长上任记》、张洁的《沉重的翅膀》、李国文的《花园街5号》等反映20世纪80年代改革风潮的"改革小说"。再后是80年代中期的"寻根文学"，它注重探寻现代社会生活背后的民族文化和精神，代表作品有阿城的《棋王》、郑义的《老井》、王安忆的《小鲍庄》等。其他作家如汪曾祺、刘绍棠、邓友梅、冯骥才、莫言、张承志、贾平凹等，作品都各具风格。另外还有朱苏进、刘亚洲等创作的军旅小说以及以姚雪垠的《李自成》为代表的历史小说等。这个时期新的创作手法与艺术探索不断出现，如刘索拉的《你别无选择》、莫言的《红高粱》、马原的《冈底斯的诱惑》、余华的《活着》、苏童的《一九三四年的逃亡》等实验小说或先锋小说即如此，标榜以"零度叙事"的手法来表现现实生活的无奈，这些具有现代主义特色的作品是完全不同于传统的另一形态。90年代出现了池莉的《烦恼人生》、刘震云的《一地鸡毛》、方方的《风景》等"新写实小说"，他们拒绝拔高与典型，保持了日常生活的原生态叙事。新时期出现的"朦胧诗"影响深远，诗人多采用象征、隐喻和暗示等现代主义手法，注重抒发个体内心的感觉，代表作家是北岛、舒婷和顾城等人。其后相继出现的"第三代诗""新生代诗""后崛起诗潮"等创作思潮，作品更具反叛性，内容上反崇高、反英雄，形式上标新立异。进入新时期散文创作也获得了繁荣，老作家巴金、孙犁、杨绛等的作品充满真情，以贾平凹、史铁生、张洁等为代表的中青年作家，取材现实，散文写得既有美感也有深度。特别值得一提的还有学者散文或文化散文，如季羡林的《牛棚杂忆》、余秋雨的《文化苦旅》等。戏剧创作中，既有现实主义话剧的复苏，又出现了一些颇具探索意味的话剧，如川剧作家"巴蜀怪才"魏明伦的《潘金莲》等。

此外，60年来我国港澳台地区的文学名家辈出，佳作连篇，白先勇、於梨华、丛甦、也斯、西西等人的现代派小说，陈映真、黄春明、舒巷城等人的乡土小说，金庸、梁羽生、古龙等人的武侠小说，琼瑶、亦舒、岑凯伦等人的言情小说，余光中、洛夫、郑愁予、苇鸣等人的诗歌，琦君、张晓风、董桥、林燿德等人的散文，侯孝贤、杨德昌、王家卫、李安、赖声川等人的影视作品，都深受我国内地及港澳台地区读者的广泛欢迎。

自从影视剧诞生以来，影视文学也获得了发展（限于篇幅，兹不赘述）。现实生活中，影视文学的存在不仅增加了人们娱乐的选择，而且影视载体所呈现的精彩在很大程度上改变了人们的生活习惯。

以上对文学发展史的简要勾勒，旨在为文学作品的欣赏设定一个时间与空间的坐标系。进行文学作品欣赏，我们需要对文学的性质、文学批评理论、文学的发展史等进行了解，这些是欣赏文学作品的基础。本书所收录的文学作品涵盖的文体与一般文学理论划定的范围有所不同。在传统的文学理论范畴中，诗歌、散文、戏剧、小说往往成为四大文体类别。但是，由于篇幅所限，本书所涉及的文体则是散文、小说、诗歌三类及与视听文化紧密相连的影视文学。

从弘扬传统文化角度看，戏剧容纳的文化因素也许比其他文体形式更多。但是，在传媒高度发达与快节奏的现实生活中，影视文学与艺术完全可以包容戏剧，这不仅是指戏剧可以借助新媒介获得传播，而且影视文学艺术本身也完全可以容纳戏剧文学与艺术。所以，本书选择了散文、小说、诗歌与影视作为当代大学生文学欣赏的核心内容。希望读者通过本书有关作品的欣赏，能够提高文学修养，获得精神享受。

第一章 散 文

第一节 散文的含义、特征与种类

一、散文的含义

散文是我国文学的正宗,有着灿烂的历史。早在先秦文学时期,史家之文与诸子之文就曾创造过辉煌。关于散文的词语概念,宋代罗大经(约1195—约1252)首次正式提出"散文"这一名称:"益公常举似谓杨伯子曰:'起头两句,须要下四句议论承贴,四六特拘对耳,其立意措辞,贵于浑融有味,与散文同。'"(《鹤林玉露·刘锜赠官制》)不过,那时对散文文体的认识是与韵文相对立的文体样式。

五四时期,随着白话文学的发展,人们对散文的认识也有了发展。刘半农于1917年发表的《我之文学改良观》、傅斯年于1919年发表的《怎样做白话文》,是五四时期最早提出散文这个名称的。

就一般意义上说,散文的概念有广义与狭义之分。广义的散文是与韵文相对的、不讲押韵与骈俪的、以奇句单行为特征的文体,如先秦诸子散文、野史笔记、杂文、报告文学、通讯、随感录、短评、文艺性政论、国际小品、随笔、读书杂记、知识小品、历史小品、科学小品、日记、书简、传记、游记、旅行记、风土记、访问记、速写、抒情与叙事散文等。狭义的散文多指与诗歌、小说、戏剧等文体并列的一种文学样式。

但是,也有研究者认为:"狭义的散文,指的是所谓'抒情性散文',其特征,相近于'五四'文学初期所提出的'美文',后来也有人称之为'艺术散文'。而广义的散文概念,则除此之外,还包括'叙事性'的、具有文学意味的通讯、报告('报告文学'或'特写'),也包括以议论为主的文艺性短论,即'杂文''杂感'等。另外,在有的时候,文学性的回忆录、人物传记等,也会被列入散文的范围之内。"(洪子诚《中国当代文学史》)其实要认识散文的内涵,"关键在于正确把握散文的'质的规定性',因为'广义散文'与'狭义散文',是确定散文疆界之后的散文范畴内的一种分类。至于在散文范畴内使用'散文'概念时,一般是无须特别说明'广义'和'狭义'的。"(方遒的《散文学综论》)

从散文的概念上看,它存在三个层次的含义:一是与韵文相对的一切散行文字;二是与诗歌、小说、戏剧相对而言的散文文体,或称杂文学散文;三是纯文学散文。但是,对于散文的含义,通常情况下认为散文是一种结构自由灵活的文学样式,是与诗歌、小说、戏剧等文学样式并列的一种文体。

二、散文的特征

对于散文特征的认识，有多种说法，如"形散神不散""轻骑兵""工具论"等。傅德岷认为散文具有"写实性、抒情性、随意性、时代性"等特点（《散文艺术论》，第16页）；刘锡庆提出散文具有"自我性""向内性""表现性"三大审美特征，提出散文是"用来抒发情感、裸露心灵、表现生命体验的艺术性散体篇章"（《艺术散文：当代散文走向的审美规范》）。方遒的《散文学综论》认为散文具有"表现自我的主观性、排斥虚假的真实性、动笔如风的自在性、文情并茂的精美性"四大本质特征。综合各种意见，我们认为散文的文体特征主要有以下几方面。

（一）追求以真为文

小说、戏剧允许虚构，诗歌允许夸张，而散文则往往以真情、真事、真人、真物、真景等具体可感的客观世界为表现对象，可以说是以真为文。如余秋雨的《三峡》所描述的风景与人文等，皆可考证。散文家吴伯箫曾经说："说真话，叙事实，写实物实情，这是散文的传统。"真实是文学艺术的生命，也是散文的生命，而散文里的真实虽然不能够与事实画等号，但是追求以真为文是可以确定的。

（二）抒写个性特质

与追求以真为文相联系，不同作者笔下的散文往往具有独特的个性。无论是史传，还是叙事抒情，散文大多带有作家的鲜明个性特质。唐代作家韩愈的"不平则鸣"，明代公安派标举的"独抒性灵，不拘格套"等皆是证明。现当代作家在散文中更是把自我的个性与情感等表现得淋漓尽致，举凡作家的身世、性格、嗜好、思想、信仰、生活习性等，无不带有鲜明的个性印记。如梁实秋的《雅舍小品》、季羡林的《牛棚杂忆》等，从中都可以看出作者的个性来。文学既有共性也有个性，散文则注重个性的抒写。

（三）题材广泛多样

散文取材往往贴近日常生活，大凡诗歌、小说、戏剧不便于、不宜于表现的生活内容，如生活中的一段经历、一丝感触、一星冥想、一次奇遇等，无一不是散文写作的材料。可以说散文是各种文体中选材最广泛的，举凡重大事件、身边琐事、历史与现实等，或者抒情叙事，或者随笔杂感，或者鞭挞讽刺等，皆可进入散文视野，出现在作者笔端。

（四）下笔自由纵横

散文是一种结构自由灵活的文学样式，在语言、题材、结构、表现等方面，没有严格的限制和固定的模式，可以根据作者的喜好与需要，自由连缀，信笔成文。特别是散文的语言，往往灵性洒脱，既可以精致俏丽，又可以幽默诙谐，还可以辛辣嘲讽，当然豪放抒情更是其特色。

现代作家往往把一些散文称为"美文""杂文""随笔""小品文"等，就是根据其语言特色及文笔来区分的。

三、散文的种类

对于散文的分类，林非在《关于中国现代散文史研究的问题》中，将中国现代散文创作分为小品文、散文诗、杂文、报告文学四种样式；佘树森在《散文创作艺术》中，主张将散文分为抒情散文、随笔散文、纪实散文三大类；裴显生在其主编的《写作学新稿》中，把文学散文分为叙事型散文、状物型散文、议论型散文三类。

总的来说，叙事、抒情、议论是散文的三个主要大类别。

（一）记叙散文

以记叙人、事为主要内容。如果是记人，可以选取一人或多人一生中的片段来写，也可以写人物一生的主要事迹，还可以写人物的某一方面或某一特点、侧面、性格等，如《史记·淮阴侯列传》等。如果是叙事，可以是琐事，也可以是大事，目的在于以事来写作者的情绪与感受，如鲁迅之子周海婴的《鲁迅与我七十年》，以散文的笔调回忆和记述了鲜为人知的鲁迅。当然，写景记游状物多描述风景、文物、风情等，寄托作者对历史、文化、民俗、家国等方面的感慨与感想，如余秋雨的《一个王朝的背影》等。

（二）抒情散文

抒情散文是一种以抒发感情为主的散文，其特点是借景抒怀、即事抒情、托物言志等。抒情的形式可以是直抒胸臆的写情，如写对某某琐事不亦乐乎、不亦快哉、不亦妙哉的心情等；可以在叙事过程中渗透感情因子，如朱自清的《背影》；可以借景或托物抒情，如唐敏的《女孩子的花》、周敦颐的《爱莲说》等。

（三）议论散文

议论散文是指以形象的议论来表现作者思想情趣的散文。它主要通过作者对某人某事的见解来揭示其蕴涵的理或趣，如王小波的《一只特立独行的猪》等。也有类似寓言的寄托，如鲁迅的《现代史》等。也有研究者把杂文、小品文等都看作是议论散文。

第二节　名家名作导读

一、散文发展简史

中国散文的发展史，自有文字始。殷商到战国时期，是我国散文由萌芽初发到基本成熟阶段。记载历史事件的叙事散文因我国古代发达的史官文化率先成长起来。从甲骨卜辞到《春秋》《左传》《国语》《战国策》等，叙事散文逐步成熟。先秦说理散文中的《论语》《老子》《孟子》《庄子》《韩非子》等，不仅确立了说理文体制与形象化的说理方式，也为后世提供了丰富的文学语言范式。"他们散文的共同特点就是把思想的论辩、哲理的阐述和文学的形象紧密地结合在一起。"（傅德岷《散文艺术论》）

秦朝散文作家以李斯独出冠时，《吕氏春秋》亦以"一字千金"的豪情在文学史上留下足印。汉代散文应是那个时代众多文体中备受青睐的一类，此时新出现的"赋"介于诗与散文之间，成为时代的宠儿；而将汉代历史散文推到顶峰的则是司马迁的《史记》，其作为我国传记文学的开端，成为后代散文家翕然宗之的楷模。

在魏晋南北朝这个文学自觉的时代，曹丕、刘勰等一批文学理论家提出各种为文与鉴赏之法。"魏晋南北朝时期散文已经摆脱对史哲的依附地位而进入自觉自立阶段。文论家以'欲丽'相号召，促进散文向文学化发展，但随之而起的形式主义文风，愈演愈烈，以致泛滥成灾。"（朱世英、方遒、刘国华《中国散文学通论》）

初唐文坛，陈子昂首举复古大旗，批评"文章道弊五百年矣"（《与东方左史虬修竹篇序》），揭开了唐代诗文革新的序幕。至韩愈、柳宗元的"古文运动"，陈子昂的"风雅兴寄"的革新口号，被进一步确立为"文以明道"的理论主张，强调创新不因循，并重视作家的道德修养与文章的情感力量。到了宋代，欧阳修再举"文道并重"之说，认为"道纯则充于中者实，中充实则发为文者辉光"（《答祖择之书》）。在这位宋代文学最早开创一代文风的文坛领袖的带领下，古文创作业绩大增。

明代散文以李梦阳为首的前七子及以李攀龙为首的后七子为复古派代表，重视文学的独立地位，将复古的目的与文学刻画真实人生的追求相联系。唐宋派宗唐宋八大家之古法，而晚明李贽的"童心说"与公安派的"性灵说"，追求真情勃发的自然美以及个性解放的人生自由，将明代散文创作及思想理念提升到了另一个高度。清初出现的"古文三大家"——侯方域、魏禧、汪琬，成为桐城派的嚆矢。清代中叶以"义理、考据、辞章"为主要理论格局的桐城派，无疑是清代文坛的蔚蔚大派。

五四新文化运动的勃兴、对外国散文的介绍以及现代报刊的创办，使中国现代散文萌芽于"文学革命"与"思想革命"中。五四时期创立的新型散文有各种体裁样式，以性质和功用区分，主要分为议论性散文和记叙抒情散文两大类。1918年4月《新青年》首先开辟《随感录》专栏，专登短小泼辣的议论文字，这些具有文学意味的杂感短评便是后来统称为"杂文"一类作品的先导。鲁迅在这方面的贡献是众所公认的，他是中国现代杂文的开山大师和最杰出的代表。记叙抒情的白话散文几乎与杂感短评同时发轫于五四文学革命初期，以众多的记游之作开头，出现了一批游记名家和游记专集，如瞿秋白的《赤都心史》、冰心的《寄小读者》等。散文诗出现了鲁迅的《野草》这样的艺术丰碑。抒情小品从《晨报副刊》的《浪漫谈》专栏上起步，发展到《小说月报》的《创作》专栏，名篇迭出。

1927年大革命失败后，现代散文出现过短暂的沉寂期。进入20世纪30年代，伴随着民族民主革命浪潮的日益高涨，各种散文全面复苏，新体散文萌生发展，散文界重新趋于活跃，在鲁迅、周作人、茅盾、丰子恺、沈从文、巴金、何其芳等新老作家的辛勤耕耘下，30年代散文园地呈现出繁花似锦、全面丰收的动人局面。抗战初期，各种散文样式都有很大的发展变化，在国统区被压制下去的通讯报告，在解放区新天地中得以蓬勃发展。40年代国统区散文恢复并发展了战前散文个性化、多样化的艺术传统。杂文在国统区一直保持兴盛不衰的发展势头。报告文学在40年代国统区基本上被压制下去以后，代之而起的是同样具有纪实功能的生活速写、旅途通讯、见闻杂记一类的记叙散文。在上海"孤岛"时期与战后时期，在40年代西南大后方和东南内地，以及在华北沦陷区，抒情性散文小品也有过活跃发达的史实和大量可读的作品。解放区开展的"人民文艺运动"产生了新型散文，丁玲、周立波、何其芳、沙汀、周而复、黄钢等作家闪耀在报告文学的创作行列。

人民共和国初期的散文，是在继承"延安散文"传统的基础上发展起来的，表现"新的世界""新的人物"，要求文学具有"颂歌"的基调。1956年5月毛泽东正式提出

"双百"方针后，20世纪50年代中期的大陆文坛曾出现过"复兴散文"的运动。1957年的"反右"运动、1958年的"大跃进"运动等直接影响了散文创作。1961年，以意境隽永、文体优美为特征的"诗化"抒情散文大量涌现，1961年也因此被称作"散文年"。杨朔、刘白羽和秦牧成为27年主流权力话语下最著名的三位散文家，号称散文"三大家"。在杂文方面，邓拓从1961年3月19日至1962年9月2日在《北京晚报》副刊上开辟《燕山夜话》杂文专栏，以他深刻的思想、丰富的知识和特有的文采赢得了广大读者的喜爱。1966年，"文化大革命"拉开序幕，人们常称这一时期是散文的"空白"，但也有丰子恺的随笔和恽逸群的杂文出现。

进入新时期，散文开始复兴。冰心、孙犁、杨绛等老作家以渊博的学识和人格魅力进入文坛，一大批诗人、小说家、学者等涌入散文世界，极大地扩展和丰富了散文的内涵和表现力。散文创作群体还包括女性散文作者的崛起，同时也出现了余秋雨、张承志、史铁生等颇具男性风格的理性散文和王小波等充满理性批判精神的杂文。另外，所谓"新生代"散文家具有自己的创作原则，使散文回归了自由风格。

20世纪50年代是我国台湾地区散文发展的第一个阶段。"战斗散文""乡愁散文""闺秀散文"成为这一时期散文创作的主要倾向。真正能代表台湾地区50年代散文成就的是女性作家的创作，包括张秀亚、琦君等。60年代西方现代主义文学思潮开始全面登陆台湾文坛，造成现代派文学居主流的局面，余光中的"现代散文"、柏杨、李敖的杂文等崛起于此时。20世纪六七十年代，一批学界中人在教学、科研之余也写起了散文，知名者有吴鲁芹、颜元叔、夏元瑜等；乡土文学在70年代形成文坛主潮，许多散文家把关注的目光投向现实大地和社会底层的劳动大众。80年代，台湾地区的散文体式也日趋多元化，都市散文、山林散文、环保散文等开始出现，而由于大众文化的流行，大量"短小轻薄"的作品也得以在文坛出现。

散文是我国香港地区文学的一个重要文类，也是香港文学中"收获最大的一环"。尤其是香港报刊的专栏杂文，"更是香港文学最大的特色，其盛况为两岸以至四海五洲所无"。20世纪五六十年代是香港当代散文的奠基期，这一阶段的香港散文继承中国现代散文的流风余韵，叶灵凤、曹聚仁、徐訏等现代作家薪火承传，为香港散文的发展奠定了坚实的基础。20世纪70年代，报刊专栏大量涌现，至今不衰，形成独具特色的"杂文的时代"，"香港杂文数量之多、篇幅之短、内容之百家争鸣，在中国文学史上，可说独一无二"。学者散文、女性散文、游记散文等创作也获得发展。进入90年代，除了报刊专栏杂文一枝独秀外，香港散文的处境"日见窘迫"。

20世纪五六十年代，我国澳门地区的文学园地很少，主要是以《学联报》和《新园地》为代表的周刊，散文创作比较单纯，而且深受内地影响。20世纪70年代，澳门散文普遍重视生活中的真实感觉，将眼光投射到现实生活的反映上。80年代以来，澳门文学开始建立自己的形象，有四类散文比较引人注目：第一类是反映澳门风土人情、富有澳门地方色彩的散文小品，如李鹏翥的《澳门古今》等；第二类是感世忧时、针砭时弊的杂文，主要作者有胡晓风、鲁茂等；第三类是侧重抒发自我情趣的散文，如《七星篇》，主要以女性作者为代表；第四类是注重散文艺术形式上的实验和创新的探索性散文，如陶里的《静寂的延续》。进入90年代，澳门的散文题材则更为广泛。与港台地区的散文发展趋势一样，澳门的散文在继承传统的同时，渐渐呈现出开放性、前卫性和多元性。

二、散文名作导读

论　语（节选）

2·22 子曰："人而无信，不知其可也。大车无𬨎(1)，小车无軏(2)，其何以行之哉？"《为政》（此处 2·22 表示《论语》第 2 篇第 22 则，下同，不再标注。）

【注释】

（1）𬨎：音 ní，古代大车车辕前面横木上的木销子。大车指的是牛车。
（2）軏：音 yuè，古代小车车辕前面横木上的木销子。没有𬨎和軏，车就不能走。

8·4 曾子有疾，孟敬子(1)问(2)之。曾子言曰："鸟之将死，其鸣也哀；人之将死，其言也善。君子所贵乎道者三：动容貌(3)，斯远暴慢(4)矣；正颜色(5)，斯近信矣；出辞气(6)，斯远鄙倍(7)矣。笾豆之事(8)，则有司(9)存。"《泰伯》

【注释】

（1）孟敬子：鲁国大夫孟孙捷。
（2）问：探望、探视。
（3）动容貌：使自己的内心感情表现于面容。
（4）暴慢：粗暴、放肆。
（5）正颜色：使自己的脸色庄重严肃。
（6）出辞气：出言，说话。指注意说话的言辞和口气。
（7）鄙倍：鄙，粗野。倍同背，背理。
（8）笾豆之事：笾（biān）和豆都是古代祭祀和典礼中的用具。
（9）有司：指主管某一方面事务的官吏，这里指主管祭祀、礼仪事务的官吏。

8·7 曾子曰："士不可以不弘毅(1)，任重而道远。仁以为己任，不亦重乎？死而后已，不亦远乎？"《泰伯》

【注释】

（1）弘毅：弘，广大。毅，强毅。

9·4 子绝四——毋意(1)，毋必(2)，毋固(3)，毋我(4)。《子罕》

【注释】

（1）意：同臆，猜想、猜疑。
（2）必：必定。
（3）固：固执己见。

(4) 我：这里指自私之心。

9·19 子曰："譬如为山，未成一篑(1)，止，吾止也；譬如平地，虽覆一篑，进，吾往也。"（《子罕》）

【注释】

(1) 篑：音 kuì，土筐。

9·26 子曰："三军(1)可夺帅也，匹夫(2)不可夺志也。"（《子罕》）

【注释】

(1) 三军：12500 人为一军，三军包括大国所有的军队。此处言其多。
(2) 匹夫：平民百姓，主要指男子。

9·28 子曰："岁寒，然后知松柏之后彫(1)也。"（《子罕》）

9·29 子曰："知者不惑，仁者不忧，勇者不惧。"（《子罕》）

13·17 子夏为莒父(2)宰，问政。子曰："无欲速，无见小利。欲速则不达，见小利则大事不成。"（《子路》）

【注释】

(1) 彫：通"凋"。
(2) 莒父：莒，音 jǔ。鲁国的一个城邑，在今山东省莒县境内。

14·30 子曰："不患人之不己知，患其不能也。"（《宪问》）

19·6 子夏曰："博学而笃志(1)，切问(2)而近思，仁在其中矣。"（《子张》）

【注释】

(1) 笃志：志，意为"识"，此为强记之义。
(2) 切问：问与切身有关的问题。

[导读]

《论语》是儒家学派的经典著作之一，由孔子的弟子及其再传弟子编撰而成。它以语录体和对话文体为主，记录了孔子及其弟子的言行，集中体现了孔子的政治主张、伦理思想、道德观念及教育原则等。

《论语》短短二十篇，包罗人间大智慧。在孔子倡导的道德范畴体系中，礼、义、恭、宽、信、敏、惠、敬、和、直等都是重要的道德规范和道德范畴。围绕着以"仁"为核心而阐发的儒家思想，实际上说的都是做人的道理，其中相当重要的部分即自我的道德修养。

孔子非常注重人的道德完善与人格修养，认为"信"是"仁"的重要折射，除了"人而无信，不知其可也"的论点外，还认为"言必信，行必果"（《子路》）、"民无信不立"（《颜渊》）、"与朋友交，言而有信"（《学而》）、"信近于义，言可复也"（《学而》）

等。在这里,"信"不仅是以诚为本,更是治民、用人、交友的重要原则,并进一步推行于治国治民方面。

在道德修养过程中,孔子还特别注重志向的树立和意志的锻炼。一个人只要有崇高的志向以及坚持不懈的努力,就可以为"仁"了,因此要有独立的个人意志和人格尊严,"三军可以夺帅也,匹夫不可以夺志也";立下了志向便要坚韧向前,由此"士不可以不弘毅","岁寒,然后知松柏之后凋也"。但不论是在学问还是在道德修养上,立志有所作为应该是坚持不懈、自觉自愿,功亏一篑和持之以恒有时就在一念之间。

拥有坚贞不屈的人格尊严,视虚名如浮云,不在乎别人不了解自己,只担心自己能力不足,这就需要加强内心智慧的累积,"博学笃志,切问近思",这样才能做到目光远大,不为小利所惑。

重视自我修养并不等于不会犯错,立志后亦要"求诸己"。所谓"求诸己",就是遇事反躬自问,严格要求自己,随时检查自己的言行是否符合礼义。子曰"内省不疚",弟子曾参也说"吾日三省吾身",都是这个道理。孔子也将"绝四"作为修养高尚人格的必经之路。

费尔巴哈对孔子的思想十分推崇。他在《社会的体系》一书中强调:"中国可算世界上所知唯一将政治的根本法与道德相结合的国家,这个历史悠久的帝国向人们显示,国家的繁荣须依靠道德。在这片广大的土地上,道德成为一切合于理性的人们的唯一宗教。"

《论语》作为孔子人格思想的化身,成为人们可以在日常生活中躬行体验的原则;同时它也是一种启示,告诉人们:高尚正直的人应诚信待人,坚持理想和信念,自觉肩负起道德重建的重任。孔子的人格思想为后儒所继承和发展——孟子的"富贵不能淫,贫贱不能移,威武不能屈",荀子的"权利不能倾也,群众不能移也,天下不能荡也",以及《大学》中的"格物、致知、诚意、正心、修身、齐家、治国、平天下",《中庸》里的"博学、审问、慎思、明辨、笃行""极高明而道中庸""尊德性而道问学"等人格修养与品性原则,它们同孔子的思想一道成为中华文化的精髓,造就了一代代志士仁人、正人君子和善良百姓。

庄 子

庄子·逍遥游

北冥有鱼(1),其名为鲲(2)。鲲之大,不知其几千里也;化而为鸟,其名为鹏(3)。鹏之背,不知其几千里也;怒而飞(4),其翼若垂天之云(5)。是鸟也,海运则将徙于南冥(6)。南冥者,天池也(7)。

《齐谐》者(8),志怪者也(9)。《谐》之言曰:"鹏之徙于南冥也,水击三千里(10),抟扶摇而上者九万里(11),去以六月息者也(12)。"野马也(13),尘埃也(14),生物之以息相吹也(15)。天之苍苍,其正色邪?其远而无所至极邪(16)?其视下也,亦若是则已矣。

且夫水之积也不厚,则其负大舟也无力。覆杯水于坳堂之上(17),则芥为之舟(18)。置杯焉则胶,水浅而舟大也。风之积也不厚,则其负大翼也无力。故九万里则风斯在下矣[19]，而后乃今培风[20]；背负青天而莫之夭阏者[21]，而后乃今将图南。

蜩与学鸠笑之曰[22]："我决起而飞[23]，抢榆枋[24]而止，时则不至，而控于地而已矣[25]，奚以之九万里而南为[26]？"适莽苍者[27]，三餐而反[28]，腹犹果然[29]；适百里者，宿舂粮[30]；适千里者，三月聚粮。之二虫又何知[31]？

小知不及大知[32]，小年不及大年。奚以知其然也？朝菌不知晦朔[33]，蟪蛄不知春秋[34]，此小年也。楚之南有冥灵者[35]，以五百岁为春，五百岁为秋；上古有大椿者[36]，以八千岁为春，八千岁为秋[37]。而彭祖乃今以久特闻[38]，众人匹之[39]，不亦悲乎？

汤之问棘也是已[40]："穷发之北[41]，有冥海者，天池也。有鱼焉，其广数千里，未有知其修者[42]，其名为鲲。有鸟焉，其名为鹏，背若太山[43]，翼若垂天之云，抟扶摇羊角而上者九万里[44]，绝云气[45]，负青天，然后图南，且适南冥也。斥鴳笑之曰[46]：'彼且奚适也？我腾跃而上，不过数仞而下[47]，翱翔蓬蒿之间，此亦飞之至也[48]。而彼且奚适也？'"此小大之辩也[49]。

故夫知效一官[50]、行比一乡[51]、德合一君、而征一国者[52]，其自视也亦若此矣。而宋荣子犹然笑之[53]。且举世誉之而不加劝[54]，举世非之而不加沮[55]，定乎内外之分[56]，辩乎荣辱之境[57]，斯已矣。彼，其于世，未数数然也[58]。虽然，犹有未树也。夫列子御风而行[59]，泠然善也[60]，旬有五日而后反[61]。彼于致福者[62]，未数数然也。此虽免乎行，犹有所待者也[63]。若夫乘天地之正[64]，而御六气之辩[65]，以游无穷者，彼且恶乎待哉[66]？故曰：至人无己[67]，神人无功[68]，圣人无名[69]。

【注释】

（1）冥：亦作溟，海之意。"北冥"，就是北方的大海。下文的"南冥"仿此。传说北海无边无际，水深而黑。

（2）鲲（kūn）：上古传说中的大鱼。

（3）鹏：本为古"凤"字，这里用来表示大鸟之名。

（4）怒：奋起，这里指鼓起翅膀。

（5）垂：边远，这个意义后代写作"陲"。一说遮，遮天。

（6）海运：海水运动，这里指汹涌的海涛。一说指鹏鸟在海面飞行。徙：迁移。

（7）天池：天然形成的大池。

（8）齐谐：书名，出于齐国。一说人名。

（9）志：记载。

（10）击：拍打，这里指鹏鸟奋飞而起双翼拍打水面。

（11）抟（tuán）：环绕而上。一说"抟"当作"搏"（bó），拍击的意思。扶摇：又名叫飙，由地面急剧盘旋而上的暴风。

（12）去：离，这里指离开北海。息：风。"去以六月息者也"也可译为凭借六月的大风离开，此时"以"释为凭借，"息"释为大风。

（13）野马：春天林泽中的雾气。雾气浮动状如奔马，故名"野马"。

（14）尘埃：扬在空中的土叫"尘"，细碎的尘粒叫"埃"。

（15）生物：概指各种有生命的东西。息：这里指有生命的东西呼吸所产生的气息。

(16) 极：尽。

(17) 覆：倾倒。坳（ào）：坑凹处，"坳堂"指厅堂地面上的坑凹处。

(18) 芥：小草。

(19) 斯：则，就。

(20) 而后乃今：意思是这之后方才，以下同此解。培：通"凭"，凭借。

(21) 莫：这里作没有什么力量讲。夭阏（è）：又写作"夭遏"，意思是遏阻、阻拦。"莫之夭阏"即"莫夭阏之"的倒装。

(22) 蜩（tiáo）：蝉。学鸠：一种小灰雀，这里泛指小鸟。

(23) 决（xuè）：通"翅"，迅疾的样子。

(24) 抢（qiāng）：触、碰。"抢"也作"枪"。榆枋（fāng）：两种树名。"抢榆枋而止"另有版本也作"抢榆坊而止"。

(25) 控：投下，落下来。

(26) 奚以：何以。之：去到。为：句末疑问语气词。

(27) 适：往，去到。莽苍：指迷茫看不真切的郊野。

(28) 三餐：一日的意思。意思是只需一日之粮。反：返回。

(29) 犹：还。果然：饱的样子。

(30) 宿：这里指一夜。

(31) 之：这。二虫：指上述的蜩与学鸠。

(32) 知（zhì）：通"智"，智慧。下"知"义同。

(33) 朝：清晨。晦朔（shuò）：一个月的最后一天和最初一天。一说"晦"指黑夜，"朔"指清晨。

(34) 蟪蛄（huìgū）：寒蝉，春生夏死或夏生秋死。

(35) 冥灵：传说中的大龟。一说树名。

(36) 大椿：传说中的古树名。

(37) 根据前后用语结构的特点，此句之下当有"此大年也"一句，但通行本均无此句。

(38) 彭祖：古代传说中年寿最长的人。乃今：而今。以：凭。特：独。闻：闻名于世。

(39) 匹：配，比。

(40) 汤：商汤。棘：汤时的贤大夫。已：矣。

(41) 穷发：不长草木的地方。

(42) 修：长。

(43) 太山：大山。一说即泰山。

(44) 羊角：旋风，回旋向上如羊角状。

(45) 绝：穿过。

(46) 斥鴳（yàn）：小雀，鸟名，喻志向狭隘。

(47) 仞：古代长度单位，周制为八尺，汉制为七尺，这里应从周制。

(48) 至：极点。

(49) 辩：通"辨"，区别。

(50) 效：功效，这里含有胜任的意思。官：官职。

(51) 行（xìng）：品行。比：比并。

(52) 而：通作"能"，能力。征：取信。

(53) 宋荣子：一名宋钘，宋国人，战国时期的思想家。犹然：笑的样子。

(54) 举：全。劝：劝勉，这里是被动用法，可以解作"努力"。

(55) 非：责难，批评。沮（jǔ）：沮丧。

(56) 内外：这里分别指自身和身外之物。在庄子看来，自主的精神是内在的，荣誉和非难都是外在的，而只有自主的精神才是重要的、可贵的。

(57) 境：界限。

(58) 数数（shuòshuò）然：拼命追求的样子。

(59) 列子：郑国人，名御寇，战国时代思想家。御：驾驭。

(60) 泠（líng）然：轻快的样子。

(61) 旬：十天。有：通"又"。

(62) 致：罗致，这里有寻求的意思。

(63) 待：凭借，依靠。

(64) 乘：遵循，凭借。天地：这里指万物，指整个自然界。正：本，这里指自然的本性。

(65) 御：含有因循、顺着的意思。六气：指阴、阳、风、雨、晦、明。辩：通"变"，变化的意思。

(66) 恶（wū）：何，什么。

(67) 至人：这里指道德修养最高尚的人。无己：指忘我，就是物我不分。

(68) 神人：这里指精神世界完全能超脱于物外的人。无功：顺自然，不建树功业。

(69) 圣人：这里指思想修养臻于完美的人。无名：不追求名誉地位。

[导读]

庄子名周，战国时期宋国蒙人，身世不可确考，先秦时期著名思想家、哲学家，道家学派代表人物。所著《庄子》，被公认为先秦时期最有文学价值的说理散文。

庄子一生贫穷困顿，但却鄙弃富贵权势，追求逍遥无待的精神自由。《庄子·秋水》篇中"鹓雏与腐鼠""宁为涂中之龟"两则故事即为庄子于乱世之中力保独立人格的生动写照。作为道家学派的代表人物，庄子继承和发展了老子的哲学思想，后世将他与老子并称为"老庄"。其代表作《庄子》共33篇，分为内、外、杂三个部分，一般认为内篇是庄子所作，外篇、杂篇出自庄子后学。在先秦诸子散文中，《庄子》以奇幻荒诞的生动想象、形象诙诡的论辩风格，获得"最具文学价值"的美评。鲁迅在《汉文学史纲要》中也认为："（庄子）著书十余万言，大抵寓言，人物土地，皆空无事实，而其文则汪洋辟阖，仪态万方，晚周诸子之作，莫能先也。"《逍遥游》作为《庄子》内七篇的核心，除了表现庄子惊人的才情与变化万千的想象外，亦是他人生哲理与智慧的展示。

鲲鹏的出场带出了浩瀚无极的境域。常言"天高任鸟飞，海阔凭鱼跃"，鲲与鹏的自由飞翔与遨游，正是贴近逍遥的意象。虽然在文中多次出现的"小大之辩"不断流露出庄子"重大轻小"的思想，表明蜩与学鸠"并非仅仅指物理形态上的小，它更强调一种局限，以鸟之小喻人的境界、胸怀、追求的小"，正是这种"思想境界的差别导致理想追求的不同"。虽然鲲鹏之大也并不是庄子所追求的理想的逍遥状态，但大鹏的形象却有另一番深意——"庄子树立了一个逍遥的最高理想，大鹏就是向这个目标进发的人格形象的象征。我们不能把这个追求逍遥的过程凝固化，等同于终极的境界，再拿这个凝固化了的境界的标准来看待大鹏这一蕴涵丰富的寓言形象。在从必然王国向自由王国飞跃的过程中，追求逍遥者的实践活动只能是无限接近逍遥，就是说只能无限接近与道合一的理想的本我。从这个意义上来说，追求逍遥的过程远比藐姑射之山的神人所展示的状态更为重要。庄子在《逍遥游》篇第一部分的寓言中所要展现的与其说是一种有关逍遥的境界，倒不如说是一种无限的过程。而大鹏奋飞图南的意义正体现在不懈地、无止境地追求绝对的精神自由的过程中。庄子树立了一个逍遥的理想，这个理想就成为一个坐标，大鹏奋飞追求也因为这一坐标的存在而具有更重要的意义。"（史国良《〈庄子·逍遥游〉篇大鹏形象新论》）。

《逍遥游》运用大量寓言，在如流水的行文间，将想象化作诗意，展示"至人无己，神人无功，圣人无名"的人生哲理。在当今激烈的社会竞争前，《逍遥游》中所提倡的"积蓄力量，而后达到游刃有余、逍遥自在的境界"亦是我们练就健康心理素质的博大智慧。

司马迁

史记·淮阴侯列传

淮阴侯韩信者，淮阴人也。始为布衣时，贫，无行，不得推择为吏，又不能治生商贾，常从人寄饮，人多厌之者，尝数从其下乡南昌亭长寄食，数月，亭长妻患之，乃晨炊蓐食。食时信往，不为具食。信亦知其意，怒，竟绝去。

信钓于城下，诸母漂，有一母见信饥，饭信，竟漂数十日。信喜，谓漂母曰："吾必有以重报母。"母怒曰："大丈夫不能自食，吾哀王孙而进食，岂望报乎！"

淮阴屠中少年有侮信者，曰："若虽长大，好带刀剑，中情怯耳。"众辱之曰："信能死，刺我；不能死，出我袴下。"于是信孰视之，俛出袴下，蒲伏。一市人皆笑信，以为怯。

及项梁渡淮，信仗剑从之，居戏下，无所知名。项梁败，又属项羽，羽以为郎中。数以策干项羽，羽不用。汉王之入蜀，信亡楚归汉，未得知名，为连敖。坐法当斩，其辈十三人皆已斩，次至信，信乃仰视，适见滕公，曰："上不欲就天下乎？何为斩壮士！"滕公奇其言，壮其貌，释而不斩。与语，大说之。言于上，上拜以为治粟都尉，上未之奇也。

信数与萧何语，何奇之。至南郑，诸将行道亡者数十人。信度何等已数言上，上不我用，即亡。何闻信亡，不及以闻，自追之。人有言上曰："丞相何亡。"上大怒，如失左右手。居一二日，何来谒上，上且怒且喜，骂何曰："若亡，何也？"何曰："臣不敢

亡也，臣追亡者。"上曰："若所追者谁？"何曰："韩信也。"上复骂曰："诸将亡者以十数，公无所追；追信，诈也。"何曰："诸将易得耳。至如信者，国士无双。王必欲长王汉中，无所事信；必欲争天下，非信无所与计事者。顾王策安所决耳。"王曰："吾亦欲东耳，安能郁郁久居此乎？"何曰："王计必欲东，能用信，信即留；不能用，信终亡耳。"王曰："吾为公以为将。"何曰："虽为将，信必不留。"王曰："以为大将。"何曰："幸甚！"于是王欲召信拜之。何曰："王素慢，无礼，今拜大将，如呼小儿耳，此乃信所以去也。王必欲拜之，择良日，斋戒，设坛场，具礼，乃可耳。"王许之。诸将皆喜，人人各自以为得大将。至拜大将，乃韩信也，一军皆惊。

信拜礼毕，上坐。王曰："丞相数言将军，将军何以教寡人计策？"信谢。因问王曰："今东乡争权天下，岂非项王邪？"汉王曰："然。"曰："大王自料勇悍仁强孰与项王？"汉王默然良久，曰："不如也。"信再拜贺曰："惟信亦为大王不如也。然臣尝事之，请言项王之为人也。项王喑恶叱咤，千人皆废，然不能任属贤将，此特匹夫之勇耳。项王见人，恭敬慈爱，言语呕呕；人有疾病，涕泣分食饮；至使人有功当封爵者，印刓敝，忍不能予。此所谓妇人之仁也。项王虽霸天下而臣诸侯，不居关中而都彭城。有背义帝之约而以亲爱王，诸侯不平。诸侯之见项王迁逐义帝，置江南，亦皆归逐其主而自王善地。项王所过，无不残灭者，天下多怨，百姓不亲附，特劫于威，强耳。名虽为霸，实失天下心。故曰其强易弱。今大王诚能反其道，任天下武勇，何所不诛！以天下城邑封功臣，何所不服！以义兵从思东归之士，何所不散！且三秦王为秦将，将秦子弟数岁矣，所杀亡不可胜计，又欺其众降诸侯，至新安，项王诈坑秦降卒二十余万，唯独邯、欣、翳得脱，秦父兄怨此三人，痛入骨髓。今楚强以威王此三人，秦民莫爱也。大王之入武关，秋毫无所害，除秦苛法，与秦民约法三章耳，秦民无不欲得大王王秦者。于诸侯之约，大王当王关中，关中民咸知之。大王失职入汉中，秦民无不恨者。今大王举而东，三秦可传檄而定也。"于是汉王大喜，自以为得信晚，遂听信计，部署诸将所击。

八月，汉王举兵东出陈仓，定三秦。汉二年，出关，收魏、河南，韩、殷王皆降。合齐、赵共击楚。四月，至彭城，汉兵败散而还。信复收兵，与汉王会荥阳，复击破楚京、索之间。以故，楚兵卒不能西。

汉之败却彭城，塞王欣、翟王翳亡汉降楚，齐、赵亦反汉与楚和。六月，魏王豹谒归视亲疾，至国，即绝河关反汉，与楚约和。汉王使郦生说豹，不下。其八月，以信为左丞相，击魏。魏王盛兵蒲坂，塞临晋，信乃益为疑兵，陈船欲渡临晋，而伏兵从夏阳以木罂缻渡军，袭安邑。魏王豹惊，引兵迎信，信遂虏豹，定魏为河东郡。汉王遣张耳与信俱，引兵东，北击赵、代。后九月，破代兵，禽夏说阏与。信之下魏破代，汉辄使人收其精兵，诣荥阳以距楚。

信与张耳以兵数万，欲东下井陉击赵。赵王、成安君陈馀闻汉且袭之也，聚兵井陉口，号称二十万。广武君李左车说成安君曰："闻汉将韩信涉西河，虏魏王，禽夏说，新喋血阏与。今乃辅以张耳，议欲下赵，此乘胜而去国远斗，其锋不可当。臣闻'千里馈粮，士有饥色；樵苏后爨，师不宿饱'。今井陉之道，车不得方轨，骑不得成列，行数百里，其势粮食必在其后。愿足下假臣奇兵三万人，从间路绝其辎重；足下深沟高垒，坚营勿与战。彼前不得斗，退不得还，吾奇兵绝其后，使野无所掠，不至十日，而两将之头可致于戏下。原君留意臣之计。否，必为二子所禽矣。"成安君，儒者也，常称"义兵不用诈谋奇计"，曰："吾闻兵法'十则围之，倍则战之'，今韩信兵号数万，其实不过数千。能千里而袭我，亦已罢极。今如此避而不击，后有大者，何以加之！则诸侯谓吾怯，而轻来伐我。"不听广武君策。

广武君策不用。韩信使人间视，知其不用，还报，则大喜，乃敢引兵遂下。未至井陉口三十里，止舍。夜半传发，选轻骑二千人，人持一赤帜，从间道萆山而望赵军。诫曰："赵见我走，必空壁逐我，若疾入赵壁，拔赵帜，立汉赤帜。"令其裨将传飧，曰："今日破赵会食！"诸将皆莫信，详应曰："诺。"谓军吏曰："赵已先据便地为壁，且彼未见吾大将旗鼓，未肯击前行，恐吾至阻险而还。"信乃使万人先行，出，背水陈。赵军望见而大笑。平旦，信建大将之旗鼓，鼓行出井陉口，赵开壁击之，大战良久。于是信、张耳详弃鼓旗，走水上军。水上军开入之，复疾战。赵果空壁争汉鼓旗，逐韩信、张耳。韩信、张耳已入水上军，军皆殊死战，不可败。信所出奇兵二千骑，共候赵空壁逐利，则驰入赵壁，皆拔赵旗，立汉赤帜二千。赵军已不胜，不能得信等，欲还归壁，壁皆汉赤帜，而大惊，以为汉皆已得赵王将矣。兵遂乱，遁走，赵将虽斩之，不能禁也。于是汉兵夹击，大破虏赵军，斩成安君泜水上，禽赵王歇。

信乃令军中毋杀广武君，有能生得者购千金。于是有缚广武君而致戏下者，信乃解其缚，东乡坐，西乡对，师事之。

诸将效首虏，休，毕贺，因问信曰："兵法'右倍山陵，前左水泽'，今者将军令臣等反背水陈，曰'破赵会食'，臣等不服。然竟以胜，此何术也？"信曰："此在兵法，顾诸君不察耳。兵法不曰'陷之死地而后生，置之亡地而后存'？且信非得素拊循士大夫也，此所谓'驱市人而战之'，其势非置之死地，使人人自为战；今予之生地，皆走，宁尚可得而用之乎？"诸将皆服，曰："善！非臣所及也。"

于是信问广武君曰："仆欲北攻燕，东伐齐，何若而有功？"广武君辞谢曰："臣闻'败军之将，不可以言勇；亡国之大夫，不可以图存'。今臣败亡之虏，何足以权大事乎？"信曰："仆闻之，百里奚居虞而虞亡，在秦而秦霸，非愚于虞而智于秦也，用与不用，听与不听也。诚令成安君听足下计，若信者亦已为禽矣；以不用足下，故信得侍耳。"因固问曰："仆委心归计，原足下勿辞！"广武君曰："臣闻'智者千虑，必有一失；愚者千虑，必有一得'。故曰'狂夫之言，圣人择焉'。顾恐臣计未必足用，原效愚忠。夫成安君有百战百胜之计，一旦而失之，军败鄗下，身死泜上。今将军涉西河，虏魏王，禽夏说阏与，一举而下井陉，不终朝破赵二十万众，诛成安君。名闻海内，威震天下。农夫莫不辍耕释耒，褕衣甘食，倾耳以待命者。若此，将军之所长也。然而众劳卒罢，其实难用。今将军欲举倦弊之兵，顿之燕坚城之下，欲战恐久，力不能拔，情见势屈，旷日粮竭。而弱燕不服，齐必距境以自强也。燕齐相持而不下，则刘项之权未有所分也。若此者，将军所短也。臣愚，窃以为亦过矣。故善用兵者不以短击长，而以长击短。"韩信曰："然则何由？"广武君对曰："方今为将军计，莫如案甲休兵，镇赵，抚其孤，百里之内，牛酒日至，以飨士大夫醳兵。北首燕路，而后遣辩士奉咫尺之书，暴其所长于燕，燕必不敢不听从。燕已从，使喧言者东告齐，齐必从风而服，虽有智者，亦不知为齐计矣。如是，则天下事皆可图也。兵固有先声而后实者，此之谓也。"韩信曰："善！"从其策。发使使燕，燕从风而靡。乃遣使报汉，因请立张耳为赵王，以镇抚其国。汉王许之，乃立张耳为赵王。

楚数使奇兵渡河击赵，赵王耳、韩信往来救赵，因行定赵城邑，发兵诣汉。楚方急围汉王于荥阳，汉王南出，之宛、叶间，得黥布，走入成皋，楚又复急围之。六月，汉王出成皋，东渡河，独与滕公俱，从张耳军修武。至，宿传舍。晨，自称汉使，驰入赵壁。张耳、韩信未起，即其卧内上夺其印符，以麾召诸将，易置之。信、耳起，乃知汉王来，大惊。汉王夺两人军，即令张耳备守赵地。拜韩信为相国，收赵兵未发者击齐。

信引兵东，未渡平原，闻汉王使郦食其已说下齐，韩信欲止。范阳辩士蒯通说信曰："将军受诏击齐，而汉独发间使下齐，宁有诏止将军乎？何以得毋行也！且郦生一士，伏轼掉三寸之舌，下齐七十余城，将军将数万众，岁余乃下赵五十余城。为将数岁，反不如一竖儒之功乎？"于是信然之，从其计，遂渡河。齐已听郦生，即留纵酒，罢备汉守御。信因袭齐历下军，遂至临菑。齐王田广以郦生卖己，乃烹之，而走高密，使使之楚请救。

韩信已定临菑，遂东追广至高密西。楚亦使龙且将，号称二十万，救齐。齐王广、龙且并军与信战。未合，人或说龙且曰："汉兵远斗穷战，其锋不可当。齐、楚自居其地战，兵易败散。不如深壁，令齐王使其信臣招所亡城。亡城闻其王在，楚来救，必反汉。汉兵二千里客居，齐城皆反之，其势无所得食，可无战而降也。"龙且曰："吾平生知韩信为人，易与耳。且夫救齐，不战而降之，吾何功！今战而胜之，齐之半可得，何为止！"遂战，与信夹潍水陈。韩信乃夜令人为万余囊，满盛沙，壅水上流，引军半渡，击龙且，详不胜，还走。龙且果喜曰："固知信怯也。"遂追信渡水。信使人决壅囊，水大至。龙且军大半不得渡，即急击，杀龙且。龙且水东军散走，齐王广亡去。信遂追北至城阳，皆虏楚卒。

汉四年，遂皆降。平齐。使人言汉王曰："齐伪诈多变，反复之国也，南边楚，不为假王以镇之，其势不定。愿为假王便。"当是时，楚方急围汉王于荥阳，韩信使者至，发书，汉王大怒，骂曰："吾困于此，旦暮望若来佐我，乃欲自立为王！"张良、陈平蹑汉王足，因附耳语曰："汉方不利，宁能禁信之王乎？不如因而立，善遇之，使自为守。不然，变生。"汉王亦悟，因复骂曰："大丈夫定诸侯，即为真王耳，何以假为！"乃遣张良往，立信为齐王，征其兵击楚。

楚已亡龙且，项王恐，使盱眙人武涉往说齐王信曰："天下共苦秦久矣，相与戮力击秦。秦已破，计功割地，分土而王之，以休士卒。今汉王复兴兵而东，侵人之分，夺人之地，已破三秦，引兵出关，收诸侯之兵以东击楚，其意非尽吞天下者不休，其不知厌足如是甚也。且汉王不可必，身居项王掌握中数矣，项王怜而活之，然得脱，辄倍约，复击项王，其不可亲信如此。今足下虽自以与汉王为厚交，为之尽力用兵，终为之所禽矣。足下所以得须臾至今者，以项王尚存也。当今二王之事，权在足下。足下右投则汉王胜，左投则项王胜。项王今日亡，则次取足下。足下与项王有故，何不反汉与楚连和，参分天下王之？今释此时，而自必于汉以击楚，且为智者固若此乎？"韩信谢曰："臣事项王，官不过郎中，位不过执戟，言不听，画不用，故倍楚而归汉。汉王授我上将军印,予我数万众,解衣衣我,推食食我,言听计用,故吾得以至于此。夫人深亲信我,我倍之不祥,虽死不易。幸为信谢项王!"

武涉已去,齐人蒯通知天下权在韩信,欲为奇策而感动之,以相人说韩信曰:"仆尝受相人之术。"韩信曰:"先生相人何如?"对曰:"贵贱在于骨法,忧喜在于容色,成败在于决断,以此参之,万不失一。"韩信曰:"善。先生相寡人何如?"对曰:"原少间。"信曰:"左右去矣。"通曰:"相君之面,不过封侯,又危不安。相君之背,贵乃不可言。"韩信曰:"何谓也?"蒯通曰:"天下初发难也,俊雄豪桀建号一呼,天下之士云合雾集,鱼鳞杂遝,熛至风起。当此之时,忧在亡秦而已。今楚汉分争,使天下无罪之人肝胆涂地,父子暴骸骨于中野,不可胜数。楚人起彭城,转斗逐北,至于荥阳,乘利席卷,威震天下。然兵困于京、索之间,迫西山而不能进者,三年于此矣。汉王将数十万之众,距巩、雒,阻山河之险,一日数战,无尺寸之功,折北不救,败荥阳,伤成皋,遂走宛、叶之间,此所谓智勇俱困者也。夫锐气挫于险塞,而粮食竭于内府,百姓罢极怨望,容容无所倚。以臣料之,其势非天下之贤圣,固不能息天下之祸。当今两主之命县于足下。足下为汉则汉胜,与楚则楚胜。臣愿披腹心,输肝胆,效愚计,恐足下不能用也。诚能听臣之计,莫若两利而俱存之,参分天下,鼎足而居,其势莫敢先动。夫以足下之贤圣,有甲兵之众,据强齐,从燕、赵,出空虚之地而制其后,因民之欲,西乡为百姓请命,则天下风走而响应矣,孰敢不听!割大弱强,以立诸侯;诸侯已立,天下服听而归德于齐。案齐之故,有胶、泗之地,怀诸侯之德,深拱揖让,则天下之君王相率而朝于齐矣。盖闻'天与弗取,反受其咎;时至不行,反受其殃'。原足下孰虑之!"

韩信曰:"汉王遇我甚厚,载我以其车,衣我以其衣,食我以其食。吾闻之,乘人之车者载人之患,衣人之衣者怀人之忧,食人之食者死人之事,吾岂可以乡利倍义乎!"蒯生曰:"足下自以为善汉王,欲建万世之业,臣窃以为误矣。始常山王、成安君为布衣时,相与为刎颈之交。后争张黡、陈泽之事,二人相怨。常山王背项王,奉项婴头而窜,逃归于汉王。汉王借兵而东下,杀成安君泜水之南,头足异处,卒为天下笑。此二人相与,天下至欢也。然而卒相禽者,何也?患生于多欲,而人心难测也。今足下欲行忠信以交于汉王,必不能固于二君之相与也,而事多大于张黡、陈泽。故臣以为足下必汉王之不危己,亦误矣。大夫种、范蠡存亡越,霸勾践,立功成名而身死亡。野兽已尽而猎狗烹。夫以交友言之,则不如张耳之与成安君者也;以忠信言之,则不过大夫种、范蠡之于勾践也。此二人者,足以观矣。愿足下深虑之!且臣闻勇略震主者身危,而功盖天下者不赏。臣请言大王功略:足下涉西河,虏魏王,禽夏说,引兵下井陉,诛成安君,徇赵,胁燕,定齐,南摧楚人之兵二十万,东杀龙且,西乡以报。此所谓功无二于天下,而略不世出者也。今足下戴震主之威,挟不赏之功,归楚,楚人不信;归汉,汉人震恐。足下欲持是安归乎?夫势在人臣之位,而有震主之威,名高天下,窃为足下危之!"韩信谢曰:"先生且休矣,吾将念之。"

后数日,蒯通复说曰:"夫听者,事之候也;计者,事之机也;听过计失而能久安者,鲜矣。听不失一二者,不可乱以言;计不失本末者,不可纷以辞。夫随厮养之役者,失万乘之权;守儋石之禄者,阙卿相之位。故知者,决之断也;疑者,事之害也,

审豪厘之小计,遗天下之大数,智诚知之,决弗敢行者,百事之祸也。故曰'猛虎之犹豫,不若蜂虿之致螫;骐骥之跼躅,不如驽马之安步;孟贲之狐疑,不如庸夫之必至也;虽有舜禹之智,吟而不言,不如瘖聋之指麾也'。此言贵能行之。夫功者难成而易败,时者难得而易失也。时乎时,不再来。原足下详察之。"韩信犹豫,不忍倍汉,又自以为功多,汉终不夺我齐,遂谢蒯通。蒯通说不听,已详狂为巫。

汉王之困固陵,用张良计,召齐王信,遂将兵会垓下。项羽已破,高祖袭夺齐王军。汉五年正月,徙齐王信为楚王,都下邳。

信至国,召所从食漂母,赐千金。及下乡南昌亭长,赐百钱,曰:"公,小人也,为德不卒。"召辱己之少年令出袴下者,以为楚中尉。告诸将相曰:"此壮士也。方辱我时,我宁不能杀之邪?杀之无名,故忍而就于此。"

项王亡将钟离眛家在伊庐,素与信善。项王死后,亡归信。汉王怨眛,闻其在楚,诏楚捕眛。信初之国,行县邑,陈兵出入。汉六年,人有上书告楚王信反。高帝以陈平计,天子巡狩会诸侯。南方有云梦,发使告诸侯会陈:"吾将游云梦。"实欲袭信,信弗知。高祖且至楚,信欲发兵反,自度无罪,欲谒上,恐见禽。人或说信曰:"斩眛谒上,上必喜,无患。"信见眛计事。眛曰:"汉所以不击取楚,以眛在公所。若欲捕我以自媚于汉,吾今日死,公亦随手亡矣。"乃骂信曰:"公非长者!"卒自刭。信持其首,谒高祖于陈。上令武士缚信,载后车。信曰:"果若人言:'狡兔死,良狗烹;高鸟尽,良弓藏;敌国破,谋臣亡。'天下已定,我固当烹!"上曰:"人告公反。"遂械系信。至雒阳,赦信罪,以为淮阴侯。

信知汉王畏恶其能,常称病不朝从。信由此日夜怨望,居常鞅鞅,羞与绛、灌等列。信尝过樊将军哙,哙跪拜送迎,言称臣,曰:"大王乃肯临臣!"信出门,笑曰:"生乃与哙等为伍!"上常从容与信言诸将能不,各有差。上问曰:"如我,能将几何?"信曰:"陛下不过能将十万。"上曰:"于君何如?"曰:"臣多多而益善耳。"上笑曰:"多多益善,何为为我禽?"信曰:"陛下不能将兵,而善将将,此乃信之所以为陛下禽也。且陛下所谓天授,非人力也。"

陈豨拜为巨鹿守,辞于淮阴侯。淮阴侯挈其手,辟左右,与之步于庭,仰天叹曰:"子可与言乎?欲与子有言也。"豨曰:"唯将军令之。"淮阴侯曰:"公之所居,天下精兵处也;而公,陛下之信幸臣也。人言公之畔,陛下必不信;再至,陛下乃疑矣;三至,必怒而自将。吾为公从中起,天下可图也。"陈豨素知其能也,信之。曰:"谨奉教!"汉十一年,陈豨果反。上自将而往,信病不从。阴使人至豨所,曰:"弟举兵,吾从此助公。"信乃谋与家臣夜诈诏赦诸官徒奴,欲发以袭吕后、太子。部署已定,待豨报。其舍人得罪于信,信囚,欲杀之。舍人弟上变,告信欲反状于吕后。吕后欲召,恐其党不就,乃与萧相国谋,诈令人从上所来,言豨已得死,列侯群臣皆贺。相国绐信曰:"虽疾,强入贺。"信入,吕后使武士缚信,斩之长乐钟室。信方斩,曰:"吾悔不用蒯通之计,乃为儿女子所诈,岂非天哉!"遂夷信三族。

高祖已从豨军来,至,见信死,且喜且怜之,问:"信死亦何言?"吕后曰:"信言恨不用蒯通计。"高祖曰:"是齐辩士也。"乃诏齐捕蒯通。蒯通至,上曰:"若教淮阴侯反乎?"对曰:"然,臣固教之。竖子不用臣之策,故令自夷于此。如彼竖子用臣之计,陛下安得而夷之乎？"上怒曰："烹之。"通曰："嗟乎！冤哉，烹也！"上曰："若教韩信反，何冤？"对曰："秦之纲绝而维弛，山东大扰，异姓并起，英俊乌集。秦失其鹿，天下共逐之，于是高材疾足者先得焉。跖之狗吠尧，尧非不仁，狗因吠非其主。当是时，臣唯独知韩信，非知陛下也。且天下锐精持锋，欲为陛下所为者甚众，顾力不能耳。又可尽烹之邪？"高帝曰："置之。"乃释通之罪。

太史公曰：吾如淮阴，淮阴人为余言，韩信虽为布衣时，其志与众异。其母死，贫无以葬，然乃行营高敞地，令其旁可置万家。余视其母冢，良然。假令韩信学道谦让，不伐己功，不矜其能，则庶几哉！于汉家，勋可以比周、召、太公之徒，后世血食矣。不务出此，而天下已集，乃谋畔逆，夷灭宗族，不亦宜乎！

[导读]

《史记》，西汉司马迁撰。司马迁以其"究天人之际，通古今之变，成一家之言"的识见，写就了这部中国历史上第一部纪传体通史。全书包括十二本纪、三十世家、七十列传、八书、十表，共一百三十篇，五十二万六千五百余字。

作为"右投则汉王胜，左投则项王胜"的一代将才，韩信是西汉的开国功臣，可以说他舍项羽而奔刘邦的选择是大汉天下最终得以奠定的重要基石。但就是这样一位被称作"国士无双""兵仙战神"的大军事家、大战略家，也在"狡兔死，良狗烹；高鸟尽，良弓藏；敌国破，谋臣亡"的古今预言中，先后历经了齐王、楚王、上大将军、淮阴侯的仕途旅程。虽然"功高盖主"确是导致他悲剧命运的重要因素，但从司马迁为我们展现的历史中，也不难看出韩信自身的性格弱点也酿就了他最终自掘坟墓的结局。

刘邦曾说："夫运筹策帷帐之中，决胜于千里之外，吾不如子房。镇国家，抚百姓，给馈饷，不绝粮道，吾不如萧何。连百万之军，战必胜，攻必取，吾不如韩信。此三者，皆人杰也，吾能用之，此吾所以取天下也。"萧何、张良、韩信，是刘邦心中的"三杰"，但同另外两位与自己同样功勋卓著的将军相比，韩信却缺少应有的政治智慧。

韩信戎马倥偬，"必欲称王，以异于列侯……不过欲自尊耳"（徐经《雅歌堂文集卷四·再书淮阴侯传后》）。在固陵之战中讨价还价；为邀功，不顾郦食其死活，攻入齐地，致使郦食其被杀；为保位苟安，不惜献出钟离眛的人头……所有这一切，都因他把功名富贵作为自己的人生追求。明代李贽说得好："识见如此，至自谋全不济，何也？利令智昏，贪令人愚也。"（李贽《藏书》卷四七）

当韩信拜为大将时，举座皆惊。汉家平定天下后，韩信却不明白可以共打天下，不可共坐天下的道理，不知韬光养晦，甚至认为"陛下不过能将十万……臣多多而益善耳！"在被贬为淮阴侯后，"信知汉王畏恶其能，常称病不朝从。信由此日夜怨望，居常鞅鞅，羞与绛、灌等列"。樊哙的谦卑礼让，他不屑一顾；刘邦的猜忌夺权，他毫无防备，居功自傲，恃才轻人，最终选择了与陈豨合谋造反的错误做法，为刘邦实施对自己的诛杀提供了充足而正当的理由。李绅就曾感慨："徒用千金酬一饭，不知明哲重防身。"（《却过淮阴吊韩信庙》）。

在拥百万之师，踞齐赵之地时，不敢听从蒯通的谏言与刘、项三分天下，却试探刘邦，要求封个假王；信誓旦旦与陈豨相约反汉，可陈豨反了，韩信却又失信未起，坐视陈豨兵败遭戮；当察觉到刘邦的猜忌时，一面"自度无罪"，一面又逼死钟离昧，带着钟的首级去见汉王……韩信内心的犹豫不决、优柔寡断亦是他悲剧命运中的死结。

司马光在《资治通鉴》中说道："世或以韩信首建大策，与高祖起汉中，定三秦，遂分兵以北，擒魏，取代，破赵，胁燕，东击齐而有之，南灭楚垓下，汉之所以得天下者，大抵皆信之功也。"韩信所向披靡的军事才能与纵横天下的传奇经历，一向为古人与今之学者津津乐道。司马迁如神的笔法，不仅使这段历史在千百年后仍清晰可见，也使韩信这位叱咤风云的将坛奇才跃然纸上。

梁启超

少年中国说

日本人之称我中国也，一则曰老大帝国，再则曰老大帝国。是语也，盖袭译欧西人之言也。呜呼！我中国其果老大矣乎？梁启超曰：恶。是何言，是何言，吾心目中有一少年中国在！

欲言国之老少，请先言人之老少。老年人常思既往，少年人常思将来。惟思既往也，故生留恋心；惟思将来也，故生希望心。惟留恋也，故保守；惟希望也，故进取。惟保守也，故永旧；惟进取也，故日新。惟思既往也，事事皆其所已经者，故惟知照例；惟思将来也，事事皆其所未经者，故常敢破格。老年人常多忧虑，少年人常好行乐。惟多忧也，故灰心；惟行乐也，故盛气。惟灰心也，故怯懦；惟盛气也，故豪壮。惟怯懦也，故苟且；惟豪壮也，故冒险。惟苟且也，故能灭世界；惟冒险也，故能造世界。老年人常厌事，少年人常喜事。惟厌事也，故常觉一切事无可为者；惟好事也，故常觉一切事无不可为者。老年人如夕照，少年人如朝阳；老年人如瘠牛，少年人如乳虎；老年人如僧，少年人如侠；老年人如字典，少年人如戏文；老年人如鸦片烟，少年人如泼兰地酒；老年人如别行星之陨石，少年人如大洋海之珊瑚岛；老年人如埃及沙漠之金字塔，少年人如西伯利亚之铁路；老年人如秋后之柳，少年人如春前之草；老年人如死海之潴为泽，少年人如长江之初发源。此老年与少年性格不同之大略也。梁启超曰：人固有之，国亦宜然。

梁启超曰：伤哉老大也。浔阳江头琵琶妇，当明月绕船，枫叶瑟瑟，衾寒于铁，似梦非梦之时，追想洛阳尘中春花秋月之佳趣。西宫南内，白发宫娥，一灯如穗，三五对坐，谈开元、天宝间遗事，谱霓裳羽衣曲。青门种瓜人，左对孺人，顾弄孺子，忆侯门似海，珠履杂遝之盛事。拿破仑之流于厄蔑，阿剌飞之幽于锡兰，与三两监守吏，或过访之好事者，道当年短刀匹马，驰骋中原，席卷欧洲，血战海楼，一声叱咤，万国震恐之丰功伟烈，初而拍案，继而抚髀，终而揽镜。呜呼，面皴齿尽，白头盈把，颓然老矣！若是者，舍幽郁之外无心事，舍悲惨之外无天地，舍颓唐之外无日月，舍叹息之外无音声，舍待死之外无事业。美人豪杰且然，而况于寻常碌碌者耶！生平亲友，皆在墟墓；起居饮食，待命于人。今日且过，遑知他日；今年且过，遑恤明年。普天下灰心短气之事，未有甚于老大者。于此人也，而欲望以挈云之手段，回天之事功，挟山超海之意气，能乎不能？

呜呼，我中国其果老大矣乎？立乎今日，以指畴昔，唐虞三代，若何之郅治；秦皇汉武，若何之雄杰；汉唐来之文学，若何之隆盛；康乾间之武功。若何之烜赫！历史家所铺叙，词章家所讴歌，何一非我国民少年时代良辰美景、赏心乐事之陈迹哉！而今颓然老矣！昨日割五城，明日割十城，处处雀鼠尽，夜夜鸡犬惊。十八省之土地财产，已为人怀中之肉；四百兆之父兄子弟，已为人注籍之奴。岂所谓"老大嫁作商人妇"者耶？呜呼，凭君莫话当年事，憔悴韶光不忍看。楚囚相对，岌岌顾影；人命危浅，朝不虑夕。国为待死之国，一国之民为待死之民，万事付之奈何，一切凭人作弄，亦何足怪！

梁启超曰：我中国其果老大矣乎？是今日全地球之一大问题也。如其老大也，则是中国为过去之国，即地球上昔本有此国，而今渐渐灭，他日之命运殆将尽也。如其非老大也，则是中国为未来之国，即地球上昔未现此国，而今渐发达，他日之前程且方长也。欲断今日之中国为老大耶？为少年耶？则不可不先明"国"字之意义。夫国也者，何物也？有土地，有人民，以居于其土地之人民，而治其所居之土地之事，自制法律而自守之，有主权，有服从，人人皆主权者，人人皆服从者。夫如是，斯谓之完全成立之国。地球上之有完全成立之国也，自百年以来也。完全成立者，壮年之事也；未能完全成立而渐进于完全成立者，少年之事也。故吾得一言以断之曰：欧洲列邦在今日为壮年国，而我中国在今日为少年国。

夫古昔之中国者，虽有国之名，而未成国之形也。或为家族之国，或为酋长之国，或为诸侯封建之国，或为一王专制之国。虽种类不一，要之，其于国家之体质也，有其一部而缺其一部。正如婴儿自胚胎以迄成童，其身体之一二官支，先行长成，此外则全体虽粗具，然未能得其用也。故唐虞以前为胚胎时代，殷周之际为乳哺时代，由孔子而来至于今为童子时代，逐渐发达，而今乃始将入成童以上少年之界焉。其长成所以若是之迟者，则历代之民贼有窒其生机者也。譬犹童年多病，转类老态，或且疑其死期之将至焉，而不知皆由未完全、未成立也，非过去之谓，而未来之谓也。

且我中国畴昔，岂尝有国家哉？不过有朝廷耳。我黄帝子孙，聚族而居，立于此地球之上者既数千年，而问其国之为何名，则无有也。夫所谓唐、虞、夏、商、周、秦、汉、魏、晋、宋、齐、梁、陈、隋、唐、宋、元、明、清者，则皆朝名耳。朝也者，一家之私产也；国也者，人民之公产也。朝有朝之老少，国有国之老少。朝与国既异物，则不能以朝之老少而指为国之老少明矣。文、武、成、康，周朝之少年时代也；幽、厉、桓、赧，则其老年时代也；高、文、景、武，汉朝之少年时代也；元、平、桓、灵，则其老年时代也。自余历朝，莫不有之。凡此者，谓为一朝廷之老也则可，谓为一国之老也则不可。一朝廷之老且死，犹一人之老且死也，于吾所谓中国者何与焉？然则吾中国者，前此尚未出现于世界，而今乃始萌芽云尔。天地大矣，前途辽矣，美哉，我少年中国乎！

玛志尼者，意大利三杰之魁也，以国事被罪，逃窜异邦，乃创立一会，名曰"少年意大利"。举国志士，云涌雾集以应之，卒乃光复旧物，使意大利为欧洲之一雄邦。夫意大利者，欧洲第一之老大国也，自罗马亡后，土地隶于教皇，政权归于奥国，殆所谓老而濒于死者矣。而得一玛志尼，且能举全国而少年之，况我中国之实为少年时代者耶？堂堂四百余州之国土，凛凛四百余兆之国民，岂遂无一玛志尼其人者！

龚自珍氏之集有诗一章，题曰《能令公少年行》。吾尝爱读之，而有味乎其用意之所存。我国民而自谓其国之老大也，斯果老大矣；我国民而自知其国之少年也，斯乃少年矣。西谚有之曰：有三岁之翁，有百岁之童。然则国之老少，又无定形，而实随国民之心力以为消长者也。吾见乎玛志尼之能令国少年也，吾又见乎我国之官吏士民能令国老大也。吾为此惧。夫以如此壮丽浓郁、翩翩绝世之少年中国，而使欧西、日本人谓我为老大者，何也？则以握国权者皆老朽之人也。非哦几十年八股，非写几十年白折，非当几十年差，非捱几十年俸，非递几十年手本，非唱几十年诺，非磕几十年头，非请几十年安，则必不能得一官，进一职。其内任卿贰以上，外任监司以上者，百人之中，其五官不备者，殆九十六七人也，非眼盲，则耳聋；非手颤，则足跛；否则半身不遂也。彼其一身饮食、步履、视听、言语，尚且不能自了，须三四人在左右扶之捉之，乃能度日，于此而乃欲责之以国事，是何异立无数木偶而使之治天下也。且彼辈者，自其少壮之时，既已不知亚细、欧罗巴为何处地方，汉祖、唐宗是哪朝皇帝，犹嫌其顽钝腐败之未臻其极，又必搓磨之，陶冶之，待其脑髓已涸，血管已塞，气息奄奄，与鬼为邻之时，然后将我二万里山河，四万万人命，一举而畀于其手。呜呼！老大帝国，诚哉其老大也！而彼辈者，积其数十年之八股、白折、当差、捱俸、手本、唱诺、磕头、请安，千辛万苦，千苦万辛，乃始得此红顶花翎之服色，中堂大人之名号，乃出其全副精神，竭其毕生力量，以保持之。如彼乞儿，拾金一锭，虽轰雷盘旋其顶上，而两手犹紧抱其荷包，他事非所顾也，非所知也，非所闻也。于此而告之以亡国也，瓜分也，彼乌从而听之，乌从而信之！即使果亡矣，果分矣，而吾今年既七十矣八十矣，但求其一两年内，洋人不来，强盗不起，我已快活了一世矣；若不得已，则割三头两省之土地，奉申贺敬，以换我几个衙门；卖三几百万之人民作仆为奴，以赎我一条老命，有何不可，有何难办！呜呼！今之所谓老后、老臣、老将、老吏者，其修身、齐家、治国、平天下之手段，皆具于是矣。西风一夜催人老，凋尽朱颜白尽头。使走无常当医生，携催命符以祝寿。嗟乎痛哉！以此为国，是安得不老且死，且吾恐其未及岁而殇也。

梁启超曰：造成今日之老大中国者，则中国老朽之冤业也；制出将来之少年中国者，则中国少年之责任也。彼老朽者何足道？彼与此世界作别之日不远矣，而我少年乃新来而与世界为缘。如僦屋者然，彼明日将迁居他方，而我今日始入此室处，将迁居者，不爱护其窗棂，不洁治其庭庑，俗人恒情，亦何足怪。若我少年者，前程浩浩，后顾茫茫，中国而为牛、为马、为奴、为隶，则烹脔鞭棰之惨酷，惟我少年当之；中国如称霸宇内，主盟地球，则指挥顾盼之尊荣，惟我少年享之。于彼气息奄奄、与鬼为邻者何与焉？彼而漠然置之，犹可言也；我而漠然置之，不可言也。使举国之少年而果为少年也，则吾中国为未来之国，其进步未可量也；使举国之少年而亦为老大也，则吾中国为过去之国，其澌亡可翘足而待也。故今日之责任，不在他人，而全在我少年。少年智则国智，少年富则国富，少年强则国强，少年独立则国独立，少年自由则国自由，少年进步则国进步，少年胜于欧洲，则国胜于欧洲，少年雄于地球，则国雄于地球。红日初升，其道大光；河出伏流，一泻汪洋；潜龙腾渊，鳞爪飞扬；乳虎啸谷，百兽震惶；鹰隼试翼，风尘吸张；奇花初胎，矞矞皇皇；干将发硎，有作其芒；天戴其苍，地履其黄;纵有千古,横有八荒;前途似海,来日方长。美哉,我少年中国,与天不老!壮哉,我中国少年,与国无疆!

"三十功名尘与土,八千里路云和月。莫等闲白了少年头,空悲切!"此岳武穆《满江红》词句也,作者自六岁时即口受记忆,至今喜诵之不衰。自今以往,弃"哀时客"之名,更自名曰"少年中国之少年"。

作者附识。

(1900年)

[导读]

梁启超(1873—1929),字卓如,一字任甫,号任公,别署饮冰子,或署饮冰室主人。中国近代史上著名的政治活动家、思想家、文学家、一代国学大师。曾倡导文体改良的"诗界革命"和"小说界革命"。其著作合编为《饮冰室合集》。

梁启超的一生充满了繁复驳杂的传奇经历,在思想和学术上均取得了异常突出的成就,被世人誉为中国近百年来不可多见的"百科全书"式的天才学者,对后世产生了不可估量的影响。

《少年中国说》原载于1900年2月10日《清议报》第35册。文章对封建政体及其滋生的痼疾作了强烈批判。以"老"为中心,提出"且我中国畴昔,岂尝有国家哉?不过有朝廷耳""握国权者皆老朽之人也。……以此为国,是安得不老且死,且吾恐其未及岁而殇也""然则国之老少,又无定形,而实随国民之心力以为消长者也",最后得出结论:"造成今日之老大中国者,则中国老朽之冤业也;制出将来之少年中国者,则中国少年之责任也。"

同时,作家在语言上的独创性,体现了中国语言"从文言文转变为白话文,从文字型文学语言复归于口语型文学语言的过渡形态"。虽然梁启超对旧有词汇系统的革命还不彻底,在叙述过程中仍有文白相杂的现象,但这种"新文体",在中国散文和中国文学语言演化更革的历史上,它无疑是适应了历史本身对文学语言变革提出的要求,已成为不可阻挡的历史潮流汹涌澎湃而来,也赋予新的资产阶级以更有力的言说武器。

作为一篇议论说理的文章,《少年中国说》也似未成熟的稚童,有诸多不足,"把一切希望不加分析地寄托于中国新起的一代少年,也是片面的进化论观点。他对于少年中国的未来,于字里行间,虽然充满了炽热的情感,但他到底也没能指出一条奔赴未来的可行之路"。但在当时的社会历史背景下,此文的感召力明显大大超越了它在文学技巧上的影响。全文最为振奋人心的,当数最后的呐喊:"少年智则国智,少年富则国富,少年强则国强,少年独立则国独立,少年自由则国自由,少年进步则国进步,少年胜于欧洲,则国胜于欧洲,少年雄于地球,则国雄于地球。"激励了数代中华儿女报国酬志的雄心。黄遵宪曾盛赞梁启超的文章是"惊心动魄,一字千金,人人笔下所无,却为人人意中所有,虽铁石人亦应感动。从古至今文字之力之大,无过于此者矣"。在这里,"智、富、强、独立、自由、进步",正是他此后致力于"新民"启蒙的思想萌芽。

梁启超曾在《清议报》《新民丛报》《新小说》等刊物上发表大量文章,写作的主要内容与方向在于推广西方资产阶级的理论和思想,批判封建专制主义和封建伦理道德。

他在《新民说·论新民为今日中国第一急务》中说："然则苟有新民，何患无新制度，无新政府，无新国家？""故今日欲抵挡列强之民族帝国主义，以挽浩劫而拯生灵，惟有我行我民族主义之一策；而欲实行民族主义于中国，舍新民末由。"可见，"国性"与"民德"是贯穿了他一生思想的主线和基本见解。"他关于'国性'的思想以及对于中国人之'民德'的检审与思索，终生坚持。他从这两个方面探讨了中国文化传统在面对来自西方挑战和面对民族生活之现代化要求时所具有的生命力。"鲁迅著名的改革国民性思想，无疑也是由此继承而来。

政治与文学的双重革新理念，是梁启超带领着"新体文"在中国近代文学史上大手画下浓重的一笔。而当今中国的少年应是怎样的少年？这也是值得我们深思的问题。

鲁　迅

现代史

从我有记忆的时候起，直到现在，凡我所曾经到过的地方，在空地上，常常看见有"变把戏"的，也叫作"变戏法"的。

这变戏法的，大概只有两种——一种，是教一个猴子戴起假面，穿上衣服，耍一通刀枪；骑了羊跑几圈。还有一匹用稀粥养活，已经瘦得皮包骨头的狗熊玩一些把戏。末后是向大家要钱。

一种，是将一块石头放在空盒子里，用手巾左盖右盖，变出一只白鸽来；还有将纸塞在嘴巴里，点上火，从嘴角鼻孔里冒出烟焰。其次是向大家要钱。要了钱之后，一个人嫌少，装腔作势的不肯变了，一个人来劝他，对大家说再五个。果然有人抛钱了，于是再四个，三个……抛足之后，戏法就又开了场。这回是将一个孩子装进小口的坛子里面去，只见一条小辫子，要他再出来，又要钱。收足之后，不知怎么一来，大人用尖刀将孩子刺死了，盖上被单，直挺挺躺着，要他活过来，又要钱。

"在家靠父母，出家靠朋友……Huazaa！Huazaa！"变戏法的装出撒钱的手势，严肃而悲哀的说。

别的孩子，如果走近去想仔细的看，他是要骂的；再不听，他就会打。

果然有许多人 Huazaa 了。待到数目和预料的差不多，他们就捡起钱来，收拾家伙，死孩子也自己爬起来，一同走掉了。

看客们也就呆头呆脑的走散。

这空地上，暂时是沉寂了。过了些时，就又来这一套。俗语说，"戏法人人会变，各有巧妙不同"。其实是许多年间，总是这一套，也总有人看，总有人 Huazaa，不过其间必须经过沉寂的几日。

我的话说完了，意思也浅得很，不过说大家 HuazaaHuazaa 一通之后，又要静几天了，然后再来这一套。

到这里我才记得写错了题目，这真是成了"不死不活"的东西。

四月一日

（选自《鲁迅全集》第五卷，人民文学出版社 1981 年版）

[导读]

鲁迅（1881—1936），浙江绍兴人，原名周树人，字豫才，我国伟大的文学家、思想家、革命家，我国现代文学的开拓者和奠基人。杂文集有《坟》《三闲集》《伪自由书》《且介亭杂文》等。本篇最初发表于1933年4月8日《申报·自由谈》，署名何家干，后收入《伪自由书》。

初读文章，颇有文题风马牛不相及之感，在结尾，作者自己也说"到这里我才记得写错了题目"。合上书卷，杂耍的猴子在眼前上蹿下跳，"Huazaa！Huazaa"之声余音不绝，才发现这"不死不活的东西"在中国近代阶级斗争的历史舞台上无不重演，这历史，是鲁迅深邃的政治远见的雄辩见证。

回首这些曾在中国现代政坛"你方唱罢我登场"的军阀政客，从辛亥革命后复辟帝制的袁世凯，到次第粉墨登场统治北方的冯国璋、段祺瑞、曹锟、吴佩孚、张作霖；从称霸一隅的两广、滇、黔、川军阀，再到1928年统一全国的蒋介石集团，他们之间相互斗争，此消彼长，忽而针锋相对不可开交，忽而握手言和把酒相欢。在历史的舞台上，这些所谓的"统治者"，都像小丑一般变戏法，忽悠得民众眼花缭乱同时又深陷痛苦的泥沼。"他们虽说统治时间、地点各异，所举旗帜和统治方式有别，但对人民政治上的黑暗专制，尤其是经济上的残酷搜刮掠夺却完全一致。""不同的军阀之间、兵与兵之间没有差别，甚至兵与匪之间也没有差别。"各路军阀妙语连珠，使出浑身解数，变换频繁、花样翻新，只为算计"看客们"的荷包，口中喊着"Huazaa！Huazaa！""在鲁迅看来，中国从袁世凯到蒋介石的现代统治者，都是一批杀人如麻，由革命者和善良的人的'血''浮'上统治宝座的'假革命的反革命'，他们的统治不过是'戏子的统治'，整部'现代史'，不过是这些刽子手和伪君子变把戏的历史，对这些人的一言一行，都要从'反面来推测'才不至上当受骗。"（姚春树、袁勇麟《20世纪中国杂文史》）

而作为被统治者的人民，在好不容易摆脱了维续两千多年的封建皇权压迫后，却又要重新面对兵灾国难所带来的掠夺搜刮，以及不断破灭的希望和期盼，他们是被骗的看客。在暗无天日的旧中国，他们收入囊中的，只有无奈和痛楚。他们可怜吗？麻木地看着，麻木地给钱，麻木地被聚拢过来，又麻木地散去。把戏做完了，"看客们也就呆头呆脑的走散"，又回到鲁迅那把投枪直刺的国民性。

善于运用比喻，是鲁迅杂文在语言艺术上一个很大的特点，整篇《现代史》就是一部寓言。无奈的是，在那没有言论自由的时代，也只能文不对题地写写变戏法，将文章变成"不死不活的东西"。可正是这"不死不活的东西"，将议论巧妙地寓于形象的描述当中，通篇作比，把政治立场、对于社会的深刻观察、对于民众的同情，寓于深邃冷峻的思想和睿智机巧的构思之中。正如郁达夫所说："当我们见到局部时，他见到的却是全面。当我们热衷于掌握现实时，他已把握了古今与未来。"（《鲁迅的伟大》）

周作人

故乡的野菜

我的故乡不止一个，凡我住过的地方都是故乡。故乡对于我并没有什么特别的情分，只因钓于斯游于斯的关系，朝夕会面，遂成相识，正如乡村里的邻舍一样，虽然不是亲属，别后有时也要想念到他。我在浙东住过十几年，南京东京都住过六年，这都是我的故乡；现在住在北京，于是北京就成了我的家乡了。

日前我的妻往西单市场买菜回来，说起有荠菜在那里卖着，我便想起浙东的事来。荠菜是浙东人春天常吃的野菜，乡间不必说，就是城里只要有后园的人家都可以随时采食，妇女小儿各拿一把剪刀一只"苗篮"，蹲在地上搜寻，是一种有趣味的游戏的工作。那时小孩们唱道："荠菜马兰头，姊姊嫁在后门头。"后来马兰头有乡人拿来进城售卖了，但荠菜还是一种野菜，须得自家去采。关于荠菜向来颇有风雅的传说，不过这似乎以吴地为主。《西湖游览志》云："三月三日男女皆戴荠菜花。谚云三春戴荠花，桃李羞繁华。"顾禄的《清嘉录》上亦说："荠菜花俗呼野菜花，因谚有三月三蚂蚁上灶山之语，三日人家皆以野菜花置灶陉上，以厌虫蚁。侵晨村童叫卖不绝。或妇女簪髻上以祈清目，俗号眼亮花。"但浙东人却不很理会这些事情，只是挑来做菜或炒年糕吃罢了。

黄花麦果通称鼠曲草，系菊科植物，叶小微圆互生，表面有白毛，花黄色，簇生梢头。春天采嫩叶，捣烂去汁，和粉作糕，称黄花麦果糕。小孩们有歌赞美之云：

黄花麦果韧结结，
关得大门自要吃；
半块拿弗出，一块自要吃。

清明前后扫墓时，有些人家——大约是保存古风的人家——用黄花麦果作供，但不作饼状，做成小颗如指顶大，或细条如小指，以五六个作一攒，名曰茧果，不知是什么意思，或因蚕上山时设祭，也用这种食品，故有是称，亦未可知。自从十二三岁时外出不参与外祖家扫墓以后，不复见过茧果，近来住在北京，也不再见黄花麦果的影子了。日本称作"御形"，与荠菜同为春天的七草之一，也采来做点心用，状如艾饺，名曰"草饼"，春分前后多食之，在北京也有，但是吃去总是日本风味，不复是儿时的黄花麦果糕了。

扫墓时候所常吃的还有一种野菜，俗称草紫，通称紫云英。农人在收获后，播种田内，用作肥料，是一种很被贱视的植物，但采取嫩茎瀹食，味颇鲜美，似豌豆苗。花紫红色，数十亩接连不断，一片锦绣，如铺着华美的地毯，非常好看，而且花朵状若蝴蝶，又如鸡雏，尤为小孩所喜。间有白色的花，相传可以治痢，很是珍重，但不易得。日本《俳句大辞典》云："此草与蒲公英同是习见的东西，从幼年时代便已熟识。在女人里边，不曾采过紫云英的人，恐未必有罢。"中国古来没有花环，但紫云英的花球却是小孩常玩的东西，这一层我还替那些小人们欣幸的。浙东扫墓用鼓吹，所以少年们常随了音乐去看"上坟船里的姣姣"；没有钱的人家虽没有鼓吹，但是船头上篷窗下总露出些紫云英和杜鹃的花束，这也就是上坟船的确实的证据了。

（选自1924年4月5日《晨报副刊》）

[导读]

周作人（1885—1967），浙江绍兴人。散文家、翻译家。散文集有《自己的园地》《雨天的书》《泽泻集》《苦茶随笔》等。

对普通人的平凡人生充满一种琐细、温煦的关怀是周作人散文的一个显著特点。将自己真切的关怀投注到普通人生的各个角落，在人们熟视无睹的地方，他写出了许许多多感人至深的好文章。《故乡的野菜》即是这方面的代表作之一。荠菜、鼠曲草、紫云英都是些上不得台面的东西，但作者朴实亲切的文笔、博雅温厚的诗情却一下子拉近了人们与野菜的距离。尤其难得的是，他的描写是那么纤悉周备，委曲近情，充满了生活的原汁原味。如最后一段对紫云英的介绍，不避琐细，娓娓道来，细腻真切的笔法感人至深。众所周知，周作人的学问和思想博大精深，非常人能及，但在行文时，他却始终能以一颗平常的心，平实中肯的语气，条理清晰地将深奥或复杂的对象清楚明白地表述出来，态度诚恳谦和，不愠不火，文风质朴而儒雅，这是很难得的。

读《故乡的野菜》我们很容易被作者的"博识"所吸引。每当介绍一种野菜时，他都会从儿歌、传说、游记、辞典、地方志、乡贤著作以及自己的见闻中旁征博引，似信手拈来，却又娓娓动听，别有风味。

郁达夫

水样的春愁
——自传之四

洋学堂里的特殊科目之一，自然是伊利哇拉的英文。现在回想起来，虽不免有点觉得好笑，但在当时，杂在各年长的同学当中，和他们一样地曲着背，耸着肩，摇摆着身体，用了读《古文辞类纂》的腔调，高声朗诵着皮衣啤，皮哀排的精神，却真是一点儿含糊苟且之处都没有。初学会写字母之后，大家所急于想一试的，是自己的名字的外国写法；于是教英文的先生，在课余之暇就又多了一门专为学生拼英文名字的工作。有几位想走捷径的同学，并且还去问过先生，外国百家姓和外国三字经有没有得买的？先生笑着回答说，外国百家姓和三字经，就只有你们在读的那一本泼剌玛的时候，同学们于失望之余，反更是皮哀排，皮衣啤地叫得起劲。当然是不用说的，学英文还没有到一个礼拜，几本当教科书用的《十三经注疏》《御批通鉴辑览》的黄封面上，大家都各自用墨水笔题上了英文拼的歪斜的名字。又进一步，便是用了异样的发音，操英文说着"你是一只狗"，"我是你的父亲"之类的话，大家互讨便宜的混战；而实际上，有几位乡下的同学，却已经真的是两三个小孩子的父亲了。

因为一班之中，我的年龄算最小，所以自修室里，当监课的先生走后，另外的同学们在密语着哄笑着的关于男女的问题，我简直一点儿也感不到兴趣。从性知识发育落后的一点上说，我确不得不承认自己是一个最低能的人。又因自小就习于孤独，困于家境

的结果，怕羞的心，畏缩的性，更使我的胆量，变得异常的小。在课堂上，坐在我左边的一位同学，年纪只比我大了一岁，他家里有几位相貌长得和他一样美的姊妹，并且住得也和学堂很近很近。因此，在校里，他就是被同学们苦缠得最利害的一个；而礼拜天或假日，他的家里，就成了同学们的聚集的地方。当课余之暇，或放假期里，他原也恳切地邀过我几次，邀我上他家里去玩去；促形秽之感，终于把我的向往之心压住，曾有好几次想决心跟了他上他家去，可是到了他们的门口，却又同罪犯似的逃了。他以他的美貌，以他的财富和姊妹，不但在学堂里博得了绝大的声势，就是在我们那小小的县城里，也赢得了一般的好誉。而尤其使我羡慕的，是他的那一种对同我们是同年辈的异性们的周旋才略，当时我们县城里的几位相貌比较艳丽一点的女性，个个是和他要好的，但他也实在真胆大，真会取巧。

当时同我们是同年辈的女性，装饰入时，态度豁达，为大家所称道的，有三个。一个是一位在上海开店，富甲一邑的商人赵某的侄女，她住得和我最近。还有两个，也是比较富有的中产人家的女儿，在交通不便的当时，已经各跟了她们家里的亲戚，到杭州上海等地方去跑跑了。她们俩，却都是我那位同学的邻居。这三个女性的门前，当傍晚的时候，或月明的中夜，老有一个一个的黑影在徘徊；这些黑影的当中，有不少却是我们的同学。因为每到礼拜一的早晨，没有上课之先，我老听见有同学们在操场上笑说在一道，并且时时还高声地用着英文作了隐语，如"我看见她了！""我听见她在读书"之类。而无论在什么地方于什么时候的凡关于这一类的谈话的中心人物，总是课堂上坐在我的右边，年龄只比我大一岁的那一位天之骄子。

赵家的那位少女，皮色实在细白不过，脸形是瓜子脸；更因为她家里有了几个钱，而又时常上上海她叔父那里去走动的缘故，衣服式样的新异，自然可以不必说，就是做衣服的材料之类，也都是当时未开通的我们所不曾见过的。她们家里，只有一位寡母和一个年轻的女仆，而住的房子却很大很大。门前是一排柳树，柳树下还杂种着些鲜花；对面的一带红墙，是学宫的泮水围墙，泮池上的大树，枝叶垂到了墙外，红绿便映成着一色。当浓春将过，首夏初来的春三四月，脚踏着日光下石砌路上的树影，手捉着扑面飞舞的杨花，到这一条路上去走走，就是没有什么另外的奢望，也很有点象梦里的游行，更何况楼头窗里，时常会有那一张少女的粉脸出来向你抛一眼两眼的低眉斜视呢！此外的两个女性，相貌更是完整，衣饰也尽够美丽，并且因为她俩的住址接近，出来总在一道，平时在家，也老在一处，所以胆子也大，认识的人也多。她们在二十余年前的当时，已经是开放得很，有点象现代的自由女子了，因而上她们家里去鬼混，或到她们门前去守望的青年，数目特别的多，种类也自然要杂。

我虽则胆量很小，性知识完全没有，并且也有点过分的矜持，以为成日地和女孩子们混在一道，是读书人的大耻，是没出息的行为；但到底还是一个亚当的后裔，喉头的苹果，怎么也吐它不出咽它不下，同北方厚雪地下的细草萌芽一样，到得冬来，自然也难免得有些望春之意；老实说将出来，我偶尔在路上遇见她们中间的无论哪一个，或凑巧在她们门前走过一次的时候，心里也着实有点儿难受。

住在我那同学邻近的两位，因为距离的关系，更因为她们的处世知识比我长进，人生经验比我老成得多，和我那位同学当然是早已有过纠葛，就是和许多不分学生的青年男子，也各已有了种种的风说，对于我虽象是一种含有毒汁的妖艳的花，诱惑性或许格外的强烈，但明知我自己决不是她们的对手，平时不过于遇见的时候有点难以为情的样子，此外倒也没有什么了不得的思慕，可是那一位赵家的少女，却整整地恼乱了我两年的童心。

我和她的住处比较得近，故而三日两头，总有着见面的机会。见面的时候，她或许是无心，只同对于其他的同年辈的男孩子打招呼一样，对我微笑一下，点一点头，但在我却感得同犯了大罪被人发觉了的样子，和她见面一次，马上要变得头昏耳热，胸腔里的一颗心突突地总有半个钟头好跳。因此，我上学去或下课回来；以及平时在家或出外去的时候，总无时无刻不在留心，想避去和她的相见。但遇到了她，等她走过去后，或用功用得很疲乏把眼睛从书本子举起的一瞬间，心里又老在盼望，盼望着她再来一次，再上我的眼面前来立着对我微笑一脸。

有时候从家中进出的人的口里传来，听说"她和她母亲又上上海去了，不知要什么时候回来？"我心里会同时感到一种象深重负又象失去了什么似的忧虑，生怕她从此一去，将永久地不回来了。

同芭蕉叶似地重重包裹着的我这一颗无邪的心，不知在什么地方，透露了消息，终于被课堂上坐在我左边的那位同学看穿了。一个礼拜六的下午，落课之后，他轻轻地拉着了我的手对我说："今天下午，赵家的那个小丫头，要上倩儿家去，你愿不愿意和我同去一道玩儿？"这里所说的倩儿，就是那两位他邻居的女孩子之中的一个的名字。我听了他的这一句密语，立时就涨红了脸，喘急了气，嗫嚅着说不出一句话来回答他，尽在拼命的摇头，表示我不愿意去，同时眼睛里也水汪汪地想哭出来的样子；而他却似乎已经看破了我的隐衷，得着了我的同意似地用强力把我拖出了校门。

到了倩儿她们的门口，当然又是一番争执，但经他大声的一喊，门里的三个女孩，却同时笑着跑出来了；已经到了她们的面前，我也没有什么别的办法了，自然只好俯着首，红着脸，同被绑赴刑场的死刑囚似地跟她们到了室内。经我那位同学带了滑稽的声调将如何把我拖来的情节说了一遍之后，她们接着就是一阵大笑。我心里有点气起来了，以为她们和他在侮辱我，所以于羞愧之上，又加了一层怒意。但是奇怪得很，两只脚却软落来了，心里虽在想一溜跑走，而腿神经终于不听命令。跟她们再到客房里去坐下，看他们四人捏起了骨牌，我连想跑的心思也早已忘掉，坐将在我那位同学的背后，眼睛虽则时时在注视着牌，但间或得着机会，也着实向她们的脸部偷看了许多次数。等她们的输赢赌完，一餐东道的夜饭吃过，我也居然和她们伴熟，有说有笑了。临走的时候，倩儿的母亲还派了我一个差使，点上灯笼，要我把赵家的女孩送回家去。自从这一回后，我也居然入了我那同学的伙，不时上赵家和另外的两女孩家去进出了；可是生来胆小，又加以毕业考试的将次到来，我的和她们的来往，终没有象我那位同学似的繁密。

正当我十四岁的那一年春天（一九〇九，宣统元年己酉），是旧历正月十三的晚上，学堂里于白天给与了我以毕业文凭及增生执照之后，就在大厅上摆起了五桌送别毕业生的酒宴。这一晚的月亮好得很，天气也温暖得象二三月的样子。满城的爆竹，是在庆祝新年的上灯佳节，我于喝了几杯酒后，心里也感到了一种不能抑制的欢欣。出了校门，

踏着月亮,我的双脚,便自然而然地走向了赵家。她们的女仆陪她母亲上街去买蜡烛水果等过元宵的物品去了,推门进去,我只见她一个人拖着了一条长长的辫子,坐在大厅上的桌子边上洋灯底下练习写字。听见了我的脚步声音,她头也不朝转来,只曼声地问了一声"是谁?"我故意屏着声,提着脚,轻轻地走上了她的背后,一使劲一口就把她面前的那盏洋灯吹灭了。月光如潮水似地浸满了这一座朝南的大厅,她于一声高叫之后,马上就把头朝了转来。我在月光里看见了她那张大理石似的嫩脸,和黑水晶似的眼睛,觉得怎么也熬忍不住了,顺势就伸出了两只手去,捏住了她的手臂。两人的中间,她也不发一语,我也并无一言,她是扭转了身坐着,我是向她立着的。她只微笑着看看我看看月亮,我也只微笑着看看她看看中庭的空处,虽然此处的动作,轻薄的邪念,明显的表示,一点儿也没有,但不晓怎样一般满足,深沉,陶醉的感觉,竟同四周的月光一样,包满了我的全身。

两人这样的在月光里沉默着相对,不知过了多久,终于她轻轻地开始说话了:"今晚上你在喝酒?""是的,是在学堂里喝的。"到这里我才放开了两手,向她边上的一张椅子里坐了下去。"明天你就要上杭州去考中学去么?"停了一会,她又轻轻地问了一声。"嗳,是的,明朝坐快班船去。"两人又沉默着,不知坐了几多时候,忽听见门外头她母亲和女仆说话的声音渐渐儿的近了,她于是就忙着立起来擦洋火,点上了洋灯。

她母亲进到了厅上,放下了买来的物品,先向我说了些道贺的话,我也告诉了她,明天将离开故乡到杭州去;谈不上半点钟的闲话,我就匆匆告辞出来了。在柳树影里披了月光走回家来,我一边回味着刚才在月光里和她两人相对时的沉醉似的恍惚,一边在心的底里,忽儿又感到了一点极淡极淡,同水一样的春愁。

一月五日

(原载 1935 年 1 月 20 日《人世间》半月刊第 20 期)

[导读]

郁达夫(1896—1945),原名郁文,字达夫,幼名阿凤,浙江富阳人。小说家、散文家、诗人。散文集有《达夫游记》《闲书》等。

郁达夫曾在《五六年来的创作生活的回顾》一文中说:"我觉得'文学作品,都是作家的自叙传'这一句话,是千真万真的。"也在《〈中国新文学大系〉散文二集》导言中说,"现代的散文之最大特征,是每一个作家的每一篇散文里所表现的个性,比任何散文都来得强","现代的散文,却更是带有自叙传的色彩了,我们只消把现代作家集一翻,则这作家的世系,性格,嗜好,思想,信仰,以及生活习惯等等,无不活泼泼地显现在我们的眼前。这一种自叙传的色彩是什么呢,就是文学里所最可宝贵的个性的表现。"《水样的春愁》直白署上"自传之四",叙写年少青涩的爱情。而这种"自传"的散文体式,也与郁达夫内心的浪漫主义艺术气质紧密契合。

这篇写人叙事的散文,颇有些小说的韵味,但其中激越的情感、盎然的诗意、坦率和诚挚的品性,却悄然流露出青春懵懂的甜美与初尝爱情的酸涩,真切可爱。郁达夫说:"总要把热情渗入,不能达到忘情忘我的境地。"(《达夫自选集·序》)

真诚,是郁达夫对传记的根本要求,他认为"新的传记,是在记述一个活泼泼的人的一生""他的美点,自然应当写出,但他的缺点与特点,因为要传述一个活泼泼而且整个的人,不可不书。所以若要写新的有关文学价值的传记,我们应当将他外面的起伏事实与内心的变革过程同时抒写出来,长处短处,公生活与私生活,一颦一笑,一死一生,择其要者,尽量来写,才可以见得真,说得像"(《什么是传记文学?》)。他的九篇自传承此而来,出自真情。

郁达夫早期的散文总是或明或暗地流露出自卑的羞怯。他曾毫不掩饰地说:"我平时对人,老有一种自卑狂。"他甚至把自己的出生说成是"一出结构并不很好而尚未完成的悲剧"。而在《水样的春愁》中,这种自卑心态又和他个性中的率真酣畅相辅相成,体现出独特的审美价值。他也并不用浓艳的或大段煽情的文字来渲染铺张,"而是那么轻轻一点,仿佛用手指轻捻古琴,使那弦索发出悠长动人心魄的鸣响,而余音袅袅,不绝如缕,在人们的心中萦绕不息。这是一种情真辞淡的高洁深邃的意境创造"。将现实的生命体验以诗意的笔调进行重新演绎,独抒性灵,以一种类似于抒情诗的情调,在读者身上唤起绵想的艺术效果。

何其芳

独　语

设想独步在荒凉的夜街上,一种枯寂的声响固执地追随着你,如昏黄的灯光下的黑色影子,你不知该对它珍爱还是不能忍耐了:那是你脚步的独语。

人在孤寂时常发出奇异的语言,或是动作。动作也是语言的一种。

决绝地离开了绿蒂的维特,独步在阳光与垂柳的堤岸上,如在梦里。诱惑的彩色又激动了他做画家的欲望,遂决心试卜他自己的命运了。他从衣袋里摸出一把小刀子,从垂柳里掷入河水中。他想:若是能看见它的落下,他就将成为一个画家,否则不。那寂寞的一挥手使你感动吗?你了解吗?

我又想起了一个西晋人物,他爱驱车独游,到车辙不通之处就痛哭而返。

绝顶登高,谁不悲慨地一长啸呢?是想以他的声音填满宇宙的辽阔吗?等到追问时怕又只有沉默地低首了。我曾经走进一个古代的建筑物,画檐巨柱都争着向我有所诉说,低小的石栏也发出声息,像一些坚忍的沉思的手指在上面呻吟,而我自己倒成了一个化石了。

或是昏黄的灯光下,放在你面前的是一册杰出的书,你将听见里面各个人物的独语。温柔的独语,悲哀的独语,或者狂暴的独语。黑色的门紧闭着:一个永远期待的灵魂死在门内,一个永远找寻的灵魂死在门外。每一个灵魂是一个世界,没有窗户。而可爱的灵魂都是倔强的独语者。

我的思想倒不是在荒野上奔驰。有一所落寞的古老的屋子,画壁漫漶,阶石上铺着白藓,像期待着最后的脚步:当我独自时我就神往了。

真有这样一个所在,或者是在梦里吗?或者不过是两章宿昔嗜爱的诗篇的糅合,没有关联的奇异的糅合:幔子半掩,地板已扫,死者的床榻上常春藤影在爬;死者的魂灵回到他熟悉的屋子里,朋友们在聚餐,嬉笑,都说着"明天明天",无人记起"昨天"。

这是颓废吗？我能很美丽地想着"死"，反不能美丽地想着"生"吗？

我何以又叹息："去者日以疏，生者日以亲？"是慨叹着我被人忘记了，还是我忘记了人呢？

"这里是你的帽子"，或者"这里是你的纱巾，我们出去走走吧"，我还能说这些惯口的句子。而我那温和的沉默的朋友，我更记起他：他屋里有一个古怪的抽屉，精致的小信封，装着丁香花，或是不知名的扇形的叶子，像为着分我的寂寞而展示他温柔的记忆。墙上是一张小画片，翻过背面来，写着"月的渔女"。

唉。我尝自忖度：那使人类温暖的，我不是过分缺乏了它就是充溢了它。两者都足以致病的。

印度王子出游，看见生老病死，遂发自度度人的宏愿。我也倒想有一树菩提之阴，坐在下面思索一会儿。虽然我要思索的是另外一个题目。

于是，我的目光在窗上徘徊了。天色像一张阴晦的脸压在窗前，发出令人窒息的呼吸。这就是我抑郁的缘故吗？而又，在窗格的左角，我发现一个我的独语的窃听者了：像一个鸣蝉蜕弃的躯壳，向上蹲伏着，嚓默地，嚓默地，和着它一对长长的触须，三对屈曲的瘦腿。我记起了它是我用自己的手描画成的一个昆虫的影子，当它迟徐地爬到我窗纸上，发出孤独的银样的鸣声，在一个过逝的有阳光的秋天里。

一九三四年三月二日

[导读]

何其芳（1912—1977），诗人、散文家、文学评论家。四川万县（现重庆万州）人，毕业于北京大学哲学系。散文集有《画梦录》《星火集》等。

《独语》是何其芳早期的作品。整篇散文都是作者自我内心世界的告白，而拒绝与读者交流，是一篇"独语体"散文。所谓独语，就是自言自语，它是个体陷入自我精神反思的一种心理结构，一般展示的是个体对生命、存在的一种思考和体验，它通过诗一般的语言来表达作者的思想感情。在独语体散文中，作者排除了他人的干扰，也拒绝与读者交流，而径直逼视自己的灵魂深处，捕捉自我微妙难以言传的感觉，作者通过强化自己内心的孤独与失落，表达自己对世界更深层次的哲理思考。其最大的特点就是封闭性与自我指涉性。通过强化自己内心的孤独感与荒凉感，表达个体面对外在世界的生命体验，也实现着常有的幻想色彩的审美追求。在独语体散文中，鲁迅的《野草》开了先河，而何其芳的《画梦录》却通常被认为是散文世界中的奇葩。

《独语》如诗般的语言，朦胧梦幻，展现着寂寞忧郁的孤独，有憧憬，有热切。但孤独也有着不同的面孔，形单影只的落寞，在空气中迷漫。"独步在阳光与垂柳的堤岸上"，是维特"离开了绿蒂"后的独语；"痛哭而返"是阮籍"驱车独游"时穷途之哭的独语，"这一'独语'的真正内容是：路在何方？""古建筑物"中"画檐巨柱"的"诉说"，"低小石栏"发出的"声息"，都是孤独灵魂的独语……

"独语"，是一种姿态，是瞬间的心绪的倾诉，何其芳笔下的"独语"具有双层含义：一方面，当倾听者缺席，所有的"表达"都是"独语"；另一方面，这种寂寞令人恐惧，却又无法摆脱。前者是人与人之间无法相通的痛苦，每个人都有差别与独立性，每个人都在诉说,却没有人倾听;后者是"影子"与"声音"表达的寂寞,作为文中两个重要的意象,它们的存在是意味深长的——试图"反抗寂寞"的努力成为"寂寞"情绪风平浪静表层之下一股忧伤的潜流。

与后期对解放区人和事的歌颂以及对国统区的揭露相比,《独语》时期的何其芳,还"成天梦着一些美丽的温柔的东西""他不满丑恶的现实,又不清楚出路何在;他热切地向往着生活中美好的事物,但缺乏热烈的追求。于是较多徘徊与怀念,憧憬和梦幻之中,只能留下寂寞和忧郁。这样的人注定是孤独的"。"黑色的门"象征黑暗的社会,"灵魂"暗指鲜活的个体生命,于是才有"黑色的门紧闭着:一个永远期待的灵魂死在门内,一个永远找寻的灵魂死在门外。每一个灵魂是一个世界,没有窗户。而可爱的灵魂都是倔强的独语者"。体现出作者创作早期时的小资产阶级知识青年的思想和个性。其"超达深渊的情趣",为抒情散文开辟了一片新的园地,1937年荣获上海《大公报》文艺奖金,也为何其芳赢得了极大的荣誉。

梁实秋

雅 舍

到四川来,觉得此地人建造房屋最是经济。火烧过的砖,常常用来做柱子,孤零零的砌起四根砖柱,上面盖上一个木头架子,看上去瘦骨磷磷,单薄得可怜;但是顶上铺了瓦,四面编了竹篦墙,墙上敷了泥灰,远远的看过去,没有人能说不像是座房子。我现在住的"雅舍"正是这样一座典型的房子。不消说,这房子有砖柱,有竹篦墙,一切特点都应有尽有。讲到住房,我的经验不算少,什么"上支下摘","前廊后厦","一楼一底","三上三下","亭子间","茆草棚","琼楼玉宇"和"摩天大厦",各式各样,我都尝试过。我不论住在哪里,只要住得稍久,对那房子便发生感情,非不得已我还舍不得搬。这"雅舍",我初来时仅求其能蔽风雨,并不敢存奢望,现在住了两个多月,我的好感油然而生。虽然我已渐渐感觉它并不能蔽风雨,因为有窗而无玻璃,风来则洞若凉亭,有瓦而空隙不少,雨来则渗如滴漏。纵然不能蔽风雨,"雅舍"还是自有它的个性。有个性就可爱。

"雅舍"的位置在半山腰,下距马路约有七八十层的土阶。前面是阡陌螺旋的稻田。再远望过去是几抹葱翠的远山,旁边有高粱地,有竹林,有水池,有粪坑,后面是荒僻的榛莽未除的土山坡。若说地点荒凉,则月明之夕,或风雨之日,亦常有客到,大抵好友不嫌路远,路远乃见情谊。客来则先爬几十级的土阶,进得屋来仍须上坡,因为屋内地板乃依山势而铺,一面高,一面低,坡度甚大,客来无不惊叹,我则久而安之,每日由书房走到饭厅是上坡,饭后鼓腹而出是下坡,亦不觉有大不便处。

"雅舍"共是六间,我居其二。篦墙不固,门窗不严,故我与邻人彼此均可互通声息。邻人轰饮作乐,咿唔诗章,喁喁细语,以及鼾声,喷嚏声,吮汤声,撕纸声,脱皮鞋声,均随时由门窗户壁的隙处荡漾而来,破我岑寂。入夜则鼠子瞰灯,才一合眼,鼠子便自由行动,或搬核桃在地板上顺坡而下,或吸灯油而推翻烛台,或攀援而上帐顶,或在门框桌脚上磨牙,使得人不得安枕。但是对于鼠子,我很惭愧的承认,我"没有法

子"。"没有法子"一语是被外国人常常引用着的，以为这话最足代表中国人的懒惰隐忍的态度。其实我的对付鼠子并不懒惰。窗上糊纸，纸一戳就破；门户关紧，而相鼠有牙，一阵咬便是一个洞洞。试问还有什么法子？洋鬼子住到"雅舍"里，不也是"没有法子"？比鼠子更骚扰的是蚊子。"雅舍"的蚊风之盛，是我前所未见的。"聚蚊成雷"真有其事！每当黄昏时候，满屋里磕头碰脑的全是蚊子，又黑又大，骨骼都像是硬的。在别处蚊子早已肃清的时候，在"雅舍"则格外猖獗，来客偶不留心，则两腿伤处累累隆起如玉蜀黍，但是我仍安之。冬天一到，蚊子自然绝迹，明年夏天——谁知道我还是否住在"雅舍"！

"雅舍"最宜月夜——地势较高，得月较先。看山头吐月，红盘乍涌，一霎间，清光四射，天空皎洁，四野无声，微闻犬吠，坐客无不悄然！舍前有两株梨树，等到月升中天，清光从树间筛洒而下，地上阴影斑斓，此时尤为幽绝。直到兴阑人散，归房就寝，月光仍然逼进窗来，助我凄凉。细雨蒙蒙之际，"雅舍"亦复有趣。推窗展望，俨然米氏章法，若云若雾，一片弥漫。但若大雨滂沱，我就又惶悚不安了，屋顶湿印到处都有，起初如碗大，俄而扩大如盆，继则滴水乃不绝，终乃屋顶灰泥突然崩裂，如奇葩初绽，砉然一声而泥水下注，此刻满室狼藉，抢救无及。此种经验，已数见不鲜。

"雅舍"之陈设，只当得简朴二字，但洒扫拂拭，不使有纤尘。我非显要，故名公巨卿之照片不得入我室；我非牙医，故无博士文凭张挂壁间；我不业理发，故丝织西湖十景以及电影明星之照片亦均不能张我四壁。我有一几一椅一榻，酣睡写读，均已有着，我亦不复他求。但是陈设虽简，我却喜欢翻新布置。西人常常讥笑妇人喜欢变更桌椅位置，以为这是妇人天性喜变之一征。诬否且不论，我是喜欢改变的。中国旧式家庭，陈设千篇一律，正厅上是一条案，前面一张八仙桌，一旁一把靠椅，两旁是两把靠椅夹一只茶几。我以为陈设宜求疏落参差之致，最忌排偶。"雅舍"所有，毫无新奇，但一物一事之安排布置俱不从俗。人入我室，即知此是我室。笠翁《闲情偶寄》之所论，正合我意。

"雅舍"非我所有，我仅是房客之一。但思"天地者万物之逆旅"，人生本来如寄，我住"雅舍"一日，"雅舍"即一日为我所有。即使此一日亦不能算是我有，至少此一日"雅舍"所能给予之苦辣酸甜，我实躬受亲尝。刘克庄词："客里似家家似寄。"我此时此刻卜居"雅舍"，"雅舍"即似我家。其实似家似寄，我亦分辨不清。

长日无俚，写作自遣，随想随写，不拘篇章，冠以"雅舍小品"四字，以示写作所在，且志因缘。

（选自1940年11月《星期评论》创刊号）

[导读]

梁实秋（1903—1987），北京人。翻译家、文学评论家、散文家。散文集有《雅舍小品》《秋室杂忆》《槐园梦忆》《白猫王子及其他》等。

《雅舍》是梁实秋为《星期评论》撰写《雅舍小品》专栏的第一篇。当时国难方殷，世事多艰，梁实秋只身流寓重庆北碚，与友人龚业雅一家合资购置一栋简陋的平房，名之为"雅舍"。他安居陋室，悠然自得。文中虽然涉及抗战时期的住房问题，如实描述了雅舍的简陋与困扰,但作者却不怨不怒,心平气和,随遇而安地玩味起个中情趣,以寓所为题抒写个人独特的感怀。

在梁实秋笔下,不仅雅舍的月夜清幽、细雨迷蒙、远离尘嚣、陈设不俗令人心旷神怡,就是鼠子瞰灯、聚蚊成雷、风来则洞若凉亭、雨来则渗如滴漏之类景观也别有风味,甚至连暴风雨中"屋顶灰泥突然崩裂"的情景也如"奇葩初绽"一样可观可叹。总之,雅舍所给予之"苦辣酸甜",在作者看来,都是人生应得而难得的况味,足供玩索,何复他求?这里,生活的体验已升华为审美的玩味,困苦的境遇已转化为观赏的对象,从中表现出来的是一种审美体味对实用功利的克服和超越,是一种随缘赏玩、豁达自由的审美心态,是一种常人难以抵达的安时处顺、优游自得的人生境界,颇有刘禹锡《陋室铭》之风韵。

梁实秋并非看破红尘,隐居斗室,而是顺应境遇,知足自娱,入乎内而出乎外,入则冷暖自知,出则优游自在,可谓出入自如,毫无滞碍。这是一种人生艺术,是"雅舍"精神的内核。这种精神实质内在地决定了《雅舍》一文的艺术风貌,既充满生活气息又富有哲理意味,既朴素亲切又有雅人深致,舒徐自在而又简洁隽永,锤字炼句而又浑然天成,通体显得中和、适度、自然、大方。同时这篇作品也奠定了梁实秋《雅舍小品》超越实利、俯仰自得、随缘赏玩、优雅自娱的写作基调。

傅　雷

傅雷家书(选一)

1961年2月6日上午

昨天敏自京回沪度寒假,马先生交其带来不少唱片借听。昨晚听了维伐第的两支协奏曲,显然是斯卡拉蒂一类的风格,敏说"非常接近大自然",倒也说得中肯。情调的愉快、开朗、活泼、轻松,风格之典雅、妩媚,意境之纯净、健康,气息之乐观、天真,和声的柔和、堂皇,甜而不俗:处处显出南国风光与意大利民族的特性,令我回想到罗马的天色之蓝,空气之清冽,阳光的灿烂,更进一步追怀二千年前希腊的风土人情,美丽的地中海与柔媚的山脉,以及当时又文明又自然,又典雅又朴素的风流文采,正如丹纳书中所描写的那些境界。——听了这种音乐不禁联想到亨特尔,他倒是北欧人而追求文艺复兴的理想的人,也是北欧人而憧憬南国的快乐气氛的作曲家。你说他humain是不错的,因为他更本色,更多保留人的原有的性格,所以更健康。他有的是异教气息,不像巴哈被基督教精神束缚,常常匍匐在神的脚下呼号,忏悔,诚惶诚恐的祈求。基督教本是历史上某一特殊时代,地理上某一特殊民族,经济政治某一特殊类型所综合产生的东西;时代变了,特殊的政治经济状况也早已变了,民族也大不相同了,不幸旧文化——旧宗教遗留下来,始终统治着二千年来几乎所有的西方民族,造成了西方人至今为止的那种矛盾,畸形,与19、20世纪极不调和的精神状态,处处同文艺复兴以来的主要思潮抵触。在我们中国人眼中,基督教思想尤其显得病态。一方面,文艺复兴以后的人是站起来了,到处肯定自己的独立,发展到18世纪的百科全书派,19世纪的自然科学进步以及政治经济方面的革命,显然人类的前途,进步,能力,都是无限的；同时却仍然奉一个无所不能无所不在的神为主宰，好像人永远逃不出他的掌心，再加上原始罪恶与天堂地狱的恐怖与期望，使近代人的精神永远处于支离破碎，纠结复杂，矛盾百出的状态中，这个情形反映在文化的各个方面，学术的各个部门，使他们（西方人）格外心情复杂，难以理解。我总觉得从异教变到基督教，就是人从健康变到病态的主要表现与主要关键。——比起近代的西方人来，我们中华民族更接近古代的希腊人，因此更自然，更健康。我们的哲学、文学即使是悲观的部分也不是基督教式的一味投降，或者用现代语说，一味的"失败主义"；而是人类一般对生老病死，春花秋月的慨叹，如古乐府及我们全部诗词中提到人生如朝露一类的作品，或者是愤激与反抗的表现，如老子的《道德经》。——就因为此，我们对西方艺术中最喜爱的还是希腊的雕塑，文艺复兴的绘画，19世纪的风景画，——总而言之是非宗教性非说教类的作品。——猜想你近年来愈来愈喜欢莫扎特、斯卡拉蒂、亨特尔，大概也是由于中华民族的特殊气质。在精神发展的方向上，我认为你这条路线是正常的，健全的。——你的酷好舒伯特，恐怕也反映你爱好中国文艺中的某一类型。亲切，熨帖，温厚，惆怅，凄凉，而又对人生常带哲学意味极浓的深思默想；爱人生，恋念人生而又随时准备飘然远行，高蹈，洒脱，遗世独立，解脱一切等等的表现，岂不是我们汉晋六朝唐宋以来的文学中屡见不鲜的吗？而这些因素不是在舒伯特的作品中也具备的吗？——关于上述各点，我很想听听你的意见。关山远阻而你我之间思想交流，精神默契未尝有丝毫间隔，也就象征你这个远方游子永远和产生你的民族，抚养你的祖国，灌溉你的文化血肉相连，息息相通。

（选自《傅雷家书》，三联书店，1981年8月版）

[导读]

傅雷（1908—1966），上海南汇人，翻译家。散文集有《傅雷家书》等。

周作人在《日记与尺牍》里说过："日记与尺牍是文学中特别有趣味的东西，因为比别的文章更鲜明地表现出作者的个性。诗文小说戏曲都是做给第三者看的，所以艺术虽然更加精练，也就多有一点做作的痕迹。信札只是写给第二个人，日记则给自己看的（写了日记预备将来石印出书的算例外），自然是更真实更天然的了。"《傅雷家书》写作时本无意发表，不料二三十年后却风行一时，成为脍炙人口的读物。

这里选录的一封家书，是傅雷1961年2月6日写给傅聪的。傅聪于1954年赴波兰参加第五届萧邦国际钢琴比赛，并在那里留学，从此傅雷给儿子写了数百封饱含真挚感情的家书。这些家书不是普普通通的家信，正如傅雷告诉傅聪的："长篇累牍的给你写信，不是空唠叨，不是莫名其妙的gossip，而是有好几种作用。第一，我的确把你当作一个讨论艺术，讨论音乐的对手；第二，极想激出你一些青年人的感想，让我做父亲的得些新鲜的养料，同时也可以间接传布给别的青年；第三，借通信训练你的——不但是文笔，而尤其是你的思想；第四，我想时时刻刻，随处给你做个警钟，做面'忠实的镜子'，不论在做人方面，在生活细节方面，在艺术修养方面，在演奏姿态方面。"因此，贯穿整部《傅雷家书》的情意，是他要傅聪知道国家的荣辱、艺术的尊严，能够用严肃的态度对待一切，做一个"德艺俱备、人格卓越的艺术家"。

傅雷生前好友楼适夷在《读家书，想傅雷》中指出，傅雷不仅是一位优秀的翻译家，他的成就不只是留下了大量世界名著的译本，而且他还写过不少在思想、理论、艺术上都卓有特色的散文作品。楼适夷特别提到"在遥遥数万里的两地之间，把父子的心紧紧地联系在一起的"(《傅雷家书》)，认为："这是一部最好的艺术学徒修养读物，这也是一部充满着父爱的苦心孤诣、呕心沥血的教子篇。……在这儿所透露的，不仅仅是傅雷的对艺术的高深的造诣，而是一颗更崇高的父亲的心，和一位有所成就的艺术家，在走向成才的道路中，所受过的陶冶与教养，在他才智技艺中所积累的成因。"

唐　敏

女孩子的花

相传水仙花是由一对夫妻变化而来的。丈夫名叫金盏，妻子名叫百叶。因此水仙花的花朵有两种，单瓣的叫金盏，重瓣的叫百叶。

"百叶"的花瓣有四重，两重白色的大花瓣中夹着两重黄色的短花瓣。看过去既单纯又复杂，像闽南善于沉默的女子，半低着头，眼睛向下看的。悲也默默，喜也默默。

"金盏"由六片白色的花瓣组成一个盘子，上面放一只黄花瓣团成的酒盏。这花看去一目了然，确有男子干脆简单的热情。特别是酒盏形的花蕊，使人想到死后还不忘饮酒的男人的豪情。

要是他们在变成花朵之前还没有结成夫妻，百叶的花一定是纯白的，金盏也不会有洁白的托盘。世间再也没有像水仙花这样体现夫妻互相渗透的花朵了吧？常常想象金盏喝醉了酒来亲昵他的妻子百叶，把酒气染在百叶身上，使她的花朵里有了黄色的短花瓣。百叶生气的时候，金盏端着酒杯，想喝而不敢，低声下气过来讨好百叶。这样的时候，水仙花散发出极其甜蜜的香味，是人间夫妻和谐的芬芳，弥漫在迎接新年的家庭里。

刚刚结婚，有没有孩子无所谓。只要有一个人出差，另一个就想方设法跟了去。炉子灭掉、大门一锁，无论到多么没意思的地方也是有趣的。到了有朋友的地方就尽兴地热闹几天，留下愉快的记忆。没有负担的生活，在大地上溜来逛去，被称作"游击队之歌"。每到一地，就去看风景，钻小巷走大街，袭击眼睛看得到的风味小吃。

可是，突然地、非常地想要得到唯一的"独生子女"。

冬天来临的时候，开始养育水仙花了。

从那一刻起，把水仙花看作是自己孩子的象征了。

像抽签那样，在一堆价格最高的花球里选了一个。

如果开"百叶"的花，我会有一个女儿。

用小刀剖开花球，精心雕刻叶茎。一共有六个花苞。看着包在叶膜里像胖乎乎婴儿般的花蕾，心里好紧张。到底是儿子还是女儿呢？

我希望能开出"金盏"的花。

从内心深处盼望的是男孩子。

绝不是轻视女孩子。而是无法形容地疼爱女孩子。

爱到根本不忍心让她来到这个世界。

因为我不能保证她一生幸福，不能使她在短暂的人生中得到最美的爱情。尤其担心她的身段容貌不美丽而受到轻视，假如她奇丑无比却偏偏又聪明又善良，那就注定了她的一生将多么痛苦。

而男孩就不一样。男人是泥土造的，苦难使他们坚强。

"上帝"用泥土创造了男人，却用男人的肋骨造出了女人。肋骨上有新鲜的血和肉，只要轻轻一碰就会痛彻心肠。因此，女子连最微小的伤害也是不能忍受的。

从这个意义来说，女子是一种极其敏锐和精巧的昆虫。她们的触角、眼睛、柔软无骨的躯体，还有那艳丽的翅膀，仅仅是为了感受爱、接受爱和吸引爱而生成的。她们最早预感到灾难，又最早在灾难的打击下夭亡。

一天和朋友在咖啡座小饮。这位比我多了近十年阅历的朋友说：

"男人在爱他喜欢的女人的过程中感到幸福。他感到美满是因为对方接受他为她做的每件事。女人则完全相反，她只要接受爱就是幸福。如果女人去爱去追求她喜欢的男子，那是顶痛苦的事，而且被她爱的男人也就没有幸福的感觉了。这是非常奇妙的感觉。"

在茫茫的暮色中，从座位旁的窗口望下去，街上的行人如水，许多各种各样身世的男人和女人在匆匆走动。

"一般来说，男子的爱比女子长久。只要是他寄托过一段情感的女人，在许多年之后向他求助，他总是会尽心地帮助她的。男人并不太计较那女的从前对自己怎样。"

那一刹间我更加坚定了要生儿子的决心。男孩不仅仅天生比女孩能适应社会、忍受困苦，而且是女人幸福的源泉。我希望我的儿子至少能以善心厚待他生命中的女人，给她们短暂人生中永久的幸福感觉。

"做男人最大的缺点就是，没有办法珍惜他不喜欢的女人对他的爱慕。这种反感发自真心一点不虚伪，他们忍不住要流露出对那女儿的轻视。轻浮的少年就更加过分，在大庭广众下伤害那样的姑娘。这是男人邪恶的一面。"

我想到我的女儿，如果她有幸免遭当众的羞辱，遇到一位完全懂得尊重她感情的男人，却把尊重当成了对她的爱，那样的悲哀不是更深吗？在男人，追求失败了并没有破坏追求时的美感；在女人则成了一生一世的耻辱。

怎么样想，还是不希望有女孩。

用来占卜的水仙花却迟迟不开放。

这棵水仙长得从未有过的结实，从来没洒过太阳也绿葱葱的，虎虎有生气。

后来，花蕾冲破包裹的叶膜，像孔雀的尾巴一样张开来，六只绿孔雀停在一块。

每一个花骨朵都胀得满满的，但是却一直不肯开放。

到底是"金盏"还是"百叶"呢？

弗洛伊德的学说已经够让人害怕了，婴儿在吃奶的时期起就有了爱欲。而一生的行为都受着情欲的支配。

偶然听佛学院学生上课，讲到佛教的"缘生"说。关于十二因缘，就是从受胎到死的生命的因果律，主宰一切有形和无形的生命与精神变化的力量是情欲。不仅是活着的人对自身对事物的感受着情欲的支配，就连还没有获得生命形体的灵魂，也受着同样的支配。

生女儿的，是因为有一个女的灵魂爱上了做父亲的男子，投入他的怀抱，化作了他的女儿；

生儿子的，是因为有一个男的灵魂爱上了做母亲的女子，投入她的怀抱，化作她的儿子。

如果我到死也没有听到这种说法，脑子里就不会烙下这么骇人的火印。如今却怎么也忘不了。

回家，我问我的郎君："要男孩还是女孩？"

"女孩！"他毫不犹豫地回答。

"男孩！"我气极了！

"为什么？"他奇怪了。

我却无从回答。

就这样，在梦中看见我的水仙花开放了。

无比茂盛，是女孩子的花，满满地开了一盆。

我失望得无法形容。

开在最高处的两朵并在一起的花说：

"妈妈不爱我们，那就去死吧！"

她们俩向下一倒，浸入一盆滚烫的开水中。

等我急急忙忙把她们捞起来，并表示愿意带她们走的时候，她们已经烫得像煮熟的白菜叶子一样了。

过了几天，果然是女孩子的花开放了。

在短短的几天内，她们拼命地怒放开所有的花朵。也有一枝花茎抽得最高的，在这簇花朵中，有两朵最大的花并肩开放着。和梦中不同的，她们不是抬着头，而是全部低着头的，像受了风吹，花向一个方向倾斜。抽得最长的那根花茎突然立不直了，软软地东倒西歪。用绳子捆，用铅笔顶，都支不住。一不小心，这花茎就啪地倒下来。

不知多么抱歉，多么伤心。终日看着这盆盛开的花。

它发出一阵阵锐利的芬芳，香气直钻心底。她们无视我的关切，完全是为了她们自己在努力地表现她们的美丽。

每朵花都白得浮悬在空中，云朵一样停着。其中黄灿灿的花瓣，是云中的阳光。她们短暂的花期分秒流逝。

她们的心中鄙视我。

我的郎君每天忙着公务，从花开到花谢，他都没有关心过一次，更没有谈到过她们。他不知道我的鬼心眼。

于是这盆女孩子的花就更加显出有多么的不幸了。

她们的花开盛了，渐渐要凋谢了，但依然美丽。

有一天停电，我点了一支蜡烛放在桌上。当我从楼下上来时，发现蜡烛灭了，屋内漆黑。我划亮火柴。是水仙花倒在蜡烛上，把火压灭了。是那支抽得最高的花茎倒在蜡烛上。和梦中的花一样，她们自尽了。蜡烛把两朵水仙花烧掉了，每朵烧掉一半。剩下的一半还是那样水灵灵地开放着，在半朵花的地方有一条黑得发亮的墨线。

我吓得好久回不过神来。

这就是女孩子的花，刀一样的花。

在世上可以做许多错事，但绝不能做伤害女孩子的事。

只剩了养水仙的盆。

我既不想男孩也不想女孩，更不做可怕的占卜了。

但是我命中的女儿却永远不会来临了。

（选自《福建文学》1986年第7期）

[导读]

唐敏（1954—），原名齐红，祖籍山东沂水，1959年随父母迁居福州。散文集有《青春缘》等。

唐敏是个倔强而有个性的女子，《女孩子的花》写在"三八"节前夕，无疑表现了对女孩、女人乃至女性的生命观照。

唐敏的散文以内心情感支配叙述文字，具有很强的女性化特征，表现了对女性自身命运的关注与反思，播撒了爱的种子，细腻、飘逸而空灵。

全文若隐若现地贯穿着女性眼中梦幻迷离的浪漫情结，用唯美的角度构思作品。从一开始将冰清玉洁的水仙花罩上"百叶"与"金盏"的传说，在心底里默默许下愿："如果开金盏的花，我将有一个儿子；如果开百叶的花，我会有一个女儿。"到佛教的"缘生"说，想要一个"投入她的怀抱，化作她的儿子"的灵魂；直至最后"和梦中的花一样，她们自尽了"。作家以女性单纯的视角与情调，展示了女性对于生命的感动和期望，对女性与人性的深刻思考。

写花，写女人，写男人。写男人的宽厚坚强，实则流露出女人的无奈柔弱，用女人的柔情来疼惜女人。"绝不是轻视女孩子。而是无法形容地疼爱女孩子。爱到根本不忍心让她来到这个世界。"当百叶果真如梦境中那样为爱赴汤蹈火了，惊觉那种拒绝创造女孩子的想法，恰恰正是"伤害女孩子的事"！如泣如诉。

唐敏不断进行着散文创作的新探索：让散文深入人的内心世界，展示个体对外在世界的独特感知和人的自然性灵。《女孩子的花》可以说代表了这种创作的新趋向。唐敏曾说过："散文的灵魂所在是叙事者心情的变化，对一件事物的重新认识，引出最普通，但又是最真切的人生体验，唤起读者在人生经验上的共鸣。这是散文的核心所在。"（唐敏《美味佳肴的受害者》）正是基于这一创作原则，唐敏带着女人敏感的洞察与纯洁的心灵，体恤万物，用柔美清丽的文字写下女性对生活的独特感悟。

余秋雨

一个王朝的背影

一

我们这些人，对清代总有一种复杂的情感阻隔。记得很小的时候，历史老师讲到

"扬州十日""嘉定三屠"时眼含泪花,这是清代的开始;而讲到"火烧圆明园""戊戌变法"时又有泪花了,这是清代的尾声。年迈的老师一哭,孩子们也跟着哭,清代历史,是小学中唯一用眼泪浸润的课程。从小种下的怨恨,很难化解得开。

老人的眼泪和孩子们的眼泪拌和在一起,使这种历史情绪有了一种最世俗的力量。我小学的同学全是汉族,没有满族,因此很容易在课堂里获得一种共同语言。好像汉族理所当然是中国的主宰,你满族为什么要来抢夺呢?抢夺去了能够弄好倒也罢了,偏偏越弄越糟,最后几乎让外国人给瓜分了。于是,在闪闪泪光中,我们懂得了什么是汉奸,什么是卖国贼,什么是民族大义,什么是气节。我们似乎也知道了中国之所以落后于世界列强,关键就在于清代,而辛亥革命的启蒙者们重新点燃汉人对清人的仇恨,提出"驱除鞑虏,恢复中华"的口号,又是多么有必要,多么让人解气。清朝终于被推翻了,但至今在很多中国人心里,它仍然是一种冤孽般的存在。

年长以后,我开始对这种情绪产生警惕。因为无数事实证明,在我们中国,许多情绪化的社会评判规范,虽然堂而皇之地传之久远,却包含着极大的不公正。我们缺少人类普遍意义上的价值启蒙,因此这些情绪化的社会评判规范大多是从封建正统观念逐渐引申出来的,带有很多盲目性。先是姓氏正统论,刘汉、李唐、赵宋、朱明……在同一姓氏的传代系列中所出现的继承人,哪怕是昏君、懦夫、色鬼、守财奴、精神失常者,都是合法而合理的,而外姓人氏若有觊觎,即便有一千条一万条道理,也站不住脚,真伪、正邪、忠奸全由此划分。由姓氏正统论扩而大之,就是民族正统论。这种观念要比姓氏正统论复杂得多,你看辛亥革命的闯将们与封建主义的姓氏正统论势不两立,却也需要大声宣扬民族正统论,便是例证。民族正统论涉及几乎一切中国人都耳熟能详的许多著名人物和著名事件,是一个在今后仍然要不断争论的麻烦问题。在这儿请允许我稍稍回避一下,我需要肯定的仅仅是这样一点:满族是中国的满族,清朝的历史是中国历史的一部分;统观全部中国古代史,清朝的皇帝在总体上还算比较好的,而其中的康熙皇帝甚至可说是中国历史上最好的皇帝之一,他与唐太宗李世民一样使我这个现代汉族中国人感到骄傲。

既然说到了唐太宗,我们又不能不指出,据现代历史学家考证,他更可能是鲜卑族而不是汉族之后。

如果说先后在巨大的社会灾难中迅速开创了"贞观之治"和"康雍乾盛世"的两位中国历史上最杰出帝王都不是汉族,如果我们还愿意想一想那位至今还在被全世界历史学家惊叹的建立了赫赫战功的元太祖成吉思汗,那么我们的中华历史观一定会比小学里的历史课开阔得多。

汉族当然非常伟大,汉族当然没有理由要受到外族的屠杀和欺凌,当自己的民族遭受危难时当然要挺身而出进行无畏的抗争,为了个人的私利不惜出卖民族利益的无耻之徒当然要受到永久的唾弃,这些都是没有异议的。问题是,不能由此而把汉族等同于中华,把中华历史的正义、光亮、希望,全都押在汉族一边。与其他民族一样,汉族也有大量的污浊、昏聩和丑恶,它的统治者常常一再地把整个中国历史推入死胡同。在这种情况下历史有可能作出超越汉族正统论的选择,而这种选择又未必是倒退。

《桃花扇》中那位秦淮名妓李香君,身份低贱而品格高洁,在清兵浩荡南下、大明江山风雨飘摇时节保持着多大的民族气节！但是，她万万没有想到，就在她和她的恋人侯朝宗为抗清扶明不惜赴汤蹈火、奔命呼号的时候，恰恰正是苟延残喘而仍然荒淫无度的南明小朝廷，作践了他们。那个在当时当地看来既是明朝也是汉族的最后代表的弘光政权，根本不要她和她的姐妹们的忠君泪、报国心，而只要她们作为一个女人最可怜的色相。李香君真想与恋人一起为大明捐躯流血，但叫她恶心的是，竟然是大明的官僚来强逼她成婚，而使她血溅纸扇，染成"桃花"。"桃花扇底送南朝"，这样的朝廷就让它去了吧，长叹一声，气节、操守、抗争、奔走，全都成了荒诞和自嘲。《桃花扇》的作者孔尚任是孔老夫子的后裔，连他，也对历史转捩时期那种盲目的正统观念产生了深深的怀疑。他把这种怀疑，转化成了笔底的灭寂和苍凉。

　　对李香君和侯朝宗来说，明末的一切，看够了，清代会怎么样呢，不想看了。文学作品总要结束，但历史还在往前走，事实上，清代还是很可看看的。

　　为此，我要写写承德的避暑山庄。清代的史料成捆成扎，把这些留给历史学家吧，我们，只要轻手轻脚地绕到这个消夏的别墅里去偷看几眼也就够了。这种偷看其实也是偷看自己，偷看自己心底从小埋下的历史情绪和民族情绪，有多少可以留存，有多少需要校正。

二

　　承德的避暑山庄是清代皇家园林，又称热河行宫、承德离宫，虽然闻名史册，但久为禁苑，又地处塞外，历来光顾的人不多，直到这几年才被旅游者搅得有点热闹。我原先并不知道能在那里获得一点什么，只是今年夏天中央电视台在承组织了一次国内优秀电视编剧和导演的聚会，要我给他们讲点课，就被他们接去了。住所正在避暑山庄背后，刚到那天的薄暮时分，我独个儿走出住所大门，对着眼前黑黝黝的山岭发呆。查过地图，这山岭便是避暑山庄北部的最后屏障，就像一张罗圈椅的椅背。在这张罗圈椅上，休息过一个疲惫的王朝。奇怪的是，整个中华版图都已归属了这个王朝，为什么还要把这张休息的罗圈椅放到长城之外呢？清代的帝王们在这张椅子上面南而坐的时候在想一些什么呢？月亮升起来了，眼前的山壁显得更加巍然怆然。北京的故宫把几个不同的朝代混杂在一起，谁的形象也看不真切，而在这里，远远的，静静的，纯纯的，悄悄的，躲开了中原王气，藏下了一个不羼杂的清代。它实在对我产生了一种巨大的诱惑，于是匆匆讲完几次课，便一头埋到了山庄里边。

　　山庄很大，本来觉得北京的颐和园已经大得令人咋舌，它竟比颐和园还大整整一倍，据说装下八九个北海公园是没有问题的。我想不出国内还有哪个古典园林能望其项背。

　　山庄外面还有一圈被称之为"外八庙"的寺庙群，这暂不去说它，光说山庄里面，除了前半部有层层叠叠的宫殿外，主要是开阔的湖区、平原区和山区。尤其是山区，几乎占了整个山庄的八成左右，这让游惯了别的园林的人很不习惯。园林是用来休闲的，何况是皇家园林大多追求方便平适，有的也会堆几座小山装点一下，哪有像这儿的，硬是圈进莽莽苍苍一大片真正的山岭来消遣？这个格局，包含着一种需要我们抬头仰望、低头思索的审美观念和人生观念。

山庄里有很多楹联和石碑，上面的文字大多由皇帝们亲自撰写，他们当然想不到多少年后会有我们这些陌生人闯入他们的私家园林，来读这些文字，这些文字是写给他们后辈继承人看的。朝廷给别人看的东西很多，有大量刻印广颁的官样文章，而写在这里的文字，尽管有时也咬文嚼字，但总的来说是说给儿孙们听的体己话，比较真实可信。我踏着青苔和蔓草，辨识和解读着一切能找到的文字，连藏在山间树林中的石碑都不放过，读完一篇，便舒松开筋骨四周看看。一路走去，终于可以有把握地说，山庄的营造完全出自一代政治家在精神上的强健。

首先是康熙，山庄正宫午门上悬挂着的"避暑山庄"四个字就是他写的，这四个汉字写得很好，撇捺间透露出一个胜利者的从容和安详，可以想见他首次踏进山庄时的步履也是这样的。他一定会这样，因为他是走了一条艰难而又成功的长途才走进山庄的，到这里来喘口气，应该。

他一生的艰难都是自找的。他的父辈本来已经给他打下了一个很完整的华夏江山，他八岁即位，十四岁亲政，年轻轻一个孩子，坐享其成就是了，能在如此辽阔的疆土、如此兴盛的运势前做些什么呢？他稚气未脱的眼睛，竟然疑惑地盯上了两个庞然大物，一个是朝廷中最有权势的辅政大臣鳌拜，一个自恃当初做汉奸领清兵入关有功、拥兵自重于南方的吴三桂。平心而论，对于这样与自己的祖辈、父辈都有密切关系的重要政治势力，即便是德高望重的一代雄主也未必下得了决心去动手，但康熙却向他们、也向自己挑战了，十六岁上干脆利落地除了鳌拜集团，二十岁开始向吴三桂开战，花八年时间的征战取得彻底胜利。他等于把到手的江山重新打理了一遍，使自己从一个继承者变成了创业者。他成熟了，眼前几乎已经找不到什么对手，但他还是经常骑着马，在中国北方山林草泽间徘徊，这是他祖辈崛起的所在，他在寻找着自己的生命和事业的依托点。

他每次都要经过长城，长城多年失修，已经破败。对着这堵受到历代帝王切切关心的城墙，他想了很多。他的祖辈是破长城进来的，没有吴三桂也绝对进得了，那么长城究竟有什么用呢？堂堂一个朝廷，难道就靠这些砖块去保卫？但是如果没有长城，我们的防线又在哪里呢？他思考的结果，可以从1691年他的一份上谕中看出个大概。那年五月，古北口总兵官蔡元向朝廷提出，他所管辖的那一带长城"倾塌甚多，请行修筑"，康熙竟然完全不同意，他的上谕是：

> 秦筑长城以来，汉、唐、宋亦常修理，其时岂无边患？明末我太祖统大兵长驱直入，诸路瓦解，皆莫能当。可见守国之道，惟在修得民心。民心悦则邦本得，而边境自固，所谓"众志成城"者是也。如古北、喜峰口一带，朕皆巡阅，概多损坏，今欲修之，兴工劳役，岂能无害百姓？且长城延袤数千里，养兵几何方能分守？

说得实在是很有道理。我对埋在我们民族心底的"长城情结"一直不敢恭维，读了康熙这段话，简直是找到了一个远年知音。由于康熙这样说，清代成了中国古代基本上不修长城的一个朝代，对此我也觉得不无痛快。当然，我们今天从保护文物的意义上修理长城是完全另外一回事了，只要不把长城永远作为中华文明的最高象征就好。

康熙希望能筑起一座无形的长城。"修得民心"云云说得过于堂皇而蹈空，实际上他有硬的一手和软的一手。硬的一手是在长城外设立"木兰围场"，每年秋天，由皇帝亲自率领王公大臣、各级官兵一万余人去进行大规模的"围猎"，实际上是一种声势浩大的军事演习，这既可以使王公大臣们保持住勇猛、强悍的人生风范，又可顺便对北方边境起一个威慑作用。"木兰围场"既然设在长城之外的边远地带，离北京就很有一点距离，如此众多的朝廷要员前去秋猎，当然要建造一些大大小小的行宫，而热河行宫，就是其中最大的一座；软的一手是与北方边疆的各少数民族建立起一种常来常往的友好关系，他们的首领不必长途进京也有与清廷彼此交谊的机会和场所，而且还为他们准备下各自的宗教场所，这也就需要有热河行宫和它周围的寺庙群了。总之，软硬两手最后都汇集到这一座行宫、这一个山庄里来了，说是避暑，说是休息，意义却又远远不止于此。把复杂的政治目的和军事意义转化为一片幽静闲适的园林，一圈香火缭绕的寺庙，这不能不说是康熙的大本事。然而，眼前又是道地道地的园林和寺庙，道地道地的休息和祈祷，军事和政治，消解得那样烟水葱茏、慈眉善目，如果不是那些石碑提醒，我们甚至连可以疑惑的痕迹都找不到。

避暑山庄是康熙的"长城"，与蜿蜒千里的秦始皇长城相比，哪个更高明些呢？

康熙几乎每年立秋之后都要到"木兰围场"参加一次为期二十天的秋猎，一生参加了四十八次。每次围猎，情景都极为壮观。先由康熙选定逐年轮换的狩猎区域（逐年轮换是为了生态保护），然后就搭建一百七十多座大帐篷为"内城"，二百五十多座大帐篷为"外城"，城外再设警卫。第二天拂晓，八旗官兵在皇帝的统一督导下集结围拢，在上万官兵齐声呐喊下，康熙首先一马当先，引弓射猎，每有所中便引来一片欢呼，然后扈从大臣和各级将士也紧随康熙射猎。康熙身强力壮，骑术高明，围猎时智勇双全，弓箭上的功夫更让王公大臣由衷惊服，因而他本人的猎获就很多。晚上，营地上篝火处处，肉香飘荡，人笑马嘶，而康熙还必须回帐篷里批阅每天疾驰送来的奏章文书。康熙一生身先士卒打过许多著名的仗，但在晚年，他最得意的还是自己打猎的成绩，因为这纯粹是他个人生命力的验证。1719年康熙自"木兰围场"行猎后返回避暑山庄时曾兴致勃勃地告谕御前侍卫：

> 朕自幼至今已用鸟枪弓矢获虎一百五十三只，熊十二只，豹二十五只，猞二十只，麋鹿十四只，狼九十六只，野猪一百三十三口，哨获之鹿已数百，其余围场内随便射获诸兽不胜记矣。朕于一日内射兔三百一十八只，若庸常人毕世亦不能及此一日之数也。

这笔流水账，他说得很得意，我们读得也很高兴。身体的强健和精神的强健往往是连在一起的，须知中国历史上多的是有气无力病恹恹的皇帝，他们即便再"内秀"，也何以面对如此庞大的国家。

由于强健，他有足够的精力处理挺复杂的西藏事务和蒙古事务，解决治理黄河、淮河和疏通漕支等大问题，而且大多很有成效，功泽后世。由于强健，他还愿意勤奋地学习，结果不仅武功一流，"内秀"也十分了得，成为中国历代皇帝中特别有学问、也特别重视学问的一位,这一点一直很使我震动,而且我可以肯定,当时也把一大群冷眼旁观的汉族知识分子震动了。

谁能想得到呢,这位清朝帝王竟然比明代历朝皇帝更热爱和精通汉族传统文化!大凡经、史、子、集、诗、书、音律,他都下过一番功夫,其中对朱熹哲学钻研最深。他亲自批点《资治通鉴纲目大全》,与一批著名的理学家进行水平不低的学术探讨,并命他们编纂了《朱子大全》《理性精义》等著作。他下令访求遗散在民间的善本珍籍加以整理,并且大规模地组织人力编辑出版了卷帙浩繁的《古今图书集成》《康熙字典》《佩文韵府》《大清会典》,文化气魄铺地盖天,直到今天,我们研究中国古代文化还离不开这些极其重要的工具书。他派人通过对全国土地的实际测量,编成了全国地图《皇舆全览图》。在他倡导的文化气氛下,涌现了一大批在整个中国文化史上都可以称得上第一流大师的人文科学家,在这一点上,几乎很少有朝代能与康熙朝相比肩。

以上讲的还只是我们所说的"国学",可能更让现代读者惊异的是他的"西学"。因为即使到了现代,在我们印象中,国学和西学虽然可以沟通但在同一个人身上深潜两边的毕竟不多,尤其对一些官员来说更是如此。然而早在三百年前,康熙皇帝竟然在北京故宫和承德避暑山庄认真研究了欧几里得几何学,经常演算习题,又学习了法国数学家巴蒂的《实用和理论几何学》,并比较它与欧几里得几何学的差别。他的老师是当时来中国的一批西方传教士,但后来他的演算比传教士还快,他亲自审校译成汉文和满文的西方数学著作,而且一有机会就向大臣们讲授西方数学。以数学为基础,康熙又进而学习了西方的天文、历法、物理、医学、化学,与中国原有的这方面知识比较,取长补短。在自然科学问题上,中国官僚和外国传教士经常发生矛盾,康熙不袒护中国官僚,也不主观臆断而是靠自己发愤学习,真正弄通西方学说,几乎每次都作出了公正的裁断。他任命一名外国人担任钦天监监副,并命令礼部挑选一批学生去钦天监学习自然科学,学好了就选拔为博士官。西方的自然科学著作《验气图说》《仪像志》《赤道南北星图》《穷理学》《坤舆图说》等等被一一翻译过来,有的已经译成汉文的西方自然科学著作如《几何原理》前六卷他又命人译成满文。

这一切,居然与他所醉心的"国学"互不排斥,居然与他一天射猎三百十八只野兔互不排斥,居然与他一连串重大的政治行为、军事行为、经济行为互不排斥!我并不认为康熙给中国带来了根本性的希望,他的政权也做过不少坏事,如臭名昭著的"文字狱"之类;我想说的只是,在中国历代帝王中,这位少数民族出身的帝王具有超乎寻常的生命力,他的人格比较健全。有时,个人的生命力和人格,会给历史留下重重的印记。与他相比,明代的许多皇帝都活得太不像样了,鲁迅说他们是"无赖儿郎",确有点像。尤其让人生气的是明代万历皇帝(神宗)朱翊钧,在位四十八年,亲政三十八年,竟有二十五年时间躲在深宫之内不见外人的面,完全不理国事,连内阁首辅也见不到他,不知在干什么。没见他玩过什么,似乎也没有好色的嫌疑,历史学家们只能推断他躺在烟榻上抽了二十多年的鸦片烟!他聚敛的金银如山似海,但当清军起事,朝廷束手无策时问他要钱,他也死不肯拿出来,最后拿出一个无济于事的小零头,竟然都是因窖藏太久变黑发霉、腐蚀得不能见天日的银子!这完全是一个失去任何人格支撑的心理变态者,但他又集权于一身,明朝怎能不垮?他死后还有儿子朱常洛(光宗)、孙子朱由校（熹宗）和朱由检（思宗）先后继位，但明朝已在他的手里败定了，他的儿孙们非常可怜。康熙与他正相反，把生命从深宫里释放出来，在旷野、猎场和各个知识领域挥洒，避暑山庄就是他这种生命方式的一个重要吐纳口站，因此也是当时中国历史的一所"吉宅"。

三

康熙与晚明帝王的对比，避暑山庄与万历深宫的对比，当时的汉族知识分子当然也感受到了，心情比较复杂。

开始大多数汉族知识分子都是抗清复明，甚至在赳赳武夫们纷纷掉头转向之后，一群柔弱的文人还宁死不折。文人中也有一些著名的变节者，但他们往往也承受着深刻的心理矛盾和精神痛苦。我想这便是文化的力量。一切军事争逐都是浮面的，而事情到了要摇撼某个文化生态系统的时候才会真正变得严重起来。一个民族，一个国家，一个人种，其最终意义不是军事的、地域的、政治的，而是文化的。当时江南地区好几次重大的抗清事件，都起之于"削发"之争，即汉人历来束发而清人强令削发，甚至到了"留头不留发，留发不留头"的地步。头发的样式看来事小却关及文化生态，结果，是否"毁我衣冠"的问题成了"夷夏抗争"的最高爆发点。这中间，最能把事情与整个文化系统联系起来的是文化人，最懂得文明和野蛮的差别，并把"鞑虏"与野蛮连在一起的也是文化人。老百姓的头发终于被削掉了，而不少文人还在拼死坚持。著名大学者刘宗周住在杭州，自清兵进杭州后便绝食，二十天后死亡；他的门生，另一位著名大学者黄宗羲投身于武装抗清行列，失败后回余姚家乡事母著述；又一位著名大学者顾炎武比黄宗羲更进一步，武装抗清失败后还走遍全国许多地方图谋复明，最后终老陕西……这些一代宗师如此强硬，他们的门生和崇拜者们当然也多有追随。但是，事情到康熙那儿却发生了一些微妙的变化。文人们依然像朱耷笔下的秃鹫，以"天地为之一寒"的冷眼看着朝廷，而朝廷却奇怪地流泻出一种压抑不住的对汉文化的热忱。开始大家以为是一种笼络人心的策略，但从康熙身上看好像不完全是。他在讨伐吴三桂的战争还没有结束的时候，就迫不及待把下令各级官员以"崇儒重道"为目的，朝廷推荐"学问兼优、文词卓越"的士子，由他亲自主考录用，称作"博学鸿词科"。这次被保荐、征召的共一百四十三人，后来录取了五十人。其中有傅山、李颙等人被推荐了却宁死不应考。傅山被人推荐后又被强抬进北京，他见到"大清门"三字便滚倒在地，两泪直流，如此行动康熙不仅不怪罪反而免他考试，任命他为"中书舍人"。他回乡后不准别人以"中书舍人"称他，但这个时候说他对康熙本人还有多大仇恨，大概谈不上了。

李颙也是如此，受到推荐后称病拒考，被人抬到省城后竟以绝食相抗，别人只得作罢。这事发生在康熙十七年，康熙本人二十六岁，没想到二十五年后，五十余岁的康熙西巡时还记得这位强硬的学人，召见他，他没有应召，但心里毕竟已经很过意不去了，派儿子李慎言作代表应召，并送自己的两部著作《四书反身录》和《二曲集》给康熙。这件事带有一定的象征性，表示最有抵触的汉族知识分子也开始与康熙和解了。

与李颙相比，黄宗羲是大人物了，康熙更是礼仪有加，多次请黄宗羲出山未能如愿，便命令当地巡抚到黄宗羲家里，把黄宗羲写的书认真抄来，送入宫内以供自己拜读。这一来，黄宗羲也不能不有所感动，与李颙一样，自己出面终究不便，由儿子代理，黄宗羲让自己的儿子黄百家进入皇家修史局，帮助完成康熙交下的修《明史》的任务。你看，即便是原先与清廷不共戴天的黄宗羲、李颙他们，也觉得儿子一辈可以在康熙手下好生过日子了。这不是变节，也不是妥协，而是一种文化生态意义上的开始认同。既然康熙对汉文化认同的那么诚恳，汉族文人为什么就完全不能与他认同呢？政治军事，不过是文化的外表罢了。

黄宗羲不是让儿子参加康熙下令编写的《明史》吗？编《明史》这事给汉族知识界震动不小。康熙任命了大历史学家徐元文、万斯同、张玉书、王鸿绪等负责此事，要他们根据《明实录》如实编定，说"他书或以文章见长，独修史宜直书实事"，他还多次要大家仔细研究明代晚期破败的教训，引以为戒。汉族知识化界要反清复明，而清廷君主竟然亲自领导着汉族的历史学家在冷静研究明代了，这种研究又高于反清复明者的思考水平，那么，对峙也就不能不渐渐化解了。《明史》后来成为整个二十四史中写得较好的一部，这是直到今天还要承认的事实。

当然，也还余留着几个坚持不肯认同的文人。例如康熙时代浙江有个学者叫吕留良的，在著书和讲学中还一再强调孔子思想的精义是"尊王攘夷"，这个提法，在他死后被湖南一个叫曾静的落第书生看到了，很是激动，赶到浙江找到吕留良的儿子和学生几人，策划反清。这时康熙也早已过世，已是雍正年间，这群文人手下无一兵一卒，能干成什么事呢？他们打听到川陕总督岳钟琪是岳飞的后代，想来肯定能继承岳飞遗志来抗击外夷，就派人带给他一封策反的信，眼巴巴地请他起事。这事说起来已经有点近乎笑话，岳飞抗金到那时已隔着整整一个元朝、整整一个明朝，清朝也已过了八九十年，算到岳钟琪身上都是多少代的事情啦，还想着让他凭着一个"岳"字拍案而起，中国书生的昏愚和天真就在这里。岳钟琪是清朝大官，做梦也没想到过要反清，接信后虚假地应付了一下，却理所当然地报告了雍正皇帝。雍正下令逮捕了这个谋反集团，又亲自阅读了书信、著作，觉得其中有好些观念需要自己写文章来与汉族知识分子辩论，而且认为有过康熙一代，朝廷已有足够的事实和勇气证明清代统治者并不差，为什么还要对抗清廷？于是这位皇帝亲自编了一部《大义觉迷录》颁发各地，而且特免肇事者曾静等人的死罪，让他们专到江浙一带去宣讲。

雍正的《大义觉迷录》写得颇为诚恳。他的大意是：不错，我们是夷人，我们是"外国"人，但这是籍贯而已，天命要我们来抚育中原生民，被抚育者为什么还要把华、夷分开来看？你们所尊重的舜是东夷之人，文王是西夷之人，这难道有损于他们的圣德吗？吕留良这样著书立说的人，连前朝康熙皇帝的文治武功、赫赫盛德都加以隐匿和诬蔑，实在是不顾民生国运只泄私愤了。外族入主中原，可以反而勇于为善，如果著书立说的人只认为生在中原的君主不必修德行仁也可享有名分，而外族君主即便励精图治也得不到褒扬，外族君主为善之心也会因之而懈怠，受苦的不还是中原的百姓吗？

雍正的这番话，带着明显的委屈情绪，而且是给父亲康熙打抱不平，也真有一些动人的地方。但他的整体思维能力显然比不上康熙，口口声声说自己是"外国"人，"夷人"，尽管他所说的"外国"只是指外族，而且也仅指中原地区之外的几个少数民族，与我们今天所说的外国不同，但无论如何在一些前提性的概念上把事情搞复杂了，反而不利。他的儿子乾隆看出了这个毛病，即位后把《大义觉迷录》全部收回，列为禁书，杀了被雍正赦免了的曾静等人，开始大兴文字狱。康熙、雍正年间也有丑恶的文字狱，但来得特别厉害的是乾隆，他不许汉族知识分子把清廷看成是"夷人"，连一般文字中也不让出现"虏""胡"之类字样，不小心写出来了很可能被砍头。他想用暴力抹去这种对立，然后一心一意做个好皇帝。除了华夷之分的敏感点外，其他地方他倒是比较宽容，有度量，听得进忠臣贤士们的尖锐意见和建议，因此在他执政的前期，做了很多好事，国运可称昌盛。这样一来，即便存有异念的少数汉族知识分子也不敢有什么想头，到后来也真没有什么想头了。其实本来这样的人已不可多觅，雍正和乾隆都把文章做过了头。真正第一流的大学者，在乾隆时代已不想做反清复明的事了。乾隆，靠着人才济济的智力优势，靠着康熙、雍正给他奠定丰厚基业，也靠着他本人的韬略雄才，做起了中国历史上福气最好的大皇帝。承德避暑山庄，他来得最多，总共逗留的时间很长，因此他的踪迹更是随处可见。乾隆也经常参加"木兰秋狝"，亲自射获的猎物也极为可观，但他的主要心思却放在边疆征战上，避暑山庄和周围的外八庙内，记载这种征战成果的碑文极多。这种征战与汉族的利益没有冲突，反而弘扬了中国的国威，连汉族知识界也引以为荣，甚至可以把乾隆看成是华夏圣君了，但我细看碑文之后却产生一个强烈的感觉：有的仗迫不得已，打打也可以，但多数边境战争的必要性深可怀疑。需要打得这么大吗？需要反复那么多次吗？需要这样强横地来对待邻居们吗？需要杀得如此残酷吗？好大喜功的乾隆把他的所谓"十全武功"镌刻在避暑山庄里乐滋滋地自我品尝，这使山庄回荡出一些燥热而又不祥的气氛。在满、汉文化对峙基本上结束之后，这里洋溢着的是中华帝国的自得情绪。江南塞北的风景名胜在这里聚会，上天的唯一骄子在这里安驻，再下令编一部综览全部典籍的《四库全书》在这里存放，几乎什么也不缺了。乾隆不断地写诗，说避暑山庄里的意境已远远超过唐宋诗词里的描绘，而他则一直等着到时间卸任成为"林下人"，在此间度过余生。在山庄内松云峡的同一座石碑上，乾隆一生竟先后刻下了六首御诗表述这种自得情怀。是的，乾隆一朝确实不算窝囊，但须知这已是十八世纪（乾隆正好死于十八世纪最后一年），十九世纪已经迎面而来，世界发生了多大的变化！乾隆打了那么多仗，耗资该有多少？他重用的大贪官和珅，又把国力糟蹋到了何等地步？事实上，清朝乃至中国的整体历史悲剧，就在乾隆这个貌似全盛期的皇帝身上，在山水宜人的避暑山庄内，已经酿就。但此时的避暑山庄，还完全沉湎在中华帝国的梦幻中，而全国的文化良知，也都在这个梦幻边沿口或陶醉，或喑哑。

1793年9月14日，一个英国使团来到避暑山庄，乾隆以盛宴欢迎，还在山庄的万树园内以大型歌舞和焰火晚会招待，避暑山庄一片热闹。英方的目的是希望乾隆同意他们派使臣常驻北京，在北京设立洋行，希望中国开放天津、宁波、舟山为贸易口岸，在广州附近拨一些地方让英商居住，又希望英国货物在广州至澳门的内河流通时能获免税和减税的优惠。本来，这是可以谈判的事，但对居住在避暑山庄、一生喜欢用武力炫耀华夏威仪的乾隆来说却不存在任何谈判的可能。他给英国国王写了信，信的标题是《赐英吉利国王敕书》，信内对一切要求全部拒绝，说"天朝尺土俱归版籍，疆址森然，即使岛屿沙洲，亦必划界分疆各有专属"，"从无外人等在北京城开设货行之事"，"此与天朝体制不合，断不可行！"也许至今有人认为这几句话充满了爱国主义的凛然大义，与以后清廷签订的卖国条约不可同日而语，对此我实在不敢苟同。

本来康熙早在1684年就已开放海禁，在广东、福建、浙江、江苏分设四个海关欢迎外商来贸易，过了七十多年乾隆反而关闭其他海关只许外商在广州贸易，外商在广州也有许多可笑的限制，例如不准学说中国话、买中国书，不许坐轿，更不许把妇女带来，等等。我们闭目就能想象朝廷对外国人的这些限制是出于何种心理规定出来的。康熙向传教士学西方自然科学，关系不错，而乾隆却把天主教给禁了。自高自大，无视外部世界，满脑天朝意识，这与以后的受辱挨打有着必然的逻辑联系。乾隆在避暑山庄训斥外国帝王的朗声言词，就连历史老人也会听得不太顺耳。这座园林，已羼杂进某种凶兆。

四

我在山庄松云峡细读乾隆写了六首诗的那座石碑时，在碑的西侧又读到他儿子嘉庆的一首。嘉庆即位后经过这里，读了父亲那些得意洋洋的诗后不禁长叹一声：父亲的诗真是深奥，而我这个做儿子的却实在觉得肩上的担子太重了（"瞻题蕴精奥，守位重仔肩"）！嘉庆为人比较懦弱宽厚，在父亲留下的这副担子前不知如何是好，他一生都在面对内忧外患，最后不明不白地死在避暑山庄。

道光皇帝继嘉庆之位时已四十来岁，没有什么才能，只知艰苦朴素，穿的裤子还打过补丁。这对一国元首来说可不是什么佳话。朝中大臣竟相摹仿，穿了破旧衣服上朝，一眼看去，这个朝廷已经没有多少气数了。父亲死在避暑山庄，畏怯的道光也就不愿意去那里了，让它空关了几十年，他有时想想也该像祖宗一样去打一次猎，打听能不能不经过避暑山庄就可以到"木兰围场"，回答说没有别的道路，他也就不去打猎了。像他这么个可怜巴巴的皇帝，似乎本来就与山庄和打猎没有缘分的，鸦片战争已经爆发，他忧愁的目光只能一直注视着南方。

避暑山庄一直关到1860年9月，突然接到命令，咸丰皇帝要来，赶快打扫。咸丰这次来时带的银两特别多，原来是来逃难的，英法联军正威胁着北京。咸丰这一来就不走了，东走走西看看，庆幸祖辈留下这么个好地方让他躲避。他在这里又批准了好几份丧权辱国的条约，但签约后还是不走，直到1861年8月22日死在这儿，差不多住了近一年。

咸丰一死，避暑山庄热闹了好些天，各种政治势力围着遗体进行着明明暗暗的较量。一场被历史学家称之为"辛酉政变"的行动方案在山庄的几间屋子里制定，然后，咸丰的棺木向北京启运了，刚继位的小皇帝也出发了，浩浩荡荡。避暑山庄的大门又一次紧紧地关住了，而就在这支浩浩荡荡的队伍中间，很快站出来一个二十七岁的青年女子，她将统治中国数十年。

她就是慈禧，离开了山庄后再也没有回来。不久又下了一道命令，说热河避暑山庄已经几十年不用，殿亭各宫多已倾圮，只是咸丰皇帝去时稍稍修治了一下，现在咸丰已逝，众人已走，"所有热河一切工程，着即停止"。

这个命令，与康熙不修长城的谕旨前后辉映。康熙的"长城"也终于倾坍了，荒草凄迷，暮鸦回翔，旧墙斑剥，霉苔处处，而大门却紧紧地关着。关住了那些宫房舍倒也

罢了，还关住了那么些苍郁的山，那么些晶亮的水。在康熙看来，这儿就是他心目中的清代，但清代把它丢弃了，于是自己也就成了一个丧魂落魄的朝代。慈禧在北京修了一个颐和园，与避暑山庄对抗，塞外溯北的园林不会再有对抗的能力和兴趣，它似乎已属于另外一个时代。康熙连同他的园林一起失败了，败在一个没有读过什么书，没有建立过什么功业的女人手里。热河的雄风早已吹散，清朝从此阴气重重、劣迹斑斑。

当新的一个世纪来到的时候，一大群汉族知识分子向这个政权发出了毁灭性声讨，民族仇恨重新在心底燃起，三百年前抗清志士的事迹重新被发掘和播扬。避暑山庄，在这个时候是一个邪恶的象征，老老实实躲在远处，尽量不要叫人发现。

五

清朝灭亡后，社会震荡，世事忙乱，人们也没有心思去品咂一下这次历史变更的苦涩厚味，匆匆忙忙赶路去了。直到1927年6月1日，大学者王国维先生在颐和园投水而死，才让全国的有心人肃然深思。

王国维先生的死因众说纷纭，我们且不管它，只知道这位汉族文化大师拖着清代的一条辫子，自尽在清代的皇家园林里，遗嘱为"五十之年，只欠一死；经此事变，义无再辱"。他不会不知道明末清初为汉族人是束发还是留辫之争曾发生过惊人的血案，他不会不知道刘宗周、黄宗羲、顾炎武这些大学者的慷慨行迹，他更不会不知道按照世界历史的进程，社会巨变乃属必然，但是他还是死了。我赞成陈寅恪先生的说法，王国维先生并不死于政治斗争、人事纠葛，或仅仅为清廷尽忠，而是死于一种文化：凡一种文化值衰落之时，为此文化所化之人，必感苦痛，其表现此文化之程量愈宏，则其所受之苦痛亦愈甚；迨既达极深之度，殆非出于自杀无以求一己之心安而义尽也（《王观堂先生挽词并序》）。王国维先生实在又无法把自己为之而死的文化与清廷分割开来。在他的书架里，《古今图书集成》《康熙字典》《四库全书》《红楼梦》《桃花扇》《长生殿》、乾嘉学派、纳兰性德等等都把两者连在一起了，于是对他来说衣冠举止，生态心态，也莫不两相混同。我们记得，在康熙手下，汉族高层知识分子经过剧烈的心理挣扎已开始与朝廷产生某种文化认同，没有想到的是，当康熙的政治事业和军事事业已经破败之后，文化认同竟还未消散。为此，宏才多学的王国维先生要以生命来祭奠它。他没有从心理挣扎中找到希望，死得可惜又死得必然。知识分子总是不同寻常，他们总要在政治军事的折腾之后表现出长久的文化韧性，文化变成了生命，只有靠生命来拥抱文化了，别无他途；明末以后是这样，清末以后也是这样。但清末又是整个中国封建制度的末尾，因此王国维先生祭奠的该是整个中国传统文化。清代只是他的落脚点。

王国维先生到颐和园这也还是第一次，是从一个同事处借了五元钱才去的，颐和园门票六角，死后口袋中尚余四元四角，他去不了承德，也推不开山庄紧闭的大门。

今天，我面对着避暑山庄的清澈湖水，却不能不想起王国维先生的面容和身影。我轻轻地叹息一声，一个风云数百年的朝代，总是以一群强者英武的雄姿开头，而打下最后一个句点的，却常常是一些文质彬彬的凄怨灵魂。

[导读]

余秋雨（1946— ），浙江余姚人。文艺理论家、散文家。散文集有《文化苦旅》《霜冷长河》等。

余秋雨说："我发现自己特别想去的地方，总是古代文化和文人留下较深脚印的所在，说明我心底的山水并不完全是自然山水而是一种'人文山水'。这是中国历史文化的悠久魅力对我的长期熏染造成的，要摆脱也摆脱不了。每到一个地方，总有一种沉重的历史气压罩住我的全身……心想，在我居留的大城市里有很多贮存古籍的图书馆，讲授古文化的大学，而中国文化的真实步履却落在这山重水复、莽莽苍苍的大地上。大地默默无言，只要来一二个有悟性的文人一站立，它封存久远的文化内涵也就能哗的一声奔泻而出；文人本也萎靡柔弱，只要被这种奔泻所裹卷，倒也吞吐千年。结果，就在这看似平常的伫立瞬间，人、历史、自然混沌地交融在一起了，于是有了写文章的冲动。"（《文化苦旅·自序》）

在承德的避暑山庄前，雄健刚直的风骨引领细细密密的文字，倾泻出大气磅礴的理性思索，牵扯着知识分子的文人观念，带着强烈的社会责任感和现代意识，与久远的文化灵魂、与文字前的每一个你我他进行着对话，恢宏畅达，自在潇洒，这就是余秋雨。在历史的回溯中感叹民族文化的兴衰荣辱，对中华民族五千年的文明进行反省和思考。"焦点在承德避暑山庄，展示的景深却是整个清王朝崛起、鼎盛、衰落几百年的历史。"让清代的兴衰，在一次全方位的历史扫描中展现人生沧海桑田的变换。就连余秋雨自己都说："其实是不奇怪的。对历史的多情总会加重人生的负载，由历史沧桑感引发出人生沧桑感。"（《文化苦旅·自序》）

虽然余秋雨的文章多有被人指出纰漏，但以《一个王朝的背影》为代表的一系列历史文化散文，还是为他的散文作品赢得了"文化散文""历史散文""学者散文""大散文"等美誉。纵观这些"文化大散文"，不难发现它们对传统文化内在的生命力进行了苦心孤诣的梳理与显扬，并由一个鲜明的主题贯穿始终：对中国文化的追溯、思索和反问。余秋雨把历史的对象与现实的情感、宏大的题材与个人的体验融为一体，使之成为他的历史书写和文学抒情的独特方式。著名评论家孙绍振给予其极高的评价："他的散文是货真价实的大散文话语，'五四'以来，中国现代散文除了极少数屈指可数的篇章以外，还没有他这样的融思想、智慧、情感为一炉的大容量和大深度的话语。"余光中先生也曾在《散文的知性与理性》中说："比梁实秋、钱钟书晚出三十多年的余秋雨，把知性融入感性，举重若轻，衣袂飘然走过他的《文化苦旅》。"

当然，余秋雨先生不畏劳苦与艰险跋涉于千山万水之间，去考察那些过去曾经流光溢彩、显赫一时而今有些已成为废墟的文化遗址，并非仅仅只是文人骚客的平白感叹，他所极力挖掘与提倡的文化人格，使文章自始至终洋溢着浓浓的人文精神。他说："这种文化游记的成败关键，在于是否把作者自己的文化人格与山水互相厮磨。'人气'不重的游记，罗列文化知识再多，也很难出色。个人和山水周旋，从而产生人格比照。这样，山水便真正热闹起来了，文章也有了生气、变得大气。"（《文明的碎片》）在《一个王朝的背影》中，"文化人格"的典范便是康熙。余秋雨高度评价了前清，将康熙与李世民相提并论，认为康熙的木兰秋猎、礼待汉族贤能、组织编撰《朱子大全》和《古今图书集成》等都是他强健人格的彰显。王国维自沉"殉清",是强健的文化人格吗?从另一个角度看,亦是冷峻与激情的互动。文化的隐痛不仅是某个王朝的覆灭或体制的湮没,也在历史的沉思与诗性的铺展中表现出极强的张力。

王小波

一只特立独行的猪

  插队的时候,我喂过猪、也放过牛。假如没有人来管,这两种动物也完全知道该怎样生活。它们会自由自在地闲逛,饥则食渴则饮,春天来临时还要谈谈爱情;这样一来,它们的生活层次很低,完全乏善可陈。人来了以后,给它们的生活做出了安排:每一头牛和每一口猪的生活都有了主题。就它们中的大多数而言,这种生活主题是很悲惨的:前者的主题是干活,后者的主题是长肉。我不认为这有什么可抱怨的,因为我当时的生活也不见得丰富了多少,除了八个样板戏,也没有什么消遣。有极少数的猪和牛,它们的生活另有安排。以猪为例,种猪和母猪除了吃,还有别的事可干。就我所见,它们对这些安排也不大喜欢。种猪的任务是交配,换言之,我们的政策准许它当个花花公子。但是疲惫的种猪往往摆出一种肉猪(肉猪是阉过的)才有的正人君子架势,死活不肯跳到母猪背上去。母猪的任务是生崽儿,但有些母猪却要把猪崽儿吃掉。总的来说,人的安排使猪痛苦不堪。但它们还是接受了:猪总是猪啊。

  对生活做种种设置是人特有的品性。不光是设置动物,也设置自己。我们知道,在古希腊有个斯巴达,那里的生活被设置得了无生趣,其目的就是要使男人成为亡命战士,使女人成为生育机器,前者像些斗鸡,后者像些母猪。这两类动物是很特别的,但我以为,它们肯定不喜欢自己的生活。但不喜欢又能怎么样?人也好,动物也罢,都很难改变自己的命运。

  以下谈到的一只猪有些与众不同。我喂猪时,它已经有四五岁了,从名分上说,它是肉猪,但长得又黑又瘦,两眼炯炯有光。这家伙像山羊一样敏捷,一米高的猪栏一跳就过;它还能跳上猪圈的房顶,这一点又像是猫——所以它总是到处游逛,根本就不在圈里待着。所有喂过猪的知青都把它当宠儿来对待,它也是我的宠儿——因为它只对知青好,容许他们走到三米之内,要是别的人,它早就跑了。它是公的,原本该劁掉。不过你去试试看,哪怕你把劁猪刀藏在身后,它也能嗅出来,朝你瞪大眼睛,嗷嗷地吼起来。我总是用细米糠熬的粥喂它,等它吃够了以后,才把糠兑到野草里喂别的猪。其他猪看了嫉妒,一起嚷起来。这时候整个猪场一片鬼哭狼嚎,但我和它都不在乎。吃饱了以后,它就跳上房顶去晒太阳,或者模仿各种声音。它会学汽车响、拖拉机响,学得都很像;有时整天不见踪影,我估计它到附近的村寨里找母猪去了。我们这里也有母猪,都关在圈里,被过度的生育搞得走了形,又脏又臭,它对它们不感兴趣;村寨里的母猪好看一些。它有很多精彩的事迹,但我喂猪的时间短,知道得有限,索性就不写了。总而言之,所有喂过猪的知青都喜欢它,喜欢它特立独行的派头儿,还说它活得潇洒。但老乡们就不这么浪漫,他们说,这猪不正经。领导则痛恨它,这一点以后还要谈到。我对它则不止是喜欢——我尊敬它,常常不顾自己虚长十几岁这一现实,把它叫作"猪兄"。如前所述，这位猪兄会模仿各种声音。我想它也学过人说话，但没有学会——假如学会了，我们就可以做倾心之谈。但这不能怪它。人和猪的音色差得太远了。

后来，猪兄学会了汽笛叫，这个本领给它招来了麻烦。我们那里有座糖厂，中午要鸣一次汽笛，让工人换班。我们队下地干活时，听见这次汽笛响就收工回来。我的猪兄每天上午十点钟总要跳到房上学汽笛，地里的人听见它叫就回来——这可比糖厂鸣笛早了一个半小时。坦白地说，这不能全怪猪兄，它毕竟不是锅炉，叫起来和汽笛还有些区别，但老乡们却硬说听不出来。领导上因此开了一个会，把它定成了破坏春耕的坏分子，要对它采取专政手段——会议的精神我已经知道了，但我不为它担忧——因为假如专政是指绳索和杀猪刀的话，那是一点门都没有的。以前的领导也不是没试过，一百人也逮不住它。狗也没用：猪兄跑起来像颗鱼雷，能把狗撞出一丈开外。谁知这回是动了真格的，指导员带了二十几个人，手拿五四式手枪；副指导员带了十几人，手持看青的火枪，分两路在猪场外的空地上兜捕它。这就使我陷入了内心的矛盾：按我和它的交情，我该舞起两把杀猪刀冲出去，和它并肩战斗，但我又觉得这样做太过惊世骇俗——它毕竟是只猪啊；还有一个理由，我不敢对抗领导，我怀疑这才是问题之所在。总之，我在一边看着。猪兄的镇定使我佩服之极：它很冷静地躲在手枪和火枪的连线之内，任凭人喊狗咬，不离那条线。这样，拿手枪的人开火就会把拿火枪的打死，反之亦然；两头同时开火，两头都会被打死。至于它，因为目标小，多半没事。就这样连兜了几个圈子，它找到了一个空子，一头撞出去了；跑得潇洒之极。以后我在甘蔗地里还见过它一次，它长出了獠牙，还认识我，但已不容我走近了。这种冷淡使我痛心，但我也赞成它对心怀叵测的人保持距离。

我已经四十岁了，除了这只猪，还没见过谁敢于如此无视对生活的设置。相反，我倒见过很多想要设置别人生活的人，还有对被设置的生活安之若素的人。因为这个缘故，我一直怀念这只特立独行的猪。

(选自《我的精神家园》，文化艺术出版社1997年6月版)

[导读]

王小波（1952—1997），北京人。学者、小说家、杂文家。杂文集有《思维的乐趣》《我的精神家园》《沉默的大多数》等。

作为一个关怀整个社会和人类的自由主义知识分子，王小波在他的杂文中积极弘扬科学、理性、独立、自由、宽容的理念，坚决反对愚昧、专制、教条、虚伪、奴气等反文明的恶习，充分表现了知识分子"独立之精神，自由之思想"。他说过："作为一个人，要负道义的责任，憋不住就得说，这就是我写杂文的动机。"

本文用主要篇幅讲了一个猪的故事，真正的主题却在文章的最后一段。作者用这只不听话的猪暗示了对于现实环境的制约，人本来是可以有所选择，甚至是可以拒绝的。然而，人却并没有把改变环境作为自己的天职。

文章把不听安排的猪写得奇趣横生，主要得益于语词的"歪用"。猪本是低贱的动物，但是在描写这只猪的时候，作者所用语词却往往是本来只适用于人的。如：猪肉本来是供人吃的，对猪本身是杀身之祸，却被说成是猪的"主题"之一；把猪说成是"花花公子"也同样是词义的歪曲。有时,作者还用上了十分高雅的词语形容猪,如"特立独行""潇洒""浪漫"。在写到自己与猪的关系时,也用了一些形容人事关系的正规的词语,如:和猪"有交情",可惜没有做"倾心之谈"。然而在这里却充满了独特的趣味,这就是幽默的谐趣。

散文评论家林贤治认为:"幽默,玩笑,在中国作家中并不显得匮乏;在 90 年代,甚至因此酿成一种可恶的风气。幽默而可恶,就因为没有道义感,甚至反道义。能够把道义感和幽默感结合起来,锻炼出一种风格,不特五十年,就算新文学运动以来的近百年间,也没有几个人。鲁迅是惟一的。王小波虽然尚未达到鲁迅的博大与深刻,但他在一个独断的意识形态中创造出来的'假正经'文风,自成格局,也可以说是惟一的,难以替代的。"

苇 岸

大地上的事情(节选)

一

我观察过蚂蚁营巢的三种方式。小型蚁筑巢,将湿润的土粒吐在巢口,垒成酒盅状、灶台状、坟冢状、城堡状或松疏的蜂房状,高耸在地面;中型蚁的巢口,土粒散得均匀美观,围成喇叭口或泉心的形状,仿佛大地开放的一只黑色花朵;大型蚁筑巢像北方人的举止,随便、粗略、不拘细节,它们将颗粒远远地衔到什么地方,任意一丢,就像大步奔走撒种的农夫。

二

下雪时,我总想到夏天,因成熟而褪色的榆荚被风从树梢吹散。雪纷纷扬扬,给人间带来某种和谐感,这和谐感正来自于纷纭之中。雪也许是更大的一棵树上的果实,被一场世界之外的大风刮落。它们漂泊到大地各处,它们携带的纯洁,不久蕃衍成春天动人的花朵。

三

写《自然与人生》的日本作家德富芦花,观察过落日。他记录太阳由衔山到全然沉入地表,需要三分钟。我观察过一次日出,日出比日落缓慢。观看落日,大有守侍圣哲临终之感;观看日出,则像等待伟大英雄辉煌的诞生。太阳从露出一丝红线,到伸缩着跳上地表,用了约五分钟。

世界上的事物在速度上,衰落胜于崛起。

五

麻雀在地面的时间比在树上的时间多。它们只是在吃足食物后,才飞到树上。它们将短硬的喙像北方农妇在缸沿砺刀那样,在枝上反复擦拭。麻雀蹲在枝上啼鸣,如孩子骑在父亲的肩上高声喊叫,这声音蕴含着依赖、信任、幸福和安全感。麻雀在树上就和孩子们在地上一样，它们的蹦跳就是孩子们的奔跑。而树木伸展的愿望，是给鸟儿送来一个个广场。

六

穿越田野的时候，我看到一只鹞子。它静静地盘旋，长久浮在空中。它好像看到了什么，径直俯冲下来，但还未触及地面又迅疾飞起。我想象它看到一只野兔，因人类的扩张在平原上已近绝迹的野兔，梭罗在《瓦尔登湖》中预言过的野兔："要是没有兔子和鹧鸪，一个田野还成什么田野呢？它们是最简单的土生土长的动物，与大自然同色彩、同性质，和树叶、和土地是最亲密的联盟。看到兔子和鹧鸪跑掉的时候，你不觉得它们是禽兽，它们是大自然的一部分，仿佛飒飒的树叶一样。不管发生怎么样的革命，兔子和鹧鸪一定可以永存，像土生土长的人一样。不能维持一只兔子的生活的田野一定是贫瘠无比的。"

看到一只在田野上空徒劳盘旋的鹞子，我想起田野的往昔的繁荣。

七

在我的住所前面，有一块空地，它的形状像一只盘子，被四周的楼群围起。它盛过赤道般热烈的雨，但它盛不住孩子们的欢乐。孩子们把欢乐撒在里面，仿佛一颗颗珍珠滚到我的窗前。我注视着男孩和女孩在一起做游戏，这游戏是每个从他们身边匆匆走过的大人都做过的。大人告别了童年，就将游戏像玩具一样丢在一边。但游戏在孩子们手里，依然一代代传递。

九

黎明，我常常被麻雀的叫声唤醒。日子久了，我发现它们总在日出前二十分钟开始啼叫。冬天日出较晚，它们叫的也晚；夏天日出早，它们叫的也早。麻雀在日出前和日出后的叫声不同，日出前它们发出"鸟、鸟、鸟"的声音，日出后便改成"喳、喳、喳"的声音。我不知它们的叫法和太阳有什么关系。

十一

麦子是土地上最优美、最典雅、最令人动情的庄稼。麦田整整齐齐摆在辽阔大地上，仿佛一块块耀眼的黄金。麦田是五月最宝贵的财富，大地蓄积的精华。风吹麦田，麦田摇荡，麦浪把幸福送到外面的村庄。到了六月，农民抢在雷雨之前，把麦田搬走。

十四

冬天，一次在原野上，我发现了一个奇异的现象，它纠正了我原有的关于火的观念。我没有见过这个人，他点起火走了。火像一头牲口，已将枯草吞噬很大一片。北风吹着，火头很硬，火贴紧在地面上，火首却逆风而行，这让我吃惊。为了再次证实，我把火种引到另一片草上，火依旧溯风烧向北方。

十五

我时常忆起一个情景,它发生在午后时分。如大兵压境,滚滚而来的黑云,很快占据了整面天空。随后,闪电进绽,雷霆轰鸣,分币大的雨点砸在地上,烟雾四起。骤雨像是一个丧失理性的对人间复仇的巨人。就在这万物偃息的时刻,我看到一只衔虫的麻雀从远处飞回,雷雨没能拦住它,它的儿女在雨幕后面的屋檐下。在它从空中降落飞进檐间的一瞬,它的姿势和蜂鸟在花丛前一样美丽。

十九

1988年1月16日,我看见了日出。我所以记下这次日出,因为有生以来我从没有见过这样大的太阳。好像发生了什么奇迹,它使我惊得目瞪口呆,久久激动不已。哥伦比亚作家加西亚·马尔克斯在《百年孤独》中这样描述马贡多连续下了四年之久的雨后日出:"一轮憨厚、鲜红、像破砖碎末般粗糙的红日照亮了世界,这阳光几乎像流水一样清新。"我所注视的这次日出,我不想用更多的话来形容它,红日的硕大,让我首先想到乡村院落的磨盘。如果你看到了这次日出,你会相信。

二十二

立春一到,便有冬天消逝、春天降临的迹象和感觉。整整过了一冬的北风,到达天涯后已经返回。它们告诉站在大路旁的我:春天已经被它们领来。看着旷野,我有一种庄稼满地的幻觉。踩在松动的土地上,我感到肢体在伸张,血液在涌动。我想大声喊叫或疾速奔跑,想拿起锄头拼命劳动一场。我常常产生这个愿望:一周中,在土地上至少劳动一天。爱默生认为,每一个人都应当与这世界上的劳作保持着基本关系。劳动是上帝的教育,它使我们自己与泥土和大自然发生基本的联系。

但是,在这个世界上,有一部分人,一生从未踏上土地。

二十六

一次,我穿过田野。一群农妇,蹲在田里薅苗。在我凝神等待远处布谷鸟再次啼叫时,我听到了两个农妇的简短对话:

农妇甲:"几点了?"

农妇乙:"该走了,十二点多了。"

农妇甲:"十二点了,孩子都放学了,还没做饭呢。"

无意听到的两句很普通的对话竟震撼了我。认识词易,比如"母爱"或"使命",但要完全懂得它们的意义难。原因在于我们不常遇到隐在这些词后面的,能充分体现这些词涵义的事物本身;在于我们正日渐远离原初意义上的"生活"。我想起曾在美术馆看过的美国女画家爱迪娜·米博尔画展,前言有画家这样一段话,我极赞同:"美的最主要表现之一是,肩负着重任的人们的高尚与责任感。我发现这一特点特别地表现在世界各地生活在田园乡村的人们中间。"

四十一

与其他开端相反,第一场雪大都是零乱的。为此我留意好几年了。每次遇到新雪,我都想说:"看,这是一群初进校门的乡下儿童。"雪仿佛是不期而至的客人,大地对这些客人的进门,似乎感到一种意外的突然和无备的忙乱。没有收拾停当的大地,显然还不准备接纳它们。所以,尽管空中雪迹纷纷,地面依旧荡然无存。新雪在大地面前的样子,使我想象一群倾巢而不能栖的野蜂,也想象历史上那些在祖国外面徘徊的流亡者。

(选自《大地上的事情》,中国对外翻译出版公司1995年4月版)

[导读]

苇岸(1960—1999),原名马建国,北京昌平人。散文家。散文集有《大地上的事情》《太阳升起以后》《上帝之子》。

苇岸最早是从事诗歌写作的,并于1984年冬天结识诗人海子。1986年12月经海子推荐,苇岸阅读了美国作家梭罗的散文集《瓦尔登湖》后,由诗歌转向散文写作。1988年他开始写作开放性系列散文作品《大地上的事情》。他在作品中把"大地道德"作为一个文学观念和基本主题,散文家林贤治认为"在中国现代文学中具有开创的意义"。

苇岸自称"我是生活在托尔斯泰和梭罗的'阴影'中的人"。这是因为托尔斯泰代表了他的人生观,而梭罗表明了他的自然观。在苇岸眼里,列夫·托尔斯泰是一个"最伟大的全民艺术家,所有世纪最高尚的人物,人类的良心","从来作家都沉湎于文学本身,而托尔斯泰仅仅把文学看作自己伟大活动的一部分。托尔斯泰是历史罕有的,用他的人生和全部文字,为人类指明正确道路的人"。而梭罗的《瓦尔登湖》则使苇岸获得了一次"新生",带给他"精神喜悦"和"灵魂颤动"。苇岸在致友人的信中谈道:"梭罗的本质主要还不在其对'返归自然'的倡导,而在其对'人的完整性'的崇尚。梭罗到瓦尔登湖去,并非想去做永久'返归自然'的隐士,而仅是他崇尚'人的完整性'的表现之一。对'人的完整性'的崇尚,也非机械地不囿于某一岗位或职业,本质还在一个人对待外界(万物)的态度:是否为了一个'目的'或'目标',而漠视和牺牲其他。这是我喜欢梭罗(而不是陶渊明)的最大原因,也是我写《梭罗意味着什么》的主要目的。"梭罗的文字对苇岸仿佛具有一种天然的血缘性的亲和力与呼应性,使他皈依于"梭罗这种自由、信意,像土地一样朴素开放的文字方式"。

苇岸自称"观察者",他像农人那样热爱田野大地上的一切美好事物。在他看来,"人应该诗意地栖居在大地上",只需充当大自然秘密谦卑的"旁观者"和"倾听者"。《大地上的事情》充分表现了他对大地上一切诗意的事物的倾听与观察,被认为是"整个当代散文领域最纯粹、也最为明确而有意识地从哲学的层面表达'人应该诗意地栖居在大地上'这一主题的优秀文本";"作为大地的代言人,苇岸先生'在大地上'的写作维度为中国当代散文树立起一种原初意义上的风貌和品格,汉语的承载量因他的写作而得以扩大和拓宽了"。

苇岸的散文不仅被当成是梭罗"超验主义"的中国版,而且他在作品中尽量地隐去虚浮和矫饰，并完全收敛主体情绪，从而进入一种类似于"零度写作"的状态。《大地上的事情》由表面上互不相干的几十个段落组成，它的语言像诗一样精湛简洁而富有诗意。苇岸认为，他早年的诗歌创作对散文写作具有非同寻常的意义，"除了一种根本的诗人特有的纯粹精神，恰如布罗茨基所讲，散文作家可以向诗歌学到：借助词语在一定的上下文中产生的特定含义和力量；集中的思路；省略去不言自明的赘语"，因此，苇岸的散文写作可以看成是"诗歌以另一种手段的继续来写作"。

琦 君

髻

母亲年轻的时候，一把青丝梳一条又粗又长的辫子，白天盘成了一个螺丝似的尖髻儿，高高地翘起在后脑，晚上就放下来挂在背后。我睡觉时挨着母亲的肩膀，手指头绕着她的长发梢玩儿，双妹牌生发油的香气混着油垢味直薰我的鼻子。有点儿难闻，却有一份母亲陪伴着我的安全感，我就呼呼地睡着了。

每年的七月初七，母亲才痛痛快快地洗一次头。乡下人的规矩，平常日子可不能洗头。如洗了头，脏水流到阴间，阎王要把它储存起来，等你死以后去喝，只有七月初七洗的头，脏水才流向东海去。所以一到七月七，家家户户的女人都要有一大半天披头散发。有的女人披得头发美得跟葡萄仙子一样，有的却像丑八怪。比如我的五叔婆呢，她既矮小又干瘪，头发掉了一大半，却用墨炭划出一个四四方方的额角，又把树皮似的头顶全抹黑了。洗过头以后，墨炭全没有了，亮着半个光秃秃的头顶，只剩后脑勺一小撮头发，飘在背上，在厨房里摇来晃去帮我母亲做饭，我连看都不敢冲她看一眼。可是母亲乌油油的柔发却像一匹缎子似的垂在肩头，微风吹来，一绺绺的短发不时拂着她白嫩的面颊。她眯起眼睛，用手背拢一下，一会儿又飘过来了。她是近视眼，眯缝眼儿的时候格外的俏丽。我心里在想，如果爸爸在家，看见妈妈这一头乌亮的好发，一定会上街买一对亮晶晶的水钻发夹给她，要她戴上。妈妈一定是戴上了一会儿就不好意思地摘下来。那么这一对水钻夹子，不久就会变成我扮新娘的"头面"了。

父亲不久回来了，没有买水钻发夹，却带回一位姨娘。她的皮肤好细好白，一头如云的柔发比母亲的还要乌，还要亮。两鬓像蝉翼似的遮住一半耳朵，梳向后面，挽一个大大的横爱司髻，像一只大蝙蝠扑盖着她后半个头。她送母亲一对翡翠耳环。母亲只把它收在抽屉里从来不戴，也不让我玩，我想大概是她舍不得戴吧。

我们全家搬到杭州以后，母亲不必忙厨房，而且许多时候，父亲要她出来招呼客人，她那尖尖的螺丝髻儿实在不像样，所以父亲一定要她改梳一个式样。母亲就请她的朋友张伯母给她梳了个鲍鱼头。在当时，鲍鱼头是老太太梳的，母亲才过三十岁，却要打扮成老太太，姨娘看了只是抿嘴儿笑，父亲就直皱眉头。我悄悄地问她："妈，你为什么不也梳个横爱司髻，戴上姨娘送你的翡翠耳环呢？"母亲沉着脸说："你妈是乡下人，那儿配梳那种摩登的头，戴那讲究的耳环呢？"

姨娘洗头从不拣七月初七。一个月里都洗好多次头。洗完后，一个丫头在旁边用一把粉红色大羽毛扇轻轻地扇着，轻柔的发丝飘散开来，飘得人起一股软绵绵的感觉。父亲坐在紫檀木榻床上，端着水烟筒噗噗地抽着，不时偏过头来看她，眼神里全是笑。姨娘抹上三花牌发油，香风四溢，然后坐正身子，对着镜子盘上一个油光闪亮的爱司髻，我站在边上都看呆了。姨娘递给我一瓶三花牌发油，叫我拿给母亲，母亲却把它高高搁在橱背上，说："这种新式的头油，我闻了就翻胃。"

母亲不能常常麻烦张伯母，自己梳出来的鲍鱼头紧绷绷的，跟原先的螺丝髻相差有限，别说父亲，连我看了都不顺眼。那时姨娘已请了个包梳头刘嫂。刘嫂头上插一根大红签子，一双大脚丫子，托着个又矮又胖的身体，走起路来气喘呼呼的。她每天早上十点钟来，给姨娘梳各式各样的头，什么凤凰髻、羽扇髻、同心髻、燕尾髻，常常换样子，衬托着姨娘细洁的肌肤，袅袅婷婷的水蛇腰儿，越发引得父亲笑眯了眼。刘嫂劝母亲说："大太太，你也梳个时髦点的式样嘛。"母亲摇摇头，响也不响，她噘起厚嘴唇走了。母亲不久也由张伯母介绍了一个包梳头陈嫂。她年纪比刘嫂大，一张黄黄的大扁脸，嘴里两颗闪亮的金牙老露在外面，一看就是个爱说话的女人。她一边梳一边叽里呱啦地从赵老太爷的大少奶奶，说到李参谋长的三姨太，母亲像个闷葫芦似的一句也不搭腔，我却听得津津有味。有时刘嫂与陈嫂一起来了，母亲和姨娘就在廊前背对着背同时梳头。只听姨娘和刘嫂有说有笑，这边母亲只是闭目养神。陈嫂越梳越没劲儿，不久就辞工不来了，我还清清楚楚地听见她对刘嫂说："这么老古董的乡下太太，梳什么包梳头呢？"我都气哭了，可是不敢告诉母亲。

从那以后，我就垫着矮凳替母亲梳头，梳那最简单的鲍鱼头。我踮起脚尖，从镜子里望着母亲。她的脸容已不像在乡下厨房里忙来忙去时那么丰润亮丽了，她的眼睛停在镜子里，望着自己出神，不再是眯缝眼儿的笑了。我手中捏着母亲的头发，一绺绺地梳理，可是我已懂得，一把小小黄杨木梳，再也理不清母亲心中的愁绪。因为在走廊的那一边，不时飘来父亲和姨娘琅琅的笑语声。

我长大出外读书，寒暑假回家，偶然给母亲梳头，头发捏在手心，总觉得愈来愈少。想起幼年时，每年七月初七看母亲乌亮的柔发飘在两肩，她脸上快乐的神情，心里不禁一阵阵酸楚。母亲见我回来，愁苦的脸上却不时展开笑容。无论如何，母女相依的时光总是最最幸福的。

在上海求学时，母亲来信说她患了风湿病，手膀抬不起来，连最简单的螺丝髻儿都盘不成样，只好把稀稀疏疏的几根短发剪去了。我捧着信，坐在寄宿舍窗口凄淡的月光里，寂寞地掉着眼泪。深秋的夜风吹来，我有点冷，披上母亲为我织的软软的毛衣，浑身又暖和起来。可是母亲老了，我却不能随侍在她身边，她剪去了稀疏的短发，又何尝剪去满怀的悲绪呢！

不久，姨娘因事来上海，带来母亲的照片。三年不见，母亲已白发如银。我呆呆地凝视着照片，满腔心事，却无法向眼前的姨娘倾诉。她似乎很体谅我思母之情，絮絮叨叨地和我谈着母亲的近况。说母亲心脏不太好，又有风湿病，所以体力已不大如前。我低头默默地听着，想想她就是使我母亲一生郁郁不乐的人，可是我已经一点都不恨她了。因为自从父亲去世以后，母亲和姨娘反而成了患难相依的伴侣，母亲早已不恨她了。我再仔细看看她，她穿着灰布棉袍，鬓边戴着一朵白花，颈后垂着的再不是当年多彩多姿的凤凰髻或同心髻，而是一条简简单单的香蕉卷。她脸上脂粉不施，显得十分哀

戚，我对她不禁起了无限怜悯。因为她不像我母亲是个自甘淡泊的女性，她随着父亲享受了近二十多年的富贵荣华，一朝失去了依傍，她的空虚落寞之感，将更甚于我母亲吧。

来台湾以后，姨娘已成了我唯一的亲人，我们住在一起有好几年。在日式房屋的长廊里，我看她坐在玻璃窗边梳头，她不时用拳头捶着肩膀说："手酸得很，真是老了。"老了，她也老了。当年如云的青丝，如今也渐渐落去，只剩了一小把，且已夹有丝丝白发。想起在杭州时，她和母亲背对着背梳头，彼此不交一语的仇视日子，转眼都成过去。人世间，什么是爱，什么是恨呢？母亲已去世多年，垂垂老去的姨娘，亦终归走向同一个渺茫不可知的方向，她现在的光阴，比谁都寂寞啊。

我怔怔地望着她，想起她美丽的横爱司髻，我说："让我来替你梳个新的式样吧。"她愀然一笑说："我还要那样时髦干什么，那是你们年轻人的事了。"

我能长久年轻吗？她说这话，一转眼又是十多年了。我也早已不年轻了。对于人世的爱、憎、贪、痴，已木然无动于衷。母亲去我日远，姨娘的骨灰也已寄存在寂寞的寺院中。

这个世界，究竟有什么是永久的，又有什么是值得认真的呢？

（选自《红纱灯》，台湾三民出版社1969年11月版）

[导读]

琦君（1917—2006），原名潘希真，浙江永嘉人。散文家。散文集有《红纱灯》《三更有梦书当枕》《桂花雨》《永是有情人》等。

琦君被称为"以真善美的视角写童年故家的圣手"，所写题材在许多方面与五四时期的冰心相似，多写童年记忆、母女之情，但是"琦君却写出了新水平，她在一个新的散文水准线上营造了一个只属于她的艺术世界"（楼肇明语）。

在《髻》中，作者如一位讲故事的高手，以其独特细腻的文字，向读者娓娓述说一段旧式家庭的往事。平常的发髻，却隐含着人间欢情与愁怨，寓示着无数的人事变迁。

"髻"是文章里一个特别突出的意象。卡西尔曾说过，意象"不同于形象之长于经验世界的形形色色，它借助于某个独特的表象蕴含着独到的意义，成为形象叙述过程中的闪光的质点。但它对意义的表达，又不是借助议论，而是借助有意味的表象的选择，在暗示和联想中把意义蕴含于其间"。在《髻》里，作者就通过"暗示"和"联想"，赋予"髻"这一意象十分丰富深刻的内涵。

在童年琦君看来，母亲的尖髻、绕在指头上的长发梢以及散发的气息，都能给她安全感，它们象征着一种温馨的母爱。母亲与姨娘不同的发髻，也是她们各自性格的象征：才过三十岁的母亲梳的却是老太太式的"鲍鱼头"，表现了她朴素坚忍、守旧如仪、自甘淡泊的性格；而姨娘各式各样美丽的发髻，则充分刻画出她趋新唯恐不及的性格。

此外，意象的变化还透露出人物情感的变化，揭示了人物的命运遭遇。母亲的发髻由原来的又精又乌的"螺丝髻"变为紧绷绷的"鲍鱼头"，她的心情也由快乐幸福转成愁苦沉重，"紧绷绷"的不只是发髻，更是她的心灵世界。而到最后连稀稀疏疏的几根短发也剪掉，头发的无情衰落，隐含着心灵的寂寞与苍老、命运的每况愈下。其实剪断了三千烦恼丝,又何尝剪得掉无尽的愁绪?姨娘呢,最初的各式美丽的发髻时时显现其春风得意的神情,但随着父亲的去世以及荣华富贵的消逝,她也变得空虚落寞,梳的只是"简简单单的香蕉卷",最后如云青丝只剩下一小把,也终归如母亲一样,"走向同一个渺茫不可知的方向"。发髻的演变,暗示了母亲与姨娘坎坷曲折的人生之路。

这样,"发髻"作为全文的中心意象,不仅成为连贯情节线索的纽带,而且以其丰富的内涵,逐步引导、推进情节深入发展。

然而,作品吸引读者的,除了缘于"发髻"引发的风波、故事外,更缘于作者那种流贯全篇的"温柔敦厚的情绪""哀而不伤、怨而不怒的情怀"以及"俯视历史,超越人生的悟解"。这些情愫,隐含于字里行间,成为一条感情的潜流。如果说"发髻"是文章一条明线的话,那么这股感情潜流则是一条暗线。作者一方面以发髻为线索,客观地追述了母亲和姨娘的历史纠葛、不同遭遇,逼真地再现了人生的爱、憎、贪、痴等生命状态;另一方面又以净化的心灵为出发点,动情地揭示了两个女人殊途同归的命运,抒发了一腔超越芸芸众生的生命感慨。但是,这又不是一种简单的悲观厌世的消极情绪,相反,正体现了作者深厚宽广的襟怀和超脱冷静的悟解。她把理解与同情给予了牺牲在"三从四德"枷锁下的母亲,同时也把宽容与怜悯之情给予了被时代造成错位的姨娘,豁达大度地将旧时代投影在家庭关系上的恩恩怨怨抛开,而放眼广阔的人生,把生命的意义指向一个富有永恒价值的目标。

琦君曾在文章中引用过一位外国女作家的一句话:"眼因流多泪水而越发清明,心因饱经忧患而更加温厚。"读者或许可从中窥见她散文创作心路之一隅。

余光中

听听那冷雨

惊蛰一过,春寒加剧。先是料料峭峭,继而雨季开始,时而淋淋漓漓,时而淅淅沥沥,天潮潮地湿湿,即连在梦里,也似乎有把伞撑着。而就凭一把伞,躲过一阵潇潇的冷雨,也躲不过整个雨季。连思想也都是潮润润的。每天回家,曲折穿过金门街到厦门街迷宫式的长巷短巷,雨里风里,走入霏霏令人更想入非非。想这样子的台北凄凄切切完全是黑白片的味道,想整个中国整部中国的历史无非是一张黑白片子,片头到片尾,一直是这样下着雨的。这种感觉,不知道是不是从安东尼奥尼那里来的。不过那一块土地是久违了,二十五年,四分之一的世纪,即使有雨,也隔着千山万山,千伞万伞。二十五年,一切都断了,只有气候,只有气象报告还牵连在一起,大寒流从那块土地上弥天卷来,这种酷冷吾与古大陆分担。不能扑进她怀里,被她的裙边扫一扫也算是安慰孺慕之情。

这样想时,严寒里竟有一点温暖的感觉了。这样想时,他希望这些狭长的巷子永远延伸下去,他的思路也可以延伸下去,不是金门街到厦门街,而是金门到厦门。他是厦门人,至少是广义的厦门人,二十年来,不住在厦门,住在厦门街,算是嘲弄吧,也算是安慰。不过说到广义,他同样也是广义的江南人,常州人,南京人,川娃儿,五陵少年。杏花春雨江南,那是他的少年时代了。再过半个月就是清明。安东尼奥尼的镜头摇过去，摇过去又摇过来。残山剩水犹如是，皇天后土犹如是。纭纭黔首、纷纷黎民从北到南犹如是。那里面是中国吗？那里面当然还是中国永远是中国。只是杏花春雨已不再，牧童遥指已不再，剑门细雨渭城轻尘也都已不再。然则他日思夜梦的那片土地，究竟在哪里呢？

在报纸的头条标题里吗？还是香港的谣言里？还是傅聪的黑键白键马思聪的跳弓拨弦？还是安东尼奥尼的镜底勒马洲的望中？还是呢，故宫博物院的壁头和玻璃橱内，京戏的锣鼓声中太白和东坡的韵里？

杏花，春雨，江南。六个方块字，或许那片土就在那里面。而无论赤县也好神州也好中国也好，变来变去，只要仓颉的灵感不灭，美丽的中文不老，那形象那磁石一般的向心力当必然长在。因为一个方块字是一个天地。太初有字，于是汉族的心灵他祖先的回忆和希望便有了寄托。譬如凭空写一个"雨"字，点点滴滴，滂滂沱沱，淅沥淅沥淅沥，一切云情雨意，就宛然其中了。视觉上的这种美感，岂是什么 rain 也好 pluie 也好所能满足？翻开一部《辞源》或《辞海》，金木水火土，各成世界，而一入"雨"部，古神州的天颜千变万化，便悉在望中，美丽的霜雪云霞，骇人的雷电霹雹，展露的无非是神的好脾气与坏脾气，气象台百读不厌门外汉百思不解的百科全书。

听听，那冷雨。看看，那冷雨。嗅嗅闻闻，那冷雨，舔舔吧，那冷雨。雨在他的伞上这城市百万人的伞上雨衣上屋上天线上，雨下在基隆港在防波堤海峡的船上，清明这季雨。雨是女性，应该最富于感性。雨气空濛而迷幻，细细嗅嗅，清清爽爽新新，有一点点薄荷的香味，浓的时候，竟发出草和树林沐浴之后特有的淡淡土腥气，也许那竟是蚯蚓的蜗牛的腥气吧，毕竟是惊蛰了啊。也许地上的地下的生命也许古中国层层叠叠的记忆皆蠢蠢而蠕，也许是植物的潜意识和梦吧，那腥气。

第三次去美国，在高高的丹佛他山居住了两年。美国的西部，多山多沙漠，千里干旱，天，蓝似益格鲁·萨克逊人的眼睛，地，红如印第安人的肌肤，云，却是罕见的白鸟，落矶山簇簇耀目的雪峰上，很少飘云牵雾。一来高，二来干，三来森林线以上，杉柏也止步，中国诗词里"荡胸生层云"或是"商略黄昏雨"的意趣，是落矶山上难睹的景象。落矶山岭之胜，在石，在雪。那些奇岩怪石，相叠互倚，砌一场惊心动魄的雕塑展览，给太阳和千里的风看。那雪，白得虚虚幻幻，冷得清清醒醒，那股皑皑不绝一仰难尽的气势，压得人呼吸困难，心寒眸酸。不过要领略"白云回望合，青霭入看无"的境界，仍须回来中国。台湾湿度很高，最富云情雨意迷离的情调。两度夜宿溪头，树香沁鼻，宵寒袭肘，枕着润碧湿翠苍苍交叠的山影和万籁都歇的岑寂，仙人一样睡去。山中一夜饱雨，次晨醒来，在旭日未升的原始幽静中，冲着隔夜的寒气，踏着满地的断柯折枝和仍在流泻的细股雨水，一径探入森林的秘密，曲曲弯弯，步上山去。溪头的山，树密雾浓，蓊郁的水汽从谷底冉冉升起，时稠时稀，蒸腾多姿，幻化无定，只能从雾破云开的空处，窥见乍现即隐的一峰半壑，要纵览全貌，几乎是不可能的。至少入山两次，只能在白茫茫里和溪头诸峰玩捉迷藏的游戏。回到台北，世人问起，除了笑而不答心自问，故作神秘之外，实际的印象，也无非山在虚无之间罢了。云紫烟绕，山隐水迢的中国风景，由来予人宋画的韵味。那天下也许是赵家的天下，那山水却是米家的山水。而究竟，是米氏父子下笔像中国的山水，还是中国的山水上纸像宋画，恐怕是谁也说不清楚了吧？

　　雨不但可嗅，可观，更可以听。听听那冷雨。听雨，只要不是石破天惊的台风暴雨，在听觉上总是一种美感。大陆上的秋天，无论是疏雨滴梧桐，或是骤雨打荷叶，听去总有一点凄凉，凄清，凄楚，于今在岛上回味，则在凄楚之外，再笼上一层凄迷了，饶你多少豪情侠气，怕也经不起三番五次的风吹雨打。一打少年听雨，红烛昏沉。二打中年听雨，客舟中，江阔云低。三打白头听雨的僧庐下，这更是亡宋之痛，一颗敏感心灵的一生：楼上，江上，庙里，用冷冷的雨珠子串成。十年前，他曾在一场摧心折骨的鬼雨中迷失了自己。雨，该是一滴湿漓漓的灵魂，在窗外喊谁。

　　雨打在树上和瓦上，韵律都清脆可听。尤其是铿铿敲在屋瓦上，那古老的音乐，属于中国。王禹偁在黄冈，破如橡的大竹为屋瓦。据说住在竹楼上面，急雨声如瀑布，密雪声比碎玉，而无论鼓琴，咏诗，下棋，投壶，共鸣的效果都特别好。这样岂不像住在竹筒里面，任何细脆的声响，怕都会加倍夸大，反而令人耳朵过敏吧。

　　雨天的屋瓦，浮漾湿湿的流光，灰而温柔，迎光则微明，背光则幽黯，对于视觉，是一种低沉的安慰。至于雨敲在鳞鳞千瓣的瓦上，由远而近，轻轻重重轻轻，夹着一股股的细流沿瓦槽与屋檐潺潺泻下，各种敲击音与滑音密织成网，谁的千指百指在按摩耳轮。"下雨了"，温柔的灰美人来了，她冰冰的纤手在屋顶拂弄着无数的黑键啊灰键，把晌午一下子奏成了黄昏。

　　在古老的大陆上，千屋万户是如此。二十多年前，初来这岛上，日式的瓦屋亦是如此。先是天黯了下来，城市像罩在一块巨幅的毛玻璃里，阴影在户内延长复加深。然后凉凉的水意弥漫在空间，风自每一个角落里旋起，感觉得到，每一个屋顶上呼吸沉重都覆着灰云。雨来了，最轻的敲打乐敲打这城市。苍茫的屋顶，远远近近，一张张敲过去，古老的琴，那细细密密的节奏，单调里自有一种柔婉与亲切，滴滴点点滴滴，似幻似真，若孩时在摇篮里，一曲耳熟的童谣摇摇欲睡，母亲吟哦鼻音与喉音。或是在江南的泽国水乡，一大筐绿油油的桑叶被啮于千百头蚕，细细琐琐屑屑，口器与口器咀咀嚼嚼。雨来了，雨来的时候瓦这么说，一片瓦说千亿片瓦说，说轻轻地奏吧沉沉地弹，徐徐地叩吧挞挞地打，间间歇歇敲一个雨季，即兴演奏从惊蛰到清明，在零落的坟上冷冷奏挽歌，一片瓦吟千亿片瓦吟。

　　在旧式的古屋里听雨，听四月，霏霏不绝的黄梅雨，朝夕不断，旬月绵延，湿黏黏的苔藓从石阶下一直侵到舌底，心底。到七月，听台风台雨在古屋顶上一夜盲奏，千层海底的热浪沸沸被狂风挟挟，掀翻整个太平洋只为向他的矮屋檐重重压下，整个海在他的蜗壳上哗哗泻过。不然便是雷雨夜，白烟一般的纱帐里听羯鼓一通又一通，滔天的暴雨滂滂沛沛扑来，强劲的电琵琶忐忐忑忑忐忐忑忑，弹动屋瓦的惊悸腾腾欲掀起。不然便是斜斜的西北雨斜斜刷在窗玻璃上，鞭在墙上打在阔大的芭蕉叶上，一阵寒潮泻过，秋意便弥湿旧式的庭院了。

　　在旧式的古屋里听雨，春雨绵绵听到秋雨潇潇，从少年听到中年，听听那冷雨。雨是一种单调而耐听的音乐是室内乐是室外乐，户内听听，户外听听，冷冷，那音乐。雨是一种回忆的音乐，听听那冷雨，回忆江南的雨下得满地是江湖下在桥上和船上，也下在四川在秧田和蛙塘，下肥了嘉陵江下湿布谷咕咕的啼声。雨是潮潮润润的音乐下在渴望的唇上，舔舔吧那冷雨。

因为雨是最最原始的敲打乐从记忆的彼端敲起。瓦是最最低沉的乐器灰蒙蒙的温柔覆盖着听雨的人，瓦是音乐的雨伞撑起。但不久公寓的时代来临，台北你怎么一下子长高了，瓦的音乐竟成了绝响。千片万片的瓦翩翩，美丽的灰蝴蝶纷纷飞走，飞入历史的记忆。现在雨下下来下在水泥的屋顶和墙上，没有音韵的雨季。树也砍光了，那月桂，那枫树，柳树和擎天的巨椰，雨来的时候不再有丛叶嘈嘈切切，闪动湿湿的绿光迎接。鸟声减了啾啾，蛙声沉了咯咯，秋天的虫吟也减了唧唧。七十年代的台北不需要这些，一个乐队接一个乐队便遭散尽了。要听鸡叫，只有去诗经的韵里找。现在只剩下一张黑白片，黑白的默片。

正如马车的时代去后，三轮车的伕工也去了。曾经在雨夜，三轮车的油布篷挂起，送她回家的途中，篷里的世界小得多可爱，而且躲在警察的辖区以外。雨衣的口袋越大越好，盛得下他的一只手里握一只纤纤的手。台湾的雨季这么长，该有人发明一种宽宽的双人雨衣，一人分穿一只袖子此外的部分就不必分得太苛。而无论工业如何发达，一时似乎还废不了雨伞。只要雨不倾盆，风不横吹，撑一把伞在雨中仍不失古典的韵味。任雨点敲在黑布伞或是透明的塑胶伞上，将骨柄一旋，雨珠向四方喷溅，伞缘便旋成了一圈飞檐。跟女友共一把雨伞，该是一种美丽的合作吧。最好是初恋，有点兴奋，更有点不好意思，若即若离之间，雨不妨下大一点。真正初恋，恐怕是兴奋得不需要伞的，手牵手在雨中狂奔而去，把年轻的长发和肌肤交给漫天的淋淋漓漓，然后向对方的唇上颊上尝凉凉甜甜的雨水。不过那要非常年轻且激情，同时，也只能发生在法国的新潮片里吧。

大多数的雨伞想不会为约会张开。上班下班，上学放学，菜市来回的途中。现实的伞，灰色的星期三。握着雨伞，他听那冷雨打在伞上。索性更冷一些就好了，他想。索性把湿湿的灰雨冻成干干爽爽的白雨，六角形的结晶体在无风的空中回回旋旋地降下来，等须眉和肩头白尽时，伸手一拂就落了。二十五年，没有受故乡白雨的祝福，或许发上下一点白霜是一种变相的自我补偿吧。一位英雄，经得起多少次雨季？他的额头是水成岩削成还是火成岩？他的心底究竟有多厚的苔藓？厦门街的雨巷走了二十年与记忆等长，一座无瓦的公寓在巷底等他，一盏灯在楼上的雨窗子里，等他回去，向晚餐后的沉思冥想去整理青苔深深的记忆。

前尘隔海。古屋不再。听听那冷雨。

（选自《听听那冷雨》，纯文学出版社1974年5月版）

[导读]

余光中（1928—2017），福建永春人。学者、诗人、散文家。散文集有《左手的缪思》《逍遥游》《听听那冷雨》《记忆像铁轨一样长》等。

文字在余光中手里是一个魔方，简简单单的方块字，竟能组合出无穷色彩无穷变化，甚至有了味道，有了声音——《听听那冷雨》。他说："于是一整个雨季将人包裹，读的时候，请在白衬衫上添一件灰毛衣。"

余光中的文章，是应当轻轻念出声来的。"先是料料峭峭，继而雨季开始，时而淋淋漓漓，时而淅淅沥沥，天潮潮地湿湿，即连在梦里，也似乎有把伞撑着"，读出了声，才体会重到双声、叠韵、重复如何让雨缠绵地在天地间徘徊，才能体会到长句与短句如何灵活地衔接，整饬中如何生了变化，雨是如何一阵大一阵小，歇下去了重又洒下来。让一个个音节在唇齿的摩擦间带出雨声，让雨声在空气中洇染了一片水汽——在文字幻化出的潮湿里，你可以体会出语气有如何的力量，艺术有如何的美。

"雨是最最原始的敲打乐从记忆的彼端敲起。"天地间的音乐，只能用心去聆听。从前有瓦，瓦是音乐的雨伞撑起——可是高楼大厦将天空越隔越远，一层楼的住客，不知道十九层楼之上，已经有一颗先行的雨珠造访。翩翩的瓦像纷纷的蝴蝶飞走，"前尘如海，古屋不再"，听那冷雨，是听自己诉说一段久远的往事。对故园的怀念，对文化的牵挂，织在雨声里，再通透的了悟也带了惆怅。三轮车的时代过去了，听雨的时代也过去了，那一双纤纤的手如今何在？流逝的不再回头，但因为余光中，因为有这样一篇《听听那冷雨》，仿佛有雨珠凝成水晶，美好的往事可以留驻。

林燿德

宠物 K

他也写日记吗？在都市灰濛濛的天空下，随着阴晴冷暖而变化色泽的背纹就是 K 的日记吧。

在铁盆的角落，墨绿色的圆壳聚拢成堆，好像在争执什么惊世的秘藏，又如同商量好一齐抵抗桶底不知何时会卷上的旋风。谁的头忍不住伸出水面透口气，全体的恐惧皆被牵动了，个个缩着尾向假想的核心点挤去。这些待售的乌龟通常有二十三年的银圆大小，银圆上铸着双桅巨帆，它们则背负着永恒的地图。他们不像银圆拥有完全雷同的式样大小与币面价值，每只乌龟的体积有所出入，成交的数目也取决于腹部的图案和色泽。买主并不考虑智慧、操守等等形上因素，一味地只管从水中拣起四肢悬空划舞的小家伙，窥探它腹部害羞的隐私。人间现有的哲学流派显然生产过剩，世界似乎仍然没有停止转坏的意思，那么乌龟们也实在没有再插足其间的必要。它们只须成为称职的宠物。

不错，成为称职的宠物，是它们唯一的任务，也是它们得以生存人间的唯一凭借。在这种连弄臣都不再可靠的世纪，人类饥渴的性灵益加需要宠物来弥补情绪上的失落。

丢下几个沉甸甸的镍质通货，没有讲价。我拎起它，并名之曰 K。

由于我习惯用相当近的距离觑视它，在 K 的眼中，我永远只是一群零碎的器官，一些被界定空间解析的拼图：巨大并且善溜动的眼球，湿润而富血色的唇，清晰的新萌胡根……我的脸被切割成一页展读，刚开始，每翻一页，他的不安便增加一分，渐渐地，塑料桶中的 K 还是习惯了这样无趣的阅读：定时出现在圆形平面上的系列印象。

我也逐渐理解，没有颜面肌的 K 并非没有表情。

早晨，我开窗掷下饲料，K 迟缓地把头拉出略呈混浊的水面，使我充分感到悚栗的是：那般细小的瞳孔竟能完整地表露出 K 内心的怨毒。

已经好几天了，K 忍着没有吃去水面上剩下的两只孑孓，只是用鼻端触碰成 S 形

游动的幼虫,然后静静看着它们焦虑地撞上桶壁。我想,K正尝试拥有自己的宠物。

(选自《一座城市的身世》,台北时报文化出版公司1987年8月版)

[导读]

林燿德(1962—1996),福建同安人。诗人、散文家、小说家。散文集有《一座城市的身世》《梦的都市导游》《迷宫零件》等。

20世纪80年代,台湾地区都市化进程加速,表现崭新"都市精神"的作品也逐渐成为文坛主流。以林燿德为代表的都市散文开始崛起,成为台湾散文界"一支突起的异军","在中国散文史上却有革命性的意义"(郑明娳语)。

在林燿德的都市散文中,他并非仅仅停留在对都市外观表面的观察、描绘,而是更细微地诠释整个社会发展中的冲突与矛盾。林燿德对于都市的荒诞有着特殊的敏感,他的目光穿透了有形的都市景观而直指都市神话。他的散文在对都市符号、都市人生存状态的深层思考中,透露出现代荒诞意识。《宠物K》借物喻人,写出了都市中那种看似高贵的冷漠。宠物是一只乌龟,无名无姓而称之为"K"。由于乌龟被当成物品,因此任人买卖操纵,玩弄于股掌之上。在交易过程中,"买主并不考虑智慧、操守等等形上因素。可是,乌龟并非物!它有表情,它不满于当宠物的命运,并"尝试拥有自己的宠物"。文中人与乌龟、乌龟与孑孓都是饲主与宠物的关系,宠物K正指涉人类。郑明娳指出:"人类被物化的程度正暗示人类地位的沦落。"

也 斯

在地下车读诗

灰灰的外衣。织针一上一下。渴睡的脸孔。早晨的百叶帘还未拉开。一个人坐在那里,不自觉地向另一个人滑过去,彼此连忙各自移开。拉上的百叶帘拉得更紧。座位间留下比刚才更阔的空间。车在太子站停下,一下子涌上来满车的人,把空间都填满了。我又低下头,准备手上的英诗。七时三十分的叶慈或艾略特或奥登,不见得比毛衣或早报或商业英语更加荒谬。一个年轻的学生,在对面努力记忆手上的英文笔记。同样是打字的白纸罢了。同样的时时分心,让眼前的世界涌进纸上的世界。人群中这些脸孔的魅影;潮湿黝黑树干上的花瓣。有了地下铁路,香港学生会对庞德的地下铁路车站感受深一点吗?城市是转变了。站在月台的这一边,隔着陷下去的轨道,眼睛瞪着对面一张大大的广告。我们走了很长的路来到这里,美国香烟广告企图左右你的看法,说服你照它的意思办才是一个独立女性。我离开的时候还没有地下铁路,也还没有许多其他东西。所以你一回来就着凉了,敢情你忘了这城市冬天的气温。地下车隆隆驶进来,又隆隆驶开去。在黑暗中隐没。总有一些灰暗的、黏滞的东西,逐渐围拢过来,环绕在事物周围,令事情失去光彩。我挤在地下车的人群中,留意看一个空着的扶手如何努力隐藏它的颤栗。我望出窗外,看见许多烦躁的脸孔。我坐在等待"钓泥鳅"的计程车里,忍受着早晨节目主持人对人生和爱情一些定型的见解。人生就是这样了。一些混浊的烟雾,逐渐围拢过来。黄昏摊开朝着天空,好似病人麻醉在手术桌上。但也许讲艾略特也是不够的。我们这一代一开始就接受了艾略特对城市的看法，然后越长大就越离开他，希望有一个更广大更澄明的世界。那些潮湿的灵魂，沮丧地发芽。应该还有别的什么才好。我们面对的年轻的灵魂，希望不要再沮丧地发芽吧。他们生长在不同的背景之下，有自己的生命，需要找出自己的看法。我宁愿讲聂鲁达，在课程里偷偷插上孩子的脚。我宁愿讲里尔克。读了叶慈的《丽达与天鹅》也来比较读读里尔克的丽达吧，那不是关于暴力，那是关于爱的。来读读奥登吧，看他怎样写过澳门和香港，写过一个中国的士兵变成泥土，为了叫有山，有水，有房子的地方也可以有人。奥登也写过香港。你一定很奇怪了吧？你一定以为，英诗就是一些陌生、遥远，毫无关连又必须苦苦背诵的东西？纠缠在过去中六的考试课程、种种关于诗体和节拍和押韵的规则、读音和生字中，只有朦朦胧胧的了解，老师抄下的模范答案。本来有生命的英诗，不是很容易也变成资料？变成生硬的、破碎的、与现实无关的东西？车在太子站停下，一下子涌上来满车的人。我们挤在人群里，谈到对一首诗的解释，四周默默垂首的人，也进入我们所说的诗句之间了。当你在课室里说到佛洛斯特的树，你的手无意中就会指到窗外实在生长在那里的一列绿树。当他说到一首诗是关于年轻人、成长和期望的，他无疑会想起坐在他面前那些人的年龄和各自的环境，也会想到他们的将来吧。我又低下头，准备手上的诗。那首诗是关于一个正在恋爱的女子。她感到自己透明如水晶的深处，黝深，静默。她问：生命要伸往何处，黑夜要从何处开始？我可以逐渐感到某种安静、温柔的质素。在隆隆的地下车的节奏中，另外开始了一种新的节奏。我们在有花的路上行走，我们走上斜坡，我们开始一日的工作。白日逐渐成形。有时走过看见太阳从灰云后出来，满天散布云絮，巨大的天桥投下斑驳的影子在人家墙上。乍暖还寒的日子，我们一起来看印象派的绘画和斯提芬斯的诗。那些蔷薇色的巧格力和穿上小丑彩衣的海洋。那些童真的眼光。拨开云雾，用新的眼光看这个世界。不过云雾会一次又一次围拢过来。斯提芬斯也知道的，所以他说他那些成群的鸽儿，在黄昏时，一边沉下一边画出暧昧的波纹，坠向黑暗，但却伸展着翅膀。不，现在还不是黄昏，是一天的开始，像我们说的那样。我坐在双层巴士上，经过公园，突然瞥见从来没留意过的一角风景。我坐在小巴上，旁边一个瘦小的男子不断向胶袋呕吐。他在怡东附近的油站下车，向前走，小巴赶上他身旁，司机问遗在椅上的胶袋可是他的？他慌张地摇头，乡音令人想到他是新来的移民；他加快脚步，瘦小的个子消失在前面的人潮中。我在小巴上准备斯提芬斯，并不特别感到荒谬。因为诗本来也包括各种各类的人，那些怀抱中的小孩、自闭的女子，那些伤残和孤独的人、充满了孤僻或怀了恨意的人，我们不都在里尔克的诗中见过？在诗，比如里尔克的诗，本为就可以是包容一切，抚慰一切，承托一切的一只手掌。如果我们没法把这些说出来，那是我们还不够深厚罢了，并不是说诗是可笑的。当然了，关于诗，也有那些狭隘的话，又像烟尘一样围拢过来。说诗该有怎样的格式，该有怎样的规则，又想把每人的自然节奏，压扁成划一的节奏。大概是地下车这样隆隆的划一的声音吧。奇怪，为什么总有些灰暗的、黏滞的东西。早晨电台里那些人生金句，彩色周刊里琐琐碎碎的冷言冷语。车在太子站停下，一下子涌上来满车的人。地下车里每个人垂下头，拉上自己的百叶帘。我有点丧气，但我正在准备的真是一首好诗。我慢慢地看，感到里面的那种温柔，那种又是放开又是抱紧的感觉，感到心胸那么广大，可以连星星也包容在内的感

觉。看一首诗总是需要缓慢地仔细地反复地看,然后你逐渐感到开朗一点、舒畅一点,好像在没有空间的地方开辟了一个空间。看到一首好诗我总会认得的。你(我为什么不可以把任何一个他称作你呢)这个坐在对面努力记忆手中的英文笔记的年轻学生,你看我手中的白纸一眼,你是觉得纸上朦胧的字体是斑驳的投影,暧昧的波纹?呵,不是,你茫然地朝前看,只是为了背诵,想把纸上的东西记牢,回去考试的时候说得出来。我也是想捉住什么,刚才读到想到的那一种轻柔的感觉,我想让它留得长久一点,直至回到课堂,可以让我完整地,尽管有点笨拙地把它说出来,告诉其他人。

(选自《香港散文名家作品精选》,中国文联出版公司1993年12月版)

[导读]

也斯(1948—2013),原名梁秉钧,广东新会人。学者、诗人、小说家、散文家。散文集有《灰鸽早晨的话》《神话午餐》《山水人物》《越界书简》等。

正像也斯在小说和诗歌创作中借鉴外国现代主义和后现代主义艺术手法一样,他在散文的写作上也以现代和后现代理论来透视香港的现实,来认识现实中存在的问题,来进行文体实验。他说:"以前对我来说,散文总像私人的感觉。散文从静观开始、散文从个人的体验牵引出反思、在过程中形成了个人的生活态度。但个人面对诡变的时代,也面对了许多暧昧的处境,不再是一套简单的态度可以应对得了的。"因而,他想写作一种"新的散文",用"新的语言"来言说那些"难以言尽的暧昧的角落"。他向往的散文"包容性更大、探索范围更阔、视野也更宽敞"。

也斯的后现代散文常按照世界无序的原生状态构制散文的形式,以散文本体的形式去对应一个世界表象,而不仅仅是以其内容表达对应一个世界的观念。后现代社会杂乱无序,纷陈的都市符号如汽车、广告、疲于奔命的现代人等各自按照自己的逻辑并存于都市这一文明空间中,彼此间并无一定意义的联系。《在地下车读诗》就是以繁复密集的意象,按照无序状态呈现出香港这一后现代都市的原生态。车上疲而未醒的乘客、努力记忆英文笔记的学生、英诗、广告、节目主持人的陈词滥调、艾略特、聂鲁达、奥登等等,艺术家及其创作的经典意象和现实事物、高雅和平庸混陈,使读者分不清真实与幻觉。一切都通过作者的视野移动、意识流动铺泄在纸面上,因而各意象间跳跃空间极大。正是这种跳跃消除了事物之间的人造联系,从而除去了具有虚构能力的作者的主体性。各物只是在作者的发现中以原始面目出现,从不同侧面投射不同含义。也斯自己曾说不应强调把内心意识笼罩在万物上,而应走进万物,观看感受所遇的一切并发现他们的道理。他把这一审美方式称为"发现的诗学",认为外在世界并不是创作主体内在世界的投射符征。因有这种审美观,《在地下车读诗》便可见到无规则自由登场的各种事物,作者仅是一个观察者,只是进入体验,而无直接的评判。但正是在观察中纷呈的意象作为都市符号复制出香港这一后工业社会。现实充满各种符号,符号的无所不在使人们生活于超现实的虚拟世界中。这种超现实的本质特征便是可复制性。也斯首先用散文意象复制了后现代的虚拟世界,这是外部的整体复制。

后现代社会本身也充满了复制。技术崇拜使后现代社会过分利用技术,时间和空间在技术中被缩短距离而复制;人们生活环境中的都市符号被技术复制,大量的复制又规导着人们的日常生活；人们的行为也被复制……"车在太子站停下，一下子涌上来满车的人"，三次出现，时间和空间被复制，时空感几近消失；香烟广告企图左右人的看法，节目主持人对人生爱情定型的见解，有生命的英诗变成死的资料，隆隆地驶来驶去的地下车……一切都被"压扁成划一的节奏"，都市中总是充满了这些令人不快的"灰暗的，黏滞的东西"。这些灰暗黏滞让人生活于无意义的空虚的主体性消失的世界中，人的心灵空间越来越小，人作为主体越来越丧失自我。后现代文艺理论家鲍德里亚认为，人们"一方面是面对无限增多的信息、代码，而另一方面则是人们精神和心智越来越趋向惰性"，人的精神心智被淹没在众多的信息代码中，也就是淹没在复制中。

也斯一方面以物观物，让作者主体"表面"缺席，复制着香港这一后工业都市的空间，一方面又以诗人的沉思寻求自救之路，以寻回被异化得消失了的主体、自我、自由。

董 桥

中年是下午茶

一

中年最是尴尬。天没亮就睡不着的年龄。只会感慨不会感动的年龄。只有哀愁没有愤怒的年龄。中年是吻女人额头不是吻女人嘴唇的年龄；是用浓咖啡服食胃药的年龄。中年是下午茶：忘了童年的早餐吃的是稀饭还是馒头；青年的午餐那些冰糖元蹄葱爆羊肉都还没有消化掉；老年的晚餐会是清蒸石斑还是红烧豆腐也没主意；至于八十岁以后的宵夜就更渺茫了：一方饼干？一杯牛奶？总之这顿下午茶是搅一杯往事、切一块乡愁、榨几滴希望的下午。不是在伦敦夏蕙那么维多利亚的地方，也不是在成功大学对面冰室那么苏雪林的地方，更不是在北平琉璃厂那么闻一多的地方；是在没有艾略特、没有胡适之、没有周作人的香港。诗人庞德太天真了，竟说中年乐趣无穷，其中一乐是发现自己当年做得对，也发现自己比十七岁或者二十三岁那年的所思所为还要对。人已彻骨，天尚含糊；岂料诗人比天还含糊！中年是看不厌台静农的字看不上毕加索的画的年龄："山郭春声听夜潮，片帆天际白云遥；东风未绿秦淮柳，残雪江山是六朝！"

二

中年是杂念越想越长、文章越写越短的年龄。可是纳波可夫在巴黎等着去美国的期间，每天彻夜躲在冲凉房里写书，不敢吵醒妻子和婴儿。陀斯妥也夫斯基怀念圣彼得堡半夜里还冒出白光的蓝天，说是这种天色教人不容易也不需要上床，可以不断写稿。梭罗一生独居，写到笔下约翰·布朗快上吊的时候，竟夜夜失眠，枕头下压着纸笔，辗转反侧之余随时在黑暗中写稿。托玛斯·曼临终前在威尼斯天天破晓起床，冲冷水浴，在原稿前点上几支蜡烛，埋头写作二三小时。亨利·詹姆斯日夜写稿，出名多产，跟名流墨客夜夜酬酢，半夜里回到家里还可以坐下来给朋友写十六页长的信。他们都是超人：杂念既多，文章也多。

中年是危险的年龄：不是脑子太忙、精子太闲；就是精子太忙、脑子太闲。中年是

一次毫无期待心情的约会：你来了也好，最好你不来！中年的故事是那只扑空的精子的故事：那只精子日夜在精囊里跳跳蹦蹦锻炼身体，说是将来好抢先结成健康的胖娃娃；有一天，精囊里一阵滚热，千万只精子争先恐后往闸口奔过去，突然间，抢在前头的那只壮精子转身往回跑，大家莫名其妙问他干嘛不抢着去投胎？那只壮精子喘着气说："抢个屁！他在自渎！"

三

"数卷残书，半窗寒烛，冷落荒斋里。"这是中年。《晋书》本传里记阮咸，说"七月七日，北阮盛晒衣服，皆锦绮灿目。咸以竿挂大布犊鼻于庭。人或怪之。答曰：'未能免俗，聊复尔耳！'"大家晒出来的衣服都那么漂亮，家贫没有多少衣服好晒的人，只好挂出了粗布短裤，算是不能免俗，姑且如此而已。

中年是"未能免俗，聊复尔耳"的年龄。

（选自《跟中国的梦赛跑》，台北圆神出版社1990年1月版）

[导读]

董桥（1942— ），福建晋江人。编辑、散文家。散文集有《另外一种心情》《这一代的事》《跟中国的梦赛跑》《乡愁的理念》等。

读董桥的文字，总会觉得其中洋溢着一股浓郁的文化气息。这气息并不游离于文字之外，只作华丽的修饰，而是以其独有的韵味，融于作者的笔端。"润物细无声"，它积淀成董桥的审美意识，又被不同的创作情感外化出来，形成自己的风格。

《中年是下午茶》一文有三部分，每一部分的感触略有不同，但都源于文化的触发。"中年最是尴尬"，何以尴尬，展开漫长的文字画卷看看，维多利亚、苏雪林、闻一多、艾略特……他们的文字或美轮美奂，或清淡雅致；或激情澎湃，或忧虑绝望。然而这么极端化的情感却都不属于中年。中年是不偏不倚，不前不后的。难怪董桥无奈地说道："中年是下午茶。"

"中年是杂念越想越长，文章越写越短"的危险年龄。为了说明这一点认识，董桥竟孩子似的铺列出几个例子来，一气呵成，直迫得你接受他的说法。这还不够，再添一段带着拟人化的譬喻，说"中年的故事是那只扑空的精子的故事"，很有趣，而且经典。

第三部分算是文章的结束，没有太多的感触和议论，仍是说故事一样地引经据典，告诉你关于阮咸的故事。董桥写它，是因为觉得阮咸的所为——随意晒出粗布短裤，所言——"未能免俗，聊复尔耳！"其实都和中年的心境相符，所以他很认真地告诉你，中年就是这样的。

柯清淡

五月花节

点点烛光划成的长龙，先在钟楼前随音乐蠕动，随后便朝向我们的"斜山新村"行进来。

新村上各窗口里、阳台上，无数的眼睛，正期待着观赏快要游过这里的五月花节队伍。

这幅由音乐和烛光所交织成的图画，使我敏锐地回忆起三十五年前的一个晚上，在北码头区伯父菜籽店的破连柜窗后，那个对我完全面生的父亲，指着街道上的队伍，向我这个满面充满好奇神色的儿子说："这是番仔的风俗！"

三十五年前，我随年轻的母亲，在战舰密布的厦门港登上"十三港"客轮，越过南中国海，到达父亲在我出生前便返来继续谋生的这岛国，这种烛光和音乐互衬的队伍，便成为我做第一天华侨的头一项见闻。队伍里那一对对扮淑女绅士的少男少女，烙给我以一种非常优雅的印象……还有那个卷发棕肤的童子，把胸前一把像家乡"弦管"队里的琵琶，弹奏得使我感到陌生又亲切：陌生的是因我生平从未见过卷得那么奇的头发、棕得那么深的皮肤；亲切的是因我在十天前也当过这种小乐员。只是我们的队伍是家乡人叫作"割香"的另一种游行，而我所玩的乐器是"锣车鼓"阵里的铜钹子。

然而，父亲那句"这是番仔的风俗"，对我这个十二岁的"新客仔"，具有最深远的影响力，因它使我永远把这场面，视为一种"非我族类者"的玩艺和活动。那仪态优雅的淑女绅士、那弹奏悦耳的卷发棕童子，尽管都逗起我的好感和羡慕，但我总觉得他们毕竟都不属于"咱人"的人类。

二十年前，初成家的我，在生活鞭子的驱策下，除了须放弃进修硕士学程外，还得步上父亲的后尘，去奔波于这个国家的群岛间，做个小本的推销员。因此，在每年的收割季结束后，不管是在芭蕉遍野的岷多洛岛，还是在椰树遮天的三描省，处处我都看到这种传统的五月花节队伍。但是，我都自觉和不自觉地把自己限制为一名看客，因为我记起父亲的那句话……

游行的队伍，在烛光和音乐中渐行近来。我身边的幼儿幼女，面上流露出兴奋的神色……啊！这神色在去年春天曾经在这些地点流露过：长城顶、石林下、杭州之水上、侨乡泉州的东西塔前，也在日月潭、阿里山中。

在孩子们那副神色前，身为爸爸的我，一面让热泪升上眼眶把冰冷的眼镜晶片烘成雾，一面自慰地说："总算对得起黄帝，总算对六亲父老有个交代！"接着，我以最浅易的华语去简介那古老的国度，然后要他们在那多娇的江山前，齐声随我以国语喊出："我们是龙的传人！"

孩子们的中文名字：轩辕、桑梓、龙种、向华、醒狮，逗起海峡两岸入境证件检查官、关警、售票员、导游、司机……的注目和赏识，使我在同胞们的面前显出不番也不洋，也证实出我这名黄帝的子孙，尽管长期处身于外族沙文主义下，却既未忘本，也从不自卑或屈服！

我用公司所发的一笔花红，不照规定去先进的欧美考察商业，而擅自携带妻儿往那他们从未见过的"唐山"，去实现我和老父母的夙愿……

游行的队伍，在烛光和音乐中渐行近来。幼儿幼女迫不及待地跑到街上，去跟四邻的菲童一同拍手，一同欢叫……这和洽的异族相处情景，使我追忆起我进菲律宾学校念小学的年代里，曾经怎样因国籍、肤色、语言的不同，而受到讥笑、揶揄、歧视、欺负和伤害。五十年代后期，一名土著作家在报刊上发表的一句话，曾使我数夜难眠。他说

在土著的"峇利宋"刀尖下,华侨才明白自身是丧国之民!

我是个华侨,我深知我的祖国仍存在着,可是我却不知应怎样在这境遇下解释自身的命运。于是,我不断地设法从受禁忌的书报、口头、电波里,去探听那几占世界人口四分之一的同胞们,究竟在那被围堵的地区里怎样地争着一口气。所以,中国的原子弹爆炸、卫星升天,都促使一群同道朋友们奔走相告,聚首欢庆。我以这心境和生涯,度过了二十多年,直到中菲的元首举杯祝饮,心情才转为宽松⋯⋯

五月花节的队伍行更近来。

点点的烛光,成为在夜幕中只只眨眯着的眼睛。这些发光的物体,曾经是我穿梭于各岛间所贩卖的商品。在每年的三四月份,我自马尼拉市运出大批长短红白的蜡烛,送到近的马仁愈计岛,远的将军市,及时递到五月花节队伍上善男信女的手相间,使我从这种交易上,抽取到养家还有余的佣金。

终于,一年比一年大的销售量和收入,促使我去搞一宗中菲贸易,并玉成我去做一次乡人所称道的"衣锦荣归、显祖荣宗"。

那是在五年前的一个黄昏,我从市郊一家烛厂的后门失望地退出,因为厂方短缺石蜡,无法接受我的万箱订单。由于公路刚被山洪所冲断,我拖着凉鞋抄走小路,心中想起一本介绍中国石蜡工业的杂志。突然地,我发觉到置身于稻田和一群追捕着蜻蜓、青蛙的村童中,这情景使我猛然想起童年和故乡来。接着,我紧捏着掌心中一叠刚被拒收的汇票,然后眯着眼睛环扫四周的原野,心头灵机一动,脸上遂闪出一丝笑容来。于是,在十五天后,我便身在广州市交易会上采购制烛用的石蜡;十六天后,搭上驶往泉州城的"福建牌"客车;十七天后,我终于返回那一草一木都呈陌生却亲切的故乡,去把一袋袋购自香港的衣物分赠六亲,去跟壮年童伴们谈起掏沙捏泥的趣事,去听"高甲戏"的苦旦唱支《出汉关》,去跟老乡们讲起旧社会里"收钱粮、捉壮丁"的恐怖往事⋯⋯

五月花节的游行队伍行更近来。

"你们的贡献很大,不然就不会这样热闹!"对面阳台上的艾斯沓署长高声向我们窗口喊着。

这几天来,我们这唯一具有华人单音姓氏的家庭,似乎已成为新村中各餐桌上的话题。

十年前,收入改善了,我便在这块以妻的菲籍身份买到的地皮上,盖起这座房子。这孤单的华籍家庭,夹于众律师、医生、政府官员的四邻中,我们也遇到传统上华侨所遇到的不便:在人家的心目中,华人不讲卫生,但我家门内外却比别家清洁;人家认为华侨只懂赚钱做生意,不讲文化艺术,但妹妹或妻弹起钢琴来,四邻都以为我家唱机上有张古典音乐唱片在旋转,而我家四壁上的文凭也不少于别家。陆续地,有人登门来自我介绍是邻居。七年来,我从一名开会时无语退缩于一角的会员,升为今年度"斜山新村宅主联合会"的主席。在就职典礼上,我以闽南俗语的"千银买厝、万银买厝边"为题目,用英语发表一席博得热烈掌声的演说。

孩子们跟四邻的儿童,由陌生、轻蔑和敌意,渐变为客气、好感,而终于打成一片。由于人家是多数,我们占少数,他们竟日对讲的都是土话。不仅是语言,我也发觉到人家的感染力和价值观，渐渗进孩子们的脑海里。受颇高西方教育的我，虽然曾经去客观地分析出这些外来东西的优点，但心头毕竟有点慌，感到这趋向是一种对祖国及祖宗的背叛。我的父母来探孙儿，也发现了这种外来意识入侵的迹象，老人家便认真地责成我在周假日，必须带领孩子们到他俩的住所去"学咱人活、识咱人条规"。

老人家原本住在这里，但由于没有华人邻居，终于搬到"唐人区"去跟我二弟住。

前月，一位法官、一位女医生，在教堂神甫的陪同下登门来访。据他们说，自四方移来的斜山区三个新村的居民，要在今年举办首次的五月花节游行，他们是庆典的筹备组长，而我则已被最高票数推选为 HERMANO DE MAYOR！

我吃了一惊，因它的字义是"老大哥"。我记起故乡每逢迎神赛会的前夕，光临我家向祖母捐钱的有头有脸的人物，是我们儿童听来很新奇的"乡里老大"。现在，我居然在另一个故乡，当起父亲所称为"番仔的风俗"中的老大哥！

我口头上作些推辞，妻急以华语提醒我说这是罕有的荣誉，却之不恭也不宜。其实我表现的是中国儒家的谦虚礼让，内心正乐得有个这种搞国民外交的机会，尽管我既非天主教徒，也不是个土著，而且还记得父亲的话。

客人去后，我笑着向妻讲起这段富于变化的道家式人生哲理："庄子睡时梦见自身化为蝴蝶，醒后，竟分不出他是蝴蝶，还是庄子！"

花费些时间，逐村逐户登门捐些钱，人们对这名黄面孔的异族老大哥，先感到奇怪、陌生，再表现出客气、欢迎、合作。

把捐来的钱去买庆典的用品和道具；钱不够，自掏腰包凑足，这本来就是身为"老大哥"者的义务。这样，我自认为已很深入于当地人的社会……其实，我不自觉地已更深入了……

当队伍游过我们窗口时，妻指着一对身穿菲律宾传统礼服的少男少女说："轩辕和桑梓，扮得多像岛国典型的淑女绅士！"

这人物使我又敏锐地回忆起三十五年前的那个晚上，那一对对仪态优雅的淑女绅士。

随在后面作扇形排开的七人乐队，居中的少年琴手，用悬挂在胸前的一把吉他，弹奏一支抒情的菲律宾民谣，博得掌声四起……啊！这乐器也是那卷发棕肤童所弹的，在三十五年前的那个晚上。

"龙种的吉他，音最响亮，拍子又准，伴奏的其他乐器才不乱。"音专毕业的妻指出。

三十五年前的那个晚上，十二岁"新客仔"的我，以一名看客的好奇目光，去看那"非我族类者"的活动和玩艺、不是"咱人"的淑女绅士和童子琴手。时过境迁，庄周梦蝶，三十五年后的这个晚上，我竟以这五月花节庆典的"老大哥"身份，来看儿女们充当琴手、扮淑女绅士！一切的变化太出人意料，太玄秘了！我遂觉得自身本来只是个看风筝的人，突然却变成放风筝的人，最后竟变成一只风筝被放上天供人观看！

多彩多姿的队伍已全部游过去，音乐随着远去的烛光转弱。我望着队伍和孩子们的背影，感到耳边的父亲那句话突然嘶哑无力……渐渐地，我陷进沉思中；渐渐地，我有所领悟；渐渐地，我心里已觉得可以承认和接受这种我刚领悟出的现实："在人类生存和延续的过程中，一群又一群的人各自在不同的地方聚居，遂形成了不同的民族和国家；由于某一群人中有人基于某种原因，通常是经济性的原因，走离群到另一群人相聚的地方去，而遇到不同肤色、语言、观念的陌生人，也被这群陌生人视为外来者；双方由陌生而产生敌对、相持、隔膜，但却由于长期相处而互相了解，达到最终的融洽，遂成为这另一群人中的成员……"

烛光、音乐、背影，消失于我视听界限外。我揩干额上和掌心的冷汗，作一下深呼吸，心中认识到三十五年来所发生的一切变化，其实都很自然和正常。

选自《菲华散文选》，海峡文艺出版社1985年10月版

[导读]

柯清淡（1936— ），祖籍福建晋江，1984年随母赴菲律宾与生父团聚，续念中文于华校。进大学先选工科，后又就读政、史、哲、商及外交诸院系，获数个学位。当过文员、店员、报社特写翻译员、售货员等，现为进出口商人。著有作品集《五月花节》。

柯清淡曾在集子《五月花节》的序中说："读者会在本书的三作品中，发现到'我'这个华籍移民所遭遇的偏见、限制、排斥，以及受文化沙文主义及菲史上殖民主义残余影响所伤害。同时，也可看到'我'如何一年又一年地渐深入菲国的主流社会，使自身不再成为其边缘的人物；'我'又怎样把土生土长的子女，附带以若干文化条件地交付给主流社会，去成为其中坚成员。'我'这种具有典型性华人的生活变化，就是现阶段菲华社会中有识之士所倡导的'融合'之一种具体行动表现，也是一种顺乎历史潮流的举动。实际上，中华人民共和国的政策，早已把海外华侨当作'嫁出去的女儿！'"

当曾是稚气孩童的他观看菲律宾本地群众举行的五月花节游行时，父亲那句"这是'番仔'的风俗！"使他在幼小的心灵中不自觉地把自己与当地群众（即"番仔"）隔离开来，把当地人划入"非我族类"一边，不仅为自己不得不远离家乡来到异国他乡而感到无奈，也更加怀念自己的祖国母亲，而"祖国"这一概念，代替"故国"一词，在作者心中占有千钧分量。对故国、家乡的思恋与只能相隔万水千山的现实阻碍，"遗弃"之感觉从心底生发出来。

既来之，是否能安之？或是否要安之？是回到祖国作终结的"落叶归根"还是夹杂着对祖国的眷恋"落地生根"？柯清淡在观察及身历现实生活后，努力探寻在异国的生存姿态。也正如他自己所说："研究到菲律宾民族的形成以及华人的历史，我常感到那被土著认为是'小圈子'的华人社会，其实只是一间'客栈'，住宿着等待最终融入当地主流社会的华籍移民。"（《五月花节》序）同化亦是"融合"，包含了作家的反思和设想：把认同菲律宾，负起社会责任，当作华人的路向和目标，也以它作为华族争取平等和权利的根据。冲突之后还是融合了，连带着一个哲学意味的感叹："一切的变化太出人意料，太玄秘了！我遂觉得自身本来只是个看风筝的人，突然却变成放风筝的人，最后竟变成一只风筝被放上天供人观看！""落地生根"成为另一种形式的归属感。

除却自身之外，儿女们的生存境遇与文明走向仍是萦绕于作家心头的一根绳索。"受颇高西方教育的我，虽然曾经去客观地分析出这些外来东西的优点，但心头毕竟有点慌，感到这趋向是一种对祖国及祖宗的背叛。我的父母来探孙儿，也发现了这种外来

意识入侵的迹象，老人家便认真地责成我在周假日，必须带领孩子们到他俩的住所去'学咱人话、识咱人条规。'""我"是微不足道的，但"我"延续的是有五千年历史的一种文化传统，是伟大祖国的气质、风度和庄严，这些在孩子们身上要断绝了吗？在落地生根之后，异国土地上的中华文化的前途如何？伴随着隐痛的责任与义务贯彻其中，在深刻的反省和痛苦的思考后，寻找到一个突围与生长的状态——恰如洪振道所说："我们认为落地生根这种意念，并不是数典忘祖，而是调换主客观念。菲华的落地生根，也是以中华文化来丰富菲律宾文化。"①

周腓力

幽自己一默

我在台北当导游的几年当中，常听见外国游客们说起，在他们的印象当中，我们中国人是难得一笑的。后来我在洛杉矶唐人街经商，又常听见老外们埋怨，说中国餐馆里的男女招待们个个面罩寒霜，令人望而生畏，即使是在收到大额小费赏赐之时也表现出"大恩不言谢"的凛然之气。这些评论使我注意到，我们中国人可能是一个严肃的民族。

依我个人的想法，我们中国人"不苟言笑"的习气是受了传统礼教的影响。传统礼教的要求是：男孩子举止要稳重，女孩子行为要端庄，一律不得嬉笑。

犹记得我在四川家乡读小学的时候，自然课老师有一次讲到寄生虫的问题。他说人体内的寄生虫计有蛔虫、血吸虫、有钩绦虫、无钩绦虫等不同种类。我一时兴起，忘记取得老师许可就站起来自鸣得意地宣布："报告老师，这些虫在我肚子里全有也！"在那个年代，每个小孩肚子里都装满了形形色色、长长短短的寄生虫，所以经我这样登高一呼，班上过半的同学都忍不住笑出声来了，可惜的是，老师并不认为这是一件有趣的事情。他怒不可遏地跨下讲台来重赏我两记耳光，并且在每个笑出声音的同学头上也各捶一拳，以示惩戒。这桩小事就足以证明，我们的传统教育是以培养严肃的下一代为宗旨的。经历了这次事件以后，我的确不敢再在课堂上开玩笑了。若不是后来我有特殊造化的话，我大概就会这样道貌岸然地度过一生的。

据我所知，这种教育方式到了我女儿一代还在普遍实施。记得15年前我携眷抵达冲绳岛，开始为驻守当地的美军部队充当少尉翻译官（这是我一生中第二度荣任少尉官职）的时候，大女儿均柔也顺理成章地进了当地美国学校当插班生。上学第一天，她一本正经的脸，恰好跟班上其他儿童的笑脸形成了鲜明的对比。她的级任老师是个20多岁的美国姑娘，见过的世面不多，尤其没见过中国儿童的苦瓜脸，所以那天中午就大惊小怪地打电话给我："是周先生吗？你的女儿周均柔真叫我担心！""是不是她在学校捣蛋？"我关心地问。"不，不，"她回答，"就是她太不捣蛋了才让我担心的。早上4节课中，我没见她说过一句话，也没有笑过一次。我从来没见过9岁的小孩像她那样老成的。不，她根本不像小孩——她像40岁的小妇人。对了，周先生，她该不会是真的40岁的吧？哈哈。"

---

① 洪振道：《温故生新》，《菲律宾六桂堂宗亲总会成立五十周年纪念特刊》第107页。

我无意在此批评这种教育方式。事实上一个国家有太多的嬉皮笑脸的儿童也未必是件好事。我在此主要想说明的是：严肃的教育方式影响到我们的民族性，而我们的民族性又进一步影响到我们的文学——使我们的文学偏重在正经、严肃的一面，忽略了轻松、幽默的一面（这也不一定是坏事）。

中国文学并非完全缺乏幽默。古典小说《西游记》就是一部幽默巨献。其他古典小说，如《红楼梦》《镜花缘》《儒林外史》《二十年目睹之怪现状》等，它们也有或多或少的风趣片段。

在近代作家当中，像鲁迅、老舍、丰子恺、徐訏之辈，他们也偶有诙谐之词。不过真正称得上是幽默巨匠的，在我心目中，应该推林语堂和梁实秋两公才对（恕我偏心）。林语堂先生已经被公推为"幽默大师"了，可见英雄所见略同。他一生著作等身，用幽默的笔法将中国文化介绍给西方人。有一段时间，他在上海兴办《论语》和《人间世》杂志，大力提倡幽默文学。"幽默"这个词也是由他引进，后来经过了"大家告诉大家"的程序才变成通用语的，同时他也为"幽默"规定了两项原则，即"谑而不虐，乐而不淫"的原则。他有鉴于中国民间流传的诨语笑话当中，骂人的幽默和黄色笑话占了很大的成分，所以特别揭橥这八字箴言来作为幽默作家的座右铭。此外，他的某些妙话，如"文章是自己的好，太太是人家的好""演讲要像女人的裙子一样，越短越好"等等，也都已成了日常用语。有这样多的贡献，他被誉为"幽默大师"是不为过的。

我最早接触到幽默文学，时间是在读高中的时代，接触到的作品正是在《论语》和《人间世》杂志上发表的文章。那时的台北牯岭街上旧书摊林立，经常在那里东翻翻西摸摸的人当中就有我一份。我搜罗的对象就是《论语》和《人间世》残本，因为我已经迷恋上了这两份杂志。后来听父亲说起，原来这两份杂志的创办人林语堂，就是他在清华学堂读书时代的英文老师，而梁实秋就是他当时的同班同学。由于这个渊源，我对这两位大师，一位是我的师爷，一位是我的师伯，就更加敬重了，再读到他们的文章之时，就更感到心有戚戚焉了。我在这阶段所表现的阅读兴趣，与我后来不知不觉地追随他们的步履——先学习英文，后献身幽默文学，可能有相当程度的关联。

林师爷在英文上面的造诣，据我看是独步中国文坛的。他的著作多是用英文写成，然后由他人译成中文。这样一来，他的幽默就不免在迻译过程中流失了，这真可惜。幸好他还有个嫡传弟子，梁师伯，继承了他的衣钵，奉行着他的八字箴言，一生孜孜不倦地用中文撰写成一篇又一篇的精致而幽默的小品，使他所提倡的幽默文学得以发扬光大，使幽默文学能在整个中国文学中占一席之地。

梁师伯不但是幽默文学的中流砥柱，而且也是"文如其人"的典范——文也风趣，人也风趣。他与韩菁清女士第一次见面的趣事想是大家所熟知的。据报道，他们经朋友介绍以后，韩女士就取笑梁师伯："你想不想续弦呀？我可以当红娘，帮你穿针引线。"不料梁师伯却说："我喜欢上红娘了，怎么办？"结果一句幽默话促成了良缘，使佳人配才子的韵事又再度重演。

最近我有幸与梁师伯两度重逢，也发生了一段趣事，值得一叙。第一度重逢是在痖弦先生主持的宴会上，我被安排坐在梁公右侧。我和梁公久违了，那么在久别重逢之际，我应该向这位名满天下的长辈说些什么才算是得体呢？左思右想，我总算想出一句得体的话。我问梁公:"梁伯伯,我爸爸说你小时候怕鬼,对不对?"他不假思索地回答:"对,我当时怕,现在还怕。"他以85岁的高龄还能有如此敏锐的反应,真是令人佩服无比!

在高中的头一两年,我从阅读中学到一些"制造"幽默的根本大法。在高三的那一年,一个学以致用的机会果然降临了。那年的校庆日将届,同学在加紧布置教室,准备在那天邀请家长们参观。我们班上又正巧刚从狮头山旅行归来,所以有一批在狮头山上拍摄到的生活照片,也准备在那天展出。我们的班导师徐为王老师,委派我把照片贴在一张大纸板上,并且要在每张照片下面写一行说明。我贴第一张,那是徐老师在水帘洞里抬头望天的特写,于是我在下面写上"坐井观天"。我贴第二张,那是徐老师和另外两位男同学在庙中坐着喝茶的照片,我在下面写上"三个和尚有水吃"。我贴第三张,那是班上女生以山上一片黄色野菊花为背景的合照,我在下面写上"人比黄花胖"。我写得正高兴,徐老师也正好踱过来查看我的进度。他不看还好,一看不但没有发笑,而且简直像要哭出来的样子。他气急败坏地斥责道:"周腓力,谁教你写这种不伦不类的幽默的?""是林语堂教我的!"我若无其事地回答。这件事虽然没有造成什么风波,但是留给我的印象倒是很深。20多年以后我向徐老师再提到这段往事,我们师生两人都忍不住笑得前仰后合了。

第一次试制幽默失败,大约两年之后,另一次机会又来临了。那时我已做完了一年的台大"新鲜人",于是报名参加了暑期军中服务队。出乎我意料的是,台大学生除了会死读书之外,居然还懂得其他才艺。跟我同时报名去军中的同学中就有会唱歌的,唱戏的,弹奏乐器的,跳山地舞的,演话剧的。有位女生甚至会学公鸡叫,有位男生会学母猪叫。剩下来只有我和另外一位姓黄的同学是无才无艺,什么也不会。负责编队的是训导长张研田教授,他向我们两人说:"你们两个什么都不会,我看你们干脆表演说相声吧!"这样一来,那年夏天的艺坛上就冒出来两个台大肄业、国语说得不标准的相声艺人了,而且他们的表演还颇受各部队的欢迎呢。至于当时张研田教授如何能够判断两个什么都不会的人一定可以把相声说好,这是我至今还无法解开的一个谜。

到了社会上做事,我又另有发现——幽默不只是玩笑一句,它也是很有效的表达工具。

有一段时间我在台北一家进出口贸易公司兼差。一家国外客户写信来要求工厂改变一下作业方式,以求改进品质。原来的作业方式是把一大片钢片镀铜,然后再把钢片切成小块。这个方式的缺点是在切割过程中,镀铜层会受到损伤,所以客户的要求是先切片,后镀铜。我几次通知工厂,但是工人仍然照原来的方式作业,大概是老习惯一时难以纠正的缘故吧。那时电视剧《包青天》正在上演,所以大家都熟悉"先斩后奏"这句成语。我看屡次正正经经通知工厂无效,不如干脆跟工人们开个玩笑试试吧。我在一张纸板上写上"先斩后镀"四个大字,然后拿去挂在厂房壁上。工人看了以后个个都笑了。奇妙的是从那天开始,工人们就把作业程序改正过来了。

另一次是我们向美国一家纸浆公司要求报价。每天一份电报共打了两个礼拜,对方一直置之不理。最后我也只好施出幽默这道杀手锏了。我拍出一份电报,是如此说的:"如果再收不到你们的报价,我的上司就准备把我打成纸浆了。"果然报价第二天就到达了。原来无巧不成书,英文里面正好有句现成的俚语——把某人打成纸浆,它相当于中文的俚语"把某人打成肉酱"。把这句俚语适时地放在纸浆询价的电报中就发挥了博得一乐和引起注意的双重效果。

后来我们全家到洛杉矶的唐人街开店，我又发现幽默也是有效的招徕方法。有年冬天，我们新进一大批女用棉袄，这种中国式的棉袄也有一部分洋妇人爱穿。货到的当天，妻子命令我写一张海报贴在窗上以示招徕。我的第一张海报是规规矩矩写的："新到大批女用棉袄，尺码齐全，欢迎入内试穿。"结果效果不彰——很少人进到店里来选购棉袄。第二星期我换上另一张海报，上面写着："女士们：你们有多大的胸脯，我们就有多大的棉袄，不信就请进来试穿。"果然这张海报贴出去不到两小时，我们店里就已挤满了胸部肥大的妇女了，而且个个要看棉袄。

此外，幽默还是对付美国政府官员的绝招之一。大家都知道，洋官员是不讲情面的，办起事来是硬碰硬的，但是他们一碰到幽默就招架不住了，就软化了，这是我的经验之谈。

第一次去移民局办事，我就碰到一位精明的移民官，他是我用幽默征服的第一位洋官。那天我本应呈上两张近照（最近三个月内照的照片）才合乎规定，可是为了省钱省事，我只带了两张现成的旧照片，以为可以蒙混过关，却不料移民官一眼就看出破绽。"这是旧照片，不行！"他说。"何以见得？"我问。"很简单，你在这两张照片里穿的衬衫和你用在护照上的照片里的衬衫是同一件。你的护照是 5 年前核发的，可见这两张照片是跟护照照片同时拍的。"他解释。"可是 5 年来我只拥有这一件像样的衬衫呀，所以每次照像都穿嘛！"我强辩。"但是照片里的发型和 5 年前也相同呀！"他锲而不舍。"那是相同的太太替我梳的嘛！"我使出幽默怪招。他听了之后，果然举起双手，表示投降。

有了这次经验，我以后每次上洋衙门办事，一定预先想好几句幽默语，以应付不时之需。奇妙的是，我每次一拿出幽默，都能达成"不战而屈人之兵"的目的。在美国快 11 年了，这样的实战经验很多，但多已淡忘。唯最近有两桩事情，至今记忆犹新，不妨在此一提。

第一桩发生在去年。那时我须回台领取一项文学奖，有些旅行证件要赶办。在洋衙门里，我向窗口的承办小姐央求道："我好不容易得到一个文学奖，颁奖典礼就定在下星期，我必须赶回台北出席，所以拜托你帮帮忙，快点办好，行吗？"她不为所动，反而严厉地申诉我："每个人到了这里都会预先编好一个故事，说他有多大的急事，非得马上起程不可。譬如今天一天当中，就有 80 多个人对我说，他们的祖母昨夜去世了，他们要赶去奔丧。这样叫我相信谁才好呢？这使我想起在我做学生的时候，每位同学都喜欢用祖母去世这个理由请假，有的请假单还是由去世的祖母亲自签的呢！如果学校把所有请假纪录公开的话，就不难发现，每个学生的祖母在她一生之中一定会去世 30 次以上的。不过我要称赞你一句，至少你在编故事的时候，还用了一点想象力。"这时我知道我的机会到了，我涎皮赖脸地凑合道："就是咯，就是因为我编故事用上了想象力，所以我才得到文学奖嘛！"她忍不住笑了，严厉的声音也变了柔声："我相信你了，你明天来取！"

另外一桩发生在今年我从台湾回到洛杉矶之后。我在台湾待了三个多月，回到洛杉矶之后，才发现我的大女儿忘记处理一些我在临走时交代给她的工作。最严重的是美国国税局写来的一封警告信，信上说："你们所欠之十五元零二角之所得税扣缴额，屡经催缴，你们一直置之不理。在忍无可忍之情况下，我们已向法院提出申请，要求法院查封你们营业场所，特此通知。"第二天我亲自到国税局去向承办人解释这件事，使用的就是我的浑身幽默解数："不是我故意不理睬你们写来提醒我的信件，而是这类信件太多了。譬如说上星期我收到玫瑰岗墓园的来信，说我的死期即将来临，如果我继续拖拖拉拉，再不趁现在预置一块墓地的话，我就有死无葬身之地的危险。另一封信来自一家保险公司，责备我是'狼心狗肺'的主人，居然忘记为我的爱犬购买'狗寿保险'。信上最后一段还语重心长地问我：难道你忍心看到你心爱的家犬身后萧条吗？其他还有十几封类似的信，而你们的催缴信只是其中的一封而已。你替我想想看，我连自己的葬身之地和爱犬的身后荣辱的问题都还来不及解决，我怎么会有闲情逸致来料理十五元零二角的欠税呢？"结果欠税的事也就这样滑稽地解决了。

当我年满48岁那年，我自己也弄不清是为了什么，突然自说自话地动笔写起小说来了。很自然地，由于我早年的阅读兴趣和倾向，求学时代的一些特殊际遇，以及后来在工作上和生活上的种种体验，我选择了我自认为可以得心应手的幽默文学，虽然当时我也知道，幽默文学仍是我国文学中的一个冷门，而走冷门很可能使我就像多年前我第一天说相声时用的陈腔滥调一样，感到"十二万分的感冒"。

既然决定走冷门，我干脆一不做，二不休——走一个冷门中的冷门：自嘲式的幽默。没想到一年多之后，我就真的"爆出冷门"了！

自嘲式幽默当然不是我的发明，有人说是爱尔兰人发明的，不过它在西洋文化和文学中由来有自，这倒是事实。奇怪的是，我们古典文学里面就独缺这个东西。这个东西是民国初年由早期留学生带回国的。

据说胡适先生在北大任教之时，就经常运用自嘲幽默来增加"课堂情趣"。据说有次他把孔子学说称作"孔说"，孟子学说称作"孟说"，他自己的学说称作"胡说"，这就是自嘲式幽默在中国出现的早期实例之一了。

不过在当时，胡适、林语堂、梁实秋诸公也只有在私底下偶尔用一用自嘲幽默而已，却极少以之入文。据我猜想，他们身为名教授和大学者，所以在运用自嘲幽默时便有所顾忌——生怕自嘲会损伤到教授和学者的尊严，因而引起其他教授和学者的非议。事实上我自己就有这样的经验：在我发表了《为傻大姐拉黄包车》一文之后，有几位读者就向我抗议，说我在文章中自嘲太过火了，损害了我的文人形象。可见自嘲自贬也须守住分寸，不可胡乱为之。

这两年我在台湾的时间很长，有缘结交了很多文艺界的朋友，也有幸认识了很多爱护我的读者。他们一见我都表示很失望，因为在他们心目中，幽默作家应该是一个富有急智的、谈笑风生的才子，绝不是像我这样的言语无味、面目可憎的市侩。在这里我想趁机说明一下，对于我和大多数幽默作家来说，幽默绝不是先天的秉赋，而是后天的训练。俗话所谓"熟读唐诗三百首，不会作诗也会吟"也适用于幽默感的培养方面。一个人只要多看多听幽默，就能学会如何幽他人一默和幽自己一默了，所以幽默是一个方法问题。

此外，幽默也是一个态度问题。懂得了幽默的方法，但是态度是拘泥的，认真的，不肯吃亏的，锱铢必较的，有仇必报的，那么方法和态度就会发生抵触而两败俱伤的。

所以只要懂得了方法，具备了吊儿郎当的态度，任何人都可以做幽默作家了，虽然做上了幽默作家也未见得是好事。

（选自台湾《联合报》1986年12月12日）

[导读]

周腓力（1936—2003），四川资中人，生于上海。台湾大学外文系毕业。曾任美国公司业务副理、冲绳美军翻译官。1976年移民美国洛杉矶，经营服饰生意。著有散文集《幽自己一默》《万事莫如睡觉急》《婚姻考验青年》等。

受台湾地区20世纪70年代"赴美潮"的影响，1976年，周腓力携太太、女儿举家迁居美国，不料遇上美国经济大萧条，转瞬跌入美国的最底层，生活步履维艰。在田新彬对他的访问记《"老蚌生珠"的文坛"新秀"周腓力》中，周腓力回忆当时的情景也心生感慨："那段时间我的心情总是非常沮丧，也自怨自艾，并且问自己，为什么要来美国？吃了这么多苦，付了这么大的代价，到底值不值得？"但所谓"时势造英雄"，正是这段辛酸的生活为他提供了大量创作素材，也在一定程度上培养了他的文艺观乃至人生观，造就了这位在接近"知天命"之年才显耀扬名的作家。除散文外，周腓力还著有《洋饭二吃》《一周大事》《死有余温》《成功的秘诀》《先婚后友》《风水轮流》《爱情的学问》等出色的短篇或中篇小说。

与其他重点写作思乡、恋国、文化冲突与内心痛苦等主题的美国华文文学不同，周腓力在对生活平实的描绘中，运用"幽默"，"焕发出一种圆熟，练达，睿智，诙谐的光彩"。在他的散文之中，"维持着一贯诙谐的情趣，任何严肃主题，他写来都亦庄亦谐，不尖酸刻薄，亦不卖弄才情，所以能吸引人一气读下去而无冗长拖沓之嫌"（琦君《从小说到散文》）。《幽自己一默》便是其中典型的代表。

在文章的开头作者便写道，"我一时兴起，忘记取得老师许可就站起来自鸣得意地宣布：'报告老师，这些虫在我肚子里全有也！'……他怒不可遏地跨下讲台来重赏我两记耳光。……若不是后来我有特殊造化的话，我大概就会这样道貌岸然地度过一生的。"在结尾亦有一段"所以只要懂得了方法，具备了吊儿郎当的态度，任何人都可以做幽默作家了，虽然做上了幽默作家也未见得是好事"。这样的幽默与嘲弄，是周腓力在脱去表层虚幻的"面子"后，真实地展现自己与生活，"而这种原有可能赤裸得不忍卒睹的真实，却又在他的谐谑中轻轻化解，使读者既不必承受某种道德上的愧疚，也在笑语之中见到了在光明与黑暗交叉行走的真实人生"（痖弦《天籁——小论周腓力散文的叙述风格》）。

在经过对生活的反思后，周腓力说："文章中的幽默，确实来自我对人生所采取的态度。过去这些年来，我的境遇一直不顺，受到的挫折很多，难免深以为苦，并且有种自怜自艾或怨天尤人的情绪。久而久之，我体悟到，如此沉溺在这类不健康的情绪里不仅毫无益处，而且会使人生愈发灰暗。久经思索，我决定改以顺应、豁达的态度来面对，因此发展出一套自己的人生哲学，那就是凡事随缘，不强求、不奢望，一切尽人事听天命，得之我幸，不得我命。……这种种想法与做法，操练久了，倒也运用自如，不再多钻牛角尖，碰到倒霉事即自我解嘲一番，很阿Q地，倒也使得身心健康多了。"深厚的家学渊源与求学时期良好的个人修养，无疑为周腓力打下了深厚的国文基础，台大外文系的出身与多年美国本土生活，也为他注入了西方文化的精华，最终铸就了周腓力饱经沧桑之后的豁达大度、宽以待人的自嘲式的幽默。

第三节 散文写作

一、写作理论

写作是一门高深的学问，在悉心翻读各大家的名作后，也深感散文的写作并非有一定的程式可套用，或是单凭外在的技巧便可写成沁人心脾之作。下面，仅就散文写作的一般过程与规律，向大家作简要的介绍。

（一）创作构思

构思，是作家感受了生活之后，按其创作意图对原始的生活材料进行分析、研究，为孕育、创造形象，表达情意而进行的一系列思维活动。其中包括选取材料、提炼主题、谋篇布局、确定恰切的表现形式。它没有直接进入下笔创作阶段，但却为整篇文章的写作设定好应有的框架。

傅德岷在《散文艺术论》中，针对散文写作的构思，总结了五种技巧方法：

第一，抓"一瞬间"的感受，选"尖端性"的题材。"一瞬间"的感受是散文家的感情燃烧最旺的时候，是最动情的时候；"尖端性"的题材就是小中见大、蕴含深刻丰富的意义，能从中认识事物和生活本质的材料。

第二，从"大"觅"小"，捕捉"聚焦"。从大处着眼，具有深邃的思想力；从小处落笔，找到艺术构思的"焦点"。

第三，选准表现角度。可以从视觉、嗅觉、触觉、味觉、听觉等方面，去析察事物的表象与本质。

第四，生发迁延，巧妙"化出"。常见的"化出"方式：（1）滚雪球式。所谓"滚雪球"，就是说开初的感觉只是一小点，很细微，但随着材料的增加，体会的深入，作品犹如"滚雪球"一般，内容越来越丰富，主题越来越显豁。（2）联缀式。所谓"联缀"，就是说在捕捉"一瞬间"的独特感受后，迁延妙得，将有关的情和事采撷过来，共同组成艺术的浮雕。（3）意识流动式。所谓"意识流动"，如同小说中的意识流一样，即散文家感受生活之后，便从这里出发按照意识流动的轨迹去"化出"，去展开，将幻觉中的情景拾取过来，为现实的"点"服务。（4）蒙太奇式。蒙太奇，指电影制作中将不同的镜头（画面）按照一定的构思和主题的需要，剪辑、连接在一起的方法，散文创作亦可借鉴此法。

第五，总绾收束，"点睛"升腾。常见的"点睛"方式有叙述式、描写式、抒情式、象征式。

所有的技巧方法都是在一定的创作精神与立意下运用的，在散文创作的构思阶段，有意营造意境，是创作成功的点金之法。

宋代李涂在其《文章精义》一书中将意境作为评价散文作品的审美标准,其三十七条云:"作世外文字,须换过境界。庄子《寓言》之类,是空境界文字。灵均《九歌》之类,是鬼境界文字。子瞻《大悲阁记》之类,是佛境界文字。《上清宫辞》之类,是仙境界文字。"他运用"意境"这一审美标准,评价了庄子、屈原、苏轼等人作品的意境特色。时至今日,"意境"除了是散文的标准外,更是许多散文家追求的艺术目标。

创造意境的方法有很多,但在具体创作时,须根据作家自身气质特点、作品表达情感与内容的需要等,进行适当取舍选择。总的来说,散文写作的意境创造,首先需要对所写客体进行深入体察,在成竹于胸后,再进行反复思考,精心酝酿,以达到"思与境谐""情景交融"的佳境。

在确立了哲理、情思、韵味后,在下笔之前,"文眼"的选定也需恰如其分。散文的"文眼"是"揭全文之旨,或在篇首,或在篇中,或在篇末。在篇首则后必顾之,在篇末则前必注之,在篇中则前注之,后顾之。顾注,抑所谓文眼者也"(刘熙载《艺概·文概》)。说明了文眼在散文作品中的重要地位。

(二) 写作过程

写作,总绕不开叙述、描写、抒情、议论,这些既是散文写作最基本的手法,也是散文创作的最基本技能。叙述的作用是交代人物的经历,事件的过程;描写的功能便主要体现在细节描写上;抒情则伴随具体心旅历程,让感情自然流动;议论昭示事物的内在意蕴,生发耐人寻味的哲理。

在写作散文的过程中,常用的技巧有联想、通感、变形、幽默等,但有句话说得好:"在散文写作上,得依赖自己非同一般的美学品质去创作。当习惯于以一两种观念格式去观照题材时,当安心于用套路组织形象片段时,当语言的切入角度与成分搭配已成顺手的模式时,我们的文笔很可能因定势而老化,因老化而使文章成为一汪死水。因为,创造性写作最忌讳厮守一种路数。"(赵琴玉《对高校散文主题写作的思考》)"自己非同一般的美学品质",就是散文创作中的"自我"。

"'自我',是散文家艺术个性的体现;'自我',是散文作品情思喷涌的源泉;'自我',在散文作品中是无处不在的。概括起来,大致有下列几种:第一,'自我'的经历;第二,'自我'的感受;第三,'自我'的追求。"(傅德岷《散文艺术论》)

在具体的写作上,可有意识地加强以下几个方面的思考:

其一,让散文的意蕴丰富深刻,学会如何在散文中委婉地表达写作意图。

其二,让散文的结构错落有致,在段落层次的参差交错中表达美质内涵。

其三,让散文的标题艺术化。

其四,让散文的语言有感染力。(魏一峰《大学散文写作教学的基本策略》)

就散文来说,音乐性也相当重要,它直接关系到文章的感染力。比如,"排叠句的最后一叠,句子一般都拉长,章节一般都比前面多,这是汉语排叠句的一条较为普遍的规律。因为排叠句连续朗读时,到最后往往需要舒缓语气,放慢速度,因此音节自然会增多,句子会拉长。正如一支歌曲,往复回环到最后往往唱得高、唱得速度放慢了一样的道理。反之,如果第1个句子音节多而往后反而少了,则朗读时便会'气急败坏'。掌握这个规律,在密致排叠句时,就要认真推敲。当然,这只是炼句之一例。但是注意

炼句，讲究修辞，可以使语言精粹优美却是显而易见的。不仅句子如此，层次之间也一样。"（黄世中《散文写作技巧》）

（三）散文作者的修养

散文是独具个性的文学样式，"散文的特质，是同散文家的修养息息相关的。一篇散文，也许只有几百字，或者一两千字；然而，作者的人格、个性、感情、才气，乃至他的经历和习惯，却能够清清楚楚地流露出来。因此，要想写出美的散文，作者不可不重视自己的修养"（佘树森《散文创作艺术》）。

在作家的修养方面，首先应重视人格情操的修养，其中包括：（1）丰富情趣的修养；（2）率真品质的修养；（3）高尚文德的修养。其次是思想文化的修养。再次是文学艺术的修养。在文学艺术的修养中，又有几点需要特别注意：（1）应该落实在自觉地端正与深化对散文本体的认识上；（2）要求作者拥有自己独特而丰富的"文化构成"；（3）要求作者培养自己独特的审美活动方式，训练自己独特的艺术感觉；（4）散文作者的文学艺术修养，还要求作者端正关于艺术技巧的认识和重视创作中的美学追求。（方遒《散文学综论》）

在当今这个快节奏的时代，速食快餐文学似乎渐成主流，人们不愿意花费更多的时间与精力在精神食粮的咀嚼与消化上。忙碌的生活中，何妨放慢匆匆的脚步，分享几页书香，让魂灵，往青草更青处漫溯。

二、写作练习

写作练习是对写作理论的检验，也是写作能力提升的必由之路。习作者应根据教师的安排和练习要求，完成以下习作。

习作一：

阅读余秋雨的《文化苦旅》，结合个人旅游见闻，写一篇游记散文。

习作二：

阅读郁达夫的《水样的春愁》，模仿其格调写一篇同题散文。

习作三：

阅读唐敏的《女孩子的花》，写一篇散文评论。

习作四：

阅读王小波的《一只特立独行的猪》与周腓力的《幽自己一默》，比较两者"幽默"的异同，写一篇评论文章。

习作五：

一个佛陀在旅途中，碰到一个不喜欢他的人。同行的几天中，那人用各种方法谩骂佛陀。后来，佛陀转生后问那个人："若有人送你一份礼物，但你拒绝接受，那么这份礼物属于谁呢？"那人回答："属于原本送礼的那个人。"佛陀笑着说："没错，那如果我不接受你的谩骂呢？"那人哑口无言。

根据该材料，自拟题目写一篇杂文。

习作六：

阅读《时间都去哪儿了》有关材料与歌词，写一篇散文，表达你对这首歌的感想；

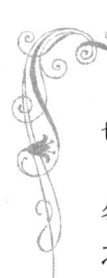

也可以从《时间都去哪儿了》作者的创作过程下笔，写自己对创作灵感的感悟。

《时间都去哪儿了》是董冬冬、陈曦夫妇创作的。当时，导演余醇找到老搭档董冬冬，想让他们夫妻为电视剧《老牛家的战争》配乐并写主题歌。这是一部讲父母与孩子之间情感冲突的作品，两人商量后决定写一首感觉上类似《常回家看看》的歌曲。

陈曦先写词，但她很久都没有找到感觉。正好赶上她母亲过 60 岁生日，启发了创作灵感。生日那天，陈曦偶然发现，妈妈看菜单时拿得老远，还眯着眼睛，而且妈妈聊天时总爱提起她小时候的事。陈曦突然感悟到，原来妈妈也会老去。从与父母的相处和儿时的回忆中，她悟出了"时间都去哪儿了"这个主题。

从妈妈家回来后，陈曦很快写出了歌词。她是在小院里长大的，"门前老树长新芽，院里枯木又开花"是她儿时的记忆。"时间都去哪儿了，还没好好感受年轻就老了，生儿养女一辈子，满脑子都是孩子哭了笑了"是陈曦在和逐渐老去的妈妈的相处中悟到的。

《时间都去哪儿了》

门前老树长新芽/院里枯木又开花/半生存了好多话/藏进了满头白发

记忆中的小脚丫/肉嘟嘟的小嘴巴/一生把爱交给他/只为那一声爸妈

时间都去哪儿了/还没好好感受年轻就老了/生儿养女一辈子/满脑子都是孩子哭了笑了

时间都去哪儿了/还没好好看看你眼睛就花了/柴米油盐半辈子/转眼就只剩下满脸的皱纹了

记忆中的小脚丫/肉嘟嘟的小嘴巴/一生把爱交给他/只为那一声爸妈

时间都去哪儿了/还没好好感受年轻就老了/生儿养女一辈子/满脑子都是孩子哭了笑了

时间都去哪儿了/还没好好看看你眼睛就花了/柴米油盐半辈子/转眼就只剩下满脸的皱纹了

习作七：

随着网络化、信息化进程的加快，手机已成为人们日常生活中不可或缺的一部分，微信、QQ、微博、短信等各种平台在为人们信息交流提供便捷的同时，也使部分人产生了手机依赖症。请结合材料，以"微信/微博/QQ/短信——我的微观生活"等为题，写一篇与自己的手机信息使用经历有关的散文，表达自己对此的感想、感悟。

习作八：

请阅读下面的新闻，以"低头族，你错过了什么？"为题，写一篇杂文。

《国际先驱导报》报道：凡世界各地智能手机普及之处，在地铁里、公交车上、工作会议上、课堂上、餐桌上、排队时，甚至驾车时，总有很多人低着头，手里拿着手机或是平板电脑，手指在触摸屏上来回滑动，所有的注意力都集中在手中发亮的方寸屏幕上，对身边的世界漠不关心——他们就是传说中的"低头族"，英文称之为"phubbing"，由 phone（手机）与 snub（冷落）组合而成，传达出因专注于手机而冷落周围人的行为。

一、看手机的"盲人"

对绝大多数低头族而言，也许冷落他人并非本意，但这样的无心之举却可能带来致命的后果。

据报道，地铁车厢内一名失去理智的男子突然掏出手枪不停挥舞，可站在他身边的几名乘客只顾低头忙着玩手机和平板电脑；一名17岁的女生与同伴外出聚餐时，一边走路一边玩手机，一脚踩空跌入深坑，不幸身亡；一名男子在经过火车道口时，由于低头专注看手机而没听到火车鸣笛声，飞驰的火车贴身而过时，男子受惊倒地……

美国"生活科学"网站指出，"低头族"的出现，凸显了人们由于过度依赖手机等电子设备而忽略了自己和他人的生活。西华盛顿大学心理学教授艾勒·海曼在一篇文章中将这种现象称为"非注意盲视"（inattentional blindness）。

二、科技带来享受，也带来"副作用"

全球进入移动互联网的3G时代后，移动网络的速度和质量迅速提升，而新型社交媒体与移动终端紧密结合，将人与人沟通交流的渠道在时间和空间上都大大缩短。在经典的"六度空间"理论中，你与任何一个陌生人之间所间隔的人不会超过6个。现在，你与奥巴马的距离仅仅是一个推特账号。移动网络和终端软硬件的发展史无前例地改变了人们的社交模式和生活习惯。

在快节奏的生活中，人们的时间被工作、应酬、聚会所占据，剩下的只有零散的时间。而移动终端上碎片化的信息刚好满足了人们随时随地与他人沟通交流的愿望，也为自我展示提供了最佳的平台。其副作用就是过度依赖和沉溺其中，"低头族"也由此应运而生。

三、人类因手机而"退化"？

《机器人总动员》描述了公元2700年的"低头族"：由于过度依赖智能设备，人们都变成了四体不勤的大胖子，每时每刻面对的只有一个支在他们眼前的电脑屏幕。除了和屏幕对话，他们不懂得如何与其他人交流，甚至离开屏幕就几乎无法生存……

智能手机带来的负面作用现在就已经开始显现了。首都师范大学心理咨询中心的一项调查显示：77%的人每天开机12小时以上，33.55%的人24小时开机，65%的人表示"如果手机不在身边会有些焦虑"。研究发现，人们通过手机阅读文本信息或上网时，眼睛会比手里拿着一本书或一张报纸离得更近，这容易导致头痛和双眼疲劳等问题。长时间使用智能手机，会导致眼部结膜血管充血，甚至出现刺痛、流泪、畏光等症状。玩手机还会引起失眠、听力下降、手指肌腱炎等健康问题。

四、"世界上最远的距离"

"世界上最远的距离不是天涯海角，而是我站在你面前，你却在玩手机。"这句话反映了人们在人际交往中对手机这个角色的复杂心态。埋头于网络世界带来的不仅是身体上的伤害，更多的还有对人们精神世界的影响。

沉醉于手机的虚拟空间消解了社会伦理，致使人与人之间的关系变得冷漠、隔阂。手机里的众声喧哗与手机外的众生沉默形成强烈的反差。

《生活大爆炸》中展现了滑稽而有寓意的一幕：主人公拉杰和女友第一次约会时，两人都羞于言谈，场面尴尬，最终，两人选择在图书馆里面对面，用手机上的社交软件

相互发信息进行交流。这一场景正在生活中上演。

或许,"低头族"的兴起,只是人类科技与文明发展的阶段性产物,相信人们终将意识到,移动终端中的虚拟世界无论如何精彩,都始终无法代替现实世界的真实美好。科技只能拉近人与人之间的物理距离,而心与心的距离,还是需要在"线下"构建。

第二章 小 说

第一节 小说的含义、特征与种类

一、小说的含义

据考证，我国最早出现小说一词的地方是《庄子·外物篇》："饰小说以干县令，其于大达亦远矣。"当时，小说一词主要指琐屑言谈。《汉书·艺文志》中则记录了所谓的小说家："小说家者流，盖出于稗官，街谈巷语，道听途说者之所造也。"此本是指具有以杂谈性言说而宣传自我主张的思想流派。与文学有关的今天被公认的小说，直到魏晋时期才出现。唐传奇小说则是成熟的古代文言小说，宋话本小说则是具有白话性质的古代小说。明胡应麟在《少室山房笔丛》中说："小说，唐人以前，纪述多虚，而藻绘可观。宋人以后，论次多实，而彩艳殊乏。"明清两代，中国古代小说达到高峰。近代，梁启超不仅指出了小说"曲折透达，淋漓尽致，描人群之情状，批天地之窾奥"的文体特征，还把小说上升到"欲新一国之民，不可不先新一国之小说"的政治高度，是具有代表性的观点。

18世纪前，西方的"小说"概念多是指用散文笔法写的短小故事，其后"小说"才逐渐定名成为一种新的文学样式。如英国文学中的"小说"就是指由笛福所开创的通过一个主人公的遭遇对现实生活进行描写的文学样式。法国作家里夫也曾这样说过："小说是真实生活和风俗世态的一幅图画，是产生小说的那个时代的一幅图画。"艾恩·瓦特在《小说的兴起》中则说："小说是最能满足人们将生活与艺术结合之愿望的文学形式。"美国小说家爱伦·坡说："短篇小说是一篇用散文写的叙述文字。"

在中国，小说同西方叙事文学在形式上的区别，在于小说是一种散文作品，而西方早期叙事文学作品是用诗体记述的。西方早期的叙事文学，最发达的是史诗，从史诗到小说，有一个从诗体叙事向散文体叙述发展的过程，这是一个逐渐转换的概念。中国古代的叙事文学，最发达的是史传文学。史传文学本质上是用散文写的历史，从史传到小说，有一个艺术化的问题，即从重实到写虚等（有所谓"史统散而小说兴"），将小说从史传中剥离而获得文体独立。

从广义上说，小说是与诗歌、散文、戏剧并立的文学体裁之一。在狭义上，正如顾祖钊在《文学原理新释》中所说："小说是一种比较全面细致地展示人类生存境况，满足人类'直观自身'的审美需求的叙事性文体。"

我们认为小说是一种综合性叙事文学作品的总称，它往往运用叙述、描写、对话等多种的语言和艺术手法刻画形象，展开故事情节，描绘环境，广泛而多样地再现和表现社会世象和生活场景。人物（形象）、（故事）情节、（场景）环境被视为小说不可缺少的三要素。

小说是一种最具有写实能力的文体。但是，小说中的真实并不是实际生活中的真实，也不是故事中的真实，而是艺术的真实。因此就有了所谓写实小说之名，但是也有研究者把"写实小说"这类小说称为拟实小说。

在当今文坛，小说仍然是最活跃与最有吸引力的文学主力，也仍然是大众最喜爱阅读与接受的一种文学样式。从小说书籍到网络文学，小说已经成为最活跃、最持久、最受读者群体欢迎的文体之一。

二、小说的特征

小说是文学中表现力最强的一种体裁。凡生活中存在而语言又能加以表现的，小说都有能力加以描写，写人、状物、拟声、摹情、幻觉、梦境以至于潜意识心理状态等等，无所不能。其文体的主要特征有以下几点。

（一）塑造人物形象是小说的主要特征

叙事诗、戏剧、散文中也会出现人物，但是与小说不同，叙事诗、散文往往在意于故事，戏剧主要是供舞台表演。唯有小说把塑造人物当作自己分内的事，它可以借助各种各样的描写手法，在小说中细致的刻画、描写、创造人物形象，因为创造栩栩如生的人物形象是小说文体的第一要务。当然，小说也有叙事，但是，小说中的叙事是用来为塑造人物服务的，叙事不是它的目的而是塑造人物的过程。如果一部小说作品没有塑造出感人至深的人物形象，在世界小说名作画廊里就不会有它的一席之地。在我们所熟知的小说名作中，如《巴黎圣母院》《高老头》《红楼梦》《笑傲江湖》等小说，无一不是成功塑造人物的典范之作。

（二）表现社会人生是小说的终极目的

作为文学艺术，小说具有和诗歌、散文、戏剧一样的艺术目的，即表现社会人生。在小说这一文体中，作家以一定的艺术手法创作小说，或拟实或虚幻，或直观或隐晦，或现实或荒诞，都可以在小说中表现古往今来的社会世态、风俗人情、人生百味、情感心境、意识思绪等等。举凡政治、经济、文化、教育、法制、战争等方面与工业、农业、商业等领域皆可以写进小说，既可写存在于广阔时空中的历史画面，也可以对人物内心深处的精神世界进行展示。也正是由于小说内容的丰富性与广泛性，有研究者把小说称为百科全书。如《红楼梦》就被称为中国封建社会的百科全书。

从社会现实或从历史中取材，以多样化的手法表现社会人生，是大多数小说的选择。在追求文学造奇的当代，传统小说虽然遭遇到无主题（意义）小说、网络文学等挑战，但是，无论小说的写作手法与内容如何变幻，生活于今时代的作者其写作都不能够脱离已知的知识，即便如网络小说类别中的"穿越""玄幻"等内容，也大多是在以往言情、武侠、仙幻、精怪、神魔等小说基础上的新创作，都很难脱离表现社会人生的范畴。

(三)运用语言表达是小说的唯一手段

在诗歌、散文、戏剧、小说这四种文体的传播过程中,小说主要是供读者阅读的一种文体。各种文体虽然都是语言艺术的结晶,但是诗歌与散文的接受,还可以借朗诵以达情,戏剧文学更是适用于演出,而小说则主要通过读者的阅读以获得价值的实现。

小说这种文体,主要借助语言来塑造人物形象、叙述故事发展、描绘环境状况。它侧重客观叙述与描写,以叙述者的视角来呈现一定环境中的人物故事,以时间与空间的组合来建构环境,以一定的情节发展来构成叙事结构,又以一定的故事与人物来表达一定的思想意义。小说不像诗歌、散文与戏剧那样借助音韵、抒情、图画与唱腔等来表现其文体意义,它主要依靠文字曲折叙述与细致描写来表现社会人生。

可以说,小说是一种叙事艺术,它所叙述的事往往具有一定的过程,即开端、发展、高潮与结局,这就形成了情节。它描写的环境是指情节发生、发展所处的时间和空间,既包含具体的场合、情境、生活氛围等小环境,也包括历史背景、时代背景、社会背景等大环境。因此,小说的基本特征就是运用语言艺术在一定叙事手法指导下编织故事。

传统小说理论一般认为人物、情节与环境是小说的三要素,认为小说是最能够运用语言反映生活的一种文体。这固然不错,但我们认为小说作为艺术,它绝不是普通意义上的反映,而是偏重虚构性的再现,即通过合理的艺术虚构来表现社会现实,那些生活中我们无法做到的事情在小说中可以"创造性"地以虚构故事表现出来。

三、小说的种类

小说的分类,依据不同标准可有不同划分。以语言划分,有文言与白话小说;古代小说以题材划分,有历史演义、英雄传奇、神魔小说、世情小说等;现代小说以题材分,有武侠小说、言情小说、城市小说、乡土小说、科幻小说等,以艺术手法划分则有现实主义、浪漫主义、批判现实主义、意识流、魔幻现实主义等,以国别划分则有中国小说、英国小说、法国小说、美国小说等。

可以说,不同的划分标准可以划分出不同名目的小说类别。一般来说,根据小说文字的多少,可以划分为短篇小说、中篇小说与长篇小说三类,而短篇小说又可以划分为小小说或微型小说等。

(一)短篇小说

所谓短篇一般是指字数在三千至三万字之间的小说作品。它的主要特征是篇幅短小,内容往往取材于生活片段或侧面,塑造的核心人物往往只有一两个,故事情节简明,线索单纯明了,环境场景比较集中。选取生活中的一小段事件来反映人生或社会存在的问题往往成了大多数短篇小说的写作路数。如中国古代短篇小说集"三言",法国短篇小说名作《项链》等就是如此。

有研究者又从短篇小说中划分出小小说或微型小说,也称袖珍小说,一般是指字数在两千以内甚至百字左右,它是字数最少的小说。文体特征是以最短的篇幅来叙述一个简单的事件,人物一般只有一个,在几乎静止的情节中含蓄地揭示出某一现象或某一问题,或者勾勒某一人物个性等。简言之,它稍具情节,重视人物,突出细节。如《世说新语》中"粗陈梗概"式的作品，往往一言传神，两言尽相。又如《有毒物品》就在三百多字的篇幅内，形象而微妙地揭示了生活中存在的"有毒物品"现象。

（二）中篇小说

中篇小说一般是指其文字长度介于长篇和短篇小说之间，一般字数在三万至十万之间。

这类小说的主要特征是文字与内容具有一定容量，因此往往取材于一组生活事件或人物一生的某一阶段来表达对社会人生的体验与认识，塑造的核心人物一般有二至三人，故事情节比较曲折，小说的叙事结构较完整。如《人到中年》《烦恼人生》《你是一条河》等。

（三）长篇小说

长篇小说是指文字在十万字以上，具有丰富内容与深刻思想性的小说作品。主要特征是能够全面而完整地表现社会人生的景象，丰富的社会内容与深刻的思想内涵往往使之成为具有史诗性的恢弘壮丽的历史画卷，它不仅人物众多，而且人物关系错综复杂，故事情节更加丰富曲折，叙述结构也复杂细密。长篇小说所写内容的时间跨度较长，往往能够表现相当长时期的社会生活图画与漫长的人生经历。如《红楼梦》《四世同堂》《雍正王朝》《还珠格格》《笑傲江湖》《仙剑奇侠传》等。

所谓长篇、中篇、短篇小说是以篇幅字数的多少来进行相对区分的，文学理论界从来没有一个严格而统一的绝对标准。以字数规定来说，长篇小说一般在几十万字以上，多的达几百万字；中篇小说则几万字到十几万字不等，有的达二十几万字；短篇小说则从几千字到几万字，长的也会达到十多万字。所以单纯从字数来说，比较长的中篇小说接近于长篇小说，而比较长的短篇小说则又接近于中篇小说，界限比较模糊。从小说文体实际出发，字数不是划分小说类别的唯一要素，如果要较好地区别三者，不仅要从小说字数上进行区分，还要结合小说内容容量的大小、人物是否众多、故事情节是否错综复杂、对社会背景和自然环境描写是否详细等方面来考虑。一般认为，长篇小说在这些方面的要求最严格，短篇小说相对来说在这些方面的信息量最少，中篇小说介于两者之间。

当然，除按照篇幅划分类别外，还可以按艺术品格划分为高雅小说与通俗小说；从艺术形态来分类，可以划分为拟实小说与表意小说。拟实小说指以描摹人生世态来反映、再现生活真实，表意小说指运用夸张、变形、寓言、象征、怪诞、魔幻等艺术手法来表述人的主观意识。现代小说，特别是表现主义、超现实主义、魔幻现实主义等类小说，往往通过夸张、变形、荒诞等手法艺术地描写、表现生活。值得关注的是，以往的"变形"是形变而"人性"的正常思维、感触等不变，现在都变了。小说中人物的思维与对外界的描述，外人根本无法想象，而传统的变形是可以想象的，是可以理解与把握的。

第二节　名家名作导读

一、小说发展简史

中国早期小说主要是指浅薄而不重义理的琐碎言说。汉代小说多是与地理方物、仙道传说、杂史杂记、鬼怪故事等有关，如《神异记》《汉武故事》《西京杂记》等。魏晋南北朝时期，我国出现了叙事性的小说创作，但大多是"粗陈梗概"，主要是志怪小说与志人小说。志怪小说的代表作为《搜神记》，志人小说的代表作为《世说新语》。唐传奇是指用文言写的短篇小说，标志着中国古代小说文体的正式形成，代表作有《李娃传》《莺莺传》等。宋话本小说多与说书技艺有关，是成熟的白话短篇小说，代表作有《碾玉观音》《错斩崔宁》等，宋元平话则有《全相平话五种》，篇幅相当于中篇小说。明清两代是中国长篇小说繁荣的时期，明代出现的《三国演义》《水浒传》《西游记》《金瓶梅》四大奇书是我国长篇小说早期的代表作，清代出现的《红楼梦》则是中国古代小说艺术高峰的标志，《聊斋志异》是中国古代短篇小说的杰出代表。

近代小说多与社会变革联系，代表作有《二十年目睹之怪现状》《官场现形记》《孽海花》《老残游记》"四大谴责小说"。现代以来出现的小说名家名作更多，主要有鲁迅《阿Q正传》，郁达夫《沉沦》，老舍《月牙儿》《骆驼祥子》，沈从文《边城》，钱锺书《围城》，赵树理《李有才板话》等。进入当代，小说随社会发展而不断出现名家名作，先后出现过反映革命战争的战争小说，如《红日》，反映社会主义建设的小说，如《创业史》，还有进入新时期出现的"伤痕文学""反思文学""改革文学""新写实文学""寻根文学""乡土文学"等等。当代名家作品主要有朱定《关连长》、王蒙《组织部来了个年轻人》、卢新华《伤痕》、蒋子龙《乔厂长上任记》、汪曾祺《受戒》、谌容《人到中年》、张贤亮《男人的一半是女人》、曲波《林海雪原》、李存葆《高山下的花环》、张洁《沉重的翅膀》、柯云路《新星》、王朔《玩的就是心跳》、池莉《烦恼人生》、刘震云《一地鸡毛》、琼瑶《几度夕阳红》、金庸《神雕侠侣》等。

进入21世纪，中国小说的发展在大众传媒与消费市场的推动下，获得了更大的发展，每年出版的小说数以千计，从年度小说排行榜与出版销售数据上看，小说受欢迎的程度并没有因为电子媒介的影响而减少，它仍然占据着文坛的核心位置。

二、小说名作导读

对小说的赏析主要从以下几个方面入手：

第一，小说情节的分析。

情节是小说的故事发展的进度或经过，分析小说情节，可以从情节的紧凑、舒缓、强化与淡化、现时或超验等方面把握，分析其情节的结构是不是完美自然，是不是符合生活和艺术的逻辑，是不是具有创新等等。小说的情节往往渗透着作家的艺术匠心，也是衡量作品成功与否的一个重要标志。所以，在分析情节时，我们也往往能够领略到其艺术美，懂得这是文学艺术，是小说艺术的一部分。

第二，人物形象的分析。

人物是小说的灵魂，也是小说的核心。小说人物的出现总是和一定的场合或背景有关，小说往往通过人物的语言、行动、心理活动、人物关系等方面揭示人物的性格特征。因此，通过在人物心理、环境描写、历史背景等方面对人物进行分析，往往可以发现人物的很多"秘密"：人物的性格与优缺点、人物的意义等。如《红楼梦》中的宝玉，他的家庭背景，大观园的环境，他与林黛玉、薛宝钗、晴雯、袭人等人的关系，他的傻子式的心理——通过这些分析，我们就可以把握这个人物的性格、爱好、情感等，从而为理解作品找到突破口。又如《三国演义》中的曹操，分析他则可把握作品。《红楼梦》中的林黛玉是一位古代大家女子的形象：清高，有才，纯洁，善良，却身世孤单，悲怜，多愁善感，为情而殇。《三国演义》中塑造的曹操形象是治世之能臣，乱世之奸雄。

第三，小说环境描写的分析。

小说中的环境是人物生存的时间与空间的结合体，也是小说情节得以展开的场合。分析小说的环境，应该把握以下两个方面：

1. 什么时间。小说写的环境一般有大致或明确的时间提示或暗示，根据时间所处的阶段，分析环境会使我们对彼时的社会环境、具体场所等有基本了解，进而把握作品意蕴，如《羊脂球》等。

2. 什么空间。小说中人物的生存环境与情节开展的场合构成空间，包括具体场所、抽象空间等，对小说空间环境的了解可以使我们加深对作品的理解。如《红楼梦》中的太虚幻境，《水浒传》中的梁山，《高山下的花环》中的前线等。

第四，小说思想意蕴的分析。

具有丰富而深厚的思想内涵是小说成功的标志。虽然小说的人物、情节是读者所喜欢的主要对象，但是衡量小说艺术成功与否的标准还应该有思想意蕴。

分析思想意蕴往往与人物、情节、环境结合在一起，因为小说的思想意蕴不是说教，而是通过人物塑造、环境描写、故事情节等展现或蕴涵的一种思想、哲理、韵味等比较抽象的性质或意图。如《警察与赞美诗》所要表现的对社会所谓美好与丑恶的对比，《最后一片叶子》中对生命的呵护与怜悯等。

第五，小说语言和技巧的分析。

文学艺术都是语言的艺术，小说也是这样。对小说人物、情节、环境、意蕴等方面的赏析都要通过语言进行。因此，对小说语言的分析有时也显得很有必要。

当然，小说艺术的技巧，包括人物塑造、情节安排、结构设计、环境描写、意蕴表达等，都需要作者的艺术匠心。在品味小说艺术风格时，我们往往会对小说的艺术技巧给予赞美。如都德的《繁星》虽然写的是爱情，但是，它没有像其他小说那样去写，而是以心理描写见长，把主人公纯洁的内心，像牧歌一样唱响，使我们的心灵也得到净化。这是作者的语言，也是技巧与意蕴所致。

短篇小说部分

白行简

李娃传

　　汧国夫人李娃,长安之倡女也。节行瑰奇,有足称者,故监察御史白行简为传述。天宝中,有常州刺史荥阳公者,略其名氏,不书。时望甚崇,家徒甚殷。知命之年,有一子,始弱冠矣;隽朗有词藻,迥然不群,深为时辈推伏。

　　其父爱而器之,曰:"此吾家千里驹也。"应乡赋秀才举,将行,乃盛其服玩车马之饰。计其京师薪储之费,谓之曰:"吾观尔之才,当一战而霸。今备二载之用,且丰尔之给,将为其志也。"生亦自负,视上第如指掌。自毗陵发,月余抵长安,居于布政里。

　　尝游东市还,自平康东门入,将访友于西南。至鸣珂曲,见一宅,门庭不甚广,而室宇严邃,阖一扉。有娃方凭一双鬟青衣立,妖姿要妙,绝代未有。生忽见之,不觉停骖久之,徘徊不能去。乃诈坠鞭于地,候其从者,敕取之。累眄于娃,娃回眸凝睇,情甚相慕。竟不敢措辞而去。生自尔意若有失,乃密征其友游长安之熟者,以讯之。

　　友曰:"此狭邪女李氏宅也。"曰:"娃可求乎?"对曰:"李氏颇赡。前与之通者多贵戚豪族,所得甚广。非累百万,不能动其志也。"生曰:"苟患其不谐,虽百万,何惜。"

　　他日,乃洁其衣服,盛宾从而往。扣其门,俄有侍儿启扃。生曰:"此谁之第耶?"侍儿不答,驰走大呼曰:"前时遗策郎也!"娃大悦曰:"尔姑止之。吾当整妆易服而出。"生闻之,私喜。乃引至萧墙间,见一姥垂白上偻,即娃母也。生跪拜前致词曰:"闻兹地有隙院,愿税以居,信乎?"姥曰:"惧其浅陋湫隘,不足以辱长者所处,安敢言直耶。"

　　延生于迟宾之馆,馆宇甚丽。与生偶坐,因曰:"某有女娇小,技艺薄劣,欣见宾客,愿将见之。"乃命娃出。明眸皓腕,举步艳冶。生遽惊起,莫敢仰视。与之拜毕,叙寒燠,触类妍媚,目所未睹。复坐,烹茶斟酒,器用甚洁。久之,日暮,鼓声四动。姥访其居远近。生绐之曰:"在延平门外数里。"冀其远而见留也。

　　姥曰:"鼓已发矣,当速归,无犯禁。"生曰:"幸接欢笑,不知日之云夕。道里辽阔,城内又无亲戚。将若之何?"娃曰:"不见责僻陋,方将居之,宿何害焉。"生数目姥。姥曰:"唯唯。"生乃召其家童,持双缣,请以备一宵之馔。娃笑而止之曰:"宾主之仪,且不然也。今夕之费,愿以贫窭之家,随其粗粝以进之。其余以俟他辰。"固辞,终不许。

　　俄徙坐西堂,帷幕帘榻,焕然夺目;妆奁衾枕,亦皆侈丽。乃张烛进馔,品味甚盛。彻馔,姥起。生娃谈话方切,诙谐调笑,无所不至。生曰:"前偶过卿门,遇卿适在屏间。厥后心常勤念,虽寝与食,未尝或舍。"

　　娃答曰:"我心亦如之。"生曰:"今之来,非直求居而已,愿偿平生之志。但未知命也若何?"言未终,姥至,询其故,具以告。姥笑曰:"男女之际,大欲存焉。情苟相得,虽父母之命,不能制也。女子固陋,曷足以荐君子之枕席?"生遂下阶,拜而谢之曰："愿以己为厮养。"姥遂目之为郎，饮酣而散。及旦，尽徙其囊橐，因家于李之第。

自是生屏迹戢身，不复与亲知相闻。日会倡优侪类，狎戏游宴。囊中尽空，乃鬻骏乘及其家童。岁余，资财仆马荡然。迩来姥意渐怠，娃情弥笃。他日，娃谓生曰："与郎相知一年，尚无孕嗣。常闻竹林神者，报应如响，将致荐酹求之，可乎？"

生不知其计，大喜。乃质衣于肆，以备牢醴。与娃同谒祠宇而祷祝焉，信宿而返。策驴而后，至里北门，娃谓生曰："此东转小曲中，某之姨宅也。将憩而觐之，可乎？"生如其言。前行不逾百步。

果见一车门。窥其际，其弘敞。其青衣自车后止之曰："至矣。"生下，适有一人出访曰："谁？"曰："李娃也。"乃入告。俄有一妪至，年可四十余，与生相迎，曰："吾甥来否？"娃下车，妪逆访之曰："何久疏绝？"相视而笑。

娃引生拜之。既见，遂偕入西戟门偏院。中有山亭，竹树葱蒨，池榭幽绝。生谓娃曰："此姨之私第耶？"笑而不答，以他语对。俄献茶果，甚珍奇。食顷，有一人控大宛，汗流驰至，曰："姥遇暴疾颇甚，殆不识人。宜速归。"

娃谓姨曰："方寸乱矣！某骑而前去，当命返乘，便与郎偕来。"生拟随之。其姨与侍儿偶语，以手挥之，令生止于户外，曰："姥且殁矣。当与某议丧事以济其急，奈何遽相随而去？"乃止，共计其凶仪齐祭之用。日晚，乘不至。姨言曰："无复命，何也？郎骤往觇之，某当继至。"

生遂往，至旧宅，门扃钥甚密，以泥缄之。生大骇，诘其邻人。邻人曰："李本税此而居，约已周矣。第主自收。姥徙居，而且再宿矣。"征徙何处，曰："不详其所。"生将驰赴宣阳，以诘其姨，日已晚矣，计程不能达。乃弛其装服，质馔而食，赁榻而寝。生恚怒方甚，自昏达旦，目不交睫。质明，乃策蹇而去。

既至，连扣其扉，食顷无人应。生大呼数四，有宦者徐出。生遽访之："姨氏在乎？"曰："无之。"生曰："昨暮在此，何故匿之？"访其谁氏之第。曰："此崔尚书宅。昨者有一人税此院，云迟中表之远至者。未暮去矣。"

生惶惑发狂，罔知所措，因返访布政旧邸。邸主哀而进膳。生怨懑，绝食三日，遘疾甚笃，旬余愈甚。邸主惧其不起，徙之于凶肆之中。绵缀移时，合肆之人共伤叹而互饲之。后稍愈，杖而能起。由是凶肆日假之，令执繐帷，获其直以自给。

累月，渐复壮。每听其哀歌，自叹不及逝者，辄呜咽流涕，不能自止，归则效之。生，聪敏者也。无何，曲尽其妙，虽长安无有伦比。初，二肆之佣凶器者，互争胜负。其东肆车舆皆奇丽，殆不敌，唯哀挽劣焉。其东肆长知生妙绝，乃醵钱二万索顾焉。其党者旧，共较其所能者，阴教生新声，而相赞和。

累旬，人莫知之。其二肆长相谓曰："我欲各阅所佣器于天门街，以较优劣。不胜者罚直五万，以备酒馔之用，可乎？"二肆许诺。乃邀立符契，署以保证，然后阅之。士女大和会，聚至数万。于是里胥告于贼曹，贼曹闻于京尹。四方之士，尽赴趋焉，巷无居人。自旦阅之，及亭午，历举辇舆威仪之具，西肆皆不胜，师有惭色。乃置层榻于南隅，有长髯者，拥铎而进，翊卫数人。于是奋髯扬眉，扼腕顿颡而登，乃歌《白马》之词。恃其夙胜，顾眄左右，旁若无人。齐声赞扬之；自以为独步一时，不可得而屈也。

有顷，东肆长于北隅上设连榻，有乌巾少年，左右五六人，秉翣而至，即生也。整衣服，俯仰甚徐，申喉发调，容若不胜。乃歌《薤露》之章，举声清越，响振林木。曲度未终，闻者歔欷掩泣。西肆长为众所诮，益惭耻。密置所输之直于前，乃潜遁焉。四座愕眙，莫之测也。先是，天子方下诏，俾外方之牧，岁一至阙下，谓之"入计"。

　　时也，适遇生之父在京师，与同列者易服章，窃往观焉。有老竖，即生乳母婿也，见生之举措辞气，将认之而未敢，乃泫然流涕。生父惊而诘之。因告曰："歌者之貌，酷似郎之亡子。"父曰："吾子以多财为盗所害，奚至是耶？"言讫，亦泣。

　　及归，竖间驰往，访于同党曰："向歌者谁？若斯之妙欤？"皆曰："某氏之子。"征其名，且易之矣。竖凛然大惊；徐往，迫而察之。生见竖，色动回翔，将匿于众中。竖遂持其袂曰："岂非某乎？"相持而泣。遂载以归。

　　至其室，父责曰："志行若此，污辱吾门！何施面目，复相见也？"乃徒行出，至曲江杏园东，去其衣服，以马鞭鞭之数百。生不胜其苦而毙。父弃之而去。

　　其师命相狎昵者阴随之，归告同党，共加伤叹。令二人赍苇席瘗焉。至，则心下微温。举之，良久，气稍通。因共荷而归，以苇筒灌勺饮，经宿乃活。月余，手足不能自举。其楚挞之处皆溃烂，秽甚。同辈患之，一夕，弃于道周。行路咸伤之，往往投其余食，得以充肠。十旬，方杖策而起。被布裘，裘有百结，褴褛如悬鹑。持一破瓯，巡于闾里，以乞食为事。自秋徂冬，夜入于粪壤窟室，昼则周游廛肆。

　　一旦大雪，生为冻馁所驱，冒雪而出，乞食之声甚苦。闻见者莫不凄恻。时雪方甚，人家外户多不发。至安邑东门，循里垣北转第七八，有一门独启左扉，即娃之第也。生不知之，遂连声疾呼："饥冻之甚！"音响凄切，所不忍听。

　　娃自阁中闻之，谓侍儿曰："此必生也。我辨其音矣。"连步而出。见生枯瘠疥疠，殆非人状。娃意感焉，乃谓曰："岂非某郎也？"生愤懑绝倒，口不能言，颔颐而已。娃前抱其颈，以绣襦拥而归于西厢。失声长恸曰："令子一朝及此，我之罪也！"绝而复苏。

　　姥大骇，奔至，曰："何也？"娃曰："某郎。"姥遽曰："当逐之。奈何令至此？"娃敛容却睇曰："不然。此良家子也。当昔驱高车，持金装，至某之室，不逾期而荡尽。且互设诡计，舍而逐之，殆非人。令其失志，不得齿于人伦。父子之道，天性也。使其情绝，杀而弃之。又困踬若此。天下之人尽知为某也。生亲戚满朝，一旦当权者熟察其本末，祸将及矣。况欺天负人，鬼神不佑，无自贻其殃也。某为姥子，迨今有二十岁矣。计其资，不啻直千金。今姥年六十余，愿计二十年衣食之用以赎身，当与此子别卜所诣。所诣非遥，晨昏得以温凊，某愿足矣。"

　　姥度其志不可夺，因许之。给姥之余，有百金。北隅四五家，税一隙院。乃与生沐浴，易其衣服。为汤粥，通其肠；次以酥乳润其脏；旬余，方荐水陆之馔。头巾履袜，皆取珍异者衣之。未数月，肌肤稍腴；卒岁，平愈如初。

　　异时，娃谓生曰："体已康矣，志已壮矣。渊思寂虑，默想曩昔之艺业，可温习乎？"生思之，曰："十得二三耳。"娃命车出游，生骑而从。至旗亭南偏门鬻坟典之肆，令生拣而市之，计费百金，尽载以归，因令生斥弃百虑以志学，俾夜作昼，孜孜矻矻。娃常偶坐，宵分乃寐。伺其疲倦，即谕之缀诗赋。二岁而业大就，海内文籍，莫不该览。生谓娃曰:"可策名试艺矣。"

娃曰:"未也。且令精熟,以俟百战。"更一年,曰:"可行矣。"于是遂一上登甲科,声振礼闱。虽前辈见其文,罔不敛衽敬羡,愿友之而不可得。

娃曰:"未也。今秀士苟获擢一科第,则自谓可以取中朝之显职,擅天下之美名。子行秽迹鄙,不侔于他士。当砻淬利器以求再捷,方可以连衡多士,争霸群英。"生由是益自勤苦,声价弥甚。

其年,遇大比,诏征四方之隽,生应直言极谏科,名第一,授成都府参军。三事以降,皆其友也。将之官,娃谓生曰:"今之复子本躯,某不相负也。愿以残年,归养老姥。君当结媛鼎族,以奉蒸尝。中外婚媾,无自黩也。勉思自爱。某从此去矣。"生泣曰:"子若弃我,当自刭以就死!"娃固辞不从,生勤请弥恳。娃曰:"送子涉江,至于剑门,当令我回。"生许诺。

月余,至剑门。未及发而除书至,生父由常州诏入,拜成都尹,兼剑南采访使。浃辰,父到。生因投刺,谒于邮亭。父不敢认,见其祖父官讳,方大惊,命登阶,抚背恸哭移时,曰:"吾与尔父子如初。"因诘其由,具陈其本末。大奇之,诘娃安在。曰:"送某至此,当令复还。"父曰:"不可。"

翌日,命驾与生先之成都,留娃于剑门,筑别馆以处之。明日,命媒氏通二姓之好,备六礼以迎之,遂如秦晋之偶。

娃既备礼,岁时伏腊,妇道甚修,治家严整,极为亲所眷尚。后数岁,生父母偕殁,持孝甚至。有灵芝产于倚庐,一穗三秀。本道上闻。又有白燕数十,巢其层甍。天子异之,宠锡加等。终制,累迁清显之任。十年间,至数郡。娃封汧国夫人。有四子,皆为大官;其卑者犹为太原尹。弟兄姻媾皆甲门,内外隆盛,莫之与京。

嗟乎!倡荡之姬,节行如是,虽古先烈女,不能逾也。焉得不为之叹息哉!予伯祖尝牧晋州,转户部,为水陆运使,三任皆与生为代,故谙详其事。贞元中,予与陇西公佐话妇人操烈之品格,因遂述汧国之事。公佐拊掌竦听,命予为传。乃握管濡翰,疏而存之。

时乙亥岁秋八月,太原白行简云。

[导读]

白行简(776—826),字知退,唐代文学家,华州下邽(今陕西渭南东北)人,白居易之弟。元和二年(807)中进士,授秘书省校书郎,累迁司门员外郎、主客郎中,又曾任度支郎中、膳部郎中等职。著有文集10卷,《旧唐书》本传说他"文笔有兄风,辞赋尤称精密,文士皆师法之"。

白行简以写作传奇著称,代表作《李娃传》(又名《汧国夫人传》,见《太平广记》卷四八四,引自《异闻集》)。《醉翁谈录》癸集卷一《李亚仙不负郑元和》记载:李娃,"字亚仙,旧名一枝花"。元稹《酬翰林白学士代书一百韵》诗自注:"尝于新昌宅说一枝花话",这"一枝花话"说的就是李娃故事。白行简在《李娃传》篇末说:"贞元中,予与陇西公佐话妇人操烈之品格,因遂述汧国之事。公佐拊掌竦听,命予为传。乃握管濡翰,疏而存之。时乙亥岁秋八月。"乙亥岁为贞元十一年(795)。据此,当时作者年仅19岁。

关于唐传奇之名，唐人裴铏著有《传奇》一书，传述奇闻，后来，"传奇"二字就成为"唐人用文言写的短篇小说"的通称。唐传奇已经具有完整的内容结构，丰满的人物形象，成熟的艺术手法与明确的主题思想。所以，唐传奇标志着中国古典短篇小说文体的成熟。

白行简的《李娃传》是中唐时期传奇繁荣阶段的代表作。故事情节并不复杂：天宝年间荥阳世族郑姓公子荥阳生赴长安应试，因爱上美色娼女李娃，所携应试资财荡尽，于是为娼家鸨母设计弃逐，疾病贫困，流落成为代办丧事的"凶肆"的挽歌手。后其父因事入京，老仆发现了郑生并上报主人，郑父知子堕落情形，恨他玷辱门风，乃毒打几致于死并弃之野外。被同伴救活后，沦为乞丐。冻饿几死时又遇李娃。李娃痛悔，抚养荥阳生，资助他读书，考中进士，得做高官，李为荥阳生妻，封汧国夫人，享受富贵荣华。

《李娃传》最杰出的成就在于塑造了一个有情有义的光辉形象。李娃虽是低贱的娼妓，但是她聪明而美丽、善良而理智，她不仅接纳了遭抛弃后落难的荥阳生，甚至不顾其"枯瘠疥疠，殆非人状"而为他治疗调养；当她帮助并督促荥阳生获得功名富贵时，又理智地求去，牺牲到手的幸福，这都表现了这位女性独特的精神风貌。唐时大族婚姻看重门第，门第的高低往往决定着为官者的仕途，李娃自然也深知自己的身份。为爱敢于同娼家鸨母力争，为爱甘于奉献又敢于牺牲自我，这也正是李娃这个身份卑微的女性的高尚之处。

白行简《李娃传》的故事情节波澜起伏，引人入胜。如荥阳公子的几次濒临绝境的不幸遭遇，李娃遇荥阳公子前后行为的描写等；小说的人物形象较有个性，能与其身份切合，如贵公子郑生为了美色荡尽资财，几番遭遇而无怨无悔，终至发奋成名，李娃更是难能可贵地收留已经处于绝境的乞丐并督促他上进却不自以为功等；另外，小说文笔极佳，叙述缠绵婉转，细节描写精妙传神，场景描绘细致逼真，达到了唐代传奇写作艺术的高度成就。

《李娃传》在当时广泛流传，其所叙述的风流娼妓与落难公子终享富贵的故事符合封建文士的理想是重要原因之一。故此，后世常将《李娃传》故事改编为戏曲，如元石君宝的杂剧《李亚仙花酒曲江池》、明传奇《绣襦记》等，戏曲中的"落难公子中状元"的熟套，即滥觞于唐传奇《李娃传》。

冯梦龙

金玉奴棒打薄情郎（存目）

[导读]

冯梦龙（1574—1646），字犹龙，又字子犹，号龙子犹，别号墨憨斋主人等，江苏长洲（今苏州）人。我国明代著名的通俗文学家。少有才气，和兄冯梦桂、弟冯梦熊并称为"吴下三冯"。冯梦龙一生在科举上不得志，57岁才补了一名贡生，61岁被选任福建寿宁知县。除"三言"外，还对《平妖传》《新列国志》等书进行加工，编辑过《古今谭概》《情史》等故事，在戏曲、民歌等方面有突出贡献，在通俗文学的各个方面均有重大贡献。

《金玉奴棒打薄情郎》是冯梦龙"三言"中的名篇。"三言"是《喻世明言》《警世通言》与《醒世恒言》三部小说集的总称。

《金玉奴棒打薄情郎》叙述的故事是：宋朝时，杭州城金老大有一美貌女儿，名叫玉奴，从小读书识字，到15岁时已诗赋俱通。因金老大是乞丐头——团头，虽然算得上是富裕人家，却因身份问题被人低视。金老大一心要将女儿嫁给一个有出息的读书人，金玉奴18岁了仍未出嫁。

后来有人对金老大说："太平桥下有个书生，姓莫，名稽。二十岁，一表人才，读书饱学。只为父母双亡，家穷未娶。最近考上太学生，情愿入赘人家，此人正好与令媛相宜，何不招他为婿？"金老大非常高兴，就央求这人与莫书生做媒。穷书生莫稽虽对金家团头的出身有些在意，但还是答应了婚姻。婚后，莫稽见金玉奴才貌双全，也非常满意。金玉奴十分要强，她恨自己家门低微，要挣个名头，不惜工本为丈夫购买书籍，供他学习，莫稽才学日进，到京师参加考试，中了进士。莫稽参加了琼林宴，乌帽官袍归家，一群小儿指着他说："金团头家女婿做了官了。"莫稽听了，心中实在是难受，有些后悔：早知今日富贵，就不该做团头家女婿，让人讥笑。后来，莫稽被授为无为军司户，携金玉奴登舟赴任。这天来到采石江边，莫稽在船头玩月，又想起团头的事，产生了一个恶念：把金玉奴弄死，再谋另娶高枝。于是哄金玉奴出来赏月，趁其不备把她推入江中。新上任的淮西转运使许德厚救了金玉奴，得知详情后收金玉奴为义女。许德厚到淮西上任，是莫稽的上司。数月后，许德厚故意对下属说有一才貌女儿，希望能招个过门女婿。下属听说莫司户青年丧偶，又才品非凡，便向莫稽做媒。莫稽立即应允。婚礼之后，莫稽得意地进入洞房，没想到七八个老妇人、丫环，一顿篱竹细棒劈头盖脸打了下来：纱帽打脱了、肩背上棒如雨下，他大喊救命。只听到洞房中传出娇滴滴的声音说："休要打杀了薄情郎，暂且唤来相见！"众丫环仆妇这才住手，分别扯耳朵、拉头发、拽胳膊、牵衣裳把莫稽拖到新娘面前。莫稽大声质问："下官何罪，遭此毒打，你一个名门闺秀，就是这样对待丈夫的吗？"新娘子把红盖头一揭，他才发现正是被自己推入水中的金玉奴。莫稽惊惧万状，魂不附体，"有鬼！"这时，许德厚走来，对莫稽说："贤婿休疑，这是我在采石江边上所认的义女。"莫稽知罪，跪在金玉奴面前悔愧交加，金玉奴唾着他的脸骂道："薄幸贼！你不记得宋弘的话么：'贫贱之交不可忘，糟糠之妻不下堂。'当初你空手到我家做上门女婿，亏得我家资财，读书延誉，以致成名。我原指望夫荣妻贵，不想你忘恩负义，就不念结发之情，恩将仇报，将我推落江心。要不是恩爹相救，收为义女，一定葬身鱼腹，那时你别娶新人，于心何忍？我今天有何颜面，再与你完聚！"放声大哭，千薄幸万薄幸，骂不住口。后人有诗说：只为团头号不香，忍因得意弃糟糠，天缘结就终难解，赢得人呼薄幸郎。莫稽羞愧万般求饶，经许德厚劝解，二人才言归于好，重叙夫妻之情。

小说生动刻画了莫稽这个负心汉形象。莫稽本不过是一个穷书生，他"两耳不闻窗外事，一心只读圣贤书"，除会读书外其他几乎一无是处！他入赘团头金家本是无奈之举,潜意识中一直存在丢颜面的问题,但毕竟可以获得衣食与婚姻,而且当发现玉奴美貌后,也觉得稍微平衡了读书人清高的颜面。然而,考取进士后的莫稽在遭遇他人讥笑之时,潜意识中的丢面子问题再次浮现,甚至使他失去了理智,忘记了玉奴对自己的支持与付出,竟然把自己的妻子推落江中,置之死地!这固然有那个时代社会舆论偏狭的推动,但是根本原因还在于读书人发迹变态的薄幸。自古以来,这样的悲剧不仅出现在《秦香莲告状》《王魁负桂英》《赵贞女与蔡二郎》等这样的戏剧传说中,小说中类似的故事在"三言"中也有不少。

  小说还塑造了金玉奴这一具有悲剧性的女性形象。她身为团头之女,不仅长得标致漂亮,而且诗赋俱通,调筝弄管,事事伶俐。况且她"住的有好房子、种的有好田园、穿的有好衣、吃的有好食。廒多积粟,囊有余钱,放债使婢,虽不是顶富,但也是数得着的富家"。可是,由于父亲的"团头"身份,她就沉入社会底层。因此,她一心想嫁个有出息的读书人,婚事也由此耽搁多年。后来,在家长安排下嫁给贫寒书生莫稽。为了改变自己的身份争个名头,金玉奴不惜工本为丈夫购买书籍学习,后又催促他考取功名。可是,她没有想到自己辛苦培养起来的丈夫却为了所谓的名声不惜将她推进江中害死。幸亏许德厚将落水的金玉奴救起,认为义女并为其主持公道,将金玉奴再嫁于莫稽,在洞房花烛夜才有了"棒打薄情郎"这一扬眉吐气的一幕。可以说,金玉奴是一个不幸婚姻的受害者,却由于时代局限又不得不与原夫继续这没有爱的婚姻。

  "枝在墙东花在西,自从落地任风吹。枝无花时还再发,花若离枝难上枝。"小说一开头便是一首《弃妇词》,然后便讲述了一个薄情郎弃妻终又破镜重圆的故事。应该说这是中国古代小说的民族特点,不仅表现在小说的中国式大团圆结局上,而且在薄情郎与不幸女的婚姻结合中男性发迹变态强势,以今天的眼光看,二人在婚姻中都存在不幸:莫书生是人穷志短招赘婚姻非因情,金小姐是身份卑微欲攀高枝非为爱。婚姻仅仅是他们结合各取所需的一个社会形式罢了。

朱　定

关连长

  "第三连关连长是个优秀的战士,"团政委对我说,"也是个优秀的党员!就是文化程度低一点,这一次你去当文书,要以他为榜样,向他学习,放下知识分子的架子;同时在文化方面要帮他克服困难。这样子对两方面才都有好处。"我答应了就走了。

  第二天我就来到连部,那时候三连刚解放杭州回来,暂时驻在公路旁的一个庙里待命。在大殿上我找到一个通讯员,他把我带到最后一间房里。这房间,大概是用来堆破东西的,到处歪歪斜斜地放着一些破破烂烂的桌子、凳子和经台等什物。在角落里倚着一个半面的韦驮,手里的鞭子也只剩了半截。就在这些破东西中间,硬挤出来一丈多的地方,地上铺着麦草当床,把一个三只腿的破桌子用木条支起来放在前面,就当办公桌。桌上放着一部电话机,铺着一张地图。这大概就是连长的办公室了。"你先在这儿坐一会。"通讯员说着把一个布满灰尘的破凳子踢到我屁股底下来,"连长在看病号,我去叫他,等一会就来"。说罢他就走开了。

我放下行李,坐在那不稳的凳子上,焦急地等着。在我未来之前,除开团政委的指示外,关于关连长,我实在听得太多了:在团里他是一个模范的连长,英勇的事迹传遍全团,最困难的任务常常落在第三连的肩上。渡江时三连就担任突击任务,摧毁了敌人三道堡垒,把敌人一直赶出去,使全团得以从容地顺利渡江。因此我对这个连和领导三连的连长,充满了钦佩。对能派到这儿来,也觉得非常光荣。等了差不多有一小时,方才听见院子里有人声,接着通讯员就和一个大约三十多岁,中等身材,很瘦的人进来了。我第一眼注意的是,他两条浓黑的眉毛和眼边的一长条伤疤。我知道这就是关连长,就赶紧站起来,一时很窘,讲不出话来。他却已经抢步过来,双手紧紧握住我的手,讲一口陕西音很重的官话说:"朱同志,你来了!"

"王同志,"他又回头向通讯员说,"快去搞点稻草来!"说着他就蹲下去解我的行李卷。

"不、不,我自己来。"我不好意思地挡住他。

"哎哎,不要客气,都是革命同志嘛!"他和气地笑着,颊上的肌肉把那条伤疤直挤到耳后去。我们两个人合作解开了那个行李卷,里面我带了几本书,如《知识分子的改造》《联共党史》等。他把那本厚厚的《联共党史》翻了一翻,羡慕地向我笑笑:"以后得多多帮我认字呀!"

"哪里!"我惶恐地说,望着他那诚实的微笑。

通讯员这时已扛进两大捆稻草来,他们两个就帮着我铺在地上。把床铺弄妥了,关连长拍拍那垫得厚厚的床说:"就睡在我的旁边,朱同志,咱们今天晚上好好地谈一谈。"

那晚上我们真的谈开了。他讲给我听怎样从一个穷得连裤子也穿不起的雇农,得了共产党的帮助翻了身,成了一个自给自足的农民;怎样当上了村的干部,又带头参军到东北,从东北一直打到江南来;一九四六年入了党⋯⋯

"我入党入得迟了!"他叹息着说,"起先清算地主的时候我倒很积极,分了地以后,有了家业啦,又娶了婆姨,就把人给坑住了。一天到晚就忙自己的事,公家的事也不干了,光图自己享福,那时候脑瓜儿里搁着木块!"他叹了一口气,"以为革命这就算完事了,后来又受了教育,思想方才慢慢地搞通,知道了革命不光给自己革命,还有好多别的穷人受苦挨饿,遭人欺压。因此从头再来,积极地搞工作,当干部,又带头参了军,打仗立了功,方才入的党。吃亏就吃在文化程度不高,道理都是人家给讲的,自己如果能捧本书本子来念,"他羡慕地望了望垫在我头底下的书,"脑筋也就不会这样糊涂,以后得好好地帮我多认字啊!"他又重复一遍。

我答应了他,也把自己的学生生活讲了很多。他愈听愈有劲,我们两个一直谈到深夜方入睡。这一天一夜就把两颗心拉近了。

连指导员姓马,年纪很轻,和我一见面就也像亲兄弟一样,长长短短地谈个不歇。那时候第三连休息下来就搞"识字运动",我和他计划把许多有用的字写在方块纸上,就贴在有关东西上面。譬如枪上我们就贴个"枪"字;碗上我们就在碗底上贴个"碗"字;"父"字的方块上就画个老头子;在"连"字上面开始我们想不出办法,后来就把关连长画上去。画得又不像,我就提议在他的右眼旁画一条黑线来代表他的伤疤。出乎我们意料之外的，战士们记得最牢的是这一个"连"字，并且拿着这方块儿字给连长看。他自己也大笑起来，伸出大拇指夸赞我们的聪明才智。关连长那里，我专门为他设计了一个"认字串"：把几个方块字用纸条给连起来，叠起来就成了一个总方块，拉开来就成为一个句子。第一句是："我是关连长。"他本来有点基础，所以一天就把它念熟了。后来我就写比较长些的句子给他，他用心地念着。他用心和进步的程度是可惊的，起先一天只念一串，后来一天就能记两三串了。后来他军服的四个袋里塞满了这些串串，每天拉出来放进去，纸条断了他就小心地修补起来，真的念熟了的他就小心的折起来，放在枕头底下。这样子他每天总能至少识五个字，乐得他嘴也合不拢来。一天到晚地就问我要串串。战士们也争着向我和马指导员要方块字。

就这样，我慢慢地和第三连打成了一片。我真喜欢这样的革命家庭，在这里没有什么个人的存在，一连就好像合成一条生命。吃喝睡觉，游戏学习操练都在一起。大家对于关连长，都有一种说不出的爱戴和亲热。待命的时间里，他也一天到晚地跑来跑去，布置警戒的岗位，检查战士的枪械。擦得雪亮的枪筒子，他仍细心地眯起一只眼睛来看个仔细。

"这是当兵的命呀！"他时常说，"打仗的时候有时顾不到这些，现在可要加一把劲。"

马指导员最关心战士们的健康。后来他虽然搬到后面来和我们睡在一起，但总时常听见他半夜窸窸索索地爬起来跑到大殿上去看看战士，把毯子给他们盖上。晚上天气比较凉，战士们伤风咳嗽的很多，因此马指导员就特别照顾这一方面。

晚上我们三个同睡在一间房间里，大家天南地北无所不谈，中心往往环绕着思想转变方面，但也谈到恋爱，谈到家庭。一谈到家庭，老关就把他的伤疤一直笑到耳朵后面去，谨慎而小心地从贴肉的衣袋里摸出一个纸包，一层一层地剥开，最后拿出一张照片。上面是他的老婆，两手拉着两个孩子，脸都胖得像西瓜一样，后面歪歪斜斜地写着"爸爸收"三个字。

"我的婆姨跟两个娃儿，"老关说。一面斜着头看着这照片，一脸爸爸的神气说："前年寄来的。"

我们看了他这种得意的样子，觉得自己心里也就充满了快乐。

"在后方我看见过一张苏联照片，"马指导员说，"大游行的时候母亲都抱着小孩过检阅台，嗬！都是胖得像个球似的。"

"有一天，我们的小孩也要这样子的，"我说，"把反动派打垮了，大家好好地干，大家都能吃饱穿暖。"

"对了，"老关接下去说，"从前我就是搞不通这一点，后来受了党的教育才明白过来，不光是自己的娃儿，人家的娃儿一样要翻身过好日子，从前都叫反动派压迫得连饭也吃不饱，瘦得都像一根根高粱秆子似的……"他叹了一口气，把照片上的儿子看了又看，"以后不会这样呢！以后我们的娃儿有的是好日子"。我们三人就静静地躺在那里，觉得彼此之间充满了希望和幸福。

第二天就奉令向上海开拔。沿路很平静，因为大部队在我们前面。反动派的抵抗非常薄弱，因此行军很快。但在路上老关却发了一次脾气，原因是搜索队踩了老百姓菜畦

子。我们行军因为避免反动派的飞机,所以都离开了公路在田野里走,江南的田道都是很窄的,有地方还围满了菜畦子。虽然老关再三吩咐大家小心,但有的搜索兵还在菜畦子里乱走,因为搜索俘虏,搜索兵的数目又派得很多,因此沿路都可以看见被踩过的菜畦和踏扁的青菜。老关就越看越有气,晚上就召集了战士们开了一个会,严厉地批评了一顿:"你们闭着眼乱闯,人家的菜畦子是一锄一锄开出来的,费了好多劲才长了这么几畦,你们一下子就把它们踩垮了!你自己种的菜是不是这样踩呢?没有办法也得从缝里过去啊!就闭着眼乱闯?!这样不爱惜人民的劳动,还能算得人民的军队?!"他讲话的声音很高,脸涨得通红,伤疤发紫,被批评的战士们都惭愧地抬不起头来。

"大家回去好好想一想,"马指导员的声音比较和缓,"自己检讨一下,这事情是很不好的,以后我们要向连长保证决不做对不起人民的事"。他说着把手臂举了起来,下面全体战士的手也跟着举了起来。"现在解散了,回去好好休息。"

晚上就有四个战士跑来向老关坦白认错。老关这时又笑得合不拢嘴,把自己的一包烟都分光了。

第三天我们到了上海近郊。这时大部队在前头已接近虹桥机场,让我们第三连暂时担任后方警戒的任务。老关这时就不大高兴,一天到晚很少讲话。但还是到处检查枪械,随时准备战斗。那晚上是安安静静过去的,但听了一夜的炮声和枪声。晚上我老是听见老关翻来覆去地睡不着,我是了解他这份焦急的心情的。

第二天天没亮就接到命令:向右翼移动去接替二连下来,开始向敌人攻击。老关这时更加沉静了,分配了各排的具体任务,他自己带领了第一排先走,我随后和二排一起上去。这时离敌人的阵地已经很近,天空中满是炮弹呼呼的声音。到达二连已筑好了的工事时,天刚亮,就发现在阵地前面有着一所大的红洋房。周围是很长的一垛墙,墙上开了几个洞,临时当作枪眼。

"那就是敌人的据点,"连副对我说,"咱们再往前!"我们一直爬到第一道壕沟里,老关正在那里沉静地观察那所洋房。这洋房是很坚固,用一块一块的大红砖砌起来。墙上枪眼下面又堆满了沙袋,我们正对着这屋子的后面。前面围墙一直延展出去,大概墙内是一个很大的花园。敌人的枪弹不时向我们这边打过来。枪洞后隐约地露出了像毒蛇头似的机枪枪口。

"用迫击炮先把这些机枪阵地打垮!"指导员提高嗓门来压服不断的枪声;老关却把他的脸绷得像石板一样:"不要打!"他脸上的紫疤像要裂开似的,默默地把望远镜递给了马指导员。老马看着看着就破口大骂起来,接着又把望远镜递给了我,我校正了距离一看,就呆住了。这洋房是两层,后墙上望过去,刚看见后面一间的玻璃窗,从窗中望过去,一房间挤满了很多孩子,有几个小的正把脸贴在玻璃窗上,把鼻子压扁了,天真地向我们这边看着,我看着不由得火就从心底冒上来。

"日他娘的!"我说,"狼心狗肺的臭东西!"

大家的喉咙都被愤怒锁住了。这时,三排排长从交通壕里爬进来:"连长!连长!"他叫道,"这是一所学校呐。"

"嗯,"老关的回答就像冰一样,"前面能不能冲进去?"

"我们炸倒了一段墙,"三排排长说,"敌人的机枪就在楼底下,正对那个缺口。中间又有一段刘平的草地，啥子东西也没有，进了墙也不济事。反正爬不过去，怎么办呢？打电话叫后方调炮弹吧，炸他妈的稀烂！"

我愤愤地把望远镜递给老关，他看清楚了往后一坐，把个脸气的像白纸一样。

"张大有！"马指导员把追击炮手叫过来，"张大有，能不能把炮弹吊进墙去，不落在屋面上？"

"不成啊，指导员！"这出名的百发百中的迫击炮手摇着头回答，"我早看过了，就这么屁股大的一块地方，吊近一点就落在墙外不济事；吊远一点就把楼房炸坏了。再说，就把墙炸垮了也没鸟用，这批王八都躲在屋子里"。

这时电话铃响起来，传过来一阵急促的声音。"连长！"接电话的通讯员说，"团部问要不要炮队来支援？"通讯员说着把指挥炮火的红旗从胸前的通讯袋里拔出来。大家都不响，光听见空气中嗖嗖的流弹声音。

"不用，"老关坚决地回答，"就说我们马上发起冲锋！"

通讯员报告后把电话搁上了。

"回去！"老关向三排排长说，"集中火力射击那个缺口。把敌人的火力引过来，我从后面搞他的屁股！"

三排排长走了。

"我去，"二排排长自告奋勇说，"我先上去！"

"你领一班从右面过去！疏散开点。我带两个班从左面过去。老马，"他回过头来向指导员说，"我们爬过一程你带三排再上，程得庆！"

"有！"那重机枪手从瞄准器上抬起头来。

"我们前进的时候，你开枪戳瞎他的两个眼！"

"是！"程得庆说。

最后老关回头问我："老朱，你待在后面！别上来！"

我不响，觉得很失望。

"准备！"老关向程得庆说，"爬到一半就开火！"说着，一翻身就出了工事，二排的战士纷纷跟上。这时围墙前面的枪声已在激烈地响起来。老关爬了一程又回过头来，喊道："程得庆！小心不要把枪瞄得太高打到楼上去。"

程得庆向他扬扬手，老关就带着二班战士散开一个大弧形，向前迅速爬去。过了十来分钟，老马带着三排也爬了出去。接着，程得庆往手掌上吐了一口唾沫，机枪便得得地响起来，直扫在枪眼上，把那些红砖都打得一片片飞开来。我紧张地望着那些一起一伏的人影，向围墙逼近过去。

突然，对方的枪声也响起来。显然，敌人发现了我们，子弹打得极低，沿着地面呼呼的直飞过来。程得庆双手抓住重机枪达达回击，眼里像要喷出火来。那些黄色的人影已接近围墙了。接着起了一阵爆炸声，敌人的一架机枪喑哑了。

"炸得好！"通讯员在旁边抓住了望远镜高兴得大叫起来，"炸他娘的精光！连长炸的，连长爬在前头。"通讯员报告说。

就在这时，几声可怕的爆炸声又传过来。在墙外逼近的人影中升起了几股灰沙。

"连长！"通讯员突然惊叫起来，抛掉了望远镜，操起马枪就发疯地冲了出去。一阵寒颤通过了我的全身，也跳起来跟了上去。这时前面的战士都站起来，大喊着冲了上去，第二排已爬到墙上，冲锋枪嘶叫起来。

"连长，连长，"通讯员一面狂奔，一面叫着。我盲目地跟在他后面，忘记了身旁嗖嗖的枪弹，几乎和三排一同冲到墙边。大部分战士已翻墙过去，激烈的战斗在里面进行着。我奔到前面离沙袋二十米远的地方，见老关躺倒了，半个头颅已炸得血肉模糊了。通讯员蹲在他旁边，他脸上的表情是我永世不能忘记的，我奔过去蹲了下来："老关！"

"完了！"通讯员的声音深沉得像山谷里的回声。

"老关给炸死了！……"我茫然地望着他，又望着老关伏卧的遗体，好像这一切都不是真的。但事实放在前面，老关是给敌人的手榴弹炸死了。通讯员在旁边伤心地哭了起来，这时墙内的战斗已停止了。通讯员把上装脱下来，包住了老关难以辨认的头颅，我们两个呆呆地跪在那里，马指导员从缺口里急急跑出来："连长怎么样？"当他看见那包着连长头部的薄军衣透出的血迹，一瞬间脸色变得惨白，用力咬住他的嘴唇，"回去，"他向通讯员说，眼里充满了泪水，"回去报告团部，说阵地打下来了，关连长……牺牲了！"

通讯员敬了一个礼走了。

"来，咱们把连长抬进去！"老马说，我们两个默默地抬起他的遗体，走过那个缺口，把他放在后面的石阶上。这时围墙里的敌人都已肃清，战士们正在一个个解除敌人的武装。老马就坐在石阶上处理了一切事情，许多的战士悲伤地围在我们周围，老马最后站起来说："同志们！连长光荣牺牲了！他本来可以不死的，但为了保护楼上的孩子，他给敌人炸死了！"老马停了一停来控制他的感情。"为别人，为下一代牺牲了自己……"他继续说，"我们的连长显出了一个优秀的共产党员的品质！我们要永远记住他！学习他的榜样！大家敬礼！"

我们都向老关的遗体敬了礼。

"马上前进！同志们！"老马的声音里充满了愤怒，"向前去消灭那些残酷的反动派！"战士们含着眼泪又往前走了。

老马和我走上楼去，推开了中间那个房间的门，满房子挤满了小孩子，惊惶地向我们呆呆地看了一分钟，最后坐在角落里的女教师，先叫起来："解放军！解放军来了！"

那些小孩子，一瞬间都拥了过来，牵住了我们的手，天真地叫着、笑着、跳着。老马无限亲热地俯身抱起了一个有着大眼睛的孩子，紧紧地偎住他那苹果似的面庞，两行眼泪流了下来……

（原载《人民文学》第 1 卷第 3 期）

[导读]

朱定，上海圣约翰大学新闻系毕业，1949 年参军。处女作短篇小说《关连长》刊登于《人民文学》第 1 卷第 3 期上。作者曾经听一个老干部讲解放军救孩子的故事，于是就有了这篇小说，主要表现了解放军爱人民、爱下一代的高尚品格。

小说先以大量篇幅写战前"我"与关连长他们在一起的经历，突出了关连长和他的战士们与一般民众一样有着对未来美好社会和对幸福家庭生活的向往，也更突出表现了关连长和战士们为了解放而继续战斗的奉献精神与革命理想。小说具体写解放上海的战斗并不多,而是集中突出了关连长在战斗中为避免被敌人控制的学校里的孩子受伤而牺牲自己的高尚情操,也揭示出革命战士不仅具有勇敢作战的战斗品格,更具有宽广的人道主义情怀。小说面世后曾广被转载并翻译到国外。

1951年小说被搬上银幕之后,产生了争论,主要意见集中在两方面:一是认为该作品思想上有局限,仿佛革命者的目的主要是为了下一代,为了保护孩子付出额外代价而牺牲解放军连长与战士,"是以庸俗的小资产阶级人道主义,歪曲了我们人民解放军的革命人道主义",也宣扬了错误的军事思想;一是认为表现了革命战士宁肯牺牲自己也绝不伤害无辜群众的人道主义精神,赞扬了党领导下的人民军队的崇高品格。"文化大革命"结束后,《关连长》这篇小说及据其改编的电影重新得到了公正评价。

这篇小说是新中国成立后最早表现人民军队在革命战争中的人道主义精神的作品,它超越了一般军事题材作品仅仅叙述敌我双方争夺阵地攻守战斗的场面,转而展示革命战士的心理活动,这对以后的军事文学有十分重要的启发意义,如20世纪80年代的《西线轶事》等。

王　蒙

组织部来了个年轻人(存目)

[导读]

王蒙(1934—),祖籍河北沧州,生于北京。著有长篇小说《青春万岁》等。《组织部来了个年轻人》叙述的是小学教师林震被调到区委组织部工作,他发现党的组织机关领导刘世吾等人过去虽有丰富的革命阅历,现在却对党的工作麻木拖沓,甚至冷漠没有激情,而且还发现麻袋厂厂长王清泉对待工作敷衍消极,提出处理意见时,组织部领导副部长刘世吾却总是说"就那么回事",显然是缺乏应有的政治敏感与积极态度,是官僚主义作风的典型表现。

《组织部来了个年轻人》中的林震是个富有理想、勇于进取、热爱党的工作的青年人。从他来到区委组织部工作始,他就以饱满的热情积极为党工作,这个工作使命使他心中充满了神圣感,他与刘世吾等发生的矛盾冲突归根到底是对党和人民的事业的两种不同态度的具体体现。作为刚进入党的机关部门工作的年轻人,他的弱点表现为热情有余而工作经验不足,有部分脱离实际的理想主义色彩。虽然他有些单纯幼稚,对党的工作也有过困惑,却从来没有怀疑过,而且敢于向错误思想发起攻击。如在区委常委会上发言时,他慷慨激昂地陈述道:"党是人民的、阶级的心脏,我们不能容忍心脏上有灰尘,就像不能容忍党的机关的缺点!"

在组织部工作中经历的人事与斗争使林震逐渐成熟,他深入理解了党的工作的重要性,学会了如何克服困难的方法,也渐渐明白了单凭个人的勇气是不能做好工作的。

小说的另一个重要人物是刘世吾,这是个具有官僚主义倾向的典型人物。虽然他曾经对革命有贡献,参加过革命战争并获得荣誉,但是,在新的工作岗位上他却缺乏应有的激情。"就那么回事"是他的口头禅,他明白是非的界限,懂得"是"不能一下子战胜"非",因而对工作采取了不积极进取的态度,没有热情地对待党的工作。因此,"就那么回事"体现了刘世吾在工作中存在的冷漠与麻木的心态。在工作中他身居要职,却又仿佛是一个旁观者;他也天天忙忙碌碌,却只不过是按部就班地应付工作。但他绝不仅仅是一个马马虎虎的官僚主义者,他不仅能够较好地完成工作,而且还善于对林震等进行启发诱导,但是他的理论观念诸如"领导艺术论""成绩基本论""条件成熟论"等却又暴露了他自身的缺点。当林震向他反映区委工作中的问题时,"领导艺术论"使他似乎早就准备好了一席话,说:"当然,想象总是好的,实际呢,就那么回事。问题不在有没有缺点,而在什么是主导的。我们区委的工作,包括组织部的工作成绩是基本的呢还是缺点是基本的?显然成绩是基本的,缺点是前进中的缺点,我们伟大的事业,正是由这些有缺点的组织和党员完成着。"很明显,他身上存在一定的官僚主义缺点,这也是小说要着力表现与批评的地方。

《组织部来了个年轻人》通过主要人物林震的经历与视角,客观叙述了组织部的工作情况与存在的问题,成功地塑造了副部长刘世吾等官僚主义者的形象。小说围绕着组织部处理麻袋厂党支部问题来展开故事叙述,在单一线索中展示人物,结构清晰。

《组织部来了个年轻人》的人物塑造除运用对比手法外,还注重运用细节描写和心理描写。如小说叙述林震到组织部工作却带着团中央推荐的《拖拉机站站长与总农艺师》一书,作者借这一细节来表现林震性格的单纯与热情。又如写赵慧文,小说叙述她请林震到她家吃饺子,赵慧文"穿上暗红色的旗袍,系着围裙,手上沾满面粉,像一个殷勤的主妇似的对林震说:'新下来的豆角做的饺子……'"而林震却"嗫嚅地"回答说"我吃过了",十分巧妙地揭示了人物内心微妙的情感。

《组织部来了个年轻人》是王蒙在"百花齐放,百家争鸣"方针的鼓舞下写出的表现人民内部矛盾的开拓之作。但是在 1957 年"反右扩大化运动"中遭遇批判,本篇小说被打为"毒草"。改革开放以后,小说又被重新评价。

汪曾祺

受　戒（存目）

[导读]

汪曾祺（1920—1997）,江苏高邮人。肄业于西南联大中文系。曾于中华人民共和国成立前当过中学教师、博物馆职员。中华人民共和国成立后主要从事编辑工作。自 1940 年发表第一篇作品起,写过散文、小说、剧本等作品,主要作品有小说《受戒》《大淖记事》《岁寒三友》等。

《受戒》写少年小明子（上学时学名明海）由于家贫从小就被确定"当和尚"。在他七岁时,当和尚的舅舅与他父母就商议定了,因为当和尚"可以吃现成饭",还"可以攒钱",甚至可以还俗娶媳妇。十三岁时,他在舅舅的带领下到荸荠庵做了和尚。他相貌清秀,性格乖巧,在去荸荠庵时认识了当地的小女孩——小英子。在荸荠庵,明海学习念经,也帮助英子一家劳动,无忧无虑地度过了四年的光阴,并与小英子产生了朦胧的恋情。小英子在明海初赴荸荠庵的船上,就暗暗喜欢上了明海,在荸荠庵这四年,他们几乎天天在一起玩耍、干活,两人都心照不宣地喜欢上了对方。当明海去善因寺烧疤受戒后,小英子去看明海并接他,在回去的船上,小英子大胆地告诉他说:"你不要当方丈","我给你当老婆,你要不要?"明海则大声地回答:"要!"

汪曾祺在《关于〈受戒〉》中曾经写道:"怎么会在四十三年之后,在我已经六十岁的时候,忽然写出这样一篇东西来呢?……我就渐渐回忆起四十三年前的一些旧梦。当然,今天写旧生活,和我当时的感情不一样……我是用一个八十年代的人的感情来写的。《受戒》的产生,是我这样一个八十年代的中国人的各种感情的一个总和。……写成后,我说:我写的是美,是健康的人性。美,人性,是任何时候都需要的。"据汪曾祺回忆说,他曾在童年时在农家见过英子一家,曾经留下深刻的印象。因此,写进小说的是一个"旧梦",一个今天生活在20世纪80年代城市繁华中回想起来的旧时代乡村的和谐淳朴的旧梦。

《受戒》中的荸荠庵本是佛教信仰之地,受戒也应该是出家接受宗教戒律。但是,这个荸荠庵与众不同:二师父仁海公可以接师母住在荸荠庵里消夏;三师父仁渡因为要飞铙的绝技而相好的不止一两个;受戒是出家的一种入门仪式,但是受了戒的小和尚明海却又答应了娶英子做老婆。就连善因寺的老方丈,也有一个十九岁的小老婆。还有,"和尚庙""尼姑庵"本是宗教与世俗常见的约定,但荸荠庵里住的却是和尚,说明这里的和尚并不在意什么名分。种种矛盾在《受戒》中出现,使得"受戒"这个仪式已经空洞化、世俗化,这也调和了宗教与人性之间的矛盾,因此,正如小说所写,"这个庵里无所谓清规,连这两个字也没人提起"。在荸荠庵这个地方,和尚与世俗之间没有了鸿沟,也唱调情的山歌小调,也在庵里杀猪吃肉,也同样可以结婚有女人,即使是庄严法事如放焰口,和尚们也如玩杂耍一样,小和尚们爱出风头来招引女人……可以说,小说《受戒》所写的"受戒"仅仅是一种形式,"受戒"的是头皮,受戒者的心仍然还在世俗,是出于对世俗的留恋使得荸荠庵与周围的人们找到了共同需求,建立了和谐共存的愉悦风俗。甚至连"荸荠庵"这个本来叫菩提庵的名字,也是世俗人叫成的。那具有宗教精神的菩提,被世俗的物质荸荠取代,这空门生活与世俗烟火交织的氛围,显然更让人思考其背后隐藏的人文意义。

在《受戒》中,作者在小说里建立了一个独特的世外桃源般的生存环境,这里的人的生活方式是世俗的,却有一种率性而自然的洒脱与美,是理想的田园牧歌式的诗意空间,更是健康人性的桃花源。"这个地方的地名有点怪,叫庵赵庄","庵赵庄"将世俗居住之村庄与宗教修行之庵合一;"这个庵里无所谓清规,连这两个字也没人提起"。村民从事的世俗之事,如杀猪吃肉、结婚生子、劳作糊口,庵里的和尚照样也可以做,除了修行与法事外;村庄的环境几乎与世隔绝,这里的庵也似乎与外界没有什么来往,除了受戒要去善因寺;受戒的戒因为徒具形式也就无所谓破戒,人性的光辉成为最受尊重的事实,村里庵里的人都顺从人性生存;受了戒的明海并没有为小英子而故意要冲破佛教戒律,生活于世俗中的小英子似乎也没有因爱而打破世俗陈规,因为二人的交往中纯是自然天成的童趣,这里不仅没有宗教的戒律,也没有世俗的礼教约束。这里只有淳朴的原生态：淳朴的人，淳朴的庵，淳朴的环境，淳朴的人性。或者《受戒》是作者汪曾祺在1980年写出的四十三年前的一个梦。

虽然是小说，但却不以曲折的故事吸引人，也没有大喜大悲的人物情感，更与传统小说着力塑造人物不同。平淡而散文化的语言，浓厚的乡土气息，是这篇小说的特点。虽名为《受戒》，然而写的却是破戒，"受戒"的味道十分淡薄。

那么，为什么还要"受戒"呢？答曰：为了活得更好，为了更好地无戒。

陈启佑

永远的蝴蝶

那时候刚好下着雨，柏油路面湿冷冷的，还闪烁着青、黄、红颜色的灯火。我们就在骑楼下躲雨，看绿色的邮筒孤独地站在街的对面。我白色风衣的大口袋里有一封要寄给在南部的母亲的信。

樱子说她可以撑伞过去帮我寄信。我默默点头，把信交给她。

"谁叫我们只带来一把小伞哪。"她微笑着说，一面撑起伞，准备过马路去帮我寄信。从她伞骨滑下来的小雨点溅在我眼镜玻璃上。

随着一阵拔尖的刹车声，樱子的一生轻轻地飞了起来，缓缓地，飘落在湿冷的街面，好像一只夜晚的蝴蝶。

虽然是春天，好像已是深秋了。

她只是过马路去帮我寄信。这简单的动作，却要叫我终生难忘了。我缓缓睁开眼，茫然站在骑楼下，眼里裹着滚烫的泪水。世上所有的车子都停了下来，人潮涌向马路中央。没有人知道那躺在街面的，就是我的蝴蝶。这时她只离我五公尺，竟是那么遥远。更大的雨点溅在我的眼镜上，溅到我的生命里来。

为什么呢？只带一把雨伞？

然而我又看到樱子穿着白色的风衣，撑着伞，静静地过马路了。她是要帮我寄信的，那，那是一封写给在南部的母亲的信，我茫然站在骑楼下，我又看到永远的樱子走到街心。其实雨下得并不大，却是一生一世中最大的一场雨。而那封信是这样写的，年轻的樱子知不知道呢？

妈：我打算在下个月和樱子结婚。

选自《梅莉的晚约——台港微型小说精选》，花城出版社1990年11月版

[导读]

本篇是我国台湾作家陈启佑的一篇小小说，是一篇具有散文化的微型小说。它采取第一人称，直接以人物的内心状态、意识感知来叙述事件，语言具有较强的散文化抒情色彩，以人物心理或情感为线索来结构小说，可以称为写意小说。

文章立意十分含蓄隽永。作品情节很简单，"我"和樱子在一个雨天去外面寄信，内容正是"我"告诉母亲打算下个月和樱子结婚的消息。然而为了寄出这封信，樱子付出了生命的代价，突如其来的车祸把"我"从幸福的山顶推到了痛苦的深渊。这是一个

凄美的爱情故事，然而就是这样一个简单至极的故事，简单到仅仅叙述了几句对话、一个车祸场面，但是却能够深深地触动每一个读者的情感心弦，原因正在于作者巧妙而高超的写作艺术。

小说先叙述了"雨"，由于"下雨"而"躲雨"而"打伞"，雨的冷反衬了二人恋情的热，正是由于爱对方，樱子才帮我去寄信，从这些方面来说，也正是由于"雨"导致了悲剧的发生。小说叙述到樱子在过马路遭遇车祸时，像电影镜头一样虚幻化了，"樱子的一生轻轻地飞了起来，缓缓地，飘落在湿冷的街面，好像一只夜晚的蝴蝶"。这不是事实而是"我"的感觉、意识、幻觉，它深刻地揭示出这一瞬间发生的事是多么地出人意料而令人难以相信，却真实地发生了。在感觉中，车祸中的"人"幻化美化为永远的"蝴蝶"——凝固了时间与空间，保存了记忆。这是作者对现实时空的人为放大，目的是给读者一种强烈的视觉冲击力和心灵的震撼感。接着，小说写"我"的感觉，"虽然是春天，好像已是深秋了"，继续强化樱子遭遇车祸事件对"我"造成的心灵创伤，"……我的蝴蝶。这时她只离我五公尺，竟是那么遥远。更大的雨点溅在我的眼镜上，溅到我的生命里来"。"其实雨下得并不大，却是一生一世中最大的一场雨"等句子，更是作者特意安排的突出"我"的感觉意识的叙述，"为什么呢？只带一把雨伞？"痛悔之意的表达，更进一步深化了主人公的情感，"更大的雨点溅在我的眼镜上，溅到我的生命里来"则表明这爱之殇没有停止，它永恒存在，是永远的蝴蝶。作者以突出感觉意识的手法，使小说不仅增强了抒情效果，而且在刻画人物心理上显得含蓄隽永。

刘震云

一地鸡毛（节选）

小林家一斤豆腐变馊了。一斤豆腐有五块，二两一块，这是公家副食店卖的。个体户的豆腐一斤一块，水分大，发稀，锅里炒不成团。小林每天清早六点起床，到公家副食店门口排队买豆腐。排队也不一定每天都能买到豆腐，要么排队的人多，排到，豆腐已经卖完了；要么还没排到，已经七点了，小林得离开豆腐队去赶单位的班车。最近单位办公室新到一个处长老关，新官上任三把火，对迟到早退抓得挺紧。最使人感到丧气的是，队眼看排到了，上班的时间也到了。离开豆腐队，小林就要对长长的豆腐队咒骂一声："妈了个×，天底下穷人多了真不是好事！"

但今天小林把豆腐买到了。不过他今天排队排到七点十五，把单位的班车给误了。不过今天误了也就误了，办公室处长老关今天到部里听会，副处长老何到外地出差去了，办公室管考勤的临时变成了一个新来的大学生，这就不怕了，于是放心排队买豆腐。豆腐拿回家，因急着赶公共汽车上班，忘记把豆腐放到了冰箱里，晚上回来，豆腐仍在门厅塑料兜里藏着，大热的天，哪有不馊的道理？豆腐变馊了，老婆又先于他下班回家，这就使问题复杂化了。老婆一开始是责备看孩子的保姆，怪她不打开塑料袋，把豆腐放到冰箱里。谁知保姆一点不买账。保姆因嫌小林家工资低，家里饭菜差，早就闹着罢工，要换人家，还是小林和小林老婆好哄歹哄，才把人家留下；现在保姆看着馊豆腐，一点不心疼，还一股脑把责任都推给了小林，说小林早上上班走时，根本没有交代要放豆腐。小林下班回来，老婆就把怒气对准了小林，说你不买豆腐也就罢了，买回来怎么还让它在塑料袋里变馊？你这存的是什么心？小林今天在单位很不愉快，他以为今天买豆腐晚点上班没什么，谁知新来的大学生很认真，看他八点没到，就自作主张给他划了一个"迟到"。虽然小林气鼓鼓上去自己又改成"准时"，但一天心里很不愉快，还不知明天大学生会不会汇报他。现在下班回家，见豆腐馊了，他也很丧气，一方面怪保姆太斤斤计较，走时没给你交代，就不能往冰箱里放一放了？放一块豆腐能把你累死？一方面怪老婆小题大做，一斤豆腐，馊了也就馊了，谁也不是故意的，何必说个没完，大家一天上班都很累，接着还要做饭弄孩子，这不是有意制造疲劳空气？于是说："算了算了，怪我不对，一斤豆腐，大不了今天晚上不吃，以后买东西注意放就是了！"如果话到此为止，事情也就过去了，可惜小林憋不住气，又补了一句："一斤豆腐就上纲上线个没完了，一斤豆腐才值几个钱？上次你丢手打碎了一个暖水壶，七八块钱，谁又责备你了？"

老婆一听暖水壶，马上又来了火，说："动不动你提暖水壶，上次暖水壶怪我吗？本来那暖水壶就没放好，谁碰到都会碎！咱们别说暖水壶，说花瓶吧！上个月花瓶是怎么回事？花瓶可是好端端地在大立柜边上放着，你抹灰尘给抹碎了，你倒有资格说我了！"接着就戗到了小林跟前，眼里噙着泪，胸部一挺一挺的，脸变得没有血色。根据小林的经验，老婆的脸一无血色，就证明她今天在单位也很不顺。老婆所在的单位，和小林的单位差不多，让人愉快的时候不多。可你在单位不愉快，把这不愉快带回来发泄就道德了？小林就又气鼓鼓地想跟她理论花瓶。照此理论下去，一定又会盘盘碟碟牵扯个没完，陷入恶性循环，最后老婆会把那包馊豆腐摔到小林头上。保姆看到小林和小林老婆吵架，已经习惯了，就像没看见一样，在旁边若无其事地剪指甲。这更激起了两个人的愤怒。小林已做好破碗破摔的准备，幸好这时有人敲门。大家便都不吱声了。老婆赶紧去抹脸上的眼泪，小林也压抑住自己的怒气。保姆把门打开，原来是查水表的老头来了。

查水表的老头是个瘸子，每月来查一次水表。老头子腿瘸，爬楼很不方便，到每一个人家都累得满头大汗，先喘一阵气，再查水表。但老头积极性很高，有时不该查水表也来，说来看看水表是否运转正常。但今天是该查水表的日子，小林和小林老婆都暂时收住气，让保姆领他去查水表。老头查完水表，并没有走的意思，而是自作主张在小林家床上坐下了。老头一坐下，小林心里就发凉，因为老头一在谁家坐下，就要高谈阔论一番，说说他年轻时候的事。他说他年轻时曾给某位死去大领导喂过马。小林初次听他讲，还有些兴趣，问了他一些细节，看他一副瘸样，年轻时竟还和大领导接触过？但后来听得多了，心里就不耐烦，你年轻时喂过马，现在不照样是个查水表的？大领导已经死了，还说他干什么？但因为他是查水表的，你还不能得罪他。他一不高兴，就敢给你整个门洞停水。老头子手里就提着管水闸的扳手。看着他手里的扳手，你就得听他讲喂马。不过今天小林实在不欢迎他讲马，人家家里正闹着气，你也不看一看家庭气氛，就擅自坐下，于是就板着脸过去，没像过去一样跟他打招呼。

但查水表的老头不管这个，自己从口袋已经掏出了烟。划火点着烟，屋里就飘起了老头鼻腔的味道。小林知道老头接着就要讲马，但小林猜错了，这次老头没有讲马，而是一脸严肃地说，他要谈些正事。他说，据群众反映，这个门洞有人偷水，晚上不把水管笼头关死，故意让水往下滴，下边放个水桶接着；滴水水表不转，桶里的水不成偷的了？这样下去是不行的，大家都偷水，自来水厂如何受得了？

听了老头的话，小林与小林老婆脸上都一赤一白的。说来惭愧，因为上个礼拜小林家就偷过几次水，是小林老婆在单位闲聊中听到的办法，回来指使保姆试验。后来小林看不上，觉得这事太委琐，一吨水才几分钱，何必干这个？一夜水管嘀嘀嗒嗒个没完，大家也难心安理得睡觉。于是在第三天就停止了。但这事老头子怎么会知道？是谁汇报的？小林和小林老婆都不约而同想到了对门。对门住着一对胖子，女主人自称长得像印度人，眉心常点着一个红豆。他们家也有一个孩子，大小与小林家孩子差不多，两家孩子常在一起玩，也常打架；为了孩子，小林老婆与印度女人有些面和心不和。两家主人不和，两家保姆却很要好，虽然不是一个省来的，却常在一起共同商讨对付主人的办法。准是两家保姆乱窜，印度女人得知小林家滴过两回水，就汇报了老头子，现在有了老头子一番话。但这种事如何上得了台面，如何说得出口？说出口以后在人前怎么站？小林赶紧到老头子跟前，正色声明，这门洞有没有人偷水他不知道，但他家是决不干这种事。他家虽然穷，但穷有穷的骨气！小林老婆也上去说，谁反映的这事，就证明谁偷水，不然他怎么会知道偷水的方法，这不是贼喊捉贼是什么？老头子听了他们的话，弹了一下烟灰：

"行了，这事就到这里为止了。以前大家偷没有偷，就既往不咎了，以后注意不偷就行了！"

说完，站起来，做出宽怀大量的样子，一瘸一瘸走了，留下小林和小林老婆在那里发尴。

由于有偷水这件事的介入，使豆腐发馊事件变得不那么重要了。小林心里还责备老婆，一个大学生，什么时候学得这么市民气，偷了两桶水，值不了几分钱，丢人现眼让人数落了一顿。小林老婆也自感惭愧，就不好意思再追究馊豆腐一事，只是瞪了小林一眼，自己就下厨房做饭去了。因为这件事的介入，使本来要爆发战争的家庭平静下来，小林又有些感激老头子。

晚饭一个炒豆角，一个炒豆芽，一碟子小泥肠，一碗昨天剩下的杂烩菜。小泥肠主要是让孩子吃的，其他三个菜是让小林、小林老婆和保姆吃的。但保姆不吃剩菜，说她一吃剩菜就闹肚子。为此小林老婆还和保姆吵过一架，说你倒成贵族了，我还吃剩菜，你倒闹肚子，过去你在农村吃什么来着？保姆便又哭又闹，闹罢工，要换人家。最后还是小林从中斡旋，才又把她留下。把人留下人家就有了资本，从此更不吃剩菜。小林老婆也没办法，吃饭时只好和小林先吃剩菜，剩菜吃完再吃新的。吃饭时孩子很闹，抓东抓西的，看样子有些想流鼻涕，小林老婆怀疑她是否想感冒。好歹把饭吃完，已经快八点半了。按照惯例，这时保姆洗碗，小林给孩子洗澡，老婆应该上床睡觉。因老婆上班比小林远，清早上班要早起，早点上床睡觉理所当然。但今天老婆没有早睡，脚也没洗，坐在床前想心思。老婆一想心思，小林心里就有些发毛，不知老婆心思想过以后，会不会又提出什么新的话题。不过今天老婆不错，心事想过以后，没有说什么，草草洗完脚就上床睡觉了。老婆睡觉有这点好处，平时嘴唠叨，一上床就不唠叨了，三分钟就能入睡，响起轻微的鼾声，比孩子入睡还快。前几年刚结婚，小林对这点很不满意，哪

能上床就入睡？问：

"你怎么躺倒就着，长此以往，可让人受不了！"

老婆不好意思地解释：

"累了一天，跟猪似的，哪有不躺倒就着的道理！"

后来有了孩子，生活越来越复杂，几次折腾搬家，上班下班，弄吃喝拉撒，弄大人小孩，大家都很疲劳，老婆也变得爱唠叨了，这时小林倒觉得老婆上床就入睡是个优点，大家闹矛盾有个盼头，只要头一挨枕头，战争就停止了。所以小林觉得世界上没有绝对的优点缺点，优点缺点是可以转化的。

老婆入睡，孩子入睡，保姆入睡，三个人都响起鼾声，小林检查了一下屋里的灯火水电，也上床睡觉。过去临睡觉之前，小林有看书看报的习惯，动不动还爬起来记笔记。现在一天家务处理完，两个眼皮早在打架，于是这一切过程都省略了。能早睡就早睡，第二天清早还要起床排队买豆腐。想起买豆腐，小林突然又想起今天那一斤变馊的豆腐，现在仍在门厅里扔着，没有处理。这是导火索。明天清早老婆起来再看到它，说不定又会节外生枝，于是又从床上爬起来，到门厅打开灯，去处理那包馊豆腐。

原载《小说界》1991年第1期

[导读]

刘震云（1958— ），河南延津县人，当代著名作家。1973年至1978年服兵役，1982年北京大学中文系毕业。自1982年开始发表作品，有长篇小说《故乡天下黄花》《故乡面和花朵》（四卷）、《一腔废话》《手机》《我叫刘跃进》等，作品集《刘震云文集》（四卷）等，中短篇小说《塔铺》《新兵连》《单位》《一地鸡毛》《温故一九四二》等，共400多万字。作品多次获奖、被评介、改编和翻译等。

"一地鸡毛"字义上多是指一种烦躁、烦琐而杂乱的状态或感觉。小说标题"一地鸡毛"具有的象征意义在小说结尾处通过小林的梦表述出来，小林"梦见自己睡觉，上边盖着一堆鸡毛，下边铺着许多人掉下的皮屑，柔软舒服，度日如年。又梦见黑压压的人群一齐向前涌动，又变成一队队祈雨的蚂蚁"。小说意在表现社会生活中像小林一家所经历的烦心、琐细而杂乱的日常事实，以俯视的眼光审视人物的灵魂，流露出一定的批判意识，在看似平淡习以为常的琐事中建构了一幅现实人生的画图。

小说叙述的主要是鸡毛蒜皮之类的琐事。节选部分为小说开始，写主人公小林夫妻之间为了一块豆腐馊了而吵嘴、为省钱而学会了偷水而遭查水表的老头揶揄。小说后来还写小林夫妇为了孩子上幼儿园的事而烦恼不堪，继而为调动工作小林买打折的可乐给人送礼被拒绝，买单位补贴的大白菜五百斤，甚至下班后到菜市场帮同学卖烤鸭被单位发现，过元旦为给幼儿园阿姨送礼小林跑遍全城买到高价炭火等，直到小说结尾小林晚上梦见自己身上盖着鸡毛和蚂蚁般的人群……

作者描写了小林夫妇本是有志向的人却在日常生活面前显得卑下与平庸，他们大学毕业后留京工作、结婚生子、正常生活。但是，随着生活不断增加的各种琐碎烦恼，使曾经有过理想的他们在现实中不得不改变自己，逐渐"成熟"起来，以至于接受甚至自甘平庸。本篇小说所叙貌似平淡无奇，仔细品味则有丰富寓意：生活就是一地鸡毛，人生是一部教科书。不是人自己在改造现实,而是社会改变了我们对它的认识以适从之。这正如小说结尾所写的小林的梦境所揭示的生存实质:现实生活就是种种让人难以摆脱的无聊小事的集合,貌似鸡毛的琐事却常常像山一样沉重,致使那些本不甘于平淡的人陷于平庸纠缠,其巨大的惯性在不知不觉中磨损掉人的个性棱角,使人们在昏昏若睡的状态中丧失了精神上本有的清醒与自觉,最终在沉重的生活面前消尽了理想而低头被平庸招抚,这足以引发读者对现实生存环境及自身生存的思考。

《一地鸡毛》叙述了像小林一样普通的小市民夫妇的不甘平庸又接受平庸的生活故事,直面现实的人生,展现生存的艰难,被称为"新写实小说"。在平淡而客观的笔调下,小说中已经没有英雄主义、理想主义和传统伦理道德等高调宣示,只有现实中被"写实"出来的普通市民的真实生活。可以说正是小说对现实采取的几乎完全"真实"与"客观"的叙述,摆脱了以往小说那种具有拔高性的"典型"论,成为新写实小说。

郭美玲

有毒物品

他,高高的个子,稍长的面孔,一双炯炯有神的大眼睛,额上有几道深深的皱纹。每天早上一进办公室,首先是开窗、扫地、擦桌子。这是老吴多年来养成的习惯。

然而吴所长今天却一反常态,进办公室后,既没有打扫、擦桌,甚至连窗户都没打开,便坐在椅子上,两眼呆呆地盯着桌子。

原来,在这之前,人事局长通知他,原定分配给检验所的一名大学生被局长刚从部队复员的儿子取代了。这件事使吴所长非常着急,这位局长公子在这个小城市里很有点名气,是个不好驾驭的人物。另外,他的小学文化程度也很难胜任检验所的工作。

下午,吴所长到局长办公室,局长像老朋友似的亲热地和老吴聊了起来,老吴说了所里许多的情况以及待遇问题。

"什么?还有营养补贴?"局长惊愕地问。"是的,搞化验经常要接触有毒物品。""哦,那太应该了!应该应该!"局长说。

一星期后,一位戴眼镜的小伙子来检验所报到。老吴接过报到单一看,正是原定分配的那位大学生。

(原载《小说月报》1991年第1期)

[导读]

据了解,作者在办公室工作多年,对办公室日常工作与各方面的人际关系有着独特的体验。在这篇300多字的小说内,作者通过一件简单的人事取舍事件,形象地刻画了检验所所长老吴熟稔官场、精于心计、含而不露的精明个性,微妙地揭示了现实官场、用人制度乃至日常生活中存在的"有毒"现象。

本篇属于微型小说,它仅仅通过一个简单的事件,或者说是一个工作中的侧面乃至一次官场聊天,就深刻地揭示出在我们这个社会中存在了很多年甚至几千年的制度痼疾——任人唯亲,使我们思考该如何从人事任用制度上杜绝此不正之风,消除社会中存

在的这些"有毒物品"。《有毒物品》这篇小说不仅标题具有双关意义,而且所叙述的事件与人物也似乎都有其两面性,值得我们仔细品味。

秦俑

我的网恋手记

我喜欢上"花醉红尘"社区的时候,也喜欢上了一个叫花无双的女子。我叫雪落尘,这个名字是认识花无双之后取的。在此之前,我可能叫张三,也可能叫李四,这并不重要。

以前我不常去"花醉红尘",偶尔去了,也只是翻翻别人回复我文章的帖子,翻着翻着,就看到了一个新鲜的名字,接着就找到了她那些闲散淡然的文字,还有一张清脱如莲的照片。资料显示她跟我在同一个城市。我决定要留在这里了,而且给自己取了这个同样古典而优雅的名字。

花无双也经常挂在网上,几乎每天都可以见到她的帖子,总是那么清新淡雅,又总是那么充满闲情逸致,好像成天都是吃喝玩乐,好像流泻的文字也不过是她养着的一群宠物狗。我喜欢这种懒散的感觉。她一发帖,我马上就跟上去,在她的文字后面屁颠儿屁颠儿地发表一些指手画脚的评论,全是些好听的肉麻的话。这一招看似俗套,平时却屡试不爽。不过对花无双来说,我所有的努力,都好像一个没有响应的程序,让人无比郁闷。

当然,在这个文学社区里,爱慕花无双的人并不只我一个。比如小李肥刀,算是比较知名的网络写手吧,发表过不少闭着眼睛编出来的网络爱情故事。我们都笑他,问他的故事为什么老是俗得掉渣儿。可是每回他发了帖,总是会被置顶,也总会有很多人掉着眼泪跟帖子。想一想,其实我们都是俗人。

只有花无双不是,她对小李肥刀的爱情故事总是不屑一顾。偶尔回个帖,也是一声发自鼻翼的"嗤"声之后,再加上一句毫不客气的反问:"小儿科,这也算爱情吗?"常常气得小李肥刀直跳脚。这样反复几次,小李肥刀竟然对花无双动了心,并四处扬言一定要把她斩获马下。

那段时间,社区里真的很热闹。小李肥刀就像一个上足了发条的机器人,频频在社区里发表写给花无双的情书。开始是一天一封,后来发展到每半天一封,最后一天可以写好几封。我也跟着瞎起哄,不停地在这些情书后面再三声明,说我才是花无双男朋友的最佳人选,任何人都不要有想法,否则责任自负。花无双呢,天天没事儿一样,照样牵着她那些像宠物狗一样的文字到处闲遛。

小李肥刀对花无双冷傲的态度很有意见,转而改变战略,开始到处散布一些关于花无双的小道消息,一会儿说他见到了花无双,一会儿又说他们确定了恋爱关系……各种闲语碎语像苍蝇一样飞满了"花醉红尘"的上空。我还是坚持自己的立场,处处替花无双维护辩解,处处与小李肥刀为敌。为此,我与小李肥刀的争吵升级到了对骂版,你一句过来,我一句过去,要多毒有多毒。不出半个月,几乎全社区的人都知道了我跟小李肥刀为争宠花无双斗得头破血流……

花无双终于打破沉默了。她主动发消息给我,问我干吗老是护着她。我说,没什么，就觉得你我有缘。她果然发过来一串问号。我便给了她那个预谋已久的解释：看看我们的名字吧，你以"花"起首，我以"尘"作结，不正应了"花醉红尘"四个字吗？她无言。我又说，其实很久以前我就想交你这个朋友了。她说好啊，活了二十几年了，正好还没有一个谈得来的人。我说，那我就做你谈得来的那个人吧。

跟大多数网恋一样，一切都俗得不能再俗，我们从这个冬天轰轰烈烈地开始，到下一个春天冷冷清清地结束。

我们见面了，做那些该做和不该做的事。花无双躺在床上，像一只熟睡的小花猫一样蜷成一团。后来她醒了，对我说，我以为你已经走了呢。我很疑惑，你以为我走了？她努力睁大眼睛看着我，看了很久，就像在数着我脸上的青春痘一样。她说，你不觉得我们都应该走了吗？说着起床开始收拾东西。

我看着眼前这个清脱如莲的女子。见面之前，她是那样不可捉摸；见面之后，她还是那样不可捉摸。我轻轻地问，我们还会不会见面？良久，她才发出一声轻微的叹息，然后背起包准备出门，临出门的时候又返过头来说，谢谢你，你是第一个问我还会不会见面的男人。

从此就没有再见。我在"花醉红尘"里给她留言，她很久才回复说，雪落尘，我讨厌高瘦高瘦的小男人，我喜欢像小李肥刀那样的胖男人，他刚刚送给我一颗10克拉的大钻戒，我们准备明天一块儿私奔了……

这个借口看上去真的不错。或许故事也该结束了。

最后再说一句：我叫雪落尘，在叫这个名字之前，我还有个名字叫小李肥刀。你知道的，一个叫小李肥刀的人，他不一定是个胖子；而且就算他是个胖子，他也一定买不起10克拉的大钻戒。

选自《中国当代小说大系》第一卷，河南文艺出版社2009年5月版

[导读]

秦俑，出生于20世纪70年代末，2002年毕业于湖南师范大学中文系，2003年加盟郑州百花园杂志社，现任《小小说原创版》副主编、小小说作家网站长、《小小说选刊》"新人SHOW"栏目主持。1998年开始创作小小说，《我的网恋手记》入选2005年度中国小说排行榜，出版有小小说选集《纪念日》等。

古老的爱情与时新的网络，组成了"网络爱情"这个浪漫的词组。《我的网恋手记》写的简直不是爱情而是青春期里那种朦胧的对异性的追求，但是在网络与现实交织的感情世界，网恋既不是纯粹虚幻的虚无缥缈，也不是真实把握的海誓山盟，而是以现代传媒为渠道的虚拟感情交互。本篇小说一开始就带领读者走进了"花醉红尘"这个虚拟的社区，不能够代表身份证号码的名字"花无双"与"雪落尘"尤其可能是什么名如其人那样被感知，至于由武侠小说主人公小李飞刀命名的"小李肥刀"就更具有谐谑意味了。虚拟社区与虚拟人物都出现了，那么剩下的"网恋"爱情故事，读者还难猜测吗？

《我的网恋手记》却依然让人对这个在虚拟世界发生的故事产生与真实社会发生的恋爱故事一样的感受，这在于作者叙事技术的高妙。作者也像那个"牵着她那些像宠物狗一样的文字"的花无双那样让读者的目光跟着他的脚步游动，小说中先是二男为一女

争风吃醋,之后女主角被感动,继后男女主角完成网恋——"做该做和不该做的事"。"那个牵着她那些像宠物狗一样的文字到处闲遛"的"清脱如莲"的花无双,如完成任务一样要"走",似乎太"不可捉摸"了,其实,小说中的"我"不也如此吗?当我们在小说结尾明白了"雪落尘"与"小李肥刀"是一人之时,这网里网外的男女就真的太"不可捉摸"了。小说由此揭示了在今天社会中出现的网恋现象的实质,从而引发人们的思考。

毕飞宇

相爱的日子(存目)

[导读]

毕飞宇,1964年1月生于江苏兴化,1987年毕业于扬州师范学院中文系。著有中短篇小说近百篇。代表作品主要有短篇小说《是谁在深夜说话》《哺乳期的女人》《男人还剩下什么》《蛐蛐 蛐蛐》《彩虹》《相爱的日子》等,中篇小说《上海往事》《雨天的棉花糖》《青衣》《玉米》等,长篇小说《平原》《推拿》。其中,《哺乳期的女人》《青衣》《玉米》等获得多项文学奖,《玉米》被改编成电影《摇啊摇,摇到外婆桥》,《青衣》被改编成电视连续剧《青衣》。被誉为"写女性心理最好的男作家",现供职于南京《雨花》杂志社。

《相爱的日子》叙述的是"她"和"他"两个大学毕业后还没有找到工作的青年男女,他们因在一个公司的酒会上"蹭饭"偶然相识,他打电话给她,以掩饰酒会上无人相识的尴尬,他们都喝了很多酒,醉酒后他们离开酒会去他的住处睡在了一起。醒后,他请她一起吃大排档,然后分开,他去"工作"——在凌晨时分为菜市场卸货。几天后,他尝试着打电话给她,一直没有人接听,他还是继续打,终于通了,她让他到她的住处来:原来她生病了,在狭小阴冷的地下室一个人孤零零地熬了好几天,满地都是凌乱不堪的"卫生纸、纸杯、板蓝根的包装袋、香蕉皮、袜子,还有两条皱巴巴的内裤"。他劝她去医院看病,可是她坚决不去,他"买来了感冒药、体温表、酒精、药棉、面包、快餐面、卷筒纸、水果,还有一盒德芙巧克力","齐齐整整地码在桌面上",照顾她喝水吃药,她感动地把他当作"亲人"。此后到初夏,他们的"关系"相对稳定了,"一个星期见一次,一次做两回爱"。后来,他和她约好了,下午一点钟在鼓楼广场见面,说有好消息要告诉她。没想到一见面他就蔫了,怎么问他都不说一句话。回到"家","他还是不说,干什么呢,还是做吧。第一次他就失败了。她只好耐着性子,等他。第二次他失败得更快"。原来他本以为可以成功的应聘又失败了,这是使他"蔫"的根本原因。她哄着他说,"我面试了多少回了?你瞧,我的脸面越'拭'越光亮"。他激动起来了,"她怎么能那样看我?那个女老板,她怎么能那样看我?就好像我是一堆屎!一泡尿!一个屁!"经过这几年,"她是知道的。为了留在南京,从大三到现在,她遇见过数不清的眼睛。对他们这些人来说,这个世上什么东西最恐怖?什么东西最无情?眼睛。有些人的眼睛能扒皮,有些人的眼睛会射精。会射精的眼睛实在是太可怕了，一不小心，它就弄得你一身、一脸，擦换都来不及。目光里头的诸种滋味，不是当事人是不能懂得的"。在遭遇到失败的打击后，他们的感情继续发展，"他们一个星期见一次，一次做两回。他们没有同居，但是，两个人却是越来越亲了"，可是，他既没有条件给她幸福的生活，又不能向她许诺保证他们未来的婚姻。所以，"秋凉下来之后她回了一趟老家。他其实是想和她一起回去的"，又害怕失去现在的工作就没有去，"离开户部街菜场两个星期，这个岗位是不可能等他的"。

  这分离的两周，他们彼此想念。再次相聚后，他们一起领略了"小别"的胜境。在缠绵之后，她像商量别人的婚事那样与他"商量"她自己的婚姻，她从手机里调出两张相片，问她是嫁给离过一次婚、有房有车、有一个七岁的女儿但收入要高一些的郝姓男子，还是嫁给一个单身却钱少的人。"他把手机拿过来，反复地比较，反复地看，最终说：'还是姓郝的吧。'"她就这样走了，他没有送她，而是把她留在床单上的头发捡起来，绕在指尖上拿打火机点着了。"人去楼空，可空气里全是她。她真香啊。"

  《相爱的日子》故事并不复杂，但是给我们的震撼却是巨大的。作者在小说中刻画的主人公，她已大学毕业了，认为"最要紧的其实就是两件事：第一，抛头；第二，露面"。参加酒会"蹭饭是假，蹭机会是真，蹭着蹭着，遇上一个伯乐，或逮着一个大款，都是说不定的"，所以才利用一切可能去寻找"机会"——工作的机会、嫁人的机会。可是，在南京这个繁华的都市中，住在一间小地下室里的她，即使生病了也只能一个人硬熬。没有工作，前途渺茫，她是一个"漂"在都市的人。男主人公，他也如此，24岁了，毕业后没有找到工作，在大都市南京，这个大学毕业生只能靠下半夜在菜场为摊主们搬运蔬菜为生，"工作"时靠的是肌肉，这使他有点抱怨："要是考不上大学反而好了，该成家成家，该打工打工"，"他怎么就'成龙'了呢？他怎么就考上大学了呢？一个人不能有才到这种地步！"上大学进城市曾经是多少农家孩子的梦想，可是，如今大学毕业后却沦落到"回家过年的能力都没有"，这其中蕴涵了多少无奈与失望！而两个孤单的城市"漂"者，大学毕业的、有文化的"天之骄子"，现实中却只能用年轻的身体相互打发寂寞，这又是绝妙的讽刺。小说的开头是热闹的酒会场面，结尾却是人去楼空的寂寞场景，这鲜明的对比更为小说增添了些许悲情色彩。

  小说也正是通过这两个大学生毕业即失业的故事来引发我们对现实的思考：是什么造成相爱的人却不能够相守，相亲却又不得不分离？是什么原因让具有知识的大学生们只能靠出卖"肌肉"来维持生存？更有甚者，小说通过她最终不得不选择钱多者为结婚对象，严肃而辛辣地揭示了在现实面前爱情理想的破灭。当我们批判那些"我要嫁给有钱人"的功利婚姻时，不要忘记导致婚姻与爱情剥离的冷酷现实。

  "新生代"作家往往通过世俗的、平庸的、鸡毛蒜皮的日常琐碎来反映生活。在《相爱的日子》中，作为"新生代"作家，毕飞宇敏锐地看到了大学生就业难这一社会问题，关注的是人的生存与发展。小说中的他和她都是留守在大城市里的大学毕业生，他们代表着这个时代众多的"城市漂者"，在寻找自己停泊港湾时遭遇的不幸与挣扎，他们的未来与出路何在，这是谁也没有得到答案的问题。作为"城市漂者"，他们的艰辛与苦涩、孤寂与屈辱的生存境遇，也应该引起全社会足够的重视与反思了。

  当然，小说《相爱的日子》也体现了作家对现实浓重的人文关怀。

中篇小说部分

三国志平话（节选）

卷上

江东吴土蜀地川，曹操英勇占中原。
不是三人分天下，来报高祖斩首冤。

昔日南阳邓州白水村刘秀，字文叔，帝号为汉光武皇帝。光者，为日月之光，照天下之明；武者，是得天下也。此者号为光武。于洛阳建都，在位五载。当日，驾因闲游，至御园。至园内，花木奇异，观之不足。驾问大臣："此花园亏王莽之修？"近臣奏曰："非干王莽事，乃是逼迫黎民移买栽接，亏杀东都洛阳之民。"光武曰："急令传寡人圣旨，来日是三月三日清明节，假之以黄榜，寡人共黎民一处赏花。"

至次日，百姓都在御园内赏花，各占亭馆。忽有一书生，白襕角带纱帽乌靴，左手携酒一壶，右手将着瓦钵一副，背着琴剑书箱，来御园中游赏。来得晚了些个，都占了亭馆，无处坐地。秀才往前行数十步，见株屏风柏，向那绿茸茸莎茵之上，放下酒壶瓦钵，解下琴剑书箱。秀才坐定，将酒倾在瓦钵内，一饮而竭，连饮三钵，捻指却早酒带半酣。

一杯竹叶穿心过，两朵桃花上脸来。

这秀才姓甚名谁？复姓司马，字仲相。坐间因闷，抚琴一操毕，揭起书箱，取出一卷文书，展开看至亡秦南修五岭，北筑长城，东填大海，西建河房，坑儒焚书。仲相观之，大怒不止，毁骂："始皇无道之君！若是仲相为君，岂不交天下黎民快乐！"又言："始皇逼得人民十死八九，亦无埋殡，熏触天地。天公也有见不到处，却教始皇为君！今南畏琅琊，反了项籍，北有徐州丰沛刘三起义。天下刀兵忽起，军受带甲之劳，民遭涂炭之苦！"才然道罢，向那荼蘼架边，厌地转过锦衣花帽五十余人，当头两行八人，紫袍金带，象简乌靴，未知官大小，悬带紫金鱼："臣奉玉皇敕交陛下受者六般大礼。"见一人托定金凤盘内，放着六般物件，是平天冠，衮龙服，无忧履，白玉圭，玉束带，誓剑。仲相见言，尽皆受了。实时穿毕。坐定，手执白玉圭。

八人奏曰："这里不是驾坐处。"道罢，向那五十花帽人中，厌地抬过龙凤轿子，在当面放下："请陛下上轿。"仲相绰起黄袍，上轿子端然而坐。八人分在两壁前引，后五十花帽围簇住。行至琉璃殿一座："请我王下轿子。"

上殿，见九龙金椅。仲相上椅端坐，受其山呼万岁毕，八人奏曰："陛下知王莽之罪，药酒鸩杀平帝，诛了子婴，害了皇后，净其宫室，杀了宫娥勿知其数。如此之罪。后建新室，做皇帝，字巨君。在十八年后，有南阳邓州白水村刘秀起义，破其王莽，后夺天下，把王莽废了，见在交舍院中。如今光武皇帝即位，宰相兼有二十八宿四斗侯为将帅辅从。光武是紫微大帝，天无二日，民无二主。我王这里授其牒，无兵无将，又无智谋，又无缚鸡之力。光武若知，领其兵将，拜起元帅，怎生干休！"仲相曰："卿交寡人怎生？"八人奏曰："陛下试下九龙椅来，我王向檐底抬头看，须不是凡间长朝殿。"

仲相抬头，觑见红漆牌上，书着簸箕来大四个金字："报冤之殿。"仲相低头寻思半晌，终不晓其意。仲相问："卿等，朕不知其意。"八人奏曰："陛下，这里不是阳间，乃是阴司。适来御园中看亡秦之书，毁骂始皇，怨天地之心。陛下道不得个随佛上生，随佛者下生。陛下看尧舜禹汤之民，即合与赏；桀纣之民，即合诛杀。我王不晓其意，无道之主有作孽之民，皆是天公之意。毁骂始皇，有怨天公之心。天公交俺宣陛下，在报冤殿中交我王阴司为君。断得阴间无私，交你做阳间天子。断得不是，贬在阴山背后，永不为人。"仲相言曰："教朕断甚公事？"八人奏曰："陛下可当传圣旨，自有呈词告状人。""依卿所奏。"传其圣旨，果有一人高叫："小臣负屈！"手执词状一纸。

仲相观之，见一人头顶金盔，身穿金锁甲，绛红袍，抹绿靴，血流其领，下污其袍，叫屈伸冤不止。帝接文状，于御案上展开看之，乃二百单五年事。"交朕怎生断？"拂于案下。告状人言："小人韩信，冤屈前汉高祖手内，淮阴人也。官带三齐王，有十大功劳，明修栈道，暗度陈仓，逐项籍，乌江自刎。信创立汉朝天下，如此大功，高祖全然不想，捧毂推轮，言誓诈游云梦，教吕太后赚信在未央宫，钝剑而死。臣死冤枉，与臣做主着！"

仲相惊曰："怎生？"八人奏曰："陛下，这公事却早断不得，如何阳间做得天子？"言未绝，又听得一人高叫："小臣也冤屈！"觑见一人，披发红抹额，身穿细柳叶嵌青袍，抹绿靴，手执文状，叫屈声冤。帝问姓名，曰："姓彭名越，官授大梁王，汉高祖手内诸侯，共韩信同立汉。天下太平，也不用臣，赚将臣身斩为肉酱，与天下诸侯食之。以此小臣冤枉。"帝接其状。

又见一人高声叫屈，手执文状。帝见一人，带狻猊磕脑，龙鳞嵌青战袍，抹绿靴。帝问姓名。布曰："臣是汉高祖之臣，姓英名布，官封九江王。臣共韩信，彭越，三人创立汉天下，一十二帝，二百余年，如此大功。太平也不用臣，高祖执谋背反俺三人，赚入宫中，害其性命，有此冤屈。陛下与臣等三人做主！"

帝大怒，问八人："汉高祖在何处？"八人奏曰："我王当传宣诏。"帝曰："依卿所奏。"八人传圣旨，宣汉高祖。不移时，宣至阶下，俯伏在地。帝问高祖："三人状告皆同。韩信，彭越，英布，立起汉朝天下，执谋三人造反，害其性命，是何道理？"高祖奏曰："云梦山有万千之景，游玩去来。吕后权国，三人并不知反与不反。乞宣太后，便见端的。"

宣至太后，殿下山呼毕，帝问太后："你权国，执谋三人造反，故杀功臣，尔当何罪？"太后看住高祖曰："陛下，尔为君，掌握山河社稷，子童奏陛下：'今日太平也，何不欢乐？'高祖圣旨言：'卿不知就里之事。霸王有喑呜咤咤之声，三人逼到乌江自刎。三人如睡虎，若觉来，寡人奈何？寡人去游云梦，交子童权为皇帝，把三人赚入宫中，害其性命。'今陛下何不承认，推及贱妾？"帝问高祖："三人不反，故害性命，何不招伏？"吕后奏曰："陛下，非是子童之言，更有照明。"帝曰："照明者是谁？""姓蒯名撒，字文通。陛下宣至，便见端的。"

宣蒯文通至殿下，臣礼毕。帝曰："三人是反是不反，尔为证见。"文通奏曰："有诗为证。"诗曰：

可惜淮阴侯，能分高祖忧。
三秦如席卷，燕赵一齐休。
夜偃沙囊水，昼斩盗臣头。
高祖无正定，吕后斩诸侯。

各人取讫招伏，写表闻奏天公。天公即差金甲神人，赍擎天佛牒。玉皇敕道："与仲相记，汉高祖负其功臣，却交三人分其汉朝天下：交韩信分中原为曹操，交彭越为蜀川刘备，交英布分江东长沙吴王为孙权，交汉高祖生许昌为献帝，吕后为伏皇后。交曹操占得天时，囚其献帝，杀伏皇后报仇。江东孙权占得地利，十山九水。蜀川刘备占得人和。刘备索取关、张之勇，却无谋略之人，交蒯通生济州，为琅玡郡，复姓诸葛，名亮，字孔明，道号卧龙先生，于南阳邓州卧龙冈上建庵居住，此处是君臣聚会之处；共立天下，往西川益州建都为皇帝，约五十余年。交仲相生在阳间，复姓司马，字仲达，三国并收，独霸天下。"天公断毕。

[导读]

《至治新刊全相平话三国志》一般称《三国志平话》，作者不详，本是宋元时期的话本小说，刊于元至治年间，题建安虞氏，与《武王伐纣》《秦并六国》《乐毅图齐》《前汉书》共称《全相平话五种》。

《三国志平话》的主要内容是先叙述了司马仲相在阴间审断韩信、彭越与英布状告汉高祖刘邦夫妇杀害有功之臣的阴司案件，禀告上天后，原被告及有关人员皆托生人间为曹操、孙权、刘备与汉献帝、伏皇后及诸葛亮、司马懿，瓜分汉朝天下以施行恩怨相报。后来，韩信托生的曹操占据中原，挟天子以令诸侯，顺应"天时"，打败北方众多诸侯势力，成为最大的军事集团与政治势力；英布托生为孙权占有江东，拥有长江天险，享有"地利"之便；彭越托生为刘备，得蒯文通托生的诸葛亮辅佐，得"人和"而于蜀建国。审案有功的司马仲相，则"生在阳间，复姓司马，字仲达，三国并收，独霸天下"。节选部分为平话上卷，主要叙述司马仲相阴间断案，以因果报应的故事解释三国纷争的始终或由来。

《三国志平话》是"说三分"故事较早见诸文字者，它虽出现于元代，但是它的祖本可能源自宋代说话人的手稿。现存《至治新刊全相平话三国志》为上、中、下三卷，是元朝英宗至治年间（1321—1323）建安（今福建建阳）虞氏刊本，每卷卷首均刻有"至治新刊全相平话三国志"字样，故事除司马仲相断案外，从《桃园结义》起，写到《秋风五丈原》诸葛亮逝世，至司马懿统一中国，刘渊灭晋为止。全书共八万多字，有一百三十八页，图七十幅，三十九个题目。该书现藏于日本东京内阁文库，版式为每页上下两栏，左右两页合起来，上面构成一图，下面为文字。

从叙述内容上看，《三国志平话》多数情节叙述非常简略，如"煮酒论英雄"一节仅有二十多字，"无数日，曹相请玄德筵会，名曰'论英会'。吓得皇叔坠其筋骨。会散"。当然，有些地方则叙述较详。

从形式上看，平话在叙述中与后世小说相似，也保留了话本小说叙述夹杂诗句的特点。在故事叙述上,《三国志平话》中的一些人物和情节也缺乏必要的文字交代与转换,如书中写到诸葛亮南征,突然出现"关索诈败",而关索此人在前后文均没有出现。又如叙徐庶出场,书中只说"先主到辛冶为太守,每日与徐庶宴会",前后也没有交代徐庶的身世来历。一些章节也有情节叙述不清的情况,如叙张飞截取吕布派人去燕京买马的款项,"先主觑了大惊,骂张飞,此物皆是吕布之物。先主、关公待送张飞徐州献与吕布,又思桃园结义"。情节粗疏、事件缺乏必然的逻辑联系等,诸如此类问题颇多。这不难理解,因为它的底本应是为说书人记忆与传授所用,又似乎为部分特殊读者阅读所撰。但是,它基本保留了《三国志》的故事架构,出现了曹操、刘备、孙权、孔明、张飞、关羽、赵云、周瑜等人物,所叙述的《桃园结义》《张飞鞭督邮》《三战吕布》《关云长千里独骑》《古城聚义》《先主跳潭溪》《三顾孔明》《赤壁鏖兵》《关公单刀赴会》《孔明斩马谡》《秋风五丈原》等故事也为《三国演义》奠定了基础。

从小说中所体现的思想倾向看,它主要讴歌的英雄人物是蜀汉集团的刘备、关羽、张飞和诸葛亮。刘备集团的主要成员具有一致的平民出身,《三国志平话》还特别赋予了他们体现大众思想及平民意识的"义",表达了对君明臣良与善恶忠奸的认识,体现了那个社会民众的基本思想,这也是出现拥刘反曹的根本原因。

沈从文

边城(存目)

【导读】

沈从文,湖南凤凰县人,中国现代著名作家。早年投身行伍,1924年开始文学创作,抗战爆发后到西南联大任教,1946年回到北京大学任教,中华人民共和国成立后在中国历史博物馆和中国社会科学院历史研究所工作,主要从事中国古代服饰的研究,1988年病逝于北京。沈从文主要著作有:小说《边城》《长河》《龙朱》《虎雏》《月下小景》等,散文《从文自传》《湘行散记》《湘西》等,文论《废邮存底》及续集、《烛虚》《云南看云集》等,学术著作《中国古代服饰研究》。沈从文凭一颗诚心,一支笔,用干净的文字塑造了纯美的湘西世界。他的作品,满是自然的美丽和人性的纯粹。在充满焦虑甚至苦难的现实中,他笔下的世界,给我们心灵开辟了一方净土。

《边城》是一部中篇小说佳作,创作于1934年,是一部充溢着浓郁的湘西乡土气息和人情的作品。作者以清丽的笔触,描写了撑渡船的老人与他的孙女翠翠相依为命的纯朴生活,以及翠翠与船总两个儿子的爱情悲剧。《边城》的故事情节,简朴优美,故事发生在民国初年湘西山区一个偏远的小镇——茶峒城。离城两里有一个渡口,摆渡的是70岁的老船夫和他的外孙女翠翠。17年前,翠翠的母亲(老船夫的独生女),同一个驻守茶峒的军人,背着那忠厚爸爸产生了爱情,发生了暧昧关系。两人有了爱情却不能结婚,这屯戍军士便想约了她一同向下游逃去。但从逃走的行为上看来,一个违背了军人的责任,一个要离开孤独的父亲。经过一番考虑后,军人见她无远走勇气,心想既然无法逃婚,一同去死当无人可以阻拦,于是服毒自尽,女的却不忍弃下腹中的小生命。船夫没有丝毫见责女儿，只当作未发生这事情一样，仍然把日子很平静地过下去。女儿一面怀了羞惭一面却怀了怜悯，仍守在父亲身边，待到腹中小孩生下后，却到溪边喝了许多冷水而死去。17年后，当翠翠长到她母亲当年的年龄时，外孙女的婚事便成了老船夫的一块心病。他只有一个夙愿，就是一定要把翠翠交给一个可靠的人。

茶峒城里有一位叫顺顺的船总，顺顺有两个相貌英俊的儿子，天保大老生性憨厚、沉默寡言，傩送二老却眉清目秀，唱得一手好山歌，被当地人誉为戏台上的"岳云"。兄弟俩从小一起长大，感情至深。可在这件事上却发生了矛盾，因为他们同时爱上了翠翠。翠翠情窦初开，虽然从第一个端午节夜晚邂逅二老，心中产生异样的情感，但在二老面前却总是躲躲闪闪。当天保大老派人来提亲时，老船夫因不明翠翠心思，说话吞吞吐吐，引起了大老的不满。一天，兄弟俩终于在一个平静的溪边，不动声色地把话挑明了。他们商定，同时到翠翠家对岸小溪的高崖上唱情歌，由苍天选择。老船夫听到情歌，迫不及待地往城里向大老报信，说事情有望。不料，这歌却是二老傩送唱的。半个月过去了，老船夫再没有听到情歌。就在这时，噩耗传来，大老在跟货船下川东经青浪滩时，由于婚事未成，胸中郁闷，不慎落水淹死了。顺顺一家便将大老的死怪罪于老船夫，老船夫因此精神上受到沉重打击，日子一天天过去，老船夫渐渐知道了翠翠心中真正喜欢的人。一日，在摆渡时，遇到二老傩送，老船夫有心招呼他，二老傩送由于手足之情，不能忘记哥哥的死，便对老人报以冷眼。老船夫又硬着头皮到顺顺家去提亲，又被顺顺拒绝。诸多不顺和碰壁使老船夫更加为翠翠的命运担忧。这时，中寨王团总派人到顺顺家为女儿提亲，他们拿一座新碾坊做嫁妆，顺顺欣然同意，可二老傩送因心中想着翠翠，拒绝了这桩婚事。但慑于父命，只好以跟货船下辰州、出去闯闯为理由，远走逃避。老船夫见翠翠婚事无望，自己的夙愿落空，他心力交瘁，终于在一个雷雨交加的夜晚，躺在床上死去。老船夫死后，渡口的木船上，只剩下翠翠一个人，但翠翠却明白了许多老人在世时所不明白的事。

"因为两人每个黄昏必谈祖父，以及这一家有关系的事情，后来便说到了老船夫死前的一切，翠翠因此明白了祖父活时所不提到的许多事。二老的唱歌，顺顺大儿子的死，顺顺父子对于祖父的冷淡，中寨人用碾坊做陪嫁妆奁，诱惑傩送二老，二老既记忆着哥哥的死亡，且因得不到翠翠理会，又被家中逼着接受那座碾坊，意思还在渡船，因此斗气下行，祖父的死因，又如何与翠翠有关……凡是翠翠不明白的事，如今可全明白了。翠翠把事情弄明白后，哭了一个夜晚。"翠翠怀着对老人的哀悼和对傩送的挂念，带着"软软的、酸酸的心"等着，等着。"这个人也许永远不回来了，也许'明天'回来。"

《边城》这部小说，整体上看，具有两个鲜明的特征。一是将故事情节的铺写完全融入风土民情的细致描述中，丝毫不露人为的痕迹，因此小说的故事情节具有鲜明而强烈的生活感，这在今天仍有很大的审美启示。因为《边城》的审美风格表现出传统的地域特色，彰显出鲜明的独特性和强烈的审美感受力，在当今各种文艺思潮相互交融、冲撞的文学创作中，《边城》的存在，意味着一种传统而独立的文学精神，值得人们深刻的思考。同时，《边城》在本质上带有诗的特征，人物刻画上总是显得尽善尽美，似乎没有恶的迹象，就连翠翠的爱情悲剧，本质上也是对父母爱情悲剧的内在延续，由此可见,《边城》寄托的是沈从文对世界的诗意的理解和阐释。《边城》的人物身上都带有理想化的审美色彩,某种意义上而言,《边城》的悲剧正是由种种善良而美好的心灵不经意的冲突而酿成的。换句话说,美好的创造,离不开世俗"恶"的成分,如人性的自私等,饱经社会磨炼的沈从文应该深知这一层俗世的意义,但他仍旧痴迷于单纯无瑕的善良与美相互存在于同一种时空,同样也痴迷于种种美好邂逅而酿成的悲剧,这样的解读,或许是通向沈从文小说《边城》以及沈从文文学世界的另一条路径。

张爱玲

金锁记(存目)

【导读】

　　张爱玲,原名张煐,祖籍河北丰润,生于上海。中国现代著名作家,一生作品颇丰,小说、散文、评论,乃至文学研究,不同体裁,多有涉猎。1943年开始发表作品,代表作有中篇小说《倾城之恋》《金锁记》,短篇小说《红玫瑰与白玫瑰》和散文《烬余录》等。1952年离开上海,1955年到美国,创作英文小说多部。1969年以后主要从事古典小说的研究,著有红学论集《红楼梦魇》。已出版作品有中短篇小说集《传奇》、散文集《流言》、散文小说合集《张看》以及长篇小说《半生缘》《怨女》等。张爱玲的创作主要以上海、南京和香港为故事场景,在荒凉的氛围中铺张男女的感情纠葛以及时代的繁华和倾颓,她的几部成名小说尤其呈现出张爱玲所特有的优雅、矜持、执着与敏感。张爱玲在《自己的文章》中坦言:"我的作品,旧派的人看了觉得还轻松,可是嫌它不够舒服。新派的人看了觉得还有些意思,可是嫌它不够严肃。但我只能做到这样,而且自信也并非折中派。我只求自己能够写得真实些。"张爱玲晚年独居美国洛杉矶,深居简出的生活更增添她的神秘色彩。1995年9月逝于洛杉矶公寓,终年75岁。

　　《金锁记》通过描写小商人家庭出身的曹七巧的人生经历,揭露了她心灵的变迁历程。年少芳华的曹七巧嫁到了姜家,丈夫是个身患软骨病的残疾人,欲爱而不能爱,她在姜家度过了人生最宝贵、最悲苦寂寞的几十年,正如小说中所言:"她睁着眼直勾勾朝前望着,耳朵上的实心小金坠子像两只铜钉把她钉在门上——玻璃匣子里蝴蝶的标本,鲜艳而凄怆。"在情欲压迫下,曹七巧的性格一步步被扭曲,从自身失败的婚姻,到对姜季泽失望的爱情,再到对儿子长白婚姻的迫害,儿媳芝寿被折磨致死,直至女儿长安爱情的葬送,这一连串的悲剧,将曹七巧的命运一步步推向最黑暗的深渊……

　　仔细考察,《金锁记》这篇小说中的人物,尤其是与曹七巧有关的几个主要人物,都没有挣脱过命运之手的摆布,每个人都像是活在一张无形而郁闷的生活之网中,没有纯粹真挚的亲情、爱情和友情,担忧、痛苦、绝望如同阴影一般死死困扰着每个人,为了暂时摆脱这种困扰,图得一时的安宁,人们不择手段。正如小说中这段话形容的:"七巧虽然把儿子媳妇描摹成这样热情的一对,长白对于芝寿却不甚中意,芝寿也把长白恨得牙痒痒的。夫妻不和,长白渐渐又往花街柳巷走动。七巧把一个丫头绢儿给了他做小,还是牢笼不住他。七巧又变着方儿哄他吃烟。长白一向就喜欢玩两口,只是没上瘾，现在吸得多了，也就收了心不大往外跑了，只在家守着母亲与新姨太太。"人物的每一个举动，都只是意味着命运和遭遇从一种不安的困境中陷入另一种不安的困境，小说中的主要人物身上体现出了这样一种共同点。由此也可以看出，张爱玲本人对现实人生持有的深刻而灰暗的理解。

某种意义上，曹七巧反映了张爱玲本人的某种价值观的辨析。如两性之间的关系、亲情之间的关系、传统与现代的矛盾关系等。这种辨析透过曹七巧孤独而隐秘的心思表达了出来。因此，曹七巧不仅是小说中被虚构的人物，同样也是虚构自身的人物，身上承担着双重虚实的角色，兼有"失败者"与"英雄者"的双重矛盾身份。她一方面摆脱不了自己的命运，同时又过度理性地控制着自己以及身边人的命运，这一点从她对姜季泽的爱情态度以及她对儿女命运的控制上就看得出来。小说叙述童世舫对曹七巧的印象，"世舫回过头去，只见门口背着光立着一个小身材的老太太，脸看不清楚，穿一件青灰团龙宫织缎袍，双手捧着大红热水袋，身边夹峙着两个高大的女仆。门外日色昏黄，楼梯上铺着湖绿花格子漆布地衣，一级一级上去，通入没有光的所在。世舫直觉地感到那是个疯子——无缘无故的，他只是毛骨悚然。"接下来，小说如此描写曹七巧："七巧有一个疯子的审慎与机智。她知道，一不留心，人们就会用嘲笑的，不信任的眼光截断了她的话锋，她已经习惯了那种痛苦。她怕话说多了要被人看穿。因此及早止住了自己，忙着添酒加菜。隔了些时，再提起长安的时候，她还是轻描淡写的把那几句话重复了一遍。她那平扁而尖利的喉咙四面割着人像剃刀片。"因此，从年轻时的痛苦绝望到年老时的理性、冷漠，小说前半部分中的曹七巧与后半部分的曹七巧似乎扮演了不同的角色定位，某种程度上，从小说时空的参与者演变为小说时空的旁观者。

张爱玲的小说创作，往往是通过世俗而陈旧的人间故事来表达某种主题，她本人既是食人间烟火者，又是冷眼旁观，不沾染俗气者，透过人间烟火，看到完全不同而极为灰暗的人生一面。正如有的学者评价她的那样："宿命的观念使她更能欣赏平凡的日常生活并且引导她从具有独特'人性'的东西里获得喜悦——而所谓'人性的'（human）有时候指的正是那些能揭露人类弱点和道德缺失的事物……张爱玲坦白地表示期待借由一群'可预期的'忠实的通俗小说读者来建立文学声望……但是在主题表达上，不同于一般文艺爱情小说作者的是，她似乎志在解构文艺爱情小说中浪漫的生活视景。她一再地写到令人迷惑又无法抗拒的浪漫幻想（romantic illusions）的毁灭性，以及它对个人感情生活深刻的影响。"

刘索拉

你别无选择（节选）

一

李鸣已经不止一次想过退学这件事了。

有才能，有气质，富于乐感。这是一位老师对他的评语。可他就是想退学。

上午来上课的讲师精神饱满，滔滔不绝，黑板上画满了音符。所有的人都神志紧张，生怕听漏掉一句。这位女讲师还有一手厉害的招数就是突然提问。如果你走神了，她准会突然说："李鸣，你回答一下。"

李鸣站起来。

"请你说一下，这道题的十七度三重对位怎么做？"

"……"

"你没听讲，好马力你说吧。"

于是李鸣站着，等马力结巴着回答完了，在一片莫名其妙的肃静中，李鸣带着满脸的歉意坐下了。他仔细注意过女讲师的眼睛，她边讲课边不停地注意每个人的表情。一旦出现了走神的人，她无一漏网地会叫你站起来而坐不下去。

有时李鸣真想走走神，可有点儿怕她。所有的讲师教授中，他最怕她。他只有在听她的课和做她布置的习题时才认真点儿。因为他在做习题时时常会想起她那对眼睛。结果，他这门功课学得最扎实。马力也是。他旷所有人的课，可唯独这门课他不敢不来。

自从李鸣打定主意退学后，他索性常躲在宿舍里画画，或者拿上速写本在课堂上画几位先生的面孔。画面孔这事很有趣，每位先生的面孔都有好多"事情"。画了这位的一二三四，再凭想象填上五六七八。不到几天，每位先生都画遍了，唯独没画上女讲师。然后，他开始画同学。同学的脸远没先生的生动，全那么年轻，光光的，连五六七八都想象不出来。最后他想出办法，只用单线画一张脸两个鼻孔，就贴在教室学术讨论专栏上，让大家互相猜吧。

马力干的事更没意思，他总是爱把所有买的书籍都登上书号，还认真地画上个马力私人藏书的印章，像学校图书馆一样还附着借书卡。为了这件事，他每天得花上两个钟头。他不停地购买书籍，还打了个书柜，一个写字台，把琴房布置得像过家家。可每次上课他都睡觉，他有这样的本事，拿着讲义好像在读，头一动不动，竟然一会儿就能鼾声大作。

宿舍里夜晚十二点以前是没有人回来的。全在琴房里用功。等十二点过后，大家陆陆续续回到宿舍，就开始了一天最轻松的时间。可马力一到这时早已进入梦乡。他不喜欢熬夜，即使屋里人喊破天，他还是照睡不误。李鸣老觉得他会突然睡死掉，所以在十二点钟以后老把他推醒。

"马力！马力！"

马力腾地一下坐起，眼睛还没睁开。李鸣松了口气，扔下他和别人聊天去了。

"今天的题你做完了吗？"

"没有。太多了。"

"见鬼了，留那么多作业要了咱们老命了。"

"又要期中考试了。"

"十三门。"

"我已经得了腱鞘炎。"同屋的小个子把手一伸，垂下手背，手背上鼓出一个大包。

马力对什么都无动于衷，他从不开口，除了他的本科——作曲得八十分，别的科目都是"中"。

李鸣跑到王教授那儿请教关于退学问题的头天晚上，突然发生了地震。全宿舍楼的人都跑出站在操场上。有人穿着裤衩，有人披着毛巾被。女生们躲在一个黑角落里叽叽喳喳，生怕被男生看见，可又生怕人家不知道她们在这里。据说声乐系有两个女生到现在还在宿舍里找合适的衣服，说是死也要个体面。站在操场上的人都等再震一下，可站了半天，什么事也没发生。后来才知道，根本没地震，不知是谁看见窗外红光一闪，就高喊了一声地震，于是大家都跑了出来。

第二天，李鸣就到王教授那儿向他请教是否可以退学。王教授是全院公认的"神经病"，他精通几国语言，搞了几百项发明，涉及十几门学问，一口气兼了无数个部门的职务。他给五线谱多加了一根线，把钢琴键重新排了一次队，把每个音都用开平方证实了。这种发明把所有人都能气疯。李鸣最崇拜的就算王教授了。尽管听不懂他说的话，也还是爱听。

"嗯。"

"我不学了。我得承认我不是这份材料。"

"嗯。"

"就这样，我得退学。"

"嗯。"

"别人以为自己是什么就是什么，我以为我不行。"

"嗯。"

"也许我干别的更合适。"

"嗯。"

"我去打报告。"

"嗯。"

李鸣站起来，王教授也站起来：

"你老老实实学习去吧，傻瓜。你别无选择，只有作曲。"

五

戴齐的钢琴确实弹得太好了。他可以不像别人那样，每天必练两小时琴，一学期参加两次钢琴考试。可他并不能因此轻松，即使不练琴，各门功课的作业堆在桌上，好像永远也做不完。他把作业放在左边，做完的放在右边，还没等左边的都到右边去，右边的已经又变成了左边的。为此他经常看聂风带着管弦系女孩子排四重奏，更喜欢把自己写的协奏曲拿去和小提琴手姑娘们协奏一番。他喜欢凑到姑娘堆里，因为在男生那儿他老占不了上风。

"你不灵，小个子，像个小爬虫似的。"他在食堂里和小个子开玩笑。食堂是最开心的地方，男女生凑在一桌上吃饭，是该出风头的时候。小个子一下急了："有能耐出去！操场上见！"戴齐一下子不作声，低头吃起饭来。

他的气质不适合和男生交往。他苍白、清秀、修长的手指可以和女性的手指媲美，鼻梁挺直，端正的嘴唇说起话来快得像个女人。只要一下课，他必得走到钢琴前弹奏一段什么，假如是弹他自己的作品，肯定会使人赞叹不已，而假如他弹个什么名作，则就会蹦出个女生和他较量。这也是作曲系的女生，外号叫"猫"。因为只要她不愿做习题就像猫一样喵喵叫。"猫"和戴齐的较量是古典音乐和爵士音乐的较量。"猫"把戴齐从琴凳上挤下来，把他刚弹过的曲子改成爵士，一开始弹，"懵懂"就从座位上蹦起来，边跳边笑。只有在听爵士的时候她不想睡觉。

这个班上有三个女生，已经把全班搅得不亦乐乎。为此，后面几届的作曲班就再也没招进女生。主要是贾教授大为头疼。风纪、风化，都被这三个女生搅了。"猫"是个娇滴滴女孩，动不动就能当着所有人咧开嘴大哭，哭起来像个幼儿园的孩子一样肆无忌惮。这使老师也拿她没办法。遇到她做不好的习题，她把肩膀一扭，冲老师傻呵呵地咧嘴一笑老师就放她过关了。"懵懂"一天到晚只想睡觉。她能很快弄懂老师讲的，又能很快把它们忘掉，她当天听，就得当天做题，还得当天给老师改，否则过了几天，她就会否认这道题是自己做的。你再告诉她对错都是白搭，她早忘了准则。

一次，"懵懂"去上金教授的个别课。整整两小时，金教授在改她的作品，她一句话没听进去。下了课她走出课堂，冲着等在外面的"猫"说"今天金教授洒了那么多香水"，就回去睡觉了。"猫"夹着谱子走进教室，金教授又埋头修改她的作品，"猫"把头凑过去闻了闻金教授身上的香水，正好教授一抬头，吓得"猫"冲着教授"喵"地一声。"你这里写得好，音响丰满。"金教授一本正经地说。"当然，那是森森帮我写的。"过后"猫"对李鸣说。

第三个女生是女生中的楷模，由此得了个"时间"的封号。她精确非常，每天早晨六点铃声一响，腾地就从床上坐起来，中午和晚上无论那两个人说什么她都能马上入睡。"这家伙简直是机器！""猫"对"懵懂"说。"嘘！她能听见。""她早睡着了。""你们在骂我。""时间"嘟哝了一声。

她认真做所有课程的笔记，连开一次班会也要掏出本来。没有一门功课她不认真。作曲系的学生通常是同时开十门课，她则是连运动会也要拿个名次。本来这样的女生是不会使贾教授后悔的，但当同时有两个男生追求"时间"，并且"时间"全不拒绝时，贾教授的气真是不打一处来。

入学一年后，天下大乱。晚上八点钟，李鸣找"时间"谈话，九点钟董客就挤进来把"时间"叫走了。十点钟"时间"回到琴房开始用功。十一点钟，查夜的保卫组来了，勒令所有人都回宿舍睡觉，只见"猫"噌地一下从琴房窜出来，咔嗒一声，把琴房锁了。等保卫组走后，又打开锁溜了进去，那里面坐着森森。

至于孟野因为和"懵懂"跳了一场舞，被人拍了照拿回家去，招惹出的麻烦已经使人啼笑皆非。

贾教授几乎对这个班的学生感到绝望。但他不能表示出无能，他得管，可又一点儿办法没有。他既说不出办法，又觉得绝望，这使他的脸变得乌黑。他的衣服穿得更破，到后来两个裤腿已经不一样长了。可还是一点儿办法也没想出来。

七

又要考试了。贾教授当众公布了考试时间、科目，又是十门。一下课，马力就嘟哝了一句"×"，从此身上老带着一盒清凉油。

所有人桌上的谱子又高出了一尺。每个人的体重都在下降。脸色由白变成青。早晨的出操成了下地狱，连孟野也停止了洗冷水浴。早晨六点钟，"时间"腾地从床上蹦起，

跳到地上，飞快地跑到琴房，然后到天黑也没见出来。"猫"一睁眼，先伸手在钢琴上按了一个"A"音，以校正自己的耳朵，然后大声唱视唱练耳的习题。"懵懂"为了让自己醒过来，闭着眼就把录音机打开了，跟着迪斯科的节奏穿好衣服、洗好脸，可却无论如何不能使习题也跟着节奏走。

全校的学生都在准备考试，琴房里一片嘈杂声，气得作曲系的学生骂声乐系是叫驴，是一群只长膘不长脑子的家伙，而声乐系骂作曲系是发育不全的影子。作曲系学生为了躲开噪声，就找了个僻静的大课堂，作为复习基地，一到晚上大家就躲在这儿。可是不知是谁，在这课堂的黑板上贴了个大大的功能圈。T—S—D。这个功能圈大得足以使全体同学恐惧。李鸣想把它撕了，可小个子拦住不让。小个子跳上讲台，告诉大家，牢记功能圈，你就能创作出世界上最最伟大的作品，世界上最最伟大的作品就离不开这个功能圈。结果谁也不敢把它撕下来，只好天天对着它准备考试。

"当然，你们不要把考试看得过分严重，成绩好坏是小事，重要的是你们掌握了没有。你们在复习上要有所偏重，你的体育再好，也进不了体育学院。"贾教授说。

"可是，体育不达标准，要补考，什么时候及格了，才能通过。你永远不及格，就永远要补考。"体育教员说。

"不懂得文艺理论你算什么艺术家？从第一章背到第二十三章。"

"四十位哲学家的生平及主要观点与十位自然科学哲学家的主要科学成就及基本哲学思想，这就是我们的考试内容。"

"背下所有不规则动词。"

"连［上鼓下登］字都不认识，你们还算什么大学生？［有去二横］字当什么讲？"

……

晚上，阳台上又多了几个穿"三点式"的姑娘，都在练剑术和拳术。

"背剑术比背谱子还难。"

"难多了。"

"我刚发现我是进了体育学院。"

"不，是北大文科。"

"经济学院。"

"气—贯—丹—田。"

阳台下传来嗒嗒的脚步声和呼哧呼哧的喘息。

"八千米的长跑，跑死他们。""猫"探头看着下面围着楼绕圈子的男生。

"喂，［有去二横］字是什么意思？"一个男生抬起头冲她喊。

"喵""猫"尖叫一声把身子缩回去。

"他们太累了。"金教授温和地说。

"可我们作曲系历来就是很累的，否则还叫什么作曲系？英国皇家音乐学院今年根本没有作曲系本科生，就是因为太累。"贾教授骄傲地说。

"那一定要考了？"金教授无可奈何地问。

"一定要考。而且还要严格。"贾教授从眼镜后面盯着金教授。

金教授召集了他的全体学生上大课："要看你们的真本事了。不要用钢琴，当场写出一首三部结构的作品，关于动机的展开，你们要去多分析诸如肖邦舒曼之类的作品，不要走远了，不要照你们平时的方式写，尤其是你们！"他指指孟野和森森，"至于和声—"

"功能圈。""懵懂"接了一句。

"功能圈？"金教授问。

"功能圈。""猫"说。

"噢，对，功能圈吧。"

十二

一天，"懵懂"一进钢琴课教室，就抱怨说手疼。

"你要这样用力度。"教钢琴的教授老太太挥手就打了她一拳，她身子一晃倒在钢琴上，撞得钢琴轰轰响。

"我知道要这样。"她冲老太太比划着。

"你不知道，要这样。"老太太打了她一拳，"而不是这样。"又打了她一拳，"假如你不是这样而是这样，"她又打了她一拳，"你就手疼"。

"懵懂"坐下弹起来，"可是我还手疼。"

"你的手指简直像面条。你要像打篮球那样跑呀跑呀，跑呀跑呀，然后三步上篮儿，瞧，就这样，"老太太飞快地在键盘上弹奏，"到了这儿，你就要这样用力，就像打人一拳，不是这样打，而是这样打。"她转过身又打了她一拳，"懂了吗？"

"懂了，是这样打。""懵懂"打了老太太一拳。

"对，就是这样！现在你可以弹了。"

"干吗非要练琴呢？"晚上"懵懂"委屈地问"时间"。

"作曲家嘛。"

"干吗不能拿跑步代替练琴？"

"作曲家嘛。"

"干吗不能拿跑步代替作曲？"

"嗯？""时间"正埋头抄一份总谱。

"好。""懵懂"一下把录音机打开，震天的摇滚乐突然充满宿舍。"时间"的动作一下变得有节奏起来。她边抄边有节奏地点着头，抄错了，就有节奏地用刀片刮着谱纸，又在一个强拍上吹去了纸屑。这一切使"懵懂"高兴得发狂，在纸上画满了跳舞的小猫，把这种纸贴了一墙。突然，她把灯关掉，头发披散开，用手电筒打亮自己的下巴，冲着门口，一动不动。这时"猫"夹着谱子一推门，看见这情景，"喵"的一声撒腿就跑。"懵懂"追出去："回来，不吓你了。""我晚上会作噩梦的。"她还是跑个不停，上身不动，跑得飞快。眼看她一拐弯就进了森森的琴房。

"懵懂"没办法，只好转身推开孟野琴房的门。孟野正匆匆把谱子拿到钢琴上，可是钢琴处的光线太暗。钢琴上有一个小台灯，孟野想拉开台灯，才发觉没插插销。他想插插销，才发觉插座板在写字台上，正插着写字台上的台灯插销。他想拉过插销板，才发觉写字台的台灯电线太短。他只好把写字台上的台灯插销拔了，把插座板从写字台拉到钢琴上,插上钢琴上的台灯插销,开始在钢琴上弹刚才的总谱。"懵懂"凑过去,看着总谱,一会儿模仿小号一会儿模仿小提琴地乱唱,唱着唱着,她突然大叫:"绝了!绝了!"然后大声模仿乐队的效果,孟野也越弹越兴奋,手上弹着嘴里还唱着另一声部,"懵懂"手舞足蹈起来。

"轰!"音乐突然停止了。孟野匆匆又把钢琴上的台灯插销拔掉,把插座板拉到写字台上,把写字台上的台灯插销插上,开始继续写谱子。

"懵懂"双手在钢琴上一砸:"你懂礼貌不懂?"

孟野连忙把写字台上的台灯插销拔了,把插座板拉到钢琴上,把钢琴上的台灯插销插上。他坐在钢琴旁,斜眼看着"懵懂":"你真讨厌。"

她笑起来。

"你真讨厌透了。"

她笑得更厉害。

"真讨厌讨厌讨厌透了。"

"懵懂"笑得脸直抽筋,她用手揉着脸:"哎哟—哎哟—"

"你笑什么?"

"谢谢你夸我。哎哟—哎哟—噢—"

"我说你讨厌。"

"你说我可爱。"

"你是个混蛋。"

"我没说嫁给你。"

"我想让你现在马上出去。"

"我没时间留在这儿。"

"我想让你留在这儿。"

"试试看吧。"

等"懵懂"回到宿舍,"猫"正冲着墙上所有的猫跳舞。

二十

石白的批评文章在关键时刻发挥了作用。在评选委员会考虑送出国参加比赛的作品中撤销了孟野的作品。因为"法西斯音乐"这个说法不可不信也不可全信,于是保留了森森的作品。董客也算如愿以偿,他的几部各种风格的作品全部被送了出去,照贾教授的意思是"用以来证实我们的教学"。但孟野的作品被撤销也不能全怪石白,孟野在音乐会当天失踪,而后院方就收到了一封控告信,写信人是孟野的妻子。

孟野已经迫于女朋友爱情的压力和她偷偷结了婚,但他拒绝把音乐的位置和妻子颠倒过来。音乐就是音乐。没有音乐他就不存在,没妻子他照样存在。这是他的想法,女作家写了五篇短文申明女性的重要地位仍没有把孟野的想法给颠倒过来。在妻子写控告信之前,他已经练习倒着走和她散步,这样可以少听几句:"空惹啼痕"之类的诗词。结果有一天他无意中漏出一句:"有人说我的音乐中缺少升华。""谁说的?""懵懂。"孟野这句话刚一落地,女作家就伤心地尖叫了一声,拿起一把剪刀向他冲过来。他们是住在妻子父母家，房间很小，孟野无处躲闪，只能紧贴墙角站着。

"又是她又是她！"

"我是在说音乐。"

"又是她又是她！"她的剪刀直冲着他的腮帮子。孟野破天荒地用手抓住她一只手，使劲向她背后扭，直到剪刀掉在地上。她全身不停地抽动："你就这样对待我吗？"

孟野松开手："你要怎么样？"

她的泪水像快干涸了的小瀑布一样淌下来。她的头发披散着，手指痉挛。她扑通一声跪在地上，眼巴巴看着孟野，孟野一下受了大感动，忙也跪下抱住她的头："对不起，我是在说音乐。"哪知她的手在地上摸索起来，终于摸到了那把剪刀，而且一下把孟野的衣服剪成了一面旗子。

孟野"噢"的一声跳起来，他想抡起拳头揍她一顿，可又怕把她打死。只得恶狠狠地脱下那件变成旗子的外衣扔到她面前，拔腿就往外跑。

她一下扑上去拽住他的腿轻轻地哭泣。

孟野不知如何是好，他走回来，弯下腰，把她从地上搀起，伤感地吻着她的肩膀。她神志恍惚，哭得凄凄凉凉，令人可怜，更显得骨瘦如柴。孟野一把将她抱到床上，想用爱抚使她平静下来。"别哭，别哭。"这使他陡然想起在乐队里他也是用这种口气对大提琴手说："piano，piano。"那时大提琴手就会心领神会地使演奏弱下来，全体乐队就会沉浸在一种宁静的气氛中。"别哭，别哭，别哭，别哭。"

她可能累了，她头靠在他胳膊上安静了一会儿。突然她凑到他耳边说："再不要提。""不提了。"孟野闭着眼睛。"不要提你们班！""不提。""不要提你们学校。""不提！""不要提你们的音乐。""不提。""不要提音乐。"孟野睁开眼睛。"不要提音乐！"孟野站起来。"不要提音乐！"

"你想让我变成什么？"

"变成我的。"

孟野一动不动地站在那儿。

她大睁着两眼，每一字都加重了语气："我能为你牺牲一切，我什么都可以不要，学位，名誉，我都不在乎。我只求和你在一起，什么人都不见，什么都不想，只有你，只有你在我眼前。如果你需要我现在放弃学习，做你的主妇，我马上就可以退学，如果你需要我和你一起逃走，逃到荒无人烟的地方去，我马上就收拾东西。"

"逃走？为什么要逃走？"

"因为我爱你，我需要你，而你需要你的音乐。"

"逃走就可以忘掉音乐了？"

"逃到没有音乐的地方去。"

"没有没有音乐的地方。"

她痛苦绝望地捂着脸，自言自语地说："为什么没有没有音乐的地方？为什么没地方可逃？"

孟野走过去吻着她的头发："因为我选择了音乐。"

"要是我让你改变呢？"她抬眼望他。

"谁也没法改变。"

"但你又选择了我。"她的眼睛露出决断的神色。

孟野惊恐地向后退了一步。然后拔腿就跑出门。

在孟野妻子给学院写来的控告信中，列举了大量事实足以使孟野被开除学籍。首先，他违反了校方规定而私自结婚，这是规定中决不允许的。再者，他不仅非法结婚，还在学校与别的女生闹作风问题，比如跳舞、拍照，甚至在一起游泳等等。作为妻子，她要求学院严厉惩办孟野这种破坏校规的学生，以端正校风。作为妻子，为了维护学风，她宁可牺牲丈夫、牺牲自己的前途，与丈夫一同流放边疆。

二十三

又是一个夏季，作曲系这班学生的毕业典礼快开始了。森森在国际作曲比赛中获奖的事恰在毕业典礼前公布。当那张布告一贴上墙，作曲系全体师生无论在干什么，都跳起来了。连李鸣也从被窝里钻出来，跑到森森琴房打了森森一顿。森森简直不相信这是发生在自己身上的事，他想揪住李鸣问个明白，可李鸣打完他就大笑着溜走了。森森的手心出了一层冷汗，他狠狠揪了揪自己的前额头发，对着在镜子里龇牙咧嘴的脸使劲打了一拳。然后捂着发疼的脸跑出来看布告。等他发现这是事实时，他就跑进琴房，把门锁上了。

李鸣为了森森的作品获奖之事从被窝里钻出来后，就再不打算钻进去了。他把马力的铺盖重新捆好，整整齐齐地和马力的书箱摆在一起。明天就会有人来取它们，这次是真的。但李鸣仍不放心，还是写了个条子在上面："请你爱护它们。"李鸣坐在马力床上，想起马力最后一次在宿舍的情景。那是假期的前一天，晚上不到九点，马力就钻进被窝。李鸣想叫他起来打扑克，他死活不肯出来。"你放了假有的是时间睡觉。"李鸣隔着被子打他，他还是死活不肯出来。床下放着的全是他要带走的书，从西洋音乐史一直到梅兰芳京剧曲谱。李鸣怀疑他带这么多书回去是否看得完。"你想在这儿把觉睡够，回家去看书？"马力没理他，鼾声大作，李鸣站起来，走到钢琴旁，想用琴声吵醒马力，可脚下又被绊了一下。他低头一看，是马力的另一个书包，那里面又是书，全是精装的总谱和音乐辞典。李鸣把那书包拎起来，一下放在马力身上，然后把所有马力的书包都堆在他身上。现在想起来，李鸣真后悔。那天晚上，李鸣拿书活埋了马力。要是他不把书放在马力身上多好。要是他把马力从被窝里叫出来多好。马力，马力。他干吗老睡觉？死亡可不管你醒过多长时间，它叫你接着睡，你就得接着睡。它叫你消失你就得消失，它叫你腐烂你就得腐烂。马力，马力，你干吗老睡觉呢？毕业典礼就要开始了，毕业典礼一结束，大家就各奔东西。李鸣急于想去的就是教室。他想在典礼前去摘下那个功能圈。这是他唯一想带走的东西。他走到教室，新年拉的红纸条还留在那儿。功能圈的镜框还是歪斜着。他蹬上讲台桌，伸手去取那镜框，突然小个子的话在他耳边响起来："不，我带不走。"李鸣的手缩回来。他想了想，随后把镜框摆正，掏出手绢擦了擦，跳下讲台桌。

毕业典礼开始时，森森还在琴房里。楼道里空无一人。这个充满噪音的楼道突然静下来，使空气加了分量。森森戴着耳机，好像已经被自己的音响包围了半个世纪了。他越听思路越混乱,越听心情越沉重。一股凉气从他脚下慢慢向上蔓延。他想起孟野;想起"懵懂"冲着功能圈为孟野大哭;想起小个子到处给人暗示;想起李鸣从来不出被窝……所有的人在他眼前掠过,像他的重奏那种粗犷的音响一样搅扰他。他把抽屉打开,用手无目的地翻来翻去。还有一支香烟,可火柴已经没了。有半张总谱纸躺在里面,还够起草一道复调题,他把整个抽屉都抽出来,发现最里面有一盘五年都不曾听过的磁带,封面上写着:《莫扎特朱庇特 C 大调交响乐》。他下意识地关上了自己的音乐,把这盘磁带放进录音机。登时,一种清新而健全,充满了阳光的音响深深地笼罩了他。他感到从未有过的解脱。仿佛置身于一个纯净的圣地,空气中所有浑浊不堪的杂物都荡然无存。他欣喜若狂,打开窗户看看清净如玉的天空,伸手去感觉大自然的气流。突然,他哭了。

(原载《人民文学》1985 年第 3 期)

[导读]

刘索拉(1955—),女作家、作曲家,毕业于中央音乐学院作曲系。曾任教于中央民族学院音乐系,1985 年发表第一部中篇小说《你别无选择》,被认为是中国真正"现代派"作家,该小说获得 1985—1986 年全国优秀中篇小说奖。1988 年出国,1997 年在纽约成立自己的音乐唱片制作公司。刘索拉旅居国外多年,现居于北京,主要文字作品还有小说《寻找歌王》《大继家的小故事》《蓝天绿海》《烟灰》《女贞汤》等,散文有《蓝调之缘》《行走的刘索拉》等。

刘索拉被称为先锋派作家。所谓先锋派小说是指于 20 世纪 80 年代中期产生的一种具有现代派倾向的文学思潮。先锋派小说往往打破传统文学写实的风格,提倡回归文学本身,注重作品的形式感,最显著的特征就是创新性与反叛精神,但是其创作形式的极端主义和思想倾向的虚无主义使它具有了某种焦虑和迷津特质。

小说《你别无选择》得名于王教授与李鸣的对话,李鸣要退学去找王教授,在听了李鸣的抱怨后,王教授竟然告诉他说:"你老老实实学习去吧,傻瓜。你别无选择,只有作曲。"小说中到处都充斥着荒诞,这主要表现为具有现代精神的生命力与传统板滞生活之间的冲突,具体表现为某音乐学院作曲系学生与教师的有点滑稽、狂放与胡闹的学习与生活。

小说以某音乐学院为背景,叙述了这里对学业缺乏兴趣的学生与教学不得要领的教师等各自不合常理的行为,刻画了几个行为荒诞的人物形象。这些人物的荒诞行为或怪癖,都显得不可思议甚至也无甚意义可言。"教十个作曲系的主科教授只有两位,一位是大谈风纪问题的贾教授,一位是才思敏捷的金教授。贾教授平时不苟言笑,假如他冲你笑一下,准会把你吓一跳。他的生活似乎只有一件事情就是讲学。他从不作曲,就像他从不穿新衣服,偶尔作出来的曲调也平庸无奇,就像他即使穿上件新衣服也还是深蓝涤卡中山装一样。但所有人都得承认他的教学能力,循序渐进,严谨有条,无一人可比。但在有些作曲系学生眼里,贾教授除了严谨的教学和埋头研究古典音乐之外,剩下的时间就是全力以赴攻击金教授。"这个作曲系的贾教授竟然"从不作曲","除了严谨的教学和埋头研究古典音乐之外,剩下的时间就是全力以赴攻击金教授"。金教授也很

怪诞,"金教授太不注意'风纪',一把年纪的人总爱穿灯芯绒猎装,劳动布的工裤,有时甚至还散发出一股法国香水的味道。以前他在上大课时总爱放一把花生米在讲台上,说几句就往嘴里扔一颗,自从他无意中扔进一颗粉笔头之后,就再也没看见他吃过花生米了。……金教授在讲课时,几乎不会慷慨陈词,老是懒洋洋地弹着钢琴。"

学生呢?退学不成的李鸣便整日躺在床上睡懒觉,"不打算再去琴房,他给自己找了很多理由。其中最大的理由是他觉得自己生了病,病症之一是身体太健康,神经太健全"。其他学生,诸如马力,身在音乐学院学习作曲的他"总是爱把所有买的书籍都登上书号,还认真地画上个马力私人藏书的印章,像学校图书馆一样还附着借书卡"。最后的结局竟是不明不白地死了。学院的高才生、门门功课都五分的孟野,"才气不在森森之下,可一天到晚让女朋友缠住不放。经常莫名其妙地失踪好几天。有几次都是在面临考试时失踪的。孟野也长得太出众了点儿,浓密的黑发和卷曲的胡子,脉脉含情的眼睛老给人一种错觉,由此惹得女生们合影时总爱拉上他,被他女朋友发觉免不了要闹个翻天覆地",他被妻子的一封控告信弄得中途退学。"留了大鸟窝式长发的森森,头发永远不肯趴在头上,就像他这个人一样。他不洗衣裳不洗澡,有次钢琴课上把钢琴老师熏得憋气五分钟。"他只管砸琴键,一心要砸出"妈的力度"和"自己的风格",作品在国际比赛中意外获奖。身材矮小的"小个子"爱孜孜不倦地擦教室上方那个硕大的功能圈,还有石白经常是深夜两点仍在卧谈文艺理论,头脑简单的娇滴滴的爱哭的"猫"、爱睡觉的能够很快弄懂老师讲的又很快忘记的"懵懂"和认真做各科笔记并同时接受两个追求者的"时间",等等,诸如此类的教授和学生构成了小说中的人物,无论是他们平时的教学与讨论,还是讨论学习与生活,都显得荒谬无理由。即使是由人物完成的事件也显得没有思想意义,如小说写石白"绞尽脑汁写了篇文章把贾教授的原话抄上去","那文章在校刊上发表后,引起了全院的轰动"。"本来是贾教授的原话却又自己重复了一遍,本来是自己想的反倒说成是贾教授的。一怒之下,他去砸贾教授家里的门。"还有孟野的老婆爱用剪刀剪东西,甚至有剪了孟野的可能。小说正是通过对这些人物与事的几乎戏谑的夸张,渲染了现实的荒诞,揭示了现实生活中的种种不和谐。

节选部分中李鸣的退学、三个女生的怪异、功能圈的僵化、荒诞的考试、课堂的荒谬等展示了小说人物的荒诞行为与现实生活的僵化,表达了对现实的嘲讽与批判。

那么,小说究竟要表达什么主题或思考呢?既然小说写的是荒诞事件,也难以找到什么理性意义,它仅仅表现了20世纪80年代的某种现实,或者反映了那一代人彼时的情绪与骚动,艺术地表现了青年们的执着追求、富有创造与陈规旧习、现实束缚之间的矛盾冲突。小说在作者随意勾勒的荒诞人物与荒诞事件之中,以变形夸张的手法与充满嘲讽的语言揭示了彼时大学生自信与自卑、追求与迷惘的内心矛盾,展示了彼时集体无意识状态下的夸张性作为,对现实形成了巨大反讽。对于小说中散乱的情节设置、松散的人物关系、缺乏联系的叙述,有评论者说它借鉴了美国现代派小说《二十二条军规》中的"黑色幽默"的叙述方法,也有评论者认为小说重在表现"迷惘的一代""垮掉的一代"的思想情绪等。但是,无论如何,这篇具有"先锋性"特点的小说,带给我们的思考是深刻而沉重的。

池　莉

烦恼人生（节选）

　　早晨是从半夜开始的。
　　昏蒙蒙的半夜里"咕咚"一声惊天动地，紧接着是一声恐怖的嚎叫。印家厚一个惊悸，醒了，全身绷得硬直，一时间竟以为是在噩梦里。待他反应过来，知道是儿子掉到了地上时，他老婆已经赤着脚下了床，颤颤地唤着儿子。母子俩在窄狭壅塞的空间撞翻了几件家什，跌跌撞撞抱成一团。
　　他应该做的第一件事是开灯，他知道，一个家庭里半夜发生意外，丈夫应该保持镇定。可是灯绳怎么也摸不着！印家厚哧哧喘着粗气，一双胳膊在墙上大幅度摸来摸去。
　　老婆恨恨地咬了一个字"灯"便哭出声来。急火攻心，印家厚跳起身，踩在床头柜上，一把捉住灯绳的根部用劲一扯：灯亮了，灯绳却扯断了。印家厚将手中的断绳一把甩了出去，负疚地对着儿子，叫道："雷雷！"
　　儿子打着干噎，小绿豆眼瞪得溜圆，十分陌生地望着他。他伸开臂膀，心虚地说："怎么啦？雷雷，我是爸爸哟！"老婆挡开了他，说："呸！"
　　儿子忽然说："我出血了。"
　　儿子的左腿上有一处擦伤，血从伤口不断沁出。夫妻俩见了血，都发怔了。总算印家厚先摆脱了怔忡状态，从抽屉里找来了碘酒、棉签和消炎粉。老婆却还在发怔，眼里蓄了一包泪。印家厚利索地给儿子包扎伤口，在包扎伤口的过程中，印家厚完全清醒了，内疚感也渐渐消失了。是他给儿子止的血，不是别人。印家厚用脚把地上摔倒的家什归拢到一处，床前便开辟出了一小块空地，他把儿子放在空地上，摸了摸儿子的头，说："好了。快睡觉。"
　　"不行，雷雷得洗一洗。"老婆口气犟直。
　　"洗醒了还能睡吗？"印家厚软声地说。
　　"孩子早给摔醒了！"老婆终于能流畅地说话了，"请你走出去访一访，看哪个工作了十七年还没有分到房子。这是人住的地方？猪狗窝！这猪狗窝还是我给你搞来的！是男子汉，要老婆儿子，就该有个地方养老婆儿子！窝囊巴叽的，八棍子打不出一个屁来，算什么男人！"
　　印家厚头一垂，怀着一腔辛酸，呆呆地坐在床沿上。
　　其实房子和儿子摔下床有什么联系呢？老婆不过是借机发泄罢了。谈恋爱时的印家厚就是厂里够资格分房的工人之一，当初他的确对老婆说过只要结了婚，就会分到房子的。他夸下的海口，现在只好让她任意鄙薄。其实当初是厂长答应了他，他才敢夸那海口的。如今她可以任意鄙薄他，他却不能同样去对付厂长。
　　印家厚等待着时机，要制止老婆的话匣必须是儿子。趁老婆换气的当口，印家厚立即插了话："雷雷，乖儿子，告诉爸爸，你怎么摔下来了？"
　　儿子说："我要屙尿。"
　　老婆说："雷雷，说拉尿，不要说屙尿。你拉尿不是要叫我的吗？"
　　"今天我想自己起来……"

"看看！"老婆目光炯炯，说，"他才四岁！四岁！谁家四岁的孩子会这么灵敏！"

"就是！"印家厚抬起头来，掩饰着自己的高兴。并不是每个丈夫都会巧妙地在老婆发脾气时，去平息风波的。他说："我家雷雷真是了不起！"

"嘿，我的儿子！"老婆说。

儿子得意地仰起红扑扑的小脸，说："爸爸，我今天轮到跟你跑月票了吧？"

"今天？"印家厚这才注意到已是凌晨四点缺十分了。"对。"他对儿子说，"还有一个多小时咱们就得起床。快睡个回笼觉吧。"

"什么是——回笼觉？爸爸。"

"就是醒了之后又睡它一觉。"

"早晨醒了中午又睡也是回笼觉吗？"

印家厚笑了。只有和儿子谈话他才不自觉地笑。儿子是他的避风港。他回答儿子说："大概也可以这么说。"

"那幼儿园阿姨说是午觉，她错了。"

"她也没错。雷雷，你看你洗了脸，清醒得过分了。"

老婆斩钉截铁地说："摔清醒的！"话里依然含着寻衅的意味。

印家厚不想一大早就和她发生什么利害冲突。一天还长着呢，有求于她的事还多着呢。他妥协地说："好吧，摔的，不管这个了，都抓紧时间睡吧。"

老婆半天坐着不动，等印家厚刚躺下，她又突然委屈叫道："睡！电灯亮刺刺的怎么睡？"

印家厚忍无可忍了，正要恶声恶气地回敬她一下，却想起灯绳让自己扯断了。他大大咽了一口唾沫，爬起来……

在电灯黑灭的一刹那，印家厚看见手中的起子寒光一闪，一个念头稍纵即逝。他再不敢去看老婆，他被自己的念头吓坏了。

当眼睛适应了黑暗之后，发现黑暗原来并不怎么黑。曙色已朦胧地透过窗帘：大街上已有轰隆隆开过的公共汽车。印家厚异常清楚地看到，所谓家，就是一架平衡木，他和老婆摇摇晃晃在平衡木上保持平衡。你首先下地抱住了儿子，可我为儿子包扎了伤口。

我扯断了开关我修理，你借的房子你骄傲。印家厚异常地酸楚，又壮起胆子去瞅起子。

后来天大亮了，印家厚觉得自己做过一个关于家庭的梦，但内容却实在记不得了。

还是起得晚了一点。

八点上班，印家厚必须赶上六点五十分的那班轮渡才不会迟到。而坐轮渡之前还要乘四站公共汽车，上车之前下车之后还各有十分钟的路程。万一车不顺利呢？万一车顺利人却挤不上呢？不带儿子当然就不存在挤不上车的问题，可今天轮到他带儿子。印家厚打了一个短短的呵欠后，一边飞快地穿衣服一边用脚摇动儿子。"雷雷！雷雷！快起床！"

老婆将毛巾被扯过头顶，闷在里头说："小点声不行吗？"

"实在来不及了。"印家厚说，"雷雷叫不醒。"

印家厚见老婆没有丝毫动静，只得一把拎起了儿子。"嗨，你醒醒！快！"

"爸爸，你别揉我。"

"雷雷，不能睡了。爸爸要迟到了，爸爸还要给你煮牛奶。"印家厚急了。

公共的卫生间有两个水池，十户人家共用。早晨是最紧张的时刻，大家排着队按顺序洗漱。印家厚一眼就量出自己前面有五六个人，估计去一趟厕所回来正好轮到。他对前面的妇女说："小金，我的脸盆在你后边，我去一下就来。"小金表情淡漠地点了点头，然后用脚勾住地上的脸盆，随时准备往前移。

厕所又是满员。四个蹲位蹲了四个退休的老头。他们都点着烟，合着眼皮悠着。印家厚鼻孔里呼出的气一声比一声粗。一个老头嘎嘎笑了："小印，等不及了？"

印家厚勉强吭了一声，望着窗格子上的半面蛛网。老头又嘎嘎笑："人老了什么都慢，但再慢也得蹲出来，要形成按时解大便的习惯。你也真老实到家了，有厂子的人怎么不留到厂里去解呀。"

屁！印家厚极想说这个字可他又不想得罪邻居，邻居是好得罪的么？印家厚憋得慌，提着双拳正要出去，后边响起了草纸揉搓声，他的腿都软了。

返回卫生间，印家厚的脸盆刚好轮到，但后边一位已经跨过他的脸盆在刷牙了。印家厚不顾一切地挤到水池前洗漱起来。他没功夫讲谦让了。被挤在一边的妇女含着满口牙膏泡沫瞅了印家厚一眼，然后在他离开卫生间时扬声说："这种人，好没教养！"

印家厚听见了，可他希望他老婆没听见，他老婆听见了可不饶人，她准会认为这是一句恶毒的骂人话。

糟糕的是儿子又睡着了。

印家厚一迭声叫"雷雷"。一面点着煤油炉煮牛奶，一面抽空给了儿子的屁股一巴掌。

"爸爸，别打我，我只睡一会儿。"

"不能。爸爸要迟到了。"

"迟到怕什么。爸爸，我求求你。我刚刚出了好多的血。"

"好吧，你睡，爸爸抱着你走。"印家厚的嗓子沙哑了。

老婆掀开毛巾被坐起来，眼睛红红的。"来，雷雷，妈妈给你穿新衣服。海军衫，背上冲锋枪，在船上和海军一模一样。"

儿子来兴趣了："大盖帽上有飘带才好。"

"那当然。"

印家厚向老婆投去感激的一瞥，老婆却没理会他。趁老婆哄儿子的机会，他将牛奶灌进了保温瓶，拿了月票、钱包、香烟、钥匙和梁羽生的武侠小说《风雷震九州》。

老婆拿过一筒柠檬夹心饼干塞进他的挎包里，嘱咐和往常同样的话："雷雷得先吃几块饼干再喝牛奶，空肚子喝牛奶不行。"说罢又扯住挎包塞进一个苹果，"午饭后吃"。接着又来了一条手帕。

印家厚生怕还有什么名堂，赶紧抱起儿子："当兵的，咱们快走吧，战舰要启航了。"

儿子说："妈妈再见。"

老婆说:"雷雷再见!"

儿子挥动小手,老婆也扬起了手。印家厚头也不回,大步流星汇入了滚滚的人流之中。他背后不长眼睛,但却知道,那排破旧老朽的平房窗户前,有个烫了鸡窝般发式的女人,披了件衣服,没穿袜子,趿着鞋,憔悴的脸上雾一样灰暗。她在目送他们父子。

这就是他的老婆。你遗憾老婆为什么不鲜亮一点呢?然而这世界上就只有她一个人在送你和等你回来。

机会还算不错。印家厚父子刚赶到车站,公共汽车就来了。

这辆车笨拙得像头老牛,老远就开始哼哼叽叽。车停了,但人多得开不了门,顿时车里车外一起发作,要下车的捶门,要上车的踢门。印家厚把挎包挂在胸前,连儿子带包一齐抱紧。他像擂台上的拳击手不停地跳跃挪动,观察着哪个门好上车,哪一堆人群是容易冲破的薄弱环节。

售票员将头伸出车窗说:"车门坏了,坏了坏了。"

车启动,马路上的臭骂暴雨般打在售票员身上。骂声未绝,车在前面突然煞住了。

"哗啦"一下车门全开,车上的人带着参加了某个密谋的诡笑冲下车来;等车的人们呐喊着愤怒地冲上前去。印家厚是跑月票老手了,他早看破了公共汽车的把戏,他一直跟着车子小跑。车上有张男人的胖脸在嘲弄印家厚。胖脸嘬起嘴,做着唤牲口的表情。印家厚牢牢地盯着这张脸,所有的气恼和委屈一起膨胀在他胸里头。他看准了胖脸要在中门下,他候在中门,好极了!胖脸怕挤,最后一个下车,慢吞吞好像是他自己的车。印家厚从侧面抓住车门把手,一步蹬上车,用厚重的背把那胖脸抵在车门上一挤然后又一揉,胖脸啊呀呀叫唤起来,上车的人不耐烦地将他扒开,扒得他在马路上团团转。印家厚缓缓地长长地舒了一口气。

车下的一切甩开了,抬头便要迎接车上的一切。印家厚抱着孩子,虽没有人让座但有人让出了站的位置,这就够令人满意了。印家厚一手抓扶手,一手抱儿子,面对车窗,目光散淡。车窗外一刻比一刻灿烂,朝霞的颜色抹亮了一爿爿商店。朝朝夕夕,老是这些商店,印家厚说不出为什么,一种厌烦,一种焦灼却总是不近不远地伴随着他。此刻他只希望车别出毛病,快快到达江边。

儿子的愿望比父亲多得多。

"爸爸,让我下来。"

"下来闷人。"

"不闷。我拿着月票,等阿姨来查票,我就给她看。"

旁边有人称赞说这孩子好聪明,儿子更是得意非凡,印家厚只得放他下来。车拐弯时,几个姑娘一下子全倒过来。印家厚护着儿子,不得不弯腰拱肩,用力往后撑,一个姑娘尖叫起来:呀——流氓!印家厚大惑不解,扭头问:"我怎么你了?"不知哪里插话说:"摸了。"

一车人都开了心。都笑。姑娘破口大骂,针对印家厚,唾沫喷到了他的后颈脖上。

一看姑娘俏丽的粉脸。印家厚握紧的拳头又松开了。父亲想干没干的事,儿子倒干了。

儿子从印家厚两腿之间伸过手去朝姑娘一阵拳击,嘴里还念念有词:"你骂!

你骂！"

"雷雷！"印家厚赶快抱起儿子，但儿子还是挨了一脚。这一脚正踢在儿子的伤口上。只听雷雷半哀半怒叫了一声，头发竖起，耳朵一动一动，扑在印家厚的肩上，啪地给了那姑娘一记清脆的耳光。众目睽睽之下，姑娘怔了一会儿，突然嘤嘤地哭了。

父子俩获得全胜下车，儿子非常高兴，挺胸收腹，小屁股鼓鼓的，一蹦三跳。印家厚耷头耷脑，他不知为什么不能和儿子同样高兴。

上了轮渡就像进了自家的厂，全是厂里的同事。

"嘿，又轮到你带崽子了。"

"嗯。"

自然是有人让出了座位。儿子坐不住，四处都有人叫他逗他。厂里一个漂亮的女工，刚刚结婚，对孩子有着特别的兴趣，雷雷对她也特别有好感，见了她就傻过去了。女工说："印师傅，把印雷交给我，我来喂他喝牛奶。"

印家厚把挎包递过去，拍拍巴掌，做了几下扩胸运动，轻松了。整个早晨的第一次轻松。

有人说："你这崽子好眼力。"

"嗯。"印家厚说。

"来，凑一圈？"

"不来。我是看牌的。"印家厚说。

一支烟飞过来，印家厚伸手捞住，用唇一叼，点上了火。汽笛短促地"呜呜"两声，轮船离开趸船漾开去。

打牌的圈子很快便组合好了。大家各自拿出报纸杂志或者脱下一只鞋垫在屁股底下。甲板上顿时布满一个接一个的圈子。印家厚蹲在三个圈子交界处看三面的牌，半支烟的功夫，还没看出兴趣来，他走开了。有段时间印家厚对扑克瘾头十足，那是在二十五岁之前。他玩牌玩得可精，精到只赢不输，他自以为自己总也有一个方面战无不胜。不料，一天早晨，也就是在轮渡的甲板上，几个不起眼的人让他输了。他突然觉得扑克索然寡味。赢了怎样？从此便不再玩牌。偶尔看看，只看出当事者完全是迷糊的，费尽心机，还是不免被运气捉弄。看那些人被捉弄得鬼迷心窍，嚷得脸红脖子粗，印家厚不由得直发虚。他想他自己从前一定也是这么一副蠢相。他妈的，世界上这事！——他暗暗叹息一阵。

雷雷的饼干牛奶顺利地进了肚子，乖乖地坐在一只巴掌大的小小折叠椅上听那位漂亮女工讲故事。他看见他父亲走过来就跟没看见一样。印家厚冷冷地望了儿子好一会，莫名的感伤如同喷出的轻烟一样弥漫开去。

印家厚朝周围撒了一圈烟作为对自己刚上船就接到了烟的回报。只要他抽了人家的烟他就要往外撒烟，不然像欠了债一样，不然就不是男子汉的作为。撒烟的时候他知道自己神情满不在乎，动作大方潇洒，他心里一样受用——这常常只是在轮渡上的感受。

下了船，在厂里，在家里，在公共汽车上，情况就比香烟的来往复杂得多，也古怪得多，他经常闹不清自己是否接受了或者是否付出了。这些时候，他就让自己干脆别想着什么接受付出，认为老那么想太小家子气，吞吐量太窄，是小肚鸡肠。

春季的长江依然是一江大水,江面宽阔,波涛澎湃。轮渡走的是下水,确实有乘风破浪的味道。太阳从前方冉冉升起,一群洁白的江鸥追逐着船尾犁出的浪花,姿态灵巧可人。这是多少人向往的长江之晨呵,船上的人们却熟视无睹。印家厚伏在船舷上吸烟,心中和江水一样茫茫苍苍。自从他决绝了扑克,自从他做了丈夫和父亲,他就爱伏在船舷上,朝长江抽烟;他就逐渐逐渐感到了心中的苍茫。

小白挤过来,问印家厚要了一支烟。小白是厂长办公室的秘书,是个愤世嫉俗的青年,面颊苍黄,有志于文学创作。

"他妈的!"小白说,"你他妈裤子开了一条缝。这,好地方,大腿里,还偏要迎着太阳站。"

印家厚低头一看,果然里头的短裤都露出了白边。早晨穿的时候是没缝的,有缝他老婆不会放过。是上车时挤开的。

"挤的。没办法。"印家厚说:"不要紧,这地方男人看了无所谓,女人又不敢看。"

"过瘾。你他妈这语言特生动。"小白说。

靠在一边看报的贾工程师颇有意味地笑了。他将报纸折得整整齐齐装进提包里,凑到这边来。

"小印,你的话有意思,含有一定的科学性。"

"贾工,抽一支。"

"我戒了。"

小白讥讽:"又戒了?"

"这次真戒。"贾工掏出报纸,展得平平的,让大家看中缝的一则最新消息:香烟不仅含尼古丁、烟焦油等致癌物质,还含放射线。如果一个人一天吸一包烟,就相当于在一年之内接受二百五十次胸透。

贾工一边认真折叠报纸一边严峻地说:"人要有一股劲,一种精神,你看人家女排,四连冠!"

印家厚突然升起一股说不清的自卑感,他猛吸一口烟,让脸笼罩在蓝雾里边。

小白说:"四连冠算什么?体力活,出憨劲就成。曹雪芹,住破草棚,稀饭就腌菜,十年写成《红楼梦》,流传百世。"

有人插进来说话了:"扯淡!什么体力脑力,人哪,靠天生的聪明,玩都玩得出名堂来。柳大华,玩象棋,国际大师称号。有什么比国际大师更中听?"

争论范围迅速扩大。

"中听有屁用!人家周继红,小丫头片子,就凭一个斤斗往水里一栽,一块金牌,三室一厅房子,几千块钱奖金。"

印家厚叭叭吸烟,心中愈发苍茫了。他愤愤不平的心里真像有一江波涛在里面鼓动。

同样都是人。都是人!

小白不服气,面红耳赤地争辩道:"铜臭!文学才过瘾呢。诗人。诗。物质享受哪能比上精神享受。有些诗叫你想哭想笑,这才有意思。有个年轻诗人写了一首诗,只一个字,绝了!听着,题目是《生活》,诗是:网。绝不绝?你们谁不是在网中生活?"

顿时静了。大家互相淡淡地没有笑容地看了看。

印家厚手心一热，无故兴奋起来："我倒可以和一首。题目嘛自然是一样，内容也是一个字——"。

大家全盯着他。他稳稳地说："——梦。"

好！好！都为印家厚的"梦"叫好。以小白为首的几个文学爱好者团团围住他，要求与他切磋切磋现代诗。

轮渡兀然一声粗哑的"呜——"淹没了其他一切声音。船在江面上划出一优美的弧线向趸船靠拢。印家厚哈哈笑了，甩出一个脆极的响指。这世界上没有什么人比别人高一等，他印家厚也不比任何人低一级。谁能料知往后的日子有怎样的机遇呢？

儿子向他冲过来，端来冲锋枪，发出呼呼声，腿上缠着绷带，模样非常勇猛。谁又敢断言这小子将来不是个将军？

生活中原本充满了希望和信心。

一个多么晴朗的五月的早晨！

[导读]

池莉（1957— ），湖北沔阳（现为仙桃市）人，1974年高中毕业，曾为知青。1976年于冶金医学院（现武汉科技大学医学院）学习，1979年毕业后从医三年。1979年首次发表文学作品，1983年参加成人高考，入武汉大学中文系汉语言文学专业成人班，1987年毕业，任武汉市文联《芳草》编辑部文学编辑。1990年到武汉文学院从事专业创作。1995年任文学院院长。2000年任武汉市文联主席，后任湖北省文联副主席等职。2003年12月，签约世纪英雄电影投资有限公司，成立"池莉影视工作室"。著有小说《烦恼人生》《小姐，你早》《口红》《你是一条河》《绿水长流》《来来往往》等，在海内外出版了十余种作品集及《池莉文集》《怀念声名狼藉的日子》等，曾获全国优秀中篇小说奖、首届鲁迅文学奖、红河文学奖、《小说选刊》奖、《小说月报》百花奖等多种奖项。

《烦恼人生》叙述了普通公民印家厚一天的生活。小说一开始就写半夜里印家厚四岁的儿子雷雷从床上掉下来摔伤了，老婆抱怨他没有本事弄个"地方养老婆儿子"。早上，起床后他匆忙之间带好各种物品，在老婆的目送下，抱起儿子去赶车并及时上车。印家厚因弯身护儿子，碰到一个姑娘并被骂作流氓。下车后，又赶着上轮渡。船上全是厂里的同事，印家厚伏在船舷上吸烟，心中和江水一样苍茫。上岸后，吃过早点，他把孩子送到工厂附近的幼儿园，然后赶到车间。

印家厚是经过理论学习和日本专家严格培训的现代化钢板厂的操作工，他对自己的工作本来还较满意。车间班组中采取"轮流坐庄"评定每月奖金的办法，今天上午，偏偏在该轮到印家厚得一等奖的这个月，突然改变了方法，结果他只得五元的三等奖，这使他感到悲愤。徒弟雅丽关心他并明确向他表示"永远跟随你"。他也承认自己乐于在厂里加班加点与雅丽的存在不无关系，却不能接受雅丽的爱情。午饭时间，他在菜里发现一只青虫，再也不能忍耐的他将饭菜扣进了管理员白围裙的大口袋里。幼儿园里孩子们都在午睡，雷雷却因淘气被锁在玩具"空中飞车"的铁笼里。印家厚没有发脾气，他发现年轻的幼儿园阿姨肖晓芳的神态与眉眼使他想起了一个人。中午,印家厚意外地收到了一封当年知青伙伴江南下的来信,信中追忆往事,提到了印家厚当知青时的女友聂玲。印家厚想起这些年来的学习、工作、恋爱、结婚等琐事,使他这个曾经有理想的人成为一个靠工资生活的普通男人。下午还不错,在岗位上直着腿挺挺地站了一个多小时。之后,厂长打电话找他,问他对日本人的看法,后来才知道有人诬告他不愿意中日友好,他和厂长动了肝火。接着,厂长让他到工会筹备下周与日本青年友好访华团的联欢活动。

刚刚得到的三等奖的五元钱像一股回旋的流水,经过印家厚的手又流走了:两元交了同事结婚的份子钱,两元塞进了"救救熊猫"的募捐箱,还剩一元成了拯救非洲饥民的捐款。下班后,他接儿子回家,在渡轮上,他看到每个人的面容都是恹恹的、呆呆的、疲惫不堪的。印家厚和儿子坐在船头一侧的甲板上,想白天的事,想起雅丽、肖晓芳、江南下的信。他也在想为什么江这边的人非得赶到那边上班?为什么没有一个全托幼儿园?为什么厂里的麻烦事都摊到了他的头上?为什么婚姻和爱情是两码事?回到家,儿子扑进母亲怀里,印家厚则倒在床上,老婆递过一杯温开水、一条温毛巾。他想:这难道不是幸福的生活?桌上的饭菜、可爱的儿子、贤惠的老婆,这一切也足够了。睡前,老婆问他今天找厂分房小组没有?又问准备给双方老人过生日用的酒,又说姑妈家的老三明天要来武汉玩,这房子马上就要拆了。印家厚无言以对,上床后,他杂乱地想着那些难办的事,感觉自己像累散了骨架。真苦,他开始怜悯自己,他不可能主宰生活中的一切,但他将竭尽全力去做!节选部分是小说的开头,展示的是印家厚家庭生活中的烦恼,也表现了他的无奈与对未来的想望。

池莉关注市井生活,是一个为市民生活代言的小说家,被称为新写实主义的代表作家。所谓新写实主义小说是指20世纪80年代后期开始出现的、书写普通人的生存状态或生存本相,在价值取向、叙事风格与审美趣味方面有别于传统现实主义特别是"革命现实主义"小说的写实主义小说。《烦恼人生》正是这样一部"新写实"小说。它写了主人公四个方面的"实":一是关于家庭,印家厚与老婆因孩子摔下床而惊醒,早上起床,上班带孩子去幼儿园;二是工作,他到工厂迟到一分半钟,本应得一等奖金却得了三等,又被诬陷、遭工会拉差;三是情感,女徒弟雅丽爱上他,他却不敢也不能接受,见幼儿园老师肖晓芳想起初恋女友;四是生活,挤公交车、遭遇误解、日常起居、亲朋往来等。所有这些,没有一件事不是让人烦恼的。也许作家把这些烦恼都集中到了印家厚身上,使我们觉得生活如此沉闷压抑,但是正如节选部分的结尾,生活本来应该是有烦恼也有幸福快乐的。

小说《烦恼人生》所叙述的一个普通人的普通的一天浓缩了生活中的种种烦恼,它与我们日常生活中的烦恼惊人般相似。作者的叙述不仅体现了现实中存在的生存状态,而且也将日常琐碎当作故事以客观冷静的平民化视角叙出;不仅保持了客观中立即所谓"零度叙事",使原汁原味的生活得到客观而自然地展示,而且有意识地暴露生活底层的种种矛盾,还原生活的本来面目,不再像以往现实主义那样追求典型人物的塑造。从印家厚这一平凡人物经历的各种人们似乎熟知的"烦恼"中可以找到对应。

严歌苓

谁家有女初长成（存目）

[导读]

严歌苓（1958— ），女，旅美作家，生于上海。毕业于美国芝加哥哥伦比亚艺术学院。1981年开始文学创作，1986年加入中国作家协会，1990年开始在海外发表作品。主要作品有《天浴》《扶桑》《人寰》等多部长中篇小说，《少女小渔》等短篇小说集。曾获"中央日报文学奖第一名""联合报文学奖首奖""联合报文学奖长篇小说奖""中国时报文学奖"等多项文学奖。由她编剧的电影《少女小渔》获"亚太地区国际电视节最佳影片奖"。

小说《谁家有女初长成》叙述的是出身于乡下的贫穷的、只读了小学五年级的、"要强的"潘巧巧一心向往深圳大城市的生活，那里有现代化的流水线，也可以给家里挣来汇款单。于是，她在所谓"李表舅的远亲"的曾娘的带领下来到西安车站，曾娘叮嘱巧巧不要走开，便带其他女孩去上厕所。巧巧在车站等了近两个小时，结果等来了曾娘的"表侄陈国栋"，他说是曾娘让他来接她的，巧巧把他当成曾娘给她介绍的男人。就这样，巧巧被带到旅馆，而这个男人轻易地得到她之后，说是去找他的舅舅主持婚礼，这一句不经意的谎言就把她撂到了青海，她在火车站吃了碗羊肉面后，昏睡了两天。等她醒来，她已经是在荒山野岭里的一座简陋的房子里，还有陌生的男人——大宏，他的弟弟二宏。巧巧大骂，反抗，想跑，一切都是徒劳，因为大宏有和巧巧印上照片的结婚证，说巧巧是他拿一万块换来的。巧巧这时已经无可奈何，觉得自己确实拿了人家的钱，又被曾娘拿走照片说办工作证而办了结婚证，只好认命和大宏做了夫妻，也逐渐地习惯了这里的生活，也准备真心地过下去。可是，当她因为流产而在家卧"小月子"时，大宏借口查道出去了，傻子二宏趁巧巧在床强行与她发生了性关系——强奸了她，这使她觉得非常耻辱，也明白了自己不过是别人花钱买来的牲口，是曾娘、姓曹的、大宏与二宏等人"手里的一块糕饼，大口吞小口啃……巧巧感到自己只是一堆秽物，消化后的排泄"，而伤害他的大宏、二宏竟然像"屁事都没发生一样"，于是，极度崩溃的她愤怒地用"一把比一般菜刀尺寸大很多的刀"杀了大宏、二宏。

巧巧在逃亡的路上误撞进了一个军营，说准确点是一个为车辆提供后勤保障的兵站。在这里，她遇到了她一生中对她最好的人，也度过了生命里最美好的一段时光。站长金鉴是个壮志难酬的高才生，因大雪封路而照顾她让她在这里住宿几天；兵油子刘合欢是司务长，他真心喜欢巧巧并打算与她恋爱、结婚；站里的文书小回子也非常喜欢巧巧，更有站里的兵哥哥们对巧巧到来的喜悦。在这里，巧巧被当作一个人，一个女人得到了异性向往的眼光，她也尽力帮助他们做饭、洗衣、做咸菜，一切都那么美好。可是路通了，她得走了，而且由上级发来的一张通缉令，也让一切都不可收拾。尽管司务长刘合欢、小回子及战士们希望放走他们喜欢的"小潘儿"，让她能逃多远就多远，可是，站长金鉴却偷偷上报了情况，"小潘儿"被带走了，一星期后被枪毙。

应该说《谁家有女初长成》故事并不新鲜，但是它给予我们的震撼却是巨大的。它

让我们思考潘巧巧的悲剧发生的原因究竟是什么。出生于偏僻山村的她，向往着一种富裕、文明、新鲜、刺激的都市生活，想到深圳的"流水线"上当个女工，希望能够一个月挣上几百块钱，过上"城中人"的生活，但是，由于她老实、无知、幼稚、胆小又胆大妄为、虚荣、轻信的个性与愚昧无知及狭隘的落后意识，使她一步一步走进坏人设置的陷阱，导致了她的悲剧命运。假如她能够懂得她的权利是任何人都不能够买卖或侵犯的，假如她知道拐卖妇女与非法婚姻的问题可以用法律解决，假如她明白自己的不幸是不能够忍受或不能够糊涂地接受的，也许小说的结局或她的命运就不是这样悲惨。但是，小说在塑造这个人物的时候，是按照现实的逻辑来写的，是她的无知被坏人利用，是她的偏狭遭遇了不幸，于是她只有以暴制暴，杀了人，而杀人就要偿命。这是她的宿命，也是那些遭遇不幸的类似她的遭遇的那些人的宿命。

小说中蕴藏了一股悲剧性情愫，这主要表现在潘巧巧向往文明却遭遇野蛮拐卖的悲剧，渴望幸福却遭遇不幸的事实，个性善良却遭遇厄运的命运，这种矛盾张力极大地触动了读者的内心，使情感的天平倾向到受到伤害的主人公一边，她的不幸与悲剧激发了读者强烈的共鸣。《谁家有女初长成》似报告文学般真实，它将现实中原本存在或发生过的事实加以剪接，将各种矛盾集于潘巧巧一身的遭遇，用作者艺术化的、幽默而生动的语言叙述出来，加以环境描写和典型化的塑造手法，突出故事中两种伦理力量的斗争，使读者看到具有"肯定素质的主人公"被摧残与踩躏，受尽伤害而终至毁灭，从而引发了普遍性的"悲悯与畏惧之情"。

《谁家有女初长成》中没有宏大的历史或英雄叙事，它仅仅写出了一个小人物的不幸遭遇，然而却能够产生震撼，引起人们的思考，这不能不说是作者的高超叙事使然。严歌苓的作品往往能够深入社会伦理，挖掘那些能够触动人心的冲突，通过小说人物身上存在的美好品质与封建愚昧思想形成的矛盾，以一个人们并不陌生的悲剧故事来激起人们内心深深的悲悯与思索。尽管现实的社会中有富裕发达的城市，但是更有落后贫穷的村庄，有现代文明也有现代罪恶，而潘巧巧正是在这样的现实中遭遇了悲剧，这与其说是她的命运悲剧，还不如说是社会强加给这个女子的社会悲剧，它提醒和告诫我们在社会发展的某些阶段，人不能淹没在对物质的欲望中，还必须进行人文精神的发展，用潘巧巧的话说，"我要再活一回的话，就晓得要读书了"，金鉴也说"我要有姐姐或妹妹，饿死也会要上学的"。

特别有意思的是小说用"谁家有女初长成"这一带有诗意的名字来命名，这对于主人公的遭遇更是一个极好的讽刺。

毕飞宇

青　衣（节选）

第一章（1）

乔炳璋参加这次宴会完全是一笔糊涂账。宴会都进行到一半了，他才知道对面坐着的是烟厂的老板。乔炳璋是一个傲慢的人，而烟厂的老板更傲慢，所以他们的眼睛几乎没有好好对视过。后来有人问"乔团长"，这些年还上不上台了？炳璋摇了摇头，大伙儿才知道"乔团长"原来就是剧团里著名的老生乔炳璋,八十年代初期红过好一阵子的,半导体里头一天到晚都是他的唱腔。大伙儿就向他敬酒,开玩笑说,现在的演员脸蛋比名字出名,名字比嗓子出名,乔团长没赶上。乔团长很好听地笑了笑。这时候对面的胖大个子冲着乔炳璋说话了,说:"你们剧团有个叫筱燕秋的吧?"又高又胖的烟厂老板担心乔炳璋不知道筱燕秋,补充说:"一九七九年在《奔月》中演过嫦娥的。"乔炳璋放下酒杯,闭上眼睛,缓慢地抬起眼皮,说:"有的。"老板不傲慢了,他把乔炳璋身边的客人哄到自己的座位上去,坐到乔炳璋的身边,右手搭到乔炳璋的肩膀上,说:"都快二十年了,怎么没她的动静?"乔炳璋一脸的矜持,解释说:"这些年戏剧不景气,筱燕秋女士主要从事教学工作。"烟厂老板一听这话直着腰杆子反问说:"什么景气?你说说什么景气?关键是钱。"老板向乔炳璋送出他的大下巴,莫名其妙地颁布了他的命令,说:"让她唱。"乔炳璋的脸上带上了狐疑的颜色,试探性地说:"听老板的意思,老板想为我们搭台?"老板的脸上重又傲慢了,他一傲慢脸上就挂上了伟人的神情。老板说:"让她唱。"乔炳璋对小姐招招手,让她给自己换上白酒。炳璋捏着酒杯站起身,说:"老板可是开玩笑?"老板不仅傲慢,还严肃,一严肃就像做报告。老板说:"我们厂没别的,钱还有几个。你可不要以为我们光会赚钱,光会危害人民的身体健康,我们也要建设精神文明。干了。"老板没有起立,乔炳璋却弓着腰站起来了。他用酒杯的沿口往老板酒杯的腰部撞了一下,仰起了脖子,酒到杯干。乔炳璋激动了。人一激动就顾不上自己的低三下四。乔炳璋连声说:"今天撞上菩萨了,撞上菩萨了。"

《奔月》是剧团身上的一块疤。其实《奔月》的剧本早在一九五八年就写成了,是上级领导作为一项政治任务交代给剧团的。他们打算在一年之后把《奔月》送到北京,献给共和国十周岁的生日。可是,公演之前一位将军看了内部演出,显得很不高兴。他说:"江山如此多娇,我们的女青年为什么要往月球上跑?"这句话把剧团领导的眼睛都说绿了,浑身竖起了鸡皮疙瘩。《奔月》当即下马。

严格地说,后来的《奔月》是被筱燕秋唱红的,当然,《奔月》反过来又照亮了筱燕秋。戏运带动人运,人运带动戏运,戏台本来就是这么回事。不过这已经是一九七九年的事了。一九七九年的筱燕秋年方十九,正是剧团上下一致看好的新秀。十九岁的燕秋天生就是一个古典的怨妇,她的运眼、行腔、吐字、归音和甩动的水袖弥漫着一股先天的悲剧性,对着上下五千年怨天尤人,除了青山隐隐,就是此恨悠悠。说起来十五岁那年筱燕秋还在《红灯记》中客串过一次李铁梅,她高举着红灯站立在李奶奶的身边,没有一点铮铮铁骨,没有一点"打不尽豺狼决不下战场"的霹雳杀气,反倒秋风秋雨愁煞人了。气得团长冲着导演大骂,谁把这个狐狸精弄来了!?

但到了一九七九年,《奔月》第二次上马了。试妆的时候筱燕秋的第一声导板就赢来了全场肃静。重新回到剧团的老团长远远地打量着筱燕秋,嘟哝说:"这孩子,黄连投进了苦胆胎,命中就有两根青衣的水袖。"

老团长是坐过科班的旧艺人,他的话一言九鼎。十九岁的筱燕秋立马变成了A档嫦娥。B档不是别人,正是当红青衣李雪芬。李雪芬在几年前的《杜鹃山》中成功地扮演过女英雄柯湘,称得上红极一时。但是,在A档和B档这个问题上,李雪芬表现出了一位成功演员的得体与大度。李雪芬在大会上说:"为了剧团的明天,我愿意做好传

帮带，我愿意把我的舞台经验无私地传授给筱燕秋同志，做一个合格的接力棒。"筱燕秋眼泪汪汪地和同志们一起鼓了掌。《奔月》被筱燕秋唱红了。剧组在各地巡回演出，《奔月》成了全省戏剧舞台上最轰动的话题。所到之处，老戏迷抚今追昔，青年人则大谈古代的服装。全省的文艺舞台"和其他各条战线一样"，迎来了他们的"第二个春天"。《奔月》唱红了，和《奔月》一样蹿红的当然是当代嫦娥筱燕秋。军区著名的将军书法家一看完《奔月》就豪情迸发，他用苍松翠柏般的遒劲魏体改换了叶剑英元帅的伟大诗篇："攻城不怕坚，攻戏莫畏难，梨园有险阻，苦战能过关。"下面是一行行书落款："与燕秋小同志共勉。"将军书法家把筱燕秋叫到了家中，他在抚今追昔之后亲自将一条横幅送到了筱燕秋的手上。

谁能料得到"燕秋小同志"会自毁前程呢。事后有老艺人说，《奔月》这出戏其实不该上。一个人有一个人的命，一出戏有一出戏的命。《奔月》阴气过重，即使上，也得配一个铜锤花脸压一压，这样才守得住。后羿怎么说也应当是花脸戏，须生怎么行？就是到兄弟剧团去借也得借一个。否则剧组怎么会出那么大的乱子，否则筱燕秋怎么会做那样的事？

《奔月》剧组到坦克师慰问演出是一个冰天雪地的日子。这一天李雪芬要求登台。事实上，李雪芬的要求不过分。她毕竟是嫦娥的B档。相反，过分的倒是筱燕秋。《奔月》公演以来，筱燕秋就一直霸着毡毯，一场都没有让过。嫦娥的唱腔那么多，戏那么重，筱燕秋总是说自己"年轻"，"没问题"，"青衣又不是刀马旦"，"吃得消的"。其实大伙儿早就看出来了，闷不吭声的筱燕秋心气实在是旺了，有吃独食的意思。这孩子的名利心开始膨胀了，想着法子横在李雪芬的面前。可是谁也没法说，领导一找她，她漂亮的小脸就成了猪肝。筱燕秋没心没肺，就有猪肝，她是做得出来的。领导们只能反过来给李雪芬做工作，让她"多指导指点年轻人""多扶持扶持年轻人"。可是李雪芬这一次的理由很充分，李雪芬说，她演《杜鹃山》的时候就经常下部队，今天下午还有很多战士冲着她喊"柯湘"呢，她在部队有观众基础，她不上台，"战士们不答应"。

第一章（2）

李雪芬在这个晚上征服了坦克师的所有官兵，他们从嫦娥的身上看到了当年柯湘的影子，当年的柯湘头戴八角帽，一双草鞋，一把手枪，威风凛凛的。而今夜的柯湘却穿起了古装。李雪芬嗓音高亢，音质脆亮，激情奔放，这种高亢与奔放经过十多年的巩固与发展，业已构成了李雪芬独特的表演风格，即李派唱腔。基于此，李雪芬在舞台上曾经成功地塑造过一连串的巾帼豪杰，透过李雪芬的一招一式，观众们可以看到女战士慷慨赴死，女民兵英姿飒爽，女知青豪情冲天，女支书须眉不让。李雪芬在这个晚上重点展示了她的高亢嗓音，战士们有组织地给她鼓掌，掌声整齐而又有力，使人想起接受检阅的正步方阵。没有人注意到筱燕秋。其实戏演到一半，筱燕秋已经披着军大衣来到舞台了，一个人站立在大幕的内侧，冷冷地注视着舞台上的李雪芬。谁都没有注意到筱燕秋，谁都没有发现筱燕秋的脸色有多难看。厄运在这个时候其实已经降临了，它笼罩着筱燕秋，同时也笼罩着李雪芬。《奔月》演完了。五次谢幕之后，李雪芬来到了后台，脸上洋溢着一股难以掩抑的飞扬神采。李雪芬就是在这个时候和筱燕秋在后台相遇了，面对面，一个热气腾腾，一个寒风嗖嗖。李雪芬一看见筱燕秋的脸色便主动迎了上去，左手拉着筱燕秋的右手，右手拉着筱燕秋的左手，说："燕秋，都看了？"筱燕秋说："看了。"李雪芬说："还行吧？"筱燕秋却不开口。说话的工夫许多人已经走上来了，围在了她们的四周。李雪芬掀掉肩膀上的军大衣，说："燕秋，我正想和你商量呢，你看看这样，这样，这句唱腔我们这样处理是不是更深刻一些，哎，这样。"李雪芬这么说着，手指已经翘成了兰花状，一挑眉毛，兀自唱了起来。艺人们都是知道的，同行是冤家，即使是师傅传艺，"宁教一声腔，不教一个字，宁教一个字，不教一口气"。可是李雪芬不。她把李派唱腔的一字一气毫无保留地演示给了筱燕秋。筱燕秋不声不响，只是望着李雪芬。人们站立在李雪芬和筱燕秋的四周，默默地看着剧团里的两代青衣，一个德艺双馨，一个谦虚好学，许多人都看到了这个令人感慨的一幕，这个令人心宽的一幕。但是筱燕秋的眼神很快就出了问题了，是那种极为不屑的样子。所有的人都看得出，燕秋这孩子的心气实在是太旺了，心里头不谦虚就算了，连目光都不会谦虚了。李雪芬却浑然不觉，演示完了，李雪芬对着筱燕秋探讨性地说："你看，这样，这才是旧社会的劳动妇女。我们这样处理，是不是好多了？"筱燕秋一直瞅着李雪芬，脸上的表情有些说不上来路。"挺好，"筱燕秋打断了李雪芬，笑着说，"只不过你今天忘了两样行头。"李雪芬一听这话就把双手捂在了身上，又捂到头上去，慌忙说："我忘了什么了？"筱燕秋停了好大一会儿，说："一双草鞋。一把手枪。"大伙儿愣了一下，但随即就和李雪芬一起明白过来了。燕秋这孩子真是过分了，眼里不谦虚就不谦虚吧，怎么说嘴上也不该不谦虚的！筱燕秋微笑着望着李雪芬，看着热气腾腾的李雪芬一点一点地凉下去。李雪芬突然大声说："你呢？你演的嫦娥算什么？丧门星，狐狸精，整个一花痴！关在月亮里头卖不出去的货！"李雪芬的脚尖一跺一跺的，再一次热气腾腾了。这一回一点一点凉下去的却是筱燕秋。筱燕秋似乎被什么东西击中了，鼻孔里吹的是北风，眼睛里飘的却是雪花。这时候一位剧务端过来一杯开水，打算给李雪芬焐焐手。筱燕秋顺手接过剧务手上的搪瓷杯，"呼"地一下浇在了李雪芬的脸上。

　　后台立即变成了捅开的马蜂窝。筱燕秋愣在原处，看着无序的身影在自己的面前急速穿梭，耳朵里充斥着慌乱的脚步声。脚步声轰隆轰隆的，从后台移向了过道，从过道移向了远处，最后变成了远处汽车的马达声。眨眼的工夫后台就空荡荡的了，而过道更空荡，像通往月亮的路。筱燕秋站立在原处，愣了好大一会儿，沿着寂静的过道拐进了化妆间。筱燕秋站在镜子面前，吃惊地盯着镜子里的自己。直到这个时候筱燕秋才弄明白自己到底干了什么。她失神地望着自己的双手，一屁股坐在了化妆间的凳子上。

　　保温杯里的水到底有多烫，这个问题已经没有任何意义了。事情的"性质"永远决定着事态的严峻程度。一心扶持筱燕秋的老团长气得晃动了脑袋，他把中指与食指并在一处，对着筱燕秋的鼻尖晃了十来下。老团长说："你，你，你，你你你你你呀——啊！"老团长急得都不会说话了，就会背戏文，"丧尽天良本不该，名利熏心你毁就毁在妒良才！"

　　"不是这样的。"筱燕秋说。

　　"又是哪样？"

　　"不是这样的。"筱燕秋泪汪汪地说。

老团长一拍桌子,说:"又是哪样?"

筱燕秋说:"真的不是这样的。"

筱燕秋离开了舞台。嫦娥的 A 角调到戏校任教去了,而 B 角则躺在医院不出来。《奔月》第二次熄火。"初放蕊即遭霜雪摧,二度梅却被冰雹擂。"《奔月》没那个命。

第八章(2)

化完妆,筱燕秋便把自己交给了化妆师。化妆师湿好了勒头带,开始为筱燕秋吊眉,化妆师把筱燕秋的眼角重新顶上去,筱燕秋感到有点疼。化妆师用潮湿的勒头带把筱燕秋的脑袋裹了一圈又一圈,勒住了眼角的皮,紧绷绷的,吊上去的眼角这一回算是固定住了,筱燕秋的双眼呈倒"八"字状,看上去有点像传说中的狐狸,妩媚起来了,灵动起来了。吊好眉,化妆师为筱燕秋贴上大片,左腮一个,右腮一个,筱燕秋的脸型一下子变了,居然变成了一只剥了壳的鸡蛋。上好齐眉穗,盖好水纱,戴上头套,假发,一个活灵活现的青衣立时就出现在镜框里了。筱燕秋盯着自己,看,她漂亮得自己都认不出自己来了。那绝对是另一个世界里的另一个人。但是,筱燕秋坚信,那个女人才是筱燕秋,才是她自己。筱燕秋挺起了胸,侧过头,意外地发现化妆间里挤了好些人。他们一起愣在那儿,专心地看着她,用一种疑惑的眼光研究着她。筱燕秋看到了春来,春来就在身边。春来一直就站在筱燕秋的身边。春来呆在那儿,她不敢相信面前的女人就是与她朝夕相处的老师筱燕秋。筱燕秋简直就是变魔术,突然变出一个人来了。筱燕秋睨了春来一眼。她知道这个小女人此时此刻的心情,她看得出,这个小女人妒忌了。筱燕秋没有开口,她现在谁也不是。她现在只是自己,是另一个世界里的另一个女人。是嫦娥。

大幕拉开了。红头盖掀起来了。筱燕秋撂开了两片水袖。新娘把自己嫁出去了。没有新郎,这个世界就是新郎,所有的人都是新郎。所有的新郎一起盯住了唯一的新娘。筱燕秋站在入口处,锣鼓响了起来。

筱燕秋没有料到一出戏如此之短,筱燕秋只觉得刚开了一个头,刚刚离开了这个世界,说回来就又回来了。筱燕秋起初还担心自己的身体吃不消的,刚刚登台的时候是有那么一点紧张,很快她就完全放松下来了。她开始了抒发,开始了倾诉,她彻底忘记了自己,甚至,彻底忘记了嫦娥,她把满腔的块垒抽成了一根绵延的细长的丝,一点一点地吐了出来。缠绕了起来,挥洒了起来。她在世界的面前袒露出了她自己,满世界都在为她喝彩。她越来越投入,越来越痴迷,筱燕秋越陷越深。这是喜悦的两个小时,哭泣的两个小时,五味俱全的两个小时,缤纷飞扬的两个小时,酣畅的两个小时,凄艳的两个小时,恣意的两个小时,迷乱的两个小时,这还是类似于床笫之欢的两个小时。筱燕秋的身体连同她的心窍,一起全都打开了,舒张了,延展了,润滑了,柔软了,自在了,饱满了,接近于透明,接近于自溢,处在了亢奋的临界点。筱燕秋就感到自己成了一颗熟透了的葡萄,就差轻轻的、尖锐的一击,然后,所有黏稠的汁液就会了却心愿般地流淌出来。可是,戏完了,没戏了,结束了,"那个女人"说走就走了,毫不留情地把筱燕秋留给了筱燕秋。筱燕秋置身于巨大的惯性之中,她停不下来,她的身体不肯停下来。筱燕秋欲罢不能,她还要唱,还要演。筱燕秋不知道自己是怎么谢幕的,可大幕黑了一张脸，拉下了。那感觉就如同高潮临近的时候男人突然收走了他的器具。筱燕秋伤心欲绝。筱燕秋就想对着台下喊："不要走，我求求你们，你们都回来，你们快回来！"

　　散场了，一切都结束了。筱燕秋不是不累，而是有劲无处使。她在焦虑之中蠢蠢欲动。她在百般失落之中走向了后台，炳璋站在那儿，似乎在等着她。炳璋张开了双臂，正在出口那边高兴地迎候着她。筱燕秋走到炳璋的面前，委屈得像个孩子。她扑在了炳璋的怀里。她把脸埋进炳璋的胸前，失声痛哭。炳璋拍着她，不停地拍着她。炳璋懂。炳璋一个劲地眨巴他的眼睛。没有人知道筱燕秋的心思，没有人知道筱燕秋此时此刻最想做的是什么。筱燕秋自己也说不上来。嫦娥飞走了，只把筱燕秋一个人留在了这个世界上。筱燕秋就觉得自己想找一个男人，不要命地做一次爱。筱燕秋突然抬起了头来，脸上的油彩糊成了一片，三分像人，七分像鬼，炳璋吓了一跳。炳璋再也没有料到筱燕秋会说出这样的话来，炳璋听了筱燕秋的话才知道自己并不懂得这个女人。筱燕秋冷冷地望着炳璋，说："明天还是我。你答应我。明天我还是要上！"

　　筱燕秋一口气演了四场。她不让。不要说是自己的学生，就是她亲娘老子来了她也不会让。这不是A档B档的事。她是嫦娥，她才是嫦娥。筱燕秋完全没有在意剧团这几天气氛的变化，完全没有在意别人看她的目光，她管不了这些。只要化妆的时间一到，她就平平静静地坐在了化妆台的前面，把自己弄成别人。

　　天气晴好了四天，午后的天空又阴沉下来了。昨晚的天气预报说了，今天午后有大风雪的。下午风倒是起了，雪花却没有。午后的筱燕秋又乏了，浑身上下像是被捆住了，两条腿费劲得要了命。下午刚过了三点，筱燕秋突然发起了高烧，而下身又见红了，量比以往似乎还多了些，都没完没了了。高烧来得快，上得更快。筱燕秋的后背上一阵一阵地发寒，大腿的前侧似乎也多出了一根筋，拽在那儿，吊在那儿，无缘无故地扯着疼。筱燕秋到底不踏实了，到医院挂了妇科门诊。筱燕秋计划好了的，开上药，吃了，好歹也不会耽搁晚上的演出。可这一回医生倒是没有忙着让她吃药，而是问了又问，开出一大串的检查单子，叫她查了又查。医生一脸的肃穆，既没有吓人的话，也没有宽慰人的话，一副死不了也不怎么好的样子。医生最后开口了，医生说："怎么拖到现在？内膜都感染成这样了，你看看血象。"医生后来说，"手术还是要做。最好呢，住下来。"筱燕秋没有讨价还价，生硬地说："我不住。"筱燕秋又追了一句，说，"手术能不能等些时候？"医生的目光从眼镜框的上方看过来，说："身体不等人哪。"筱燕秋说："我不住。"医生拿起了处方，龙飞凤舞，说："先消炎，再忙你也得先消炎。先吊两瓶水再说。"

[导读]

　　《青衣》发表于1999年，在文学界引起了极大的反响，并荣获2000年最佳中篇小说奖。当时正值"跨世纪"发展的转折期，作者也在思考改革开放富裕起来的中国人民，"有钱了以后，人们的生存还会有问题吗？经济问题解决了以后，人们的生存疼痛是否依然存在？"小说《青衣》正是通过国粹京剧中一个青衣角色女主角的艺术与人生，抒发了浓重的人文关怀。

小说中的女主角"十九岁的筱燕秋天生就是一个古典的怨妇,她的运眼、行腔、吐字、归音和甩动的水袖弥漫着一股先天的悲剧性,对着上下五千年怨天尤人,除了青山隐隐,就是此恨悠悠"。这个筱燕秋具有"悲剧性"的"怨妇"个性使其人生与艺术形象嫦娥缠绕在一起。虽然她曾经"在《红灯记》中客串过一次李铁梅",却不像也没有戏剧角色那样的刚强,"没有一点'打不尽豺狼决不下战场'的霹雳杀气,反倒秋风秋雨愁煞人了。气得团长冲着导演大骂,谁把这个狐狸精弄来了"。这说明,从骨子里她就是个青衣的料,就是个人间嫦娥,用小说中筱燕秋的话说,"我就是嫦娥"。小说中更有他人的评价以加深读者对其悲剧性个性的感知,"《奔月》第二次上马了。试妆的时候筱燕秋的第一声导板就赢来了全场肃静"。剧团的老团长评价说:"这孩子,黄连投进了苦胆胎,命中就有两根青衣的水袖。"为了这个"嫦娥",青衣演员筱燕秋的一生遭遇诸多不幸,这正如嫦娥偷吃灵药后的悲剧。先是她唱红了《奔月》,但是《奔月》公演以来,筱燕秋就一直霸着毡毯","其实大伙儿早就看出来了,闷不吭声的筱燕秋心气实在是旺了,有吃独食的意思。这孩子的名利心开始膨胀了",她不仅深爱着这个角色而且还"霸"着,名利心也"膨胀了"。这个演嫦娥的演员的心态与嫦娥敢于吃下非自己的"药"有些类似。为了这个角色或名利,她甚至用开水烫伤另一个演员李雪芬,使剧团团长骂她"丧尽天良本不该,名利熏心你毁就毁在妒良才"!为了这个角色,她减肥、陪老板睡、去流产等,甚至与她的搭档学生春来争戏,直至发狂。那么,她究竟具有什么样的秉性呢?小说写她"人却冷得很,像一台空调,凉飕飕地只会放冷气"。"脾气戏校里头可是有名的。这个女人平时软绵绵的,一举一动都有些逆来顺受的意思,有点像水,但是,你要是一不小心冒犯了她,眨眼的工夫她就有可能结成了冰,寒光闪闪的","冷""寒"这不是与广寒宫的环境类似吗?她不仅是一个舞台上的好演员,而且也是台下的"真"嫦娥,嫦娥就是她的精神世界的主宰,是她存在的价值所在。所以,李雪芬骂她扮演的嫦娥"你呢?你演的嫦娥算什么?丧门星,狐狸精,整个一花痴!关在月亮里头卖不出去的货!"时,她就非常生气,以致失去理智做出过激行为,因为李雪芬骂的是她的嫦娥,这触到了她的灵魂深处。

20年前,因为演嫦娥成功,遭遇李雪芬事件后她不得不读检查,读完后,"'吱'地一下,筱燕秋如焰的心气就彻底熄灭了"。20年后,当剧团团长再次请她出山演嫦娥,想确认她是否还可以演嫦娥时,只见她"凝神片刻,开始运手,运眼","一个贪婪而又充满悔恨的嫦娥已经站立在他的面前了",团长惊讶地说她保持了20年不容易,她却脱口而出"我就是嫦娥"。她已经把自己的角色放置在人生之上了,戏剧青衣角色反而成了她真正的自己。所以,当团长告诉她请烟厂老板吃饭时,"筱燕秋捏着炳璋的请柬,毫无道理地想起了柳若冰。她坐在美容院的大镜子面前,用她半个月的工资精心地装潢她自己。美容师的手指非常柔和,但她感到了疼。筱燕秋觉得自己不是在美容,而是在对着自己用刑"。她马上想起了前辈柳若冰的悲剧,自己潜意识地精心装扮,潜意识中她似乎在走前辈不幸的老路:被人玩弄,被人鄙视。这不是什么荒诞,而是中国传统文化中把艺人当作倡优那种病态文化的糟粕在她身上的曲折反映,所以,尽管"美容师的手指非常柔和,但她感到了疼",她才觉得"不是在美容,而是在对着自己用刑"。其实,即使是在她被迫离开舞台的20年中,她也未离开嫦娥,她把自己匆匆嫁给"面瓜",求春来做她的学生等,实际上是她把嫦娥化作了一种隐性存在而已,而且"春来的唱腔简直就是另一个筱燕秋""春来的出现让筱燕秋看到了希望。春来是'嫦娥'能够活在这个世上最充分的理由",也即她可以把嫦娥寄托到春来身上,所以才会有在排练时她拥春来而失态的事件发生。嫦娥就是她的生命,就是她存在的尊严。化装成为嫦娥的"筱燕秋盯着自己,看,她漂亮得自己都认不出自己来了。那绝对是另一个世界里的另一个人。……筱燕秋坚信,那个女人才是筱燕秋,才是她自己。……筱燕秋简直就是变魔术,突然变出一个人来了……筱燕秋没有开口,她现在谁也不是。她现在只是自己,是另一个世界里的另一个女人。是嫦娥。……大幕拉开了。红头盖掀起来了。筱燕秋摆开了两片水袖。新娘把自己嫁出去了"。她是嫦娥,嫦娥就是她的另一个自己。后来,她为了这个角色能够登台,去和老板"睡","筱燕秋一脱衣服就感觉出来了,老板对她的身体没有一点兴趣"。筱燕秋"认定了自己今晚是被人嫖了。被嫖的却又不是身体。到底是什么被嫖了,筱燕秋实在又说不上来"。这答案十分清楚,她是因为嫦娥失去了圣洁的尊严而不是自己才感觉到"被嫖的不是身体"。在舞台上,她"霸"着"嫦娥",后来,那个声称"不想抢老师的戏"却又要走的学生春来取代她登台出演"嫦娥","上了妆的春来比天仙还要美,她才是嫦娥。这个世上没有嫦娥,化妆师给谁上妆谁才是嫦娥"。她仿佛感觉到自己已经失去了意义,精神世界彻底垮塌了。节选部分为第一章与第八章的部分,叙述的是她在人生关头的挣扎与拼命。

按照常理,戏剧舞台的悲剧角色并不能导致生活中演员的悲剧生活,可是,小说中的她却把这两个"她"的悲剧统一了,难道真的是人生如戏,戏如人生?就如《霸王别姬》中的那个程蝶衣一样?假如真的出现了这种悲剧,原因又该归于何处?作者并没有对人物进行褒贬,而是通过人物的行动揭示出这个人物的命运与性格,直指人物的灵魂深处。可以说筱燕秋的悲剧正是其性格与命运的必然展示,她20年围绕嫦娥的戏剧活动也正是其心灵与命运纠结的20年,用她的一句话说就是"我就是嫦娥"。

作者毕飞宇曾经说"《青衣》只关注两个人:男人和女人;《青衣》只关注两件事:幸福和不幸"。有评论者说筱燕秋的一切悲剧皆源于她对青衣嫦娥这一艺术形象的执着追求,就是在对艺术的苦苦追求和实现中,筱燕秋渐渐地把自己身上"人"的成分丢了个一干二净。假如这样,那么传统文化中的戏剧艺术追求该是罪魁祸首了吧?我们认为筱燕秋的幸福与悲剧不仅仅是她的好强争胜个性使然,而且,我们也应该反思传统文化中对戏剧优伶所缺乏的应有的尊重:小说不仅写了像副军长、烟厂老板那样的超级戏迷追逐女优,也有金钱与政治对艺术的攫取与占有,更有以剧团团长为代表的管理者们在左右着演员的命运。因此,旧时代的戏子往往命比纸薄,而女戏子则又命不如纸。这是一种传统悲剧,也是旧文化的悲剧。

东 西

不要问我（存目）

[导读]

东西（1966— ），出生于广西壮族自治区天峨县，男，本名田代琳。1985年7月毕业于河池师专中文系，分配到家乡天峨县中学执教，后来调入县委宣传部、河池地区行署办公室、《河池日报》副刊部等地任职。现在广西壮族自治区文化厅艺术创作中心工作，是中国作家协会会员，广西作协副主席。已出版长篇小说《耳光响亮》（1998年），中篇小说集《没有语言的生活》（1997年），中短篇小说集《抒情时代》（1997年）、《目光愈拉愈长》（1999年）、《痛苦比赛》（2000年）、《不要问我》（2000年）、《送我到仇人的身边》（2001年）、《我为什么没有小蜜》（2001年）、《美丽金边的衣裳》（2001年）等。影视剧本有根据小说《没有语言的生活》改编的电影剧本《天上的恋人》（与人合作）及20集电视剧本《永远有多远》等。《没有语言的生活》获首届鲁迅文学奖、1996年《小说选刊》奖。

《不要问我》的情节是：刚刚被破格提升为副教授的28岁的大学教师卫国，被同事拉去喝酒庆贺，在被强行灌下五大杯二锅头而失去理智的情况下，同事问他现在最想干什么，他说想和自己班上他最喜欢的一个漂亮女生睡觉，于是，这几个同事和他一起到了女生宿舍楼下，叫出了这个女生，卫国抱住了这个女生却被甩了耳光。保安把他抬到保卫处办公室，审问他，可是他却睡着了。后来他吐了酒，想离开又遭到保安的阻拦，迷迷糊糊的他不仅撞了保安而且还打碎了水瓶，又因急于出去而搬凳子护住自己往外走，没有想到却刷伤了一个保安，砸坏了窗户玻璃。遭遇这次意外事件后，卫国整个人都瘦了一圈，因学校保安和当事学生视他为"流氓"，为免于尊严上的折磨，他决定辞职，从西安南下。在火车上，他认识了顾南丹。顾南丹问他为什么上厕所提着大皮箱，他说是他爸爸留苏用过的箱子。可是，当他睡了一觉醒来后要下车时发现皮箱没了，他的全部家当和一应证件（衣裳、现金、论文、获奖证书、身份证、教授资格证、政协委员证等）也就都丢了。从此，他不但身无分文，而且还成了一个无法证明自己是谁的人。尽管他去报了案，但是，还是没有能够找回自己的皮箱。他遭遇了一系列接踵而来的麻烦：去报案问讯，需要出示证件；去求职应聘，需要出示证明；甚至结婚办证，他都没有办法弄来证件。他只好到处解释：我就是卫国，我的装证件的箱子丢了，难道没有证件我就不是卫国了？那我是谁？丢失证件后，他总是处在他人的怀疑、同情和救济之中。原来与他恋爱的顾南丹，逼迫他回家办理证件，可是他又不愿意再回到过去待过的地方，因此离开了顾南丹。这使他更加困窘，连生存也成了问题。他住进了一家小旅馆的地下室，不断地找工作，又不断地遭遇打击，向他要证件甚至还要到他原来的单位去考核。他几乎要发疯了，"我是卫国吗？天底下还有没有不要证明，不要考核的地方？卫国对着空荡荡的前方喊道：我叫卫国，男，现年二十八岁，未婚，副教授。卫国反复地背诵这几句，不断地提醒自己，可别把自己给忘记了"。但是，没有了证件的他还是被社会忘记了，后来他终于放下架子与一妓女结识，在她的陪伴下去找工作。他终于找到了一个不需要证件的工作：喝酒。为了打败另一个竞争对手，卫国一下喝了三瓶50度的白酒，战胜了对手，却惨烈地倒下了。这时，他还说"快把那只该死的皮箱拿来，里面有一瓶解酒药"。警察来调查，没有发现任何关于死者的线索，妓女则问"警察叔叔，他真的叫卫国吗？"

《不要问我》这篇小说的情节并不复杂，主人公卫国28岁了还没有谈过恋爱，而他所喜欢的人是他在醉酒后非礼的女学生，虽然他事后要向这个学生道歉却没被接受，他想找人证明他的行为是酒后失德，但是也没有人愿意为他作证，他遭遇了这次情感的挫败后，只好离开这个伤心地。但是，当他认识了顾南丹后又丢失了皮箱失去了身份证明而难以生存，因不愿再回故地办理证件而又离开了顾南丹，他遭遇了第二次感情挫败。后来竟然与妓女刘秋混在一起，先是欠了嫖资，后来又没有找到工作，最终死在这个女人身边，这可以算得上是第三次失败，而且是彻底失败到生命终结。可以说，他整个感情世界就没有成功过。

小说中尤其引人注意的是，当主人公卫国丢失身份证等有关证件后，他连自己是谁都不能够证明了：他必须借助户口、身份证、学历证书等证件来证明自己是谁，没有了证件即使你就是你也无法得到社会的承认。自己明明是自己为什么却要靠证件来证明自己？这现实的悖论毕竟发生了，它看起来似乎很荒诞，却在我们的社会中普遍存在，比如法庭依法审案却需要证人与证据证明案件，结婚的夫妇往往必须有结婚证与证婚人等。卫国的不幸也许是个案，但是，他的悲剧或不幸却告诉人们：个体在复杂的社会面前往往存在生存的无能、无力和无可奈何的可能，人有时甚至无能与衰弱到连自己都无法证明，这其中不仅存在生命的悲怆与焦虑，而且还有个体对自我身份迷失的偏执。在只承认身份证明而不相信人本身的现实环境中，作为个体的人的价值与尊严则无奈地失落了，它让我们不得不思考一个带有本体意味的问题：我是谁？

叶兆言

马文的战争（节选）

第一章（1）

马文常常趁杨欣洗澡的时候，往卫生间里硬闯。这种企图十次中有九次半会失败，因为杨欣总是把门锁上。马文显然是故意的，而且只要是个机会，决不放弃尝试，杨欣为此已和他翻过几次脸。他们的儿子马虎觉得这一幕很有趣，和母亲的想法一样，他也认为马文这么做，是有些要流氓。男女有别，爸爸妈妈已经离婚，离了婚，马文就没有权利再偷看妈妈的身体。

马文和杨欣离婚后，依然同住在一套两室一厅的房子里，厅很小，共用厨房和卫生间，两人抬头不见低头见，时不时会发生一些口角。结婚前就不断吵架，想不到离了婚，还是吵。现在，杨欣正在卫生间里洗澡，她总是要花很长很长时间。马文心不在焉地走来走去，他的儿子在认真算账，虽然只是小学二年级，马虎的算术似乎很出色，跟父亲算房钱水电煤气之类的费用，一丝不苟一分不让。他看着马文魂不守舍的样子，挺严肃地问他，是不是正憋着一泡尿。马文无可奈何叹了口气，马虎便使坏地吹起口哨，

是那种为小孩把尿时的嘘声，马文很生气，骂了儿子一句。

马虎幸灾乐祸地说："坏了，有人要尿裤子了！"

马文说："算你的账，你小子上次多要了我十块钱，知道不知道。"

马虎对卫生间里喊着："妈，慢慢洗，听见没有？"

马文恨不得在儿子头上打一下，他掏出皮夹，准备付账——正付到一半，杨欣湿漉漉地出来了，一边用毛巾擦头发，一边往自己房间里去。马文迫不及待冲进厕所，杨欣这时候又从房间走了出来，想再次进卫生间，发现他正敞着门在里面撒尿，哗啦啦声音极响，扭头就走，同时愤怒地请他上厕所关门；马文感到很痛快，叽里咕噜说了句什么，如释重负地走出来，立刻显得很轻松。儿子马虎正不怀好意地笑着，马文对儿子说："有什么好笑的，活人总不能让尿憋死。先是你洗澡，然后是她，我也不懂这是为什么，为什么女人洗个澡，要比看半场足球赛的时间都长！"马文后面的话是说给杨欣听的，如果她愿意搭腔，他打算和她讨论一下自己撒尿的权利，可是杨欣根本没兴趣理他，扭头又进了自己的房间。

马虎和父亲算账，计算着应该找还多少钱。马文继续唠叨，他穿着一身黄颜色的制服，不明真相的人，还以为他是警察，其实只是一个居民小区的门卫。两年前，刚三十多岁的马文便提前退休，他所在的国营工厂已经倒闭，一家外国老板把厂买了下来，不当回事地把原有的工人统统打发了。工人们闹了几回事，到市委门前去静坐，到报社去散人民来信，到马路上去发传单，最后仍然不了了之。马文现在的差事是临时的，干了不过三个多月，他喜欢那身黄制服，走在街上，别人难免对他刮目相看。在马路边买菜，那些贩子不是见了他要溜，就是胆战心惊不敢多收钱。有一回，一位挺漂亮的乡下妹子看见他，挑着菜就跑，马文追着说："你跑什么，我这个警察是假的。"乡下妹子一边跑，一边："假警察，怕的就是假警察。"马文笑了，"说你真的别跑，我要买你的茄子，这茄子多少钱一斤。"其实根本就不想买茄子，那天他心情特别好，不仅话多，还真买了二斤茄子。

马文的手头不算宽裕，杨欣也下岗了，他每个月必须缴出一份钱来养儿子。人穷志短，他总是对账单斤斤计较，离婚已经一年多，每个月算账，都对平摊一半公共费用耿耿于怀，明知道杨欣最受不了这些，还是忍不住要把话说出来。结果每次都不愉快，马文觉得自己出这么多钱不合理，水费，电费，煤气费，都要掏出一半来实在是太吃亏。他从来不在家里洗澡，从来不用电吹风，从来不用电熨斗，而且房间里还没有空调。杨欣对这些话烦透了，只当没听见，于是马文便反反复复说给儿子听。说起来也可笑，他常常会忍不住把儿子已经算好的账，重新算一遍，然后又一次小肚鸡肠地继续啰嗦。现在终于和儿子把账算清楚了，马文清点着自己的皮夹，嘴里还在不干不净。

杨欣板着脸走了出来，她似乎有什么话要对他说："你真要是觉得吃亏，下次可以一分钱也不要出。大男人一个，你俗不俗？"

马文说："俗！当然是俗，要不是俗，你怎么会和我离婚！"

杨欣说："知道自己俗就好。"

马文看着杨欣，发现她今天的情绪不错，便搭讪说："亲兄弟，明算账；我们别说是离婚了，不离婚，这账也得算清楚，你说是不是！"

[导读]

叶兆言（1957— ），南京人。1974年高中毕业，曾当过四年钳工。1978年考入南京大学中文系，1986年获硕士学位。20世纪80年代初开始文学创作。主要作品集有《叶兆言文集》《叶兆言作品自选集》等。中篇小说有《马文的战争》等，创作的长篇小说有《别人的爱情》等，散文集有《流浪之夜》《旧影秦淮》《叶兆言绝妙小品文》《杂花生树》等。

中篇小说《马文的战争》叙述的是已经离婚了的马文与前妻杨欣和儿子马虎仍然居住在同一套房子里。马文下岗后在一个小区做保安，杨欣则更换过好几个工作。马文似乎还对杨欣不能割舍，可是杨欣已经决定与相好的李义在这套房子结婚了。听此消息马文很不高兴，威胁要跳楼，可是杨欣还是与李义结婚了。杨欣婚后，马文更是感觉压抑，处处给再婚的杨欣难看，而李义却劝马文再找女友结婚并主动做介绍人，最后竟介绍自己的姐姐李芹与马文交往。李芹出于帮助自己的弟弟也愿意与马文交往。开始与李芹的交往后，马文的电话几乎天天都要在杨欣的房间打，而且似乎故意在杨欣面前与李芹煲电话粥而卿卿我我，这使杨欣有点嫉妒，后来，杨欣就真的又与马文偷偷上床了。李义、李芹都发现马文与杨欣旧情复燃，而杨欣也大胆地承认了。于是，四个人要协商该如何解决。面对两个女人的相争，马文也不知道该如何抉择。节选部分是小说的开头，叙述了马、杨二人"战争"中关于日常开支的争吵。

这篇小说讲述的所谓"战争"就是深陷婚姻问题的男女在错综交结、纠缠牵扯的感情关系中的矛盾挣扎和互相伤害。小说通过马文与杨欣之间的情感与婚姻的"战争"，真实地反映了当代人的生存状态，对于特定年龄段人群存在的一些玩世不恭、放荡不羁的时代心理在某种程度上给予揭露。小说中的马文与杨欣、李义、李芹等人，不仅对于婚姻显示出一些不负责任之举，而且在男女关系中也存在一定的非理性行为，这些不仅是对传统家庭与人际关系的超越，而且还是造成各自生存状态的根本原因。自然，在现代社会中由于各方面存在的压力容易使人做出一些非理性之举，但是，我们也不能把所有的"战争"责任都转嫁给社会。马文第一次婚姻的失败，固然有杨欣的不负责任与出轨，但是，也与他的能力有关。下岗后的马文很难适应社会的变化，当工厂"不当回事地把原有的工人统统打发了"以后，他已经找不到自己的位置，在一个居民小区做了临时性门卫，收入低微，每月为分担一半开销而斤斤计较，然而这不仅没有使他清醒，反而让他有点自得，因为门卫的"那身黄制服，走在街上，别人难免对他刮目相看"，如此他就满足了。杨欣更是婚姻中的不负责任者，她不仅红杏出墙，而且还大胆得让人知道并离婚，离婚后又敢于赖在原家不走，当马文与他人建立起恋爱关系并同居后，她又来拆散并有意与之旧情复燃，把婚姻与男女关系看得十分随意，属于自私的人，也是挑起"战争"的人。同时她也是不幸者，不仅两次婚姻都不理想，而且也使自己陷于危机之中。李义先与杨欣搞婚外恋，后来离婚而与杨欣结婚，但是，由于无力买房而不得不与杨欣的前夫住在一起，这使他也无可奈何，最终又导致了杨欣的背叛，他是个不幸的人，也是个婚姻破坏者。至于李芹，她不仅因为原夫的背叛而离婚，而且对婚姻已经有了恐惧，但是难耐寂寞。她不仅与原夫的司机偷情，而且在和马文交往后并没有与之结婚的打算，最后也深陷危机。

小说中的这些人物都有不幸，值得同情，又在现代社会生活中存在各自的不足。确实，社会转型与发展变化给很多个体带来的巨大影响使他们无可避免，但是，这不能够成为自我迷失的理由。人性的自私、责任的逃避、欲望的放纵、道德的缺失、现实的迷惘等，应该成为这场没有硝烟的"战争"的根本原因，战争中的参与者全部都成了"战争"的悲剧性俘虏。

从题材来看，小说写的是现实生活的故事，诸如对于情感的忠诚和背叛、婚姻的结合与离散等。如果把婚姻比作一种赌博，那离婚则是一场根本就没有赢家的战争。从艺术手法上说，作者在文字叙述中保持了中立，语言睿智而充满幽默，成熟而悠然圆融，平民化的视角使小说更拉近了阅读的距离。作者没有擅自给生活下结论，而是让读者在文字的世界里感知他对人生的悲悯与领悟，在"饮、食、男、女"这看似简单的生活中，读者能够会心地从马文的苦恼、沮丧和不能自拔中品味出这没有硝烟的"战争"的滋味。

胡学文

命案高悬（存目）

[导读]

胡学文（1967— ），河北省沽源县人。1984年张北师范毕业，1992年河北师范学院中文系毕业。处女作《骑驴看唱本》发表于《长城文艺》1995年第1期。著有长篇小说《燃烧的苍白》《天外的歌声》《私人档案》，中篇小说集《极地胭脂》《麦子的盖头》等。作品被多家报纸杂志刊登、转载，多次在全国、省、市获奖。现为河北省作家协会副主席、张家口市作协主席、中国作协会员，是中国小说排行榜连续上榜作家。多部作品被改编成电影、电视剧。

《命案高悬》讲述的是一个悲情故事。北滩护林员光棍吴响试图利用护林护草的权势勾引村妇尹小梅。从尹小梅嫁到北滩那天起吴响就喜欢上了她，可是尹小梅竟如此刚烈地几次拒绝了他。一个夏日的中午，吴响伏在芨芨丛中，虎视着牵牛走进禁牧草场的尹小梅。他欣喜若狂地等她犯在自己手上，希望以重罚来逼迫尹小梅顺从他。可是，这个尹小梅又拒绝了他，使他很不高兴。恰巧，毛副乡长赶来，硬要拉走尹小梅的牛，尹小梅咬了毛文明的手并紧抱牛腿和牛一道被拉走了。后来，尹小梅由于拒不认错而得罪了毛副乡长，最后竟然死在乡里。吴响觉得尹小梅的死跟他有关，于是他想追寻尹小梅的死因，"想问个清楚"，却遭遇到了种种阻拦与打击。先是被派出所找去调查所谓嫖娼案并被迫接受罚款，后来又丢了工作。但是，他就是要顽强地追寻所谓的真相，而最终他也没有办法得到答案，此命案就真的"高悬"起来了。

小说中的尹小梅是个可怜的人物。她"很瘦弱，走路慢悠悠的，像一棵失去水分的豆芽菜"。这个柔弱得不能再柔弱的女人，为了生计去村里规定的"禁地"里放牛，却没有想到被抓了现行。她为了捍卫自己的尊严而拒绝了光棍吴响，又因毛文明副乡长要拉她的牛去乡里咬了他，但是，她还是和牛一起被拉上车，"她的眼睛有些肿，有些红，水汪汪的，可目光分外地硬，直直地刺进吴响心里。一绺头发垂下来，在眉角拐了个弯儿，贴在鼻翼一侧……"这是她留给世人的最后印象，也深深地印在了读者的心里。毛副乡长要决心"治"服她……最终，尹小梅死在乡里。对于吴响和毛文明的权势，尹小梅眼睛里射出的"目光分外地硬"，以示她的反抗，可是，这在强权面前的无声的反抗却使她遭受到了精神和肉体的双重打击，最后她毫无尊严地死了，而且还命案高悬——不知道她究竟是怎么死的。她的死没有换来任何人的惩罚，仅仅以八万元的补偿就使她的丈夫默认了事实而不再问什么原因。这不仅是尹小梅个人的命运悲剧，也是她的生命尊严抗争与价值毁灭的悲剧。

小说中的另一人物吴响是村里的"混混"，因为曾觊觎尹小梅遭遇抗拒而不快，他放纵她走进禁牧区并欲行不轨，因对她被抓至乡里及死亡负有一定的责任而感到内疚。他也是一个可悲的人物：首先，他尽管曾经拥有一定"权势"，也曾经得意地让王虎女人脱裤子，并与徐蛾子姘居过，但是，他这个光棍"混混"的权势在乡长等人面前又丝毫不起作用，也是个被欺压者；其次，他不仅因为尹小梅的事遭到乡长训斥乃至惩罚，而且最终也没有弄明白这个命案，甚至还逼迫了黄宝，不能够说黄宝的跳河（小说没有明说）与他的追问没有关系。也就是说，吴响的命运似乎也处于必然的悲剧之中：他的"混混"个性，他的倔强"一根筋"式的追寻，使他遭遇了软硬兼施的打击报复；他并不对尹小梅的死亡负有不可推卸的责任，却不能说他由于追寻尹小梅死亡的真相而穷追黄宝，让他难堪，最后导致了黄宝跳河，这更使吴响感到压抑，内心充满失败的忧伤。

《命案高悬》中尹小梅莫名其妙的死亡没有引起人们的重视，她的丈夫说"我以为处理完了，事儿就过去了"，说"我也犯嘀咕，可不敢问，我害怕问"。尹小梅的公公黄老大也如此，"如果尹小梅不死，那头奶牛不会归黄老大，黄老大也不会得到一台彩电。这笔硬账足以抹掉黄老大那点难过"。在小说中，除了一个"混混"为了所谓的良心寻找真相外，其他人并没有将尹小梅的遭遇当作自己可能的未来，对这个生命的消失似乎也没有表现出什么抗争，这表现出了社会现实中存在的自私、冷漠。通过尹小梅的死亡、吴响追寻真相的失败，小说揭示了这样的现实不幸：在现实社会中，一条人命的死亡在他们看来是无关紧要的，他们可以用手中的权势隐瞒真相，甚至收买人命；对于生活中的普通民众，由于权力的压制、金钱的诱惑与自私的心理，使他们对与己无关的真相漠然处之；人的死亡固然是悲剧，即使是追寻真相者，由于触动了权势的利益，也必然遭遇不幸的结局。所以，小说的结尾是"吴响沿着河边疾走，目光是焦急的，而心是忧伤的。他只想问个清楚，没别的意思；难道，他真的错了？"是的，这不仅是吴响的追问，也是现实社会中那些对真相欲寻求答案者的追问。

从作家风格来说，胡学文的写作以农村为主，他要探讨与揭示农民的生活和精神状态。胡学文曾说《命案高悬》是一面镜子，而这面镜子就是要观照现实的。小说通过村妇尹小梅因在禁牧区放牛被抓到乡政府后的死亡及吴响追寻她死亡真相的故事，揭示出中国乡村社会存在的强力权势与弱者小人物的无力抗争，客观地观照了当代社会中复杂的世俗文化、无形的官场权势，引发读者对现实状态中这种不幸事件的深刻思考。

长篇小说部分

吴承恩

西游记　第十四回——心猿归正　六贼无踪

诗曰：

佛即心兮心即佛，心佛从来皆要物。若知无物又无心，便是真如法身佛。法身佛，没模样，一颗圆光涵万象。无体之体即真体，无相之相即实相。非色非空非不空，不来不向不回向。无异无同无有无，难舍难取难听望。内外灵光到处同，一佛国在一沙中。一粒沙含大千界，一个身心万法同。知之须会无心诀，不染不滞为净业。善恶千端无所为，便是南无释迦叶。

却说那刘伯钦与唐三藏惊惊慌慌，又闻得叫声"师父来也。"众家僮道："这叫的必是那山脚下石匣中老猿。"太保道："是他，是他！"三藏问："是什么老猿？"太保道："这山旧名五行山，因我大唐王征西定国，改名两界山。先年间曾闻得老人家说：'王莽篡汉之时，天降此山，下压着一个神猴，不怕寒暑，不吃饮食，自有土神监押，教他饥餐铁丸，渴饮铜汁。自昔到今，冻饿不死。'这叫必定是他。长老莫怕，我们下山去看来。"三藏只得依从，牵马下山。行不数里，只见那石匣之间，果有一猴，露着头，伸着手，乱招手道："师父，你怎么此时才来？来得好，来得好！救我出来，我保你上西天去也！"这长老近前细看，你道他是怎生模样：

尖嘴缩腮，金睛火眼。头上堆苔藓，耳中生薜萝。鬓边少发多青草，颔下无须有绿莎。眉间土，鼻凹泥，十分狼狈；指头粗，手掌厚，尘垢余多。还喜得眼睛转动，喉舌声和。语言虽利便，身体莫能挪。正是五百年前孙大圣，今朝难满脱天罗。

刘太保诚然胆大，走上前来，与他拔去了鬓边草，颔下莎，问道："你有什么说话？"那猴道："我没话说，教那个师父上来，我问他一问。"三藏道："你问我什么？"那猴道："你可是东土大王差往西天取经去的么？"三藏道："我正是，你问怎么？"那猴道："我是五百年前大闹天宫的齐天大圣，只因犯了诳上之罪，被佛祖压于此处。前者有个观音菩萨，领佛旨意，上东土寻取经人。我教他救我一救，他劝我再莫行凶，归依佛法，尽殷勤保护取经人，往西方拜佛，功成后自有好处。故此昼夜提心，晨昏吊胆，只等师父来救我脱身。我愿保你取经，与你做个徒弟。"三藏闻言，满心欢喜道："你虽有此善心，又蒙菩萨教诲，愿入沙门，只是我又没斧凿，如何救得你出？"那猴道："不用斧凿，你但肯救我，我自出来也。"三藏道："我自救你，你怎得出来？"那猴道："这山顶上有我佛如来的金字压帖。你只上山去将帖儿揭起，我就出来了。"三藏依言，回头央浼刘伯钦道："太保啊，我与你上山走一遭。"伯钦道："不知真假何如！"那猴高叫道："是真！决不敢虚谬！"伯钦只得呼唤家僮，牵了马匹。他却扶着三藏，复上高山，攀藤附葛，只行到那极巅之处，果然见金光万道，瑞气千条，有块四方大石，石上贴着一封皮，却是"唵、嘛、呢、叭、咪、吽"六个金字。三藏近前跪下，朝石头，看着金字，拜了几拜，望西祷祝道："弟子陈玄奘，特奉旨意求经，果有徒弟之分，揭得金字，救出神猴，同证灵山；若无徒弟之分，此辈是个凶顽怪物，哄赚弟子，不成吉庆，便揭不得起。"祝罢，又拜。拜毕，上前将六个金字轻轻揭下。只闻得一阵香风，劈手把"压帖儿"刮在空中，叫道："吾乃监押大圣者。今日他的难满，吾等回见如来，缴此封皮去也。"吓得个三藏与伯钦一行人，望空礼拜。径下高山，又至石匣边，对那猴道："揭了压帖矣，你出来罢。"那猴欢喜，叫道："师父，你请走开些，我好出来，莫惊了你。"

伯钦听说，领着三藏，一行人回东即走。走了五七里远近，又听得那猴高叫道："再走，再走！"三藏又行了许远，下了山，只闻得一声响亮，真个是地裂山崩。众人尽皆悚惧，只见那猴早到了三藏的马前，赤淋淋跪下，道声："师父，我出来也！"对三藏拜了四拜，急起身，与伯钦唱个大喏道："有劳大哥送我师父，又承大哥替我脸上薅草。"谢毕，就去收拾行李，扣背马匹。那马见了他，腰软蹄矬，战兢兢的立站不住。盖因那猴原是弼马温，在天上看养龙马的，有些法则，故此凡马见他害怕。三藏见他意思，实有好心，真个象沙门中的人物，便叫："徒弟啊，你姓什么？"猴王道："我姓孙。"三藏道："我与你起个法名，却好呼唤。"猴王道："不劳师父盛意，我原有个法名，叫作孙悟空。"三藏欢喜道："也正合我们的宗派。你这个模样，就象那小头陀一般，我再与你起个混名，称为行者，好么？"悟空道："好，好，好！"自此时又称为孙行者。

那伯钦见孙行者一心收拾要行，却转身对三藏唱个喏道："长老，你幸此间收得个好徒，甚喜甚喜，此人果然去得。我却告回。"三藏躬身作礼相谢道："多有拖步，感激不胜。回府多多致意令堂老夫人，令荆夫人，贫僧在府多扰，容回时踵谢。"伯钦回礼，遂此两下分别。

却说那孙行者请三藏上马，他在前边，背着行李，赤条条，拐步而行。不多时，过了两界山，忽然见一只猛虎，咆哮剪尾而来，三藏在马上惊心。行者在路旁欢喜道："师父莫怕他，他是送衣服与我的。"放下行李，耳朵里拔出一个针儿，迎着风，幌一幌，原来是个碗来粗细一条铁棒。他拿在手中，笑道："这宝贝，五百余年不曾用着他，今日拿出来挣件衣服儿穿穿。"你看他拽开步，迎着猛虎，道声："业畜，那里去！"那只虎蹲着身，伏在尘埃，动也不敢动。却被他照头一棒，就打得脑浆迸万点桃红，牙齿喷几珠玉块，唬得那陈玄奘滚鞍落马，咬指道声："天哪，天哪！刘太保前日打的斑斓虎，还与他斗了半日。今日孙悟空不用争持，把这虎一棒打得稀烂，正是'强中更有强中手'！"

行者拖将虎来道："师父略坐一坐，等我脱下他的衣服来，穿了走路。"三藏道："他那里有甚衣服？"行者道："师父莫管我，我自有处置。"好猴王，把毫毛拔下一根，吹口仙气，叫："变！"变作一把牛耳尖刀，从那虎腹上挑开皮，往下一剥，剥下个囫囵皮来，剁去了爪甲，割下头来，割个四四方方一块虎皮，提起来，量了一量道："阔了些儿，一幅可作两幅。"拿过刀来，又裁为两幅。收起一幅，把一幅围在腰间，路旁揪了一条葛藤，紧紧束定，遮了下体道："师父，且去，且去！到了人家，借些针线，再缝不迟。"他把条铁棒，捻一捻，依旧象个针儿，收在耳里，背着行李，请师父上马。

两个前进，长老在马上问道："悟空，你才打虎的铁棒，如何不见？"行者笑道："师父，你不晓得。我这棍，本是东洋大海龙宫里得来的，唤做'天河镇底神珍铁'，又唤做'如意金箍棒'。当年大反天宫，甚是亏他。随身变化，要大就大，要小就小。刚才变作一个绣花针儿模样，收在耳内矣。但用时，方可取出。"三藏闻言暗喜。又问道："方才那只虎见了你，怎么就不动动？让你自在打他，何说？"悟空道："不瞒师父说，莫道是只虎，就是一条龙，见了我也不敢无礼。我老孙，颇有降龙伏虎的手段，翻江搅海的神通，见貌辨色，聆音察理，大之则量于宇宙，小之则摄于毫毛！变化无端，隐显莫测。剥这个虎皮，何为稀罕？若到那疑难处，看展本事么！"三藏闻得此言，愈加放怀无虑，策马前行。师徒两个走着路，说着话，不觉得太阳西坠。但见：

焰焰斜辉返照，天涯海角归云。千山鸟雀噪声频，觅宿投林成阵。

野兽双双对对，回窝族族群群。一勾新月破昏，万点明星光晕。

行者道："师父走动些，天色晚了。那壁厢树木森森，想必是人家庄院，我们赶早投宿去来。"三藏果策马而行，径奔人家，到了庄院前下马。行者撇了行李，走上前，叫声："开门，开门！"那里面有一老者，扶筇而出，唿喇的开了门，看见行者这般恶相，腰系着一块虎皮，好似个雷公模样，唬得脚软身麻，口出谵语道："鬼来了，鬼来了！"三藏近前搀住叫道："老施主，休怕。他是我贫僧的徒弟，不是鬼怪。"老者抬头，见了三藏的面貌清奇，方然立定，问道："你是那寺里来的和尚，带这恶人上我门来？"三藏道："我贫僧是唐朝来的，往西天拜佛求经，适路过此间，天晚，特造檀府借宿一宵，明早不犯天光就行。万望方便一二。"老者道："你虽是个唐人，那个恶的却非唐人。"悟空厉声高呼道："你这个老儿全没眼色！唐人是我师父，我是他徒弟！我也不是甚'糖人蜜人'，我是齐天大圣。你们这里人家，也有认得我的，我也曾见你来。"那老者道："你在那里见我？"悟空道："你小时不曾在我面前扒柴？不曾在我脸上挑菜？"老者道："这厮胡说！你在那里住？我在那里住？我来你面前扒柴、挑菜！"悟空道："我儿子便胡说！你是认不得我了，我本是这两界山石匣中的大圣。你再认认看。"老者方才省悟道："你倒有些象他，但你是怎么得出来的？"悟空将菩萨劝善，令我等待唐僧揭帖脱身之事，对那老者细说了一遍。老者却才下拜，将唐僧请到里面，即唤老妻与儿女都来相见，具言前事，个个欣喜。又命看茶，茶罢，问悟空道："大圣啊，你也有年纪了？"悟空道："你今年几岁了？"老者道："我痴长一百三十岁了。"行者道："还是我重子重孙哩！我那生身的年纪，我不记得是几时；但只在这山脚下，已五百余年了。"老者道："是有，是有。我曾记得祖公公说，此山乃从天降下，就压了一个神猴。只到如今，你才脱体。我那小时见你，是你头上有草，脸上有泥，还不怕你。如今脸上无了泥，头上无了草，却象瘦了些，腰间又苦了一块大虎皮，与鬼怪能差多少？"

一家儿听得这般话说，都呵呵大笑。这老儿颇贤，即令安排斋饭。饭后，悟空道："你家姓甚？"老者道："舍下姓陈。"三藏闻言，即下来起手道："老施主，与贫僧是华宗。"行者道："师父，你是唐姓，怎的和他是华宗？"三藏道："我俗家也姓陈，乃是唐朝海州弘农郡聚贤庄人氏。我的法名叫作陈玄奘。只因我大唐太宗皇帝赐我做御弟三藏，指唐为姓，故名唐僧也。"那老者见说同姓，又十分欢喜。行者道："老陈，左右打搅你家。我有五百多年不洗澡了，你可去烧些汤来，与我师徒们洗浴洗浴，一发临行谢你。"那老儿即令烧汤拿盆，掌上灯火。师徒浴罢，坐在灯前，行者道："老陈，还有一事累你，有针线借我用用。"那老儿道："有，有，有。"即教妈妈取针线来，递与行者。

行者又有眼色，见师父洗浴，脱下一件白布短小直裰未穿，他即扯过来披在身上，却将那虎皮脱下，联接一处，打一个马面样的折子，围在腰间，勒了藤条，走到师父面前道："老孙今日这等打扮，比昨日如何？"三藏道："好，好，好！这等样，才象个行者。"三藏道："徒弟，你不嫌残旧，那件直裰儿，你就穿了罢。"悟空唱个喏道："承赐，承赐！"他又去寻些草料喂了马。此时各各事毕，师徒与那老儿，亦各归寝。

次早，悟空起来，请师父走路。三藏着衣，教行者收拾铺盖行李。正欲告辞，只见那老儿，早具脸汤，又具斋饭。斋罢，方才起身。三藏上马，行者引路，不觉饥餐渴饮，夜宿晓行，又值初冬时候。但见那：

霜凋红叶千林瘦，岭上几株松柏秀。未开梅蕊散香幽，暖短昼，小春候，菊残荷尽山茶茂。寒桥古树争枝斗，曲涧涓涓泉水溜。淡云欲雪满天浮，朔风骤，牵衣袖，向晚寒威人怎受？

师徒们正走多时，忽见路旁唿哨一声，闯出六个人来，各执长枪短剑，利刃强弓，大咤一声道："那和尚！那里走！赶早留下马匹，放下行李，饶你性命过去！"唬得那三藏魂飞魄散，跌下马来，不能言语。行者用手扶起道："师父放心，没些儿事，这都是送衣服送盘缠与我们的。"三藏道："悟空，你想有些耳闭？他说教我们留马匹、行李，你倒问他要什么衣服、盘缠？"行者道："你管守着衣服、行李、马匹，待老孙与他争持一场，看是何如。"三藏道："好手不敌双拳，双拳不如四手。他那里六条大汉，你这般小小的一个人儿，怎么敢与他争持？"

行者的胆量原大，那容分说，走上前来，叉手当胸，对那六个人施礼道："列位有什么缘故，阻我贫僧的去路？"那人道："我等是剪径的大王，行好心的山主。大名久播，你量不知，早早的留下东西，放你过去。若道半个不字，教你碎尸粉骨！"行者道："我也是祖传的大王，积年的山主，却不曾闻得列位有甚大名。"那人道："你是不知，我说与你听：一个唤作眼看喜，一个唤作耳听怒，一个唤作鼻嗅爱，一个唤作舌尝思，一个唤作意见欲，一个唤作身本忧。"悟空笑道："原来是六个毛贼！你却不认得我这出家人是你的主人公，你倒来挡路。把那打劫的珍宝拿出来，我与你作七分儿均分，饶了你罢！"那贼闻言，喜的喜，怒的怒，爱的爱，思的思，欲的欲，忧的忧，一齐上前乱嚷道："这和尚无礼！你的东西全然没有，转来和我等要分东西！"他轮枪舞剑，一拥前来，照行者劈头乱砍，乒乒乓乓，砍有七八十下。悟空停立中间，只当不知。那贼道："好和尚！真个的头硬！"行者笑道："将就看得过罢了！你们也打得手困了，却该老孙取出个针儿来耍耍。"那贼道："这和尚是一个行针灸的郎中变的。我们又无病症，说什么动针的话！"

行者伸手去耳朵里拔出一根绣花针儿，迎风一幌，却是一条铁棒，足有碗来粗细，拿在手中道："不要走！也让老孙打一棍儿试试手！"唬得这六个贼四散逃走，被他拽开步，团团赶上，一个个尽皆打死。剥了他的衣服，夺了他的盘缠，笑吟吟走将来道："师父请行，那贼已被老孙剿了。"三藏道："你十分撞祸！他虽是剪径的强徒，就是拿到官司，也不该死罪；你纵有手段，只可退他去便了，怎么就都打死？这却是无故伤人的性命，如何做得和尚？出家人'扫地恐伤蝼蚁命，爱惜飞蛾纱罩灯'。你怎么不分皂白，一顿打死？全无一点慈悲好善之心！早还是山野中无人查考；若到城市，倘有人一

时冲撞了你,你也行凶,执着棍子,乱打伤人,我可做得白客,怎能脱身?"悟空道:"师父,我若不打死他,他却要打死你哩。"三藏道:"我这出家人,宁死决不敢行凶。我就死,也只是一身,你却杀了他六人,如何理说?此事若告到官,就是你老子做官,也说不过去。"行者道:"不瞒师父说,我老孙五百年前,据花果山称王为怪的时节,也不知打死多少人。假似你说这般到官,倒也得些状告是。"三藏道:"只因你没收没管,暴横人间,欺天诳上,才受这五百年前之难。今既入了沙门,若是还象当时行凶,一味伤生,去不得西天,做不得和尚。忒恶,忒恶!"原来这猴子一生受不得人气。他见三藏只管绪绪叨叨,按不住心头火发道:"你既是这等说我,做不得和尚,上不得西天,不必恁般绪呱恶我,我回去便了!"那三藏却不曾答应,他就使一个性子,将身一纵,说一声:"老孙去也!"三藏急抬头,早已不见,只闻得呼的一声,回东而去。撇得那长老孤孤零零,点头自叹,悲怨不已,道:"这厮,这等不受教诲!我但说他几句,他怎么就无形无影,径回去了?罢,罢,罢!也是我命里不该招徒弟,进人口!如今欲寻他无处寻,欲叫他叫不应,去来,去来!"正是舍身拼命归西去,莫倚旁人自主张。

那长老只得收拾行李,捎在马上,也不骑马,一只手拄着锡杖,一只手揪着缰绳,凄凄凉凉,往西前进。行不多时,只见山路前面,有一个年高的老母,捧一件绵衣,绵衣上有一顶花帽。三藏见他来得至近,慌忙牵马,立于右侧让行。那老母问道:"你是那里来的长老,孤孤凄凄独行于此?"三藏道:"弟子乃东土大唐奉圣旨往西天拜活佛求真经者。"老母道:"西方佛乃大雷音寺天竺国界,此去有十万八千里路。你这等单人独马,又无个伴侣,又无个徒弟,你如何去得!"三藏道:"弟子日前收得一个徒弟,他性泼凶顽,是我说了他几句,他不受教,遂渺然而去也。"老母道:"我有这一领绵布直裰,一顶嵌金花帽,原是我儿子用的。他只做了三日和尚,不幸命短身亡。我才去他寺里,哭了一场,辞了他师父,将这两件衣帽拿来,做个忆念。长老啊,你既有徒弟,我把这衣帽送了你罢。"三藏道:"承老母盛赐,但只是我徒弟已走了,不敢领受。"老母道:"他那厢去了?"三藏道:"我听得呼的一声,他回东去了。"老母道:"东边不远,就是我家,想必往我家去了。我那里还有一篇咒儿,唤作'定心真言',又名做'紧箍儿咒'。你可暗暗的念熟,牢记心头,再莫泄漏一人知道。我去赶上他,叫他还来跟你,你却将此衣帽与他穿戴。他若不服你使唤,你就默念此咒,他再不敢行凶,也再不敢去了。"三藏闻言,低头拜谢。那老母化一道金光,回东而去。三藏情知是观音菩萨授此真言,急忙撮土焚香,望东恳恳礼拜。拜罢,收了衣帽,藏在包袱中间,却坐于路旁,诵习那定心真言。来回念了几遍,念得烂熟,牢记心胸不题。

却说那悟空别了师父,一筋斗云,径转东洋大海。按住云头,分开水道,径至水晶宫前。早惊动龙王出来迎接,接至宫里坐下。礼毕,龙王道:"近闻得大圣难满,失贺!想必是重整仙山,复归古洞矣。"悟空道:"我也有此心性,只是又做了和尚了。"龙王道:"做甚和尚?"行者道:"我亏了南海菩萨劝善,教我正果,随东土唐僧,上西方拜佛,皈依沙门,又唤为行者了。"龙王道:"这等真是可贺,可贺!这才叫作改邪归正,惩创善心。既如此,怎么不西去,复东回何也?"行者笑道:"那是唐僧不识人性。有几个毛贼剪径,是我将他打死,唐僧就绪绪叨叨,说了我若干的不是。你想老孙,可是受得闷气的?是我撇了他,欲回本山。故此先来望你一望,求钟茶吃。"龙王道:"承降,

168

承降！"当时龙子龙孙即捧香茶来献。

茶毕，行者回头一看，见后壁上挂着一幅"圮桥进履"的画儿。行者道："这是什么景致？"龙王道："大圣在先，此事在后，故你不认得。这叫作圮桥三进履。"行者道："怎的是三进履？"龙王道："此仙乃是黄石公，此子乃是汉世张良。石公坐在圮桥上，忽然失履于桥下，遂唤张良取来。此子即忙取来，跪献于前。如此三度，张良略无一毫倨傲怠慢之心，石公遂爱他勤谨，夜授天书，着他扶汉。后果然运筹帷幄之中，决胜千里之外。太平后，弃职归山，从赤松子游，悟成仙道。大圣，你若不保唐僧，不尽勤劳，不受教诲，到底是个妖仙，休想得成正果。"悟空闻言，沉吟半晌不语。龙王道："大圣自当裁处，不可图自在，误了前程。"悟空道："莫多话，老孙还去保他便了。"龙王欣喜道："既如此，不敢久留，请大圣早发慈悲，莫要疏久了你师父。"行者见他催促请行，急耸身，出离海藏，驾着云，别了龙王。

正走，却遇着南海菩萨。菩萨道："孙悟空，你怎么不受教诲，不保唐僧，来此处何干？"慌得个行者在云端里施礼道："向蒙菩萨善言，果有唐朝僧到，揭了压帖，救了我命，跟他做了徒弟。他却怪我凶顽，我才闪了他一闪，如今就去保他也。"菩萨道："赶早去，莫错过了念头。"言毕，各回。

这行者，须臾间看见唐僧在路旁闷坐。他上前道："师父！怎么不走路？还在此做甚？"三藏抬头道："你往那里去来？教我行又不敢行，动又不敢动，只管在此等你。"行者道："我往东洋大海老龙王家讨茶吃吃。"三藏道："徒弟啊，出家人不要说谎。你离了我，没多一个时辰，就说到龙王家吃茶？"行者笑道："不瞒师父说，我会驾筋斗云，一个筋斗有十万八千里路，故此得去即来。"三藏道："我略略的言语重了些儿，你就怪我，使个性子丢了我去。象你这有本事的，讨得茶吃；象我这去不得的，只管在此忍饿，你也过意不去呀！"行者道："师父，你若饿了，我便去与你化些斋吃。"三藏道："不用化斋。我那包袱里，还有些干粮，是刘太保母亲送的，你去拿钵盂寻些水来，等我吃些儿走路罢。"

行者去解开包袱，在那包裹中间见有几个粗面烧饼，拿出来递与师父。又见那光艳艳的一领绵布直裰，一顶嵌金花帽，行者道："这衣帽是东土带来的？"三藏就顺口儿答应道："是我小时穿戴的。这帽子若戴了，不用教经，就会念经；这衣服若穿了，不用演礼，就会行礼。"行者道："好师父，把与我穿戴了罢。"三藏道："只怕长短不一，你若穿得，就穿了罢。"行者遂脱下旧白布直裰，将绵布直裰穿上，也就是比量着身体裁的一般，把帽儿戴上。三藏见他戴上帽子，就不吃干粮，却默默的念那紧箍咒一遍。行者叫道："头痛，头痛！"那师父不住的又念了几遍，把个行者痛得打滚，抓破了嵌金的花帽。三藏又恐怕扯断金箍，住了口不念。不念时，他就不痛了。伸手去头上摸摸，似一条金线儿模样，紧紧的勒在上面，取不下，揪不断，已此生了根了。他就耳里取出针儿来，插入箍里，往外乱捎。三藏又恐怕他捎断了，口中又念起来。他依旧生痛，痛得竖蜻蜓，翻筋斗，耳红面赤，眼胀身麻。

那师父见他这等，又不忍不舍，复住了口，他的头又不痛了。行者道："我这头，原来是师父咒我的。"三藏道："我念得是紧箍经，何曾咒你？"行者道："你再念念看。"三藏真个又念，行者真个又痛，只教："莫念，莫念！念动我就痛了！这是怎么说？"三

藏道："你今番可听我教诲了？"行者道："听教了！""你再可无礼了？"行者道："不敢了！"

他口里虽然答应，心上还怀不善，把那针儿幌一幌，碗来粗细，望唐僧就欲下手，慌得长老口中又念了两三遍，这猴子跌倒在地，丢了铁棒，不能举手，只教："师父！我晓得了！再莫念，再莫念！"三藏道："你怎么欺心，就敢打我？"行者道："我不曾敢打，我问师父，你这法儿是谁教你的？"三藏道："是适间一个老母传授我的。"行者大怒道："不消讲了！这个老母，坐定是那个观世音！他怎么那等害我！等我上南海打他去！"三藏道："此法既是他授与我，他必然先晓得了。你若寻他，他念起来，你却不是死了？"行者见说得有理，真个不敢动身，只得回心，跪下哀告道："师父！这是他奈何我的法儿，教我随你西去。我也不去惹他，你也莫当常言，只管念诵。我愿保你，再无退悔之意了。"三藏道："既如此，伏侍我上马去也。"那行者才死心塌地，抖擞精神，束一束绵布直裰，扣背马匹，收拾行李，奔西而进。

毕竟这一去，后面又有甚话说，且听下回分解。

[导读]

吴承恩（1501—1582），字汝忠，号射阳山人。明代杰出小说家，是四大名著之一《西游记》的作者。《西游记》的第十四回"心猿归正　六贼无踪"，讲述的是唐三藏同孙悟空在五行山下第一次相遇，师徒在相处过程中，逐渐显露出矛盾，然后暂时化解，即"相遇—矛盾—化解"这样的情节构造。

唐三藏来到五行山下，遇见被压在山底的孙悟空。孙悟空向唐三藏及刘太保解释被困于此山之下的原因，并且说出解救之法。唐三藏于是登到山顶把如来佛的金字压帖揭起，解救出了孙悟空，并给孙悟空起了个"混名"——行者，自此孙悟空又被称为孙行者。告别刘太保后，师徒在途中遇到猛虎，孙悟空不费吹灰之力就打倒了猛兽，唐三藏对此惊奇不已。天色已晚，师徒找到一户人家借宿，从唐三藏的自述中，孙悟空得知原来唐三藏俗家姓氏是"陈"，后唐太宗赐予"唐"姓，故叫"唐三藏"。次日清晨，唐三藏和孙悟空重新出发，在途中遇见六个强盗，孙悟空用金箍棒打死了这六人。唐三藏教训他不该杀人，孙悟空一气之下弃师父而走。唐三藏只身凄凉上路，遇见一老母，赠唐三藏一领棉布直裰、一顶嵌金花帽，并告之"定心真言"，又称"紧箍儿咒"，教他以此咒来控制孙悟空。唐三藏后才知原来此老母为观音菩萨所变。而孙悟空别了师父，来到东洋大海，龙王以张良和黄石公的故事劝勉悟空，"大圣自当裁处，不可图自在，误了前程"，悟空听闻离开龙宫。途中，又遇南海菩萨，受菩萨教诲，悟空赶紧回到师父身边。见到一领棉布直裰、一顶嵌金花帽，孙悟空好奇，把它们穿戴身上。唐三藏一见孙悟空戴上嵌金花帽，就念起观音菩萨所教的"紧箍儿咒"，孙悟空疼得跌倒在地，只得讨饶。唐三藏见此就停止念咒，孙悟空由此才死心塌地、遵从师父，两人一道往西天取经。

在这一回当中，唐三藏和孙悟空初次"见面"，孙悟空的"武艺"、随身武器"金箍棒"都让唐三藏大为惊叹。唐三藏得此高徒，无疑多了一个去西天取经的得力帮手。然而孙悟空身上的"野性"和唐三藏的"仁慈"的冲突在这一回中开始显现。孙悟空杀死六个强盗，唐三藏责备道，"只因你没收没管，暴横人间，欺天诳上，才受这五百年前之难。今既入了沙门，若是还象当时行凶，一味杀生，去不得西天，做不得和尚。"孙悟空一怒之下，离开师父。如果单凭唐三藏的道德教化使得孙悟空"驯服"，是一件不可能的事，所以，在伦理说教的同时也需要另一种控制的手段来"规训"孙悟空的"野性"。观音菩萨的"紧箍儿咒"则是一个厉害的"武器"。唐三藏"骗"得孙悟空戴上嵌金花帽，念咒逼得孙悟空不得不妥协和服从。软弱的唐僧由此就控制住了放荡不羁的孙悟空。也正是因为"紧箍儿咒"，才维系了唐三藏和孙悟空的师徒关系。

这一回的标题是"心猿归正 六贼无踪"。"心猿"一词在《西游记》中经常出现，"心"带有意识、会思维的意思，"心猿"则把人的心理活动与猴性结合起来加以描绘。"心猿归正"指向的则是孙悟空的"定心"，如何定"心"，唐三藏、龙王、南海菩萨的教诲，以及更为重要的是观音菩萨和唐三藏用"紧箍儿咒"使之"定心"。"六贼"在这一回中既指那六个强盗，但是作者的用意更在于孙悟空的"六贼"，从对六个强盗的"命名"中可看出此处"机关"。"眼看喜""耳听怒""鼻嗅爱""舌尝思""意见欲""身本忧"，其实这六个"名称"指的就是人的六种感觉器官：眼睛、耳朵、鼻子、舌头、意念、身体，就是佛家常讲的"六根"。而凭借这"六根"又形成"六识"，即通过这些感觉器官所获得的对外界的认知，并产生随之而来的对外在之物的享受，又称为"六尘"，被"六尘"所吸引，欲望统御了人，就有了"六耗"。所以，"六根"又被称为"六贼"。那么"六贼无踪"意味着人不受感官所制约和误导，从而走上修心之路。而这点正是指向孙悟空走上了"修心之路"，即跟随唐三藏取经，历经九九八十一难的艰难过程，暗合了佛教的"明心见性"需要经历艰辛的"渐悟"过程。

金　庸

倚天屠龙记（存目）

[导读]

金庸（1924—2018），浙江海宁人，原名查良镛，金庸即取字"镛"。曾任报社记者、编辑、电影编剧、导演等职，1959年创办《明报》并担任主编30多年，是我国香港地区著名的作家、政治评论家、企业家、社会活动家等，曾任全国人大香港特别行政区基本法起草委员会委员等职。其创作的武侠小说深受读者喜爱，成为新武侠小说的代表，也因此获得许多荣誉。如香港特区最高荣誉大紫荆勋章、英国政府O. B. E勋衔、法国"荣誉军团骑士"勋衔等，曾被聘为北京大学名誉教授，英国牛津大学、剑桥大学等荣誉院士，浙江大学文学院院长等。金庸把所创作的主要武侠小说概括为"飞雪连天射白鹿，笑书神侠倚碧鸳"。

《倚天屠龙记》以元末明初为历史背景，叙述的故事是：武林盛传大侠郭靖、黄蓉铸成的武林宝物倚天剑与屠龙刀，谁能够同时拥有，就可号令江湖，即"武林至尊，宝刀屠龙，号令天下，莫敢不从，倚天不出，谁与争锋"。因此，整个武林为了寻获屠龙刀与倚天剑而近乎疯狂。武当派后嗣张无忌的父母张翠山、殷素素，当年无意间卷入屠龙刀的纷争而流落至大洋中的冰火岛，生下张无忌后让他认一同流落于此的明教金毛狮王谢逊为义父。后来张无忌随父母回归中土，但是，江湖各派为找谢逊报仇并抢夺谢逊手上的屠龙刀，先是逼死了不愿说出谢逊下落的无忌父母，而后又打伤了张无忌。进入蝴蝶谷治伤的张无忌，武功渐长，他在护送杨不悔远赴昆仑山寻父时，开始经历江湖，终于将年幼无知的杨不悔送回其父杨逍身边。年轻的张无忌毕竟涉世未深，因轻信貌似正派而实乃武林丑类的朱、武两个武林世家，泄露了谢逊的下落。得知朱家阴谋后，张无忌逃跑时被朱长龄追赶至悬崖而跳下，却机缘巧合进入了一处与世隔绝、世外桃源般的幽谷，因救助白猿而得到了一部江湖人人欲得、久已失传的武功秘籍——《九阳神功》。为了治病，张无忌开始研习秘籍中的武功，练习其中所记叙的功法。在山谷中隐居的五年时间里，他练成了九阳神功，成了武功盖世的高手，而他体内先前遭受的玄冥神掌的寒毒，也在不知不觉间被驱除殆尽。

已经二十岁的张无忌重入江湖，一出现就遇到当初追杀他的旧仇朱长龄，打败敌手后，他被拉下悬崖跌伤大腿。本想去大洋中的冰火岛寻找义父的他，此时因受伤而遇到蛛儿——殷离，她是金花婆婆的徒弟，白眉鹰王的孙女，殷野王的女儿。此时金花婆婆正带她为追查谢逊下落来到此间。为掩盖身份，张无忌从此自称曾阿牛。朱、武两家又来追杀，他们在逃避中遭遇光明顶之战。受成昆挑唆的六大门派高手发起了围剿光明顶明教总舵的行动，当得知这一切都是出于成昆与明教前任教主阳顶天的夫人之间有私情而产生的恩怨时，张无忌为救白眉鹰王，也为化解武林各派矛盾，决心要阻挡此事。他一人挑战六大门派，因为只要打赢六大门派，就可以解除围攻。他先后迎战对手，最后，他承受住了峨眉派掌门灭绝师太的三记重击，身受重伤。各派撤兵，他和明教众人进入光明顶，身受重伤的他依然打败了乘人之危的成昆，又在地道中学会了乾坤大挪移，救了明教众人。为协助明教与各派高手相抗又迫于明教的盛情，他做了明教的教主。

如此，武当派的后人张无忌成了明教教主，而江湖纷争也永无宁日。各派为了自身的利益，纷争不断，张无忌不由自主地周旋于各派与各色人等之中，还要避免伤害身边喜爱他的女性。其后，身负绝世武功的张无忌终于救出义父谢逊，也保护了师门荣耀，在群雄起兵反元中发挥了重要作用，但是江湖惊险，他已觉身心疲惫。后来，被朱元璋设下诡计欺骗，张无忌对江湖人士心灰意冷，他毅然辞去了明教教主之位，携妻归隐山林。

金庸《倚天屠龙记》是一部想象力丰富的武侠力作，书中表现的爱情也更加浪漫。在想象力方面，首先，作者设计出的"倚天剑"与"屠龙刀"以巨大的号召力贯穿于小说的始终，也成了江湖各大门派施展伎俩争夺的宝物。这一想象，可以视为小说故事结构的需要，也是与以往小说不同的创新。其次，小说故事的主角是明教，核心人物张无忌最终也成了明教教主。作者从屠龙刀写到谢逊，而后让明教人物一一出场，在六大门派围攻光明顶时，完成了明教各大护法天王级人物的出场，如逍遥二仙光明左使者杨逍与光明右使者范遥，四大法王金毛狮王谢逊、紫衫龙王金花婆婆、白眉鹰王殷天正、青翼蝠王韦一笑，明教五散人布袋和尚说不得、铁冠道人张中、周颠、冷面先生冷谦、彭和尚彭莹玉等，众多人物都写得栩栩如生，性格各异。再次，小说不仅写中土武林高手,而且还把目光投向波斯,写明教乃波斯总坛的分支,把总坛与分支之间的合作与矛盾展示出来,极大地拓展了读者的视野。

作者在《金庸作品集》新序中说:"我写武侠小说,只是塑造一些人物,描写他们在特定环境(中国古代的、没有法制的、以武力来解决争端的不合理社会)中的遭遇。"在特定的武侠环境中,金庸小说中的侠义与情爱往往巧妙结合,表现刚性的侠肝义胆和缠绵的爱情是小说的一大特色。首先,如欢喜冤家王难姑和胡青牛,既相爱又相争;杨逍和纪晓芙,相爱却不能够结合,成为门派斗争的牺牲品;张翠山与殷素素虽能结合却又为情而死;杨不悔与殷梨亭,两代人能够超越世俗之见而相爱等,都写得荡气回肠。其次,作者将感情纠葛与门派之争、政治斗争与民族之见等结合起来,使爱情与现实之间的矛盾冲突相互纠结,最终既考验了爱情的主人公的胆量,感情的波折也极大地激发了读者的兴趣。如紫衫龙王和韩千叶为了爱也一直在躲避波斯教的追杀;赵敏为了爱张无忌,毅然抛开了家庭的羁绊与狭隘的民族之见;而周芷若因固守灭绝师太的誓言而扭曲了爱等。如此,作家从某种程度上渲染了处于感情漩涡中人物的悲剧色彩,增强了艺术感染力。

《倚天屠龙记》一书具有宏伟气势的韵味,它不仅提出了"武林至尊,宝刀屠龙。号令天下,莫敢不从。倚天不出,谁与争锋"的江湖口号,而且所描写的六大门派围攻光明顶之战,更是扣人心弦,波澜壮阔。

《倚天屠龙记》还揭示了复杂的人物个性。作者在《金庸作品集》新序中说:"小说是写给人看的。小说的内容是人。"所以,《倚天屠龙记》中的人物个性鲜明,如混元霹雳手成昆,为报情仇而设计重重陷阱,自私邪恶,阴险狡诈;金毛狮王谢逊,脾气火爆又重义守信,杀人如麻最终却皈依佛门;美貌柔弱的周芷若,颇有心计,由爱生妒,下毒毒害殷离却嫁祸于赵敏;武林世家朱长龄貌似侠义君子,却欺世盗名;而张无忌虽武功盖世,却生性善良,在感情面前优柔寡断,为情所困,等等。

另外,从《倚天屠龙记》中张无忌的性格特点分析,他看似"软"的个性中透露出了人性中的自然与质朴,这近似于道家的"无为"和"不争"。小说中的张无忌,从来不主动去"选择"什么,总是被外力推动而机缘巧合地实现了某种原不可能的愿望。在其顺从自然的道家个性风骨中,我们不难明白金庸小说和传统文化的联系。

与作者的其他武侠小说一样,《倚天屠龙记》的语言具有传统韵味,在行行如诗的文字中,寄寓了宏大的历史背景与文化内涵,使传统文化展现出新的魅力。

琼 瑶

几度夕阳红(存目)

[导读]

琼瑶,原名陈喆,1938年出生于四川成都,中华人民共和国成立前随父母迁居台湾。父亲陈致平是大学教授,母亲袁行恕出身于书香门第,受此家庭背景影响,琼瑶自幼喜爱诗歌文学。16岁时在《晨光》杂志上发表了第一篇短篇小说《云影》,1963年的自传小说《窗外》更使她一举成名。琼瑶著述颇丰，《几度夕阳红》是她小说创作中的重要作品。

《几度夕阳红》有两条故事主线：第一条主线是在1943年的重庆，女主人公李梦竹与当时还是学生的何慕天相识相爱，为了同何慕天在一起，李梦竹不惜违背母亲的意愿，毁弃了婚约，并离家出走，与何慕天同居。但是何慕天已经是一个有家室的人，他并没有把他的真实状况告诉梦竹，只是谎称回昆明跟父母禀明他和梦竹的事情。何慕天回到昆明后音信全无，梦竹拖着孕身到昆明寻他，结果在何家遇见了何慕天的妻子，梦竹的一切希望和渴盼全部破碎。重新回到重庆的家里后，却得知母亲病故，她深深自责。此时，杨明远向梦竹承诺会照顾她，为了肚里的孩子和自己的名节，李梦竹最终嫁给了流亡学生杨明远。第二条主线则发生在1962年的台北，李梦竹和何慕天的女儿杨晓彤，与在同学生日宴会上认识的魏如峰堕入爱河，但是何慕天的女儿何霜霜也深爱着自己的表哥魏如峰。何霜霜陷入了对杨晓彤的嫉恨之中，并利用晓彤的弟弟杨晓白伺机对魏如峰实施报复，从中离间如峰和晓彤之间的感情，后来霜霜意识到自己的任性和表哥对晓彤感情的执着，终于放弃了"报复"。晓白在此之前受到霜霜的挑拨，后又发现霜霜和如峰之间的"不寻常的关系"，誓为姐姐"出头"的晓白，用刀子捅向了如峰，所幸的是经抢救之后如峰脱离了危险。而因为如峰和晓彤的恋爱关系，以及好友王孝承作为中间人传递何、杨两家的信息，埋藏在李梦竹和杨明远之间多年的情感危机因为何慕天的出现而彻底爆发了。梦竹和慕天再次见面，慕天向梦竹解释了一切，两人冰释前嫌，但是梦竹还要面对明远对自己的"折磨"。然而最终梦竹、慕天、明远三人各自的妥协和让步，保全了晓彤和如峰的爱情，梦竹和明远的家庭也得到了维系。

《几度夕阳红》故事发生的背景有琼瑶生活经历的影子。小说一开头就描述了李梦竹如何为家庭收支而伤透脑筋，杨家住宅空间的狭小、三餐饮食的简约以及李梦竹从一个只会吟诗填词的娇小姐变为一个成天同柴、米、油、盐打交道的妇人，这些都间接反映了移居台湾的那一代人生活的艰辛。但是，在琼瑶小说中，现实的冷酷情境总是被男女情感所遮蔽，带有理想色彩的爱情在不经意间就置换了现实世界。

琼瑶小说中的女主人公形象总是集美丽、忍耐、单纯于一身，李梦竹、杨晓彤即为例子。何慕天最初被李梦竹所吸引，就是被她身上柔弱、婉约的气质所打动，而在昆明的妻子的"专横"、征服者的形象则是他的梦魇。在琼瑶看来，女性是被男性呵护的，而不是凌驾于男性之上的，而往往是这样的女性在小说中成为爱情的"宠儿"。小说中女性活动的空间仅限于家庭，李梦竹就是在狭窄的家庭空间内忙得团团转，她的全部生活的重心就是在丈夫、儿女身上，看到他们，就看到了生活的希望。从某种角度上说，琼瑶小说中的女性形象缺乏自我意识。如李梦竹为了爱情，同母亲决裂，毅然离家出走，但是在获得爱情之后，她又一改"叛逆者"的形象，对何慕天依从；而在同何慕天产生误会嫁给杨明远之后，又对杨明远忍耐。

琼瑶小说作品的取名及语言具有古典美。比如，《庭院深深》就源自欧阳修的《蝶恋花》，"庭院深深深几许？杨柳堆烟，帘幕无重数"；《烟雨濛濛》来自王昌龄的诗句"玉清坛上雨濛濛"；《青青河边草》化自东汉《古诗十九首》之二"青青河畔草，郁郁园中柳。盈盈楼上女，皎皎当窗牖"；《几度夕阳红》来源于明代杨慎的《廿一史弹词》

第三段"说秦汉"的开场词，即"滚滚长江东逝水，浪花淘尽英雄。是非成败转头空。青山依旧在，几度夕阳红"。可以说，这与琼瑶出自书香门第的家庭环境有关，自小的诗词修养，塑造了她温婉、优美的语言特点，也融进了她笔下女主人公的外表、性格气质之中。

琼瑶小说和电视剧的兴起，同我国台湾地区六七十年代的"戒严"、大陆"文化大革命"过后的精神真空有一定的联系。对理想爱情的追求淡化了现实的残酷，满足了读者对梦幻的想象追求，这是琼瑶小说风靡一时的原因之一。但是从当下的视角来看，琼瑶小说、电视剧的台词的煽情，女主人公形象的"甜腻"以及单一化的人物关系设置等，之前被视为琼瑶小说的"特色"所在，现在却成了她为人诟病之处。这也是琼瑶面临的挑战之一。

黄　易

大唐双龙传（存目）

[导读]

黄易，原名黄祖强，香港中文大学艺术系毕业，专攻中国传统绘画，曾获得翁灵宇艺术奖。毕业后出任香港艺术馆助理馆长，1989年辞职专职写作。他醉心于武侠创作，作品分为两种类型：一类是科幻小说（也称玄幻小说），其作品有《玄侠凌渡宇》系列、《星际浪子》等，另一类就是武侠小说，如《破碎虚空》《翻云覆雨》《寻秦记》等等。《大唐双龙传》则是其武侠小说中影响力最大的一部鸿篇巨制，也正是《大唐双龙传》奠定了黄易作为新兴武侠小说代表人物的地位。

《大唐双龙传》以隋朝末年群雄争霸的动荡时代为背景，记叙了寇仲和徐子陵两个小人物凭着天分、机遇和自身的努力，最终成为一代宗师的故事。寇仲为人机灵、重情义、有雄心壮志，徐子陵则忠厚、细腻、内敛，淡泊名利。二人虽然性情不同，但是自小相互扶持，不离不弃。因机缘之故，二人得到了武功奇书《长生诀》，它是解开"邪帝舍利"之谜的关键。在来自高丽的女刺客傅君绰的帮助下，二人初练长生诀，并躲避来自江湖人士的追杀。在这一过程中，双龙都结识了生命中的"红颜知己"，徐子陵和圣女师妃暄、妖女婠婠之间的感情纠葛，并最终与石青璇相守一生；寇仲对李世民之妹李秀宁的一见倾心，与欢喜冤家宋玉致的结识，以及和尚秀芳的感情，丰富和推动了情节的进展。双龙最终开掘了宝藏，吸取了"邪帝舍利"的七成功力，但同时复活的邪王石之轩，也得到了舍利的精元，却成为正派的大敌。由于受"邪帝舍利"的影响，寇仲斗心日盛，徐子陵试图夺取"和氏璧"，用它的正气来化解"邪帝舍利"的霸气。最后，想成就霸业的寇仲接受徐子陵、师妃暄等人劝说，决定帮助李世民一统天下，还天下以太平。在协助李世民平定天下之后，寇仲和徐子陵退出江湖，过起了隐居生活，小说以九年之后二人在福聚楼的会面这一场景作为结尾。

如果单从武侠小说的故事驾驭能力上来说，金庸是集大成者，无人能出其右。而黄易的新武侠小说的创新之处在于"武侠技击的玄学化"。在小说中，充溢着对玄学、生命的思考，高手在比武格斗过程中，其胜负之分取决于侠士的精神境界的高低。能够达到这样的武侠认知境界，同黄易本人的知识涵养是分不开的。他对艺术、天文、历史、玄学星象、五行术数都有相当的研究，并对周易、佛理、名家思想等等也有一定的钻研，这些都深深影响了他的武侠小说创作。由此，黄易的武侠小说另辟蹊径，不落俗套。如黄易本人所说的：任何技艺事物都可升华至道的境界，包括"解牛"的庖丁在内，正是技进乎道。所谓"物物—太极"，任何事物均有更深一层的意义等待挖掘。《大唐双龙传》则集合了对天道无常、武道极致与生命真谛的探索，在故事之外，另有一层对人生意义的探寻，如《坛经》所说，"太极生万物，物物有太极"，万物皆在大道之中。寇仲和徐子陵最初的目标只是"拣得最有前途的义军，异日得了天下"，荣华富贵即可到手，但是，两人都最终超越了这一世俗的条框。寇仲为李世民大军包围时的凛然，寇仲和徐子陵两人百炼成金的历程都在暗示着生命的超越性，即从不可能的情境中寻找某种可能，达至生命的升华。

在《大唐双龙传》中，黄易不单对男女主人公刻画细致，就是对次要人物也是极尽雕琢之能事。比如，刘黑闼这一人物，当他从"散真人"宁道奇那里得知自己仅有四十一年的寿命时，他没有哀怨伤悲，反而开始同时间赛跑，"我已打定主意，痛痛快快度过这四十年的光景"。生命本身就是一个整体，我们在经历着生的时候，也在经历着死亡，生和死是相依的，不可分离的。一直焦虑着生命的最后结局和归宿，而忽视了在历经生命的过程中所绽放的花朵，这才是人生的可悲之处。而刘黑闼则参透了这一点，并影响到寇仲的性情。在黄易的小说中出现得最多的一个句子就是"生命处于最浓烈的境界"，意在生命遭遇极限、挑战的那一刻的爆发，它的美丽、绚烂远远超过了事件导向的那一结局本身。即使是小说里的反面人物，如石之轩、庞班等人也是充满了对生命的积极向往，都在寻求一种超越。

作为新武侠小说的新生代，黄易又使武侠小说创作回归到了大篇幅的文本架构之下，《大唐双龙传》的超大巨制以及受欢迎的程度，印证了受众的阅读偏好并不是为文本的篇幅所定。另外，《大唐双龙传》也被改编成网游，它的商业性质是否会在某种程度上削弱小说本身的人文意涵呢？那么，武侠小说如何在新媒介环境之下"变身"，既保持其原有的精神内核同传统文化的联系，又可以与时代共驱进，这是在新情境下面临的新问题。

都　梁

亮　剑（存目）

[导读]

都梁（1954—　），祖籍江苏，出身于知识分子家庭，参军后于坦克部队服役。复员回京后，担任过教师、公务员、公司经理、石油勘探技术研究所所长等职，现为自由撰稿人。长篇小说《亮剑》于2000年1月出版，并被改编为同名电视连续剧。2001年12月发表26集电视连续剧剧本《血色浪漫》，并被拍摄为电视剧《梦开始的地方》，后又拍摄为同名电视剧。长篇小说《血色浪漫》于2004年出版。

小说《亮剑》叙述的故事是：抗日战争进入相持阶段，日军为消灭我华北太行山地区八路军主力部队，于1941年，派出其精锐日军山崎大队，突进八路军晋西北抗日根据地的腹地——水腰子兵工厂。战斗打响后，日军凭借险要据守，我军伤亡惨重，李云龙独立团获命出战，他先掘坑道后用手榴弹轰炸，以独特的战术歼灭了山崎大队。日军宪兵队长平田一郎的生日宴上，来了两个特别的客人——八路军独立团团长李云龙和国军358团团长楚云飞。两人大显身手，干掉了日伪军守备部队的全体军官。李楚二人惺惺相惜，成了朋友。严冬，在野狼峪伏击日军运输队的独立团遭遇了装备精良、战斗力强悍的日军关东军，敌我人数相当，李云龙出其不意地率领部队与日军展开白刃战，全歼日军两个中队。1942年初冬，李云龙在团部赵家峪村举行婚礼，遭到山本一木大佐率领的日军特种部队偷袭。李云龙的独立团损兵折将，虽突出重围，可是新婚妻子秀芹被日军捉走，政委受伤，愤怒至极的李云龙下令以一个团的兵力攻打日军特种部队逃进的县城。此战牵动了我、友、敌军三方的几十万兵力，战况空前激烈。日军以李云龙的妻子相要挟，李云龙不顾劝阻，毅然下令以炮轰城，全歼日军特种部队和县城守敌。

李云龙的警卫员魏大勇（绰号和尚）是武艺高强的少林弟子，他在去师部送信的途中被即将由孔捷新二团收编的土匪杀害了。李云龙不听任何人劝阻，下令包围黑云寨并砍了匪首的脑袋给和尚报仇。此事使上级极为震怒，李云龙第四次被降级为一营营长。

抗战胜利了，楚云飞设下"鸿门宴"请李云龙赴宴，本想加害于他却没有想到酒足饭饱后的李云龙解开大衣，露出缠满全身的炸药，楚云飞只好眼睁睁地看着李云龙离去。1948年，李云龙、楚云飞两位师长在淮海战场上相遇，李被楚云飞一方的迫击炮弹炸得昏死，楚也被对方的机枪重伤。李云龙在医院治伤时喜欢上了18岁的女护士田雨，并最终求婚成功，随后结了婚。急于返回部队的李云龙在归队的途中击溃了国民党散兵和土匪的伏击，当他赶到驻地厦门时，我军已打响金门战役。我军第一梯队的八千多将士，在金门岛上激战两天后全部牺牲。李云龙悲痛欲绝，决心充分准备以图再战。李云龙被任命为代理军长，朝鲜战争的爆发迫使再攻金门的计划被取消，他愤恨难平。他和田雨介绍赵刚和冯楠相识，并促成了二人的婚姻。李云龙多次向上级请求赴朝参战，却被通知到南京军事学院学习。在南京军事学院，李云龙遇到了脾气相投的老战友孔捷军长和丁伟军长。这三人瞧不起曾为手下败将的原国民党军队教员，因在课堂上闹事，被院长刘伯承批评。后来，李云龙等三人又因嫌少将军衔低而发牢骚，故意穿旧式军装不佩军衔出操，顶撞了带队的常军长，又被刘伯承元帅严斥。在毕业论文答辩会上，李云龙的特种作战理论与丁伟的关于重组国土防御战略大格局的构想都引起极大反响。

回到老部队任军长的李云龙要组建特种部队，他找来段鹏选拔人员。段鹏选拔了108名身怀绝技的战士，组成代号为"梁山"的特种分队。梁山分队在和军部警卫连进行的对抗演习中，神出鬼没地让一号首长李云龙当了俘虏。1958年9月炮轰金门时，特种分队发挥作用，炸死守敌三个将军。1960年大饥荒中很多人被饿死，"反右"运动中被打成右派去改造的岳父去世等等，使李云龙感到有些迷茫……随后，"文化大革命"开始了，李云龙先是积极参与，可是感觉有点不对，当他得知老搭档赵刚夫妇因不堪迫害自杀后，他如发疯一般，痛苦，困惑。当全国性的大规模武斗蔓延到李云龙部所在城市时，他已忍无可忍，为挽救群众而再次亮剑。他指挥梁山分队秘密出动，破坏了造反派的武斗。当造反派占领野战军的师部将抢走大批武器装备和绝密文件时，他下令攻击造反派，夺回了师部。这让与李云龙不和的政委马天生抓住了把柄，将此事上报中央文革小组。成为"现行反革命分子"的李云龙被批斗，不屈服的他遭受了殴打。梁山分队救出了李云龙并劝他外出躲避，但是他拒绝了。回到家中后，他拿出当年楚云飞送的手枪，结束了自己高傲倔强的生命。两天后，田雨割腕自杀。20年后，几个中年将校到李云龙曾住过的小楼凭吊，痛哭起来。

小说《亮剑》成功地塑造了一个独特的军人形象，这个人物身上有缺点，如他没有文化是个俗人；他粗鲁骂人，"老子"不绝于耳，爱意气用事，有些草莽习气；他甚至有点自私，从不吃亏等等。但是，他身上更有英雄豪气：战场上，他勇猛顽强、视死如归；做人，他疾恶如仇、刚直不阿；功勋上，他战功显著、身经百战。他身上更有一种将者大器的精神——亮剑精神——那是一种敢于战斗、永不服输的精神，是一种坚毅果敢、压倒一切敌人的凛然不可侵犯的大无畏精神。用李云龙的话说就是："面对强大的对手，明知不敌也要傲然亮剑。即使倒下，也要成为一座山，一道岭。这便是'亮剑'精神，也是中国军人的军魂。"因此，李云龙是一个英雄，一个为了民族解放与社会发展做出杰出贡献的英雄。当然，在李云龙身上，我们还可以看到他对事业的执着、忠诚和高度的责任感，更有对人生的豁达、洒脱、磊落等男子汉气概。所以，有人说这部不落俗套的小说，是一部充满了阳刚之气的英雄小说，是男人写的，写男人的，写给男人看的。

作为一部长篇小说，《亮剑》反映了从抗日战争、解放战争直至新中国成立后的历史，特别是"文化大革命"那段痛苦的历史。它不仅具有史诗般的宏阔，又充满革命的战斗豪情。它是战争小说中突出英雄个性的"战神"传奇，又演绎出丰富的人世常情与同志友情及爱情。小说在歌颂英雄的同时，没有回避历史与现实矛盾，使英雄性格的塑造与历史发展的潮流得到完美结合，即在恢宏的气势中使人物性格的发展与历史的真实得到统一。

安妮宝贝

彼岸花（存目）

[导读]

安妮宝贝（1974— ），浙江宁波人，原名励婕，曾经从事过金融、编辑、广告、网站等领域工作，现为自由作家。除写作外，还从事媒体策划、编辑、摄影、编剧等工作。1998年始在网络上发表文学作品，后成为知名的网络文学写手。代表作品主要有《告别薇安》《八月未央》《彼岸花》等，2007年出版随笔集《素年锦食》，2009年同蔡骏、春树、张悦然等人合写《选择之道》。

作为名动一时的文坛人物，曾被称为"美女作家"的安妮宝贝，其《彼岸花》是一部非常有特色的长篇小说。正如小说的名字——彼岸花，自然界也有这种花——曼陀罗，有白色的，也有红色的，一般分布在长江中下游地区，我国唐代已经出现有关记载，俗称"无义草""龙爪花"等等。安妮宝贝把小说命名为《彼岸花》，值得思考。

《彼岸花》是一部"倾诉"小说，在这部19万多字的小说里，作者写了一个年轻孤独的女子——乔。乔经常去自己所租的居住地附近的一家酒吧，结识了开酒吧的那个男人——酒吧的老板森。森是从英国回来的干净恬淡的一位中年男人，酒吧的名称叫BLUE（蓝色）。乔在酒吧里经常一个人喝酒，听音乐，待到凌晨才回住处。回家后就是和他人进行网聊，甚至网恋。后来，她在网上遇见了另外的有着类似爱好与个性的女子小至，跟她谈自己的人生感受，包括对男人的理解。再后来，同其他网聊一样，她们见了面，并住到一起，成了朋友。小说叙述的"我"——乔，继续自己的写作生活，而小至却谈了恋爱。不忍看小至在异国情缘里迷失自己、身心受伤害，"我"劝小至，后来小至寻找她的理想去了，而"我""依然在电影和文字里寻求和现实和谐共处的方式。这也是我对生活彼此抗衡的唯一方式"。后来，乔想和人同居，便遇到了绢生——另一个女性，无可救药的女孩也如小至一样谈恋爱，也被抛弃，最后成了一个大悲剧。后来乔又在音像店中遇到一个单纯的有理想主义色彩的男人卓扬，乔与他聊天，给他安慰，让他走出失恋的阴影。再后来，经历过众多故事的乔又孤单地来到酒吧，她仍然在这里喝酒，借机倾诉自己的心灵电影给老板森。这是一次视角转换，那电影叙述的是具有往事性质的故事：有个女子叫南生，她在童年时期失去了父母，后来与继母生活在一起，却意外地爱上继父情妇的儿子和平，可是和平知道自己无法救赎南生，让她摆脱痛苦，所以就一直躲避。后来南生四处漂泊，以写作为生。这样，小说中的"我"——乔，在向酒吧老板倾诉完男人与城市的电影内容后，决定和他去一个海岛生活。最后，她还是选择了逃离，于是在一个冬雪之夜，乔又重新选择了漂泊的生活。

可以看出，在小说的叙事结构上，作者是以第一人称"我"一边写作一边叙述的方式来"倾诉"的，既以现实情节的存在为主线进行小说叙事，又通过主人公的电影叙述这条线索延伸故事，两条线索，各得其用。在叙述格调上，作者延续了以往叙事的忧郁苍凉和暧昧阴郁，多用白、青、蓝、黑等颜色，这些冷色加以精致的文笔，给读者呈现出一幕幕唯美又伤感、暧昧又阴郁茫然的情感画面，使整部小说表现出类似电影那样光影交织的画面视觉美感。在表现对象上，小说汇集了作者写作的惯常道具：咖啡店、独居、精细等小资色彩的物质品味，阴郁、冷漠、茫然的精神状态等，使得小说充满了针对现实世界的精神抑郁与荒凉质感。

在接受媒体采访时，作者说："我一直想写一部关于倾诉的小说。对一个陌生人，说出自己心里隐藏的故事，或者说把这个故事当成一场电影，放给那个空荡荡的电影院里唯一的观众看。这是潜伏在人性里面对孤独和寻求的一种最本能的方式。本能的东西都是简单的，但深不可测。所以，乔会有南生的故事。"因此，倾诉为小说奠定了强烈的主观色彩。为了体现这种主观色彩中的苍凉阴郁，作者笔下的环境也心态化了，"天气慢慢地转暖。上海的天气像一件洗完以后晾不干净的衣服，在黏稠潮湿的尘烟中摇摆不定。路上的行人匆匆，生活的轨迹总是很难改变"。"山顶上空无一人，寂静像宿命般的包围。只有碧蓝的天空，呼啸的风声和明亮的阳光。树林在风中发出哗哗的涛声。"从这些具有心态化的环境感悟中，读者自然被感染，产生淡淡的感伤。

可以说，强烈的主观色彩已经成为小说的一大特征。作者在接受采访时说过："我会伤感地观望这个城市。它的肉体和心脏。更多时候城市只是一个背景，是一块黑色的底纹。那些被衬托着的神情淡漠的人群才是我所关心的。他们内心深处有潮湿茂盛的花园，隐藏在冷酷面具下，依然盛放着纯粹、唯美的梦想。即使一直在承受分裂和伤害。你的书是否进入了读者的灵魂。这是一个作家能够检验自己的创作是否具备意义的唯一标准。书可以成为一条线，把陌生人的隐秘感受联系在一起。让他们知道，在这个世界上有些感受很多人都具备。你其实并不如自己想象中的孤独。你可以融入这片大同。"这个"伤感地观望"态度，决定了作者笔下的环境，也决定了小说的文字风格。小说写的是都市情感，而主观色彩的伤感成为主调。

小说的主体结构划分为"乔""南生""散场了"三个相对独立的部分。"乔"部分写乔的故事，她独自在上海漂泊，爱好去酒吧、上网、看碟子，以写作为生，后来认识了小至、卓扬、森等人，她把心里的电影即她创作中的电影小说讲述给森听。于是，"南生"部分就是电影故事，即女孩南生的成长、爱情、绝望等，南生实际是精神上的乔。"散场了"是最后一部分，先讲述乔在写作与生活中遭遇的颠簸与疲惫，最后写到乔认为自己对这个城市和身边的这个男人已经倾诉完了，于是在冬天的雪夜里离开了，即"散场了"。这个结构看似分散，实际上则始终以人物同样的感情来贯穿。乔的孤独、南生是乔写的电影情节中的人物、南生与乔内心情感相关、散场中乔的离开又是对感情的茫然等。作家曾说："这是我的第一部长篇小说。是深夜时分，我在上海的寓所里，对着笔记本电脑，一个一个敲打出来的文字。附近有一座大桥，一条偏僻的马路。凌晨时偶尔有大货车轰隆隆疾驰而过的声音。当深蓝的天空逐渐泛白，靠在窗台边抽烟的时候，我一次次靠近这微妙的夜与昼的交替时分。""那是写作的三个月里，印象最深刻的场景。写完这本小说之后，我离开了上海。""小说中一个身份不明的年轻女子路过城市，结识住家附近开酒吧的男人。要对他倾诉。一个人的叙述。一个人的表演。一个人的观众。一场孤独的电影"。如此，小说又何尝没有作者的真实影子呢?

小说《彼岸花》中的乔，是"一个身份不明的年轻女子"，她"路过城市，结识住家附近开酒吧的男人。要对他倾诉。一个人的叙述。一个人的表演。一个人的观众。一场孤独的电影"。安妮宝贝说："主题是倾诉。时间就那么多。卸下面具，敞开心扉。"而乔，正是这样一个有独特个性，能够找到信任的人"倾诉"自己的角色。乔既是小说的叙述者，也是旁观者。她在自由而散漫的生活中仿佛成了一个超脱者，用她的话说就是："我漠视自己关注和重视之外的一切感觉和现象。不太容易付出。有享受孤独的需求。"小说中的乔以写作为生，并借此逃避爱情和烦恼，成了游走于都市生活的边缘人。

"小说的第一要素是语言。语言的美感和智力是决定一本小说是否好看的前提。"安妮宝贝如是说。她的《彼岸花》依然保持了以往"阴郁艳丽""飘忽诡异"的行文风格，语言简洁有度而优美，富于哲理性，叙述语句的节奏也把握适当。

总之，安妮宝贝的文字透着随意和懒散，小说的主人公也多给人一种飘移不定的感觉。小说揭示出在现代都市里，有这么一群人游弋于正统生活观念之外，在追求物质、符号的满足中埋藏内心的孤独，他们白天和夜晚的身份错位，人前"虚饰"，人后"真实"，处于都市中的这么一群人总是在心灵内部预留出一个无人触及的孤独地带。小说还指出在繁华的都市中，欲望的焦灼和灵魂的孤独之间存在矛盾，正如乔所说的："我们都是病人。没有人可以治疗。"

作者把同情和抚摸的笔触伸探至现代都市人的灵魂深处，以简洁、空灵的个性化语言，探讨了爱情与死亡等主题，展示了主人公内心存在的质疑、茫然、空虚、恐惧和梦想。小说命名为《彼岸花》，其意或许是如小说最后森所告诉乔的那样：你要的是彼岸的花朵，盛开在不可触及的别处。

张牧野

鬼吹灯（存目）

[导读]

张牧野（1978— ），网上笔名为本物天下霸唱，《鬼吹灯》出版时署名为天下霸唱。"天下霸唱"一词来自网络游戏。张牧野毕业于美术学院，主修国画，却做过发型设计师与服装生意，现从事金融行业，其《鬼吹灯》系列小说风靡一时，引发了"盗墓"小说的热潮，并逐渐形成了一个畅销书流派。其他作品有《活见鬼之雨夜妖谭》《鬼打墙》《鬼打墙2》《贼猫》《谜踪之国》等。

小说《鬼吹灯》本是作者在起点网上陆续发表的作品。谈起写作初衷，据说竟然是为了女朋友，因为女友爱看网上的鬼故事，所以他就萌发了自己写作这类故事的想法并进行写作。

小说命名为《鬼吹灯》，一般认为与所谓的民间传说有关。小说中提到了两则传说，一则民间传说是说：生人身上具有的阳火仿佛一盏灯，如果在走夜路时有人喊你的名字，你不留神一张望便会被鬼吹灭了灯，招去了魂。另一传说是：传说人的身上有三盏油灯，一盏位于头顶，另两盏放在肩上。据说盗墓者在盗墓时，往往要在墓穴东南角点一盏灯试探。如果墓鬼不让盗墓，就会把灯吹灭，据说这是一个活人和死人之间的协议（这个传说据说是有点科学道理的，即点一盏灯看看是否亮，就能够知道氧气够不够，如果不够，进入墓穴就等于送死）。此即小说《鬼吹灯》的来源。"人点烛，鬼吹灯"是传说中的四大盗墓门派之一——摸金派的不传之秘，意为进入古墓中先在东南角点燃一盏蜡烛才能开棺，如果蜡烛熄灭，须速速退出，不可取一物。相传这是祖师爷所传的一条活人与死人的契约，千年传承，不得破例。

小说《鬼吹灯》借用民间传说"鬼吹灯"命名，意在说明盗墓是一种类似探险的危险活动，小说也应归类于有神幻色彩的探险小说。作者曾说："《鬼吹灯》是一部探险小说，根源于易学的风水，是贯穿其中的经脉。虽然书中包含着众多元素，但只有'探险'二字能概括其精髓，绝非单纯的盗墓小说，也绝不是恐怖灵异和老掉牙的推理悬疑小说。古墓只是故事中探险的凭借，本书所讲述的，是一系列利用中国传统手艺和理论来进行的冒险旅程。"

《鬼吹灯》已经出版两部八册（卷），按照次序，第一部的四卷分别是第一卷《精绝古城》、第二卷《龙岭迷窟》、第三卷《云南虫谷》和第四卷《昆仑神宫》。第二部的四

卷分别是第一卷《黄皮子坟》、第二卷《南海归墟》、第三卷《怒晴湘西》和第四卷《巫峡棺山》。

以第一部第一卷《精绝古城》为例，可以看出小说的主要风貌：

首先小说以主要角色胡八一的口吻，以第一人称的视角叙述了胡家先世，民国时其祖父胡国华受时代影响爱鸦片结果败家后，为借钱继续吸食而去找舅舅，担心舅舅不借而无奈骗说要结婚用钱，舅舅高兴地借钱给他但一定要前去探望。拿钱后的胡继续吸鸦片，为了骗舅舅就找工匠糊了个白纸人装媳妇放到被子里。舅舅来探望，胡说媳妇身体不好不能够见面而阻挡舅舅，舅舅执意要见，二人在门口吵闹时，白纸人从屋内出来，彬彬有礼地要请舅舅进屋。舅舅走后，胡要烧掉这个附了鬼的白纸人，它不仅骂胡忘恩负义而且还说自己坟墓中有珠宝，说什么时候胡有困难了，可以到她坟墓里去拿。胡还是烧掉了白纸人。

此后，他在典当完家中最后的物品吸鸦片时，有只大老鼠来闻味道，孤独地胡向老鼠倾诉目前的窘境，没有想到老鼠却衔来银圆供他买鸦片，这样胡与鼠为友，日子又开始得意起来。此时，因为他穷困且不劳作还能够有钱继续吸鸦片，被一波皮盯上。趁胡外出，波皮进入胡家翻找钱物，看到一只大老鼠睡在被子上，于是就把老鼠扔进开水壶想惊吓胡，此时胡正好回来。看到大老鼠被扔进开水煮，胡非常难过，就拿刀砍伤波皮，被军阀捉住审问。胡说明是为了有恩义的老鼠而杀人时，军阀觉得胡仗义，不仅不处罚他还收他做副官。其后，胡的军队被打散了，胡又回到破败的家，难以为继时，想起白纸人的话，夜晚就准备去挖墓，没有想到挖出那尸体后竟然被它掏走了心肝。原来那尸体是百年尸魔，尸魔要求胡必须捉拿女孩来供它吃，否则就要了胡的命。胡无奈之下就去买了女孩，送往尸魔的坟墓时被一位风水先生看破，那人要胡拜他为师，与胡一起去消灭尸魔。师傅被尸魔毒气所伤，不久去世，死前把半卷风水宝典"十六字阴阳风水秘术"传授给胡。胡靠做算命看风水得以维生，后来其子即胡八一父亲参军成了团长，再后来有了孙子即胡八一。时间已经到了新中国。

胡八一遇到"文化大革命"而下乡，插队到了内蒙古与黑龙江接近的偏僻小山村，贫穷的日子里与胖子（王凯旋）为友，两人曾为找蜂蜜而捅马蜂窝，为找进山的女知青而遭遇人熊，进入据说藏宝的牛心山喇嘛沟遭遇鬼戏等，胡八一的风水学知识逐渐派上用场。后来，胡参军到了西北，为了寻找隐秘的地下工程而进入昆仑山。先是遭遇如瓢虫样的蓝色火焰，后来因雪崩而掉进地下空洞，发现九层妖楼，为逃生而杀死大蝼蟓，经历种种惊险，好多战友牺牲了，最后，胡八一终于得救了。后来参加对越自卫反击战，因为违反纪律处理俘虏而复员回家。回家后，胡八一遇到胖子，二人倒卖碟子，又认识了大金牙。谈起盗墓的行当，二人决定做摸金校尉（盗墓者）。首选地点是知青地牛心山，因其已被考古队进驻，于是找英子做向导去黑风口野人沟，先是发现怪兽吃了他们的矮马，后挖开古墓遭遇尸煞在墓中被追打，因墓墙破洞而进入关东军遗留的地下要塞仓库，发现很多秘密，在找出口时遭遇巨蝙蝠，仿佛看见小鬼孩，又遭遇草原大地懒的袭击，终于又返回古墓，草原大地懒遭遇尸煞，而胡等趁机逃了出来。英子派猎狗回村送信，村长带领群众来搬运物资。

回到北京后，胡与胖子找到大金牙展示盗得的古玉并卖掉。大金牙推荐懂得风水的胡和胖子参加了陈教授的精绝古城考古队，前去新疆沙漠寻找精绝古城。考古队遭遇沙暴而躲进废弃的古城，发现了巨瞳石像，遭遇行军蚁，进入西夜古城，根据风水与星象发现井下古墓，得知精绝古国线索，继续前进走向黑沙漠。到达精绝古城，先是发现六层黑塔代表不同等级及精绝国鬼洞族的眼睛崇拜，然后进入石殿发现巨大玉眼，遭遇大量剧毒黑蛇。后来，发现了地宫，进入精绝女王墓，发现昆仑神木做的棺木与尸香魔芋，探棺者接近魔芋就被迷幻，又遭遇黑色怪蛇急忙退出，进入狭窄的石缝中，因为怕黑蛇追而炸塌了入口，继续前进到一个石室，发现先知及预示未来的羊皮册。这时胡与胖子根据先知图画发现现在生存的人有一个是魔鬼，几经审问，原来是尸香魔芋的作用使他们产生的幻觉。在先知的预示指示下，四人出了精绝古城的扎格拉玛神山，而此时羊皮册失落，正如先知预示的一样神山崩塌消失，黑沙暴来袭，精绝古城被掩埋。经历艰险，在向导带领下走出沙漠，回到北京。

在这段故事中，小说充满探险趣味，绝对不是一味讲说盗墓获得珠宝与遭遇鬼怪，而是夹杂风水渲染，叙述不同地点的怪异见闻与探险经历，如东北森林、昆仑雪山、新疆沙漠等等，那里的尸魔、人熊、蝶螈、巨蝙蝠、尸香魔芋、行军蚁，等等。主要线索是胡八一与胖子二人的经历，不同地方的不同故事就由他们二人的视角叙述出来。

根据作者的介绍，其他各卷的大致情形为：第二卷《龙岭迷窟》先从一只香鞋写起，主要写"一是龙岭倒斗发现西周幽灵冢，二是摸金校尉黑水城寻宝，三是石碑店棺材铺献王痋术浮出水面"等故事，通过瞎子的描述，预示了下一卷寻找献王墓的情节。第三卷《云南虫谷》从决定去澜沧江的遮龙山写起，目标是献王墓，主要叙述"探险"故事，以藏宝图（人皮地图）式的结构讲述云南险恶的地形、各种怪异虫兽与诡谲的陷阱。第四卷《昆仑神宫》写充满神话色彩的昆仑山，涉及格萨尔王传说，叙述了风蚀湖的白胡子鱼与斑纹蛟的较量，出现了雪弥勒、雪山金身木乃伊、蘑菇森林、地观音、火蜥蜴等奇异怪物。

《鬼吹灯》第二部第一卷为《黄皮子坟》，主要是关于黄鼠狼的种种诡异传说、非人生物的墓穴和棺椁，以及东北地区特有的江湖体系；第二卷《南海归墟》写海中采珠和这一行业的传说；第三卷《怒晴湘西》先写民国时期望字诀以外的盗墓手段，叙述了不少民间故事，如关于瓶山的各种传说、听风听雷之术、嗅觉闻土辨藏，盗墓用具如器具蜈蚣挂山梯和穿山穴陵甲等也第一次出现等；第四卷《巫峡棺山》以《观山指赋》为线索，叙述了"十六字阴阳风水秘术"成为残书的原因与三枚古符以及发丘印在明代被毁的历史，写了无影仙桥、观山神笔、乌羊王古墓、鬼音指、黑猪开河的传说、棺山盗骨图等故事。

《鬼吹灯》小说中的人物众多，主要人物有胡八一（我）、王凯旋（胖子）、大金牙、Shirley杨、陈瞎子等。以胡八一为首聚集的这些人各有性格。如胡八一聪明豪爽、懂得风水、敢于冒险，经常说些奇异见闻以展示幽默个性；胖子是个好伙伴，枪法好、讲义气、忠诚；大金牙精明，懂得文物鉴赏；Shirley杨聪慧漂亮、讲信用、执着自信。

小说《鬼吹灯》两部八册长达200多万字，始自《精绝古城》，终于《巫峡棺山》。小说内容博大，叙述故事繁多，涉及地域广阔，鬼幻想象奇特，全书结构比较完整。能够成为畅销书的原因首先在于写的各种奇异幻想的盗墓故事。它利用所谓风水秘术，煞

有介事地解读天下山川之脉,探寻所谓失落的古墓宝殿,描述了奇异的森林、沙漠、雪山、峡谷、急流等自然,活灵活现地描绘尸魔、怪兽、毒虫、巫术、盗墓用具等,故事环环紧扣,想象力动人心魄,揭示了一座又一座神秘的古墓,精彩的故事如昆仑山大冰川下的九层妖楼与巨大空洞、中蒙边境野人沟中的古墓与日军遗弃的秘密要塞、隐藏于塔克拉玛干黑沙漠中的精绝古城、精绝古城神山无底洞中的尸香魔芋花、云南丛林中的虫谷妖棺等等,引人入胜。其次,小说的叙述语言非常朴实,加之融合了具有民间传说性质的文化元素等,也是该书受欢迎的主要原因。

在缺少神话的年代里,在贫乏、琐碎的日常生活之外,《鬼吹灯》所写的盗墓这一行当中的"盗墓行规"与"行语",如倒斗、元良、粽子、摸金符之类与摸金校尉、发丘中郎、卸岭力士、搬山道人四大门派等,迎合了人们冒险、追求神秘的心理状态,使阅读的人获得了心理满足,日常压抑得到宣泄,这也是它受欢迎的原因之一。正因如此,在它的影响下,"盗墓小说"获得盛行。

王晓方

驻京办主任(存目)

[导读]

王晓方,辽宁沈阳人,生于20世纪60年代,理学硕士,是官场文学的代表作家之一,被誉为反腐作家的文坛新星。出版小说有《致命漩涡》《少年本色》《驻京办主任》《大房地产商》《市长秘书》(又名《心灵庄园》)等等。小说《市长秘书》获得新浪网第二届华语原创文学大奖赛优秀长篇小说奖。

《驻京办主任》借东州市驻京办主任丁能通的视角缓缓展开叙事,讲述了东州市市长肖鸿林和常务副市长贾朝轩两人的明争暗斗,最后两人皆因腐败问题而被双规、判刑,由此引发了东州市的"全面震荡"。"驻京办"是计划经济体制之下的产物,丁能通选择"驻京办"作为一个政治平台,一是为了远离政治纷争的泥潭,一是在京城可以结交领导来拓宽政治仕途。但是,曾经作为肖鸿林秘书的丁能通,以及和在中央党校学习的贾朝轩之间的不冷不淡的关系,使得他也难以在这场险恶的政治斗争中全身而退。在驻京办工作期间,丁能通经常游历和珅的恭王府,他并不是对和珅的"贪"感兴趣,而是从和珅身上看到了"官本位制度"中所有为官的元素。从刚开始的改革精英到腐败分子,这一堕落过程说明了一点:绝对的权力导致绝对的腐败。按照丁能通的想法,就是"给任何人创造出和珅一样的环境,都可能造就成另一个和珅"。权力、美女、金钱这三者是紧紧联系在一起的,肖鸿林和白丽娜、贾朝轩和苏红袖的关系即为例子。贾朝轩和黑帮头子陈富忠的权钱交易,陈富忠因为贷款未成谋害段玉芬,权色交易、权钱交易这些故事的展开直指当代中国的腐败问题。通过对这些官场中人物的描绘,《驻京办主任》揭开了官官相护、官商勾结的关系网络,一旦东窗事发,一损俱损。然而政治上的变动又会影响到城市的经济发展,可谓"牵一发而动全身"。当然,小说也刻画了东州市委副书记李为民的刚正不阿、清廉爱民的形象,以及刑警支队支队长石存山、段玉芬的正气。

王晓方的《驻京办主任》对人物的描绘,并不是以好坏的绝对对立作为标准,而是更偏向于对人性弱点的揭示。比如对丁能通这一人物的塑造,一方面,他不敢违逆官场规则,对肖和贾的"顺从",甚至对各个领导"喝酒"的品位都熟稔在心,在他看来,肖和贾的争执导致的是"两败俱伤"的结果,东州政局如果出现"地震",他的政治前程也将受到影响;另一方面,他不想"涉水过深",时时提醒自己不要受女色、金钱的诱惑,但最后还是和罗小梅发生了关系。在段玉芬被谋害这一事情上的犹疑不定,对苏红袖、林娟娟这类人的鄙视,都深层次地展示了这一人物在道德底线和现实境遇冲突之下的内心煎熬。能够生动地刻画出丁能通、贾朝轩这样的人物形象,与王晓方的从政经历有很大的关系。如他自己所说:"我在政府工作多年的人生经历,为文学创作积淀了丰厚的生活底蕴。那场惊心动魄的腐败大案在我心灵深处造成的炼狱般的磨难也许是我一生中最宝贵的财富。"所以在王晓方的小说中,很多人从中看到了自己的影子。

这些年来官场小说的"大热",一方面是因为人们对"官场"这一神秘场域的好奇;另一方面则是希望从官场小说中获取"职场秘籍"。从另一个角度来说,官场小说的现实主义倾向也是使其成为各类小说中"热门题材"的原因之一。也就是说,如果把官场小说放置在中国改革开放以来的社会转型这一大背景之下来看的话,就可以发现腐败的新形式、新渠道的出现同这一转型期的制度、法治漏洞有关系。在《驻京办主任》这一小说中,丁能通的上串下连、陪伴出境、招商引资、项目投入等活动可以间接反映出官员借机"以权谋私"、权力寻租的制度纰漏。

但是小说仅仅只是小说,小说无法撼动现实的格局。要解决腐败问题,按照王晓方的说法则是:"我个人理解就是政治上建立真正意义上的民主。中国要继续前进,最要紧的是民主体制建设。这一块跟不上去,包括腐败问题在内的很多问题都难以彻底解决。"

莫 言

蛙(存目)

莫言,山东高密人,中国当代著名作家。著有《红高粱家族》《酒国》《丰乳肥臀》《檀香刑》《生死疲劳》《蛙》等长篇小说十一部,《透明的红萝卜》《司令的女人》等中短篇小说一百多部,并著有剧作、散文多部。2012年莫言获得诺贝尔文学奖,获奖理由是:通过幻觉现实主义将民间故事、历史与当代社会融合在一起。

《蛙》是莫言酝酿十多年、笔耕四载、三易其稿、潜心创作的第十一部长篇小说,2009年12月由上海文艺出版社出版。与他的其他重要长篇作品,如《酒国》《檀香刑》《生死疲劳》等相比,《蛙》延续了这些作品对小说结构、叙述语言、审美诉求、人物形象塑造、史诗般反映社会变迁等方面的执着探索,在整体上达到了相当高的艺术水准,也是近几年中国原创长篇小说中最重要的力作之一。这部小说的主要内容是:以新中国近60年波澜起伏的农村生育史为背景,通过讲述从事妇产科工作50多年的乡村女医生姑姑万心的人生经历,在形象描述国家为了控制人口剧烈增长、实施计划生育国策所走过的艰巨而复杂的历史过程的同时,成功塑造了一个生动鲜明、感人至深的农村妇科医生形象。并结合计划生育过程中的复杂现象,剖析了以叙述人蝌蚪为代表的知识分子卑微、尴尬、纠结、矛盾的精神世界。

小说结构新颖而缜密,由剧作家蝌蚪写给日本作家杉谷义人的五封信构成。前四封信附有关于当了50多年妇科医生的姑姑万心的长篇叙事,当中也加入了蝌蚪本人的生活故事;第五封信则附有一部关于姑姑和蝌蚪自己的话剧。因此,这是一部将书信、元小说叙事和话剧巧妙地融合杂揉为一体,拓宽了小说艺术表现空间的作品,是莫言创作中的又一次具有开创意义的艺术尝试。同时小说添加了诸多新颖的元素,在写作手法上,融合了诙谐、戏谑、调侃、反讽、嬉闹、灵魂独白、戏中戏等文体风格,富有魔幻和荒诞色彩,使得整部小说呈现出鲜明的审美特征。

姑姑万心是一名医生,生活在普通的农村,但其一生的命运并不普通,兼具个人命运与国家命运的双重意味。因此,理解这部小说需要从社会和个人两个层面予以解读。从社会和历史的层面看,整部小说堪称以高密乡人民这一群体为缩影的新中国的生育史。姑姑万心这一辈子真正忠于党,忠于社会主义事业,将自己的全部生命投入到国家的计划生育事业当中,正如背叛她的男朋友王小倜在日记中给她起的外号"红色木头"。"姑姑从血泊中站了起来,以火一样的热情投入到了工作。"姑姑说:"当时我心硬如铁,将个人的安危置之度外。张拳,随你骂吧,婊子,母狗,杀人魔王,这些侮辱性的称号,我照单全收,但是,你老婆必须跟我走。去哪里?公社卫生院。"姑姑万心常挂在嘴边的一句话是:"计划生育是国家大事,人口不控制,粮食不够吃,衣服不够穿,教育搞不好,人口质量难提高,国家难富强。我万心为国家的计划生育事业,献出这条命,也是值得的。"

小说中写到有关计划生育的几个标志性的事件:20世纪60年代初,刚刚经历过三年大饥饿的农村出现生育高潮,姑姑也忙碌起来,并成为高密东北乡远近闻名的妇婴名医。从1965年开始,急剧增长的人口导致新中国成立后的第一个计划生育高潮。当上公社卫生院妇产科主任的姑姑坚决响应党中央号召,在全公社掀起轰轰烈烈的"男扎"行动。70年代末,国家迎来了计划生育的第二个高潮,发生在姑姑身上的故事也更加多姿多彩,有感人肺腑的,有惊心动魄的,也有让人感慨万千的。一次为了动员生过三个女儿、怀了第四胎的耿秀莲去卫生院做人工流产,姑姑被耿秀莲的丈夫张拳打得头破血流,而耿秀莲则因为大出血而失去生命。姑姑六亲不认,举报侄子蝌蚪妻子王仁美怀孕二胎,最后迫使王仁美引产闹出人命。万元户陈鼻的老婆王胆怀了第二胎,王胆一直躲藏着,直到临产的时候,乘着一张竹筏想逃到外地去生下腹中的胎儿,在经过一番惊心动魄的追逐后,姑姑的计划生育队在河上追上了逃跑的王胆,王胆羊水破裂,姑姑在竹筏上给她接生了一个女婴,但王胆却不幸死去。随着人们生活条件的变化和商品经济的突飞猛进,一些超生的方式也"与时俱进",越来越令人惊叹。在高密东北乡,袁腮以牛蛙养殖公司为幌子,组织了一批"代孕女"为那些想要生男孩的人代孕。主人公蝌蚪的精液被注入一个"代孕女"体内,并使其怀孕,而这个"代孕女"就是王胆在竹筏上生下的那个女儿、在南方一家毛绒玩具厂烧毁面容的陈眉……

正如小说的名字《蛙》一样,莫言在叙述计划生育这一悲壮的史实,表现出对人类原始生命力的复杂而坚毅的情感。正如蛙的强大的繁殖力一样,其中他饱富激情和感慨的正是人类生命繁衍的悲壮和伟大。《蛙》作为一部长篇小说，在对现实问题的处理上，很好地融入了历史事件和当代社会问题，将"计划生育""代孕"等一并纳入一个完整的叙事结构中，并采用了"等距"的写作视角，这种对现实题材的处理完全超脱了时空的限制，由此可见莫言写作视野的宏大和高明之处。

需要注意的一点是，在宏大的历史性叙事面前，小说人物的个人命运同样值得深切关注，这正是理解《蛙》这部小说和莫言其他小说的密钥所在。细致考察可以发现，文中除了刻画了姑姑万心悲剧的一生外——原本拥有美好的爱情，结果男朋友驾机叛逃台湾——从个人性的层面来讲，这件事或许从根本上改变了姑姑的一生，甚至可以做如此猜测：宏大而复杂的叙事背后的动因都是极为偶然而感性的人物故事。显然，莫言的小说呈现出这样的特征，对社会历史叙述的同时，他同样格外重视对个人生命的体验的叙写。莫言显然注视到了女人们失意时的某种变化，这种变化对莫言而言，同样是刻骨铭心，令人深思难忘的，甚至是莫言文学创作中最为关注的焦点之一。"黄秋雅这个上海资本家的千金小姐，名牌大学毕业生，被贬到我们高密东北乡，真是'落时的凤凰不如鸡'！……姑姑说：她那双手真是巧啊，她能在女人肚皮上绣花……每当说到这里，姑姑就大笑，笑着笑着，眼泪就会夺眶而出。""姑姑那时身体略有发胖，那口令人羡慕的白牙也因无暇刷洗而发黄。她的声音嘶哑，有了几分男人嗓，我们经常能在高音喇叭里听到她的讲话。"因此，如果说《蛙》叙述的是一部中国社会历史的变迁，那么，同样也是一部个体生命的存在变迁，甚至可以说，个体生命的存在状态，在莫言对文学的理解中，占据更加重要的位置。

这种庞大题材与细微叙事的双重杂糅，从某种意义上，正阐释了莫言对长篇小说这一体裁的深刻理解，它摒弃了刻板陈腐的写作构思，循规蹈矩的故事情节，人物形象的概念设定等传统写作惯性，从真实的生命体验出发。在代序言《捍卫长篇小说的尊严》中，莫言指出："长篇小说的长度、密度和难度，造成了它的庄严气象。它排斥投机取巧，它笨拙，大度，泥沙俱下，没有肉麻和精明，不需谄媚和撒娇。"

第三节　小说写作

一、写作技巧

短篇小说的篇幅短小，一般限定在三千字到三万字之间。它人物不多、情节单纯，往往选取生活中的一个横断面或若干个侧面加以集中描写刻画，能够轻快灵活地表现作者对社会生活的艺术感知。短篇小说可以写现实生活的横断面，也可以写片段，还可以写局部等，用以反映生活，表达作者的社会认识。其写作技巧主要有以下几点。

（一）以人物为核心组织故事情节

短篇小说中的人物在小说叙述中具有一种功能性的作用。因此，它要求在刻画人物时集中笔墨来成功塑造一个性格侧面相对系统、完整的人物个性，以富有感染力的侧面来表现主人公的思想情感。在艺术构思上，要集中人物之间的矛盾冲突，有意识地描写人物性格和揭示人物命运，在有限的信息承载中以叙事的转换来强化情节。优秀小说的人物性格往往是丰满和独特的，如《套中人》《阿Q正传》《羊脂球》等。

那么，在短篇小说中，如何围绕人物组织情节呢？

1. 确立主干，刻画细节

塑造小说人物最简单或者最初步的方式可以说是先给小说人物命名，根据人物确立故事的主干，然后在细节刻画上突出人物性格侧面。如《我的网恋手记》中，作者对主要人物网名的命名，一为花无双，一为雪落尘。长篇小说中的人物也如此，如《亮剑》中的李云龙等，《水浒传》中108位好汉也各有绰号。既然是以人物为核心，那么人物的名字有时就是小说让人记忆的最佳符号，如阿Q等。确立以人物性格与活动为故事核心，刻画细节，仅仅是第一步。

2. 集中剪裁，糅合故事

既然确立了人物主干，那么发生在人物身上的故事就必须依据人物性格进行集中设定。如果是恋爱中的人物，我们就收集有关故事进行剪裁；如果是侠义英雄，我们就糅合相关故事进行突出。小说是艺术，它可以高于生活，需要作者为人物安排适合其身份的情节与行动。人物离不开故事，叙述故事则是为了突出人物。如《相爱的日子》，发生在主人公身上的那么多事情，就是为了突出人物而安排的。

3. 注重因果，确保连贯

发生在人物身上的事件必须符合一定的因果关系，虽然可以运用巧合来安排人物事件，但是发生在主人公身上的故事不可能过分随意巧合，而且叙述的各个事件既然是发生在同一个人物身上，必然要达到前后连贯。如《金玉奴棒打薄情郎》中，书生莫稽并非因为爱情而是因为贫困才与金玉奴结婚，后来他富贵了才发生负心加害金玉奴的事件，这前后事件之间是有因果关系的。

（二）依据故事内容构建小说结构

1. 故事性强的情节结构

如果叙述的故事具有较强的情节性，紧张动人，悬念迭出，那么，可以根据事件的发展进程安排结构，即可以按照故事的开端、发展、高潮、结局等部分设计，但是，次序可以调整。一定要注重事件的因果、逻辑等内在或外在联系，使事件显示出完整的形态。

2. 平淡故事的松散结构

小说叙述的故事不具有紧张动人的情节，那么，完全可以按照散文的笔法进行写作，基本上遵从生活的原始状态，在不经意间叙述人物和事件，淡化情节。如《永远的蝴蝶》《有毒物品》《一地鸡毛》等小说，基本上都是按照事情的进度进行记录，似乎看不到情节的存在。

3. 非故事性结构

随着时代的发展，小说结构的建构也出现多样化趋势。如借鉴电影镜头而出现的片段性结构安排，作者有意地将故事跳跃化，以达到蒙太奇剪辑般的效果。当然，也有人尝试以当今人物心理活动的流程来安排情节，往往通过小说人物的回忆、联想、内心独白、幻觉、梦境等内心活动将有关事件片段连缀起来。

其实，无论采取什么结构方法建构小说结构，都必须遵从人物塑造的需要，遵从事件的因果逻辑，否则就会消散小说的故事性和人物的性格。

（三）以典型化手法塑造人物性格

人物是小说的核心，也是小说的灵魂。成功的小说都有自己的核心人物，而这些人物都有属于自身的独特性格特征和魅力。如何在短篇小说有限的篇幅内刻画人物性格呢？

1. 夸大一点

根据小说人物性格的某一方面特点，夸大这一特点，使之成为主要性格。如阿Q的精神胜利法、祥林嫂的阿毛故事梦呓般的自言自语等。

2. 典型特征

赋予小说人物以细节特征，这是最简单的手法，如外貌特征、心理特征、语言特征、行为特征、习惯行为等，把这些特征用于人物塑造，或集各种特征于一个人物，或将一个特征进行突出，这样塑造出的人物往往就比较成功。

小说写作的技巧是多方面的，除以上方面外，还包括细节写作、环境安排等方面。

二、写作练习

进行小说写作练习，需要习作者根据要求完成相关的练习作业。虽然，在课堂有限的时间内完成一定任务的写作练习是可能的，但是，要想获得写作能力的提高，还必须坚持长期练笔。

课堂写作练习一是要求习作者根据要求完成写作，二是指导教师要对习作进行指导，三是指导教师要对习作进行讲评。可以借鉴创意写作思维训练，在教师指导下分小组进行写作练习，互相帮助，学习提高。如此才可以发挥写作练习的作用，提升自我写作水平。

习作一：

根据材料写一篇1000字以内的小说。

要求：自拟题目，中心明确，叙述清晰，允许创意，合理虚构。

明代文学家、书画家陈继儒在《小窗幽记》中说："闭门即是深山，读书随处净土。"以所在校园为背景，写一篇反映大学生学习生活的短篇小说。

习作二：

阅读本章推荐的小说《高山下的花环》，写1000字左右的读后感。

习作三：

阅读我国作家及国外短篇小说名家如莫泊桑、欧·亨利、契诃夫等人的短篇小说，分析他们的作品在人物、情节、结构等方面的特点，并模仿写作一短篇小说故事的几种不同结局。

习作四：

阅读课后所附"名作赏析"推荐篇目，分析其人物性格刻画或塑造的不同特点。

习作五：

2012年5月27日，离高考还有最后十天，安徽芜湖县六郎镇政和村村民沈氏夫妇18岁的儿子沈某将参加高考。沈某成绩优异，一直都是家里的骄傲。这一天夫妇二人

骑车前往县一中参加高考家长会。家长会结束后,他们骑着两轮摩托车回家,遭遇车祸,立即被送到医院抢救。无奈,妻子抢救无效身亡,其夫也身受重伤。

悲剧突降,亲人们万分悲痛,又举棋不定:是否将噩耗告诉他们的孩子?芜湖县交管大队事故中队在处理这起事故时,意外得知沈氏夫妇的独子沈某即将参加高考。随后,交警主动向沈氏夫妇的亲属提出,为了让沈某安心迎考,暂时不要告诉他。

沈某的母亲曾经说过:等你考上大学,就给你买手机、电脑,给你做好吃的,把你养得胖胖的……考试结束后,当沈某得知这个消息时,非常难过……

请以《谎言》为题,写一篇小小说,或以沈某为角色,写一个片段描述他得知消息后的心理。

习作六:

某大学的女生钮柳是位文艺青年,喜爱看穿越故事,在看过电视剧《武媚娘传奇》后,她自感前世为武如意,就认真研究了有关历史:武则天天生丽质,其父武士彟反隋有功,是位政绩卓著的高级官员,但非名门。贞观十一年(637),14岁的武则天被唐太宗召入宫中,12年来一直未获宠幸。唐太宗驾崩后,她被迁入长安感业寺为尼。很快就要30岁了,身为尼姑的武则天似乎再也没有进入皇城的机会。然而,由于先前在太宗病重期间,她和太子李治建立了感情,入寺为尼后,与李治仍藕断丝连,后其终于等来了机会,于永徽二年(651)再度入宫。

此后的某个晚上,钮柳做了一个梦:她穿越回大唐王朝,成了武如意。

请根据以上材料,以大学女生钮柳穿越为主线,以穿越回大唐为背景,以《武如意的奇缘》为题,重点描写武如意的经历,写一篇穿越型短篇小说。

习作七:

阅读下则故事,以《七仙女打工》为题写一篇玄幻型小小说。

传说玉帝有七个女儿,她们分别是红衣仙女、青衣仙女、素衣仙女、皂衣仙女、黄衣仙女、绿衣仙女、紫衣仙女。七仙女一日随六位姐姐往人间游玩,见到下界卖身葬父的青年农民董永,被他的忠厚老实所打动而对其产生了爱慕之情。七仙女来到人间,经土地公说合,请槐荫树做媒,与董永结为夫妻。为了帮助董永赎身,七仙女和他一起去地主傅员外家做工。可是,那员外有意刁难,限她一夜之间织成锦绢十四。她连夜劳作,终于完成了织锦。

七仙女和董永做工期满,夫妻双双愉快地返回家中。此时,玉帝派天兵天将传旨,限七仙女午时三刻返回天宫,如果有违则将董永碎尸万段。七仙女不忍无辜的董永受害,只得遵命返回天庭。

习作八:

阅读下面的材料,进行小说创意写作练习。

在很久以前,官井洋的海面上刮起了风暴,海浪冲天而涌。小斗帽一家的渔船被巨浪打翻,爹娘都被巨浪吞没。小斗帽因紧紧抱住折断的桅杆,经过一夜漂泊,被海浪送到了一个无名岛的海滩上。

在这个荒无人烟的无名岛上,奇峰怪石林立,到处鸟语花香,风景秀丽神妙。失去爹娘的小斗帽醒过来了,他站在海滩上,面对大海哭喊着爹娘。夜幕降临了,小斗帽只身来到一个岩洞下避风,忍饥挨冻地过了一夜。第二天,天刚蒙蒙亮,小斗帽就起身来到海边。他摘了三根芦苇草,以草为香,插在海滩上,面对大海跪拜爹娘。从此,小斗帽每天都要到海边跪拜爹娘半个时辰,然后才起身去干活。他砍来山上的树枝和芦苇,在岩洞前搭盖了一间小屋,又砍了几棵大树造了一条小渔船。有了船,小斗帽又可以出海打鱼了。

在这片浩瀚的官井洋中,住着一位修炼千年的母海螺。她在海边看到小斗帽天天都在清晨跪拜爹娘,被他的孝心深深地感动了,爱上了小斗帽这个善良的小伙子。于是,就常常趁小斗帽出海时,变成一个姑娘到小斗帽家,给他洗衣烧饭,等小斗帽的船快到岸了,才偷偷回到海里。刚开始,小斗帽感到非常纳闷:是什么人在帮他呢?他找遍全岛也不见个人影,很是困惑。时间久了,也就习惯了,心里非常感激帮他的好心人。

三年后的一天,小斗帽像往常一样跪拜完爹娘,又去出海捕鱼了。傍晚,海螺姑娘帮小伙子煮完饭正准备回去时,海面上突然刮起了狂风,暴雨倾泻而下。小斗帽怎么样了?海螺姑娘很着急⋯⋯

1. 假如让你继续下面的故事,你知道海螺姑娘该怎么做吗?
2. 尝试写下一段海螺姑娘救小斗帽的简短故事。
3. 与同组成员交流,读出自己的故事,请大家对故事进行点评,然后根据大家的意见进一步改进,再交流,直至满意为止。

第三章 诗 歌

第一节 诗歌的含义、特征与种类

一、诗歌的含义

诗歌是高度集中概括地反映社会生活的一种文学体裁,它饱含着作者丰富的思想感情和想象,通过有节奏、韵律的语言表达思想、反映生活、抒发情感。语句一般分行排列,注重结构形式的建筑美。最初诗是可以唱咏的,刘勰《文心雕龙·乐府》说:"凡乐辞曰诗,诗声曰歌。"现代一般统称为诗歌。

《毛诗大序》说:"情动于中而形于言。"就是说首先内心要有一种感发,情动于中,然后再用语言把它表达出来,这就是诗歌孕育的开始。诗或是"表现"内在的情感,或是"再现"外来的印象,或是以艺术形象产生快感,它的起源都是以人类天性为基础的。诗歌艺术就其本质而言是一种关注人类精神的文学艺术。

所谓中国新诗,是指打破古典诗歌固有的形式与内容,受外国诗歌和本民族文人诗歌与民间诗歌的影响,以现代白话表达现代人思想情感的一种新式诗歌。

二、诗歌的特征

我国现代诗人、文学评论家何其芳曾说:"诗是一种最集中地反映社会生活的文学样式,它饱含着丰富的想象和感情,常常以直接抒情的方式来表现,而且在精炼与和谐的程度上,特别是在节奏的鲜明上,它的语言有别于散文的语言。"这个定义性的说明,实际上概括了诗歌的几个基本特点。

第一,高度集中、概括地反映社会生活。

文学是社会生活的反映,一切文学作品反映社会生活都要求进行艺术的集中概括,但是诗歌与其他文学体裁相比较,要求集中性、概括性的程度更高。

诗歌怎样高度集中、概括地反映社会生活呢?一般观点认为,诗人总是选取生活中最有特征、最典型的事物,将丰富的生活内容和思想感情高度浓缩,集中概括在这些事物之中,通过描写这些典型事物的形象特征,来表现更广泛的社会生活和表达更普遍的思想意义。如白居易的《琵琶行》,全诗通过描写一个歌女弹奏琵琶的事件,高度集中地概括反映了丰富复杂的社会生活与思想感情。诗的前半部分(从"浔阳江头夜送客"到"唯见江心秋月白")通过集中描绘琵琶弹奏的音乐,表现歌女"平生不得志"的

"幽情暗恨",隐约地反映了她的"心中无限事"。紧接着第二段(从"沉吟放拨插弦中"到"梦啼妆泪红阑干"),歌女自述其生活遭遇,集中概括了她从少到老的生活经历,同时从一个侧面反映了当时京城长安的繁华生活。末尾一段,诗人自叙受谗被贬,谪居浔阳城的生活景况。诗中用"同是天涯沦落人,相逢何必曾相识"二句,将诗人与歌女都从帝京沦落到"天涯"的生活遭遇和"不得志"的思想感情联系起来,从而使所反映的生活事件更具有普遍意义。结尾"座中泣下谁最多,江州司马青衫湿",更是集中地表现了诗人长期郁结在心中的思想感情。全诗不论是描写景物、叙述事件或是抒发感情,都是十分集中、凝练的。毛泽东的七律《长征》,全诗只有八句五十六字,由于选择了长征过程中最富有特色、最有代表性的事物加以描写,因而能以最精炼的形式形象地概括中国工农红军历尽艰难险阻,胜利完成二万五千里长征的战斗历程,充分表现了红军战士的英雄气概和作者的革命豪情,显示了诗歌高度集中、概括地反映生活的特点。

第二,抒情言志,蕴涵丰富的思想感情。

诗是一种"情动于中而形于言"的艺术形式,它以丰富的情感反映生活,以情感人,以情动人,并以此来抒发人们心中对美好情感的宣泄。我国传统的诗歌理论都很重视这个特点。《尚书·尧典》中就有"诗言志,歌咏言,声依咏,律和声"这样的记载,白居易说:"感人心者,莫先乎情",汉代的《毛诗序》在论及诗歌抒情言志的特点时写道:

> 诗者,志之所之也,在心为志,发言为诗。情动于中而形于言,言之不足故嗟叹之,嗟叹之不足故咏歌之,咏歌之不足,不知手之舞之,足之蹈之也。

这就是说,诗的内涵必须把"情"放在首位,如果没有了情的渲染,往往会使人感到质木无味,平淡无奇,黯然失色,缺乏灵动的感染力。

所以,丰富的情感就是诗的灵魂,是诗的源泉,是诗的精妙所在。情感不仅作为一种动力存在于诗的孕育和创造过程中,它还是诗的直接表现对象。

实践经验证明,诗歌的创作过程自始至终都是伴随着诗人感情的激动而进行的,是其强烈感情的产物。郭沫若就曾经谈过诗人的感情与诗歌作品感情的密切关系。他在《论诗三札》中说:

> 大波大浪的洪涛便成为"雄浑"的诗,便成为屈子的《离骚》、蔡文姬的《胡笳十八拍》、李杜的歌行,但丁的《神曲》、弥尔顿的《失乐园》、歌德的《浮士德》。小波小浪的涟漪便成为"冲淡"的诗,便成为周代的《国风》、王维的绝诗、日本古诗人西行上人写芭蕉的歌句,泰戈尔的《新月集》。

这里说的"雄浑"的诗是由"大波大浪的洪涛"式的感情形成的,"冲淡"的诗则是由"小波小浪的涟漪"式的感情形成的。其中所举中外诗人的作品,虽有各自不同的风格特点,但都渗透着诗人丰富强烈的思想感情。

凡是感动人心的诗,必然是流露着真情实感,呼应着诗人心灵和灵魂的诗。历史上留下来的著名诗篇，之所以千古传诵，就是因为它们能以真情拨动一代又一代人的心弦。蕴涵着诗人的思想感情既然是诗歌的一个根本性特点，那么，诗人的思想感情是高尚健康，还是低级庸俗；是真情实感，还是虚情假意；是同时代精神、人民感情相联系，还是脱离时代、脱离群众的"自我表现"，就直接影响作品的格调和艺术价值了。因此，高尔基说："诗人是世界的回声，而不仅仅是自己灵魂的保姆。"郭沫若说："抒情不仅是抒写个人的感情，要抒写时代的感情。把个人和集体打成一片，把作者和人民打成一片，那就有把握抒写时代的感情。"

诗的抒情方式是千变万化的，其艺术手段有夸张、想象、隐喻、博喻、曲喻、通感、衬托、点染等。而这些诗的手法，能够营造出各种各样的诗歌意境，它所展示出的意境就会使人获得一种美感，令人陶醉于其中。

诗的表现手法不尽相同，其所呈现的境界也会因事物的变化而延伸，将其演绎得更加丰腴，更加饱满，从而获得更多的灵动之感。

第三，具有丰富的想象、联想和幻想。

"诗缘情而绮靡"，就是因为受情感的推动，浮想联翩，变得色彩斑斓。诗歌不仅要有丰富的思想感情，而且还要将思想感情与作品描绘的生活图画融为一体，通过生动优美的形象感染读者。这就需要丰富的想象、大胆的联想，从而突破物我之间、时空之间的界限，最大限度地将人的心灵感受和丰富情感表现出来。因此，对于诗歌而言，想象、联想和幻想不仅是意象的连缀、运动，而且是意象的创造、境界的拓展、情感的释放。没有想象、联想和幻想，也就没有诗。在情感的推动下，诗人的想象力往往使触及的一切事物都发生变形，让人产生陌生的新奇之感。

无论是古诗还是新诗，是中国诗还是外国诗，想象、联想和幻想都是活跃生动而丰富多彩的。从屈原的《离骚》到李白的"黄河之水天上来"、李贺的"芙蓉泣露香兰笑"，直到现代诗人郭沫若的"我立在地球边上放号"、闻一多的"鞭着时间的罡风"等等，这些浪漫主义诗歌到处皆是丰富的想象、联想和幻想的展示。从《诗经》发端直到杜甫、白居易再到现代的诗人艾青、田间等偏重于现实主义的诗歌，其想象、联想和幻想也各有特点。《诗经》首篇的《关雎》起句"关关雎鸠，在河之洲。窈窕淑女，君子好逑"，从表现手法的角度讲是"起兴"，从想象联想的角度讲则属于相似性联想。白居易是有定评的现实主义诗人，但不仅他的《琵琶行》《长恨歌》想象瑰丽，联想丰富，就是他那《江南好》的词调，也实在是一幅想象创造的胜景挚情。至于在外国诗歌中，不论是拜伦、雪莱还是歌德、海涅，不论是普希金、莱蒙托夫还是惠特曼、泰戈尔，其作品都同样有想象、联想和幻想的鲜明特点。譬如，瓦雷里《海滨墓园》中的诗句："这鸽群漫步的宁静屋顶。"当诗人通过想象将海比作屋顶，将船队比作鸽群，已经是诗意盎然，但诗人还更进一步将它们描写得动静有致，使一幅简洁的想象性画面飞动起来。

第四，语言的形象性、暗示性、音乐性。

艾青说："诗歌创作上的问题，语言是最重要的问题之一。"语言是思想、情感、比喻、意象的外壳，是诗意存在的依托，也是诗歌阅读的唯一媒介。诗人通过语言，把饱含情思的意象组织固定下来。诗，本是语言的歌舞，特别要求富有形象性、暗示性、音乐性。诗歌语言不是对象的实指，而是联想性、意味性的艺术表达；它不仅通过意象来暗示和表现情感，而且还借助具有音乐性的节奏来加强和推动它。驾驭诗歌语言应正如英国诗人柯勒律治所说的："最恰当的词纳入最恰当的位置。"即用最形象、生动、精微地指向情感的词，忠实、精确地表现诗人的情思和意象。

诗歌语言的音乐性因素包括节奏、音调、韵律等。诗句要求节奏鲜明、音调和谐，符合一定的韵律，吟诵动听感人，具有音乐美。

节奏是诗歌语言音乐性的最主要因素，包括诗句中音节有规律的间歇和停顿，即通常讲的"拍节"和"顿数"，也包括音响的抑扬相间和强弱配合。节奏的强弱缓急与人的思想情绪有直接的联系，例如艾青《太阳》中的诗句："从远古的墓茔／从黑暗的年代／从人类死亡之流的那边／震惊沉睡的山脉／若火轮飞旋于沙丘之上／太阳向我滚来……"这里用气势非凡的形象、铿锵的韵律来表现诗人强烈的激情。而戴望舒的《雨巷》则用舒缓的诗句展现诗人哀怨和彷徨的情绪。郭沫若在《论节奏》中说："情绪的进行自有它的一种波状的形式，或者先抑而后扬，或者先扬而后抑，或者抑扬相间，这发现出来便成了诗的节奏。"所以节奏之于诗是它的外形，也是它的生命，我们可以说所有的诗都是有节奏的，没有节奏的便不是诗。

三、诗歌的种类

诗歌的分类也有多种方法，不外乎两个标准。以外在的因素为准，即诗的行、节的排列是否整齐，诗的语言是否讲究平仄、对偶、韵律等，诗可分为自由诗和格律诗。以内在的因素为准，即诗的构思是直接抒发对现实生活的感受，还是借助故事情节，间接抒发对客观世界的感受、认识与评价等，诗可分为抒情诗与叙事诗。根据不同的原则和标准，诗还可以划分为其他不同的种类，但万变不离其宗，有的是从外在因素引申出来的，有的是从内在因素引申出来的。比如从题材出发，诗可分为山水诗、田园诗、边塞诗等；从目的出发，诗可分为颂歌、情歌、战歌、挽歌等；从语言形式出发，诗可分为五七言律绝、五七言古风乃至俳句、小诗、十四行诗等。出发点不同，诗的形式也就不同。尽管千差万别，但是仔细端详，诗歌不是根据外在因素分为自由诗与格律诗，就是根据内在因素分为抒情诗与叙事诗。

格律诗：是按照一定格式和规则写成的诗歌。它对诗的行数、诗句的字数（或音节）、声调音韵、词语对仗、句式排列等有严格规定，如我国古代诗歌中的"律诗""绝句"和"词""曲"，欧洲的"十四行诗"等。唐朝是中国诗歌史上格律诗登峰造极、影响深远的时代。

自由诗：是不受格律限制，无固定格式，注重自然的、内在的节奏，押大致相近的韵或不押韵，字数、行数、句式、音调都比较自由，语言比较通俗的一种诗体。中国诗歌的形式可以两晋南北朝至隋代作为分界线。在这之前，自由诗体的抒情诗是主体，是正宗。美国诗人惠特曼（1819—1892）是欧美自由诗的创始人，《草叶集》是他的主要诗集。

叙事诗：诗中有比较完整的故事情节和人物形象，通常以诗人满怀激情的歌唱方式来表现。史诗、故事诗、诗体小说等都属于这一类。史诗如古希腊荷马的《伊里亚特》

和《奥德赛》，故事诗如我国东汉人所作的《孔雀东南飞》，诗体小说如英国诗人拜伦的《唐璜》、俄国诗人普希金的《叶甫盖尼·奥涅金》等。

抒情诗：主要通过直接抒发诗人的思想感情来反映社会生活，不要求描述完整的故事情节和人物形象。如情歌、颂歌、哀歌、挽歌、牧歌和讽刺诗等。这类作品很多，兹不一一列举。

当然，叙事和抒情也不是截然分开的。叙事诗也有一定的抒情性，不过它的抒情要与叙事紧密结合。抒情诗也常有对某些生活片段的叙述，但不能铺展，应服从抒情的需要，而剧诗的特点就兼有叙事和抒情的性质。

第二节　名家名作导读

一、诗歌发展简史

中国是诗的国度，而诗歌是一种最古老也是最具有文学特质的传统文学样式，是中国文学中最有生命力和代表性的文学体裁，也是中国传统文化中的核心要素。诗歌起源于上古的社会生活，它是在人类的劳动生产、生活和原始宗教等活动中产生的，是一种有韵律、富有感情色彩的文学形式。《尚书·虞书》有"诗言志，歌咏言，声依咏，律和声"。《礼记·乐记》则说："诗，言其志也；歌，咏其声也；舞，动其容也；三者本于心，然后乐器从之。"因此，早期的诗、乐、舞是合为一体的。

中国诗歌的发展，从上古歌谣、《诗经》《楚辞》、汉赋、汉乐府诗、建安诗歌、魏晋南北朝民歌，到唐诗、宋词、元曲、明清诗歌和现代诗等，经久不衰，数量浩如烟海。

从时间上说，《诗经》的主要内容为公元前11世纪至公元前6世纪的诗歌，是中国第一部诗歌总集，共三百零五篇，编撰者按音乐的不同把其分为"风""雅""颂"三个大类。

"风"诗是《诗经》中的精华部分。所谓"风"，就是风调，即周代各国的地方乐调，有十五个地区或城邑的乐调，共一百六十篇。这些地方民歌大多不知著者，多是东周时期的诗歌。有表达对贵族不满的诗，如《魏风·伐檀》《魏风·硕鼠》等；有反映恋爱、婚姻问题的诗，如《周南·关雎》《邶风·静女》《卫风·氓》等；有反映劳动生活的诗，如《召南·采蘩》等；也有反映贵族生活的诗，如《卫风·硕人》《郑风·大叔于田》《秦风·黄鸟》等。"雅"分大雅和小雅。雅都是用于宴会的典礼，多为下级官吏和贵族官僚中的失意者所作，内容主要是对从前英雄的歌颂和对现时政治的讽刺。"颂"是统治者祭祀的乐歌，是祭天地、鬼神、祖先的舞乐，分周颂、鲁颂、商颂三种，共四十篇。《周颂》是西周前期的歌功颂德之作，出于史官、乐官之手。《商颂》《鲁颂》为东周及春秋时所作。《诗经》的艺术手法主要是赋、比、兴。

春秋以降，楚国在长期独立的发展过程中，逐渐形成了独特的楚地方文化，加之北方文化的浸淫，如此便在南北合流的文化传统中孕育出了"楚辞"和楚国伟大的诗人屈原。"楚辞"是屈原及在他影响下的宋玉等人努力创造出的一种新诗体,代表作是屈原的《离骚》。在创作方法上,楚辞吸收了神话的浪漫主义精神,开辟了中国文学浪漫主义的创作道路。

到了汉代,古代诗歌出现了一种新的艺术形式,即汉乐府诗歌。乐府本指采集民歌的音乐机关,后来也可以指带有音乐性的诗体即乐府诗。汉乐府民歌流传到现在的共有一百多首,其主要形式是杂言体和五言体。它"感于哀乐,缘事而发",具有深刻的思想性。具有代表性的诗篇有揭露战争与徭役的《十五从军征》、表现女性蔑视富贵的《陌上桑》、抒写女性爱情忠贞誓言的《上邪》等。尤其是长篇叙事诗《孔雀东南飞》,以其深刻的思想性影响后世,代表了乐府叙事诗的最高成就,是现实主义诗歌成熟的重要标志。

东汉末的《古诗十九首》是达到成熟阶段的五言诗,它并非一时一人的作品集,而是因为仅仅流传下来那么多。诗歌的内容为游子思乡、闺怨离别、及时行乐以及对人生短促的感慨等。其最大的艺术特色是长于抒发个体情感,艺术上多采用比兴手法。

东汉末的建安时期是我国文学发展的一个特殊时期。所涌现的"三曹"(曹操、曹丕、曹植)、"七子"(孔融、陈琳、王粲、徐干、阮瑀、应玚、刘桢)和蔡琰是当时诗人的代表。他们经历过社会动乱,在创作上多继承汉乐府民歌的现实主义传统,第一次在文学史上掀起了文人诗歌的高潮。其诗作体现了时代精神,具有慷慨悲凉的阳刚风格,形成为后世称道的"建安风骨",也为五言诗的发展奠定了坚实的基础。"七子"中成就最高的是王粲,代表作《七哀诗》三首是汉末战乱现实的写照。以才华著称的女作家蔡琰与"七子"齐名,其五言诗《悲愤诗》是建安文坛上的一篇杰作。曹氏父子是建安文坛的领袖人物,"建安之杰"曹植是此时最负盛名的作家,钟嵘《诗品》称其"骨气奇高、词采华茂"。曹植诗歌的内容富于气势和力量,前期代表作《白马篇》以豪迈的乐观精神,塑造了武艺高强、敢于牺牲的爱国壮士的形象;后期以《杂诗》为代表,更多地表现壮志未酬的愤懑之情。

魏晋时期的正始文学,在诗风上基本继承了"建安风骨"的传统。阮籍和嵇康是这一时期的代表作家。阮籍的诗多表现消极遁世、孤独愤懑的思想。代表作《咏怀诗》受"楚辞"的影响很大,大量使用比兴手法,而且进一步为抒情的五言诗打下基础。嵇康的诗也表现出愤世嫉俗的思想,锋芒直指黑暗的现实。

东晋时期,清谈之风盛行,诗歌艺术成就整体不高。但是东晋末的陶渊明却独放异彩,现存诗有一百二十多首。他以平淡的田园风光、农村的日常生活和自己自由恬静的心境为重要的创作题材,创作了许多田园诗,人们因此将他称作"田园诗人"。他的诗继承汉乐府民歌的现实主义传统,形成了单纯、自然、平淡、朴素的田园风格,富有意境,为古典诗歌开创了一个新的境界。

东晋以来的玄言诗,到了宋齐时代,被山水诗所代替,这是南朝诗歌发展史上的一个重要的新变。这一时期的代表诗人是谢灵运,他是古典诗歌中开创山水诗派的最早作家。他的山水诗把自己的感情贯注于对自然景物的细致描写。但他全力雕章琢句的风格,致使有些诗句描写过于冗长和雕琢而不够自然,却又为齐梁以后的新体诗发展奠定了基础。

到了南北朝时期，诗坛涌现出一大批反映社会现实的清新质朴的乐府民歌。一般而言，南朝乐府多是情歌，篇章为五言四句小诗，北朝民歌则内容丰富，语言质朴，风格刚劲。由于南北朝民歌题材的差异，后人倾向于认为南朝诗歌多是谈情说爱的"艳曲"，北朝民歌则是"军乐"和"战歌"。长篇叙事诗《木兰诗》是北朝民歌的代表作，它塑造了一位杰出的女英雄，与《孔雀东南飞》并称为"乐府双璧"。

南北朝时最杰出的诗人是鲍照，他继承和发扬了汉魏乐府的传统，把自身遭遇写进诗歌，创作了大量优秀而成熟的五、七言乐府诗，对唐代诗人有很大的影响。《拟行路难》十八首是他杰出的代表作。

南齐永明年间，沈约提出了"四声八病"说，创造了"永明体"，开我国"近体诗"发展之先河。著名诗人谢朓的山水诗，语言清新流丽，对唐代格律的形成具有一定影响。

隋代是中国诗歌发展的过渡期，体现出南北合流的一些新气象，七言诗的形式也得到进一步的发展。

唐代是我国诗歌高度发展和成熟的黄金时代。在近三百年的时间里，留下了近五万首诗，独具风格的著名诗人约有五六十位。王绩和初唐四杰（王勃、杨炯、卢照邻、骆宾王）是唐诗初创时期的主要诗人。"四杰"之后，陈子昂以更坚决的态度反对齐梁诗风，提倡"汉魏风骨"和"风雅兴寄"，表现出创造革新的精神。其《感遇诗》三十八首，正是表现他鲜明革新精神的代表之作。盛唐时期是诗歌发展、繁荣的阶段，除李白、杜甫两位伟大诗人外，还有很多成就显著的诗人。大致可分为两类：一类是山水田园诗人，他们大多表现山水田园闲适生活的主题，以孟浩然和王维为代表；另一类是边塞诗人，内容多写边塞征戍生活，以高适和岑参为代表。到了中唐，诗歌因为社会剧变已由浪漫主义转向现实主义，以表现社会动荡、人民疾苦为主流。杰出的现实主义诗人白居易继承并发展了《诗经》和汉乐府的现实主义传统，发起了一场现实主义诗歌的创作高潮，即新乐府运动，在文学理论上提倡"歌诗合为事而作"。元稹、张籍和王建是这一运动的重要参与者。韩愈、孟郊、柳宗元、刘禹锡等文学家以其独特的创作个性，成为新乐府运动之外的重要诗人。

时至晚唐，由于社会矛盾十分尖锐，诗歌感伤气氛渐浓，而且日益向着华艳纤巧的形式主义发展。这一时期的代表诗人主要有杜牧、李商隐。皮日休、聂夷中、杜荀鹤是晚唐后期继承中唐新乐府精神的现实主义诗人，他们"惟歌生民病"，批判的锋芒相当尖锐，直指时弊。

与唐代诗歌不同，宋代诗歌走了另一条道路。宋初王禹偁努力把诗歌引向现实主义的道路，反对西昆诗人的无病呻吟，坚持从自身实际出发，抒发个人的生活感受，逐步表现出宋诗的独特面貌。黄庭坚的诗奇特拗崛，他与陈师道等人一起开创的"江西诗派"影响很大，成为宋代影响最大的诗派。梅尧臣和苏舜钦并称"苏梅"，被认为是宋诗奠基之人。欧阳修继承韩愈的诗文革新理论，强调道对文的决定作用。他和王安石的诗对扫荡西昆体的浮艳之风起过很大作用。

诗至南宋，创作多围绕反对民族压迫、要求祖国统一而写，常充满忧郁、激愤之情。爱国诗人陆游是这个时期的代表人物，他的诗充满激昂悲壮、壮志未酬的愤懑情感,既有现实主义基础,又有浓厚的浪漫主义色彩。文天祥是南宋最后一位大诗人,《过零丁洋》是他的代表作,体现了他宁死不屈的爱国精神和民族气节。

元代诗歌成就远不如宋代,而且大都走模拟因袭的道路。

明代前期,"台阁体"诗统治着文坛,明中叶以后的诗文也未见新的起色。总之,明代诗歌是在拟古与反拟古的反复斗争中前进的,没有出现杰出的诗人和作品。

清代诗歌流派众多,虽然清初也涌现了一批诗人,如钱谦益、吴伟业和王士祯等,但由于政治的影响,思想大多较为沉闷;乾隆后期,社会环境有所变化,出现了具有个性的诗人,如袁枚、赵翼、黄景仁等。但总体来说,清代诗歌宗宋思想较为浓厚,多数诗人均没有摆脱拟古主义和形式主义的套路,难有超出前人之处。晚清的龚自珍以先进的思想、深切的现实关注,打破了清中叶以来诗坛模山范水的沉寂,得以开近代文学史风气之先。杰出的诗人黄遵宪提出了"诗界革命"的口号,他与康有为、梁启超等都是新诗派代表,以实际行动将诗歌创作与资产阶级改良运动的宣传相结合。

五四新诗运动宣告了中国古典诗歌的历史终结。古典诗歌以其完整成熟的格律要求和艺术规范依然影响深远。

中国的现代文学始于五四文学革命。1917年,新诗的开山人胡适首先在《新青年》上发表了白话诗八首,提出并实践"诗体大解放"的主张,形成了不拘格律、平仄和长短的"胡适之体"诗。刘半农、刘大白、康白情、俞平伯等人也是新诗的创作主力,在他们的努力下,新诗形成了以白话入行、没有固定格律、不拘泥于押韵、语言质朴而不尚典雅的特征体式。胡适的《尝试集》和郭沫若的《女神》等是最早出版的新诗集。

创作自由体诗歌的作家还有文学研究会的成员们,他们的诗以抒情为格调,表现了觉醒后的小资产阶级知识分子的精神苦闷与人生追求。与此不同,冰心受印度诗人泰戈尔《飞鸟集》的影响,写下了《繁星》《春水》两部诗集,以表现母爱、童真和自然之情,也饱蕴温柔、忧愁之情绪,这些诗都被称作"繁星体"。

以爱情为主题的湖畔诗社,诗歌合集为《湖畔》,作品内容多为争取婚姻自由,具有反对封建主义的勇气和激情,汪静之、应修人、潘漠华和冯雪峰是其主要成员。自由体诗诗人冯至,他的自由体诗主要写爱情、亲情和友情,出版有诗集《昨日之歌》和《北游及其他》等。

新月派是现代文学史上提倡格律诗的著名流派。闻一多是开新格律诗先河的该流派的领军人物,他提出诗歌要有音乐美、绘画美、建筑美。他的诗具有强烈的民族自豪感和爱国主义情感,诗集《红烛》和《死水》是其代表作。新月派最有代表性的诗人是徐志摩,他的诗富有思想性,不仅抒写对光明的追求、对理想的希望和对现实的不满,而且多个性解放、追求爱情等内容,诗集有《志摩的诗》等。

象征派的代表李金发,诗作大多表现远离故国的青年诗人的孤寂、烦郁、忧戚的心情,著有《微雨》《为幸福而歌》等诗集。

20世纪30年代的左联,以1932年成立的中国诗歌会为标志,形成波澜壮阔的革命诗歌潮流。

现代诗派以描写现代人的现代生活与现代情绪为主要题材。戴望舒因成名作《雨巷》一诗而被冠以"雨巷诗人"的称号。他受法国象征派的影响,有《我的记忆》《望舒草》等诗集。诗作大量采用象征意象，把西方诗歌的朦胧、新奇和中国古典诗词的含蓄结合起来，诗意曲折而朦胧，别具风格。

20世纪40年代中期抗战胜利后，七月诗派登上诗坛，代表诗人有胡风、艾青、田间等。他们的诗歌多为政治抒情诗，艺术上注重以炽烈的激情去撞击人们的心灵，而不讲究文学的雕琢、修辞。诗作质朴、粗犷、奔放，旋律雄健，充满爱国主义激情。

1942年延安文艺座谈会之后，革命根据地强调诗歌与革命斗争的关系，主张以人民群众喜闻乐见的形式，如民歌体或长篇叙事诗等，表现现实斗争。民歌体诗歌的代表作品，有李季的《王贵与李香香》、田间的《赶车传》（第一部）、阮章竞的《圈套》等。在国民党统治区的袁水拍，痛感社会弊病，他以市民熟悉的民谣小调等写成政治讽刺诗集《马凡陀的山歌》。

中华人民共和国成立后，诗歌进入新的发展阶段，带着解放的豪情的诗人们，以满怀激情的颂歌，歌颂共产党、新中国与伟大的时代。兴起于20世纪50年代末60年代初的新民歌运动，继承和发展了传统民歌。60年代出现的政治抒情诗，具有独特的艺术形式，如郭小川的《深深的山谷》《将军三部曲》，贺敬之的《雷锋之歌》《放声歌唱》等。另外，长篇叙事诗的创作成果丰硕，主要作品有田间的《赶车传》、李季的《杨高传》、闻捷的《复仇的火焰》、王致远的《胡桃坡》、韩起祥的《翻身记》、臧克家的《李大钊》等。

改革开放以来，曾经沉寂的诗坛又呈现出百花齐放的新气象。诗歌创作不仅表现手法多种多样，而且题材丰富多变，形式上更加自由，风格上呈现出千姿百态。在恢复和发展现实主义的优良传统的同时，涌现出一批推陈出新的青年诗人，舒婷、顾城、北岛、流沙河等迅速崛起。舒婷的诗集《双桅船》曾获全国新诗优秀奖。顾城的诗如《一代人》等，虽然短小，却影响很大。

到了20世纪80年代末90年代初，"第三代诗人"步入诗坛形成了现代派潮流。于梅在《九十年代的诗歌走向》一文中却指出："如果要对20世纪90年代的中国诗歌做一个总体印象的判断，我想用'疏离'一字来概括，或许不会相去甚远。"

20世纪50年代中后期，由于"左"的文艺政策的有力支配和普遍笼罩，大陆的新诗现代化运动再次遭受长久的困顿与挫折，诗人的创作明显出现了停滞乃至倒退。与此同时，我国台湾诗歌却经历了一个以现代主义诗潮为主导的发展时期。以纪弦为代表的"现代派"，以覃子豪、余光中等为代表的"蓝星"诗社，以洛夫、痖弦等为代表的"创世纪"诗社相继成立。纪弦提出的"现代派六大信条"力求构建完整的现代诗学体系，最先提出了"新诗现代化"的口号，强调了"新诗乃横的移植，而非纵的继承"的诗学主张，这种彻底革新的姿态为加速台湾新诗的现代化进程做出了革命性的贡献，但其一味西化、背离传统的艺术趋向存在认识上的偏颇。"蓝星"诗社的成立是对"现代派"的一个反拨，他们反对新诗的全盘西化与纯粹"主知"，主张保留中国新诗融合智性的抒情倾向。由于风格稳健，较之其他两个诗社，"蓝星"诗社拥有了更多的读者。"创世纪"诗社则掀起了台湾诗歌的另一个高潮。他们着力推崇"超现实主义"，强调象征、隐喻等艺术手法的运用以开掘人的直觉、幻觉、潜意识等深层生命体验的重要价值。"现代派""蓝星""创世纪"三大诗社相互补充的诗学观念与诗学主张，进一步丰富与深化了中国现代诗的内涵与特质，同时创造出了脍炙人口的新诗精品，其广泛而深刻的影响一直延续至70年代，正好填补了大陆新诗此一时期诗学建设与创作成果的空白。其经验教训都足以为后来人所吸取。80年代的台湾诗坛，传统、现代、乡土三种诗潮同时存在，并衍化出乡土写实体式、传统抒情体式、都市现代体式整合交融的多元格局。台湾诗人杨牧认为："经过三十年的淘汰修正，诗人对横的移植、纵的继承已不再持排斥性看法，西洋的和中国传统文学的方法，以及早期台湾的历史风貌，均同时为诗人们所采纳运用，这是文学史上健康正确的发展方向。"

中国香港、澳门的新诗也是在五四新诗传统的影响下不断发展起来的。香港五六十年代存在两种对立的诗观：一种是徐訏、力匡等人提倡的"格律诗"，强调新诗应该回归传统，讲求音乐性、可诵性。另一种是马朗等人倡导的现代主义诗歌，尤其是马朗创办的《文艺新潮》，"对外国现代主义诗作及运动的译介，在英、美、法、德之外，尚能照顾拉丁美洲、希腊、日本等地重要声音，其世界性的前卫视野，在当时中国的华文刊物，堪称独一无二"（郑树森语）。七八十年代的香港诗坛，除了写实主义诗风外，现代诗还出现了两种不同的创作取向："一种是由'创建·诗作坊'提倡的'口语、生活化、近人'的诗歌道路。另一种是《诗风》与所谓'余派'讲求'文字雕琢、比喻、华美以及永恒价值'的取向。"（关梦南语）澳门早期的诗歌主要是继承中国新诗的风貌而发展起来的，80年代澳门新诗开始走向繁荣，突出特点就是摆脱澳门诗坛传统的田园牧歌式的文化氛围，横向和纵向地大力吸取各种现代艺术形式。

二、诗歌名作导读

古典诗歌部分

孔雀东南飞

序曰：汉末建安中，庐江府小吏焦仲卿妻刘氏，为仲卿母所遣，自誓不嫁。其家逼之，乃投水而死。仲卿闻之，亦自缢于庭树。时人伤之，为诗云尔。

孔雀东南飞，五里一徘徊。

"十三能织素，十四学裁衣。十五弹箜篌，十六诵诗书。十七为君妇，心中常苦悲。君既为府吏，守节情不移，贱妾留空房，相见常日稀，鸡鸣入机织，夜夜不得息，三日断五匹，大人故嫌迟。非为织作迟，君家妇难为！妾不堪驱使，徒留无所施。便可白公姥，及时相遣归。"

府吏得闻之，堂上启阿母："儿已薄禄相，幸复得此妇。结发同枕席，黄泉共为友。共事二三年，始尔未为久。女行无偏斜，何意致不厚。"

阿母谓府吏："何乃太区区！此妇无礼节，举动自专由。吾意久怀忿，汝岂得自由！东家有贤女，自名秦罗敷。可怜体无比，阿母为汝求。便可速遣之，遣去慎莫留！"

府吏长跪告："伏惟启阿母。今若遣此妇，终老不复取！"

阿母得闻之，槌床便大怒："小子无所畏，何敢助妇语！吾已失恩义，会不相从许！"

府吏默无声，再拜还入户。举言谓新妇，哽咽不能语："我自不驱卿，逼迫有阿母。

卿但暂还家，吾今且报府。不久当归还，还必相迎取。以此下心意，慎勿违吾语。"

新妇谓府吏："勿复重纷纭。往昔初阳岁，谢家来贵门。奉事循公姥，进止敢自专？昼夜勤作息，伶俜萦苦辛。谓言无罪过，供养卒大恩；仍更被驱遣，何言复来还！妾有绣腰襦，葳蕤自生光；红罗复斗帐，四角垂香囊；箱帘六七十，绿碧青丝绳，物物各自异，种种在其中。人贱物亦鄙，不足迎后人，留待作遗施，于今无会因。时时为安慰，久久莫相忘！"

鸡鸣外欲曙，新妇起严妆。著我绣夹裙，事事四五通。足下蹑丝履，头上玳瑁光。腰若流纨素，耳著明月珰。指如削葱根，口如含朱丹。纤纤作细步，精妙世无双。

上堂拜阿母，阿母怒不止。"昔作女儿时，生小出野里。本自无教训，兼愧贵家子。受母钱帛多，不堪母驱使。今日还家去，念母劳家里。"却与小姑别，泪落连珠子。"新妇初来时，小姑始扶床；今日被驱遣，小姑如我长。勤心养公姥，好自相扶将。初七及下九，嬉戏莫相忘。"出门登车去，涕落百余行。

府吏马在前，新妇车在后。隐隐何甸甸，俱会大道口。下马入车中，低头共耳语："誓不相隔卿，且暂还家去。吾今且赴府，不久当还归。誓天不相负！"

新妇谓府吏："感君区区怀！君既若见录，不久望君来。君当作磐石，妾当作蒲苇。蒲苇纫如丝，磐石无转移。我有亲父兄，性行暴如雷，恐不任我意，逆以煎我怀。"举手长劳劳，二情同依依。

入门上家堂，进退无颜仪。阿母大拊掌，不图子自归："十三教汝织，十四能裁衣，十五弹箜篌，十六知礼仪，十七遣汝嫁，谓言无誓违。汝今何罪过，不迎而自归？"兰芝惭阿母："儿实无罪过。"阿母大悲摧。

还家十余日，县令遣媒来。云有第三郎，窈窕世无双。年始十八九，便言多令才。

阿母谓阿女："汝可去应之。"

阿女含泪答："兰芝初还时，府吏见丁宁，结誓不别离。今日违情义，恐此事非奇。自可断来信，徐徐更谓之。"

阿母白媒人："贫贱有此女，始适还家门。不堪吏人妇，岂合令郎君？幸可广问讯，不得便相许。"

媒人去数日，寻遣丞请还，说有兰家女，承籍有宦官。云有第五郎，娇逸未有婚。遣丞为媒人，主簿通语言。直说太守家，有此令郎君，既欲结大义，故遣来贵门。

阿母谢媒人："女子先有誓，老姥岂敢言！"

阿兄得闻之，怅然心中烦。举言谓阿妹："作计何不量！先嫁得府吏，后嫁得郎君。否泰如天地，足以荣汝身。不嫁义郎体，其往欲何云？"

兰芝仰头答："理实如兄言。谢家事夫婿，中道还兄门。处分适兄意，那得自任专！虽与府吏要，渠会永无缘。登即相许和，便可作婚姻。"

媒人下床去。诺诺复尔尔。还部白府君："下官奉使命，言谈大有缘。"府君得闻之，心中大欢喜。视历复开书，便利此月内，六合正相应。良吉三十日，今已二十七，卿可去成婚。交语速装束，络绎如浮云。青雀白鹄舫，四角龙子幡。婀娜随风转，金车玉作轮。踯躅青骢马，流苏金镂鞍。赍钱三百万，皆用青丝穿。杂彩三百匹，交广市鲑珍。从人四五百，郁郁登郡门。

阿母谓阿女:"适得府君书,明日来迎汝。何不作衣裳?莫令事不举!"

阿女默无声,手巾掩口啼,泪落便如泻。移我琉璃榻,出置前窗下。左手持刀尺,右手执绫罗。朝成绣夹裙,晚成单罗衫。晻晻日欲暝,愁思出门啼。

府吏闻此变,因求假暂归。未至二三里,摧藏马悲哀。新妇识马声,蹑履相逢迎。怅然遥相望,知是故人来。举手拍马鞍,嗟叹使心伤:"自君别我后,人事不可量。果不如先愿,又非君所详。我有亲父母,逼迫兼弟兄。以我应他人,君还何所望!"

府吏谓新妇:"贺卿得高迁!磐石方且厚,可以卒千年;蒲苇一时纫,便作旦夕间。卿当日胜贵,吾独向黄泉!"

新妇谓府吏:"何意出此言!同是被逼迫,君尔妾亦然。黄泉下相见,勿违今日言!"执手分道去,各各还家门。生人作死别,恨恨那可论?念与世间辞,千万不复全!

府吏还家去,上堂拜阿母:"今日大风寒,寒风摧树木,严霜结庭兰。儿今日冥冥,令母在后单。故作不良计,勿复怨鬼神!命如南山石,四体康且直!"

阿母得闻之,零泪应声落:"汝是大家子,仕宦于台阁。慎勿为妇死,贵贱情何薄!东家有贤女,窈窕艳城郭,阿母为汝求,便复在旦夕。"

府吏再拜还,长叹空房中,作计乃尔立。转头向户里,渐见愁煎迫。

其日牛马嘶,新妇入青庐。奄奄黄昏后,寂寂人定初。我命绝今日,魂去尸长留!揽裙脱丝履,举身赴清池。

府吏闻此事,心知长别离。徘徊庭树下,自挂东南枝。

两家求合葬,合葬华山傍。东西植松柏,左右种梧桐。枝枝相覆盖,叶叶相交通。中有双飞鸟,自名为鸳鸯。仰头相向鸣,夜夜达五更。行人驻足听,寡妇起彷徨。多谢后世人,戒之慎勿忘。

[导读]

汉乐府民歌《孔雀东南飞》是古典诗歌中最长的一首叙事诗,最早见于南朝徐陵编的《玉台新咏》,题为《古诗为焦仲卿妻作》。大致出现于汉献帝建安年间,作者不详,全诗357句,近1800字。在自汉末到南朝的流传过程中,它不断被润色并最终成为汉代乐府民歌中的杰出代表。本诗叙述的主要内容是:刘兰芝嫁到焦家后,虽日夜劳作,还是为焦母所不容而被遣回娘家,家兄逼其改嫁。出嫁的新婚之夜,她投水自尽。这是一曲基于事实而形于吟咏的爱情悲歌。主人公刘兰芝、焦仲卿的死,表面上看来,是由于凶悍的焦母和势利的刘兄逼迫的结果。事实上,焦母、刘兄同样是封建礼教的受害者。因为焦母的本意并不想害死自己的儿子,刘兄的本意也不想害死自己的妹妹,这可从刘、焦死后,"两家求合葬"这种后悔不及的举动看出,尽管这是他们对刘兰芝、焦仲卿生死不渝的爱情晚到的认可与祝福。他们行为的出发点,主观上是有利己的打算,但也有把维护亲人终身幸福与自己的利益统一起来的愿望。焦母不容兰芝,是要为儿子找所谓"更好的媳妇";刘兄要兰芝改嫁,也是为她的幸福着想。然而,他们因为受到封建礼教的影响而忽略了这对恩爱夫妻的个人情感,最终他们的意图没有成为现实。可以说刘兰芝、焦仲卿是通过他们的手直接被害死的,因此,焦母、刘兄同时又成了封建礼教的帮凶。这种不以个人意志为转移的社会力量,正是当时封建制度罪恶本质的必然反映。

陶渊明

归园田居

其一

少无适俗韵,性本爱丘山。
误落尘网中,一去三十年。
羁鸟恋旧林,池鱼思故渊。
开荒南野际,守拙归园田。
方宅十余亩,草屋八九间。
榆柳荫后檐,桃李罗堂前。
暧暧远人村,依依墟里烟。
狗吠深巷中,鸡鸣桑树颠。
户庭无尘杂,虚室有余闲。
久在樊笼里,复得返自然。

其二

野外罕人事,穷巷寡轮鞅。
白日掩荆扉,虚室绝尘想。
时复墟曲中,披草共来往。
相见无杂言,但道桑麻长。
桑麻日已长,我土日已广。
常恐霜霰至,零落同草莽。

其三

种豆南山下,草盛豆苗稀。
晨兴理荒秽,戴月荷锄归。
道狭草木长,夕露沾我衣。
衣沾不足惜,但使愿无违。

其四

久去山泽游,浪莽林野娱。
试携子侄辈,披榛步荒墟。
徘徊丘垄间,依依昔人居。
井灶有遗处,桑竹残朽株。
借问采薪者,此人皆焉如。
薪者向我言,死没无复余。
一世弃朝市,此语真不虚。
人生似幻化,终当归空无。

其五

怅恨独策还，崎岖历榛曲。
山涧清且浅，遇以濯吾足。
漉我新熟酒，只鸡招近局。
日入室中暗，荆薪代明烛。
欢来苦夕短，已复至天旭。

[导读]

陶渊明（365—427），字元亮，一说名潜，字渊明，浔阳柴桑（今属江西）人。曾做过一些地方小官，早年曾任江州祭酒、镇军参军、彭泽令等职，因厌恶官场污浊，任彭泽令仅八十余日就弃官归隐农村。他是我国古代一位伟大的诗人，其诗的艺术成就很高，对我国诗歌发展产生了广泛影响。有《陶渊明集》存世。

本诗的背景是，作者在东晋安帝义熙元年，主动辞去了彭泽县令一职，决意退隐田园，从此不再出仕。归来后作《归园田居》组诗五首，描写自己离开官场时的愉快心情，赞美躬耕生活和田园风光。陶渊明的人生道路，钟优民在《中国诗歌史·魏晋南北朝》中说："经过几次出仕与归隐的反复，最终还是回到其朝思暮想的田园故居，坚定地走上立志躬耕之路。虽然它并非舒适的坦途，他思想上也有过'贫富常交战'的斗争，结果仍是'道胜无戚颜'，宁肯潦倒终身，决不退步。他的田园诗就生动地记录下诗人躬耕之路上的痛苦、欢乐和希望。"

《归园田居》五首是一个不可分割的有机整体。五首诗表现的主题都是归隐后的田园乐趣，分别从辞官归隐、野外农事、劳动场景、云游山泽、长夜酌酒等场面描绘了诗人丰富充实的隐居生活，表达了自己对忙碌的生活的独特感觉与热爱。但五首诗的侧重点各不相同，第一首重在抒发归隐后的喜悦心情，"久在樊笼里，复得返自然"；第二首着意写乡居生活的宁静与自己农耕生活的欢乐与忧愁；第三首表达了自己"衣沾不足惜，但使愿无违"，不惜劳苦耕作的自然本性；第四首写了自己与侄子山泽漫游的快乐和自己所见所感的深刻的生活体会；第五首写自己独自策杖还家的情景及与乡邻通宵畅饮的田园乐趣。从整体上看是以清新自然、宁静清贫和乐在其中的情趣来贯穿这一组诗篇的。诗中虽有感情的变化，但总体还是体现了归隐后的田园生活的真情实感、农耕的乐趣以及对人生的感悟等，总体基调是轻松的、快乐的。通观这五首诗，官场污秽，终因归隐而获得补偿的欣慰；生活清贫，却有亲朋好友的挚情与欢聚；农事辛苦，却能够使自己愿无违，得到心灵的满足；人生短暂，"终当归空无"，却能够复返自然，体验人生的真谛。五首诗，既有农耕的场景和体会，也有田园的乐趣与苦闷，更有人生的忧乐与感悟，每一首诗都扣紧田园生活，都有人生的体会，却各不相同，互相映照，展现了作者内心深处渴求静穆的、平和的、自然的境界。

陶渊明田园诗的语言朴实、自然，处处体现田野生活的本真，在第一首中善用比喻来表达自己的心情。如"误落尘网中"，以"尘网"比喻官场，见出诗人对污浊官场的鄙夷和厌恶；"羁鸟""池鱼"都是失去自由的动物，陶渊明用来自喻，表明他正像鸟恋

归林、鱼思故渊一样地思恋美好的大自然,希望返回自然,重获自由的思想。他的田园诗"很少直接描写封建社会的阶级矛盾,缺乏对劳动人民命运的高度关怀,但他提供给中国古典文学宝库的绚丽多彩的幅幅农村画面,真实、形象地反映了自给自足的中古时代农村的物质生活和精神生活的面貌,对于后人了解当时的社会,具有重要的认识价值和美学价值"(钟优民《中国诗歌史·魏晋南北朝》)。

骆宾王

在狱咏蝉·并序

　　余禁所禁垣西,是法曹厅事也,有古槐数株焉。虽生意可知,同殷仲文之枯树;而听讼斯在,即周召伯之甘棠。每至夕照低阴,秋蝉疏引,发声幽息,有切尝闻,岂人心异于曩时,将虫响悲于前听?嗟乎,声以动容,德以象贤。故洁其身也,禀君子达人之高行;蜕其皮也,有仙都羽化之灵姿。候时而来,顺阴阳之数;应节为变,审藏用之机。有目斯开,不以道昏而昧其视;有翼自薄,不以俗厚而易其真。吟乔树之微风,韵姿天纵;饮高秋之坠露,清畏人知。仆失路艰虞,遭时徽纆。不哀伤而自怨,未摇落而先衰。闻蟪蛄之流声,悟平反之已奏;见螳螂之抱影,怯危机之未安。感而缀诗,贻诸知己。庶情沿物应,哀弱羽之飘零;道寄人知,悯余声之寂寞。非谓文墨,取代幽忧云尔。

　　　　　　西陆蝉声唱,南冠客思侵。
　　　　　　那堪玄鬓影,来对白头吟。
　　　　　　露重飞难进,风多响易沉。
　　　　　　无人信高洁,谁为表予心?

[导读]

　　骆宾王(约626—684),初唐诗人。婺州义乌(今浙江义乌)人。据说他7岁写下咏鹅诗而被誉为"神童"。其父死后,他在贫困落拓的生活中度过了早年岁月。曾拜奉礼郎,为东台详正学士。因事被谪,从军西域,久戍边疆。后入蜀,为姚州道大总管李义军幕,平定蛮族叛乱,文檄多出其手。在蜀时,与卢照邻往还唱酬。仪凤三年(678),调任武功主簿、长安主簿,又由长安主簿入朝为侍御史,武则天当政,骆多次上书讽刺,得罪入狱。次年,遇赦得释。徐敬业(李敬业)在扬州起兵反对武则天,骆宾王起草了著名的《讨武氏檄》(《代李敬业传檄天下文》)。徐敬业兵败被杀,骆宾王下落不明,《新唐书》本传说他"亡命不知所之"。

　　本诗背景是唐高宗仪凤三年诗人迁任侍御史,因上疏论事,触怒武后,被诬下狱,随作诗以蝉自喻,表达高洁清廉的品格,以求得世人的理解。

　　首联承题,"西陆蝉声唱,南冠客思侵"。"西陆"指秋天。《隋书·天文志》说:"日循黄道东行,一日一夜行一度。三百六十五日有奇而周天。行东陆谓之春,行南陆谓之夏。行西陆谓之秋,行北陆谓之冬。行以成阴阳寒暑之节。""南冠"借用楚国钟仪被囚的典故指自我现实。本联以深秋寒蝉凄楚的叫声勾起牢中的作者起笔,流露出感伤与隐忧。颔联以"玄鬓"对比"白头",婉转表达出难以忍受目前困厄的心情,颈联的重心则转在感慨议论的抒发上。颈联用蝉因露重难飞与风大而鸣声不远,将蝉人巧妙对比,来比喻与慨叹自身难以自辩与自明的困境。尾联诗人直接出来反问,表达蕴蓄的情感——"无人信高洁,谁为表予心",表达自我的清廉与高洁情怀,情感浓烈而哀伤。

在艺术上,本诗属于借物抒情、咏物明志,不仅多化用前人诗句,而且典故运用恰切,具有较高的艺术感染力,是一首优秀的五言律诗。

闻一多在《宫体诗的自赎》中评价骆宾王"天生一副侠骨,专喜欢管闲事,打抱不平、杀人报仇、革命、帮痴心女子打负心汉",道出了骆宾王不同寻常的个性,这或许对我们理解他的"高洁"有一定启发。

王　维

竹里馆

独坐幽篁里,弹琴复长啸。
深林人不知,明月来相照。

[导读]

王维(701—761),字摩诘,祖籍山西祁县,盛唐诗人,开元九年(721)进士及第,因诗中多禅意禅境被称为"诗佛"。他精通佛学,其名字来源于佛经《维摩诘经》。曾官至大乐丞,后贬谪为济州司仓参军。其后曾任右拾遗、监察御史、殿中传御史、尚书右丞等职,世称"王右丞"。安史之乱中,被安禄山胁迫做伪官。

王维多才多艺,诗、书、画、音乐等均有建树,尤其擅长山水画。苏轼评价说:"味摩诘之诗,诗中有画;观摩诘之画,画中有诗。"受禅宗影响,其水墨山水画别具特色,被称为"南宗画之祖"。

《竹里馆》一诗是王维《辋川集》二十首诗中的第十七首。竹里馆是其辋川别墅的胜景之一,因房屋周围遍布竹林而得名。本诗主要描写了作者隐逸闲适的生活情趣,所写景为幽篁、深林、明月,景物中的人则独坐、弹琴、长啸。看似平淡无奇,却正如陶渊明的诗歌那样在平淡自然的笔调中蕴含一种独特的静幽韵味,仿佛使人在置身清新诱人的月夜幽林中忘怀世俗而悠然抚琴长啸。

在艺术上,本诗首先以"独"写超然的环境,然后再以琴啸反衬竹林的幽静,而无心的明月光又多情地来"照"幽林中独坐的人,一切那么自然,人、情与景似乎融为和谐的一体。

其次,从所写的对象上分析。这首诗写了竹林、明月、琴、歌啸等。在古代,梅、兰、竹、菊是品性高雅的象征。苏东坡言:"宁可食无肉,不可居无竹。无肉使人瘦,无竹使人俗。"魏晋时期,曾经出现过"竹林七贤",该诗则写了月夜竹林。明月高高在上,有超然世外之态,来照诗人,似乎是个知音;至于琴则是文雅之物,歌啸则显自得心情与神态。

再次,本诗以对比反衬手法塑造了独特的意境。独坐的人因为有竹林而不孤单,以弹琴长啸来反衬竹林的静寂；明月为伴，以明月的光影反衬深林的幽暗。

最后，诗歌描绘了一幅清幽宜人的画面。由独坐之人、竹林、琴、明月、光影等构成了一幅图画。阅读本诗，我们仿佛看到诗人独坐于茂林修竹间，超然世外，独享清幽，过着怡然自得的隐居生活。

纵观全诗，重点在于写竹林中隐者的情趣。他在清幽的环境中自得地歌啸，忘却世情，与竹林和明月相伴，从而形成了一种令人心驰神往的自然意境。

李 白

梦游天姥吟留别

海客谈瀛洲，烟涛微茫信难求，越人语天姥，云霓明灭或可睹。天姥连天向天横，势拔五岳掩赤城。天台一万八千丈，对此欲倒东南倾。

我欲因之梦吴越，一夜飞渡镜湖月。湖月照我影，送我至剡溪。谢公宿处今尚在，渌水荡漾清猿啼。脚著谢公屐，身登青云梯。半壁见海日，空中闻天鸡。千岩万转路不定，迷花倚石忽已暝。熊咆龙吟殷岩泉，栗深林兮惊层巅。云青青兮欲雨，水澹澹兮生烟。列缺霹雳，丘峦崩摧，洞天石扉，訇然中开。青冥浩荡不见底，日月照耀金银台。霓为衣兮风为马，云之君兮纷纷而来下。虎鼓瑟兮鸾回车，仙之人兮列如麻。忽魂悸以魄动，恍惊起而长嗟。惟觉时之枕席，失向来之烟霞。

世间行乐亦如此，古来万事东流水。别君去兮何时还？且放白鹿青崖间，须行即骑访名山。安能摧眉折腰事权贵，使我不得开心颜！

[导读]

李白（701—762），字太白，号青莲居士，我国唐代伟大的浪漫主义诗人，被后人尊称为"诗仙"。李白出生于盛唐时期，人生的大部分是在漫游中度过的，一生游遍大半个中国。作为盛唐时期诗坛的代表作家，李白是第一个真正能够广泛地从当时民间文艺和秦、汉、魏以来的乐府民歌中汲取丰富营养，集中提高而形成自己独特风貌的诗人，是我国文学史上继屈原以后最为杰出的浪漫主义诗人，代表了我国古典积极浪漫主义诗歌创作的新高峰。他的诗作继承了前代浪漫主义创作的成就，以其叛逆的思想和豪放的风格反映了盛唐时代乐观向上的创造精神，扩大了浪漫主义的表现领域，丰富了浪漫主义的手法，并在一定程度上体现了浪漫主义和现实主义的结合。杜甫称赞他"笔落惊风雨，诗成泣鬼神"。其代表作有《望庐山瀑布》《行路难》《蜀道难》《将进酒》《梁甫吟》《早发白帝城》等。

从艺术风格上看，李白的诗作整体上具有瑰奇宏阔之美。他的浪漫主义风格建立在丰富的生活基础之上，虽然以豪放、飘逸、洒脱、想象为特征，多借助神话传说和各种奇丽惊人的想象，但是也有很多现实思考，表达出"安能摧眉折腰事权贵"的感慨。本诗的背景是，唐玄宗天宝三年（744），在长安受到权贵排挤的李白被迫离开，带着怀才不遇的扼叹与壮志难酬的愤懑，又开始了漫游生活。

本诗是他游吴越时所写，为临别朋友时表白心迹之作。萧涤非、程千帆等人撰写的

《唐诗鉴赏辞典》评价:"这是一首记梦诗,也是一首游仙诗。意境雄伟,变化惝恍莫测,缤纷多彩的艺术形象,新奇的表现手法,向来为人传诵,被视为李白的代表作之一。"诗的开头先写古代传说中的瀛洲,因为仙境本是虚无缥缈的,所以说"微茫难求"。由此引出人间存在的真山天姥。虽然天姥山是现实的山,但作者却给它添加了一层幻境般的色彩,以虚衬实,突出天姥的胜景。

诗的第一节用"天姥连天向天横,势拔五岳掩赤城",极写天姥山的高和气势,比五岳更挺拔。这样雄伟高峻而气势非凡、能与仙境瀛洲相媲美的天姥山,怎不令人神往?于是渐渐"入梦",引起了诗人探求的渴望。

诗的第二节用"梦"字点明题意。作者进入梦乡,并用"一夜""飞度"等写出时间之短、行程之快,经过镜湖,到达剡溪。"飞"和"送"二字,不仅写出了诗人遨游天姥山的急切心情,还传神地表现出诗人内心的欢愉。"脚著谢公屐,身登青云梯。半壁见海日,空中闻天鸡。"写的是途中所见,诗人发挥了丰富的想象:穿的是谢公屐,登的是青云梯,看到了旭日东升,又听到了天鸡报晓。半山尚且如此,山巅更是可想而知了。天姥的高峻宏伟足以想象。"千岩万转路不定,迷花倚石忽已暝。""忽"字表面好像是写时间之快,其实更为了说明诗人游兴之浓。"熊咆龙吟殷岩泉……水澹澹兮生烟"四句,是作者到了山顶所见的第一幅画面:暮色中,熊吼龙吟如雷震于山谷,让人感觉战栗,惊心动魄。"列缺霹雳……日月照耀金银台"几句则是另一幅画面:福地洞天,金楼银阁,交相辉映,既是奇境,又是仙境,令人流连忘返。接下来几句,则从神仙的服饰、御风而行的状况来表现神仙之多,场面之热闹。从山顶所见,诗人给我们展现了一幅幅瑰丽奇特、鲜明、声色并茂的画图。"忽魂悸以魄动……失向来之烟霞"等句,写梦幻美景消失,回到现实,又极妙地照应了开头神山"信难求"的伏笔。

本诗最后一节,写诗人梦醒后的感慨。梦境破灭,仙境消失,诗人的思绪也回到了现实。现实与仙境的距离是多么的遥远,令诗人不胜怏怏。诗人不仅有壮志未酬、理想破灭的愤懑,而且在政治上也遭受到挫折,终于爆发出"安能摧眉折腰事权贵,使我不得开心颜"的感慨!

从艺术上看,在本诗中李白运用了神话思维、大胆的夸张和奇特而丰富的想象,为读者描绘出一幅亦虚亦实又亦幻亦真、瑰丽奇特又雄伟壮观的仙山梦游图,给人以美的享受。本诗以云游梦境中的天姥仙境的惊栗和快乐,对比现实中的"安能摧眉折腰事权贵,使我不得开心颜",虚实结合,将抽象的艺术构思转化为具有物质形态的艺术形象,带给读者多方面的启迪。

杜 甫

登 高

风急天高猿啸哀,渚清沙白鸟飞回。
无边落木萧萧下,不尽长江滚滚来。
万里悲秋常作客,百年多病独登台。
艰难苦恨繁霜鬓,潦倒新停浊酒杯。

[导读]

杜甫（712—770），字子美，自号少陵野老，世称杜工部、杜拾遗，盛唐时期伟大的现实主义诗人，与李白并称"李杜"。他忧国忧民，人格高尚，一生写诗1400多首，诗艺精湛，被后世尊称为"诗圣"。官至左拾遗、检校工部员外郎，代表作有"三吏""三别"等。杜甫生活在唐朝由盛转衰的历史时期，他的诗作多涉及社会动荡、仕途失意、政治黑暗、人民疾苦等，更多反映当时的社会矛盾和人民的疾苦，因而被誉为"诗史"。杜甫的诗篇流传数量是唐诗里最多最广泛的，对后世影响深远。

《登高》是杜甫夔州避难时期的名篇，作于767年。杜甫写这首诗时，安史之乱已经结束，但地方军阀又乘时而起，相互争夺地盘，社会仍是一片混乱。在这种形势下，他只得继续"漂泊西南天地间"。时代的苦难，家道的艰辛，个人的多病和壮志未酬，再加上好友李白、高适、严武的相继辞世，愤懑、忧愁的心情时时压在他的心头，他为了排遣郁闷而抱病登台赋诗。

诗的首联和颔联写登高见闻，一起笔就写成了千古流传的佳句。夔州向来以猿多著称，峡谷以风大闻名。作者以"风急"二字为诗眼，勾画出一幅秋肃临天下的动人图景，此情此景，都因诗人复杂而深沉的感情而显得悲凉。诗一开始便有悲凉的气氛，"风急天高猿啸哀，渚清沙白鸟飞回"，一个"哀"字就使整个画面呈现出惨淡的氛围，颔联"无边落木萧萧下，不尽长江滚滚来"，更是加大了对这种悲凉氛围的渲染：萧萧而下的树叶，滚滚而来的江水，加上"无边"和"不尽"这种望不到尽头的感觉悄然袭上心头，不仅让人看到一片凄凉的景象，还让人体会到韶光易逝的感觉。或许，这又加重了诗人的乡愁和壮志难酬的悲怆。此二联，确实已将诗人的"艰难苦恨"包含无遗，用语精当，气象宏伟，在所有的登高诗篇中可谓绝唱。颈联把前二联的景物描写所蕴含的悲凉感情明朗化，由景及情，直接用"悲秋"和"多病"来写自己此时此刻的心境，也直接告诉我们作者登台时的真实状况：诗人目睹苍凉悲壮的秋景，不由想到自己沦落他乡、年老多病的处境，生出无限悲秋之情。其中"万里""百年"分别与上联的"无边""不尽"对应，就从时间、空间两个方面把诗人的忧思表现得更深更广了。诗人由景及情，寄情于景，情与景交融，更见出构思的精巧。尾联写诗人饱尝艰难潦倒之苦，国难家仇，白发增多，真是屋漏偏遭连夜雨，自己还因病断酒，无法借酒消愁，致使悲愁之情、凄凉之状跃然纸上。

萧涤非、程千帆等人撰写的《唐诗鉴赏辞典》说："诗前半写景，后半抒情。在写法上各有错综之妙。首联着重刻画眼前具体景物，好比画家的工笔，形、声、色、态，一一得到表现。次联着重渲染整个秋天气氛，好比画家的写意，只宜传神会意，让读者展开想象补充。三联表现感情，从纵（时间）、横（空间）两方面着笔，由异乡漂泊写到多病残生。四联又从白发日多，护病断饮，归结到时世艰难是潦倒不堪的根源。这样，杜甫忧国伤时的情操，便跃然纸上。"

本诗被称为古今七言律诗之冠，体现在韵律上也有独到之处。诗歌首句入韵，押的是诗律最常用的平声韵，韵脚分别是"哀""回""来""台""杯"。而且全诗平仄都符合律诗的格律要求（"急""白"都是古代的入声字）。另外，全诗四联，每联都对仗，显示了作者在韵律方面的良苦用心和卓绝能力。

现代诗歌部分

郭沫若

天　狗

我是一条天狗呀！
我把月来吞了，
我把日来吞了，
我把一切的星球来吞了，
我把全宇宙来吞了。
我便是我了！

我是月底光，
我是日底光，
我是一切星球底光，
我是 X 光线底光，
我是全宇宙底 Energy 底总量！

我飞奔，
我狂叫，
我燃烧。

我如烈火一样地燃烧！
我如大海一样地狂叫！
我如电气一样地飞跑！
我飞跑，
我飞跑，
我飞跑，
我剥我的皮，
我食我的肉，
我吸我的血，
我啮我的心肝，
我在我神经上飞跑，
我在我脊髓上飞跑，

　　我在我脑筋上飞跑。

　　我便是我呀！
　　我的我要爆了！

1920年2月初作

[导读]

　　郭沫若（1892—1978），原名郭开贞，四川乐山人。1914年留学日本，1921年与郁达夫等组建创造社，同年8月出版诗集《女神》。其他重要诗集还有《星空》（1923）、《瓶》等。此外还著有戏剧、小说、散文、自传、文艺论著多种。已出版的《郭沫若全集》包括文学、历史、考古等共38卷。

　　胡适的《尝试集》是第一本白话诗集，但新诗的真正奠基之作是郭沫若的《女神》。《女神》的时代意识、自我意识、主题、意境、语言都是全新的，充满大胆的想象和热烈奔放的感情，生动有力的节奏更为新诗创造了一种全新的音乐，为探索新诗自身的声音和节奏模式奠定了基础。

　　郭沫若对中国新诗的发展有着杰出贡献，是一位充满激情的浪漫主义诗人。他的好友田汉在给他的信里也说：“你的诗首首都是你的血，你的泪，你的自叙传。”（《三叶集》）这正是浪漫主义诗歌的特色。郭沫若的诗集《女神》中的诗篇以狂风暴雨般的激情，纯然自由的形式，为中国诗歌的历史增添了新的一页。

　　《女神》除序诗外，共收诗56首，其中最早的诗写于1916年，一小部分写于1921年，绝大部分诗是1919年到1920年写的。从风格上看，《女神》充满了浪漫主义激情；从内容上看，《女神》突出体现了五四的时代精神，这首先表现为一种彻底的批判和创造精神。其中，在《天狗》里，这种个性解放的要求达到了高潮。

　　千百年来习惯欣赏中和之美的中国读者，最初遭遇《天狗》，无不为其惊世骇俗的粗犷美、强悍美所震撼。然而一旦品出其独特的况味与神韵，则无不流连忘返，连声称绝：这是一首独步诗坛的奇诗！

　　这是一首充满叛逆精神的诗篇，它充满着火山爆发式的激情，风格强悍、狂暴、紧张。诗一开篇，诗人首先把自己想象成天狗，突如其来地宣布"我是一条天狗呀！"音调是高八度的，内容惊世骇俗，从此奠定全诗高亢、激昂的基调。接着展现的这条天狗更是非同寻常，它不仅吞月（这是古代神话之原意），而且吞日，吞一切的星球，吞全宇宙，一层一层地递增。这样的天狗形象空前绝后，其涵盖八荒、吞吐宇宙的气魄再无可比拟，显示诗人当年对整个旧世界的无比憎恨，他要毁坏一切，重新创造一个新的宇宙。"我便是我了"，既是对个性极度张扬的自豪，又是对创造新世界的极端自信。"我"已吞食了月、日、星球、整个宇宙，"我"是毁灭了整个旧世界后新生的"我"，于是我便拥有了它们全部的无限的能量，"我是全宇宙底Energy底总量！"这既是毁灭旧世界的能量，又是创造新生的能量。由此，"我"创造的欲望焦灼无比，驱使着"我"不停地飞奔、狂叫、燃烧，这种排山倒海般的激情之火在反复、排比、复沓中升至极点。这个具有无限能量的"自我"，在发展"自我"、毁灭旧世界的同时，还强烈地要毁灭自己:"我剥我的皮""我食我的肉""我吸我的血""我啮我的心肝",从而达到脱胎换骨,自我新生——"我便是我"。诗最后一节,"我便是我呀!我的我要爆了!"将五四时期的青年郭沫若狂暴的激情推到极致,个性的张扬竟到了身不由己,创造与破坏的欲望炽烈到"要爆了"的地步。自我爆炸的过程,也是新宇宙、新世界、新社会出现战斗的过程。

在艺术上,《天狗》具有想象新奇、气势磅礴、旋律激越、声调高亢、语言峻峭等特点,这些特点又都统一在诗歌奇峭雄劲、富有力度的风格上。就诗的构思方式看,诗人借狂放不羁、气势磅礴的"天狗"来表现自我,以"天狗"吞食日月展开神奇的联想,通过对"天狗"的气魄和力量的极度夸张,在象征性的诗歌意象中,塑造了一个大胆反抗、勇敢叛逆的抒情主体——"我"(即"天狗")的形象。这一形象既是五四时期觉醒了的古老民族的自我写照,又是具有彻底破坏和大胆创造精神的新人形象,体现了个性解放的时代潮流。反映了五四时代狂飙突进的革命精神,是个性解放要求的极度体现。"我"横空出世,"我"雄踞宇宙,"我"主宰一切,"我"与宇宙本体合而为一,"我"在自噬其身中获得新生。诗人紧紧抓住"我"的"动"的精神,表现出扫荡一切、摧毁一切的神奇的自我力量,唱出对具有无穷潜能的自我力量的赞歌,显得那样生动、传神,富有感染力。《天狗》凸现了主体精神在诗歌中的觉醒,夸大了个人的作用和力量,我们看到的是一个获得了人的尊严的解放了个性的形象。这个"人",从历史耻辱与迫害的泥淖中走出来,在香木焚烧的烈火中得到新生。他有巨大的能量,足以打破一切的禁锢与重压。

在诗体形式上,全诗通体以"我"字领句,从头至尾,构成连珠式排比,层层推进,步步强化,有效地加强了语言气势,渲染了抒情氛围。加之诗句简短,节奏急促,韵律铿锵,诵读之时,状如狂暴的急雨,奔腾的海潮,具有一种夺人心魄的雄壮气势。

《天狗》实现了"诗体的大解放",毫无旧体诗词的残余。看似高腔大嗓地一通喊叫,一任感情的宣泄,但却自有感情的内在韵律。诗句的或长或短,诗意的或缓或急,重复叠加,都有着细腻微妙的调整与配合,始终维持着情感浪潮的湍急。排比与复沓,赋予全诗气吞寰宇的节奏感和音乐性。自由诗不强求押韵,节奏则是自由诗的生命,在这方面郭沫若正是自由诗体创作的奠基者。

闻一多

发 现

我来了,我喊一声,迸着血泪,
"这不是我的中华,不对,不对!"
我来了,因为我听见你叫我;
鞭着时间的罡风,擎一把火,
我来了,不知道是一场空喜。
我会见的是噩梦,哪里是你?
那是恐怖,是噩梦挂着悬崖,

那不是你,那不是我的心爱!
我追问青天,逼迫八面的风,
我问,(拳头擂着大地的赤胸)
总问不出消息;我哭着叫你,
呕出一颗心来,——在我心里!

[导读]

闻一多(1899—1946),生于湖北省蕲水县(今黄冈市浠水县)。早年就读于清华学校,1922年赴美留学,其间开始新诗创作,1923年出版诗集《红烛》,1928年出版诗集《死水》。有《闻一多全集》行世。

闻一多在我国新诗发展史上占有重要的地位,在新诗理论和形式探索方面做出过独特的贡献。他是新诗史上继胡适之后的一个重要的诗歌批评家。《女神》出版后,闻一多曾著文盛赞《女神》的时代精神,但旋又著文批评《女神》的"欧化"和郭沫若"诗不是做出来的"主张,提出"美不是现成的""没有选择便没有艺术"。1925年以后,闻一多致力于新诗格律化的理论和实践,提倡诗的"三美",即"音乐美"("有音尺,有平仄,有韵脚"),"建筑美"("节的匀称,句的匀称"),"绘画美"(辞藻)。闻一多新诗格律化主张最形象化的说明,莫过于他那句写诗便是"戴着脚镣跳舞"的名言。闻一多的理论对新月派的写作产生了重大的影响。作为诗人,闻一多深受英美浪漫主义的影响,感情浓烈、辞藻华丽,但主题比较单一。后期诗集《死水》兼有法国早期象征派诗人波德莱尔的影响。

《发现》形象地记录了闻一多一颗充满血与泪的赤子之心在极度幻灭时的高强度心理过程。这是一次大爱与大恨、大希望与大绝望强行扭结在一起的心灵体验。诗人哭着喊着"这不是我的中华,不对,不对!"他一再申明自己"不知道是一场空喜",他在情感上还难以承受这巨大的幻灭感产生的摧毁力。闻一多当时面临着一个可怕的心理深渊,"那是恐怖,是噩梦挂着悬崖",它意味着闻一多在异国他乡时赖以支撑自己的精神支柱的轰然倒塌。我们知道,闻一多在美国留学时炽热的爱国情思里有着对抗在异域所受到的屈辱感的强烈动机,可以说他是通过对祖国的"如花"的想象来获得一份自信和尊严的,这是他重要的精神支柱。在这时,心灵本身就是脆弱的、敏感的,强烈的皈依的渴望里明显充满了幻化的理想色彩。

然而,当闻一多踏上中国的土地的那一刹那,巨大的黑暗的窒息和满目的疮痍几乎将他击倒。一些论者在赞叹闻一多时,指出他并没有用具体细节正面描述他踏上中国的土地时所见的满目疮痍、生灵涂炭、民不聊生的悲惨景象,而是直抒胸臆地概括。实际上,在这里,不仅仅是一个诗艺的问题。他是无暇诅咒那些引起自己幻灭的悲哀的黑暗中国的景象的,这只能是等感情冷静后的事。对于此时的他来说,他首先要做的是由不愿意到必须承受这一巨大的幻灭感、绝望感。面对于这一切,心灵的难以承受和巨大的痛苦逼迫着他本能似的喊出了诸如"这不是我的中华,不对,不对!"等迸着血与泪的眩晕的话。同样,"我追问青天,逼迫八面的风,/我问,(拳头擂着大地的赤胸)"都是心灵难以承受的巨大的痛苦和幻灭感逼迫的结果。这是一种难以诉说的痛苦,是大绝望时的痛苦。我们不认为在《发现》里，闻一多基于清醒的理性和巨大的痛苦之上的对祖国的执着和忠贞的爱已重新建立了起来，这应是痛定思痛后的思想的深化和承担。恰恰相反，闻一多在《发现》里正是将焦点对准了极度绝望、幻灭时自己整个心灵的高峰体验状态。在整首诗里，只有他的呼天抢地的血与泪的诉说，捶胸顿足、撕心裂肺的哭喊。《发现》整首诗就像是从内心体验的巨大痛苦场中逼迫出的几近崩溃和疯狂的语言的连缀。

闻一多并没有用一种形式的手段（例如《死水》）或意象的手段（例如《红烛》）在理性上加以引导，而是任由情感的释放和爆发。这种真挚的感情，正如诗人自我剖白的那样："我只觉得自己是座没有爆发的火山，火烧得我痛却始终没有能力炸开那禁锢我的地壳，放射出光和热来。"全篇充溢着的激情像烈马一样横冲直撞地奔跃，像狂瀑一样急流直下地喷泻，毫无一点修饰。所以，在《发现》一诗里，我们很难把诗情与诗艺割裂开来，例如诗歌开始"我来了，我喊一声，迸着血泪"，给人的突兀和劈空之感其实是诗人急迫地反抗由于绝望和幻灭感迅即生成的巨大心理压力所致。可以说，《发现》中的诗情和诗艺，在释放心灵的巨大的幻灭和痛苦感上完满地统一了起来。

徐志摩

偶 然

我是天空里的一片云，
偶尔投影在你的波心——
　　你不必讶异，
　　更无须欢喜——
在转瞬间消灭了踪影。

你我相逢在黑夜的海上，
你有你的，我有我的，方向；
　　你记得也好，
　　最好你忘掉，
在这交会时互放的光亮！

[导读]

徐志摩（1897—1931），浙江海宁人。1920年入英国剑桥大学学习政治经济学。在英国19世纪浪漫主义诗歌影响下开始写作新诗。1922年回国，参加文学研究会和新月社，是新月派的重要诗人，1931年因飞机失事遇难。主要诗集有《志摩的诗》《翡冷翠的一夜》《猛虎集》《云游》等。

作为新月派的代表诗人，他的诗字句清新、韵律和谐、比喻细腻、想象丰富、意境优美、神思飘逸、富于变化，并追求艺术形式的整饬、华美，具有鲜明的艺术个性。朱自清评价徐志摩的诗"是跳着溅着不舍昼夜的一道生命水"。

徐志摩在诗歌史上的贡献在于他扩大了新诗在普通读者中的影响，正是他开创了新诗中的通俗一脉。

《偶然》写于1926年5月，是诗人和陆小曼合写的剧本《卞昆冈》第五幕中的唱词。

徐志摩把"偶然"这样一个极为抽象的时间副词形象化，置入象征性的结构，写得充满情趣哲理，不但珠圆玉润，朗朗上口，而且余味无穷，意溢于言外。

诗史上，一部洋洋洒洒上千行的长诗可以随似水流年埋没于无情的历史沉积中，而某些玲珑之短诗，却能够经历史年代之久而独放异彩。这首两节十行的小诗，在现代诗歌长廊中，堪称别具一格之作。

《偶然》这首小诗，在徐志摩追求诗美的历程中，还具有一些独特的"转折"性意义。按徐志摩的学生，著名诗人卞之琳的说法："这首诗在作者诗中是在形式上最完美的一首。"（《徐志摩诗集》）新月诗人陈梦家也认为："《偶然》以及《丁当一清新》等几首诗，划开了他前后两期的鸿沟，他抹去了以前的火气，用整齐柔丽清爽的诗句，来写那微妙的灵魂的秘密。"（《纪念徐志摩》）

的确，此诗在格律上是颇能看出徐志摩的功力与匠意的。全诗两节，上下节格律对称。每一节的第一句、第二句、第五句都是用三个音步组成。如："偶尔投影在你的波心"，"在这交会时互放的光亮"，每节的第三句、第四句则都是用两音步构成，如："你不必讶异"，"你记得也好／最好你忘掉"。在音步的安排处理上显然严谨中不乏洒脱，较长的音步与较短的音步相间，读起来纡徐从容、委婉顿挫而朗朗上口。

这首诗歌内部充满使人不易察觉的诸种"张力"结构，这种张力结构在"肌质"与"构架"之间、"意象"与"意象"之间、"意向"与"意向"之间诸方面都存在。独特的"张力"结构应当说是此诗富于艺术魅力的一个奥秘。

所谓"张力"，是英美新批评所主张和实践的一个批评术语。通俗点说，可看作是在整体诗歌的有机体中却包含着共存的互相矛盾、背向而驰的辩证关系。一首诗歌在总体上必须是有机的，各具整体性的，但内部却允许并且应该充满各种各样的矛盾和张力。充满张力的诗歌，才能意蕴深刻、耐人咀嚼、回味无穷。因为只有这样的诗歌才不是静止的，而是"寓动于静"的。打个比方，满张的弓虽是静止不动的，但却蕴满饱含着随时可以爆发的能量和力度。

就此诗说，首先，诗题与文本之间就蕴蓄着一定的张力。"偶然"是一个完全抽象化的时间副词，在这个标题下写什么内容，应当说是自由随意的，而作者在这抽象的标题下，写的是两件比较实在的事情，一是天空里的云偶尔投影在水里的波心，二是"你""我"（都是象征性的意象）相逢在海上。如果我们用"我和你""相遇"之类的词作标题，虽然未尝不可，但诗味当是相去甚远的，这抽象和具象之间的张力，自然就荡然无存了。

其次，诗歌文本内部的张力结构则更多。"你／我"就是一对"二项对立"，或是"偶尔投影在波心"，或是"相遇在海上"，都是人生旅途中擦肩而过的匆匆过客；"你不必讶异／更无须欢喜""你记得也好／最好你忘掉"，都以"二元对立"式的情感态度及语义上的"矛盾修辞法"而呈现出充足的"张力"。尤其是"你有你的，我有我的，方向"

一句诗,可以称为"新批评"所称许的最适合于"张力"分析的经典诗句。"你""我"因各有自己的方向在茫茫人海中偶然相遇,交会着放出光芒,但却擦肩而过,各奔自己的方向。两个完全相异、背道而驰的意向——"你有你的"和"我有我的"恰恰统一、包孕在同一个句子里,归结在同样的字眼——"方向"上。

作为给读者以强烈的"浪漫主义诗人"印象的徐志摩,这首诗歌的象征性——既有总体象征,又有局部意象象征——也许格外引人注目。这首诗歌的总体象征是与前面所分析的"诗题"与"文本"间的张力结构相一致的。在"偶然"这样一个可以化生众多具象的标题下,"云—水""你—我""黑夜的海""互放的光亮"等意象及意象与意象之间的关系构成,都可以因为读者个人情感阅历的差异及体验强度的深浅而产生不同的理解或组构。这正是"其称名也小,其取类也大"(《易·系辞》)的"象征"之以少喻多、以小喻大、以个别喻一般的妙用。或人世遭际挫折,或情感阴差阳错,或追悔莫及、痛苦有加,或无奈苦笑、怅然若失……人生,必然会有这样一些"偶然"的"相逢"和"交会",而这"交会时互放的光亮",必将成为永难忘怀的记忆长伴人生。

李金发

有 感

如残叶溅
　　血在我们
　　　　脚上,

生命便是
　　死神唇边
　　　　的笑。

半死的月下,
　　载饮载歌,
　　　　裂喉的音
随北风飘散。
　　　　吁!
抚慰你所爱的去。

开你户牖
　　使其羞怯,
　　　　征尘蒙其
可爱之眼了。
此是生命
　　之羞怯

与愤怒么?

> 如残叶溅
> 　　血在我们
> 　　　　脚上,
>
> 生命便是
> 　　死神唇边
> 　　　　的笑。

[导读]

李金发(1900—1976),原名李权兴,又名李淑良,广东梅县人。早年留学法国学习雕塑,在法国象征派诗歌特别是波德莱尔《恶之花》的影响下,开始创作格调怪异的诗歌,在中国新诗坛引起一阵骚动,被称为"诗怪",成为我国第一个象征主义诗人。1925年年初,他应上海美专校长刘海粟邀请回国执教,同年加入文学研究会,并为《小说月报》《新女性》撰稿。1927年秋,任中央大学秘书。1928年任杭州国立艺术院雕塑系主任,创办《美育》杂志,后赴广州美术学院工作,1936年任该校校长。20世纪40年代后期,几次出任外交官员,远在国外,后移居美国纽约,直至去世。著有诗集《微雨》《食客与凶年》《为幸福而歌》等。

《有感》是李金发最有名的一首诗歌作品,出自他的第三本诗集(也是最后一本)《为幸福而歌》。作者在弁言中说这本诗集"多半是情诗,及个人牢骚之言"。这首诗大概就属于其中的"牢骚之言"。

李金发的诗歌作品向来不太讲究形式,但这一首有点例外。它的首尾对称的形式感非常容易被识别:始、终的六个诗行采用了一种重复的方式——而这六个诗行也成了李金发这首诗中的名句。以颓废的观念审视人类的生命与死亡,是象征派诗歌一个强大的主题。法国象征派诗人为此唱出了无数凄婉愤激的歌。于颓唐的气息后透出一种否定社会的冷漠情感,是这一类诗中常有的特色。歌咏死亡并非冷落人生,诗中自有一种愤世的热情。从这个意义上读《有感》一诗,就不难理解李金发的心境了。

"有感"相当于传统的"无题"。李金发的这首诗就是一篇无题诗。他"有感"的思想是一个古老而颓废的主题:人生短促,时光不再,只能在酒与爱的享乐里消除痛苦。就思想来说,此诗的确没有什么积极的意义可言。作者没有西方象征派大师们那样深刻的社会批判精神,生与死的思考也就缺乏社会意义与哲学层次的开掘。就艺术表现而言,这首诗却与传统方法不同,也与当时一些新诗表现方法相异,有其独创的地方。

全诗注意追求用意象呈现或暗示情调,特别注意意象的色彩感与鲜明感。开头和结尾两节复沓出现,一开一阖,是全诗主题的呈现部分。意思很简单:人的生与死近在咫尺。可是作者没有走捷径,像古代诗人那样直接抒唱"对酒当歌,人生几何?"诗人很有现代感。他以一个新奇的富于色彩感的比喻暗示了这一思想情调:"如残叶溅/血在我们/脚上,/生命便是/死神唇边/的笑。"秋天肃杀,红叶如血,飘落地上,这一自然现象被诗人用作明喻，想象它如生命的凋零，溅于脚上的是殷红的鲜血。这个明喻的意象十分鲜明，它映衬和强化了后面一句主题："生命便是／死神唇边／的笑"，诗人用直喻呈现了自己对生命的思考。"死神唇边的笑"这个非常美丽的想象，暗示了诗人一个颓废的彻悟：人的生命和死神中间的距离是这么近在咫尺，生命是多么短暂啊！这个暗喻和前一个"残叶溅血"的明喻，如电影中两个叠加的镜头，被接连推到人们眼前，诗人的情调就在这意象的叠加中，呈现出一种可触可视的强烈的印象。

中间两节诗是这首生命感叹曲的展示部分。心境凄凉，月色也为之变化，一种苍凉之情浸透诗中。所以诗人用了"半死的月下"来状写当时的景物，这里已经渗入诗人强烈的感情色彩。既然人生如此短暂，那就在酒与爱中尽情享受吧。在苍白的月光下，一边饮酒，一边唱歌，破裂而嘶哑的声音，随着秋夜的北风飘散而去了。下边是写在爱情中寻求慰藉："吁！／抚慰你所爱的去"，即投入爱情的怀抱之意。打开窗户，让你恋爱的对象进来，投入到你的怀抱中来，也许她会因此而"羞怯"的，那又有什么关系，你就以自己的勇敢"使其羞怯"吧。她是远道而来的，奔波的"征尘"意境蒙上她可爱的眼睛了。这"征尘"也许是实写，也许是一种情态的暗示和象征。

诗人思考生命的价值，内心又对自己生命的态度感到深深的矛盾，以酒与爱来消磨时光，但这就是人生真正的追求吗？不甘沉沦，也不甘自弃的心理，终于使他发出了这样痛苦的疑问："此是生命／之羞怯／与愤怒么？""羞怯"与"愤怒"，诗人似乎在问自己：生命就应该在这种"羞怯"与"愤怒"中度过吗？

一个年轻人没有找到生命的意义，对生命的价值进行了充满矛盾与痛苦的思考。诗人没有为自己找到答案，也并未想找到答案。于是全诗结尾又回到生命与死亡的主题上：生命是死神唇边的笑。

这首《有感》，显示了一个年轻的象征派诗人以意象暗示情调的努力与才华。读了这首诗之后，那种颓废的情调已经十分淡漠了，而那"残叶溅血""死神唇边的笑""半死的月""征尘蒙其可爱之眼"这些意象，却令我们感到新颖，久久不忘。甚至闭目凝思，诗人于消沉中那痛苦愤激的形象，都会矗立在面前……象征派诗人追求的艺术魅力，就在于这种暗示的功能。

这首《有感》，采用近于"楼梯式"的断句法，本身就和诗人愤怒痛苦的情绪密不可分。有些短句又用新颖的断句法，如"溅血"是一个词，诗里故意割断排列，把"血"字放到前边去了；"死神"也不紧接"便是"，而是另提一行；"唇边的笑"这一个偏正词组被硬性分开，把"的笑"放到后边另立一行……这种断句法，不是无意地破坏语法规则，而是有意地安排一些意象的位置，被放在前边的"血"字、"死神"和"笑"字，都是为了由形式的新奇感而给读者造成一种强烈的印象，增强这些意象在读者感受中的嵌入效果。这种断句法是西方现代派诗常用的，在新诗中李金发较早地进行尝试，也是对新诗传达情感手法的一种扩大。全诗首尾两节的重复出现，不仅加强了作品的音乐美，也使诗的主题得到更强的表现。可以说，李金发的《有感》是一首打破了传统表现方法的优秀诗篇。

戴望舒

我的记忆

我的记忆是忠实于我的,
忠实甚于我最好的友人。

它生存在燃着的烟卷上,
它生存在绘着百合花的笔杆上,
它生存在破旧的粉盒上,
它生存在颓垣的木莓上,
它生存在喝了一半的酒瓶上,
在撕碎的往日的诗稿上,在压干的花片上,
在凄暗的灯上,在平静的水上,
在一切有灵魂没有灵魂的东西上,
它在到处生存着,像我在这世界一样。

它是胆小的,它怕着人们的喧嚣,
但在寂寥时,它便对我来作密切的拜访。
它的声音是低微的,
但它的话却很长,很长,
很长,很琐碎,而且永远不肯休;
它的话是古旧的,老讲着同样的故事,
它的音调是和谐的,老唱着同样的曲子,
有时它还模仿着爱娇的少女的声音,
它的声音是没有气力的,
而且还挟着眼泪,夹着太息。

它的拜访是没有一定的,
在任何时间,在任何地点,
时常当我已上床,朦胧地想睡了;
或是选一个大清早,
人们会说它没有礼貌,
但是我们是老朋友。

它是琐琐地永远不肯休止的,
除非我凄凄地哭了,
或者沉沉地睡了,
但是我永远不讨厌它,

因为它是忠实于我的。

[导读]

戴望舒（1905—1950），浙江杭州人，1922年开始诗歌创作。在法国象征主义诗歌影响下，他发展了初期象征派和新月诗派的诗歌实验，将新诗的艺术探索推进到所谓的"现代派"时期。戴望舒是中国"现代派""诗坛的首领"，同时还是著名的诗歌翻译家，翻译了波德莱尔、洛尔迦、果儿蒙、道生等诗人的大量作品。主要著作有《我的记忆》《望舒草》《望舒诗稿》《灾难的岁月》《戴望舒译诗集》等，其中《雨巷》是他的代表作。《戴望舒全集》已由中国青年出版社出版。

戴望舒对新诗的主要贡献在于他将日常口语的调子融入诗歌的节奏。这种节奏既不同于《女神》的呐喊式节奏，又不同于新月派过于规整和书面化的节奏，而是为新诗引进了一种亲切、自然的音乐。

戴望舒写出《雨巷》不久，就开始了对诗歌"音乐性"的"反叛"，写下了这首他自认为是新的"杰作"的《我的记忆》。由此诗人的创作历程中又矗立起一个新的纪念碑。以此诗为题的第一本诗集《我的记忆》的出版，成为1929年诗坛的一大盛事。《我的记忆》是诗人对诗歌艺术的又一探索，力求用象征的形象、自然流动的口语，充分表现无韵体自由诗的散文美。

记忆，是一种抽象的人类感情，也是诗人追念往事的一种感情形式。在诗人戴望舒的笔下，通过具体的描述和拟人化的手法，抽象的情感变成了有生命、有丰富精神世界的"老朋友"。诗人在"记忆"中注入了人的感情，又在对"记忆"的描述中尽量隐藏自己的感情，使这首象征派诗具有了更为广泛的涵盖意义，可以唤起无数读者情感的共鸣。《我的记忆》这种隐藏了自己私情的抒情内涵的普遍性，正是它最重要的艺术魅力的根源。

人在美好的一切，包括理想、爱情失去之后，伴随孤独寂寞而来的最忠实的朋友，就是咀嚼过去生活的记忆。记忆忠实，记忆亲切，记忆几乎成为慰藉生活的密友，这是怎样一种心酸而幸福的心境！《我的记忆》为了写出这种心境，首先是把记忆拟人化了。第一节诗是一个概括，但已隐含着把记忆当成活生生而无限忠实于自己的好友了。这样，整首诗都贯穿着"友人"的特征，赋予抽象的情感以生命的形态。诗的第二节写我的记忆几乎无处不在，诗人用了一系列细微的事物的排比，把过去和现在不同的时间和空间拉近了，泯灭了它们之间的距离。这节诗格式有些单调，但由于选择的意象具体而充满生活的气息，就给人以形象的亲切感。诗人善于描摹敏锐的感觉，他采用象征艺术中意象叠加的手法，把无形的东西表现得具体鲜明而强烈。记忆到处都生存着，在"燃着的烟卷上"，在"绘着百合花的笔杆上"，在"破旧的粉盒上"和"颓垣的木莓上"，在"喝了一半的酒瓶上"，在"往日的诗稿"和"压干的花片"上，在"凄暗的灯上"和"平静的水上"，在一切有灵魂没有灵魂的东西上，记忆无处不在地生存着。一连串"它生存在……上"的铺陈排比的句式，把这些具体的意象纷杂地集拢在一起，既状写了记忆的纷繁和丰富，也形象地烘托出诗人心理活动的广阔和微妙。看去信手拈来，实则有很丰富的暗示性，是美好的爱情生活，是爱情的欢乐与枯萎，是在痛苦中不平静的

散步……任你去想象！诗歌朦胧的境界构成赋予读者想象构成的权利。读过之后，任读者怎样想象，诗人那颗不断地无时无刻地不在咀嚼过去美好而酸楚生活的灵魂，总是会显现于面前，读者的经验与诗人的意象互补，更会灿烂地展示这一丰富的情感世界。

进入第二节，诗人转为写记忆到来时的情态。它"胆小"，它怕"人们的喧嚣"，它是人们孤寂的朋友，所以在寂寥时，"便对我来作密切的拜访"，它以很低的声音和碎琐的话语，与诗人作不肯休止的谈心。这一节末尾的五行诗，更具体地透露了这"记忆"的内涵："它的话是古旧的，老讲着同样的故事，／它的音调是和谐的，老唱着同样的曲子，／有时它还模仿着爱娇的少女的声音，／它的声音是没有气力的，／而且还挟着眼泪，夹着太息。"古老的故事和同样和谐而古老的歌曲，这些意象，很容易唤起人们对爱情的联想，把这联想与"爱娇的少女的声音""眼泪""太息"放在一起来读，这"眼泪"，这"叹息"当然是记忆中来造访的"少女"的，但又何尝不是在记忆中度日的诗人心境的折射呢？

诗的第四节写记忆到来的时间是不一定的，虽然这拜访很突然，"人们会说它没有礼貌"，可是"我"却喜欢，因为"我们是老朋友"，它会在孤寂中带给"我"甜蜜的安慰。最后一节进一步说明自己无法摆脱这记忆的絮语，那些美好而辛酸的往事太使自己难忘了，除了自己"凄凄地哭了"，或是"沉沉地睡了"的时候。诗又是以一种圆圈式抒情结构完成的，末尾两行又返回开篇的两行。但它比开篇在情感色彩上深化了："但是我永远不讨厌它，／因为它是忠实于我的。"有美好的记忆固然是幸福的，但只靠记忆的忠实为友的人，内心又是多么荒凉和寂寞啊！诗人虽然没有说自己内心的寂寞和痛苦，但这种感情在一种似乎是轻松快乐的调子中却显得更深沉，更能引起人们的思索。人们会带着同样的心境走进这首诗的感情世界。

戴望舒将抽象的情感拟人化，在诗中抛弃了一切虚夸的华丽与娇美，在日常生活的物象上捕捉美感，一些似乎与诗无缘的琐碎事物，成为具有丰富象征内涵的意象：燃着的烟卷，破旧的粉盒，颓垣的木莓，压干的花片，凄暗的灯，平静的水……这些无生命的东西不仅有了生命，而且被赋予很广袤的暗示性的内涵，使人对诗人的记忆产生辽远的想象。因此，这些日常生活中的常见物，也就闪着诗的光彩，富有诗的韵味。

《我的记忆》构思奇特，它将"记忆"作为独立于人的有生命的存在，通过"我"与"记忆"间忠实关系的抒写，表现了"我"在现实人生中的愁苦、哀怨与迷惘的情绪。而"记忆"是看不见、摸不着的，为此诗人通过对日常生活中那些最易唤起记忆的物象的铺排，使抽象的记忆具象化为统领全诗的中心意象，使诗人的情绪变得具体可感而富有诗意。

在语言上，《我的记忆》不同于那些充满旧辞藻的诗歌，摆脱了《雨巷》式外在音乐美的追求，追求一种表现"在诗的情绪的抑扬顿挫上，即在诗情的程度上"的内在韵律的美。《我的记忆》是戴望舒的第一个自觉的实践。诗里没有《雨巷》那种铿锵的韵脚、华美的字眼，完全用纯然的现代口语，排比铺陈，散文化，使诗的叙述同读者的情感拉近了距离，增大了抒情的亲切性，这在当时是一个大胆的艺术尝试，它使诗中那种忧伤、哀怨的情感脱去传统色彩而现代化。即使在具有气势的排比性很强的诗行中，如第二节前五行还用舒缓的调子，到第六行后"在撕碎的往日的诗稿上，在压干的花片上，／在凄暗的灯上，在平静的水上"，一行中用了两句"在……上"，修饰语也由长而短，内在节奏的加快，更有利于传达记忆无所不在的"诗情程度"。《我的记忆》开了中国 20 世纪 30 年代现代派的一代诗风。

冯　至

十四行诗·26

我们天天走着一条熟路
回到我们居住的地方；
但是在这林里面还隐藏
许多小路，又深邃，又生疏。

走一条生的，便有些心慌，
怕越走越远，走入迷途，
但不知不觉从树疏处
忽然望见我们住的地方

象座新的岛屿呈在天边。
我们的身边有多少事物
向我们要求新的发现：

不要觉得一切都已熟悉，
到死时抚摸自己的发肤
生了疑问：这是谁的身体？

[导读]

冯至（1905—1993），原名冯承植，河北涿州市人。1921 年考入北京大学外文系，开始写诗。1923 年开始发表新诗作品。1923 年与林如稷等创办浅草社，1925 年又与人成立沉钟社。浅草社和沉钟社都是五四后曾产生较大影响的文学团体。冯至早年的诗情感节制，节奏舒缓，音韵柔美，被鲁迅誉为"中国最杰出的抒情诗人"。后来受奥地利诗人里尔克的影响，走出了一条"哲理抒情化"的路子。主要著作有《昨日之歌》《北游及其他》《十四行集》、诗和文学论集《诗与遗产》等。

冯至是一个承前启后的诗人。他早期的抒情诗虽然为人们称道，但在文学史上发挥影响的还是后期那本薄薄的《十四行集》。冯至在德国留学期间，受德国现代文学及奥地利早期现代诗人里尔克的影响，回国后，于 1941 年在昆明西南联大创作了 27 首十四行诗，于 1942 年出版了《十四行集》。

"十四行"是一种具有严密格律的抒情诗体，一般认为冯至的《十四行集》最为成功，李广田称之为"沉思的诗"。它融会了中国古典诗人杜甫的现实主义的深沉和睿智、德国浪漫主义诗人歌德的高度哲理和奥地利早期现代主义诗人里尔克的沉思和敏感,利用外部形式创造现代新诗,表现追求光明的热望,表现日常生活中蕴含的诗意和哲理。

虽然这首诗歌并不是整个《十四行集》的最后一首,但它其实已经是冯至《十四行集》的结尾:它和接下来的最后一首一起构成了整个组诗的结尾。这样,整个《十四行集》组诗事实上就有了两个结尾。这在中国现代诗歌作品中的确非常罕见。冯至如此结构他的作品,有其理由。

在《读歌德诗的几点体会》一文中,冯至交代了这种结构方式的缘由:

> 自然无私地呈现在人们面前,供人欣赏或研究,无所隐藏,但它自身的矛盾、它的规律,有的已被发现,有的还有待于深入的研究,这又好像还有不少的秘密。歌德把这种情况叫作"公开的秘密"……
>
> 歌德面对自然界的公开秘密,常把艺术看成是公共秘密"最可贵的解释者"。他在《说不尽的莎士比亚》一文中说:"莎士比亚与宇宙精神为友;他们同样洞察世界;没有事情对他们是隐藏的。可是,如果说宇宙精神的职务是,在事先、甚至常常在事后也保守秘密,诗人的意图却是把秘密吐露出来,使我们在事先或至少在过程中成为通晓秘密的人。"歌德这样称赞莎士比亚,后来海涅也同样地谈论歌德,他说歌德"本身是自然的镜子,自然要知道它自己是什么样子,于是创造了歌德。甚至自然的思想、意图,他都能给我们反映出来……"……这样就使人感到,诗人在他的作品里所创造的世界也是公开和秘密并存,好像成为"第二个自然"了。……我们可以说,最完美的艺术和诗能解释自然,但它们作为"第二个自然"也有它们自身的"公开的秘密",需要读者、研究者的探索和解释。(冯至《冯至全集》)

这就意味着,根据冯至对歌德的理解,包括社会现实在内的大自然是第一重公开的秘密,而对这些秘密予以揭示和解释的艺术本身,便成了第二重公开的秘密。冯至自己的《十四行集》也就是以这种双重"秘密"方式来建构的。

首先,在冯至眼里,自然和社会的一切都藏有秘密,而且这些秘密对每个人都是公开的。诗人与众不同的地方在于,他要有歌德那样重新发现一切的眼光,在公开之中发现秘密。对于冯至自己,这种发现的眼光的获得,直接与存在哲学有关,并首先与歌德有关。歌德的创作让冯至知道了大自然及社会乃是公开的秘密,可以而且必须去发现,而存在主义哲学则成了冯至探宝的工具,让他知道了大自然和社会中究竟隐藏了什么秘密,怎样去认识和发现。

其次,诗人在第一自然中发现的秘密还需要通过艺术的方式揭示出来。组诗中的这第26首,就明显是用来结束"第一自然"(第一重秘密)的。诗人在这首诗里总结性地告诉读者,不要以为一切都已熟悉,在公开敞亮的第一自然中,哪怕是我们天天走着的回家的小路、我们居住的地方,甚至包括我们自以为最熟悉的身体发肤,都永远埋藏着种种秘密——只要不缺乏发现的眼光,不是只在人生的表面上滑过去,而是真实地生活。

这种真实的生活意味着对自己的清醒认识："到死时抚摸自己的发肤／生了疑问：这是谁的身体？"——最后的糊涂也许恰恰才是真正意义上的清醒；以前的所谓清醒其实不过是糊涂。

冯　至

十四行诗·27

从一片泛滥无形的水里，
取水人取来椭圆的一瓶，
这点水就得到一个定形；
看，在秋风里飘扬的风旗，

它把住些把不住的事体，
让远方的光、远方的黑夜
和些远方的草木的荣谢，
还有个奔向远方的心意，

都保留一些在这面旗上。
我们空空听过一夜风声，
空看了一天的草黄叶红，

向何处安排我们的思、想？
但愿这些诗象一面风旗
把住一些把不住的事体。

[导读]

　　如前面已经看到的，《十四行集》的最后一首诗《从一片泛滥无形的水里》是对这个组诗的又一次结束。沉思仍然是它的风度。只是在这首诗里，冯至的沉思由人生的哲理转向了诗的艺术的辩证法，因此，我们可以说这是一首关于诗的诗。

　　论诗之诗，古今中外皆不乏其例。但我们读到的大多数论诗诗，往往了无诗味，类同押韵的论文，而又缺乏卓别的艺术见解。但冯至的这首论诗之作却获得了双重的成功：它在深刻地揭示了一个重要的诗学原理的同时，又使自身保持了引人入胜的艺术魅力。

　　这种魅力首先来自其清新别致的意象和颇富张力的语境。出现在这首诗中的是迥然不同的两类意象：一类是"泛滥无形的水""远方的光，远方的黑夜"和"奔向远方的心意"等"把不住的事体"，另一类则是椭圆的水瓶和飘扬的风旗等具有凝定和规范功能的事物。这些意象在传统的中国诗中是很少见的，因此它们顿时令人耳目一新。但更有意味的是它们之间的关系，显然，前者的自由不羁、难以把握和后者的凝定性、规范性适成对照。这样一来,在这两类语象之间便呈现出对立的态势,诗的语境也因此而处于紧张的情态之中。这种对立的语象和富于张力的语境有一种扣人心弦的吸引力。直到最后一行,矛盾的双方达成了统一。原来诗人如此精心地描述"水瓶""风旗"与那些"把不住的事体"之间由对立到统一的矛盾运动,旨在揭示一个诗歌艺术的辩证法。

在表现与被表现亦即言与意之间,既存在着对立的、不协调的情势,又有着统一的、融合的可能。对这种对立统一关系的把握,正是冯至这首论诗诗的精义之所在。不错,泛滥的潮水和小小的水瓶、单薄的风旗和深邃的宇宙(包括自然的宇宙和心的宇宙)是一种不相称的对立和不般配的对照,这象征了诗人所欲表现的对象世界和他的表现手段之间的关系:与对象世界的丰富和复杂、广阔和微妙相比,诗人所拥有的语言艺术装备委实太贫乏和肤浅了。从这个意义上说,诗的艺术永远也不可能完整如实地表现对象世界(不论是外在世界还是内在世界)的广度和深度。但这只是表现与被表现关系的一个方面。反过来看,对象世界在未被表现之前,只是自然形态的东西,而作为自然(宇宙的自然和心的自然),它固然丰富而自由,却难免泛滥无形、混沌一片之弊,因而也就无法给人更高的美感——和谐有序的形式感。恰恰在这里,艺术——诗的艺术所具有的形式美与规范性显示了对自然的优胜。诗人在他的创作中可以运用其艺术装备,赋予散漫自然的东西以凝定的形式和确定的秩序,这样他也就把自由无序的自然世界提升到了和谐有序的审美境界。而且,诗人还可因难见巧,因小见大,以有限表无限,以有形传无形,以达到"言有尽而意无穷"和"言外之意""韵外之致""象外之象"的境界。这些都是诗的艺术之能事。对此,冯至用椭圆的水瓶和飘扬的风旗这两个形象的比喻作了生动的说明。那"泛滥无形的水"不正是在椭圆的水瓶里"得到一个定形"吗?这一有限的"定形"虽然不具有那无限的水世界本身的深度和广度,但却比它更富于形式的美,而且我们也不妨由小见大,从一滴水来领略大海的风味,从这个意义上说,诗的艺术表现力是不可低估的。正如冯至所歌咏的,它不仅能表现那些可感觉到的"光"与"声",而且还"象一面风旗,/把住一些把不住的事体"——比如人的微妙难测的"心意"。

艾 青

手推车

在黄河流过的地域
在无数的枯干了的河底
手推车
以唯一的轮子
发出使阴暗的天穹痉挛的尖音
穿过寒冷与静寂
从这一个山脚
到那一个山脚
彻响着

北国人民的悲哀

　　在冰雪凝冻的日子
　　在贫穷的小村与小村之间
　　手推车
　　以单独的轮子
　　刻画在灰黄土层上的深深的辙迹
　　穿过广阔与荒漠
　　从这一条路
　　到那一条路
　　交织着
　　北国人民的悲哀

[导读]

　　艾青（1910—1996），浙江金华人。早年曾习美术。1929年赴法国留学。1932年在上海被捕入狱，在狱中写成成名作《大堰河——我的保姆》，从此弃画写诗。主要著作有《大堰河》《他死在第二次》《向太阳》《旷野》《北方》《黎明的通知》《归来的歌》等。1991年花山文艺出版社出版了五卷本《艾青全集》。

　　艾青是我国新诗史上有世界性影响的诗人。在郭沫若之后，艾青最集中、强烈地传达了处于危难之中的中华民族的心声。如果说郭沫若的《女神》传达了五四时代的最强音，那么艾青的《向太阳》《旷野》《北方》等诗集则是对抗战这一关系到中华民族生死存亡的时代主题最深沉、执着、热情的歌唱。

　　《手推车》作于1938年初，是艾青的名作之一。当时，中国的士兵在津浦北线的残壁废垒间浴血抗战，艾青为民族解放战争所振奋，从南方来到北方。在北方，他看到了抗战的持久与艰巨，也目睹了黄河流域民生之多难。在这里，有的人照旧穷奢淫逸，寻欢作乐，而人民——诗人的父老兄弟，则在生死线上挣扎；黄土——民族与人民的母亲，为悲哀的风卷去了春天的绿色和秋阳的光辉，冻结在寒冷与静寂里。于是艾青写了《北方》《乞丐》《手推车》等一系列表现北方农民的痛苦的诗篇。《手推车》就是"北方诗组"中的一首。

　　艾青在谈到《手推车》时曾说："这首诗是关于北方农村的写景。我用它来表现北方农民在战争年代的艰苦。凡尔哈仑写农村的破落与城市的触角，启发了我写中国黄河流域日益增长的苦难。"这首诗以"手推车"的抒情形象，凝练而深沉地吟唱了黄河流域农民无法平复的悲哀，表达了诗人的忧患意识。

　　当我们细细品味这首《手推车》时，可以发现诗人借助的艺术手段是象征手法。所谓象征，就是在事象的外形与蕴含的观念之间，或直接或间接地寻求某种联系，成为从此一世界达至彼一天地的桥梁。在这首诗里，"手推车"是作为挣扎在水深火热之中的广大北国人民的象征性外形符号出现的。它具有三种特色：其一，"手推车"的外形本身已包容某种意味，说明着贫穷、落后、艰难；其二，在"手推车"的背后及其深处，提示了北国农民经历过漫长的不安和悲苦的人生道路，负载过荒凉土地多少沉痛与寂寞的生命重压；其三，"手推车"孤独的外形与痉挛的尖音含有刺激性，诗人敏锐地捕捉刹那的一瞥与瞬间的情思，造成一种气氛和情调以此深掘那种潜藏在心灵深处的感悟，唤起读者的共鸣。

应当说，这种象征技法使《手推车》更富有寓意与启示的艺术效果。可以设想一下，如果以"北方农民的苦难与悲哀"为题材，写实型诗歌可能非常具体地描写农民种种遭际的凄惨、命运的坎坷等外部客观现象，让你目不忍睹并引起神经的震颤，但也容易铺陈，流于巨细不遗的描绘；浪漫型诗歌往往侧重于哀痛与悲愤的激情之抒发，乃至热衷于感情幻想而忘却理智与静观，拼接丰盛的想象力从不可见、不可思议的事物中获取奇峭的诗美；而《手推车》属象征型表达，它取浓缩的手段，把"手推车"这一表面上和"苦难与悲哀"并无直接关联的事象，置于特定的时空——冰雪凝冻的日子里、灰黄广阔的荒漠上吱哑独行的情状，在"瞬间"把握与表现出来。至于诗的意义，则有待读者去解释和充实。也就是说，"手推车"作为客观事象，只是诗人传达悲哀思绪的媒介，诗所寄寓的深广的忧愤，要远远超出手推车的事象本身。

诗歌在一片灰黄、荒凉的底色上，绘出了黄河流经的中国北部地区人民难耐的贫穷与长久的悲哀，传达出诗人在抗战初期对于民族命运的深沉忧虑和对于农民的一贯同情。诗中那独轮手推车发出的"尖音"，刻出的"辙迹"，以及它们所表示的"悲哀"，都出自一种生活实感，是诗人深切感受到的这片大地的贫穷与凋敝，所以这首诗也是诗人对于苦难制造者的一个平静而又怆痛的抗议。

诗在光、色、线条与音响的调配上却是丰富、活跃的。阴沉的天色与灰黄的土层配合，造成了凄冷的色调，再配以独轮车单调而尖锐的声响，刻画在荒漠土地上的纵横轮迹，一起形成了一种悲剧气氛浓厚的情调，使现实的苦难获得绘画般的视觉的感性体现而更见沉郁凝重，从而烘托出一个悲哀的主题来。在语言上则运用了虚实法的动宾结构，格律比较齐整，形式上讲究对称，即空间的对称和对位，表现为进行的规范和行文的严谨（但不失流畅），从而提供了十个稳定的音乐性的外部形式；两大节诗中多见语句的叠用，这对于吟咏来说，容易取得复沓、回环的音乐效果；再从诗的内在节奏去看，"发出使阴暗的天穹痉挛的尖音"和"刻画在灰黄土层上的深深的辙迹"相呼应，始终随着"手推车"的运行，传送既不合理却又十分和谐的生活的颤声，低缓郁结，曲终而余韵不绝，使全诗贯串了隐隐哀波的流动，将诗人得自生活的独特感觉艺术地传导给读者，使人深入到一种兴会无穷的境界中。

穆　旦

春

绿色的火焰在草上摇曳，
他渴求着拥抱你，花朵。
反抗着土地，花朵伸出来，
当暖风吹来烦恼，或者欢乐。

如果你是醒了,推开窗子,
看这满园的欲望多么美丽。

蓝天下,为永远的谜迷惑着的
是我们二十岁的紧闭的肉体,
一如那泥土做成的鸟的歌,
你们被点燃,却无处归依。
呵,光,影,声,色,都已经赤裸,
痛苦着,等待伸入新的组合。

1942年2月

[导读]

穆旦(1918—1977),本名查良铮,祖籍浙江海宁。1935年考入清华大学外文系,1940年毕业于西南联大外文系,并留校任教。1948—1952年赴美留学,1952获芝加哥大学英美文学硕士学位。1953年回国,执教于南开大学外文系。20世纪30年代中期开始发表诗作,40年代是其创作生涯的高峰期。著有诗集《探险队》《旗》《穆旦诗集(1939—1945)》。1996年中国文学出版社出版了《穆旦诗全集》。

穆旦是具有浓厚现代意识与时代色彩的"九叶诗派"的主要诗人之一,也是新诗史上继艾青之后的又一重要诗人。艾青主要以其对民族、时代命运的关注和情感的深广成为20世纪30年代最杰出的诗人。穆旦进一步深化了上述主题,同时大胆地开拓了新的时代主题:现代人内心的冲突,自我的分裂、破碎,自我与异己力量的搏击。穆旦的诗作富于象征寓意和心灵思辨,具有坚韧不拔的人格力量和人文精神,充满了对峙的力量和不曾解决的矛盾,它们相互对立又相互渗透,充分表现了现代人理智和情感的复杂性。穆旦在诗歌形象的创造和诗歌手段的运用上表现了同样大胆的求索精神,他从不袭用"陈旧的形象或浪漫而模糊的意境",而致力于"使诗的形象现代生活化",用"非诗意的辞句"写诗。他的理性和逻辑成分,使他的诗更适合于表现复杂的现代诗情的需要。

1940年8月,穆旦毕业于西南联大,并留校任教。1942年,抗日战争进入关键时期。同年2月,诗人满怀"国家兴亡,匹夫有责"的激情,毅然踏上缅甸抗日战场担任翻译工作。穆旦的代表作之一《春》即创作于此时。

《春》在创作方法上体现了诗人对现代派诗艺的追求:"敏锐的知觉和玄学的思维,色彩和光影的交错,语言的清新,意象的奇特,特别是这一切的融合无间。"(袁可嘉:《诗人穆旦的位置》)这首诗的主题为"春",却"截然不同于千百首一般伤春咏怀之类的作品。它要强烈得多,真实得多,同时形式上又是那样完整"(《穆旦:由来与归宿》)。其中没有陈旧的"风花雪月"的意象,也没有浪漫而模糊的意境,有的是诗人敏锐的直觉,这种直觉铸进了复杂玄奥的思辨理性。春草蓬勃摇荡,被诗人幻化为绿色的火焰,这不仅是形似,更主要的是春草顽强的生命力与火焰的野性有着内在精神上的联系。春天万物苏醒,一切都汹涌着难以抑制的激情,春草被注入了诗人的激情,它的摇曳就成为一种渴求,一种原欲的喷薄,它是在呼唤花朵。花朵也是强悍的,受着春的召唤,它"反抗着土地",露出自己的芽苞和蓓蕾,像一只只冲动的喇叭。"反抗"二字,准确而深刻地展开了春天的性质,它使我们联想到更广远的东西,冬天土地的寒冷僵硬、花朵在黑泥巴中不屈的抗争……这样,绿草是野火冲腾,花朵是反抗者,一个充满生机和竞争的春天就被诗人表现出来了。这不是现象!草和花不是现象,而是精神,是本质;是诗人穿透表面秩序看到隐蔽秩序的精神能力的体现,有着深层的理性特征。在第一节的末尾,使用了"欲望"这一富有生命意味的词来总结所"看"到的美丽的自然图像,把第二节的大部分笔墨用来写生命的压抑。

第二节诗人从春天巧妙地过渡到青春,又以许多感性形象来比喻青春的渴望和焦虑、幸福与痛苦。二十岁的灵与肉,在这充满欲望和创造活力的春天,更加躁动不安。那"永远的谜"就是生命内部的冲突,青年人为它所"蛊惑",他们要宣泄要创造,因为他们的生命也燃着"绿色的火焰",开着反抗的花朵!但人的生命意志并不能如自然那般恣肆,他还被"禁闭"着,像一只泥土做成的鸟,那歌声那翅膀是怎样的无望!徒有冲动,"却无处归依",他们被春天"点燃",但只能"卷曲又卷曲"。这里,自然的春和人类的青春构成反差,人受到压抑,他在内部激烈地斗争着,积累着打破压抑的内在力量。这是20世纪40年代初,有理想有气节的青年知识分子普遍感受到的一种心态。他们有欲望,但无处施展;有力量,又"无处归依",就这样置身于彷徨、苦闷而又坚韧不屈的氛围中。但诗人意识到,"春"是一种必然,创造和反抗是一种必然,自然界的一切都在昭示人们:"光,影,声,色,都已经赤裸,/痛苦着,等待伸入新的组合"。这首诗,以自然充分释放的力来对比人被压抑的力,最后得出的结论却并不悲观。

现代诗歌的一个重要特点是强调诗歌内在的张力和戏剧性,往往将一系列充满对抗、冲突的词语和意象组织在一起,以形成错综复杂而又强烈的抒情形式。在穆旦这首诗中,我们可以发现三组不同色调的词语,其一是强烈而动感的:火焰、摇曳、渴求、拥抱、反抗、伸、推、点燃;其二是静态的:绿色、土地、看、归依,这既是草与花朵的对立,春天内在的对立,也是"醒"与"蛊惑"的对立,是人生青春期躁动的欲望与诗人沉思形象的对立;"窗子"是一种媒介,它分隔又联系了"欲望"与"看",从而带来第三组体现着张力共存的词语:紧闭、卷曲、组合。这三组词汇相互交织,组构了诗歌的基本框架,也奠定了诗歌沉挚、坚实、富有现代感的抒情基调,紧凑而充满张力的语言,以及饱满的节奏和集中的意象。

这首小诗完美地运用了现代技巧,深邃、迷幻且富于内在的张力,意象的撞击和转换来得精彩而神异。

蔡其矫

川江号子

你碎裂人心的呼号,
来自万丈断崖下,
来自飞箭般的船上。

你悲歌的回声在震荡，

从悬岩到悬岩，

从漩涡到漩涡。

你一阵吆喝，一声长啸，

有如生命最凶猛的浪潮

向我流来，流来。

我看见巨大的木船上有四支桨，

一支桨四个人；

我看见眼中的闪电，额上的雨点，

我看见川江舟子千年的血泪，

我看见终身搏斗在急流上的英雄，

宁做沥血歌唱的鸟，

不做沉默无声的鱼；

但是几千年来

有谁来倾听你的呼声

除了那悬挂在绝壁上的

一片云，一棵树，一座野庙？

……歌声远去了，

我从沉痛中苏醒，

那新时代诞生的巨鸟

我心爱的钻探机，正在山上和江上

用深沉的歌声

回答你的呼吁。

[导读]

蔡其矫（1918—2007），福建晋江人。早年毕业于延安鲁迅艺术文学院，1949年后曾在中央文学讲习所任教，1957年到长江流域规划办公室任宣传部部长。20世纪50年代，蔡其矫主动放弃仕途，保持诗人身份。"大跃进"时代，当人们争相写颂歌之时，蔡其矫却另辟蹊径，写出了直面历史沉痛与生活艰辛的《雾中汉水》《川江号子》等力作。80年代后任福建省作家协会名誉主席等。蔡其矫是一位被当代文学史冷落轻慢，乃至几乎遗忘的诗人。著有诗集《祈求》《福建集》《双虹》《蔡其矫抒情诗》等。

蔡其矫受惠特曼、聂鲁达等西方诗人影响，又从我国古典诗歌和民歌中汲取营养，使其作品具有一种特别的韵味。

1957年冬末，蔡其矫写了最受责难的《川江号子》《雾中汉水》。它们偏离"规范"之处是，在诗界几乎都沉迷于对"大跃进"的乐观歌唱时，蔡其矫于长江汉水，却听到了另一种属于"悲歌"的声音："我看见眼中的闪电，额上的雨点……"这两首诗连同《红豆》《南曲》《灯塔管理员》《船家女儿》，以及他在20世纪50年代出版的三个诗集（《回声集》《回声续集》《涛声集》），它们的思想倾向、艺术方法在50年代到60年代初

受到多次严厉的批评。列举的理由有：不触及重大政治事件，"脱离政治"和"形式主义"的倾向，严重的"资产阶级腐朽意识"等。在20世纪60年代初蔡其矫被迫离开北京，回到故乡福建。虽然发表作品的机会渐少，但他仍执着于自己的生活信念和艺术追求，继续坚持写作。"文化大革命"前夕和"文化大革命"期间写有大量作品，大都在80年代才得以公开发表。

《川江号子》是蔡其矫1957—1958年深入长江、汉水体验生活时创作的一首格调激越的诗。

这首诗源于作者游历长江的感受，借助于对江上号子的动人刻写，表达了对英雄般的船夫及其蕴涵的生命活力的敬仰之情。在诗中，号子和船夫两种形象融为一体，共同塑造了一尊强悍而悲壮的生命雕像。全诗共二十行，没有分节，但大致可以分为三个部分：前面九行为第一部分，写如生命浪潮般的川江号子；随后的七行为第二部分，写搏斗在急流上的船夫；最后四行为第三部分，作者发出了几许无奈的感慨。诗的原稿末尾几句："歌声远去了，／我从沉痛中苏醒，／那新时代诞生的巨鸟／我心爱的钻探机，正在山上和江上／用深沉的歌声／回答你的呼吁"，作者后来把它们删去了，用省略号留给读者不尽的想象和余味。

此诗的首行，就以"碎裂人心"将川江号子撼人魂魄的音色展现出来；随后两行中的"万丈断崖"和"飞箭般的船"，交代了号子的"源地"，凸显了号子的陡峭与迅疾。接下来的三行指明了号子的去向——"从悬岩到悬岩，／从漩涡到漩涡"，它们在结构上与前三行相同，写到号子的"回声"的"震荡"，里面渗透着悲音，"悬岩"和"漩涡"进一步烘托了号子的旷远与激越。接着的三行，先用"吆喝""长啸"使号子具体化，然后用一个比喻"有如生命最凶猛的浪潮"，十分形象（"浪潮"和后面的"流来，流来"，恰好与江、号子同时取得了联系）地将号子与生命勾连起来。这一部分从不同侧面刻写了川江号子的气势，及其带给诗人的听觉上的震撼。"你"的使用，创设了诗人与船夫之间的对话关系，末了以"向我流来，流来"，将号子的宏大音流引向了"我"。接下来的第二部分便自然地转入了"我"的视角。

第二部分连续用四个"我看见"，将"摄像镜头"直接转向号子的发出者——船夫。先是"巨大的木船"映入眼帘，接着目光移向船上的"桨"，最后聚焦于桨边的人。诗人用两个比喻"眼中的闪电""额上的雨点"来形容木船的急速行驶。很快，"雨点"的意象转化成船夫们"千年的血泪"，诗人的感受也随之升腾：那些"终身搏斗在急流上的英雄"，"宁做沥血歌唱的鸟，／不做沉默无声的鱼"，传达了船夫们充满悲慨的心声。

诗的最后四行（即第三部分），忽然插入"但是几千年来"一句，其中，"但是"既表示转折，又承续前面三行的意绪；随后的一个设问句"有谁……"进一步渲染了川江号子的孤寂与悲慨。

全诗围绕"川江号子"这一核心意象，充分运用拟人、比喻等修辞手法对该意象进行描绘，为读者展现了一幅川江搏浪图。当然，作者并不仅仅停留于对意象表层的营构，而是对诗境进行跨越时空的延展。"川江舟子千年的血泪""终身搏斗在急流上的英雄"等意象特征的勾描，分明是试图将读者带入川江汉子为求得生存而与大自然英勇抗争的形象化的历史，一段交织着野性、蒙昧与激情的历史。搏浪者的形象也因此"站立"起来，显得更加生动可感。同时，有一种悲情在全诗中漫溢，诗的后半部分"有谁来倾听你的呼声／除了那悬挂在绝壁上的／一片云，一棵树，一座野庙？"等描写就清晰地表明了这一点。这种悲情与贫穷汉子搏浪的情形在相互对照之下，留给人们的悲壮与苍凉之感就愈加明显。然而诗人并未让沉郁悲怆的格调持续太久，因为他相信，川江搏浪这种透露着原始欲望的悲壮行为终将成为过去，新的时代必然会带来新的生机与活力，会为川江汉子的不屈精神注入新的内涵。于是，已将自己的身心融入诗境的诗人，再也按捺不住破旧立新的冲动，及时地从痛定思痛的过程中苏醒过来，向川江的浪潮、搏浪的汉子做出了深情的回应："我心爱的钻探机，正在山上和江上／用深沉的歌声／回答你的呼吁。"

曾 卓

悬崖边的树

不知道是什么奇异的风
将一棵树吹到了那边——
平原的尽头
临近深谷的悬崖上

它倾听远处森林的喧哗
和深谷中小溪的歌唱
它孤独地站在那里
显得寂寞而又倔强

它的弯曲的身体
留下了风的形状
它似乎即将倾跌进深谷里
却又像是要展翅飞翔……

1970 年

[导读]

曾卓（1922—2002），原名曾庆冠，湖北省黄陂区人。20世纪40年代后期曾任武汉《大刚报》副刊主编。1949年后，历任长江日报社副社长、武汉市文联副主席、湖北省作家协会副主席等。1955年因"胡风事件"受到牵连。1979年平反。著有诗集《门》《悬崖边的树》《老水手的歌》和《曾卓抒情诗选》等。

曾卓的诗歌真诚朴素，饱含情感，特别是他坚持在逆境中创作，如《悬崖边的树》《有赠》等，沉郁中透露着刚毅，在孤苦中表现积极向上的精神。曾卓的诗并不追求对时代的概括，他重视的是真实的人生感受和内心情绪。在复杂的人生阅历中肯定生命，肯定生活，这是他作品的共同主题。

知识分子作为传统文化精神的继承者,是有其独立品格的。"达则兼济天下,穷则独善其身"的人生取向,往往成为知识分子的精神存放领地。这首诗正是处于时代逆流中知识分子的形象写照,也是眷恋着乡土、经历着苦难而又怀着坚定信念的中国当代知识分子人格的活雕塑。

诗中有两个意象是具有象征性的,其一是"风",其二是"树",全诗的意义正是在这两个意象之间体现出来的。"不知道是什么奇异的风/将一棵树吹到了那边——/平原的尽头/临近深谷的悬崖上",这可以说是对当时一代知识分子命运的一种高度概括。第二诗节,"树"倾听"远处森林的喧哗"、深谷中"小溪的歌唱",其内心是相当孤独而寂寞的,同时其性格也是十分"倔强"的,倔强的树站在悬崖边上,孤独而又寂寞——在那正常的人与人交往常常被视为非法的不正常的年代,有谁不曾感到孤独和寂寞呢。然而,它依然保持着对生活的热爱,它在倾诉:远处森林在喧哗,谷中小溪在歌唱。这是生命之歌,是天籁,也是人籁,是任何"奇异的风"遏制不了的。生活有自己的旋律,历史有自己的法则,世界有自己的声音,而悬崖上的树正在倾听着这一切。这样的诗行是对知识分子内心情感的集中写照。第三诗节,"它的弯曲的身体/留下了风的形状……"对于一棵树或是一个人来说,完全有可能被"奇异的风"吞没或毁灭,然而信念和理想却是不可夺去的,对真理的追求也是无法遏止的。诗的结尾两句同样是令人惊心动魄的:"它似乎即将倾跌进深谷里/却又像是要展翅飞翔……"这更是对一代知识分子奋发图强精神与崇高灵魂的雕塑。"树"与"风"两个意象的准确性、生动性及其深厚感,都是画家和作家笔下的同类形象无法取代的。一边是"风",一边是"树",既是自然风物,也不是自然风物,其时代和人生内涵是相当深厚而复杂的。

有三种矛盾的情境让诗产生张力,并带来了动感,产生了一种特别的美感。一种是"风"和"树"的关系,"风"将"树"吹到了悬崖边上,"风"要吹"树",而"树"却留下了"风"的形状,表明"树"与"风"是处在一种矛盾的情境中;一种是"树"的孤独和远处森林的"喧哗"、小溪的"歌唱"的矛盾,一方面是生命的沉寂,一方面却是生命的喧腾,也许二者是互为对方的影子;一种是"树"即将要倾跌进"深谷"的现实和又想展翅飞翔的意志之间的矛盾处境,即人生的现实和理想之间的矛盾。这三种矛盾处境虽然并不是诗人的故意设置,却生动而丰厚地表现了一代人在当时时代逆境中自强不息的精神与独立而自由不羁的心灵。

在这里有一种立体的空间呈现于诗中,从而规避了诗情的线性和诗意的平面性。首节和尾节,就像电影镜头一样定格了"树"在"风"中的形象;第二诗节将远处的"森林""小溪"与"树"联系起来。一方是高高的"悬崖",一方是开阔的"平原",一方又是无名的"深谷",三者正好组合成一幅立体画面。这样的立体空间带给读者十分深远的联想,让我们惊异于诗人对多维空间的把握能力。

此诗从生活中选取独特的自然意象,以表现人间的种种精神现象,其时代性精神内涵的丰富,其意象创造的独立性,其立意的高远与开阔,其形式与语言的性格化,表明它具有相当的独异性。

曾卓的诗,一向以思想敏锐、文笔潇洒、形象鲜明见称。这首诗保持了这些特色,还增添了那个特定的时代所给予人也给予诗的沉重又沉痛之感。虽然那一页历史已成为过去，但诗人所塑造的悬崖边的树的形象，却是令人难忘的。

食　指

这是四点零八分的北京

这是四点零八分的北京，
一片手的海洋翻动；
这是四点零八分的北京，
一声雄伟的汽笛长鸣。

北京车站高大的建筑，
突然一阵剧烈的抖动。
我双眼吃惊地望着窗外，
不知发生了什么事情。

我的心骤然一阵疼痛，一定是
妈妈缀扣子的针线穿透了心胸。
这时，我的心变成了一只风筝，
风筝的线绳就在妈妈的手中。

线绳绷得太紧了，就要扯断了，
我不得不把头探出车厢的窗棂。
直到这时，直到这时候，
我才明白发生了什么事情。

——一阵阵告别的声浪，
就要卷走车站；
北京在我的脚下，
已经缓缓地移动。

我再次向北京挥动手臂，
想一把抓住她的衣领，
然后对她大声地叫喊：
永远记着我，妈妈啊，北京！

终于抓住了什么东西，
管他是谁的手，不能松，

因为这是我的北京,
这是我的最后的北京。

[导读]

食指(1948—),原名郭路生,山东鱼台人,1968年下乡插队,早期作品广泛传诵于知青中,被称为新诗潮诗歌第一人。读小学时开始热爱诗歌,20岁时写的名作《相信未来》《海洋三部曲》《这是四点零八分的北京》等以手抄本的形式在社会上广为流传。著有《相信未来》《食指、黑大春现代抒情诗合集》《食指的诗》等。2001年与已故诗人海子共同获得第三届人民文学奖诗歌奖。

有人说,食指是中国当代新诗第一人;有人说,食指是中国朦胧体诗歌的创始人;更有人不乏景仰地把食指称为一代诗魂,因为他的诗歌曾经那么深的影响、鼓励、陶冶过整整一代人。1997年《华人文化世界》以《一代诗魂郭路生》为题发表了林莽、何京颉、李恒久等五人的文章,在社会上引起很大反响。

食指被称为"一代知青的代言人",这首描绘20世纪60年代百万知识青年在"上山下乡"运动中,离开家园、奔赴边陲乡野时送别景象的诗,是历史事件和一代人心灵最为直接的见证和艺术升华,是知青中广为传诵的名篇。

的确,这首诗的清新风格和它所传达的质朴情感,在那个时代是十分稀少的。它的成功之处在于诗歌体验的个人性,即以一种个人化的方式感应着历史的巨大变动,以一己的悲欢映衬了时代的庞然身影。尽管诗作表达的是一代人面临时代变动时所感受的心灵阵痛,却有意回避了流行于那个时代的宏阔场景,和与之相应的高大而空疏的概念化语词,而选取了一个相当日常化的场面:车站里熙熙攘攘的告别。这一场面在那个时代的普遍性,形成了这首诗能够引起共鸣的重要基础。对于被卷入那场浩大的社会运动的多数青年而言,这种经历无疑是别具意味的,它几乎象征着他们人生的一次重大抉择;他们不仅因为面临与亲人生离死别的现实而悲恸,而且由于这场突如其来的变故而隐约地滋生出青春的凄迷、前途的惘然和对美好生活的留恋等复杂的意绪。因此,在这首诗平淡的字句下,包孕着丰富而微妙的人生体验和社会内涵。

首节,诗人截取别离的瞬间,反复咏叹,进行试、听多角度的定格描绘。对于外在喧嚣的世界,作者以独特的视角与主观感受来表现:一个乘车人向外看,只见到是"一片手的海洋翻动",这显得十分古怪,但又是真实和典型的细节,因为透过车窗看不见车下人的身体,而只能见到人群狂挥的手臂,"海洋"传神地表现出动态来。接着听见汽笛长鸣,这是听觉。再接下来是发现车外的建筑物在突然剧烈地抖动。当然,读者明白,这是车在开动了。但诗中所选取的以主观视角来看客观世界,就会发现这一切——手的海洋翻动、汽笛尖厉的叫声,连建筑物都在抖动,确实如同一个梦魇世界一样荒诞古怪,这种陌生化的效果一方面强化了对外在世界的描绘,另一方面更强调了内在的荒诞感受——懵然不知世界何以突然如此!刹那间便如此陌生和古怪。而"人"则是刹那间被抛入这个陌生、荒诞的不可知的世界中来,自然是"不知发生了什么事情"。此情此景如同电影中摇镜头的使用,拍摄出的世界就是颠倒和摇晃中的陌生世界,传达的是陌生和荒诞的感受。

诗的第三、四节随之转入主体感受刻画。"妈妈缀扣子"既联系了童年对母爱最深刻的记忆,又暗合古诗《游子吟》。但往昔熟悉的记忆这时却变成了心底的"骤然一阵疼痛",如同"针线穿透了心胸",而"我"也在这种荒诞与无助中感到"心变成了一只风筝"一样飘零,即便是与母亲的唯一联系——那根线绳也马上要被扯断了,"我"眼看就是一只断了线的风筝。此时,我才从梦魇中醒过来,"才明白发生了什么事情"——要从此离别了,从此成为断线的风筝,被抛入不可知的未来中去了。值得一提的是,这里在处理具体的场面及其勾起的复杂思绪时,能够将可感的细节刻画与细微的心理波动交融起来,将强烈的体验与想象性记忆联系起来,从而维护了个人感受的真切性。

随着列车的移动,第五节继续描绘对外在世界的感受,听觉上是"告别的声浪""就要卷走车站",列车开动的感觉不是车在动,而是北京在缓缓移动,要离我们而去,再次通过被动的视角强化被世界遗弃的感觉。

第六、七节,"我"再也无法保持镇定,爆发出呼天抢地的喊叫,再次以一个无助的孩子形象来展现"我"的感受。我挥动手臂,如同哭闹的孩子要抓住母亲的衣领一样不忍分离,我大声呼叫"永远记着我,妈妈啊,北京!"正是担心"妈妈啊,北京,不要就此遗忘了我呀!"末节如同溺水时抓住救命稻草一样拼命抓住"管他是谁的手",单从这一镜头来看颇似黑色幽默,然而联系全诗,则只剩下黑色而无幽默了,真实而又深刻。在最后反复的咏叹中,全诗的悲怆、紧张氛围使诗有尽而意无穷。

全诗以陌生化的视角描绘外在世界,表现内在的悲怆、荒诞感受,既别致新颖又真实传神。抓住典型场景、典型画面、瞬间感受来反复刻画、反复咏叹,表现力强。节拍有力,诗形相对整齐又错落有致,食指以天然的个人抒写保持了诗歌所应有的真实。

北　岛

在黎明的铜镜中

在黎明的铜镜中
呈现的是黎明
猎鹰聚拢唯一的焦点
台风中心是宁静的
歌手如云的岸
只有冻成白玉的医院
低吟

在黎明的铜镜中
呈现的是黎明
水手从绝望的耐心里
体验到石头的幸福
天空的幸福

珍藏着一颗小小沙砾的
蚌壳的幸福

在黎明的铜镜中
呈现的是黎明
屋顶上的帆没有升起
木纹展开了大海的形态
我们隔着桌子相望
而最终要失去
我们之间这唯一的黎明

[导读]

北岛（1949—），原名赵振开，祖籍浙江，生于北京。1970年开始写诗，1978年与芒克等创办《今天》杂志，著有《北岛诗选》《北岛诗歌集》等，其他作品还有小说集《波动》、散文集《失败之书》等，译著有《北欧现代诗选》等。

北岛是朦胧诗的代表诗人。他的诗在20世纪80年代有广泛的影响。他的作品已被译成多种文字，在世界上产生了相当大的影响。

在北岛的诗作中，抒情主体常常是一个孤独、冷峻而又激愤昂扬的时代觉醒者，或者忧郁、沉静、悲天悯人的社会批判者形象——无论是他的《回答》还是他的《宣告》，都是一个正视苦难、坚守正义、努力完善自我理想人格的悲壮英雄的形象。他的诗充满了对历史、现实的怀疑和对人性、命运的思考，体现着强烈的独立人格和自我意识。而阴冷、凝重的意象和浓烈、深沉的语言，又构成了一种"北岛式"的独特语境和艺术风格。除了用隐喻、象征、暗示、跳跃、变形等手法来表达瞬间感受以外，北岛在诗中还创造了一套完全不同于"文化大革命"和20世纪五六十年代诗歌特定意义和风格的语符系统，这套"北岛式"的冷色调的象征语符系统由"海浪""沙滩""岛""帆""黄昏""乌鸦"等语词构成，所营造的意象和画面亦是阴冷而滞重的，这在"文化大革命"结束不久的诗界和文学界，昭示了一种英雄主义的悲壮与豪迈。

在20世纪70年代末、80年代初的一段时间里，北岛是朦胧诗坛理所当然的精神领袖；而80年代中期以后，当朦胧诗的论争渐渐消散，诗坛渐渐被一种新的诗歌时尚所占领之际，北岛也企图放弃对社会政治的批判和否定。然而，当他的"天空""海洋""礁石""岛屿""太阳""帆"被日常生活的琐屑庸常所取代的时候，当他放弃英雄主义的姿态转而变得调侃以至冷漠的时候，北岛成了新生代诗人集体遗弃的目标。

《在黎明的铜镜中》是一首格高境奇之作。它的意旨潜藏得较深，但深入细辨，却也不难把握。它表现的是对未来的惶惑感。然而，正像法国著名文艺理论家让•贝罗尔所言："诗的语言历来是一扇多少向无意识开放的门户，虽然它对无意识并不十分清楚。在诗最成功的瞬间，总有一个'我说'和'它说'交相辉映……诗有两种语言：理性语言和非理性语言。有时诗人掌握话语，有时话语支配诗人；有时诗人使用话语，而有时又是话语在使用诗人"，"恰如人从声音走向音乐，人也被迫从约定俗成的词语转入诗的表现性语言中"(《论诗》)。所以，我们不能对此诗的意旨拘束太过。愈是具体的释义，愈能深刻地损害诗歌——尤其是那些纯粹的诗歌。

这里，"黎明的铜镜"可以认为是诗人的眼睛。第一节平行推出五个意象，极言黑暗和光明交界点上的寂静。但这种寂静又充满了威胁和机会，是猎鹰寻找目标时的片刻寂静，是台风中心的安宁。在这种寂静中孕育着内在的喧嚣和骚动。诗人既不肯定也不否定，他采取了一种静观的视角，灵魂就这样悄悄游荡，面对黎明不动声色。

第二节，诗人写了等待的漫长，灵魂难耐的饥渴。这是第二种对黎明的感觉。"水手从绝望的耐心里／体验到石头的幸福／天空的幸福/珍藏着一颗小小沙砾的／蚌壳的幸福"，水手等待走出死寂的港湾，但黎明竟是如此漫长，它捉弄了人们的期待。这里的"体验到……幸福"是反嘲，是绝望之至的反嘲。至此，这首诗就有了定向的情感，半明半晦的时刻竟耗去了水手最好的年华。从上一节动物的紧张感到这一节人的疲惫感，体现了诗人对时间的理解。此诗的第二节诗人完成了一种否定。

第三节体现了对未来的惶惑。水手等待的港湾原来根本就不存在，"屋顶上的帆没有升起"，"展开了大海的形态"的原来只是木纹！我们到此恍然一愣，在思维趋临停滞的一刹，顿悟了诗人的深层意象所涵括的意味，这是对生存状态的诅咒。虽然孤寂了些，却胜过浑浑噩噩随波扬波的人一百倍。"隔着桌子相望"在等待黎明的两个人，终于也惶惑无望地闭上了眼睛——"黎明的铜镜"，"而最终要失去／我们之间这唯一的黎明"。

这首诗与诗人的其他作品不同，所使用的就是贝罗尔所谓的"非理性语言"。诗人在相当放松的情况下，听凭潜意识驱使，完成了对"黎明"的三次体验，可以视为"话语支配诗人"的典型范例。

北岛说，他试图把电影蒙太奇的手法引入诗中，造成意象的撞击和迅速转换，以启发人们的想象力来填补大幅度跳跃留下的空白。

北岛的许多有代表性的诗中，这些有着对立的价值内涵的意象常处于密集、并置的结构方式，它们因此产生对比和撞击，有时形成一种"悖论式"的情境，"在黎明的铜镜中／呈现的是黎明／水手从绝望的耐心里／体验到石头的幸福"。这种"悖论式"的情境形成诗歌震撼的张力。

舒　婷

惠安女子

野火在远方，远方
在你琥珀色的眼睛里

以古老部落的银饰
约束柔软的腰肢

　　幸福虽不可预期，但少女的梦
　　蒲公英一般徐徐落在海面上
　　呵，浪花无边无际

　　天生不爱倾诉苦难
　　并非苦难已经永远绝迹
　　当洞箫和琵琶在晚照中
　　唤醒普遍的忧伤
　　你把头巾一角轻轻咬在嘴里

　　这样优美地站在海天之间
　　令人忽略了：你的裸足
　　所踩的碱滩和礁石
　　于是，在封面和插图中
　　你成为风景，成为传奇

[导读]

　　舒婷（1952—），女，原名龚佩瑜，福建漳州石码镇人。1969年下乡插队，1971年开始写诗和散文，1972年返城当工人，1979年开始发表诗歌作品。20世纪80年代前后，舒婷的诗歌在文学界产生了重要影响，评论界称她为新诗潮中朦胧诗的代表诗人之一。1980年到福建省文联从事专业写作。著有《双桅船》《会唱歌的鸢尾花》《舒婷的诗》等。

　　舒婷的诗以蕴含一种崭新的思考方式和情感特征受到评论界的肯定。她用诗歌唤起人们对独立价值的肯定和对个体生命的珍爱。作为女性中的一员，诗人深感女性的独立人格易受忽视，女性的解放道路进程艰难，诗人为此沉思、探索、批判、抗争，用诗歌呼唤社会关注女性人格独立、社会文明进步。舒婷被诗歌评论界称作"中国女性文学第一只报春的燕子"，《致橡树》《神女峰》和《惠安女子》被认为代表了其诗歌女性写作立场的三个阶段。

　　惠安女子是诗人、画家常常表现的题材。古老的服饰和生活方式所形成的独特的民风民俗使她们带有一种神秘感，带有一种绰约的、羞涩的、健美的体貌。人们的表面感受并没有从本质上把握住惠安女子的实质。泰纳说，表现经久而深刻的艺术，才是真正的艺术。所谓经久而深刻，泰纳是指人性而言。舒婷就深刻地做到了这一点，使此诗获得了极大反响。从传统的仿佛已没有什么可再挖掘的题材上发现其独异的意义，并赋之以完美的形式，正是对一个诗人的考验。

　　"野火在远方，远方／在你琥珀色的眼睛里"，全诗的第一节只有这两句，但其中的意味是深远的。野火是指生命的渴望在燃烧，但它只能在惠安女子的眼睛里。两个"远方"的叠加就使我们感到惠安女子目光的深沉与哀婉，而"琥珀色的眼睛"又让我们感到她的美丽晶莹与柔弱。这里，时间消逝了，"远方"的古老与现实是那么滞重地融为一体,仿佛难以改变。

第二节,"以古老部落的银饰/约束柔软的腰肢",写惠安女子婀娜的体态原来是建立在"古老部落"的"约束"之上的。这里,"银饰"成了一种灌注着诗人主观感情的意象,暗示陈旧而悍厉的封建色彩。"幸福虽不可预期,但少女的梦/蒲公英一般徐徐落在海面上/呵,浪花无边无际"。幸福是那般邈远,不可企及,但少女的梦却轻飏在海面上。这里不能忽略的是,诗人先肯定了"幸福"的虚幻,又以少女的梦与之对照,使人倍感哀伤。"蒲公英"的花絮在汹涌的大海里能有什么命运呢?诗人不必再说了,"呵,浪花无边无际"这句已经说尽。这是虚写,画面很迷蒙很典雅,但内涵却很沉重。

第三节是实写。"天生不爱倾诉苦难/并非苦难已经永远绝迹/当洞箫和琵琶在晚照中/唤醒普遍的忧伤/你把头巾一角轻轻咬在嘴里",在黄昏,在孤寂中响起洞箫和琵琶时,惠安女子轻咬头巾一角,将自己彻骨的忧伤都交与这一曲缓缓的古歌了。"天生不爱倾诉苦难",是说倾诉又有何用呢。这里,诗人写出了惠安女子的命运,但她不是尽情叙写苦难的画面,而是以美妙的令人神往的"洞箫和琵琶""晚照"和惠安女子优美的姿势反衬其内心深处的哀伤。它是那么悠长、恒久地浸透你的心,它不让你震撼,它让你回味体验,让你欲说还休。

最后一节,诗人用"优美"和"忽略""海天之间"和"碱滩和礁石"形成对比,对那种无视惠安女子真实命运的"封面和插图"表现的所谓"风景"和"传奇"进行了嘲讽,淡淡的却又是极为有力的嘲讽!这是一曲用洞箫和琵琶弹奏的并不轻松的歌,是人性之歌。

这首诗写了苦难,但写得美丽、透明,舒婷以深沉的忧患表现了她对这些苦难深重的姐妹们的同情。同样是对女性生存和命运的思考,相对于《致橡树》和《神女峰》而言,《惠安女子》少了前两首诗作中对于女性意识的觉醒和女性命运解放的坚定、轻快和昂扬,似乎是经历了长久的思索和现实的创痛之后,更能清醒地看到女性生命的觉醒所面临的历史和现实的重重困境、外在和内在的久远沉淀和积重难返。

顾　城

一代人

黑夜给了我黑色的眼睛
我却用它寻找光明

1979年4月

[导读]

顾城(1956—1993),生于北京。"文化大革命"中开始写作。朦胧诗代表诗人之一。1988年赴新西兰讲学,后隐居激流岛,1993年杀妻后自杀。著有诗集《白昼的月亮》《北方的孤独者之歌》《铁铃》《黑眼睛》等。上海三联书店于1995年出版了《顾城诗全编》。

顾城被人们称为以一颗童心看世界,以真诚的歌唱穿越年代和人心的"童话诗人",

他幻想通过诗建造一座童话的花园,一个与现实对立的"天国"。他的诗常以自然为题材,富于幻想,诗风纯净。但由于这个理想世界在现实中过于遥远和渺茫,加之诗人的气质中缺少平衡和节制的因素,也因此造成诗人心理的失衡。这可能是他后来杀妻而后自杀悲剧的心理根源。

英国批评家、美学家瑞恰慈这样谈现代诗的意义:"重要的不是诗所云,而是诗本身。"这句话相当深刻地道出了现代诗的价值取向。顾城的《一代人》总共只有两行,但读后却让人难以忘怀。它首先从审美上打动了读者,不是诗歌以外的"思想",而是"诗本身",是深层意象这个精灵坚实地呈现在读者面前,它唤起了读者更广阔的联想空间,引爆了读者的情感!意象在这里,是完成了内容的形式。

"黑夜给了我黑色的眼睛/我却用它寻找光明。"诗人为这短短的两行诗冠以"一代人"这个博大的标题,这就为读者规定了进入此诗的视角——社会评判性质的视角。但诗人没有"说明",他是在"呈现"。"黑夜"象征着那场空前的浩劫;"黑色的眼睛"在这里具有双重寓意:一是指这双眼睛曾被"黑夜"所欺骗、所熏染;一是指这双眼睛在被欺骗之后发生了深刻的怀疑,它在黑暗中渐渐培养起一种觉悟,一种适应力和穿透力,它具有了全新的品质,最终成为"黑夜"的叛逆,成为"寻找光明"的生命意志的象征。在"黑色的眼睛"这个深层意象中,受骗和觉醒神奇地结成一体,它们互为因果,互为向度相悖(肯定和否定),这正是庞德所说的:"不把意象用于装饰,意象本身就是语言,意象是超越公式化了的语言的道。"这首诗体制短小,但有筋有肉有骨有气,是深层意象诗中的佼佼者。顾城这一神谕似的短句用一个巧妙的转折完成了对一个拨乱反正年代的时代心声的最精辟的概括。这一箴言般的句子似乎洞穿了一个有关人类繁衍、发展、创造的规则,这种西西弗斯般的力量是人类得以在种种灾难下生存的禀赋。

在更黑暗的20世纪60年代里有食指的《相信未来》,同一个启蒙式的主题在顾城这里有了更加精炼的回响。虽然表达了经历过"文化大革命"的人们的心声,但这一脍炙人口的诗句早已超越了对"一代人"的影响,不同时代的人都能从这句诗歌里体会出对人生的普遍意义上的意味——人类对生命答案的执着追求。

顾　城

远和近

你,
一会看我,
一会看云。

我觉得,
你看我时很远,
你看云时很近。

1980年6月

[导读]

《远和近》这首诗是朦胧诗里非常著名的诗篇，是被许多人传诵的诗歌。此诗初发表时，被视为难懂的怪诗。按照当时僵化的阅读方式与钝化的思维模式，此诗确实难于解读。这既像是一首自然哲理诗，又像是一首情诗。这是诗人对不正常生活的本质发现。在诗歌中顾城表达了人对于远近的哲理思考以及人和自然、人和人的关系。诗人所写的是一种非正常的生活，是一种被扭曲了的人际关系。在这扭曲了的关系中，一切都颠倒了。本应相亲相近的人与人关系，由于心的阻隔而疏远了，显得那么孤寂而不可接近；因为人际关系的疏远，人与自然反而拉近了距离，显得十分亲近。

这首诗很像摄影中的推拉镜头，利用"你""我""云"主观距离的变换，来显示人与人之间习惯的戒惧心理和人对自然原始的亲切感。这组对比并不是毫无倾向的，它隐含着"我"对人性复归自然的愿望。

《远和近》虽然只有短短的六句，却容纳了反思历史的丰富内涵。"远"和"近"是物理距离概念，这是客观存在，有科学的衡量标准。但在情感作用下产生的心理距离却不同，"远"可以变"近"，"近"可以变"远"。诗中"你""我""云"心理距离的变换，曲折地反映了人与人之间的隔阂、戒备以及诗人对和谐、融洽的理想人际关系的向往、追求。

这首诗看似信手拈来，实则匠心独运，给人的印象是：自然而不自然，工巧而不矫饰。诗中的"你""我""云"三个意象都具有一定的象征意义。"你""我"都生活在客观现实中，同属于社会的组成人员，"云"则象征着美丽淳朴的大自然。"你看我时很远"，这是地近心远，"咫尺天涯"；"你看云时很近"，这是地远心近，"天涯若比邻"。诗人这种"人远天涯近"的辩证感情方式已成为人的审美理想的发展方式，即"由客体的真实，趋向主体的真实，由被动的反映，趋向主观的创造"。

这首诗的意境非常清澈空廓，天地间似乎只剩下了"你""我""云"，而这三个角色却演绎了许多读不尽的东西，这种简洁具备了中国古典诗歌的精髓——传统的中国文化十分重视空白给予人的想象，同时它又像是一幕简短的舞台剧，在无言的"看"里推进情节，因此这首诗歌又极具现代意味，在一个古典的境界里说出了现代人的隔绝感，是一种具有古典气息的、带上淡淡的忧伤而唯美的感觉，在轻飘的情绪中述说人与人之间感觉的错位。诗歌里表现出一种透明的美、纯净的美、神奇变幻的美，带有一种痛苦的思辨的忧伤。

海 子

亚洲铜

亚洲铜，亚洲铜
祖父死在这里，父亲死在这里，我也将死在这里
你是唯一的一块埋人的地方

亚洲铜，亚洲铜

爱怀疑和爱飞翔的是鸟，淹没一切的是海水
你的主人却是青草，住在自己细小的腰上，
守住野花的手掌和秘密

亚洲铜，亚洲铜
看见了吗？那两只白鸽子，它是屈原遗落在沙滩上的白鞋子
让我们——我们和河流一起，穿上它们吧

亚洲铜，亚洲铜
击鼓之后，我们把在黑暗中跳舞的心脏叫作月亮
这月亮主要由你构成

[导读]

海子（1964—1989），原名查海生，安徽怀宁人。1979年15岁时考入北京大学法律系，大学期间开始诗歌创作。1983年毕业后就职于中国政法大学。1989年3月26日在山海关附近卧轨自杀。

作为20世纪80年代后期新诗潮的代表诗人，海子在中国当代文学史上的地位十分重要。谢冕称"他已成为一个诗歌时代的象征"。他的诗歌语言与以前流行的新诗潮的语言全然有别，他建立了属于自己的诗歌风格。海子是当代最具独创性的一位诗人，是个性极富创造力的诗人。在不到七年的创作生涯里，写下了大量诗歌作品。著有《土地》《海子的诗》《海子诗全编》等。海子短暂的一生集中表现了辉煌的浪漫主义激情，并把它在诗歌中发挥到了极致。

《亚洲铜》是一首整体朦胧而寓意深刻的诗歌。由"亚洲铜，亚洲铜"的四次反复咏叹，不难看出诗人对于"亚洲铜"的深情。面对"亚洲铜"，他无法保持沉默、冷静、无法不动声色作旁观叙述，他的身心似乎在无法遏制中颤抖，整个生命突入到了"亚洲铜"中。

那么，"亚洲铜"到底指什么呢？"亚洲"是地域概念，它限定了"亚洲铜"这一核心意象的空间范围及其所指。"铜"可指黄铜或青铜，所代表的是一种色彩或文明，所以"亚洲铜"可理解为亚洲大陆、亚洲黄土高原，也可理解为东方文明。亚洲大陆是一个历史悠久的文明大陆。"亚洲铜，亚洲铜"的反复咏叹抒发了诗人面对东方文明时的自豪情感，一种渴望真正进入、理解的愿望。"祖父死在这里，父亲死在这里，我也将死在这里"，表明亚洲人民祖祖辈辈生于斯、死于斯，他们既是东方文明的缔造者，又深受东方文明的滋养，你很难将他们与东方文明分割开，他们本身便是东方文明的体现，在这里已经没有什么主体、客体之分了，所以诗人感到"亚洲铜"是"唯一"的一块埋人的地方，表现了诗人对东方文明的情感，以及对自我与东方文明关系的理解。

"爱怀疑和爱飞翔的是鸟"，"鸟"在此指的是东方文明的特征，即渴望自由、不满现实的探索精神。这是东方文明之所以伟大、源远流长的重要原因。鸟飞翔在大海之上，"海水"喻指东方文明的博大精深；"青草"象征和平、生命与希望；"野花"则指文化的繁荣，指东方文明的生命力与浪漫精神。"鸟""青草""野花"暗示了东方文明的繁荣与多元化特征。那"两只白鸽子"与上节的"鸟"相对应，在诗人的想象中，"它是屈原遗落在沙滩上的白鞋子"，是屈原精神的象征，也就是一种深沉的现实情怀与上下求索精神，一种奇异的想象与浪漫激情，而这正是东方文明的神韵，尤其是中华文化的精髓。然而，随着19世纪中叶以来西方文化的侵入，它逐渐为现代人所遗忘，被遗落在沙滩上，这对于东方文化的发展尤其是中华文化的建构来说，是多么令人痛心的事啊！事实上，以屈原为代表的中华文化精神，正是物欲横流、浪漫激情匮乏的现实世界所急需的，它能为精神不洁的世界带来和平与美好。所以，诗人疾呼："让我们——我们和河流一起，穿上它们吧"，这样，我们苍白的精神世界将变得充实，被污染的河流将被净化。

"击鼓之后，我们把在黑暗中跳舞的心脏叫作月亮/这月亮主要由你构成"，其意思是指在某种仪式之后，我们将黑暗中出没的月亮称为跳舞的心脏，而这月亮是由"亚洲铜"构成。在诗人看来，东方文明正如黑夜中的月亮，是一种阴性文明，具有哺育性，给大地以光明，将人们从黑暗引向光明。它崇尚精神生活，朦胧而富有诗意，充满神性，是一种审美型的文明。

诗人西川认为，海子"所关心和坚信的是那些正在消亡而又必将在永恒的高度放射金辉的事物"[《海子诗全编》（代序）]。这一表述极为准确。《亚洲铜》所言说、关注的不正是那些正在消亡但又必将在永恒的意义上放射光辉的东方文明神韵吗？

韩　东

有关大雁塔

有关大雁塔
我们又能知道些什么
有很多人从远方赶来
为了爬上去
做一次英雄
也有的还来做第二次
或者更多
那些不得意的人们
那些发福的人们
统统爬上去
做一做英雄
然后下来
走进这条大街
转眼不见了
也有有种的往下跳
在台阶上开一朵红花

那就真的成了英雄——
当代英雄
有关大雁塔
我们又能知道什么
我们爬上去
看看四周的风景
然后再下来

1985年

[导读]

韩东(1961—),原籍湖南,生于南京。8岁时随父母下放至苏北农村。1982年毕业于山东大学哲学系。曾在西安、济南等地的大学任教。1980年开始写诗,创办民间诗刊《他们》。著有诗集《白色的石头》,小说集《西天上》《我们的身体》《我的柏拉图》等。现居南京,为自由撰稿人。

《有关大雁塔》作于1983年,诗歌传达了一种反文化、反英雄的思想观念,是一首表现了颠覆性创造力的标新立异之作,由于与新诗既有的格式太不相同,所以它的出现被视为一种新的创作范式的确立。

大雁塔一直是文明古城西安的标志性建筑,它本身就是历史与传统的浓缩象征。大雁塔的这一文化地位,决定了它成为历代文人墨客歌咏对象的必然性。对这类文化标志的记忆比比皆是,如诗文中的黄鹤楼和岳阳楼,等等。文人的通常做法是加法,也就是怀古加咏怀,将对个人遭际或时政世事的诠释评价通过记忆附加到被歌咏对象已有的文化积淀之中。

韩东的《有关大雁塔》则与众不同。他在这首诗里做的是减法。大雁塔既没有被诗人人格化,也没有笼罩着崇高、庄严的光环,诗人完全解构了杨炼《大雁塔》一诗所赋予大雁塔的沉重的历史感和文化内蕴。面对大雁塔,诗人突然失忆了:"有关大雁塔/我们又能知道些什么/有很多人从远方赶来/为了爬上去……/然后下来/走进这条大街/转眼不见了……/有关大雁塔/我们又能知道什么/我们爬上去/看看四周的风景/然后再下来。"在他人目睹大雁塔而唤醒历史记忆的地方,诗人的记忆链条断裂了。面对大雁塔的失忆使诗人得以从这一建筑代表的既有文化价值体系中逃逸出来。在诗人看来,其实,大雁塔就是大雁塔,一座有千年历史的建筑物,专供人游玩、观赏而已,根本不是杨炼诗中所谓的"民族苦难历史的见证者"。

韩东这一代诗人之所以对历史视而不见,是因为他们不甘于步前人后尘,让自己的艺术个性被过去的巨大投影所遮掩。这样的心理,从韩东《瞬间》的字里行间可见一斑:"好了,一切都已过去/生活永远不会重复。"实际上,是诗人不愿重复过去。有时候,对过去的拒绝到了迫不及待的地步,如韩东《二十年前剪枝季节的一个下午》所言:"我想否认那孩子是我/我想否认那孩子的耻辱/也是我的耻辱。"失忆,于是成为否认的最佳方式。

《有关大雁塔》不仅是对有关大雁塔的历史及文化记忆的拒绝,更是对前代诗人写作方式的拒绝。诗人运用非历史文化的嘲讽语词，旨在告诉人们：朦胧诗人所苦心经营的史诗殿堂只是空中楼阁，毫无意义可言。关于后一点，只需将韩东的《有关大雁塔》与杨炼的《大雁塔》对比一下即可一目了然。借用韩东自己的比喻，第三代诗人用《有关大雁塔》式的写作，"挂断"了与既有诗歌成就之间的"电话"："电话挂断了／今晚我被自己的残忍感动……／电话挂断了／这次是我……"

《有关大雁塔》显示了第三代诗歌的文化批判性。韩东让我们看到，反记忆，也就是忘却，可以成为诗性的批判武器。

全诗举重若轻，语言口语化，不加任何修饰，放逐了朦胧派所擅长的深奥绚丽的意象；于平淡无奇、浅显易懂的诗句背后，潜藏着耐人把玩的哲理意味，体现了当下许多年轻人的普遍文化心境：蔑视社会历史文化价值，追求当下生存状态的个人体验。

于　坚

0档案（节选）

档案室

档案室
建筑物的五楼　锁和锁后面　密室里　他的那一份
装在文件袋里　它作为一个人的证据　隔着他本人两层楼
他在二楼上班　那一袋　距离他50米过道　30级台阶
与众不同的房间　6面钢筋水泥灌注　3道门　没有窗子
1盏日光灯　4个红色消防瓶　200平方米　一千多把锁
明锁　暗锁　抽屉锁　最大的一把是"永固牌"挂在外面
上楼　往左　上楼　往右　再往左　再往右　开锁　开锁
通过一个密码　最终打入内部　档案柜靠着档案柜　这个在那个旁边
那个在这个高上　这个在那个底下　那个在这个前面　这个在那个后面
8排64行　分装着一吨多道林纸　黑字　曲别针和胶水
他那年30　1800个抽屉中的一袋　被一把角匙　掌握着
并不算太厚　此人正年轻　只有50多页　4万余字
外加　十多个公章　七八张相片　一些手印　净重1000克
不同的笔迹　一律从左向右排列　首行空出两格　分段另起一行
从一个部首到另一个部首　都是关于他的名词　定义和状语
他一生的三分之一　他的时间　地点　事件　人物和活动规律
没有动词的一堆　可靠地待在黑暗里　不会移动　不会曝光
不会受潮　不会起火　没有老鼠　没有病菌　没有任何微生物
抄写得整整齐齐　清清楚楚　干干净净　被信任着
人家据此视他为同志　发给他证件　工资　承认他的性别
据此　他每天8点钟来上班　使用各种纸张　墨水和涂改液
构思　开篇　布局　修改　校对　使一切循着规范的语法

从写到写　一只手的移动　钢笔从左向右　从一个部首
到另一个部首　从动词到名词　从直白到暗喻　从，到。
一个墨水渐尽的过程　一种好人的动作　有人叫道"0"
他的肉体负载着他　像0那样转身回应　另一位请他递纸
他的大楼纹丝未动　他的位置纹丝未动　那些光线纹丝未动
那些锁纹丝未动　那些大铁柜纹丝未动　他的那一袋纹丝未动
……

　　　　　　卷三（恋爱期）
法定的年纪　18岁可以谈论结婚　谈出恋爱　再把证件领取
恋与爱　个人问题　这是一个谈的过程　一个一群人递减为几个人
递减为三个人　递减为两个人的过程　一个舌背接触硬腭的过程
一个软腭下垂　气流从鼻腔通过的过程　一个下唇与上齿
接近或靠拢的过程　一个嘴唇前伸　两唇构成圆形的过程
一个聚音对分散音　糙音对润音　浊音对清音　受阻对不受阻
突发音对延续音　紧张对松弛　降调对升调　舌头对撮口的过程
当然要洗头　洗脸　换衬衣　漱口　换袜子　擦皮鞋　洒香水
当然是最好的那一套　最好的那一条　最好的那一种
当然是七点到　当然是公园门口　当然是眺望与姗姗来迟
当然是杨柳岸晓风残月　当然是来两张纸垫着　两瓶汽水
当然是相对无言欲言又止掩口一笑欲说还休却道天凉好个秋
当然是志同道合心心相印　当然是深深地　痴痴地　长长地
当然是摸底　你猜猜　"真的　不骗你"　当然是娇嗔　亲昵
当然是含着　嚼着　荡漾着　当然是泪眼问花花不语
当然是多么多么　非常非常　当然是忧伤　悲哀　绝望
当然是转怒为喜　破涕为笑　当然是迟疑　踌躇　试探
当然是摸不透　推测　谜一样的笑容　当然是一块小手绢
一群蚊子　一只毛毛虫　一株蒲公英　一朵白玫瑰
当然是最最最好　刻骨铭心　难忘的　只有一次的
永恒啊月光　永恒啊小路　永恒啊起风了　永恒啊夜幕
永恒啊11点　永恒啊公园关大门　永恒啊路灯　永恒啊长街
永恒啊依依　永恒啊回眸　永恒啊背影　永恒啊秋波
时间到了　请赶紧　时间到了　请赶紧　再见　比尔
再见　露　下次　梅　下次　华　再见　桂珍　下次　兰
总结：狂草　不及物动词　形容词　名词　情态状语
赋　比　兴　寓言　神话　拟人法　反讽　黑色幽默
自白派　通感　新古典主义　口语诗　头韵　腹韵　尾韵
矛盾修辞　功能性含混　玉台体　天籁　象征　抑扬格
言此及彼词近旨远敌进我退敌退我扰道高一尺魔高一丈

表态：(大会　小会　居委会　登记的　同志们　亲人们
朋友们　守门的　负责的　签字的　盖章的)
安全　要得　随便　没说的　真棒　放心　般配
同意　点头　赞成　举手　鼓掌　签字
可以　不错　好嘞　真棒　行嘛　一致通过
……

[导读]

  于坚（1954— ），云南昆明人。自1970年开始，当过近十年的工人，毕业于云南大学中文系。1973年前后开始新诗写作，诗作发表要迟至1979年，是第三代诗歌的代表性诗人，以世俗化、平民化的风格为自己的追求，其诗平易却蕴深意，是少数能表达出自己对世界哲学认知的作家。1985年与韩东、丁当等人合办诗刊《他们》，形成了对第三代诗群产生重要影响的"他们诗群"。"他们诗群"的诗人认为"诗到语言为止"，强调口语写作的重要性，对中国现代诗歌的发展产生了积极的促进作用。著有诗集《诗六十首》《对一只乌鸦的命名》《一枚穿过天空的钉子》《诗歌，便条集》《于坚的诗》等，另有杂文集《棕皮手记》等。

  在20世纪80年代以前，于坚的诗并没有太强的实验性质，以云南高原为背景的高原诗也没有受到太多的关注；80年代中期尤其是90年代以后，以日常生活为题材的口语化写作为他的诗带来了受人瞩目的成功，其中档案体长诗《0档案》是于坚诗的代表作。

  这部长诗被认为是"当代最奇特的诗作"，1994年在新创刊的《大家》上发表后，所获得的评价一直是毁誉参半，非议者中甚至有人认为它根本不是诗。的确，从传统的定型的诗歌美学规范来读《0档案》，得出这个结论是不奇怪的。《0档案》写一个男子由出生到30岁的个人成长生活史，它显然不是抒情诗，似乎可以将其纳入叙事诗的类型范畴，但《0档案》又和一般的叙事诗不一样。叙事诗虽不同于偏重于抒发情感的抒情诗，但倾向仍要从场面和情节中自然而然地流露出来。在《0档案》中，作者的思想感情倾向似乎消隐了，诗人犹如一架不带感情色彩的摄像机，把拍摄对象客观、直白地呈现在读者面前，映入读者眼帘的是一行行长长的诗句，每一行诗句又由几个短句或数个词语组合而成，透过那些绵密的、似乎堆砌而成的词句，一个30岁男人平淡无奇的历史展现在读者眼前。这种"零度感情"、冷静甚至漠然的写法在于坚之前的其他诗人那里几乎没有出现过。

  从形式看，这首诗是对"档案"这一公文文体的戏拟，全诗共分九部分，即档案室、卷一出生史、卷二成长史、卷三恋爱史（青春期）、卷三正文（恋爱期）、卷四日常生活、卷五表格、卷末（此页无正文）和附——档案制作与存放。诗歌采用生硬、冰冷、规范、严谨的公文语体写作，在摒弃升华式的、慷慨激昂的、故作玄虚的"诗的语言"而采用纪实的、日常的、生活化的口语这一点上，《0档案》走到了新生代诗人所追求的极致。不仅如此，从诗的创作意图看，《0档案》也因直观而不动声色地揭示出政治一体化年代里鲜活的个人生命被一纸档案所掌控、指挥和压制这一触目惊心的事

实,而昭示了这一诗作不容置疑的文化美学意义。

于坚深信,诗的意义,生命的意义,甚至人的整个命运,都可以通过在生命进程中的任何时刻捡取到的任何碎片中表现出来。正如李振声所言,"他宁愿致力于从一个日常事件的全面展示中获得各种浅表的综合印象,宁愿终日撷拾任意的日常生活碎片,而不喜欢对世界的完整统一做出描述。在他的诗里,现实不过是一堆杂乱无章的组合,而人与事,都是现实的碎片,人的生命不过是一系列盲目、浮躁和重复的姿态"。加之即兴、直陈、不加整饬以至不免粗糙的语言,于坚几乎可以被看作是"他们"时代最"精力充沛和咋咋呼呼的抒写者"。

瞿永明

潜水艇的悲伤

9点上班时
我准备好咖啡和笔墨
再探头看看远处打来
第几个风球
有用或无用时
我的潜水艇都在值班
铅灰的身体
躲在风平的浅水塘

开头我想这样写:
如今战争已不太来到
如今诅咒　也换了方式
当我监听　能听见
碎银子哗哗流动的声音

鲜红的海鲜　仍使我倾心
艰难世事中　它愈发通红
我们吃它　掌握信息的手在穿梭
当我开始写　我看见
可爱的鱼　包围了造船厂

国有企业的烂账　以及
邻国经济的萧瑟　还有
小姐们趋时的妆容
这些不稳定的收据　包围了
我的浅水塘

于是我这样写道：
还是看看
我的潜水艇　最新在何处下水
在谁的血管里泊靠
追星族，酷族，迪厅的重金属
分析了写作的潜望镜

酒精，营养，高热量
好像介词，代词，感叹词
锁住我的皮肤成分
潜水艇　它要一直潜到海底
紧急　但又无用地下潜
再没有一个口令可以支使它

从前我写过　现在还这样写：
都如此不适宜了
你还在造你的潜水艇
它是战争的纪念碑
它是战争的坟墓　它将长眠海底
但它又是离我们越来越远的
适宜幽闭的心境

正如你所看到的：
现在　我已造好潜水艇
可是　水在哪儿
水在世界上拍打
现在　我必须造水
为每一件事物的悲伤
制造它不可多得的完美

[导读]

　　翟永明（1955— ），生于四川，1980年毕业于成都电讯工程学院（现电子科技大学）。1981年开始发表作品。著有诗集《女人》《在一切玫瑰之上》《翟永明诗集》《黑夜中的素歌》《称之为一切》。另有随笔、散文集《纸上建筑》《坚韧的破碎之花》。现居成都。

　　以组诗《女人》而蜚声诗坛的翟永明，在20世纪90年代的诗歌创作中逐步走向叙事、分析。她对诗歌所进行的小说化、戏剧化的处理，她那深沉的悲悯的诗风，使她的诗歌具有独特的魅力。而《潜水艇的悲伤》则是翟永明在这一时期的代表作。

《潜水艇的悲伤》中有着复杂的意象群，它们是诗歌内含的载体。其中，"潜水艇"是本诗的一个主体意象，是理解全诗的关键。潜水艇本是一种用于海战的武器，与战争有着密切联系。但本诗中的"潜水艇"显然已经脱离了战争的范围，而是借用了潜水艇的外观与运动的某些特征。诗中某些提示性内容可帮助我们理解这一意象。第一节"我的潜水艇都在值班"一句中"我的"表明"潜水艇"的所指是"我"的部分。"值班"与后文"开头我想这样写""于是我这样写道"有对应关系，可由此推知："潜水艇"的代表意义是与"写作"有关的。另外，诗的第七节"它是战争的纪念碑""它是战争的坟墓""又是离我们越来越远的／适宜幽闭的心境"则写出"潜水艇"的不合时宜，与现实存在某种对立。第二节"如今战争已不太来到／如今诅咒　也换了方式"也是同一含义。"幽闭的心境"同潜水艇潜于深海的运动特征有着对应，则表现出"潜水艇"所指是一种深入的、内在的、沉静的东西。由以上分析，我们可大致将"潜水艇"理解为"我"对现实冷静的思考和潜心的写作。

《潜水艇的悲伤》正文由一个工作场景开头，"咖啡和笔墨"暗示了"我"所从事的工作与思考、文字有关。"铅灰的身体"是写潜水艇的颜色，有种沉重、悲伤、封闭的意味。这种色彩与后文"鲜红的海鲜"中"鲜红"的色彩形成强烈的对比，暗示了"潜水艇"与时代潮流存在对立、不和谐。"浅水塘"是"潜水艇"的寄居地，可理解为作者所处的小环境。"浅"字与"潜"字有着对比，说明"浅水塘"这一小环境已明显不适宜"潜水艇"的存在。诗的后几节出现了"碎银子哗哗流动的声音""鲜红的海鲜""掌握信息的手在穿梭""小姐们趋时的妆容""追星族""重金属"等一系列意象，它们代表了物欲、快节奏、时尚、喧嚣的时代。这样的社会现实是同"潜水艇"所处的"风平的浅水塘"有着很大不同的。第四节中"这些不稳定的收据　包围了／我的浅水塘"则意在表现：在社会大背景的冲击下，"我"那个平静的小环境已十分孤立、岌岌可危。第五节中"看看""谁的""何处"几个带有不定意味词语的运用，写出了"我"的犹豫。第六节中"紧急"与"无用"两词写出了在物欲喧嚣的时代中，冷静的思考与潜心写作是紧迫而必要的，但同时又不为时代所重视，透露出隐隐的悲伤。第七节中"你还在造你的潜水艇"则是对"我"执着思考、写作的写照，但显然有无奈、悲凉的情绪。第八节是全诗的点睛部分，"我"已有了"潜水艇"，却找不到"水"。"水"的意象是与"潜水艇"密切相关的，是"潜水艇"发挥作用的场所。而"水在世界上拍打"一句写出"水"在那个喧嚣的世界中，不是"我"的"潜水艇"所用的"水"，因此，"我"要造"潜水艇"所用的水，即平静的环境。而这一平静的小环境同喧嚣的大环境相比，自然是微小的，而且是相斥的。因此，这便是事物的"悲伤"，而"我"所造的那小片"水"自然成为不可多得的"完美"。

《潜水艇的悲伤》所要表现的正是作者内心世界即内在的冷静的思考和作者潜心的写作同物欲喧嚣的时代现状发生抵触、排斥时，作者内心所表现出的困扰与作者自身的探寻。

《潜水艇的悲伤》采用了独白体的表达方式，以"我"的视角叙述"我"的工作，这给人一种听故事的轻松感与快感。这种风格正体现了翟永明诗歌的小说化、叙事性。我们在阅读中会感受到本诗的语言是相当冷静流制的。"9点上班时"这一工作场景的开头,再到后面几节中"开头我想这样写","于是我这样写道"这样的引语,使读者有一种像在听老朋友讲述自己某一天工作情景的平静感、亲切感。这种冷静更易打开读者的思想之门,更易触动读者的内心。但冷静并未掩盖深刻,反而是加深了诗的深度,丰富了诗的内容。"浅水塘""水"这些常见的事物在诗中有深刻的指代意义。"9点上班时""我准备好咖啡和笔墨"这点看似平常的场景、细节对全诗风格的形成、意象的组织、思想的表达其实都起着很大的作用。这或许正是翟永明诗歌的魅力所在。

纪 弦

你的名字

用了世界上最轻最轻的声音,
轻轻地唤你的名字每夜每夜。

写你的名字,
画你的名字,
而梦见的是你的发光的名字。

如日,如星,你的名字。
如灯,如钻石,你的名字。
如缤飞的火花,如闪电,你的名字。
如原始森林的燃烧,你的名字。

刻你的名字!
刻你的名字在树上,
刻你的名字在不凋的生命树上。
当这植物长成了参天的古木时,
呵呵,多好,多好,
你的名字也大起来。

大起来了,你的名字。
亮起来了,你的名字。

于是,轻轻轻轻轻轻轻地唤你的名字。

[导读]

纪弦(1913—2013),当代诗人。原名路逾,笔名路易士、青空律。原籍陕西周至,生于河北清苑。1924年定居扬州。1929年以路易士为笔名开始写诗。1933年毕业于苏州美专,并举办画展。1934年创办《火山》诗刊,翌年与杜衡合编《今代文艺》。1936

年与戴望舒等创办《新诗》月刊。1948年由上海赴台湾，曾编辑《和平日报》副刊《热风》，创办《现代诗》季刊，发起成立现代诗社，引起台湾诗坛关于现代诗的一次论争。1974年自台北成功中学退休，1976年赴美定居。著有诗集《易士诗集》《行过之生命》《火灾的城》等，诗论集《纪弦诗论》《纪弦论现代诗》以及《纪弦自选集》等。

纪弦是台湾诗坛的三位元老之一（另两位为覃子豪与钟鼎文），在台湾诗坛享有极高的声誉。纪弦不仅创作极丰，而且在理论上亦极有建树。他是现代派诗歌的倡导者，主张写"主知"的诗，强调"横的移植"。诗风明快，善嘲讽，乐戏谑。他的诗极有韵味，且注重创新，令后学者竞相仿效，成为台湾诗坛的一面旗帜。

这首诗可以使我们领略意象与旋律之美。纪弦创造性地以恋人的"名字"作为全诗的构思中心和中心意象，并以色彩缤纷、令人目不暇接的比喻，围绕中心完成全诗的意象结构，以恋人的名字借代恋人本身，对恋人"你的名字"的钟爱和赞美，正是对恋人本身的钟爱和追求，这也使全诗增加了一层含蓄的意味。

《你的名字》一开始，就出现了诗的抒情主人公的形象，他用第一人称的呼告语呼唤恋人的名字。如果诗人把"你的名字"具体化，全诗就会因那种特定的限指性而减色。抽象的"你的名字"的泛指性，能将个人的感情经验提升到普遍性的层次，引起读者对不同名字的美的联想，从而共同参与审美创造。在第一、二两节中，"呼""唤"有声，是听觉意象，"写""画"有形，是视觉意象。日有所思，夜有所梦，"梦见"则应该是如真如幻的意觉意象了。在第三节中，诗人以一系列比喻来比拟恋人"发光"的名字，而诗人的才华也于此"发光"。这一节连用七个比喻，虽然都用"如"字构成明喻，但却无单调之感，这主要是因为：其一，运用了博喻这一艺术手段。人常说"好有一比"，纪弦却连用七比，有强烈的印象趣味。其二，在意象的强度和语式的幅度上多加变化。"日""星""灯""钻石""缤纷的火花""闪电"以及"原始森林的燃烧"等，同为"发光"，但光亮的程度各异，它们并置在一起，可以看到殊而不同的变化，也可见诗人求异性思维在这里作扇形展开。第四节也颇为精彩："刻你的名字！/刻你的名字在树上，/刻你的名字在不凋的生命树上。"海枯石烂的恋情，在这里得到了一种特殊的美学方式的表现。总之，第三节写"发光"之"亮"，第四节写"长成"之"大"，角度虽各有不同，但像四面八方的箭矢都奔向一个红心，诗人花样翻新的赞美词都是奉献给一个芳菲的名字。

《你的名字》虽然不讲究脚韵，但它却追求圆融而流畅、优美而动听的旋律，宛如一曲悦耳清心的轻音乐。它的旋律美的形成，一是由于"复沓"。第一节的"最轻最轻"和"轻轻地"乃至"每夜每夜"，是紧相承接的反之复之的语词复沓；第二、三两节中连用七次于每句结尾的"名字"和"你的名字"，是同一句型的接连复沓；第四节前三行"刻你的名字"以及二、三两行的"在树上"与"在不凋的生命树上"，是句首与句尾的短语复沓；结尾一节七个"轻"字的连用，是同一词语在句中的复沓，而这一节每一行结尾的"你的名字"，则又是句尾位置上的复唱了。复沓渲染出浓郁的氛围，倾吐出喷薄的激情，结构出独特的旋律。试想，如果取消了复沓，这首诗怎么还会有这种动人的风情？构成旋律美的另一个重要因素就是"回环"。例如开篇一节和全诗最后一句的"于是，轻轻轻轻轻轻地唤你的名字"，构成了首尾的重复与呼应，即整篇美学结构的大回环；诗的第三节的四行，承接第二节末句"而梦见的是你的发光的名字"，构成近距离节与节的回环；第四节的六行，是对第二节前两行"写你的名字"与"画你的名字"的承接，这是远距离的节与节的辉煌。值得注意的是，最后一节首句"大起来了，你的名字"与前一节末句"你的名字也大起来"，构成连锁式回环；第二行"亮起来了，你的名字"则与第三节构成遥应式回环，而"亮起来了"又和第二节末句"发光的名字"互相照应，像夜晚的原野上两盏互相呼唤的灯光。总之，有了多变化而求统一的复沓与回环，我们读这首诗的"每夜每夜"，就犹如聆听一首深情曼妙的谣曲了。

余光中

白玉苦瓜

似醒似睡，缓缓的柔光里
似悠悠醒自千年的大寐
一只瓜从从容容在成熟
一只苦瓜，不再是涩苦
日磨月磋琢出深孕的清莹
看茎须缭绕，叶掌抚抱
那一年的丰收象一口要吸尽
古中国喂了又喂的乳浆
完美的圆腻呵酣然而饱
那触觉，不断向外膨胀
充实每一粒酪白的葡萄
直到瓜尖，仍翘着当日的新鲜

茫茫九州只缩成一张舆图
小时候不知道将它叠起
一任摊开那无穷无边
硕大似记忆母亲，她的胸脯
你便向那片肥沃匍匐
用蒂用根索她的恩液
苦心的悲慈苦苦哺出
不幸呢还是大幸这婴孩
钟整个大陆的爱在一只苦瓜
皮靴踩过，马蹄踩过
重吨战车的履带踩过
一丝伤痕也不曾留下

只留下隔玻璃这奇迹难信
犹带着后土依依的祝福
在时光以外奇异的光中
熟着，一个自足的宇宙
饱满而不虞腐烂，一只仙果
不产在仙山，产在人间
久朽了，你的前身，唉，久朽
为你换胎的那手，那巧腕
千昑万睬巧将你引渡
笑对灵魂在白玉里流转
一首歌，咏生命曾经是瓜而苦
被永恒引渡，成果而甘

[导读]

余光中（1928—2017），祖籍福建永春，生于江苏南京，当代著名诗人和评论家。1947年考入金陵大学外语系（后转入厦门大学），1948年发表第一首诗作，1949年随父母迁居香港，次年赴台，就读于台湾大学外文系。1953年，与覃子豪、钟鼎文等共创"蓝星"诗社。后赴美进修，获美国爱荷华大学（LOWA）艺术硕士。返台后任师大、政大、台大及香港中文大学教授，现任台湾中山大学文学院院长。主要诗作有《乡愁》《白玉苦瓜》《等你，在雨中》等；诗集有《灵河》《石室之死》《余光中诗选》等；诗论集有《诗人之境》《诗的创作与鉴赏》等。余光中的诗作情通古今，意贯中西。

净化和超越是一种中年意识，懂得忧患后的升华。诗集《白玉苦瓜》出版于1974年，是作者步入壮年，浮泛的感情随着人生阅历的增加有了较多沉淀后的作品。诗人努力从另一个文化历史的角度进入民族的时空。作者寻求把现实的人生感悟融入更高层次的历史感悟之中。还在写《白玉苦瓜》的时候，诗人就感道："现代诗的三度空间，或许便是纵的地域感，横的历史感，加上纵横交错而成十字路口的现实感吧！"（《白玉苦瓜》（自序）

在此诗中，就抒情客体讲，"白玉苦瓜"的地域空间只是陈列于台湾"故宫博物院"的一件玉雕珍品，而它的历史空间却是经历了似睡似醒、从容成熟的一场千年大寐。它的母本已经久朽，而脱胎而出的艺术却仍然灿烂："仍翘着当日的新鲜。"历史与现实的交错构成了一个新的艺术空间：这个空间是诗人的感情，既是现实的，又是历史的，它化为抒情主体的一种心境，一种情态。有所指又无所指，这就进入了一种哲思的境界。

该诗是现代自由体写法，句子长短不一，也不讲求押韵，但顺着诗绪脉络的伸展，读者可以感触到情思波涌的内在节律。全诗分三节，每节十二行。第一节描写白玉苦瓜饱满的外形，由玉器的雕琢成型想到苦瓜的生长成熟；第二节体会苦瓜的孕育，触摸到生命的脉动，联想民族文化所遭遇过的苦难；第三节又超越出来，赞叹苦瓜因玉雕而不朽，其实也是感悟人生因艺术而"脱苦"。

第一节开头两行，"似醒似睡，缓缓的柔光里/似悠悠醒自千年的大寐"，首先为白玉苦瓜的"出场"营造了一个梦境般的氛围。缓缓而柔和的光线下，苦瓜正悠悠醒来，一时还"似醒似睡"。这与其说是写白玉苦瓜在展览厅柔和光照下的优美"睡态"，不如说是表达诗人特异的感觉：白玉苦瓜是那样饱满、亮泽而温润，让人无比怜爱，以至产生幻觉，好像这不是玉雕，而是一个恬美融合的生物，是脱离了"涩苦"的苦瓜。"缓缓""悠悠"两个重叠词的运用，酝酿出舒缓、悠远的情调，很适合"初识"白玉苦瓜时那种梦幻般的感受。

"千年的大寐"一句融入了某种历史的尊严与沧桑，想象那璞玉长久淘洗雕琢的时空感大大拓展了。面对白玉苦瓜，有从远古走来的悠远的感觉，对苦瓜的直观印象也就渐次转为对其象征意蕴的追寻。从第三句开始，是对白玉苦瓜的细腻描摹。"日磨月磋"是指雕琢成器的苦心，玉器的成型有灵性的灌注，如同苦瓜生长成熟的历程。用词的质感不断焕发读者的体验，提醒我们这面前的玉器也有活脱的生命。如"乳浆"和"酪白"能让人想到苦瓜纯净温润的色泽，仿佛嗅到了清香；"缭绕""抚抱""膨胀""翘着"等，则凸现了苦瓜生长的动态。"吸"和"喂"这两个动词则更多地描摹了苦瓜孕育的过程。不过这都是"真""幻"交错，制造了幻觉般的阅读感觉。读者自然会反复琢磨：这是在说一块璞玉经过千年的淘洗被雕琢成器？是一只真实的苦瓜在生长中盼望从容的成熟？还是一个民族经过千年的沉睡等待饱满壮大？在这种"说不清"的混合的感觉中，我们遭遇了叠加其中的复合含义。诗人在考验着读者的想象力和理解力。再深入一步，发现这里其实又还有诗人的自况。诗人在感慨，他的艺术生命正是从源远流长的民族文化中获得充足的养分，就如那只清莹、圆腻的苦瓜一般饱满健康。我们能体会到诗人对民族文化的哺育充满感恩之情。

这些含义在诗的第二节都逐步得到印证。诗歌先写孩提时代不知珍惜的九州"舆图"（地图），接着转到"（母亲的）胸脯"，再到"肥沃（土地）"，这几层转喻，将白玉苦瓜的多层意蕴逐一展开了。诗中"母亲"用"恩液"哺育"婴孩"，以及"婴孩"对"母亲"的无比依恋，既是写"苦瓜"，也暗指民族文化以及诗人自己。

然而，诗人的情绪并未就此打住。在表现苦瓜的成长以及哺育之恩后，诗歌急转直下，转到写民族、国家的苦难与厄运。"皮靴踩过，马蹄踩过/重吨战车的履带踩过"，诗中重复使用三次"踩"这个仄声字，音律凝重铿锵，将那种民族的屈辱感凸现出来，"白玉苦瓜"的象征意义也由此得到深化：每一位读者在赞叹白玉苦瓜的美丽精巧时，都会想到我们民族所遭受过的苦难。

第三节写隔着玻璃看这白玉苦瓜，写苦瓜"在时光以外奇异的光中"成熟，成为一颗不腐的"仙果"，苦瓜成为玉雕也就获得了不朽的灵魂。那"奇异的光"是精神之光、文化之光。沐浴在这样的"光"中成长，就如同经过巧匠的手而灌注灵性，获得永恒。生命的苦瓜成了艺术的正果，这便是诗的意义。

诗中流动着静谧、理智的气息。苦瓜的"灵魂"流铸在白玉之中，转化为艺术，生命得到延伸。最后两行"咏生命曾经是瓜而苦/被永恒引渡，成果而甘"是全诗的点睛之笔。充满苦难的现实经过艺术的洗礼而化蛹为蝶，挣脱时间之手而成为永恒。至此，白玉苦瓜的象征含义就豁然开朗了：诗中描写的这件玉器象征生命的价值。瓜而曰苦，

正是充满苦难的现实人生的写照。《白玉苦瓜》所表达的情思是"传统"的,而采用的形式和手法却很"现代"。最引人入胜的,是诗歌中纵向的历史感,横向的地域感,以及纵横相交的现实感,是层层转换的"三度空间"。诗人相当灵活地融合了这"三度空间",展开对古中国悠久文明的吟咏,对民族国家母亲般千丝万缕的思念与感恩,以及关于生命现实经过艺术"脱苦"而达致的甘的体味。这一切让读者感到陌生而丰富,从而引发各自的想象与感慨。

洛　夫

石室之死亡(选四)

1

只偶然昂首向邻居的甬道,我便怔住
在清晨,那人以裸体去背叛死
任一条黑色交流咆哮横过他的脉管
我便怔住,我以目光扫过那座石壁
上面即凿成两道血槽

我的面容展开如一株树,树在火中成长
一切静止,唯眸子在眼睑后面移动
移向许多人都怕谈及的方向
而我确是那株被锯断的苦梨
在年轮上,你仍可听清楚风声、蝉声

2

凡是敲门的,铜杯仍应以昔日的炫耀
弟兄们俱将来到,俱将共饮我满额的急躁
他们的饥渴犹如室内一盆素花
当我微微启开双眼,便有金属声
丁当自壁间,坠落在客人们的餐盒上

其后就是一个下午的激辩,诸般不洁的显示
语言只是一堆未曾洗涤的衣裳
遂被伤害,他们如一群寻不到恒久居处的兽
设使树的侧影被阳光所劈开
其高度便予我以面临日暮时的冷肃

3

宛如树根之不依靠谁的旨意
而奋力托起满山的深沉
宛如野生草莓不讲究优生的婚媾
让子女们走过了沼泽
我乃在奴仆的苛责下完成了许多早晨

在岩石上种植葡萄的人啦,太阳俯首向你
当我的臂伸向内层,紧握跃动的根须
我就如此在意在你的血中溺死
为你果实的表皮,为你茎干的服饰
我卑微亦如死囚背上的号码

4

喜悦总像某一个人的名字
重量隐伏其间,在不可解知的边缘
谷物们在私婚的胎胚中制造危险
他们说:我那以舌头舐尝的姿态
足以使亚马逊河所有的红鱼如痴如魅

于是每种变化都可预测
都可找出一个名字被戏弄后的指痕
都有一些习俗如步声隐去
倘若你只想笑而笑得并不单纯
我便把所有的歌曲杀死,连喜悦在内

[导读]

洛夫(1928—2018),原名莫洛夫,1928年生于湖南衡阳,1949年离乡去台湾,1996年移居加拿大。他潜心现代诗歌的创作,写诗、译诗40多年,对台湾现代诗的发展产生了重要的影响,目前已出版诗集31部,散文集6部,诗论集5部。1999年,洛夫的诗集《魔歌》被评选为台湾文学经典之一,2001年洛夫又凭借长诗《漂木》获得诺贝尔文学奖提名。

洛夫早年为超现实主义诗人,表现手法近乎魔幻,曾被诗坛誉为"诗魔"。台湾出版的《中国当代十大诗人选集》如此评价:"从明朗到艰涩,又从艰涩返回明朗,洛夫在自我否定与肯定的追求中,表现出惊人的韧性,他对语言的锤炼,意象的营造,以及从现实中发掘超现实的诗情,乃得以奠定其独特的风格,其世界之广阔、思想之深致、表现手法之繁复多变,可能无出其右者。"吴三连文艺奖的评语对他更为肯定:"自《魔歌》以后,风格渐渐转变,由繁复趋于简洁,由激动趋于静观,师承古典而落实生活,

成熟之艺术已臻虚实相生,动静皆宜之境地。他的诗直探万物之本质,穷究生命之意义,且对中国文字锤炼有功。"

洛夫自1958年写作《我的兽》便开始进入"现代诗"的创作时期。之后,用了将近5年的时间,洛夫完成了总共有64节、600多行的长诗《石室之死亡》,成为台湾诗坛最具争议的作品。《石室之死亡》是一篇共分六十四节,每节十行的长诗。就结构的庞大、气势的恢宏与主题的严肃而言,它都可以算是一部突出的作品;而其意象的复杂与摄人,在中国现代诗坛上更是独树一帜。唯其诗质密度过大,内容时而晦涩,也颇遭人非议。

这是一首非常特别的诗,读者如果没有特别的心理准备,必定会被它众多摄人的意象所震慑,感觉自己走进了一个死气弥漫的世界,到处是凌迟的战栗、怪异的迷惑,充满了死亡加之于人的恐惧感。

这里节选的是长诗的第一章。清晨,本应是生命力勃发的时刻,却有人以裸露之体面对死亡的狰狞而无可奈何,只能任死如一道黑色的支流,咆哮着横过他的脉管。凿在石壁上的两道血槽,愈发血淋淋的触目惊心。甬道、裸体、黑色支流、石壁、血槽,都是直觉的、感性的意象,超越了真实世界的逻辑与推理。第二节的主要意象是:"而我确是那株被锯断的苦梨/在年轮上,你仍可听清楚风声、蝉声"。我国台湾学者叶维廉认为,这个意向所发射出来的不只是个人的,而且也是社会的、民族的、文化的"切断""创伤","生命(文化)无以延续的威胁"和"历史的记忆和伤痕不断"的回响。总之,在这首长诗中,诗人以阴暗幽冷的石室作为束缚人生、禁锢生命的社会环境的象征,凸现在这恶劣环境中人的痛苦挣扎,发出祈求救赎的呼声。全诗充满了痛楚、焦躁不安和濒临疯狂的恐惧,以及原始的狂暴、激烈、扭曲的情绪。

郑愁予

错　误

我打江南走过
那等在季节里的容颜如莲花的开落

东风不来,三月的柳絮不飞
你的心如小小寂寞的城
恰若青石的街道向晚
跫音不响,三月的春帷不揭
你的心是小小的窗扉紧掩

我达达的马蹄是美丽的错误
我不是归人,是个过客……

1954年

[导读]

郑愁予（1933— ），本名郑文韬，祖籍河北，生于山东济南。童年时就跟随当军人的父亲走遍大江南北、长城内外。抗战期间随母亲四处避难，途中由母亲教读古诗词。15岁开始创作新诗，1949年随父抵台。1951年发表了他比较成熟的《边塞组曲》。20世纪50年代初期已成为引人注目的诗人。1963年成为现代诗社中的主要成员。著有诗集《梦土上》《衣钵》《燕人行》等。

郑愁予曾被诗人兼诗评家杨牧称为"中国的中国诗人"，这是对他诗歌艺术个性的很好概括。他是台湾现代派的主力干将之一，但他的诗却流露出浓浓的古典意境。他的诗中流动着两种主要的气质，一种是豪放、豁达的浪漫情怀，另一种是委婉细腻的缜密思绪，而这两种气质都跟中国古代的名诗人如李白、李商隐等人十分相似。但郑愁予的诗又绝对是现代的，他只是以现代派的表现技巧来传达自己的古典意识。他的诗中经常出现大海、山川、雾、风、雨等意象，并利用这些意象交织成时空之网，而他自己就在这网中纠缠。他的代表作《错误》已经成为中国现代抒情诗中最美的收获之一，诗人甚至由此被看作是"美丽的浪子"歌者。

这首诗设置了一组"我"之行走（"走过""马蹄"）和"你"之等待的关系，加之其浓郁的中国传统诗歌的意境，因此，往往被"错误"地读作"思妇盼归人"，似乎它是一首借镜中国古典诗歌"闺怨"题材的作品。事实上，无论就诗的结构和组织，还是作者的追述而言，均有必要审慎地判断这首诗的旨意。

诗人在不同的场合都追述了《错误》的写作动因，他强调这首诗写的是纷乱的战争年代里母亲对儿子的等待。其实联系郑愁予儿时的经历也可以明了在战争年代，母亲对远赴前线的儿子的等待在那些年头有多么普遍。郑愁予说："这首诗来自我童年时的一些记忆，我小时候，四岁至十二岁，也就是1937到1945年间，父亲是个军人，上前线抗战去了。我跟着母亲在内地各个地方东奔西走地逃避战乱。有一次，母亲拉着我的手走过一个小镇。在铺满青石的路上，我一面走一面踢着石子。那是抗战初期，母亲牵着儿子的手赶路是标准的难民形象。我在低头找石子的时候，忽然背后传来轰轰的声响，回头看时，只见马匹拉着炮车疾奔而来，母亲忙将我拉到路旁，战马与炮车一辆一辆擦身而过。这个情景给我的印象特别深。……母亲的等待是这首诗也是这个大时代最重要的主题。事实上，战争一起，男子上前线，后方担心等待的人中很多正是母亲。以往很少有人往这一境界去做些探索。"值得注意的是，诗人对于从古至今表现对远方征人的挂念、等待的诗隐含了一种批评："传统闺怨诗绝大多数实际上是由男子模拟女子的心态写出来的，现代诗人则应以男性位置来处理。"

诚如我们看到的，这首诗的"说话者""我"是一名男性，就此而言，它迥异于中国古典诗歌中"我"是一名女性（无论这女性的"我"是否为男诗人所虚拟），为此，我们可以说，这样一名在许多诗中均吸纳转换中国古典诗歌意境的诗人是非常"现代"的——一方面，意境是古典的；另一方面，表达挂念、等待的视角是反中国古典诗歌而行的，这颇有意味的两极的处置无疑增添了郑愁予的诗的张力。

从诗的结构来看，这首诗在诗思的组织上颇见匠心。表面上，它是平铺直叙地从一个场景展开——"我打江南走过"，而后表现作为等待者的"你"在音讯全无的状况下的心境,如"寂寞的城""窗扉紧掩",最后又回到"我"的表达。不过,这种表面的平铺直叙下有着独特的诗歌结构的考虑。全诗三节,诗节和诗行均是不规则的,也没有押韵,可以说,在形式上和中国古典诗歌的距离很远。但在更内在的结构上,它和中国古典诗歌讲究曲折喻写又是相似的。第一节,"我"的行动(走过和观感)被误以为是被等待者的出现,但并没有在第二节写"你"作为一个等待者看到自以为的归人时情绪的变化,如欣喜,而是倒回到未见到归人之前的心境,那种孤寂和煎熬是在四个否定句之下得到强调的,"东风不来""三月的柳絮不飞""跫音不响""三月的春帷不揭",并且,这种整饬的排比和这首诗自由的形式形成了鲜明的对照。

这样一种背离通常期待的逆转并没有就此打住,而是进一步转向了诗思的深化,这种深化体现在最后一节。值得注意的是,最后一节是由判断句式开始的,"我达达的马蹄是美丽的错误",在这里,"马蹄"和第一节的"我打江南走过"相呼应,如果说这体现了诗思内在的平衡,那么,其判断句的句式则强化了第二节的孤寂和煎熬,并且在全诗最后一句使用倒转进一步强化——"我不是归人,是个过客",这种结构方式在情感效果上比正常语句的"我是个过客,不是归人"得到了深化。

此外,像诗中"美丽的错误"值得留意。"美丽的错误"这一矛盾性的诗语,是全诗的"眼",使人对"你"的怀人心理深深同情,又保持了全篇婉约之美的色彩。这节诗有浓厚的失落感,但这种失落感是与希望相混在一起的,因而给人以美丽的惆怅,读后让人久久回味。这一节点明了诗题和全诗的抒情视角,同时显示了郑愁予的诗歌与20世纪二三十年代新诗的渊源。何其芳作于30年代的《花环》一诗,末句是"你有更美丽的天亡",郑愁予的名句"我达达的马蹄是美丽的错误"这一矛盾诗语,想必是从何其芳的诗脱胎而来。

郑愁予的诗素以婉约见长,他的不少诗更可以说清新婉约,绮思无穷,这一首诗便是这样。此诗以江南的小城为中心意象,写孤寂、煎熬的"你"盼望归人的执着与深沉,意境优美而深婉,显示的正是婉约之美的美学特色。

马 朗

北角之夜

最后一列的电车落寞地驶过后
远远交叉路口的小红灯熄了
但是一絮一絮濡湿了的凝固的霓虹
沾染了眼和眼之间朦胧的视觉

于是陷入一种紫水晶里的沉醉
仿佛满街飘荡着薄荷酒的溪流
而春野上一群小银驹似地
散开了,零落急遽的舞娘们的纤足
登登声踏破了那边卷舌的夜歌

玄色在灯影里慢慢成熟
每到这里就像由咖啡座出来醺然徜徉

也一直像有她又斜垂下遮风的伞
素莲似的手上传来的余温

永远是一切年轻时的梦重归的角落
也永远是追星逐月的春夜
所以疲倦却又往复流连
已经万籁俱寂了
营营地是谁在说着连绵的话呀

（选自《焚琴的浪子》，1982，香港）

[导读]

马朗（1933— ），原名马博良，原籍广东中山。12岁时崛起于文坛，有神童之誉。20世纪50年代初来港。1956年创办和主编了标榜现代主义文学的《文艺新潮》杂志，倡导现代主义思潮，影响港台各地。60年代到美国，入乔治城大学深造，开始其外交官生涯。著作有诗集《美洲三十弦——马博良诗集》和《焚琴的浪子》等。

马朗致力于创作"超现实技巧和现实主义的结晶品"，追求朦胧、多义、不稳定的现代主义手法，这种创作手法与他多以都市为诗歌题材的取向相结合，使他的诗歌呈现出一种别具一格的特色。《焚琴的浪子》是作者早期作品集成的诗集。

《北角之夜》写的是香港某街区——北角的深夜景致。显然，这是一首都市题材诗，诗里有大量纷繁的都市意象。诗分四节，第一节头两行先交代了时间，最后一列的电车驶过，远处的交通灯也熄了，夜也至深。后两行则写了泪眼中看到的景致，濡湿的霓虹，朦胧的视觉，可以判断，诗人显然在写一个人在这深夜正漫步在北角街头，看着这街景，不禁掉下了眼泪。他为什么要流泪？诗的第二节并没有给我们提供答案，而是继续写这个人在北角漫步的感受，那是一种陷入在紫水晶里的沉醉感。诗人精心挑选了一些都市的意象，比较鲜明地给我们传达出这种都市的"沉醉感"，满街飘荡着薄荷酒，舞娘们的高跟鞋发出零落急遽的登登声，诗行里弥漫着都市的气息。诗转入第三节，我们开始明白了诗人所要表达的主旨，从"每到这里"和"一直像有她又斜垂下遮风的伞"及"素莲似的手上传来余温"这些朦胧和美丽的句子中，可以大致看出，一定是抒情主人公在这里曾经遇到过自己的心上人，或者是曾经带心上人来过此地，而如今当主人公一人再来到这里时，记忆的闸门不禁打开了……诗的最后一节给我们更明确地证实了这一切，"永远是一切年轻时的梦"暗示主人公现在已不再年轻，也许人到中年或老年，当他在此时重回北角故地，一样的角落，一样的夜晚，一样的风景，一样的都市气息，可是却物是人非，因而我们可以理解为何他会到此便会沉醉，会泪眼蒙眬，会不知疲倦却又往复流连此处，因为即使在夜深人静、万籁无声之际，在回忆中似乎也听不到心上人曾经说过的情话。

《北角之夜》是一首都市诗,诗人采用了大量都市景物作为诗歌意象,其中弥漫着浓浓的灯红酒绿、溢彩流金的气息,难得的是在这都市味后面,诗人仍然写出了令人心动的人类普遍存在的珍贵情感。

也 斯

寒夜·电车厂

灯光　嵌在　寒冷的黑暗中
最高的一盏
　　　　　是月亮
高楼的峡谷外
车辆奔湍的流水
经过嶙峋的岩石
　　　　　又激起点点水花
灯光
　　嵌在寒冷的黑暗中
汹涌的奔湍的流水
冷得发抖还在歌唱的马达
　　　　　　转进峡谷
一辆孤独的电车
　　　　　　转进电车厂
在转角处擦出一闪青色的光芒
然后又消失了
　　　　　一辆孤独的电车
暗绿色的身体里透着微光
像一个千眼的灯笼
　　　　　　在路轨上缓缓滑行
像一个灯笼　在水上漂流
　　　　　　然后凝止
　　　　　成为一块石
暗绿色的身体里透着微光
　　　　　　在路轨上
一辆又一辆的电车
从灯光灿烂处驶进来
　　　　　凝定
在布满小食档的横街
和潮湿昏暗的小巷旁边
　　　　　我们的电车驶进来

司机懒洋洋地跨过轨道下的小坑
深陷的寒冷
　　　　　隔一条街道外
苍白的街灯
　　　　一盏一盏
电车厂的后门外
犹有风驰的汽车驶上天桥
　　　　　　　远去
灯光嵌在寒冷的黑暗中
偶然
　　　掉下
　　　　　一盏
恐怕是碎成流水
于是又多一盏黑暗
寒冷
　　使霓虹灯张嘴时
吐出一团雾气
隐没了唇的肌肤
　　　　　在不远的地方
又一辆孤独的电车
　　　　　转过弯角
擦出一闪青色的光芒

1974 年 2 月
（选自《雷声与蝉鸣》）

[导读]

也斯（1948—2013），原名梁秉钧，广东新会人。也斯在诗歌、散文、文学评论、文化研究等方面均有优良成绩。散文集有《灰鸽早晨的话》《神话午餐》《山水人物》，小说集有《养龙人师门》《剪纸》等。1978 年夏赴美圣地亚哥加州大学攻读比较文学，研究中国新诗与西方现代主义的理论与创作，1984 年获比较文学博士学位。现为香港大学英文及比较文学系、岭南大学比较文学讲座教授，人文及社会科学研究所所长。诗集有《雷声与蝉鸣》。诗作曾被译成多种语言。曾获大拇指诗奖、第四届中文文学诗双年奖。1998 年任驻柏林作家。2006 年春以霍尔布莱德学人身份访问哈佛大学。《布拉格的明信片》曾获第一届中文文学小说双年奖。

《寒夜·电车厂》诗一开始出现的是大自然的意象——月亮，而此意象是与城市的嵌在寒冷的黑暗中的灯光意象相映衬而出现的。第四与第五行用暗喻，写两旁高楼林立的街道中的车流，"嶙峋的岩石"是比喻那伸出楼层之外的帐篷。第七行用通感修辞手法，既然车辆可以如水流奔淌，激起水花就顺理成章的了。第八至十行重复了前面灯光

与车流的意象之后,诗歌的主人公电车出现了,并以其行动、其光芒贯彻到诗的末尾。

在描写电车的整个过程中,作者一直以映衬的手法来显示生命与光明的存在与不息。寒夜,冷得发抖,但孤独的电车马达还在歌唱,转进峡谷行进,而且还在黑暗的转角处闪出耀眼的青色光芒,给黑夜带来生机。作者用"暗绿色的身体里透着微光,/像一个千眼的灯笼/在路轨上缓缓滑行"来形容其透亮。一辆电车停下,像一块凝止的石头,但从整体而言它并没有停止:"一辆又一辆"从"灯光灿烂处驶进来",从"小巷旁边"驶过来,这里暗示着生命的永恒流动。"我们的电车驶进来"道出了人与电车的亲密关系。虽然"深陷的寒冷",但"风驰的汽车驶上天桥/远去",说明天气不论多么寒冷,都不能阻止生命的奔腾。全诗结束前倒数第五、六、七行写霓虹灯,使用了拟人的修辞手法,仿佛人对着玻璃呵气,玻璃起了一层雾,具体写出天气的寒冷,而电车并不畏惧,依旧在孤独地行走,并擦出一闪青色的光芒,给寒夜带来光。即使是一刹那的,也蕴含着希望以及生命的顽强与生生不息,表现了诗人积极的人生态度。

诗行参差,高低不一,是这首诗的一大特色。作者在句子的断与连方面颇为用心,目的是想利用它来表现电车的移动和停顿的节奏。例如"一辆又一辆的电车/从灯光灿烂处驶进来/凝定",就是如此。有时是为感情流动的需要,如同样写"灯光嵌在寒冷的黑暗中",诗中断成"灯光　嵌在　寒冷的黑暗中",以及"灯光/嵌在寒冷的黑暗中"两种,或断或连,或需突出某个字眼,或将某些字眼混入行间,皆随感情需要而定。这些都不仅仅是形式问题,都必须细细咀嚼才能品出味道来。

苇　鸣

蠔境意象十首(节选)

二　之间——献给所有会讲话的人

嘴巴与嘴巴之间
是空气
也是监狱

上唇与下唇之间
有裂痕
也有血痕

上颚与下颚之间
是舌头
也是蛇头

咽喉与咽喉之间
有声带

也有利剑

还有牙齿与牙齿之间是互相依赖也是互相排挤有死亡也有生命

1986年4月28日

[导读]

苇鸣（1958— ），本名郑炜明，祖籍浙江宁波，1958年12月出生于上海，1984年毕业于澳门东亚大学中文系，获一级荣誉文学士，1987年获文学硕士学位。曾获香港中文文学奖诗组优异奖（1988），陕西省建材杯全国新诗大赛特别荣誉奖（1991），台湾《创世纪》诗杂志四十周年诗创作奖（1994）。著有诗集《双子叶》（合集）、《黑色的沙与等待》《无心眼集》《传说》等。

《蠔境意象十首》之《二 之间——献给所有会讲话的人》是《无心眼集》中的一节（苇鸣诗歌有着广阔的关怀面，从他的《无心眼集》里每辑的标题亦可窥见一斑。这部诗集包括五辑，分别是"澳门眼""香港眼""天下眼""时代眼"和"另眼"）。在《蠔境意象十首》这一节诗中，诗人直接在标题中指向了"所有会讲话的人"，写的是诗人对世间险恶、人情淡薄的感叹。苇鸣的诗总是充满了悲剧意识，用一种陌生化的方式将一种存在的荒谬表达出来，诗人对现代社会的种种现状，种种"生态"，作了延伸的文化批评与文明批评。在这首诗中，诗人将人类存在的矛盾状态"依赖"和"排挤""生命"和"死亡"具体化到说话中，结合人体的说话器官书写得十分深刻。人人会说，却不是人人"会讲话"，在俚语和世俗的先验中，"会讲话的人"已经成了长袖善舞、左右逢源，甚至能颠倒黑白者的代名词。诗人将生理功能与情感抒发结合起来，从"嘴巴""唇""颚"与"咽喉"四个部位入手，将这种"说话"的功能赋予各个细节的器官，从中又衍生出了对于整体的批判。人的嘴巴最主要的功能就是说话，而言语的目的在于表达，"嘴巴与嘴巴之间／是空气／也是监狱"。诗人描述了说话的物质形态，同时也描述了它的精神形态——人总是生活在各种话语当中，不能自拔；同时话语的表达常常会出现主体和客体的分裂，因此，"上唇与下唇之间／有裂痕／也有血痕"。我们也可以将这种"裂痕"与"血痕"理解成因为言说而起的冲突。接着诗人又赋予人身上两个柔弱的部位"舌头"和"声带"以武力，用"蛇头"和"利剑"来形容它们，从而进一步揭示出人的荒谬。诗就是这样在层层的对比中不断深化，把诗人对现实和人性的洞察表达出来。

正如苇鸣的不少诗作一样，本诗有意识地以硬、涩、奇、拙的形态出现在读者面前，而根本放弃了对完善的结构、优雅的韵律、乐感的词句的经营。其目的在于更有力地撕破世间的一切虚伪，以诗抵达存在的真相，并由此寻求超越的可能。

陶　里

过澳门历史档案馆

我背手走过
澳门的历史档案馆门外
中国的古代滚滚而来
穿黑衣的老祖母坐上
爱新觉罗的轿子远去
回归原始　而燧人氏
正在苦苦寻找一点火

来自大西洋的海风
吹醒这一城文明
在它的历史档案里
有我族人的名字　光没有
我的卷宗　因为
我惯于长夜煮鹤焚琴
从未留下
我的名字于萍踪所过的城镇

其实　自从林则徐被鸦片烟
熏黑之后　我的先人便远适
金山
老祖母把柔肠挂在
荆林里怀念他乡游子
而浪子被卖猪仔的名字
又记于
什么历史档案？

历史　永远的单程路　两边是
浮尸的江水
有太多的典故为它
诠释
每当我用古典的眼睛看雨
朦胧里有独夫
从金銮殿推历史出午门
斩首

历史的宿疾迸发于
我的现代血液
须要注下大量爱因斯坦的抗生素
升旗顽抗的城堡
终归是卢沟桥战役
我远走
焚烧的印度支那热带森林
感染盛暑难治的瘴疠

我归来于寂寞岁月
有固体支持我的脊椎作起
傲慢的线条
风追随我的跫音
我听到呻吟
自远古　自现代

[导读]

陶里（1937— ），原名危亦健，广东花都人。曾任越南西贡某中学校长室秘书；1957年到柬埔寨、老挝任华文中学教师及经商；1976年回香港，任职于贸易公司；1978年到澳门，任职中学行政至今。现任澳门笔会（相当于作家协会）理事长、文艺杂志《澳门笔汇》主编、五月诗社社长、国际华文诗人笔会理事。著作有散文集《静寂的延续》《莲峰撷翠》，小说集《春风误》《百慕她的诱惑》，文艺评论集《逆声击节集》《从作品谈澳门作家》，诗集《紫风书》《蹒跚》《冬夜的预言》，并选编《澳门短篇小说选》。1995年5月，受邀出席在葡萄牙科英布拉大学举行的国际诗人第二届会议，并且朗诵了自己的作品。

在陶里20世纪80年代的部分诗歌创作中，读者可以感受到一份厚重的历史感。陶里不再仅仅满足于对人生境况的喟叹和现实生活的评析，他的艺术触角自觉地向纵横延伸，从东方和西方的诗歌艺术中汲取营养。一方面，他是一位地道的中国诗人，他的身上承传着中华历史文化的因子；另一方面，从70年代后期开始，他又广泛地借鉴西方现代诗歌的各种艺术手法，曾被视为澳门著名的现代派诗人。可以说，"陶里把现代诗成熟的精神气质和技艺创造性地融入中国传统风格，从而造出了一种新型的中国现代诗"。传统和现代的奇妙缝合，正是陶里诗歌创作最为可贵之处。

创作于1982年的《过澳门历史档案馆》，无疑是一首极具现代派气息的新诗。诗中的意象有着大跨度的跳跃，语言有明显的无序性和无理性，但"现代"只是艺术范式而非思想范式，诗中的思想并非抽象的哲学思辨而是以具体可感的历史作为依凭。《过澳门历史档案馆》记下了诗人对历史的回顾与反思，诗中有着对传统文化与现代文明之间冲突的思考。诗人在走过澳门历史档案馆时，以一个敏感的中国人的心灵，感觉到"中国的古代滚滚而来"。"穿黑衣的老祖母""爱新觉罗的轿子"是诗人面对历史档案馆时

心中沉重的历史意象。它们引导读者穿越时空，进入历史之旅。随着它们的"远去"，诗人的思绪被引往杳渺的远古。在那里，"燧人氏正在苦苦寻找一点火"。火是人类文明的象征，燧人氏的火种是中华文明的源头，它流过漫漫岁月而发展为泱泱华夏文明。诗人注目于这"一点火"便是注目于中华几千年的文化发展史，在这种关注中有着诗人对母族文化的无比自豪和无限眷恋。

随着时代的发展，传统文化受到了西方现代文明的冲击，"来自大西洋的海风／吹醒这一城文明"。16世纪中叶，葡萄牙人占据澳门，使澳门由一个默默无闻的小渔村，一跃而成为东西方交通和贸易的世界性大港，一时间商贾云集，空前繁荣。在"大西洋海风"的吹动下，澳门开始了新的文明发展史，中华文化与西方文明相互碰撞、融合，组成了一个杂糅中西的都市文化景观。植根于中华文化的陶里面对这个陌生的城市，无法完全融入其中，因而产生了一种漂泊感："在它的历史档案里／有我族人的名字 光没有／我的卷宗 因为／我惯于长夜煮鹤焚琴／从未留下／我的名字于萍踪所过的城镇"。"鹤"与"琴"是中国传统文化的象征，陶里虽然侨居印度支那半岛数十年，却始终未曾割断与母族文化的联系。从1958年开始，他便执着地从事中文新诗创作，"煮鹤焚琴"。我们从他的诗集中可以看到他对中华文化的执着寻根。

有人称澳门是中西文化交流的桥梁，然而只有充分认识了"什么是帝国主义"，我们才能充分了解这种文化交流蕴含着什么样的意义。满怀爱国激情的诗人面对澳门的历史浮想联翩，对中华民族近代的屈辱史深感痛心。林则徐领导的禁烟运动失败后，鸦片的青烟熏黑了中国的土地，中国进入了屈辱的时代，曾经创造灿烂文明的中华儿女被蔑称为"猪仔"，被贩卖到大洋的彼岸，在艰苦的劳动中丧生。故乡的亲人翘首企盼，为亲人的一去不返而柔肠寸断。东方的累累白骨之上建筑了西方文明的大厦。历史档案记录了文明发展的历史，然而，什么档案记录了这些牺牲者？这是历史之外的历史，它记载于受屈辱民族的心中。

面对历史，诗人的心情是沉重的，"历史 永远的单程路 两边是／浮尸的江水"。历史已滑过，屈辱已不可能改写，诗人回顾历史的长河，看到的是族人的尸体、国家的灾难，沉重的故事使人不忍卒读。诗人以现代人的眼光反观历史，是什么造成了这样一种灾难？朦胧中，他看到封建统治者对内压制、对外封闭，一味躲进"城堡"里，使中国的发展受到了阻遏，是那些专制的"独夫"们"杀死"了中国辉煌的历史！

"历史的宿疾迸发于／我的现代血液"，在"独夫"的专制下，中国国势日衰。终于，传统的社会已无力抵御现代文明的侵袭，数百年的宿疾迸发为民族的灾难，要医治这种"宿疾"，我们只能以现代文明为药，"注下大量爱因斯坦的抗生素"。现代社会是开放的社会、交流的社会，封闭的城堡已失去其效用，苦守城堡虽有一腔热情却于事无补，终归沦于失败。"我远走／焚烧的印度支那热带森林／感染盛暑难治的瘴疠"，这是诗人个人的生活历程，它代表着一种苦难。陶里旅居印度支那半岛数十年，足迹遍及越南、柬埔寨、老挝、泰国。已经有太多的故事让我们知道祖国的贫弱给华侨带来的苦难，陶里的个人苦难是众多华侨的共同感受，也是民族苦难的一个缩影。

多年异乡漂泊之后，陶里回到了港澳。曾经的浪迹天涯使他有一种难以排遣的孤独，但只要重新踏上祖国的大地，重入华人社会，他便"有固体支持我的脊椎作起／傲慢的线条"。诗人在澳门历史档案馆前走过，追溯远古，审视现在，在历史与现实的遇合中抒发心中的怅惘，在风中听到"自远古　自现代"的呻吟。

《过澳门历史档案馆》不仅在意象选择上和意义含蕴上给人以历史纵深感，在诗人的深层创作心理动因上也有着一定的历史积淀。强烈的忧患意识是中国知识分子的传统。它是在历史中形成的，由文人的"以天下为己任"的责任心承载下来，并由于中国近代的屈辱史得到强化。中国传统知识分子在基于这种忧患意识"释愤抒怀"时常常溯流而上，在丰富的历史中寻找情感的支点。我们审视陶里的诗歌便可发现，诗人在思想内质及思维方式上深受这些传统的影响。

第三节　诗歌写作

一、古诗写作

古诗按诗体可以分为古体诗和近体诗。古体诗只注重押韵，而且还可以换韵，每句的字数也较为自由，同时在平仄、对仗等方面也没有严格的要求。近体诗则不同，在押韵、对仗和平仄方面都有严格的要求，也就是说要符合诗律的要求，因此，我们把古诗的写作确定在近体诗这一范畴内。由于近体诗又可分为绝句、律诗和长律三种，我们又把重点放在绝句和律诗的创作上。

绝句是近体诗中最简单的一种形式，它只有四句。按每句字数的多少，又分为五言绝句和七言绝句。由于绝句只有四句，相当于截取律诗的一半。其创作方法大体与律诗一致，不同之处有二：第一，律诗一般押平声韵，押仄声韵的较少；但绝句押仄声韵较多，尤其是五绝。如刘长卿的《送方外上人》："孤云将野鹤，岂向人间住？莫买沃洲山，时人已知处。"柳宗元的《江雪》："千山鸟飞绝，万径人踪灭。孤舟蓑笠翁，独钓寒江雪。"第二，律诗的颔联和颈联要对仗，绝句只有四句，没有四联的叫法，一般是三、四句要对仗。当然，由于其只有四句，不少的绝句四句的两联都对仗。冯振先生《诗词作法举隅》一书中有《七言绝句作法举隅》，共列了56条七言绝句的做法，涉及句式的使用和套路问题，极为详当和精深。笔者认为，这是对古人作诗模式或套路的一种总结与概括，是诗歌创作的进阶行为。作为初学者，可以参考，但不一定要受到这些法式的约束。

那么，如何创作律诗呢？除了要认真掌握律诗的格律要求，具体来说，就是要认真掌握律诗在平仄、押韵和对仗上的格式特点外，还要能举一反三地应用到古诗的创作中。下面，就创作律诗的一些知识或要求稍作一些补充。

（一）格律诗歌诀

关于近体诗的要点，有人把它概括成下面这首歌诀。如果把这首歌诀看懂了并熟读到能够背诵，那将对格律诗的写作与欣赏都有很大的好处（黄润苏《古典诗词教学与写作》）：

格律诗，有规定，主要内容要记清。四句为绝八为律，更长就叫排律名。
首句入韵可自由，双句末尾定押韵。中间各联要对仗，词类力求对工整。
讲平仄，不含混，不讲平仄不好听。一联平仄要对立，一句平仄交替行。
出句对句定要粘，各句不能犯孤平。规矩严，不要怕，功夫一到自然成。
新旧诗歌都学习，优秀传统要继承。一切形式为我用，唱出时代新精神。

本诗中所提到的平仄、押韵和对仗，都可以参酌上文所提到的近体诗的特点，这里不再赘述。

（二）古今平仄的异同

普通话的声调分为阴平、阳平、上声和去声四调。按照普通话的四调，阴平、阳平为平声，上声、去声为仄声。古代汉语的语音四声则为平、上、去、入四调，与普通话有所不同。对于律诗来说，古代四个声调中，除平声仍为平声外，上、去、入三个声调都是仄声。由于有古代入声派入平、上、去三声的语音演变的事实，即通常所说的"入派三声"，导致普通话读平声（包括阴平和阳平）的一些字在古诗中是仄声（即古代入声字），如果这一部分字的平仄较为特殊，没有处理好就会影响律诗平仄的规律。因此，认识古代入声字是解决好律诗创作中平仄是否符合要求的一个关键因素。

那么，如何认识古代入声字呢？凡是古代的入声字，在律诗中都是仄声字。这一部分字读为阴平、阳平的，其实不是很多，如：卒、学、核、直、阁、洛、阁、略、络、落、拍、薄、忽、积、出、黑、七、匹、旧、刷、刮、国、合、盒、得、侧、郭、压、菊、急、竹、德、觉、决、福、复、洁、足。此外，通过现代汉语的语音可以记忆一些入声字，如：

（1）声母为 b、d、g、j、zh、z 而声调为阳平的字，在古代都是入声字，如白、别、得、革、国、节、角、逐、职、杂、则等；

（2）声母为 d、t、n、l、z、c、s 而韵母为 e 的字，在古代都是入声字，如德、特、讷、乐、泽、策、塞等；

（3）声母为 k、zh、ch、sh、r 而韵母为 uo 的字，在古代都是入声字，如括、桌、戳、硕、若等；

（4）声母为 b、d、t、n、l、p、m 而韵母为 ie 的字，在古代都是入声字（"爹"字除外），如憋、撇、灭、迭、铁、聂、列等；

（5）韵母为 ue 的字都是入声字（"瘸、靴"除外），如疟、掠、绝、缺、雪、月等；

（6）fa 音节的字在古代都是入声字，如发、伐、法等。

另外，从以下四点可以排除入声字：

（7）有鼻音韵尾 n 和 ng 的字不是入声字；

（8）读 zi、ci、si 三个音节的字不是入声字；

（9）读 uei 音节的字不是入声字；

（10）声母为 m、n、l、r 而读阴平、阳平或上声的字不是入声字。（邹晓丽《传统音韵学实用教程》）

（三）常见三种拗救及格式

（1）b型句的拗救：

五律的第三字拗，第四字救，即：平平平仄仄——平平仄平仄。如：

李白《赠孟浩然》首联颔联：

  吾爱孟夫子，风流天下闻。红颜弃轩冕，白首卧松云。

  押入声韵：

  仄仄仄平平，平平平仄仄。平平仄平仄，仄仄仄平仄。

杜甫《天末怀李白》首联颔联：

  凉风起天末，君子意如何？鸿雁几时到？江湖秋水多。

  平平仄平仄，仄仄仄平平？仄仄仄平仄？平平平仄平。

七律的第五字拗，第六字救，即：仄仄平平平仄仄——仄仄平平仄平仄。

杜甫《咏怀古迹五首》之四首联：

  蜀主窥吴幸三峡，崩年亦在永安宫。

之五颈联：

  伯仲之间见伊吕，指挥若定失萧曹。

b型句的拗救一般是本句自救，一般有拗必救，且五言第一字、七言第三字必须是平声。

（2）B型句的拗救：

五律的第一字拗，第三字救，以免犯孤平，即：平平仄仄平——仄平平仄平。如李商隐《蝉》颈联：

  薄宦梗犹泛，故园芜欲平。（"梗"为a型句的拗，"故"是B型句的拗，"芜"字两救。）

七律的第三字拗，第五字救，以免犯孤平，即：仄仄平平仄仄平——仄仄仄平平仄平。如苏轼《新城道中》颈联：

  野桃含笑竹篱短，溪柳自摇沙水清。（"竹""自"都拗，"沙"字两救。）

B型句的拗，是必须补救的，补救的方法一般是本句自救。

（3）a型句的拗救：

五律的第三字用了仄声，对句的第三字改用平声补救。即：

仄仄平平仄，平平仄仄平——仄仄仄平仄，平平平仄平

李白《赠孟浩然》首联颔联：

吾爱孟夫子，风流天下闻。红颜弃轩冕，白首卧松云。

李商隐《蝉》颈联：

薄宦梗犹泛，故园芜欲平。（"梗"为a型句的拗，"故"是B型句的拗，"芜"字两救。）

七律的第五字用了仄声，对句第五字改用平声来补救。即：

平平仄仄平平仄，仄仄平平仄仄平——平平仄仄仄平仄，仄仄平平平仄平

苏轼《新城道中》颈联：

野桃含笑竹篱短，溪柳自摇沙水清。（沙字两救）

a 型句的拗救，一般可救可不救；但如果这种句型五律的第四字或七律的第六字用了仄声（有时是三四或五六都用了仄声），那就必须在对句相救。

（四）注意表现手法

诗歌的表现手法是多种多样的，也是表现诗歌思想内容和艺术特色的重要因素。一般情况下，表现手法可以从语言艺术、修辞手法和意境的营造（有些可能是意象的经营）等方面去努力。下面就从这三个方面分别作简要的介绍（黄润苏《古典诗词教学与写作》。下文只标注页码的，均引自本书）。

在语言艺术上，诗歌语言要求精炼。这就要求作者在"遣词造句"上下功夫。这一方面是由于篇幅的限制，更重要的是由于要体现诗歌特有的一种"味道"。具体来说，要注意下面三个问题：

第一，诗歌基本上不用或少用虚字、介词，并常将动词谓语成分省略，而又能够使读者对诗句的完整意义一目了然。第二，语法上允许词序的变化，例如常用所谓的"倒装句"。如杜甫的《秋兴八首》第八首的颔联："香稻啄余鹦鹉粒，碧梧栖老凤凰枝"，如果改为正常的词序应该是"鹦鹉啄余香稻粒，凤凰栖老碧梧枝"。这样，"便成为叙述鹦鹉与凤凰啄稻栖梧之动作，重点迥异，意境全非。真'直而率矣'！故香稻句以意为主，既非随意乱倒，更不能误解为疏忽或矫揉"（贺镇雄语）。倒装是诗人常用的一种表达方式，倒装一般可以起到强调、音律和谐和意境不同等作用。诗人使用倒装的例子不胜枚举。如王维《山居秋暝》中"竹喧归浣女，莲动下渔舟"的"归浣女"和"下渔舟"，刘长卿《逢雪宿芙蓉山主人》中"柴门闻犬吠，风雪夜归人"的"归人"等。第三，词性上可以灵活运用，例如将形容词作为动词来使用，使词意显得生动活泼等。如杜甫的《蜀相》中"映阶碧草自春色，隔叶黄鹂空好音"中的"自""空"都是副词当动词来用，对仗工整。又如孟浩然《宿建德江》中"野旷天低树，江清月近人"中的"低"和"近"都是形容词当介词用，致使"天低于树""人近于月"的生动画面跃然纸上。

在修辞手法上，诗歌的修辞手法常丰富多样。正由于有丰富多样的修辞手法的运用，才使得诗歌的形象更加生动，表意更加丰富，诗歌艺术更加辉煌灿烂。如《诗经》时期常用"赋""比""兴"来烘托环境、描写事物，从而达到托物言志或借景抒情的目的或效果。除此之外，还有用典、白描、幻想、夸张、比喻和借代等手法。比喻手法的应用是很普遍的，如贺知章的《咏柳》："碧玉妆成一树高，万条垂下绿丝绦。不知细叶谁裁出，二月春风似剪刀。"四句中连用了三个比喻，以"碧玉、绿丝绦和剪刀三种无生命的东西来比喻有生命的东西——在春风中苏醒、萌发、成长的柳树，它采用的是以逼真的手法写出如画的景色"（第 66 页）。使春柳的神形兼备，情趣盎然。其他手法不再一一列举。

在意境的营造上，古代诗人作诗常要求立意高远、意境优美、构思精妙，这是作诗的最高境界。因此，诗歌意境的营造是诗作成败的关键。一般说来，诗歌的意境要做到精、奇、新、远，才能给读者以无穷的余味和丰富的艺术享受。具体说来，精，就是精炼和精粹地反映生活的本质；奇，就是诗人在立意中不拘一格、别具匠心，出奇制胜地突出一种特殊的感情形象；新，就是立意清新，要有新鲜的意境、新颖的构思，要有跃然纸上的生活气息，因为主观感情与现实生活的统一是诗的形象思维的重要内容之一；远，就是含义深邃、含蓄隽永（第80~82页）。古代许多诗歌理论在意境营造方面的论述十分精妙，下面选录三段文字于后，供大家参考和体会。

欧阳修《六一诗话》片段

唐之晚年，诗人无复李、杜豪放之格，然亦务以精意相高。如周朴者，构思尤艰，每有所得，必极其雕琢，故时人称朴诗"月锻季炼，未及成篇，已播人口"。其名重当时如此，而今不复传矣。余少时犹见其集，其句有云："风暖鸟声碎，日高花影重。"又云："晓来山鸟闹，雨过杏花稀。"诚佳句也。

圣俞尝谓予余曰："诗家虽率意，而造语亦难。若意新语工，得前人所未道者，斯为善也。必能状难写之景，如在目前，含不尽之意，见于言外，然后为至矣。贾岛云：'竹笼拾山果，瓦瓶担石泉。'姚合云：'马随山鹿放，鸡逐野禽栖。'等是山邑荒僻，官况萧条，不如'县古槐根出，官清马骨高'为工也。"余曰："语之工者固如是。状难写之景，含不尽之意，何诗为然？"圣俞曰："作者得于心，览者会以意，殆难指陈以言也。虽然，亦可略道其仿佛：若严维'柳塘春水漫，花坞夕阳迟'，则天容时态，融和骀荡，岂不如在目前乎？又若温庭筠'鸡声茅店月，人迹板桥霜'，贾岛'怪禽啼旷野，落日恐行人'，则道路辛苦，羁愁旅思，岂不见于言外乎？"

严羽《沧浪诗话·诗辨》片段

诗之法有五：曰体制，曰格力，曰气象，曰兴趣，曰音节。诗之品有九：曰高，曰古，曰深，曰远，曰长，曰雄浑，曰飘逸，曰悲壮，曰凄婉。其用工有三：曰起结，曰句法，曰字眼。其大概有二：曰优游不迫，曰沉着痛快。诗之极致有一：曰入神。诗而入神，至矣，尽矣，蔑以加矣！惟李、杜得之，他人得之盖寡也。

叶燮《原诗》片段

夫作诗者，要见古人之自命处、着眼处、作意处、命辞处、出手处，无一可苟，而痛去其自己本来面目。如医者之治结疾，先尽荡其宿垢，以理其清虚，而徐以古人之学识神理充之。久之，而又能去古人之面目，然后匠心而出，我未尝摹拟古人，而古人且为我役。彼作室者，既善用其材而不枉，宅乃成矣。宅成，不可无丹腹赭垩之功；一经俗工绚染，徒为有识所嗤。夫诗，纯淡则无味，纯朴则近俚，势不能如画家之有不设色。古称非文辞不为功；文辞者，斐然之章采也。必本之前人，择其丽而则、典而古者，而从事焉，则华实并茂，无夸缛斗炫之态，乃可贵也。若徒以富丽为工，本无奇意，而饰以奇字；本非异物，而加以异名别号，味如嚼蜡。展诵未竟，但觉不堪。此乡里小儿之技，有识者不屑为也。故能事以设色布采终焉。

二、新诗写作

现代诗的写作没有固定程式，较之于其他文学体裁的创作，诗歌创作因偏重于主观世界的抒写而显得比较特别。新诗的写作过程就是通过"主体的独立想象"，用最形象、生动、精微的语句，直接表现和驾驭情感。

（一）情感是诗的出发点

凡是好诗，都是诗人在情感不可遏止的情况下写出来的，这强烈的感情源于诗人自我的气质和对生活的热爱。没有深刻的感动与涌动不止的激情就没有诗。真情才是诗体的灵魂。别林斯基曾说："世界赖以生活的一切，生活在世界中的一切，都应该在诗人囊括万有的胸怀里得到响应；世界上没有任何一个人能比诗人具有更多的权利！"

然而并不是人的所有真情实感都具有同样的诗歌价值，都能成为诗的表现对象。英国艺术史家罗斯金就举过一个有名的例证：少女能够就失去了爱情而歌唱，但一个守财奴却不能就失去了金钱而歌唱。诗的使命是为了寻找美与创造美，用真与善激起读者的共鸣。

诗歌抒发的感情必须是美的。因此，诗歌形象也必须是能够唤起美感的形象，是能给读者以美的享受的形象。即使抒发的是痛苦、愁闷、悲伤、愤怒，也应当"渗透"进"甜蜜的声音"，让它散发着诗的情味。

闻一多有一首题为《口供》的短诗：

> 我不骗你，我不是什么诗人，
> 纵然我爱的是白石的坚贞。
> 青松和大海，鸦背驮着夕阳，
> 黄昏里织满了蝙蝠的翅膀。
> 你知道我爱英雄，还爱高山，
> 我爱一幅国旗在风中招展。
> 自从鹅黄到古铜色的菊花，
> 记着我的粮食是一壶苦茶！
> 可是还有一个我，你怕不怕？——
> 苍蝇似的思想，垃圾桶里爬。

诗人是很懂得形象艺术的。比如，作者并不直接说他爱大自然之美，而说他爱青松与大海；也并没有宣言说他爱祖国，但却说"爱一幅国旗在风中招展"。如此便通过具体的艺术形象表达了爱大自然、爱祖国之情。最后写到的"苍蝇"和"垃圾桶"难以给人美感，这是诗人在抒发自己的郁闷情怀的时候故意为之，写出了情感的另一面。

诗人是美的发现者，美的创造者，必须通过形象表达出自我的发现与感情。

当然，诗人有了感情与作诗的冲动，在创作时还需要写作技巧、创作经验与灵感的艺术配合。瓦雷里说："请注意，创作即便是很短的诗，也可能要花几年的工夫，而这首诗对读者所发生的作用只要几分钟就够了。在几分钟之内，这个读者受到诗人新颖的想法、对比和闪光语言的冲击，而这些都是（诗人）长达数月之久耐心推敲和焦急等待的结晶。"（《瓦雷里诗论》）

（二）新诗写作讲究艺术感觉

怎样才能时时从生活中获取灵感，找到新鲜的诗意呢？朱自清对此的看法就较为辩证。他认为："惊心怵目的生活里固然有诗，平淡的日常生活里也有诗。""花和光固然是诗，花和光以外也还有诗，那阴暗，潮湿，甚至霉腐的角落上，正有着许多未发现的诗。实际的爱固然是诗，假设的爱也是诗。山水田野里固然有诗，灯红酒醉里固然有诗，任一些颜色，一些声音，一些香气，一些味觉，一些触觉，也都可以有诗。"问题不在于生活中哪里有诗，重要的是诗人的艺术眼光与敏感。在诗歌创作过程中，艺术感觉就是诗人长期积累、写作锻炼不断提高的个体感知能力，即艺术感觉要求作者用审美的感觉和艺术的眼光来审视自然事物等写作对象。艺术感觉是非真实的，非写实的，甚至是不符合科学的，但是符合诗人此刻的心情，带有明显的想象成分。雪莱说："诗是想象的表现。"诗人公木指出："在艺术中，在诗歌中，创造性想象的意象，就是创作的目的，想象在这里占据着中枢的地位，它实际就成为诗的构思。""没有想象力，在任何领域中也不能进入创造活动。"可见，想象力对诗人来说是多么重要。

有人把想象比作诗的翅膀，仿佛如果有丰富的想象，一首诗就像燕雀一样凌空而起。当然，想象应植根于现实生活的具体内容，在一定世界观的指导下进行联想，它既不应是故弄玄虚地做高深状，也不应是胡思乱想地想入非非。诗人在强烈感情的震撼下产生的创作想象，由艺术想象进而产生一些错觉和幻觉的朦胧之象，最终形成诗歌表达的承载意义的意象。意象来自生活，但不能对生活形象进行机械而简单的仿造。诗人通过想象让自然事物在诗中"变形"。雪莱有名言："诗使它触及的一切变形。"别林斯基这样论述"变形"：

> 诗并不依样画葫芦地描写花园里含苞怒放的玫瑰花，却舍弃它的粗俗的实体，仅仅取其芬芳馥郁的香味，奇谲变幻的色彩，用这些东西来做成一朵自己的玫瑰花，比实物的玫瑰花更好，更华美。

想象塑造出的意象往往不那么真实，似乎是违背了现实生活逻辑，但这正是现实生活合乎诗人感情逻辑的艺术发展。与生活形象相比，意象若即若离：它既难以捕捉，又能够被感知；它既不像真实，又仿佛传神；它既不真切，又能够被发现。诗人展示这种形象，让读者从中生动地领会到诗人所抒之情。拿读艾青的《太阳》一诗来说：

> 从远古的墓茔
> 从黑暗的年代
> 从人类死亡之流的那边
> 震惊沉睡的山脉
> 若火轮飞旋于沙丘之上
> 太阳向我滚来……

试想：太阳怎会从坟墓向人滚来呢？这不荒唐吗？但是，联想到抗战初期的国共合作抗战等形势转变，当时的中国似乎产生了一种"又有了出路"的欢欣。在这样的情况下，诗人胸中更为强烈地涌起向往太阳的感情浪花。这个"不真"的"荒唐"意象，强化了诗人感情之真；这个"太阳向我滚来"的"反常"的形象，表现了诗人感情之真。读者经过反复咀嚼、回味、探索，最后是乐于承认这种想象、这种诗歌形象的，因为他

们与诗人所抒之情相通。

再如余光中的《枫叶》：

> 秋天，最容易受伤的记忆
> 霜齿一咬
> 噢，那么轻轻
> 就咬出一掌血来……

在这里，诗人把偌大而丰富的秋天集中在一片枫叶上，重新创造了一个具有感伤格调的秋天——如枫叶变红，使任何一个读过这首诗的人都难以忘怀。

（三）锤炼诗的语言

新诗使用的语言要超脱语言的"实用价值"，表现出充分的"美"的特质。

在一切艺术门类中，诗是最高艺术。在一切语言艺术（诗歌、散文、小说、戏剧文学）中，它是最高语言艺术。"诗"这个词在古希腊意为"精致的讲话"。诗的语言来自生活语言，但生活语言必须经过诗的处理达到"精致"化才能进入诗国。

别林斯基曾经说诗的"内容是难以用人的语言传达的"。所谓"人的语言"，即是指人们的日常生活语言、散文化的语言、未经"诗化"的日常语言。但是，诗的语言不只有字典中指出的直接的意义，还有联想的意义；不只是明指，还有暗示。它是立体的、暗示的和有感觉美的艺术语言。

有人说诗是最高的语言艺术，这首先表现在它的音乐美。语言的音乐美是指它的外在韵律与内在韵味，它将诗的语言和散文语言明显地区分开来。音乐美是流动的情感的节奏、音响的显露。它表现、加强、升华诗的抒情美。

台湾诗人纪弦《你的名字》就让我们充分领略了诗的旋律之美。

> 用了世界上最轻最轻的声音，
> 轻轻地唤你的名字每夜每夜。

由语句节奏与词语音韵所规范，使诗歌有了独特的音乐美。一般的文学表达，除了散文诗以外，所有的诗歌都必须分行排列，用以加强它的音乐美。这是诗歌音乐美的要求，它既要引起读者听觉上的美感，又必须给予读者视觉上的审美享受。

行是诗行排列的最小单位。一个诗行不一定就是一个句子；反过来说，一个句子不一定就是一个诗行。诗行是诗的感情单位，节奏单队，音韵单位，是诗情向前发展的跳跃基点，但它不一定是意义单位、完整的语法结构单位。

诗行的划分只有着眼于感情、节奏与音韵，才能获得分行的和谐性与丰富性。有的新诗诗行之所以过长，比较平板，往往正是抛掉诗的质素去寻求诗行的意义完整与语法结构完整的结果。这样做，其实是抛掉诗而寻求散文。新诗在诗行方面排列的方式有五种：半自由体、高低行、楼梯式、对称体、图案体。创作过程中，作者往往根据情感表达的需要选择恰切的形式。

其次，诗是最高的语言艺术还表现在语言的高度精练性。诗句往往是语言的浓缩精炼，有令其他文学样式望尘莫及的精练美。虽然，一切语言艺术都追求语言的精练，但是，诗的语言精练程度最高。在所有文学样式中，只有诗是以字为计算单位的艺术，是"字字必争"的艺术。

古典诗词中的例子举不胜举，即使是新诗史上的成功之作，也往往在炼字上下了较深的功夫。徐志摩深有感触地说："就经验说，从一点意思的晃动，到一篇诗的完成，这中间几乎没有一次不经过唐僧取经似的苦难的，诗不仅是一种分娩，它并且往往是难产：这份甘苦只有当事人自己知道。"

且举臧克家的诗《难民》为例：

> 日头堕到鸟巢里，
> 黄昏还没溶尽归鸦的翅膀，
> ……

诗歌写的是《难民》。通过短短的诗句，我们仿佛看到：在暮色苍茫中，像归鸦一样的一群难民，却没有归鸦那样的窝可以回，他们流落在异乡。随着黄昏的降临，暮色苍茫中，那些飞着的乌鸦的翅膀也变得模糊起来。本来，诗人写的诗句是"黄昏里扇动着归鸦的翅膀"，经过修改，句子变为"黄昏里还辨得出归鸦的翅膀"。这样，表意虽可，却没有什么诗意，因为"扇着"或"辨得出"等词语，都比不上"溶尽"一词对黄昏色彩的真切捕捉。所以，使用"溶尽"一词，既能够渲染出古镇由暮入夜的变化过程，更能够表现那样连鸟都不如的难民无"巢"可归的如黄昏般的越来越黯淡的心情。

诗歌需要炼句，可以简单地说，往往就是诗句对"精确的语法"的大胆的合理反叛。诗是隐约闪烁的星光，它力求跳跃。由诗的本质所决定，诗常常是由一个点大幅度地跳到另一个点，串起这些点的"线"，要由读者自己驰骋想象去把握它。

诗句的语法结构总是尽量略去一切可以略去的成分，尤其是虚词。词序在诗中成了炼句的特殊手段。例如徐志摩的《再别康桥》：

> 轻轻的我走了，
> 　　正如我轻轻的来，
> 我轻轻的招手，
> 　　作别西天的云彩。

诗想表达的是告别康桥时的"轻轻的"感受。于是，在第一个诗行中，"轻轻的"一词便放到了句首。倒装的目的是为了侧重，在音乐美上也达到了节奏的匀称。如果第一行改为"我轻轻地走了"，就失去了诗的大半情味与韵味。

（四）综合运用诗歌的技巧

打动了诗人的东西一旦入诗，却未必能打动读者。因此诗人不但要善于形象地感受，善于形象地思考，而且要善于形象地表达。意大利作家薄伽丘说得好："诗的冲动

不管多么深入地激荡了诗人心灵,但如果缺乏表达思想所必需的某些手段,那么还是很少会完成任何值得赞赏的东西的——我的意思是,例如语法和修辞的一些规则之类,具有这类的丰富知识有时候还是需要的。"

诗的修辞学就是研究诗的修辞方式即表现手法的科学。内容是选择修辞方式的前提。修辞方式的选择因诗人而异,显示着诗人的艺术个性。

生活的丰富性、读者审美趣味的多样性,决定了各种修辞方式之间合作的契机。修辞方式的运用有高低之分,但各种修辞方式本身没有优劣之分。以下列举在新诗创作中常用的修辞类型。

其一,比喻。诗的形象思维离不开比兴。诗人"情动于中",于是展开想象,浮想联翩。比喻可以说是新诗最基本的修辞方式,它渗透、活跃于其他修辞方式之中。

比喻在诗歌创作中极其重要。其他文学样式(甚至科学著述)有时也用比喻,主要目的是加强语言的形象性和生动性。而诗中的比喻本身往往作为诗歌形象成为一首诗重要的、不可或缺的组成部分。"意象"往往是在比喻中生成,并在比喻中得以展开、丰富和加强。对于不少诗篇来说,取消了诗中的比喻,诗篇本身也就不复存在了。不擅长比喻,也许可以无损于小说家、散文家、戏剧家;但不擅长比喻,却算不得有才华的诗人。

诗中的比喻常见的有三种:

明喻。明喻是一种比较明确、单纯的比较方法,它往往抓住两个事物之间某种相同或相近的特点,用"像""如""仿佛"等词语联系起来,用更好、更生动、更突出的一方代表另一方。例:

> 天边的月,
> 犹似我昨夜的残梦。
>
> ——宗白华

隐喻。隐喻是一种暗含着的比喻,只有本体和喻体。例:

> 星呀星的细雨,
> 是春天的绒毛呢。
>
> ——朱自清

博喻。用多个喻体来比喻同一个本体。例:

> 像云一样柔软,
> 像风一样轻,
> 比月光更明亮,
> 比夜更宁静——
> 人体在太空里游行。
>
> ——艾青

比喻的各种类型各有所长。总体来论比喻，是在不同事物间寻觅、表现相同点的修辞方式。诗中的比喻应当具有创造性，要恰切而新奇，这样的比喻才可以开拓绝妙的诗境，而泛、平、旧的比喻并不是真正意义上的比喻，起不到在诗歌创作中的美学作用。

其二，通感。通感就是诗人把五官感觉沟通起来、交错起来的修辞方式。它的使用，能使诗的面貌变得摇曳多姿、生动活泼，产生耳目一新的艺术效果。

艾青的《小泽征尔》把正在指挥演奏的小泽征尔的风姿写得跃然纸上：

> 你的耳朵在侦察，
> 你的眼睛在倾听，
> 你的指挥棒上，
> 跳动着你的神经。

不是用眼睛而是用耳朵"侦察"，不是用耳朵而是用眼睛"倾听"，似乎不好理解。其实，《小泽征尔》的精彩之处正在这里。以耳为目，以目为耳，这正是沉浸在音乐世界里的如醉如梦的指挥家的传神写照。岂止音乐家，可以说，一切艺术家都不例外。诗人在诗境里也常常如此：官能"错乱"，五官不分。

在现实的逻辑思维中，人的五官感觉各有所司，一般绝不会出现功能的相互交错。但是，在形象思维过程中，人的五官的感觉功能竟然可以出现相互沟通或交错的现象，出于艺术表达的需要甚至会发生相互取代的情况。因为，在诗歌创作过程中，诗人受突如其来的灵感冲击，在"视通万里，思接千载"的关头，他必须调动自己的听觉、视觉、味觉、嗅觉和触觉，在极短的时间内灵敏地捕捉诗意诗象，这就需要五官特别紧密的合作。因此，在诗人神游的艺术创作中，听觉的声音有了物体的形状，不会说话的花朵发出了声音，清净的泉水能够散发出香味，没有形状的香味却竟然可以呈现出色彩，等等。这都说明了诗歌艺术中五官相通的存在。

恩格斯说过："触觉和视觉是如此相互补充，以至我们往往可以根据某一物的外形来预言在触觉上的性质。"他这里讲的，实际就是艺术领域、诗歌领域的通感。

通感是许多诗人重视的修辞方式。

诗人郭风强调体验生活也要运用通感："到生活中，要开放'五官'，要把视觉、听觉、触觉、味觉等各方面的感觉器官统统开放起来，观察周围的人和物以至领略自然界的各种声、香、味。"

我国古典诗论中虽然没有出现过"通感"这个术语（如同没有出现过"灵感""现实主义""浪漫主义"等一样），但是在古代诗歌史上是有不少运用这种修辞方式写出的名篇佳句的。试读：

> 红杏枝头春意闹
>
> ——宋祁《玉楼春》
>
> 促织声尖尖如针
>
> ——贾岛《客思》

不见年年辽海上,文章何处哭秋风?

——李贺《南园(三)》

对于新诗,通感手法既增强了诗歌表达诗人主观感情世界的艺术能力,也丰富了读者从新诗获得的美感。通感手法是客观世界在诗人的主观世界中复杂感应的产物,它长于表达诗人的直觉、错觉、幻觉和其他种种微妙的难以言传的感觉。

朱自清的《仅存的》,全诗一共三行:

发上依稀的残香里,
我看见渺茫的昨日的影子——
远了,远了。

闻到头发上的残香,靠嗅觉;看到昨日的影子,靠视觉。嗅觉沟通视觉,精妙地抒发出诗人对逝去的欢乐的昨天的无限留恋。

梁小斌的《爷爷的手杖》中的诗行:

当我闯了祸回头看望,
爷爷天鹅绒般的目光,
深深地埋藏着沉郁的思想。

目光本是诉诸视觉的,可是"爷爷"的目光十分柔和,给孙子以触摸天鹅绒般的感觉。视觉沟通于触觉,有声有色地抒发了闯了祸的孙子对爱抚自己、关注自己的爷爷的目光的感觉。

何其芳的《祝福》也运用了通感:

青色的夜流荡在花荫如一张琴,
香气是它飘散出的歌吟。
我的怀念正飞着,
一双红色的小翅又轻又薄,
但不被网于花香。

"夜"时而在"流荡",时而又是"琴";"香气"时而变成诉诸听觉的"歌吟",时而又变成诉诸视觉的"网"——而它本身是诉诸嗅觉的。这里显露了诗人运用通感的高超技巧。

通感可使语义生动化,开辟着语言创新的途径,唤起对形象的美感直觉,使许多"不可能"变为可能,为许多新鲜的诗句在诗中争得了位置。清代诗人沈德潜在《说诗晬语》说:"过熟则滑。唯生熟相济,于生中求熟,熟处带生,方不落寻常蹊径。"就语言来讲,通感的神奇作用正在于它化"熟"为"生"。

其三，象征。象征是通过某一特定的诗歌形象来取代抽象的理念的修辞方式。它由实生虚，化虚为实，隐显交织。准确地说，是借有形寓于无形，借有限表现无限，诉诸感官又超越感官的形象创造手段。

艾青的《礁石》通过礁石这个象征物，把感情景物与情感、道德、意志等内容凝聚在一起了。臧克家的《老马》中的老马，则是旧中国过着牛马不如的悲惨生活的劳动人民的象征。礁石与老马只是诗人抒发自己的激情与思考的火山口，只是诗人在生活大海中寻觅到的最能寄托所感所思的寄情物。

象征的修辞手法总是在诗篇中创造两个各自完整而又相互相谐的境界。诗篇描写的物质境界掩盖着、暗示着、朝向着另一个深邃的精神境界。读者一旦突破外在境界而进入隐蔽境界，就会获得某种诗趣。

运用象征这种修辞方式的关键，在于象征体的选择与塑造。

诗人要善于寻找外界事物与自己的情思的感应与契合，寻找能够最充分、最完美地暗示自己的心灵世界的有形有色的事物：自然界的或生物界的。在大千世界中觅到诗情的"对应物"，这是运用象征手法的起点。

象征体不能太实太黏，也不能太虚太浮。诗重视生活形象，它塑造形象的时候总是与生活原型的形象特征有不同程度的关系。所以黑格尔说："诗的观念方式对事物外表留恋不舍的兴趣，它把外表看作本身值得描绘和重视的，因为它表现出事物的真实情况。"在创作中要谨慎对待象征手法的使用，一般来说，过于具体、实际、单纯的感情的表达不宜用象征，须在有丰富的感悟和找到恰当的对应关系时才能使用。

此外还有诸如拟人、排比、设问、反复、顶针、对偶、夸张等修辞技巧。可以说每一种表现手法都有其独到之处。关于它们的运用就不一一举例详谈了，有待我们在创作过程中不断地学习运用。

（五）功夫在诗外

学写诗者，打好诗歌理论的基础、掌握诗歌写作的各种方法和技巧是必不可少的，然而，优秀诗歌作品的创作不可能一蹴而就，也没有捷径可走。这是每个初学者要清醒认识到的。要真正把诗歌写好，仍需通过大量的阅读和在日常生活中留意新鲜事物，不断积累经验、寻找灵感，勤于练笔，方能写出至情至美的诗歌来。

三、写作练习

习作一：

随着工业化的发展，人类环境受到威胁，诸如江河污染、沙尘暴、雾霾、环境破坏等报道经常见诸报端。请选择自己关注的一个环境问题，写一首诗，诗题可以如《致雾霾》《流泪的土地》等。

习作二：

阅读舒婷的《致橡树》，写一篇诗歌赏析文章。

习作三：

一位诗人说，"诗歌写作是我对另一个上帝的一种朝拜方式""我只是个诗歌写作青年，唯有诗歌使我变得高尚一些"。请以对诗歌的认识为内容，写一首小诗。

习作四：

阅读下面的材料与歌词，请模仿该歌词的意蕴与情感基调，写一首诗歌。

2011年12月，筷子兄弟完成了《父亲》这部微电影。他们坚持百分之百由自己创作的理念。"我们一直在说自己成长的故事，《父亲》也是，这是我跟老王遇到的又一个人生问题。"筷子兄弟中的肖央如是说。《父亲》后期制作的时候，肖央的爸爸住院了，他赶回家陪了几天。"我以前给他买了好多核桃啊、玉啊、牛角啊让他玩，一到医院我爸就跟我说你赶快把那些东西给我拿过来。我从家里的柜子里找到那个铁盒送到医院，对我爸说：'给，你的玩具，玩吧。'这就是我面临的角色转换，父亲退休了，像小孩儿了，我开始变成一家之主了。"《父亲》里的主打歌是王太利在父亲去世的时候写的，他一直耿耿于怀自己没有在父亲走之前跟他推心置腹地谈一次。"这是我终生的遗憾。我特别想对天堂里的爸爸说一句：'爸爸，我爱你。'这句话我从来没跟他说过，如果有可能的话，我希望他在未来等着我。"

父亲

总是向你索取/却不曾说谢谢你/直到长大以后/才懂得你不容易
每次离开总是/装作轻松的样子/微笑着说回去吧/转身泪湿眼底
多想和从前一样/牵你温暖手掌/可是你不在我身旁/托清风捎去安康
时光时光慢些吧/不要再让你变老了/我愿用我一切/换你岁月长留
一生要强的爸爸/我能为你做些什么/微不足道的关心/收下吧
谢谢你做的一切/双手撑起我们的家/总是竭尽所有/把最好的给我
我是你的骄傲吗/还在为我而担心吗/你牵挂的孩子啊/长大啦
感谢一路上有你

习作五：

根据下面的提示，以《过客》《人》《表情》等为题，写一首诗。

在我们生活的城市里，每天出行时都可以看到形形色色的人，目睹各行各业的不同人等，有本地的、外地的，忙碌的、悠闲的，出摊的、逛街的，快乐的、忧伤的，无助的、淡然的……或许我们会因一张笑脸而感动，因一个眼神而难忘，为一个表情而驻足。那些人物的表情透露着不同的内心，也使我们能够感受到这个生命多样化的世界。

习作六：

2014年出现了不少流行词语，其中"挖掘机哪家强"比较出名，而被网友称为"十年体"的一些网络拼写也大受欢迎。如：

十年生死两茫茫，喜羊羊，灰太狼。舒克贝塔，蓝猫话凄凉。纵使相逢应不识，圣斗士，美猴王。夜来幽梦忽还乡，学外语，新东方。相顾无言，洗洗更健康。料得年年断肠处，找工作，富士康。

其他还有：

老夫聊发少年狂，治肾亏，不含糖。锦帽貂裘，千骑用康王。为报倾城随太守，三百年,九芝堂。酒酣胸胆尚开张,西瓜霜,喜之郎。持节云中,三金葡萄糖。问挖掘机哪家强,到山东,找蓝翔。

请根据以上网络文学的创作特色,结合诗歌写作理论,谈谈自己的看法。

第四章 影视文学

第一节 影视文学的含义、特征与种类

一、影视文学的含义

对于什么是影视文学，虽然有一定争议，但是一般都认为影视文学是电影文学和电视文学的合称，是为影视拍摄而创作的文学底本，在写作上主要诉诸听觉和视觉传达，运用文学创作的规律来结构情节、塑造形象、营造氛围、抒发感情，用以给受众文学审美情趣的文学样式。

作为一种后起的文学样式，影视文学的历史远不及传统的小说、诗歌、散文、戏剧，然而，凭借电影、电视在当今社会生活中的巨大影响，影视文学一个世纪以来的迅猛发展，已使它成为当代文学的一个重要分支。它既是影视剧创作的文学脚本，又具有自己相对独立的审美价值，我们可以将其与诗歌、小说、散文、戏剧剧本四种传统文学样式并列而称之为"第五种文学样式"。

二、影视文学的特征

影视文学是一个比较宽泛的概念，它既包括通常意义上的电影剧本、电视剧剧本，也包括影视纪录片、风光片、电视小品、电视专栏节目等的文字性脚本。但不论是上述哪一种文本，影视文学的文体特征最终都是由影视艺术的特性所决定的。影视文学和传统文学的根本性差异就在于它有一种明确的银屏意识，也正因为它的这种银屏意识，使其具有了不同于传统文学的以下几种文体特征。

（一）影视文学的最基本特性——可视性

画面是影视语言的基本元素，它是影视文学构成的原材料，这决定了影视的最基本的特性就是可视性。虽然影视文学不乏独立的阅读价值，但是其最重要的功能还是为把剧本中的文字符号迅速地转化为可见的屏幕形象提供最大的可能性。因为它的终极对象不是读者，而是观众。

许多纯文学的描写方式，如一张涂了脂粉的脸"看起来好像驴屎蛋上下了霜"，这样的描述性文字很难直接转换为可视性的画面。因此，就要求影视文学在对人物、景物等可见因素的描写上，要比传统文学更加准确、细致、清晰，并且要有极强的造型性，以便更好地转化为银幕上的可视形象。而且，传统文学常常在叙事的过程中加入作者的议论和抒情，而影视文学则很难插入作者直接的议论和抒情，一切都要求在可视性的情节和画面中进行展现。这一特性在由传统文学改编的影视文学中体现得尤为明显，读者可以通过阅读原始文本和影视文本，对这一特性加深了解。

（二）影视文学的最鲜明特性——动作性

动作性是影视艺术的本质属性之一，也是影视艺术区别于绘画、雕塑、摄影等一切静态造型艺术的根本要素。影视艺术创作中的一切活动，几乎都是围绕动作进行的。爱森斯坦说："表现运动是电影存在的理由，也是电影超越一切的基本能力和它的性能的基本表现。"同样，通过连续运动的画面来再现现实世界也是电视的基本特性。一般说来，影视的运动性体现在以下几个方面：一是被记录对象本身的运动，二是摄影机的运动，三是蒙太奇创造的运动（通过蒙太奇对镜头画面的连接产生连续运动感或是创造新的运动形式）。

作为影视艺术文本的影视文学，必须将动作性贯穿于创作过程。因此，在影视文学中，不应满足于充满内在情感冲突或是外在戏剧矛盾的对话写作及人物动作的设计，还应具有整体性的观念。首先，对于人物性格、思想、情感、意识等内在抽象活动等表现，影视文学不能像传统文学那样只作静态的描写，而应尽量寻求外在的动作，让读者切切实实"看"到这些思想、情感、意识的变化以及性格的发展。其次，影视文学的动作性，除了体现在对人物语言、形体动作的细致设计之外，还应包括对场景变化、对摄影机的调度以及场面、段落之间的连接等等各方面的考虑，将一切在一个可见的、具体的、运动的过程中来展示，这才符合影视文学的"视听"特性。

（三）影视文学的独特结构——蒙太奇

"蒙太奇"（montage）原意是安装、组合、装配的意思，本是建筑学中的术语，借用在影视中，它有三个层面的含义：一是指影视独有的思维方式——蒙太奇思维。所谓蒙太奇思维是指影视创作者以连续运动的画面、声音形象为基础进行构思、创作的特殊思维活动。二是指影视的基本结构方法和表现技巧，包括镜头、场面、段落的组接及其全部技巧。三是指影视剪辑的具体技法、技巧，它是影视艺术反映现实的独特的结构方法，是影视艺术的基本表现手段。

影视文学和传统文学在写作上的不同，最主要的就是由于它是依照影视艺术的特殊思维规律即蒙太奇思维来组织叙事的。蒙太奇实际上贯穿于影视艺术创作的全过程，它既体现在影视镜头的组接中，也体现在影视剧本的写作中。首先是蒙太奇思维的运用，表现在影视文学创作者的脑海里，不是语词的堆砌，而是视听形象的连续出现。他们首先构思视听形象，再用文字将视听形象固定下来。其次，蒙太奇是影视文学的基本结构方式和表现技巧。蒙太奇的运用使得影视文学对时空、声画关系的处理获得了极大的自由，真正实现了人们"思接千载，视通万里"的浪漫理想。当然，蒙太奇并不是影视艺术所独有的，在其他的文学样式如小说、诗歌中同样存在。但是，蒙太奇在这些文学样式中主要是作局部技巧应用，而在影视文学中，却是整体结构和根本性的技巧。

三、影视文学的种类

影视文学可以分为电影文学、电视剧文学、电视散文、电视诗歌、电视电影以及其他电视文学样式。

首先，电影文学作为电影这一艺术的文学文本，其分类也与电影这一媒介分不开。因此，这里我们就以电影的片种对电影文学进行分类。根据不同的标准，电影文学有多种分类方法，如从电影创作目的出发，电影可以分为商业电影、艺术电影；从电影叙事文体定位出发，电影可以分为戏剧电影、诗电影、散文电影、小说电影等；从电影受众出发，电影可以分为儿童电影、成人电影等。而现在国内外最流行的分类，是从电影独特的创作手段和审美功能出发，将电影分为故事片、美术片、纪录片、科教片四大片种。

其次，电视剧剧本是电视剧这一影视艺术的文学文本，一般来说，和电影相比，电视剧片长更长，容量比电影大，而且依靠的媒介主要是电视。电视剧的形式多种多样，从形式体制上可以分为电视单本剧、电视连续剧、电视系列剧等。而从题材内容上，电视剧则可以分为青春偶像剧、都市情感剧、情景喜剧、历史剧、传奇剧、农村题材剧、名著改编剧、公安题材剧、军旅题材剧等等。

再次，电视诗歌、散文是诗歌、散文与电视这一媒介结合的产物。它们是时空两栖的艺术，正是这一点将其与诗歌、散文严格区分开来。它们通过屏幕声画形象，以记叙、抒情为基本手段，营造诗歌、散文的意境。它把诗歌、散文化作视听艺术，积极追求意境和情韵，其对思想意念的表达充满着浓郁的抒情意味。

最后，电视电影是电视和电影两大媒介相结合的产物，它和电影根本的不同在于，其只在电视这一媒介上进行播放，而不通过大银幕进行传播。此外，电视电影也汲取了电影和电视剧的优点，在结构、片长等方面更加灵活。一般来说，电视电影的片长比电影及电视单本剧长，比电视连续剧与系列剧短，可以是单集形式，也可以为连续或系列片的形式，并且兼顾电影和电视的精致性与快捷性，投资小、制作周期更短。在拍摄时也比较自由，可使用数字摄像机，也可用 16 毫米胶片进行拍摄。现在甚至有些电视栏目也采用电视电影的方式进行制作。

第二节　名家名作导读

一、影视文学发展简史

电影的发明，在 19 世纪就有许多科学家进行过无数的探索和实验。但它真正诞生的日子，通常是从 1895 年 12 月 28 日法国人卢米埃尔兄弟在巴黎第一次公开放映他们摄制的《工厂大门》《火车进站》等最初的电影片段时开始算起的。电影形成的时候，正是资本主义迅速向全世界扩张的时期。电影也随着殖民者的足迹迅速蔓延到世界的各个角落，来到了中国。

在 1896 年 8 月 11 日，上海徐园内"又一村"放映了"西洋影戏"，这是电影进入中国的最早印迹。其后，1902 年，北京开始放映电影；1908 年，西班牙商人雷玛斯在上海虹口建立了虹口大戏院，这是中国第一个电影院；1905 年，舞台戏曲纪录片《定军山》的问世,标志着中国电影的正式诞生;1913年,《难夫难妻》和《庄子试妻》的出现,标志着中国电影开始进入短故事片创作阶段。

20世纪20年代是中国无声电影积累经验、熟悉电影规律、掌握艺术技巧的摸索时期。1921年,《阎瑞生》《海誓》《红粉骷髅》三部最早的长故事片的问世,标志着中国电影由短而长的历史飞跃。1923年,随着郑正秋编剧、张石川导演的《孤儿救祖记》的出现,中国的长故事片进入了比较成熟完整的发展阶段。此后整个20年代,制片业迅速繁荣,影片创作与日俱增。

在早期中国电影发展过程中,张石川和郑正秋是最重要的开拓者和创作者,为中国电影的发展做出了极其重要的贡献。除了前面提到的《难夫难妻》《孤儿救祖记》是由其二人编剧和导演之外,1928年由二人编导的《火烧红莲寺》是中国早期最成熟的武侠片,成功引领了武侠神怪片热潮;1930年中国第一部有声片《歌女红牡丹》也是张石川导演的。

"九一八"事变后,中国共产党在上海的地下组织正式建立了"电影小组",由夏衍、田汉、阳翰笙主持或参与的《狂流》(1932)、《春蚕》(1933)、《三个摩登的女性》(1933)等闪耀着现实主义艺术光彩的影片相继问世。期间由上海明星赵丹、白杨主演的《十字街头》(1937)和由赵丹、周璇主演的《马路天使》(1937)等影片成为银幕上的经典之作。战时由于领土的沦陷和战争的激烈进行,中国电影创作数量很少;1945年日本宣布投降以后,进步电影无论在艺术上还是数量上都达到了空前成熟,不仅涌现出大量诸如蔡楚生和郑君里导演的、时间跨度长达11年的情节史诗悲剧电影《一江春水向东流》(1947)和史东山导演的《八千里路云和月》(1947)等宏大作品,还出现了大量诸如沈浮导演的《万家灯火》(1948)等多种风格的现实主义作品,而且还出现世了费穆导演的、开创中国散文诗化风格的非主流人文电影《小城之春》(1948)。

1949年新中国成立,电影的发展脉络随着政治运动的起伏波动发生了"四起四落"的重大转折,而且几乎所有的电影都是"政治的电影",歌颂新时代和控诉旧时代、歌颂集体英雄主义和反对个人英雄主义等主题成为重要标志。

第一次"起落"(1950—1952),拍摄出了《白毛女》《新儿女英雄传》《翠岗红旗》等众多正面展现阶级斗争和弘扬革命精神的优秀影片,同时通过成荫和汤晓丹联合导演的战争史诗电影《南征北战》(1952)等,基本树立了融革命豪情、敌我矛盾、崇高激情和银幕诗情于一炉的新中国电影美学风格。后因孙瑜导演的《武训传》被批判,电影艺术出现创作低潮。

第二次"起落"出现于"双百"方针提出前后(1955—1957)。这一阶段多种题材样式的电影纷纷兴起,《董存瑞》(1955)等革命历史题材大胆突破英雄人物高度模式化、概念化的创作方式,《新局长到来之前》(1956)和《不拘小节的人》(1956)等讽刺喜剧针砭社会问题,进行大胆的批判,还有诸如《护士日记》《柳堡的故事》等涉及革命战士、知识分子私人情感的电影也一度出现;此外还有戏曲片、历史片等也蓬勃发展,第一部新中国彩色影片《祝福》也开始出现。1956年著名理论家钟惦棐在《电影的锣鼓》一文中大胆提出"电影为工农兵服务不应该变成工农兵电影"的理论观点,引发文艺界遭受严厉的政治批判,随着1957年反右斗争的扩大化,钟惦棐、吴永刚等一大批优秀的电影人被打成资产阶级右派，电影又陷入了第二波低潮。

第三次"起落"也是最富有成果的一次创作高潮，以1959年建国十周年的献礼片为标志。周恩来总理亲自指导献礼影片的生产，并由邓小平向电影界做动员，于是《林则徐》《林家铺子》《青春之歌》《聂耳》《五朵金花》等一大批十七年电影中艺术水准最高的优秀作品纷纷呈现，好评如潮，而且真正百花齐放、卓有成就，迎来了电影创作的第三次高潮。之后经历了因1959年反右倾运动而跌入低谷的一段时间。

在经历了1960年至1962年的三年经济困难与文艺政策调整之后，1963年至1964年间，又出现了一个短暂的小高潮。短短两三年间诸如《早春二月》《英雄儿女》《红色娘子军》《红旗谱》《李双双》《小兵张嘎》《农奴》等一大批电影主管部门明确倡导的"四好电影"（好故事、好演员、好镜头、好音乐）出炉，欢欣鼓舞地迎来了十七年电影的第四次高潮。1965年以后，随着政治批判运动的加剧和"文化大革命"的开始，新中国电影再一次陷入低潮，而且创作的低迷状态整整延续了十年。在此期间只有《红灯记》《智取威虎山》《沙家浜》等八个样板戏，电影创作出现了史无前例的大倒退。

1978年12月，党的十一届三中全会召开。1979年，邓小平在第四次全国文代会上提出了"文艺为人民服务，为社会主义服务"的重要政策；同年电影理论界也提出了"电影与戏剧离婚""电影语言的现代化"等理论主张。这些都直接引发了新时期电影的复苏和兴起。第三代导演谢晋创作力勃发，连续拍摄了反思"文化大革命"的《天云山传奇》（1980）、《牧马人》（1984）等作品，并成功创造了独特的"政治伦理电影"模式。在"文化大革命"前毕业、"文化大革命"期间被耽误的众多第四代导演，包括张暖忻、郑洞天、谢飞、黄健中、吴贻弓、滕文骥、吴天明、胡炳榴等，在这一阶段充当了急先锋，创作并引领了以《邻居》《沙鸥》《小街》《喜迎门》《我们的田野》《城南旧事》等一系列出色的作品为代表的纪实主义电影、心理探索式电影、喜剧式新农村电影、散文化电影等潮流。20世纪80年代中期以张军钊的电影《一个和八个》为发轫之作的第五代电影人走上历史舞台，陈凯歌、张艺谋、黄建新、田壮壮、吴子牛是其主力，他们以反思中国五千年传统文化的深刻主题、强调淡化情节和注重影像造型等自觉的创作观念，推出了《黄土地》《孩子王》《黑炮事件》《错位》《猎场札撒》《盗马贼》《晚钟》《红高粱》等众多优秀作品，开创了中国电影的全新艺术风格，并成功地将中国电影带入了国际影坛。

20世纪80年代后半期，中国都市题材电影开始发展。1988年被称为"王朔电影年"，因《顽主》《轮回》《大喘气》《一半是海水，一半是火焰》四部电影均改编自王朔小说，这也标志着都市电影的创作热潮。其后又涌现出黄建新《站直了，别趴下》《背靠背，脸对脸》等优秀作品。同一时期，陈佩斯、陈强父子的"父子系列"以及张刚的"阿满系列"喜剧也先后出现，随后港台地区与内地的合拍片商业潮流不断高涨，其代表作为《新龙门客栈》。

随着20世纪90年代改革开放的进一步深入，中国电影发展也呈现出多元化的态势和格局。第五代导演开始自觉地进行创作转型，一方面诸如陈凯歌《霸王别姬》、张艺谋《菊豆》和《大红灯笼高高挂》、何平《炮打双灯》等艺术电影融合了文化历史和观赏娱乐，屡屡捧回国际大奖，享誉海内外；另一方面，张艺谋《秋菊打官司》和《一个都不能少》、黄建新《埋伏》、李少红《四十不惑》等电影则使现实主义回归成为主要潮流，还引领了宁瀛记录风格的《找乐》和《民警故事》、杨亚洲《没事偷着乐》等新一波的现实主义创作；再有，90年代后期及21世纪初期，电影商业化创作趋向日渐明显，如张艺谋《英雄》和《十面埋伏》、陈凯歌《和你在一起》和《无极》、何平《天地英雄》等影片，都体现着浓重的商业化意识。另外，这一时期"主旋律电影"也得到了更大力度的倡导和推动，《开国大典》《大决战》《周恩来》《惊涛骇浪》等一大批优秀电影题材广泛，涉及革命历史题材、伟大领袖故事、当代现实题材等多领域多范畴，比较成功地挖掘了将意识形态和娱乐观赏相结合的风格特征。

此外，一些新生代导演也陆续出现，有人称他们为第六代导演，其作品多以艺术片为主，有很多甚至是独立制片的电影，其优秀作品有张杨的《爱情麻辣烫》和《洗澡》、路学长的《长大成人》和《卡拉是条狗》、金琛的《网络时代的爱情》和《菊花茶》、娄烨的《苏州河》和《紫蝴蝶》、李虹的《伴你高飞》、陆川的《寻枪》和《可可西里》，以及张元的《过年回家》和《绿茶》等，还有姜文的《阳光灿烂的日子》和《鬼子来了》、霍建起的《那山那人那狗》、顾长卫的《暖》和《孔雀》等许多非常优秀的电影。当然，从20世纪90年代下半期到21世纪，中国电影还有一个特别值得关注的现象，那就是以《甲方乙方》《不见不散》等系列影片开创黑色幽默式中国内地贺岁电影的冯小刚，他的贡献不仅仅在于独特风格的喜剧创作，还在于为内地自觉的商业化创作和电影产业化的逐步推进所起的重要作用。

除此之外，港台电影作为中国电影的组成部分，在中国电影的发展过程中也起到了不可忽视的作用。

首先，让我们来看看香港电影的历史。香港电影是中国电影的一个极其重要的组成部分，相当一部分外国人接触中国电影是从接触香港电影（尤其是当代香港电影）开始的。早期的香港电影历史由于篇幅所限，本书在此就不多介绍了。

从1949年到1966年是香港电影的黄金时期，在这一阶段香港电影业出现了空前繁荣的局面。据统计，这17年里共拍摄了4000多部影片，年平均200多部，这个数字在香港电影史上是空前绝后的。这一时期的香港粤语片与国语片并行发展，还出现了厦语片和潮语片。厦语片是在1950年才首次在香港出现的新品种，首部作品是"一中电影公司"出品的《相逢恨晚》，由国语片名演员白云和鹭红主演。这些厦语片广泛发行于台湾和南洋等地，对20世纪50年代中期台湾崛起的闽南语片具有间接性的影响。至于潮语片，直至1955年才出现，首部作品是鮀江影业公司出品的《袁金龙》，由夏帆和萧鸣主演。在粤语片方面，大批粤语制片公司兴起，其中最为著名的是"新联"和"中联"两家公司，他们吸收了"粤语片三杰"秦剑、李铁、李晨风和吴楚帆、红线女等著名导演和演员，制作了《家春秋》激流三部曲、《苦海明灯》《人海孤鸿》《可怜天下父母心》等一系列优秀粤语片。但也因大批唯利是图的"一片公司"出现，拍摄出无数粗制滥造的粤语片，最终导致了粤语片的衰落。国语片方面，这一时期最著名的公司有"长城""凤凰""邵氏"三家。长城公司擅长拍写实题材影片，培养了一大批优秀的导演和演员；凤凰公司则以导演朱石麟为创作核心，推出了《一板之隔》《中秋月》《乔迁之喜》《一年之计》等一系列现实主义国语片；而1952年成立的邵氏电影公司出品的

《貂蝉》《人鬼恋》《窈窕淑女》《江山美人》等一系列作品屡屡占据着港台票房冠军的宝座，其中《貂蝉》《江山美人》还有后来的《梁山伯与祝英台》正是其核心导演李翰祥所摄制的黄梅调电影，它们的出现，让香港以及东南亚地区掀起了长达20年的戏曲电影浪潮。

从1966年到1978年是香港电影的转型时期，香港由一个单纯的港口城市转变为商业大都市，香港电影也全面转型，开始走国际化、品牌化、明星化的路线。这一时期，香港年产电影百部以上，而其中以武侠片为最主要的片种，并相继经历了新派武侠片、李小龙真功夫片以及喜剧功夫片三个阶段。1966年，邵氏公司推出张彻的《独臂刀》和胡金铨的《大醉侠》，标志着新派武侠片的正式诞生。新派武侠片的影片主题由原来的宣扬传统的侠义精神转变为体现现代人气质的快意恩仇，影片更加注重写意化、浪漫化的影像表达。1971年，李小龙主演了罗维导演的《唐山大兄》，标志着李小龙真功夫电影的开始，他的电影也使其制片方嘉禾公司成为继邵氏之后香港最重要的制片公司。1972年李小龙又推出了由罗维导演的代表作《精武门》一片，同年又推出了自编、自导、自演的影片《猛龙过江》。1973年李小龙主演了由好莱坞和香港合作拍摄的影片《龙争虎斗》，这一系列功夫片将香港的功夫片正式推向世界，并促使香港武侠片由导演时代进化为明星时代。李小龙死后，香港武侠片曾陷入一段时间的低迷期。1978年由袁和平导演、成龙主演的《醉拳》问世，标志着喜剧功夫片的正式诞生。此片打破了传统武侠功夫片的模式，将喜剧元素加入功夫片中，形成了独特的功夫片风格，成为香港武侠电影新的巅峰之作。此后成龙又陆续编剧导演了《师弟出马》《警察故事》《A计划》等一系列成龙风格的喜剧功夫片，将功夫喜剧进一步推向现代化和国际化。期间唯一可与之抗衡的片种只有许冠文、许冠杰兄弟开创的"市民喜剧片"。1974年的《鬼马双星》创下香港电影最高票房纪录，之后的《半斤八两》《摩登保镖》《铁板烧》等也屡创票房奇迹。

从1979年到1997年是香港电影的多元化发展时期，其间最重要的是香港电影的新浪潮运动，也是这个时期的起始点。1979年，章国明、徐克、许鞍华、翁维铨四人不约而同地推出了处女作《点指兵兵》《蝶变》《疯劫》《行规》，这标志着香港电影新浪潮运动正式开始。香港新浪潮电影又称为"香港新电影"，在当代香港电影史上，它是最重要、最具影响力的一次电影革新运动，深刻地影响了此后香港电影的风貌。它将深刻的社会写实成功地包裹在主流商业电影类型中，以新颖的电影语言、叙事风格和艺术理念来改造传统电影，完成了香港电影的本土化，并极大地提高了商业电影的品质。作为一个群体化运动，20世纪80年代中期它就基本结束了，但却影响着80年代以后香港电影的发展，可以说后来的香港电影作品都是在其影响下产生的。这一时期，香港影片种类繁多，首先，传统古装题材的武侠功夫片仍是首选，1982年张鑫炎的《少林寺》引起全球轰动，再一次带动起香港影坛争拍真功夫片的热潮。之后徐克相继推出了《黄飞鸿》系列、《笑傲江湖》系列以及《新蜀山剑侠》等片，前者用现代的方式重新演绎了传统题材，引领了文化武侠的新时尚，而后两者则在武侠片中成功地引入了现代新视听的元素，用特效创造功夫神话。其次，功夫片还衍生出了两个新的片种：现代枪战片和警匪片。前者的代表作有吴宇森"暴力美学"之作《英雄本色》系列、《喋血双雄》

以及林岭东的《监狱风云》等"风云"系列，后者的代表作有成龙的一系列自导自演的《超级警察》《红番区》等。再次，喜剧片和鬼怪灵异片也是重要类型。喜剧片代表作有1982年《最佳拍档》系列影片，以及开创香港"无厘头"喜剧的周星驰主演的《霹雳先锋》；鬼怪灵异片由1980年许鞍华的《撞到正》首开风气，之后刘观伟的《僵尸先生》系列影片开始猛打恶鬼。20世纪80年代后期程小东的《倩女幽魂》系列和关锦鹏的《胭脂扣》堪称"一武一文"的多情女鬼片，叫好又叫座。最后，爱情文艺片、家庭伦理片、历史片等多种其他类型的影片也逐步发展，出现了诸多优秀经典作品，如关锦鹏的《红玫瑰与白玫瑰》《阮玲玉》《蓝宇》，许鞍华的《半生缘》《女人四十》，张婉婷的《秋天的童话》，尔冬升的《新不了情》，陈可辛的《甜蜜蜜》，而王家卫的电影更是独树一帜，其处女作《旺角卡门》以反英雄反传统轰动影坛，而后1990年的《阿飞正传》更是确立了王家卫风格——寻找与拒绝的母题、随意拼贴的故事、符号性的人物，之后的《重庆森林》《东邪西毒》《堕落天使》在国际影坛都获得较好的评价。

香港"九七"回归之后，由于金融风暴的影响以及大批香港电影人进军好莱坞，造成香港电影一段时间的低迷。但本土电影也没有停滞不前，王晶、文隽、刘伟强的最佳拍档公司成为创作主力，他们将跨媒体文化发展作为创作中心，相继推出了根据流行漫画改编的电影《古惑仔》系列，以及《风云雄霸天下》以"漫画+游戏+大制作+特技效果+大明星+刘伟强"的时尚组合来吸引观众。现代枪战片也有了新的发展，杜琪峰的《暗花》《枪火》和《暗战》将独特另类的风格进行到底。另外低成本独立制片也开始异军突起，陈果的《香港制造》凭借社会写实的力度和独特新颖的风格一举成名，之后《去年烟花特别多》《榴莲飘飘》《香港有个好莱坞》等片在国际社会都得到了较高的评价。而且随着祖国内地和港澳台地区的交流更加频繁，这几年越来越多的香港电影以合拍片的形式出现，在内地、台湾、香港本地都获得了较高的评价。

台湾电影的发展由于历史原因比较特殊。

早期台湾电影一直被日本人把持。1901年11月电影来到台湾，但直到1925年的《谁之过》才是台湾第一部真正的本土电影。1949年春，上海国泰公司派张英、张彻到台湾拍摄《阿里山风云》，后因为政治原因滞留台湾，成为国民党来到台湾后的台湾第一部自制的国语故事片，片中张彻填词的插曲《高山青》也从此代代相传，成为台湾本土电影诞生的标志符号。

1963年至1969年是台湾电影发展的黄金时期。1963年，时任"行政院"新闻局副局长的龚弘接任中影公司总经理，提出"健康写实主义"方针。同年，李行家族独立制片的影片《街头巷尾》以及后来的《蚵女》《养鸭人家》等影片为其作了最好的诠释，并且获得了业界的普遍赞誉。虽然"健康写实"已经仅强调写实，避免暴露社会矛盾，仅将困境的解决寄托于伦理情操，但即便这样，仍然受到台湾当局的压制。于是中影被迫将"健康写实"改为"健康综艺"。1965年李行的《婉君表妹》和王引的《烟雨蒙蒙》同时推出，空前卖座，使琼瑶小说成为电影的主要改编题材，并且吸引了许多大导演参与其中，又先后推出《哑女情深》《几度夕阳红》《月满西楼》等数十部琼瑶电影，而且还推出柯俊雄、王莫愁等金童玉女，成就了台湾电影的明星时代。

1970年至1979年是台湾电影发展的严峻时期，中日建交、尼克松访华以及中美上海联合公报的发表,给予了台湾当局莫大的压力。1972 年,蒋经国任命梅长岭接任中影公司总经理,开始制作《英烈千秋》《八百壮士》等系列大型战争片,同时推行电影净化运动。这一时期,爱情文艺片开始了第二波热潮,琼瑶的大批作品《彩云飞》《心有千千结》《一帘幽梦》等陆续被搬上大荧幕,李行、白景瑞等大导演继续着爱情浪漫故事的演绎。而另一方面,台湾的武侠片也开始兴起,其代表人物有胡金铨、古龙。胡金铨的《迎春阁风波》《空山灵雨》《山中传奇》等电影,以其戏曲舞台化动作、灵幻影像特点、浓烈禅道韵味等独特风格,进一步开拓了台湾武侠电影新境界。而古龙的小说《流星·蝴蝶·剑》自 1975 年被楚原搬上银幕后,《陆小凤》《绝代双骄》等多部作品也被改编推出,之后他更是自组公司、自编自导《楚留香传奇》等电影。此外,艺术片方面,1976 年李行重回乡土拍摄写实风格的影片《汪洋中的一条船》,随后拍摄的实景电影《小城故事》和《早安台北》也获得了业界的肯定。

1980 年至 1989 年是台湾的新电影时期。1982 年,陶德辰、杨德昌、柯一正、张毅联手执导四段式影片《光阴的故事》,影片彻底打破了传统电影的模式,采用不完整的叙事、散文化的分段、开放型的结局以及清新朴实的影像风格,成为台湾新旧电影的分水岭,也是台湾新电影的开山之作。紧接着,侯孝贤、杨德昌、陈坤厚、张毅、万仁等一批电影人精诚合作,创作出《小毕的故事》《海滩的一天》《儿子的大玩偶》《玉卿嫂》《风柜来的人》《油麻菜籽》《童年往事》等一系列新电影,掀起了台湾新电影的浪潮。

1990 年至今是台湾新新电影时期,1993 年被台湾"行政院"新闻局定为"电影年",翌年台湾迎接"新新电影"的活动全面展开。这一时期,一方面,新电影时期的老导演继续创作新的作品,如侯孝贤的《悲情城市》《戏梦人生》,杨德昌的《牯岭街少年杀人事件》《独立时代》《麻将》《一一》等片,继续着他们对生活对历史的反思。另一方面,新锐导演大批涌现也创作出了一大批优良的电影作品,如李安的《推手》《喜宴》《饮食男女》《卧虎藏龙》等都在国际上享有美誉,而蔡明亮的《爱情万岁》《河流》等也获得了本土与国际业界的肯定。不过总体看来,20 世纪 90 年代以后,台湾的电影产量直线下降,电影产业长期萎缩,还需要很长一段时间的酝酿,才有可能重新崛起。

二、影视名作导读

电影部分

小城之春(1948)

上海文华影业公司摄制
片长:100 分钟
导演:费 穆
编剧:李天济
摄影:李生伟
主要演员:韦 伟(饰周玉纹) 石 羽(饰戴礼言) 李 纬(饰章志忱)
张鸿眉(饰戴秀) 崔超明(饰老黄)

[故事梗概]

1946年春天，江南小城的一个破败的大院里，戴礼言和太太周玉纹、小妹戴秀、仆人老黄一起生活。长期生病的戴礼言脾气古怪，妹妹戴秀却是活泼开朗。玉纹每天尽着妻子的责任，对丈夫却没有感情，生活让她十分厌倦。意气风发的章志忱的到来打破了这种沉闷的生活。章志忱是戴礼言的老同学，又是玉纹的初恋情人。志忱的到来，使玉纹心中掀起巨大的波澜，两人旧情复燃。在小妹的生日宴上，戴礼言察觉到他们的特殊关系，大受打击。最后，章志忱离开了小城，戴礼言和玉纹又回到原来的生活。

[欣赏指导]

《小城之春》拍摄于1948年，正是中国风雨飘摇、时局动荡之时。导演费穆弃大时代于不顾，将镜头聚焦于远离战火与党派政治的小城一隅，描绘了几个小人物的爱恨悲欢。因此，影片一上映即备受批判，被认为是小资产阶级的无病呻吟，是"没有时代性，没有民族性，完全是神经病者幻想的产物"。影片公映两年后费穆在香港辞世，《小城之春》也随之被世人遗忘。半个世纪之后，人们重新发现了它。惊叹声中，费穆被提到前所未有的历史高度。1995年，《小城之春》被推选为中国电影90年历史上10部经典作品之一，更被香港电影评论界推选为世界100年电影史上的10部经典影片之一。海外影评家则称之为中国电影史上最伟大的影片。2002年，第五代导演田壮壮就选择翻拍《小城之春》作为他的复出之作。

战后的小城一个普通人家的情感故事，通过费穆优美诗化的电影语言，表现了人性与道德、欲望与伦理的斗争，以剖析在中西文化的冲突中整个民族的心理特征和行为方式，表达了费穆对古老中国及其文化历史命运深切的关注和忧虑。影片的象征与隐喻的意味是十分明显的。不管是寂寞的小城、斑驳的城墙，还是残败的戴园，都给人陈旧、破落、荒凉之感，象征着中国传统文化风光不再，繁华落尽后的衰败一览无余。身着长衫的戴礼言是传统的守护者，却是虚弱不堪，无力恢复家业，只能在废园中徘徊，自怨自艾。身着西装、手持听诊器的西医章志忱是一个闯入者，象征着西方文明的入侵。封闭的小城迎来了春天，预示着新的生机与变化的到来。章志忱的到来，打破了玉纹与礼言平静的生活。三个人都陷入痛苦的挣扎与抉择之中：玉纹是选择浪漫的爱情，还是妻子的责任；礼言希望成全玉纹，却又离不开她；志忱爱着玉纹，是玉纹的幸福，但又抛不开友情、道德与责任。这种人生困境，是一代人无从把握民族文化出路的深层隐喻。章志忱与周玉纹在恋情的推动下，几次差点越轨，却始终没有跨出最后一步。对于玉纹，礼言与志忱其实就是"情"与"礼"的选择。影片的主人公最后主动选择了"发乎情止乎礼"的结局。长久在城头徘徊，眺望城外世界的玉纹，没有走出象征"传统道德礼法规范"的城墙。生病的礼言会慢慢好起来，外来者章志忱在小城暂住几日，最终还是离开了。深受传统文化熏陶的费穆，努力寻求情感与道德的协调和统一，力图在中西文化交锋中找到平衡与超脱。

当代电影史学家李少白先生说："《小城之春》贯彻了费穆的电影主张，因不受其他因素掣肘，带有浓郁的费穆特色。影片有意大量使用'长镜头'传达古老中国的'灰色情绪'，意在从影调上创造出中国文化的传统韵味。同时，影片在叙事上也独具匠心，运用了女主人公独白的第一人称叙事。但画面所呈现的内容远远超出第一人称所可查知的范围，在音画之间营造出一个对比、对话的空间，从而达到言有尽而意无穷的意境。透过《小城之春》，费穆力图用影像捕捉和传达中国传统艺术所表现出来的意境和神韵……"这是对《小城之春》及费穆电影诗化风格的极好总结。

将中国传统文化寓于新兴的影像艺术形式之中，使二者完美结合在一起，是费穆对电影的追求与探索。费穆深爱传统戏曲，他大胆地使用"长镜头"和"慢动作"，使电影有一种话剧的视角与结构。长镜头通过摄影机的推拉摇移，再现事件，并把人物复杂多变的内心活动生动细腻地表现出来。其中最让人称叹的是两场戏：妹妹唱歌迎接志忱的到来与妹妹生日。意外重逢，志忱和玉纹十分惊喜，在妹妹的歌声中，长镜头捕捉到的两人的眼神既表达了人物关系，又传达出内心的情感波澜。妹妹的生日宴上，全景镜头与中景、近景、特写镜头的交替使用，把志忱与玉纹酒醉失态的欢愉与礼言满怀狐疑到完全明白的心理完全表现出来。长镜头徐徐地推动加上被有意识"放慢"的动作，人物的喜怒哀乐仿佛凝固了一般，含蓄优雅，散发出浓郁的中国写意韵味。玉纹出场迟疑而缓慢的步态、茫然而无望的神情，在镜头缓缓的推移中，其惆怅、孤独、挣扎的性格基调被勾勒出来。

在《小城之春》中，导演大胆地使用电影这种并不擅长表现心理活动的艺术载体，创造了一出精美绝伦的心理剧，从而开创了中国电影史心理写实主义的先河。首先，女主人公的内心独白贯穿故事的始终。玉纹的独白是以全知全觉的视角出现的，主观想象与感受的成分突出，使影片更加"情绪化"，更富有感染力。如："家，在一个小巷里，经过一个小桥，就是我们家的后门。"看起来是玉纹在介绍自己家的方位。但这样的介绍很显然无法让人明确具体的方位，小巷、小桥、后门，是玉纹每天必走的路线，是她对生活的主观感受，由此暗示了玉纹的内心世界。再如：当志忱到戴家时，旁白是充满不安的"谁知道会有一个人来"。她似乎只是在重复与画面相同的信息，但又不仅仅是"客人到来"这一事件的客观呈现，它真实地触摸到了人物意识甚至潜意识中最细微、最隐秘的波动，独白成为传达玉纹复杂微妙的思想活动的最佳载体。

其次，编剧采用大量不完整的对白，淋漓尽致地表现人物犹豫不决的踌躇心理。如玉纹与志忱的单独对话，欲言又止，语调与眼神的变化的补充，才让人心领神会。玉纹买药回来，与礼言的对话，简短又盘曲迂回，浸透着无奈与失落。此外，大量细节的运用，也把人物内心的潜台词和情绪变化表现得恰到好处。一盆兰花、一条纱巾、玉纹越穿越鲜艳的衣服、连续三句"我就来"的节奏变化，等等，无一不是内心世界的外化。

大闹天宫（1961—1964）

上海美术电影制片厂摄制

片长：114分钟

导演：万籁鸣

编剧：李克弱　万籁鸣

摄影：王世荣　段孝萱

美术设计：张光宇　张正宇

主要配音演员：邱岳峰（齐天大圣）　　毕　克（东海龙王）　　富润生（玉皇大帝）
尚　华（太白金星）

[故事梗概]

　　猴王孙悟空在花果山带领群猴操练，却少了件称手的武器。因到东海龙宫借了镇海之宝——如意金箍棒，他被龙王告上天庭。太白金星献计，将猴王骗上天，封为弼马温，表面封官暗中压制他。猴王识破诡计后，一怒之下捣毁御马监，返回花果山，自封"齐天大圣"。玉帝闻讯大怒，命天兵天将捉拿猴王，结果大败而归。玉帝再次接受金星献策，假意封猴王为"齐天大圣"，命他掌管蟠桃园。王母娘娘设蟠桃宴，邀请各路神仙，唯独没有孙悟空。猴王火冒三丈，不仅大闹瑶池，还吃光太上老君的金丹，回到花果山与众猴大开神仙酒会。玉帝暴怒，派兵捉拿猴王。猴王中计受擒后被推进炼丹炉。不料孙悟空并未烧死，反而神力大增，把天宫打得落花流水，吓得玉帝狼狈逃跑。孙悟空又回到花果山，继续当齐天大圣。

[欣赏指导]

　　动画片《大闹天宫》是根据《西游记》前七回改编而成的。影片公映后，在国际上产生巨大轰动，至今已发行到40多个国家和地区，并先后荣获第13届卡罗维发利国际电影节短片特别奖，中国第2届电影百花奖最佳美术片奖，第22届伦敦国际电影节最佳影片奖，厄瓜多尔第5届基多国际儿童电影节三等奖，葡萄牙第12届菲格拉达福兹国际电影节评委奖。

　　《大闹天宫》让人印象深刻，孙悟空这一形象更是深入人心。导演万籁鸣认为《西游记》前七回"虽然它是以神话形式写成的，但反映了压迫者与被压迫者的尖锐的冲突与斗争"，由此产生了孙悟空这样一个勇敢机智、顽强不屈、敢于与强大势力较量的英雄形象。反叛性成为孙悟空最重要的性格特征，他宣称："谁都不敢惹你这玉帝老儿，我偏要和你较量较量。"为了让角色的性格表现得更为纯粹，导演在忠实于原著的基础上，对原著作了颠覆性的修改。小说中的孙悟空是一个悲剧式的英雄，本领不小，但最终还是逃不出如来佛的手掌心。而影片结尾，却是孙悟空反败为胜，让玉皇大帝落荒而逃。又如原著中猴王嫌官小而愤然离去，原文对话多，形体动作少，不宜于用动画的电影语言把它表现出来，导演就设置了骄横无理的"马天君"形象，孙悟空一怒之下反出南天门，就成了蔑视权威、反抗强权之举。《大闹天宫》中的孙悟空形象极具特色，在他身上体现了猴、人、神的统一。孙悟空是猴，首先具有猴的机灵活泼的特征；但他又是神，具有人所不能有的变身遁形的本领；他的思想感情却又具有现实生活中正直的人们的高贵品质。三种特征的融合下，孙悟空的形象被塑造得豪爽坦率，敢说敢做，又天真活泼。与小猴们一起嬉戏玩耍时，他和蔼可亲；任职弼马温，放养天马，并把自己变成乌云，下雨让马儿沐浴；第一次见玉帝，他东摸摸西碰碰，与天神们开玩笑，让人哭笑不得；被封为弼马温，穿上红袍，戴上纱帽，摇来摆去十分得意，还把帽翅拔下来插在金星头上。这些略带夸张又充满想象的尽显本色的细节，十分生动地突现了这个具有人的性格、猴的机灵与神的威力的形象特征。

孙悟空已经成为中国动画影片中的一个符号，《大闹天宫》也成为动画电影史上难以超越的标杆。一年多时间里手工绘制的近七万幅画稿，汲取中国传统的绘画、音乐和表演等艺术特点，具有鲜明的民族风格。影评人凯恩·拉斯金曾这样评价："这部影片可以和《圣经》中的神话故事以及希腊的民间传说媲美。它们同样是充满了无穷的独创性、迷人的事件、英雄式的行为和卓越的妙趣。影片通过杰出的美术设计，而成为一部拥有强烈感染力的作品。"在法国上映时，则被认为是"动画片的真正杰作，有如一组美好的画面交响乐"，称"《大闹天宫》不但具有一般美国迪士尼作品的美感，而造型艺术又是迪士尼的美术片所做不到的，即它完美地表达了中国的传统艺术风格"。

影片中人物的造型设计，紧紧抓住人物性格，又借鉴了民间艺术形象与形式风格。孙悟空的形象即是借鉴了戏曲脸谱和民间版画的形象。长腿蜂腰，细胳膊大手，鹅黄上衣，大红裤子，颈绕绿围巾，腰束虎皮裙，足登黑色靴，神采奕奕，勇猛矫健。红、黄、绿主色的搭配，既体现了中国传统的审美趣味，又暗合了孙悟空大胆、乐观、自由，又富有生命力的性格特点。玉皇大帝则是从佛像、民间剪纸、木刻、年画中的财神、灶王、天官的造型加以变化而来的。长形粉脸，两块红晕，眼皮下垂，脸庞臃肿，宽袖大袍，姿态蹒跚，看似严肃端庄，实则邪恶昏庸。太白金星的形象，重点突出了白色长须和一双三角眼，外表温和，却是心怀鬼胎。其他如巨灵神、哪吒、马天君、龙王等形象皆是把性格寓于脸谱之中，造型刻画上十分成功。

在场景处理上，既吸收了民间艺术的优良传统，又发挥了想象力和创造力，造型简练中求变化，色彩统一中求丰富，以营造神话剧的幻想气氛。因此，表现天庭则云雾朦胧，灰暗低沉，虽然建筑豪华富丽，但死气沉沉，有阴森压人的感觉。而表现花果山，则是欢乐明朗，是仙境也是乐园，给人以生机勃勃，赏心悦目的感觉。有虚有实的装饰性处理，强烈突出了浓厚的神话幻境，使影片画面摇曳多姿、趣味盎然。

京剧式的动作及韵白，并辅之以民乐伴奏，运用京剧的打击乐器和锣鼓点子，是本片的又一特色。具有民族风格化的脸谱的动画人物在京剧锣鼓的节奏下流畅地翻滚着，穿梭于具有写意风情的中国山水之中。《大闹天宫》始终让观众沉浸在妙不可言的神幻意境中，以极富有魅力的艺术形式征服了观众，成为永恒的经典。

英雄本色（1986）

新艺城影业有限公司摄制

片长：95分钟

导演：吴宇森

编剧：陈庆嘉　吴宇森　梁淑华

摄影：梁永恒

主要演员：狄　龙（饰宋子豪）　张国荣（饰宋子杰）　周润发（饰小马哥）李子雄（饰阿成）

[故事梗概]

宋子豪与小马哥情同手足，又都是一个国际伪钞集团的重要人物。一次伪钞交易中，子豪在台湾遭人出卖被捕，父亲被杀；小马哥为子豪报仇时中枪变成跛子，从此在帮会地位一落千丈。小马哥一心等子豪出狱再闯天下，但子豪决意退隐，可惜不为当警察的弟弟阿杰谅解。帮会新贵阿成做贼心虚，决定将子豪赶尽杀绝。小马哥偷走帮会的伪钞制版，向阿成宣战，危急关头子豪现身相助；阿杰一心要捉拿子豪，反被小马哥的手足情义感动，加入战团……在枪战中小马哥死去，子豪也杀了阿成。最后，子豪从阿杰腰间取出手铐，两人戴上手铐双双走向警察。

[欣赏指导]

"我失去的东西一定要拿回来！"这是《英雄本色》中小马哥的一句台词，却也是现实中三个男人的心声。终于，一切不负众望，这部《英雄本色》让这三个男人在现实中实现了这句誓言：它让电视明星周润发成功转型为大银幕的明星，让被邵氏抛弃的狄龙再创辉煌，让吴宇森一跃成为香港"动作片掌门人"，更推动了香港电影闻名遐迩的纯"男性英雄片"的创作热潮。

为什么能如此成功？

首先，让我们看看吴宇森为我们塑造的英雄世界。在这个世界里，虽然同样是铁骨铮铮的阳刚英雄，但不再是不会死、不会流泪的"神话式"的人物，而是有着平凡人同样情感心理和生理反应的富有"人性"的人。他们会受伤、会痛苦、会犹豫，甚至会绝望，但他们在观众心中仍是英雄。

片中宋子豪与小马哥二人肝胆相照，在经历了被出卖入狱、身体残废、流落街头等起伏波折、抑郁艰难的过程后，仍不放弃对"义气、地位、信心、尊严"的追求，最后为了兄弟情义赴汤蹈火而在所不惜，明知危险却毅然生死决战。吴宇森让我们看到原来江湖兄弟情可以比骨肉兄弟情更深，他把中国古人最具代表性的品格"侠""义"全面复苏在他作品中的现代角色身上。我们看到片中的小马哥在三年后放下从前的骄傲，衣衫褴褛地拎着水桶抹布，坦然地捡起阿成扔在地上的钞票，一瘸一拐地推着小车回到地下室，大口嚼着盒饭。而这时阿豪现身说道："小马，你写给我的信，不是这么说的。"兄弟的手又紧紧握在一起。眼前的这一幕会让我们想起少林寺前段誉、虚竹为了萧峰挺身而出、并肩对敌，想起李寻欢拉起失去斗志终日醉酒的阿飞，想起李沉舟悲怆如风雪般痛呼柳五……

影片堪称一部多愁善感的"另类"英雄片，片中赋予了英雄多重的情义范畴，赋予男人以父子情、兄弟情、朋友情和冤屈受害、报仇雪恨等交叉情感，通过狄龙、周润发、张国荣的精彩演绎，让男人的豪情万丈与千般柔情尽显无遗。

其次，这部电影是吴宇森"暴力美学"风格的初步展示，在影片中吴宇森将中国传统艺术的写意手法运用在电影拍摄中。吴宇森将"暴力"和"美学"这两个不管内涵还是外延都相去甚远的词黏合在一起，用极端修饰的诗意化的动作、慢镜头来渲染暴力场面、营造悲情氛围，把血淋淋的暴力场面诗化为唯美的镜头语言。吴宇森说："所谓的动作，所谓的暴力，对于我来说是舞蹈，是动态的美感。子弹的发射，是声响效果，是电影的节奏。"

在影片中，小马哥在台湾酒家给宋子豪报仇的一段，至今依然是香港电影中最经典的枪战场面。整个场面以小调歌曲搭配着两段情节：一段以慢镜头捕捉小马哥在走廊里一边与舞女调笑，一边将多把手枪藏在走廊的花盆中，巧妙地通过音乐和剪辑让小马哥的动作产生强烈的节奏感；另一段以正常速度拍摄台湾黑帮大吃大喝的酒宴。两个片段平行进行，又互相穿插，不同的节奏形成鲜明对比。随之，一段最激烈的枪战爆发。小马哥顺势从走廊花盆里拿出预先藏好的手枪，再次以慢镜头拍摄他的动作，一个飞身，一下举枪，把对手射得七零八落，动作那样优美，似乎在为观众上演一出精彩的死亡芭蕾。正是这暴力动作夸张的非真实形式美消解了暴力的血腥残酷，让现实暴力与银幕暴力建立了安全的距离，使得观众能放心地置身于这场超现实主义风格的视觉游戏中。

吴宇森将暴力作为一种美来呈现，并不是为了表现他对暴力的崇尚，而是寄予了他对没有暴力，人人和睦相处的乌托邦的理想社会的渴望与追求。正是他的这种"暴力美学"为动作片开启了香港动作电影的新时代，并启发了好莱坞"叛逆小子"昆汀·塔伦蒂诺的"血腥思维"，带动美国《落水狗》《低俗小说》《杀人三部曲》等一系列新暴力电影的出现。

红高粱（1987）

西安电影制片厂摄制
片长：91分钟
导演：张艺谋
编剧：陈剑雨　朱　伟　莫　言
摄影：顾长卫
主要演员：姜　文（饰我爷爷余占鳌）　　巩　俐（饰我奶奶九儿）

[故事梗概]

我奶奶十九岁时，她的父亲为一头大黑骡子而将她嫁给了在十八里坡开烧酒作坊的五十多岁患有麻风病的李大头。奶奶带着剪刀上了轿，在路上奶奶与英雄救美的当轿把式的我爷爷暗生情愫。在三日后回门的途中，爷爷将奶奶抢进高粱地里，有了我爸爸。回来后，李大头死了，我奶奶留住了众伙计，撑起了烧酒作坊。我爷爷在刚酿好的高粱酒里撒了一泡尿，没想到高粱酒的味道格外好，我奶奶给它取名叫十八里红。我爹九岁那年，日本鬼子到了青杀口，烧杀抢掠。据说罗汉大叔参加了共产党，因此被活剥了人皮。我奶奶激励大家去打鬼子。当我奶奶挑着做好的饭菜去犒劳我爷爷他们时，却被鬼子军车上的机枪给打死。愤怒的我爷爷和大伙抱着火罐、土雷冲向日本军车。最后，我爷爷他呆了似的与我爹站在我奶奶尸体旁，我爹放声唱起了童谣："娘，娘，上西南，宽宽的大路，长长的宝船……"

[欣赏指导]

《红高粱》这部电影是张艺谋导演的处女作，也是他的巅峰之作。整部影片歌颂了人性与蓬勃旺盛的生命力，与东方文化原有的沉郁和压抑形成了反差，全片以浓烈的色彩、豪放的风格充分展现了赞美生命的主题。就如张艺谋本人所说的："是要通过人物个性的塑造来赞美生命，赞美生命的那种喷涌不尽的勃勃生机，赞美生命的自由、舒展。"正因为这种对生命的礼赞以及影片那精湛的电影语言的运用，使得《红高粱》获得了中国电影史上第一个A类的国际大奖。

影片的主题始终贯穿于片中的各个情节，而影片色彩的运用、画面的建构与音乐的选择也都突出地体现着这一主题。

影片中用了三个仪式来表现主题：一、颠轿，二、野合，三、祭酒神。这几场戏"拍得十分热烈狂放，目的是为了表现做人的潇洒和快乐"。

颠轿和祭酒神是山东早年的习俗，具体是怎样的，连作者莫言也没有见过，只听上岁数的人说起过。莫言在小说中用他的想象力为读者建构了一个奇妙的民俗世界，而张艺谋则用电影语言为观众将那奇妙的想象变成了充满视听冲击力的影像片段。"颠轿"中一群年轻健壮赤裸着上身的男子高唱着歌折腾着新娘子，夸张的动作造型与脚下黄色的烟尘、背景广阔无边的黄土地、红色热烈的轿子以及桀骜不驯、酣畅淋漓的喊唱，完美交融在一起。"轿内新娘怀揣剪刀又悲又苦，可这种心境和轿夫们逑相干？这些年轻力壮的男子，为别人抬去洞房里的牺牲，心里会是什么滋味？所以，他们要在轿外打情骂俏地折腾新娘，获得一种发泄的快乐。"它体现了人的本能中对性的追求，而不是传统视野中的"下流"伎俩，这是这些年轻汉子们按着人的天性热情恣意、滋味十足地活着的表现，是生命的一种自由舒展的精神状态。这里的颠轿，它不纯粹是民俗，而是生命的快乐舞蹈。

片中的"祭酒神"出现了两次，在第一次的"祭酒神"中同样是这些精壮汉子，手捧盆样的海碗，呜里哇啦地放开嗓门唱着充满豪情的祭酒歌，强烈而直白地表现出生命的快乐，透溢着生命的舒展酣畅。而第二次"祭酒神"时，这些精壮汉子是怀着悲愤的心情在唱，为了祭奠死于日本人之手的罗汉，燃烧着为罗汉报仇的火焰，为之后反抗压制生命的力量——"日本侵略者"做准备，为了保护自己已有的幸福，为让生命能够张扬而奋斗。

在另一个片段"野合"中仪式的意味更加浓厚，这场戏体现的是爱的欢乐和神圣。"我爷爷"踏倒的高粱，形成了一片圆形的祭坛，"画面是一个俯拍的全景镜头：身着红衣的'我奶奶'仰面躺在倒伏的高粱所铺成的绿色圆形圣坛上，古铜色的'我爷爷'在她面前双膝跪下。这场戏的第一表现层次是音乐心跳似的鼓声和呐喊似的唢呐声拔地而起；第二表现层次是在风中狂舞的高粱迭化画面。音画的结合，烘托出爱的热烈和生命的辉煌"。两性的结合在这里变得神圣不可侵犯，生命的舒展张扬在此表露无遗。

在片中，患麻风病的李大头、土匪秃三炮和日本侵略者都是踩躏、践踏和欺辱生命的恶的象征，是一个符号，而那漫山遍野的野高粱则是无限顽强的生命力的象征，高粱砍了又长，折了还长，只要根不死，它就能活。影片中最常出现的景色就是那雄浑一片的高粱地。顾长卫通过光线和风，表现高粱在风中舞动时骚动不安的生命感。色调上是灿烂辉煌的金黄色。灿烂的阳光总"在一棵棵高粱间跳跃闪烁，把原本墨绿色的高粱染成一片金黄。逆光中呈半透明状态的晶莹的高粱在风中狂舞，你会觉得它活得那么新鲜,那么舒展!"

本篇的主色调是热烈的红色。在色彩文化学中,红色属于暖色调。红色最容易让人联想到的有两样东西:血与火。血代表血腥、仇恨、屠杀、战争等。而火可以代表热情、活力、爱情、欲望、温暖、喜庆等。虽然含义不同,但都代表一种很激烈的情感。张艺谋在电影中把红色诠释得淋漓尽致,"火"和"血"的意义都得到体现。片中的盖头、嫁衣、花轿、高粱酒,甚至高粱都使用红色,传递着热情和生命的张力。特别是影片最后一个场景更是使用了滤镜,将一切都变为红色:"血红的太阳,血红的天空,血红的高粱漫天飞舞,小孩'娘,娘,上西南'的喊声随风飘洒,再伴以升腾而起的高昂激越的唢呐齐奏,使影片的生命主题得到了最高的升华。"

同时,整部影片在以红色为主色调之外,还运用了黄土高原典型的黄色来映衬红色。黄色向来是中华民族文化和中华文明的象征,象征着中华民族精神内涵中稳重厚实与深沉的积淀。在此,红色所彰显的热情和活力正是因为扎根于这厚实沉稳的黄,才使它的情感张扬却不浮躁,而中华民族也正是因为这样的鲜活张扬但又稳重踏实,才能生生不息。

《红高粱》是张艺谋创造的一个理想的精神世界。他说:"我之所以把它拍得轰轰烈烈、张张扬扬,就是想展示一种痛快淋漓的人生态度,表达'人活一口气,树活一张皮'这样一个拙直浅显的道理。"而我们在观赏《红高粱》这部电影时,感受到了那种生命的快乐与活力,感受到了那种自由舒展的生命状态,这就是导演希望带给我们的最初的也是最终的感受。就如张艺谋所说,《红高粱》"它没想负载很深的哲理,只希望寻求与普通人最本质的情感沟通"。

(注:本文引用话语均为张艺谋本人对影片的分析阐述。)

倩女幽魂(1987)

新艺城影业有限公司电影工作室制作

片长:98分钟

导演:程小东

编剧:阮继志

监制:徐 克

摄影:潘恒生

主要演员:张国荣(饰宁采臣)   王祖贤(饰聂小倩)   午 马(饰燕赤霞)

[故事梗概]

书生宁采臣因身无分文,投宿古庙兰若寺。深夜绝世美人聂小倩现身于清风美乐之中,宁采臣顿时被吸引。然而,小倩是被千年树妖姥姥控制的鬼魂,专门迷惑精壮男子以供姥姥吸取阳气。宁采臣的善良让小倩不忍加害,竟与他发生了恋情。在明白真相后,宁采臣求助于道士燕赤霞。二人联手打败姥姥,帮小倩投胎转世,重新做人。

[欣赏指导]

徐克监制、程小东导演的《倩女幽魂》改编自清代文人蒲松龄《聊斋志异》中的"聂小倩"一章，写了一段凄美浪漫的人鬼恋情。电影运用当时最先进的电影特技，创造了当年香港电影票房的神话，并掀起影坛拍摄古装鬼片的热潮。日本人甚至称徐克、程小东为"东方的乔治·卢卡斯和史蒂文·斯皮尔伯格"。这部精心设计的商业片，在艺术性与娱乐性方面得到很高评价，名列当年十大卖座片的第三名，还当选1987年港台十大佳片冠军和20世纪80年代台港十大名片之一，多次参加国际影展。此后，徐克又拍摄了两部续集，虽然票房成绩不错，但影响及成就远不如第一部。

《倩女幽魂》最吸引人的当然是宁采臣与聂小倩跨越时空的人鬼之恋，荡气回肠、凄美至极。从聂小倩引诱宁采臣、宁采臣舍身相救、聂小倩房中机智脱险，到聂小倩气走宁采臣、宁采臣返回报信，最后到聂小倩被抓，宁采臣舍命相救，合力铲除魔头，小倩投胎转世，故事跌宕起伏，悬念丛生。几经周折，两人却是难舍难分，感情不断加深。多种外在力量（如道士、树妖姥姥、小青等）的推进与他们内心的强烈冲突交织在一起，使这个爱情故事变化莫测、扣人心弦。影片充分调动观众的期待视野，设计了许多惊心动魄的情节与场景。最典型的是宁采臣闯入聂小倩房中那一场戏。树妖姥姥、小青差点见到宁采臣，几次惊险，聂小倩一一化解。整个过程惊险起伏，眼看危险已过，却又突生变化。多次脱险伴随的是两人的感情越来越深。惊险的场景与情感的深入叠加在一起，使故事产生强烈的趣味性，十分耐看。

影片中宁采臣与聂小倩美丽的爱情故事远远不同于小说原著，他们已经不是蒲松龄笔下的两个人物。《倩女幽魂》改编了故事及形象，让它更契合现代人的欣赏口味。原作中宁采臣好人有好报，有情人终成眷属。而电影则是二人真心相爱却不得不分开，这种令人遗憾的残缺，却成为完美的定格，永远印在我们的记忆深处。宁采臣是个文弱书生，身上仅有硬得如石头一般的无法充饥的馒头、踢烂了的鞋子和烂得不能遮雨的破伞，十分可怜。手无缚鸡之力、胆小如鼠的他，却可以为聂小倩斗蟒蛇、闯地府、打树妖。宁采臣被塑造成痴情公子，为了爱情可以不惜一切。聂小倩则由一个只懂得保护自己的弱女子变成一个主动救赎自己，将命运掌握在自己手中的强者形象。她多次救宁采臣于危难之中，为改变命运而与黑山老妖、姥姥抗争。小倩抛弃了矜持、被动、忍耐、顺从等男权社会所认同的女性气质，积极主动地追求爱情，不掩饰自己的本能欲望，而拥有进取、富于竞争性等男性气质。

此外，影片运用大量巧合来推动故事的发展，迎合了观众的期待也增强了戏剧性与趣味性，浪漫的爱情又多了一分喜剧色彩。聂小倩与宁采臣的爱情就是通过一系列的巧合推动的。如宁采臣看中一幅女子画像却无钱购买，当他有钱想买时却找不到，这画中女子恰好是聂小倩。再如宁采臣想重写账本，不料墨盒掉到楼下。他到阴暗的楼下去寻找，打开窗子，恰好让阳光把僵尸照化了，宁采臣在全然不知情中逃过一劫。又如宁采臣与燕赤霞联手攻打黑山老妖，力不能敌时，恰好《金刚经》从衣服中露出来，借此威力杀死了老妖，而《金刚经》却是装聂小倩的骨灰时放在身上的。这些巧合在影片努力描绘的混乱的社会现实中显得十分真实可信，看似偶然，实则必然。影片的背景是民不聊生、兵荒马乱的动荡时代，社会混乱不堪，犹如人间地狱。于是，宁采臣讨账未果、投宿古寺，树妖控制鬼魂残害路人，小倩受缚不得解脱，燕赤霞远离江湖一心除妖等情节合情合理，妖魔世界也不过是不平静的人世间的折射而已。

《倩女幽魂》的艺术魅力还来源于影片精美的武打场面。程小东写意柔美的武术设计，制造出奇异唯美的视觉效果。舞剑有如舞蹈一般，配合摄影的光影效果，使武打画面极具飘逸之美。其中，聂小倩的白纱飘过的镜头最具有代表性。大片轻纱滑过镜头，接着是人拖着轻纱飞远，女性特有的"妖媚"被凸显出来，并且营造了光怪陆离的神怪气氛以及变幻离奇的视觉效果。这种"飘逸"的艺术风格，非常贴合影片有意渲染的神鬼妖魔世界亦真亦幻的超现实的时空特点。其他的打斗场面也表现得绚丽多彩，变化丰富。效果性动作的强化与大量动作夸张的省略，使最富有表现力的片段产生独特的魅力。程小东借鉴中国武术中长剑的套路，把大开大合、腾挪跳跃的动感通过摄影融合起来，非常成功。本片中，所有高手交手的镜头都是仰拍，武打动作与画面的倾斜角度及快速平移的跟拍，使整个动作场面层次丰富，惊心动魄，又具有美感。

服装设计、人物造型、古典诗词的成功运用等都让影片多了看点。其中，不可不提的是主题曲和配乐。戴乐民与黄霑合作的音乐，既有黄钟大吕的威武豪迈之气，又具小桥流水的潺潺细流之音。由黄霑作词作曲，张国荣演唱的主题曲更是红遍内地和香港、台湾、澳门地区。其旋律缠绵悱恻，悲凉中不乏雄壮。张国荣低沉醇厚的嗓音把观众带入那个奇幻的世界和故事之中，看到诡魅艳丽的聂小倩与善良质朴的宁采臣之间一段轰轰烈烈的人鬼情。影片荣获第七届香港电影金像奖最佳音乐、最佳电影歌曲等奖项。

胭脂扣（1988）

嘉禾电影有限公司、威禾电影制作有限公司联合摄制

片长：96分钟

导演：关锦鹏

编剧：邱刚健　李碧华

主要演员：张国荣（饰十二少陈振邦）　梅艳芳（饰如花）　朱宝意（饰楚楚）万梓良（饰袁永定）

[故事梗概]

某夜，一冷艳女鬼来报馆求登寻人广告，并缠着袁永定不离开。女鬼原是50年前石塘咀名妓如花，当年拜倒裙下者众，却独钟情富家子弟陈振邦。陈门乃望族不接受妓女做媳妇，逐振邦出门，于是两人在穷困中挣扎。如花与振邦终订阴世之约，复吞鸦片自杀。如花在阴间久候不见振邦，便来阳世寻觅。现在已是1987年了，事过50年，简直是大海捞针。最后如花得袁及其女友凌楚娟帮助，终于在一家制衣厂找到早已潦倒和衰老不堪的十二少。如花将胭脂盒归还，留给十二少一句"谢谢你，我不想再等了"。他望着她离开的背影，一遍又一遍地喊着她的名字……

[欣赏指导]

香港电影一向以男性主义作为主导，从张彻到吴宇森再到林岭东，还有徐克、周星

驰，银幕上常常是血气方刚，砍砍杀杀，女性则多以配角出现，真正的女性电影寥寥可数。关锦鹏被公认为是女性主义电影导演中"最虔诚、用力最深、成绩也最显著"的一位。他以其独特的男性立场、鲜明的女性意识，描写了影片中女性形象们独特的生命形态和文化心理内涵，将她们塑造为有着独立价值的个体存在，承载着关锦鹏自身倾注在她们身上的深厚的情感。

《胭脂扣》正是关锦鹏女性电影创作的一个高峰。这部电影根据李碧华同名小说改编，讲述了跨越时空的人鬼爱情。原本是个看似荒诞的故事，关锦鹏却拍得不落俗套、细腻感人，显出了他对旧式生活题材的驾驭能力和娴熟的时空切换技巧。

片中的主角如花，虽然是位风尘女子，但她内心的至爱真情和不屈的尊严感让片中现代世界的楚楚禁不住嫉妒和羡慕，更让银幕前现实的观者感到汗颜。在人世间，她受到陈家森严的封建道德条律的打击。在苦等50年后，却发现自己至爱的人苟活于世。如花刻骨铭心的等待只换来等待后的深深失落。当如花得知十二少自尽未死的消息后，痛心疾首地自问："如果是真爱，他为什么在苏醒之后不再自尽？"如花的自问，虽不石破天惊，却直指人心。当如花最后对着垂垂老矣的十二少唱出他们相识之初的那句唱词，当她轻声地说出"谢谢你还记得我……我不再等了"作为完结此世爱恋的宣言时，年老的十二少唯一可做的，却只有对着不再回头的如花高声喊着"原谅我"！而此时影片的主题歌适时响起："誓言幻作烟云字，费尽千般心思。情像火灼般热，怎烧一生一世，延续不容易。负情是我的名字，错付千般相思，情像水向东逝去，痴心枉倾注，愿那天未曾遇。只盼相依，那管见尽遗憾世事，渐老芳华，爱火未减人面变异，祈求在那天重遇，诉尽千般相思，祈望不再辜负你，痴心的关注，人被爱留住，问哪天会重遇……"这样的结尾，让我们更加深切地感受到了关锦鹏想要告诉我们的主题——女性比男性更加柔韧笃定，而与女性相比，男性则显得如此脆弱多变。而这也成为关锦鹏女性电影中重要的主题之一，被其在以后的创作中不断抒写着。

悲情城市（1989）

侯孝贤电影社摄制
片长：158分钟
导演：侯孝贤
编剧：吴念真　朱天文
摄影：陈怀恩
主要演员：陈松勇（饰林文雄）　梁朝伟（饰林文清）　辛树芬（饰吴宽美）

[故事梗概]

台湾基隆一户林姓人家有四兄弟：老大林文雄经营商行；老二林文森被日本人征调南洋当军医，一去不返；老三林文良被征到上海，为日军做翻译；老四林文清是个聋哑人，以拍照为生。1945年日本无条件投降，台湾重回祖国怀抱。老三林文良回到台湾，但因汉奸罪被打得精神失常而住进医院，康复后因与有政府背景的"上海客人"在生意上发生矛盾，又被以汉奸罪关进监狱，保释出狱后已被打成白痴，成了废人。在与"上海客人"的搏斗中，大哥林文雄丧生。"二二八事件"发生后，文清的许多朋友遇害，文清也被捕入狱，生死未卜。

[欣赏指导]

《悲情城市》以1945年日本人撤出至1949年国民党迁入这一特定的历史时期为背景，通过一个普通人家四兄弟的人生际遇来展现这段动荡时期的台湾社会与历史面貌，并首次以侧笔描写台湾"二二八事件"，呈现出史诗般的气质。可以说，《悲情城市》是侯孝贤最成功的一部作品。本片在1989年获第二十六届金马奖最佳导演奖、最佳男主角奖（陈松勇），第四十届威尼斯国际电影节金狮奖，联合国教科文组织人道精神奖。

林家四兄弟虽然性格迥异、命运不同，但都难逃厄运。一个家族的衰亡关联的是一段历史的惨痛记忆。导演将宏大的历史叙事与细腻的个体描摹交织在一起，在强烈的政治批判中，寄寓着真切的人性关怀与深刻的历史反思，在虚实相生、情景交融的意境营造中，含藏着深刻的象征意味。影片开头在表现日军投降的时候，把女人生产的痛苦喊叫声叠加在收音机传来的广播声上，含蓄而自然地把影片放置于那个独特的历史背景中，不动声色地将虚实相生的意境呈现给观众。男主角林文雄是台湾本省人的典型。他得子、酒店开张至兄弟或死，或疯，或失踪的经历，就是台湾本省人经历的缩影。台湾的时代命运，以寓言体的方式，在林氏家族兴衰的叙事主线中呈现出来。而林文雄突然中弹、倒地死亡的一幕，直指"二二八事件"所带给台湾平民百姓的伤害与恐惧。柔弱而聋哑的林文清，职业是摄影师，他虽然不能言语，却能用照相机真实地记录生活与历史，"也以一种更为内省的方式审视历史"。影片结尾，文清被捕前自摄全家福的照片，正如著名影评人焦雄屏所言："在一片繁华、富庶（壁炉、沙发）的虚假背景中，却记下与虚像完全相反的现实凄苦——即将被捕的家庭分隔悲剧，其中承载的情感及反讽，为全片划下幻灭（影像上、历史上、政治理想上、家庭亲情上）的句点，也成为全片最重要的象喻。"

为书写沉重的历史与个人际遇，侯孝贤选择了与之相应的极具个人风格的具有固定机位、深焦特点的长镜头。全片时长158分钟，镜头221个，平均每个镜头42秒，其中2分钟以上的长镜头大约有20个之多，远远长于普通商业故事片镜头。全片82%的固定镜头，90%的中景以上镜头，仅有的40个运动镜头多属"人动机动"的画面调整，运动得几乎不易觉察；仅有的4个特写都不是拍人物，分别是电话、照相底版、监狱的路灯和血书。没有复杂的场面调度，画面凝固在静止的镜头中，在看似平静的画面下隐藏的是沉重的"悲情"。影片节奏因此显得非常缓慢，呈现出冷静客观的叙事风格。影片中空镜头的使用，进一步强化舒缓了沉寂的叙述基调。如多次出现的基隆渔港码头的空镜头，既渲染了自然景色之美，又包含着导演对台湾孤岛的怜爱之情。画面上大幅的"留白"，给观众遐想的空间，营造出淡雅的意境，有如中国传统泼墨山水画的写意与空灵。影片结尾林家堂屋的空镜头，光线昏暗、空间压抑，与影片开头酒家开张时灯火辉煌的喜庆场面形成了鲜明对照，不禁让人感慨"今非昔比""人去楼空"。值得一提的是，许多画面中往往有一扇门或窗。在这样的镜头中，画面中的人似乎被禁锢在门或窗里。这不仅是一种限制，也是为了形成空间的纵深感和层次感，拉开观众与画面的审美距离。观众的目光穿过门窗，以历史的眼光看待门窗背后生命个体的悲欢离合，由此联想到门窗外的整个台湾社会与民众，于是这些个体人物就成为整个台湾社会芸芸众生的缩影。

《悲情城市》的主人公林文清是个聋哑人，不能说只能用笔写，字幕画面的运用非常恰当地体现了这一特别的情境。字幕使人物性格的塑造更清晰。如林文清与宽美的对话，从中可以理出二人情感发展的线索，林文清的思想转变也从中体现。竖排繁体的字幕，充分体现了汉字的完美、语言的诗意，古色古香的形式非但没有侵害画面、断裂情节，反而调整了影片的叙事节奏，完善了叙事内容。在影片的开头和结尾分别有字幕，如开头的字幕："1945年8月15日日本天皇宣布无条件投降，台湾脱离日本统治五十一年。林文雄在八斗子的女人，生下一子，取名林光明。"交代了时代背景，也让人了解到当时的社会政治环境，显示了影片叙事的客观性和纪实性。而"林光明"的出生，暗示了台湾民众对新生活的期待。影片中还有些贯穿始终，与剧情无直接联系的字幕，担负着抒情的使命，营造了电影诗意的悲情。"同运的樱花　尽管飞扬的去吧　我随后就来　大家都一样"，唯美纯真的文字写出了那个时代的青年人为了心中的信念付出一切激情。不经意的几句话，却可以预见文清等热血青年所受的影响，即使被捕、被杀，也不改其为理想献身的坚定决心，由此更强化了革命理想破灭的悲剧性。

影片巧妙地运用宽美日记体的抒情独白和阿雪书信体的旁白，令人回味悠长。宽美记日记的动作分散在影片的各个段落中，日记表达了宽美在特定的时间、事件中的感觉与想法。宽美与阿雪的信件也用旁白，如文清第二次被捕即通过宽美写给阿雪的信来表现，既交代了事情始末，又使影片的叙事含蓄简洁。诗意而略带悲伤的女性旁白贯穿全片，产生一种独特的艺术效果。

此外，影片中闽南语、粤语、沪语、国语、日语等多种语言的使用，真实地反映了特定历史时期的时代特点及人物身份，也暗示了政局的变化与政权的更迭。本片婉转悠长的音乐也是一大亮点，它将侯孝贤独具特色的画面烘托得更富有诗意。

阿飞正传（1990）

香港影之杰电影公司摄制

片长：94分钟

导演：王家卫

编剧：王家卫

摄影：杜可风

主要演员：张国荣（饰旭仔）　张曼玉（饰苏丽珍）　刘嘉玲（饰露露）　张学友（饰歪仔）　刘德华（饰超仔）　梁朝伟（饰周慕云）

特别演出：潘迪华（饰旭仔的养母）

[故事梗概]

故事发生在20世纪60年代的香港，阿飞（旭仔）是一个衣食不愁的反叛青年，他从未见过生母，自小由养母养大。放荡不羁的他先后与售票员苏丽珍和舞女露露同居，但后来又相继抛弃了她们。阿飞为了找到生母，只身前往菲律宾。警察超仔目睹了苏丽

珍与阿飞的决裂,在自己母亲死后改行去跑船。在菲律宾,他又见到了阿飞,此时的阿飞身无分文。在一场殴斗后,他们逃上了一列火车,而前来寻仇的打手最终将阿飞打死在火车上。

[欣赏指导]

《阿飞正传》是王家卫执导的第二部影片,但却是其典型"王家卫风格"形成的第一部作品。这部在票房上惨败的影片,却赢得了绝大多数媒体和影评人的好评,一举拿走了香港电影金像奖五个奖项,让男主角张国荣第一次戴上了影帝的桂冠。《阿飞正传》至今被香港影评界视为绝对的经典,在2005年香港电影金像奖百部华语经典影片评选中名列第三。片中旭仔的那段"无脚鸟"独白更成了众多文艺青年的最爱。

"我听别人说这世界上有一种鸟是没有脚的,它只能够一直地飞呀飞呀,飞累了就在风里面睡觉,这种鸟一辈子只能下地一次,那一次就是它死亡的时候。"这是《阿飞正传》中旭仔的经典独白,也是片中旭仔一生的写照。而在他死前,他忽然明白:"以前我以为有一种鸟一开始飞就会飞到死亡的那一天才落地。其实它什么地方也没去过,那鸟一开始就已经死了。"

在片中,旭仔对于一起生活多年的养母并无归属感,执意要去寻找生母,他对遥远的母亲与他的来处充满了向往与怅惘;苏丽珍与露露苦苦寻找的是一个可以令她们不再漂泊的稳定居所,一个拥有归属感的地方,但她们曾认为的"归属"却拒绝了她们,放弃了她们。寻找生母是阿飞(旭仔)一生强烈的行为动机和精神走向,为此他放弃了爱情的机会,而换来的却是生母的永不相见。漂泊是为了寻找,当失去寻找目标后,阿飞迷失了。该得到的尚未得到,该丧失的早已丧失。"无脚鸟"的传说象征着阿飞与生俱来的无根感、疏离感、漂泊感以及对未来的迷茫、对无限的渴望和注定失落的命运。

你是否在叹息命运的不公?命运是公平的,凡是你努力寻找的东西,它都会给你机会接触;但命运又是狡猾的,它在给你机会的同时,却又让你和它擦肩而过。然后命运还摆出一副无辜的样子说,我已经给了你机会,是你自己错失的。这个命运就叫王家卫。让人心尖发紧的错失在王家卫不动声色的叙事中一再发生。而这种残酷,王家卫一直由《阿飞正传》坚持到了《2046》,就如他在1995年金马奖影展特刊上的发言:"连续五部戏下来,发现自己一直在说的,无非就是里面的一种拒绝,害怕被拒绝,以及被拒绝之后的反应,在选择记忆与逃避之间的反应……"

在此部影片中王家卫创造了许多自己的第一次,而这些又变成了他的固定的风格和手段,在之后的创作中不断地加以运用。

如在片中他大量地使用人物独白、旁白表达其生命感受和爱情体验。通过这样的方式将人物从故事情节中抽离出来,让电影不再是围绕着剧情转,而是以人物为中心,将一个个人物独立出来变成各种情感状态的象征物。因此,有人说,看王家卫的电影不是要看他的故事,因为他不是为了说故事,而应该去感觉剧中人物的那种状态,如果感受到了,那么你就算是看懂了。

再如,片中的另一个叙事空间——音乐的运用。《阿飞正传》全片94分钟,而出现音乐的段落有10余处,平均八九分钟就会出现一段音乐。从配乐角度上来说,这是一部完全被音乐笼罩的电影。放映初期，影片被人认为晦涩难懂，很大程度上是因为人们没能接受王家卫用音乐来作为电影重要的叙事手段的这一电影语言使用的突破。影片中属于旭仔的主题曲正是开篇的那首 *always in my heart*，夏威夷慵懒的吉他声伴着热带丛林浓烈的蓝绿色画面悠悠传来。在影片中，旭仔情挑苏丽珍，留下一句"你今晚做梦一定梦见我……"离去后出现了这样的镜头：第二天，苏丽珍趴在桌上睡觉时面带微笑。此时，音乐响起，正是影片开端那首 *always in my heart*。这首属于旭仔的音乐出现了，并且合着苏丽珍微笑幸福的脸，一切都已经清楚：苏丽珍真的在梦中遇到了这个一分钟的朋友——旭仔。而后来苏丽珍的表现——不敢正视旭仔和红红的耳朵都再一次证实了这段音乐传递出的信息。而影片最后，旭仔又在这首 *always in my heart* 和同样的画面中结束了他的生命，就如那段关于无脚鸟的独白的前后呼应一样。看似于无意中起，于无意中歇的音乐就这样在不事张扬、不动声色之中完成了与叙事的完美结合。

最后，被称为黄金三角的"王、杜、张"三人组也是在此片中确立的。杜可风的摄影与张叔平的艺术指导可以说是王家卫电影风格的重要组成部分。在本片中最经典的莫过于"单镜"（也可称多重移动长排镜头）的恰到好处的运用。大量的焦点变动是王家卫常拍镜头的一个特色。如露露与苏丽珍的那场对话，将人物放在同一画面中，但两个人的焦距不同，把两人之间看似很近但其实又很远的微妙关系通过镜头关系传达出来，有着很强的张力。手提摄影机拍摄也是王家卫早期电影的一个很明显的特征。《阿飞正传》中张国荣的第一个镜头即是手摇跟拍。手提带来的晃动是明显的，而王家卫要的就是这种晃动带来的"不安"感。现代都市的急促动荡、都市中形形色色的人们的浮躁焦虑都在这种独特的视觉效果中反映出来。由于影片中故事的背景是20世纪60年代，导演想将那个年代的气息真实地带给观众，所以，张叔平在人物服装、发型、音乐音响上都下了十足的功夫，而为了将60年代那种特有的雍容颓唐、从一点点造作、一点点哀伤中散发的甜腻呛人的气息再现出来，王家卫与张叔平又用了"偏色"的方法来处理，为影片铺上了一层淡淡的绿色。而正是这种烟草绿将影片从历史的沉重感中解脱出来，为它蒙上了一层浪漫的色彩。

《阿飞正传》是一个经典，而这个经典中的人物后来又以各种不同的方式在王家卫的后续影片中不断重复，不断强调着王家卫所要展现的各类主题。

黄飞鸿Ⅰ（1991）

嘉禾电影（香港）有限公司摄制

片长：134分钟

导演：徐　克

编剧：徐　克　等

主要演员：李连杰（饰黄飞鸿）　关之琳（饰十三姨）

[**故事梗概**]

清朝末年，广东佛山，黄飞鸿时任黑棋军教头兼民团总教练。提督公报私仇，关闭宝芝林并解散民团。梅县梁宽由于种种误会投靠铁布衫严振东与黄飞鸿为敌。洋人鼓吹

美国是金山世界，骗走大批劳工，拐卖妇女，十三姨也被掳上洋船，险些遭到歹徒侮辱，幸得梁宽解救。黄飞鸿与洋人及其爪牙浴血奋战，终将其阴谋揭露，救回十三姨以及被骗劳工和妇女。梁宽与黄飞鸿的误会消除，并拜黄为师……

[欣赏指导]

《黄飞鸿Ⅰ》是徐克版黄飞鸿系列的第一部，也是被公认为系列中最成功的两部之一。与之前关德兴局限于"江湖"的黄飞鸿相比，徐克的新版本将电影的叙述环境置于更加深刻的历史舞台，鸦片战争、八国联军的入侵等在电影中一一被提及。而身处于如此社会环境的黄飞鸿，也不再仅仅只会惩恶扬善，更多了"先天下之忧而忧"的时代感和悲壮感。并且在徐克的镜头中，黄飞鸿除了维持原来行侠仗义的本色外，又多了些真实的人性化色彩，表现出自身的局限性，甚至常常陷入痛苦和茫然，是一个更加真实，更加人性化的英雄人物。

《黄飞鸿Ⅰ》是徐克多年情感积累喷发的作品。影片一开始，雄浑的大鼓伴以改编自古曲《将军令》的《男儿当自强》的歌声，加上日出东方的壮丽背景，让人不禁想起梁启超《少年中国说》中"红日初升，其道大光"的意境。徐克试图重新确立"中国精神"的雄心，在这一幕中一览无遗。然而处于特殊背景下的中国，该如何找到其灵魂，外国列强的入侵带来了社会和文化的冲击，并不小于他们用枪炮轰击的力量。面对西方的文明，是该选择接受，还是拒绝？自身文化又该如何传承，是否需要改进？这一切的矛盾都在《黄飞鸿》的电影中一一展现，也成为后来徐克《黄飞鸿》系列电影的最大主题。

在片中，黄飞鸿是徐克所要表达的矛盾展示体，这个角色所隐喻的也是整个中华民族的处境。他身边有像猪肉荣一样正直有血性，但又视野狭小的中国人，也有像牙擦苏一样接受西方教育后丢失了民族文化根基的中国人，这两种人各有缺陷。似乎只有十三姨这个形象将中西文化很好地融合在了一起，是她让黄飞鸿感觉到自身的不足，开始放开心胸接受新的事物，而同时黄飞鸿又是她的情感归宿，这也许正是徐克要传达给我们的：再先进的文明和思想都必须依附于本民族的精神之上。

"黄飞鸿"也就成为这特定的历史情景下，徐克所希望的中国人形象的代表。他少年老成、平和持重，虽然历史的局限让他不可能天生眼界开阔，在接触到西方文明时他也曾茫然，也曾矛盾，但当发现自身的不足和局限时，他没有固步自封，不图改变，而是决心变革。在他身上我们看到了"以今日之我打败昨日之我"的进取精神，也看到了徐克所要塑造的"思则悟、悟则行、行则高远"的中国人理想人格的体现。

这也是导演徐克通过影片想要传达给当时面临"九七"回归而迷茫失措的香港人的一条"回家"的路。

牯岭街少年杀人事件（1991）

中国台湾杨德昌电影有限公司摄制

片长：237分钟

导演：杨德昌

编剧：杨德昌　阎鸿亚　杨顺清　赖铭堂
摄影：张惠恭　李龙禹
主要演员：张　震（饰小四）　　杨静怡（饰小明）　　张国柱（饰父亲）　　金燕玲（饰母亲）

[**故事梗概**]

建中夜间部的学生小四是个好学生，置身于学校帮派斗争之外。他与"小公园帮"老大哈尼的女友小明交往，并爱上了她。不久，哈尼遭到"217眷村帮"老大山东的暗算，丧生于车轮下。小四参加了围剿"眷村帮"的复仇行动，山东被杀。小四父亲涉嫌"政治问题"接受隔离审查并被解聘，母亲也受牵连而丢了公职。小四因顶撞校医被勒令退学。小明移情于小四的好朋友小马，小四与小马吵翻。在牯岭街书市，小四遇见小明，再次向她表明心迹，小明断然拒绝，小四一时冲动连捅了小明七刀。小明当场死去，小四被捕。朋友小猫王录了英文歌《阳光灿烂的夏日》给小四，却被警员随手扔进垃圾桶。

[**欣赏指导**]

《牯岭街少年杀人事件》是杨德昌导演的一部巨作，荣获第28届台湾电影金马奖最佳剧情片、最佳原著剧本奖，第4届《中时晚报》电影奖商业映演类评审团大奖，第4届东京国际电影节评委会大奖，第36届亚太影展最佳影片奖，第38届《电影旬报》电影奖最佳外国导演奖。影片承袭了杨德昌对现代都市生活的一贯关注及对复杂叙事技巧的特殊喜好，人物众多，故事曲折，结构繁复，很见功力。

1961年6月15日，台北"建国中学"日间部初二学生茅武，在牯岭街上杀死了与他谈过恋爱的女生，被判刑入狱。茅武因杀人罪成为台湾历史上第一个被判死刑的少年犯，后因社会舆论反对才被改判为有期徒刑。本片即以这轰动一时的少年情杀新闻事件为蓝本，在近四小时的篇幅中展开初中生小四与校内外帮派、初中女生小明及权贵子弟小马之间错综复杂的情仇恩怨。但是，杨德昌并不满足于单纯地描写少年暴力的孤立事件与少年杀人犯的个人悲剧，而是企图表现一个时代的群体悲剧，力图重现20世纪60年代台湾的社会风貌及台湾人的文化心理结构与人格特征。

少年小四不是传统意义上听话的好孩子。他正直忍让，但到忍无可忍时，也会爆发出来。就像小猫王对滑头说的："你不要看他是好学生，你要是跟他搞上的话，他跟你玩真的。"

他中考其他科目成绩都超过90分，而一向不错的国文仅50多分。他的父亲曾要求查卷，但没有结果，小四只能进夜间部读书。当小四被学校认定与同学串通作弊要记大过时，他的父亲愤怒地与教务主任争辩，斥责他们不公平。他开导小四说："要相信自己的未来可以由自己的努力来决定"，"读那么多书，就是要懂得做人做事的道理；如果到头来自己做对的事都不能勇敢相信的话，做人还有什么意思？——希望这件事对你是鼓励，而不是打击。"固执清高的父亲是小四心目中高大光辉的榜样，父子俩在回家路上的一席对话深深地印在小四的脑海里。不久，父亲被警备总部传唤盘查并被革职，变

得懦弱而神经质。当小四又因为顶撞校方而被开除时，父亲虽然口称"不公平"，但还是一再哀求校方再给小四一次机会。愤怒的小四却当场用球棒击碎了办公室的灯泡，这压抑的爆发让所有的成年人目瞪口呆。父子俩又一次推着自行车走在回家的路上，父亲那"做人做事的道理"依然在小四的心中激荡，而此时的父亲却说："如果我把烟戒了，就可以分期付款给你买付眼镜了。"父亲态度的急转，在瞬间使一个偶像坍塌了，对小四而言无疑是最直接最沉重的打击。

昔日"小公园帮"的老大哈尼为了找回个人尊严，孤身一人闯入"眷村帮"，却被老大山东下黑手伪造车祸杀死。这位"孤胆英雄"的死大大改变了小四的性情，他参加了对"眷村帮"的残忍血腥的围堵砍杀。小四退学后专心复习，希望能考入日间部，继续学业。他与钟情的女孩小明约定下次在学校里见面，而小明却移情于小四的好朋友小马。当从滑头口中得知这一消息时，小四立刻与小马断绝来往，甚至带着短刀到学校附近等小马出现。

父亲受打压、帮派间的打打杀杀、朋友的背叛、自己被学校退学，种种压力让小四难以承受，他剩下的唯一的希望就是小明。他对小明深情地表白："小明，你所有的事，我都知道，可是我不在乎啊。因为只有我知道，只有我能够帮助你。我是你现在唯一的希望，就像以前哈尼一样。这就是为什么你现在还一直忘不了哈尼。因为，现在，我就是哈尼。"可小明却说："我就好像这个世界一样，是不会为你而改变的！"她冷酷地撕毁小四的最后一线希望。抱着一丝幻想的少年彻底地崩溃了，他除了手中的尖刀，没有什么方法可以反抗整个世界。他杀死了心中唯一的支柱小明，也杀死了自己。不公平的世界没有因为这个沉默而倔强的少年而改变，而是迅速地吞噬了他。杨德昌让小四"在片中秉持的道德要求与纯真梦想都一再为迈向利益世故的社会所摧毁，成为时代的祭品。'少年杀人'此时已演变为'时代杀人'，人人都是'恐怖分子'的主题于是再现，小四只是被推向暴力极端的牺牲品而已"（焦雄屏）。

被害者小明是个极有争议的角色。她既有少女的清纯天真，又有成熟女性的老练冷漠。残酷的现实使她过早地成熟了。父亲早逝，与母亲相依为命，寄人篱下，居无定所，贫穷动荡，让她时刻处于没有安全感的状态中。母亲总是对她说"你要快快长大"，十几岁的少女肩上担负的是整个家庭的重任。孤苦无助的她只能不断地寻求庇护，以"不得罪人"的方式生活着。小四是她生命中唯一的一抹亮色，能给她安慰，但却无法支撑起她生命的全部。这唯一的亮光，最终也被她自己掐灭在暗淡无光的青春里。在小明身上，杨德昌所赋予的文化意义已经远远超出一个十几岁少女的负荷。

《牯岭街少年杀人事件》不是一部简单的青春电影，它是一个时代的缩影，是一代人的史诗。20世纪60年代初，对于在台湾的外省人来说是灰暗绝望的年代。在那个压抑的、人性扭曲的年代，诚实、正直而善良的人是没有出路的，他们美好的人生理想注定了要破灭。自大陆撤退到台湾的上一代（如小四、小明的父辈们）和土生土长的下一代台湾人（如小四、小明）都是这个群体悲剧的经历者。

近四个小时的片长，角色多达百人，几条线索相互交织，堪称20世纪60年代初台北社会的全景图。叙事宏大，文本复杂，却条理清晰，充分显示了杨德昌出色的控制驾驭能力。大量全景、中景及固定机位的长镜头的使用，使影片对现实生活的再现显得十分冷静、客观、理性。摄影机不动声色地观察和记录着生活本身，又远距离地观照生活、尊重生活。大信息量的全景、远景镜头与主题的叙述相匹配，展示了历史的宏观的立体面貌。在影片色调的选择上，主要使用幽暗的色彩。滑头被堵、哈尼遇害、山东被杀、小明被小四杀死等火拼、群殴、复仇、杀人事件均在黑暗中发生，城市与自我的本来面目就在黑暗中真实地显现。许多镜头里，环境以阴影的方式出现，人被包裹在其中，显得非常渺小无力，几乎要被吞噬。这正是作者对人与社会的关系的思索和呈现。在构图方式上，影片中出现大量房间、门、墙、窗、桌子、帘、框等等的镜头，它们占据了空间的大部分，把空间割裂开来，让观众看到人物被压抑而不得突破的焦虑。

暗恋桃花源（1992）

台湾表演工作坊电影有限公司、龙祥影业（香港）有限公司联合摄制

片长：135分钟

导演：赖声川

编剧：赖声川

摄影：杜可风

主要演员：林青霞（饰云之凡） 金士杰（饰江滨柳） 李立群（饰老陶） 顾宝明（饰袁老板）

[故事梗概]

《暗恋桃花源》讲述了一个奇特的故事："暗恋"和"桃花源"是两个不相干的剧组，他们都与剧场签订了当晚彩排的和约，双方争执不下，谁也不肯相让。由于演出在即，他们不得不同时在剧场中彩排，遂成就了一出古今悲喜交错的舞台奇观。"暗恋"是一出现代悲剧。青年男女江滨柳和云之凡在上海因战乱相遇，也因战乱离散；其后两人不约而同逃到台湾，却彼此不知情，苦恋40年后才得以相见，时已男婚女嫁多年，江滨柳已濒临病终。"桃花源"则是一出古装喜剧。武陵人渔夫老陶之妻春花与房东袁老板私通，老陶离家出走桃花源；等他回武陵后，春花已与袁老板成家生子。一悲一喜两戏同台排练，摩擦和尴尬自是难免，却也意外成就了舞台奇观。这戏里出错或可有可无的幕布、道具，一场戏排练完毕留在台上的残迹，竟成为那戏天然的一部分。而将两出戏连在一起的，还有一个不时出现的找寻刘子骥的疯女人。

[欣赏指导]

《暗恋桃花源》是赖声川在1986年舞台剧《暗恋桃花源》的基础上加工而成的作品，他力图在原作的基础上拓展电影时空表现的可能，而正是这种想法的实现造就了这部前所未有的电影作品。

《暗恋》是一部关于过去、关于回忆的情感悲剧，男主角江滨柳一生都在回忆，回忆青年时代的上海、江边公园里那如白色山茶花一样的云之凡，并依靠回忆为自己的人生筑起一道屏障，蜷缩其中舔舐伤口。而在生命的最后，他仍固执地守候着他珍藏一生的回忆，期待她（云之凡）的出现。

与《暗恋》相反，《桃花源》是一部关于现在、关于"忘却"的后现代喜剧，主角老陶是个以打鱼为生的武陵人，他在现实的家中百般不顺：打不到大鱼，丧失了"定义"的能力，老婆春花与袁老板私通，所以他决定去上游打鱼，希望能忘掉现实中的烦恼，机缘巧合之下来到了世外仙境"桃花源"。在那里他忘却了烦恼，并决定捐弃前嫌回到武陵，将妻子春花也带来这人间仙境。但当看到现实中的袁老板和春花过着比他原来更不堪的生活时，他再次丧失了把握自己、得以忘忧的能力，并且再也找不到回桃花源的路。

在影片中，两部话剧刚开始互相独立，后来互相干扰，甚至奇妙地合二为一。我们可以看到：每当"回忆"和"忘却"即将实现时，就会受到对方的干扰。"回忆"被"忘却"打断，"忘却"被"回忆"提醒，而这一切却让它们"回忆"和"忘却"的主题内涵更加深化，并互为注脚。

《暗恋》中的那朵"白色山茶花"不仅仅是江滨柳的回忆，更是《暗恋》导演自己的回忆，因此，他不断地让女主角去寻找那种感觉，而这一行为却被《桃花源》的导演一语道破："……还有山茶花，茶花怎么演？你现在演给我看，你演，你演！"他让我们知道，那朵"白色山茶花"只能存在于导演和男主角的回忆中，而在现实中，它是不存在的，也是无法找回来的。当两鬓斑白的云之凡出现在舞台上时，我们知道，那个原有的"回忆"已经回不来了，该到"忘却"的时候了。

《桃花源》中，老陶来到这世外桃源似乎"忘却"了现实和烦恼，但具有讽刺意味的是，那对桃花源里的夫妇恰恰长得和"春花""袁老板"一模一样，似乎每时每刻都在提醒他想要"忘却"是不可能的。而老陶回到现实后，发现自己再次被现实伤害，想要寻回桃花源时，已是再也找不到路了，它的结局似乎在告诉我们，想要"忘却"已不可能了。

"回忆"似乎没有意义，"忘却"又变得不可能。两部戏看似不同的主题，在此也合二为一。而导演早已将此化为电影中的那个寻找《桃花源记》中"南阳刘子骥"的疯女人形象，那个拼命在"回忆"却早已"忘却"的人。人生到底该何去何从？这正是这部电影给我们留下的深刻启迪。

霸王别姬（1992）

香港汤臣电影事业有限公司和北京电影制片厂联合拍摄

片长：171分钟

导演：陈凯歌

编剧：李碧华　芦　苇　等

摄影：顾长卫

主要演员：张国荣（饰程蝶衣）　张丰毅（饰段小楼）　巩　俐（饰菊仙）　英　达（饰戏院老板）　葛　优（饰袁世卿）

[**故事梗概**]

小豆子（程蝶衣）自少被母亲断指送到京戏班学唱青衣，后对自己的身份是男是女产生了混淆之感。师兄小石头（段小楼）跟他感情甚佳，段唱花脸，程唱青衣。两人因合演《霸王别姬》而成为名角，在京城红极一时。长期的女角饰演生涯，使程在身心上逐渐认同女性，并暗恋上段。不料小楼娶妓女菊仙为妻，程悲伤绝望之下与袁四爷发生了暧昧关系，并获赠龙泉宝剑。抗战胜利后，程以汉奸罪名受审，为救其，小楼与菊仙四处奔走。新中国时期，传统京戏被要求改为现代戏，程对之不理解，产生抵触心理，因此被剥夺了演出的权利。"文化大革命"时期兄弟俩备受折磨，菊仙自杀。"文化大革命"结束，段与程着戏装来到老戏院，旧地重游感慨万千。戏中虞姬自刎，蝶衣也自刎于霸王面前。

[欣赏指导]

《霸王别姬》是陈凯歌的第五部作品，这部作品与其前四部作品风格全然不同，从这部作品开始，陈凯歌从对电影本体美学的实验和探索转向了对电影艺术综合元素的把握。在本片中，他第一次以戏剧化的结构方式，以京剧舞台上两个戏子长达50余年的悲欢离合为线索，透过历史的风云变幻，对历史、文化和人性进行了反思。这部电影做到了人文与商业、艺术与娱乐的完美结合，因此被香港的影评评价为一部"通俗中见斑斓，曲高而和者众"的影片。该片为陈凯歌赢得了第46届法国戛纳国际电影节"金棕榈"奖，这也是中国电影第一次获得此项殊荣。

"用电影表达自己对文化的思考，是我的一种自觉的选择"，这是陈凯歌电影的轴心。陈凯歌曾这样评价这部影片："这不是一出历史剧，也不是讲京剧的兴衰。它是通过京剧演员的个人遭遇、命运变换来看人生演变、世态炎凉。它基本上是一个人生故事，讲一个没法将人生与戏曲区分开来的浪漫理想主义者的悲剧。这个人物如同追求爱情一般地献身理想和艺术。"

"虞姬"与"霸王"是京剧《霸王别姬》中的主角，而在这部同样名为《霸王别姬》的电影中，却有着两位真实的"虞姬"和一位虚幻的"霸王"。

首先，在戏中饰演"虞姬"的程蝶衣，是个"不疯魔不成活"的"戏疯子"。在其幼年，他的性别被暴力所改写：母亲剁去的六指、小石头的烟袋锅子、太监张公公的暴力性侵犯，这些事件将程蝶衣的男性性别逐渐改写成了具有女性性别的男性，使得后来的程蝶衣不论在舞台上还是生活中都体现出女性的性格特征，于是有了那个"雌雄同体，人戏不分"的"虞姬"。虽然他的性格是被迫改写的，但这样的改写却因关师傅的一句"从一而终"而被他自己坚守着。在戏中他坚守着虞姬对霸王的贞烈，而"人戏不分"的他还将这份坚守延伸到了现实生活之中，化为了那段超出兄弟之情的爱恋，于是有了后来与段小楼、菊仙的三角关系的纠葛。而对"从一而终"的实践，更重要的体现在他对京剧艺术的坚守上，这让他可以在任何时代、任何观众面前永远歌着、舞着、扮演着虞姬。如果国民党伤兵不闹上舞台，如果京剧改革不剥夺他演出的权利，他无疑会继续舞下去，歌下去，"不知有汉，无论魏晋"。这让我们看到，他又是个对京剧艺术"从一而终"的"虞姬"。

如果说程蝶衣是戏中的"虞姬"，那么菊仙就是生活中的"虞姬"。虽然她不是戏班中人，却在生活中实践着关师傅的论调。为了成就自己嫁入良门、摆脱姑娘的命运，她

"自各儿成全自各儿",对段小楼"从一而终"。与段小楼结合后,她坚定地实践着一个家一个男人,做良家妇女,过平淡而温馨的日子,执着地维护着自己的婚姻,极力地索取、印证段小楼对自己的忠贞,并因此一次又一次地诱使段小楼离弃程蝶衣、离弃京剧、离弃关师傅的教诲。

段小楼是被程蝶衣和菊仙共同认为"霸王"的人,也是舞台上确切的"霸王",然而这个霸王在现实生活中却一再地失去霸王的特性。英雄气概、对原有伦理道德价值体系的坚持、"从一而终",这些他都不能够坚守。也正是他的无法坚守,让两位"虞姬"感到了背叛,于是都走向了戏中"虞姬"的最终归途——死亡。

对于程蝶衣来说,段小楼与菊仙的结合让他初次感到了"霸王"对"虞姬"的背叛,而新中国成立后,样板戏对传统京剧从内容到形式上的改造,更是让他感受到了他心中的艺术对他的遗弃,这一切又具象地体现在段小楼的行为上:在京剧改造讨论会上段小楼违心地说出了与程蝶衣不同的看法;在表演时又抛弃了程蝶衣,与程蝶衣收养的小四扮演的虞姬唱对台戏;而当段小楼穿着霸王的戏装在批斗会中跪在众人面前,大声揭发着程蝶衣时,这样的背叛更使程蝶衣感到了一直以来以京剧为生命而最终却被京剧遗弃的绝望。"你当今儿个是小人作乱,祸从天降,不是,不对,是咱们自个儿一步步,一步步走到这步田地来的,报应,我早就不是东西了,可你楚霸王也跪下来求饶了,那京戏它能不亡吗,能不亡吗?"也正是因为这样的绝望,让生命迟暮的程蝶衣在"文化大革命"刚刚结束时,选择了如戏中的虞姬一样的结局。

而对于菊仙来说,段小楼是她的"霸王",她的后半生都在为他而活,但她嫁的只是一个虚假的霸王,只是个镜像,她所希望的那种温馨的生活从来就不存在。因此,在电影中,在洞房花烛夜与为段小楼流产失子后的两个镜头里,段小楼都被处理为床旁梳妆镜中的一个镜像,即不是真实的存在,而是一种拟性化的存在。陈凯歌又借老鸨的口在菊仙自赎时为她写了后半生:"真他妈想当太太奶奶啦你,做你娘的玻璃梦去吧你,你当出了这门儿,把脸一抹洒,你还真成了良人啦,你当这世上的狼呀虎呀就都不认得你啦。……我告诉你,那窑姐永远是窑姐,你记住我这话,这就是你的命。"事实也正是如此,她在她的"霸王""我真的不爱她,我和她划清界限,我从此和她划清界限了!我跟她划清界限啦……"的喊声中,感到了深深的背叛,玻璃梦碎了,她只能身着大红的嫁衣悬梁自尽于她"堂正"的婚床之前,无声、无力地控诉着。

舞台上《霸王别姬》演绎着历史上的悲剧,现实中"姬别霸王"诉说着人性的悲剧,在古典诗意的凄美中,"虞姬"(程蝶衣)手中那把带血的龙泉宝剑,将二者合二为一,完成了她(他)对穷途末路的"霸王"(京剧艺术)的祭奠。

喜　宴(1993)

三一公司、嘉禾电影有限公司联合摄制

片长:106分钟

导演:李　安

编剧:李　安　冯远光　詹士·沙姆斯

摄影:林良钟

主要演员：赵文瑄（饰高伟同）　米切尔·利希腾斯坦（饰赛门）　金素梅（饰顾威威）　郎　雄（饰高父）　归亚蕾（饰高母）

[故事梗概]

定居美国的高伟同是一个同性恋者，他和美国男友赛门一起住在纽约的曼哈顿。但高伟同在台湾的父母并不知道自己的儿子是同性恋，他们不断地催促伟同快点结婚，好承继高家的香火。恰好高伟同的公寓里借住着一位来自大陆的非法女移民顾威威，于是赛门出了个主意：让伟同和威威结婚。这样一来既安抚了伟同远在台湾的父母，又能使顾威威拿到梦寐以求的绿卡，而且还能保持赛门和伟同之间的同居关系。这个看上去的万全之策却引来了更复杂的事端，伟同的父母得知喜讯欣然来到了纽约，为儿子操办喜事。于是各种各样的情感纠纷、人际冲突便在一个热闹忙乱的中国式喜宴背后展开了。

[欣赏指导]

《喜宴》是李安的"家庭三部曲"（又称为"父亲三部曲"）中的第二部，也是他最重要的一部作品。在这部电影中，他以同性恋这一题材为切入点，展现了东方传统观念与西方现代思维的矛盾与冲突。

影片一开始就用平行蒙太奇分别展示了高伟同和赛门两人对"他者"文化有限度的友好和认同。伟同在健身房中的亮相，他对久别老友寒暄的冷淡敷衍，以及打发街头艺人的熟练方式，都体现出他对物质利益驱使和个体意识左右下的西方文化的认同。而美国人赛门对伟同疏于情感交流的不满，以及对威威的同情和帮助等，使他与伟同相比，似乎更像一个中国人。这让我们看到，在没有冲突的时候，一种文化对另一种和它有差异的"他者"文化还是相敬如宾的。但在伟同是否向父亲坦白自己同性恋的身份时，二者却有了差异，赛门很自然地说干脆坦白，省得麻烦，而伟同却自然不敢拿此事刺激传统的父母。于是在这个时候，两人情不自禁地脱离了对异质文化的表层认同，回归到各自的文化教养中。

赛门出主意让伟同与威威假结婚，来安抚伟同远在台北的双亲，并帮威威拿到绿卡。用一个善意的谎言来解决问题，这其实是极中庸的中国方式，"正如他们用一切有中国味的东西装饰屋子来取悦父母，其实还是表现了一种文化对外来文化的善意和敬意而非有意较量"。

一切似乎还算顺利，但当伟同仅让父母出席了结婚公证仪式就当作完成了婚礼时，高母忍不住失声哭泣，而高父则郁郁不快，中国传统文化中的"婚姻大事"却在如此简单、"冷清、寒酸"的情景下完成，让饱受中国传统文化浸染的二者有了深深的挫折感。直到碰上了高父原来的部下，提议为其二人补办一个隆重而盛大的喜宴时，之前的郁结才得以舒展。

于是有了后面前后将近20分钟画面时间的中式婚礼。在这组镜头中，完整地展现了中国婚礼的主要习俗：在家中，新娘新郎向父母双亲行跪拜礼，喝寓意早生贵子的莲子汤。接着在众多宾客的欢呼声中进入仪式现场，由主婚人、证婚人宣读贺词，拜高堂、夫妻对拜，有预示早生男孩的圆房习俗，还有众人和新人一起参与的猜谜、抛花等游戏。仪式结束后便是同样热闹的酒宴,新人按规矩依次向每桌的宾客敬酒,在众人的调侃和祝福声中,被逼将杯中的酒水一饮而尽。酒宴终于结束后,新人又猝不及防地要被大家闹洞房。

而对于这样混乱的婚礼场面,点缀其间的西方客人表现出了极大的困惑和否定。期间李安也客串出场评论:"你看到的正是五千年性压抑的结果。"似乎就如鲁迅曾说的,婚礼实际上就是一种性交广告。因为在中国传统伦理体系中,结婚的目的不在于追求个人的幸福与爱情,而是为了传宗接代。所以,当高母在听到儿子承认自己是同性恋后,呆若木鸡,她的震惊并不是因为儿子喜欢男人,而是后代从何而来,骨血何以繁衍,而当威威怀上伟同的孩子时,她很快就接受了这个事实,因为传宗接代的目的已经达到。同样的反应也出现在父亲的身上,懂英文的他早就明白了假结婚的情况,但为了孙子,他默认了儿子的性取向。他们妥协的最终目的,是为了维护"不孝有三,无后为大"的中国传统伦理思想,维护"父权"为核心的家庭观念。

影片的最后,赛门与伟同、威威三个人紧紧地依偎在一起,看似一副美满幸福的团圆场面,实质上却掩盖了中国传统婚恋观的残酷和对人性的压抑。而高父离去时高举双手的背影,也让我们感到了那份无言的无奈,看似妥协,但他们并没有接受西方的文化,东西方文化的差异仍是难以调和。

大话西游(1994)

西安电影制片厂、香港彩星电影公司联合摄制

片长:87分钟、95分钟

导演:刘镇伟

编剧:技 安

摄影:潘恒生

主要演员:周星驰(饰至尊宝)　吴孟达(饰猪八戒)　朱 茵(饰紫霞)　莫文蔚(饰白晶晶)　罗家英(饰唐僧)

[故事梗概]

保护唐三藏西去取经的孙悟空竟与妖精合谋分吃唐僧,作为惩罚,观音将师徒四人重新转世投胎。

五百年后转世投胎名为至尊宝的孙悟空成为一群山贼的大当家,而二当家就是转世后的猪八戒,命运安排他们在此等候转世的唐僧。白骨精(白晶晶)和蜘蛛精(春十三娘)得到天机,只要找到脚底有三颗痣的人就能找到唐僧。在与山贼的纠缠中,发生了一系列令人捧腹的冲突。经过种种波折,白晶晶与至尊宝相爱,但因为误会自杀,至尊宝得到月光宝盒,用其返回过去挽救心上人的性命,但总是失败,并于最后一次将其送回五百年前。

回到过去的至尊宝遇到紫霞仙子,并被她随意在脚底点上了三颗痣,至尊宝发现自己的元神变成了孙悟空。紫霞本是如来佛前长明灯的灯芯思凡下界,认定谁能拔出自己从如来那里偷来的宝剑,谁就是自己的真爱。至尊宝无意中拔出宝剑,紫霞倾心,但至

尊宝心中只想找到白晶晶。一番折腾之后，回归正道的孙悟空领悟到痴心的紫霞才是自己的挚爱，但此时他已是重任在肩，不能动情，只能借他人身体拥抱一下自己的爱人，怅然西去。

[欣赏指导]

本片分为《月光宝盒》和《大圣娶亲》上下两部。片子在香港上映时票房成绩并不出色，影评界也没有特别关注，但在后来的几年，却在内地掀起了不小的观影浪潮，特别是在大学里的影响颇大，也使人们开始重新审视周星驰的喜剧，并使"无厘头"成为一个重要的后现代电影符号。

在这个看似书写《西游记》的故事里，其实一切都被解构，经典的故事被改造得面目全非：正义的化身孙悟空，变成了心存歹念的妖怪，并且转世之后也是一个山贼。唐僧也变为一个让人不胜其烦的长者，甚至连转世后都变成了二当家（猪八戒）和蜘蛛精的孩子。一曲深情的 ONLY YOU 更被解构成了让人捧腹的笑料，并被至尊宝用一句"哦，哦你妈个头"结束。而原来被世俗定位邪恶的妖精们却个个重情重义，白晶晶口中虽道："我再也不会为这个男人心痛了。"可还是要为至尊宝拔剑与人拼命。春十三娘尽管厌恶那个丑陋的男人，"想我春十三娘貌美如花，却跟这么丑的人有了"，但她还是为了这个男人挺身而出牺牲自己，放下断龙石与牛魔王同归于尽。

而且，整个电影的叙事方法也不同于传统的故事构架，整个故事结构在两个不同的时空层面展开，不再是一个倒果为因的圆形结构，而变成了一种时间的空间化的产物，故事成为一个可以在两个时空层面上互动、渗透、并置的结合体。影片除开篇外，基本上是在时空的"拼贴"和"回闪"中实现的。影片借助于主要的道具"月光宝盒"让孙悟空不断用此来回于过去与现在，把几个互为因果的事件巧妙拼贴在了一起。在这里时间成了一个没有起点、没有终点的无限的循环。时空的衔接包括逻辑上的因果和承接被割断了，打破了客观时空的框架，从而使传统的叙述模式也被解构。

但在一切的解构之后，"无厘头"无法重构，深究其中的情节，不难发现其实这个看似后现代的故事仍然落入了俗套之中。就如我们常说的"爱情是永恒不变的话题"，真爱的主题在这个影片中是唯一没有被解构，也无法解构的，而这些也是故事中唯一感动人的地方。而这部解构经典的作品也被人喻为经典，似乎也成为对其自身的又一次"无厘头"。

阳光灿烂的日子（1994）

中国电影合作制片公司、中国香港港龙电影娱乐制作公司联合摄制

片长：134分钟

导演：姜　文

编剧：姜　文

摄影：顾长卫

主要演员：夏　雨（饰马小军）　　宁　静（饰米兰）　　耿　乐（饰刘忆苦）
陶　虹（饰于北蓓）

[故事梗概]

"文化大革命"中,北京部队大院的一群孩子逃课、打架、抽烟,在自己的天地里享受阳光灿烂的日子。绰号"马猴"的马小军有一个特别的爱好:自制钥匙打开一把又一把锁,窥探别家的秘密,却从未被发现。在一个陌生人家中,他第一次见到一张少女的彩色照片,就爱上了她。后来,他终于见到照片上的女孩——米兰,并带她见了自己的哥儿们。米兰和马小军继续交往,又和刘忆苦打得火热,马小军心里有些乱。刘忆苦过生日那天,马小军急了,跟刘忆苦打起架来……但这好像又是马小军的错觉,或许那天他们玩得很愉快。雨夜中,马小军向米兰表白。但在米兰家里,他冲动之中想做越轨之事,他们决裂了。后来,大家各奔前程。多年以后,儿时的伙伴再相聚时,过去的一切已经无从还原了。

[欣赏指导]

《阳光灿烂的日子》根据王朔的小说《动物凶猛》改编而成,是著名演员姜文的导演处女作,荣获第51届威尼斯电影节最佳男演员奖,第33届台湾电影金马奖最佳影片、最佳导演、最佳男主角、最佳摄影奖。有评论认为这部作品是"一部从内容到形式都全新的中国电影,它的出现标志着中国电影跨入了一个新的时代"。它同时也确立了姜文作为一个极具才情与个性的导演的特殊地位。

本片以"文化大革命"这一特殊时期为背景,但不是表现迫害与伤痛,也不是进行忏悔与反思,而是描写一群远离政治、远离时代的少年的成长故事。对青春与暴力的幼稚无知的逼真描绘,恰恰是一个混乱时代精神的真实写照。影片的主人公马小军无人管教,父亲常年在外,母亲只会歇斯底里地咒骂,学校里的老师也受尽他和伙伴们的捉弄与威胁。在马小军们自由自在的世界里,成人没有立足之地,他们只是孩子们嘲讽或是怜悯的对象而已。老师、父母发挥不了应有的作用,这就意味着权威的消解或削弱,由此暗示了马小军们的成长背景:没有权威的时代。

在马小军的成长经历中,除了跟伙伴们无休止地、无拘无束地玩闹之外,最重大的事件就是对米兰的朦胧爱情。少年时开心的玩闹在成年的记忆中非常真实而确定,尽管成年的马小军在电影开头就说北京的快速变化,让他"几乎从中找不到任何记忆里的东西。事实上,这种变化已经破坏了我的记忆,使我分不清幻觉和真实"。玩闹的种种细节却不容怀疑,展示了如水般纯净透明的少年懵懂热情而富有梦想、自由快乐而又浮躁的世界。但对马小军迷恋米兰这一事件的叙述则完全不同,亦真亦幻,真实与幻觉叠映在一起,出现了混乱。稍长于马小军、体态丰满的米兰是马小军成长的烦恼、欲望的对象。对这段朦胧的恋情,马小军倾注了心血与纯情。从第一次意外地见到照片而马上爱上她,到好不容易见到照片上的真人,到他可以以"弟弟"的身份到米兰家里玩,再到米兰与伙伴们认识并喜欢和大家相处,马小军一直沉浸在长久的期待实现后的兴奋中。直到米兰与刘忆苦交往密切,马小军开始嫉妒、疯狂,甚至在刘忆苦的生日宴上冲米兰大声吼叫,还狠狠地揍了刘忆苦一顿。此时,影片出现了一个巨大的转折。"哈哈,千万别相信这个,我从来没这么勇敢过……"突如其来的画外音叙述,把之前的真实全部推翻了。它不仅否定了马小军与刘忆苦这一次的冲突，还否定了他与米兰交往的全过程，甚至他可能从未和米兰熟悉过。少年时代纯真而动人的完整故事，被成年马小军的讲述分裂得支离破碎。他说："说真话的愿望有多么强烈，受到的各种干扰就有多么大，我悲哀地发现根本就无法还原真实。"以现在的目光去重构往事，记忆永远夹杂着想象，对叙述内容的不断质疑，完全消解了记忆的真实性。还原真实完全不可能，但叙述者却依然有滋有味地继续下去，成长故事于是就成了对成年世界的矫情做作的嘲讽和否定。当成年的马小军和伙伴又遇见那个少年时代的傻子时，他们大声叫喊"古伦木"，而傻子的回答却是"傻B"。这个少年生活的标志符号，已经对不上他们曾经用过无数次且一直不会错的暗号。此刻，过去的记忆肆无忌惮地嘲讽着成年的叙述者，彻底地否定了成年人的世界。阳光灿烂的日子只属于过去，属于少年时代的马小军们，而与坐着卡迪拉克轿车、喝着XO酒的马小军们现时的生活无关。

影片沿用了王朔原作中第一人称追忆的手法，但却以主观性的叙述代替了原作中冷静客观的叙述。影片开始的画外音旁白"我的故事总是发生在夏天，炎热的气候使人们裸露得更多，也更难以掩饰心中的欲望。那时候好像永远是夏天，太阳总是有空出来伴随着我，阳光充足，太亮了，使眼前一阵阵发黑……"就已经定下热情而精力过剩的少年生活的基调。接着，对马小军家庭基本情况及马小军的英雄理想的叙述，交代了故事的主要背景及形象特点。语言简洁又极具个性的旁白清楚地交代了故事的历史、环境、情节、情绪等内容。但在故事的后半部出现的话外音"我不断发誓要老老实实讲故事，可是说真话的愿望有多么强烈，受到的干扰就有多么大，我悲哀地发现，根本就无法还原真实。记忆都是被我的情感改头换面，并随之捉弄我，背叛我。搞得我头脑混乱，真假难辨……"又使旁白兼具影片复调叙述的功能。旁白是对故事画面的否定，使故事出现矛盾与分裂，真实的回忆成了伪造的谎言。回忆在不断地重构往事和消解记忆中滑动，使影片具有强大的艺术张力与多重意蕴。

影片在色彩上分为两个部分：成年的讲述用黑白色，少年的回忆画面则用彩色。通常多数电影中，过去用黑白色调，而现在用彩色。《阳光灿烂的日子》却一反常态，彩色的回忆表现少年的蓬勃的生命力与青春的激情，画面色彩亮丽，人物形象鲜明，摄影机的动作幅度大；黑白的现在是混沌麻木的成年世界，光线昏暗，人物表情呆滞，摄影机始终保持平面摄影。过去与现在的强烈对比，充分肯定过去否定现在，也暗示了成年人试图"真诚"讲述的虚伪可笑。

女人四十（1995）

中国香港卡士、嘉禾影业公司联合摄制
片长：101分钟
导演：许鞍华
编剧：陈文强
摄影：李屏宾
主要演员：萧芳芳（饰阿娥）　乔　宏（饰公公）　罗家英（饰丈夫）

[故事梗概]

阿娥在家里是勤俭能干的主妇,在公司是深得老板信任和依赖的业务骨干。阿娥的公公个性倔强,与阿娥一向不和;婆婆则和蔼慈祥,疼爱儿媳。婆婆突然去世,全家人都十分伤心,公公却毫无悲痛之意。原来,公公得了老年痴呆症,只认得阿娥,不记得其他亲人。得知老人生病,阿娥的小姑子、小叔子都找借口拒绝照顾公公,阿娥只好担负起照顾公公的责任。为此,全家人的工作和生活都受到了影响,阿娥更是身心俱疲,十分辛苦。直到公公过世后,全家的生活才恢复正常。阿娥发现公公常去喂食的本无鸽子的阳台,出现了成群的鸽子。

[欣赏指导]

蛰居四年的许鞍华在1995年以一部《女人四十》轰动了华人影坛。当年的台湾电影金马奖的几项大奖都归于这部影片,次年又获得第15届香港电影金像奖最佳影片、最佳导演、最佳男主角、最佳女主角、最佳男配角、最佳编剧等六项大奖,女主角萧芳芳更是因此赢得影后头衔。2002年,许鞍华再度出击,拍摄本片的姐妹篇《男人四十》,也是好评如潮。

影片讲述的是一个普通家庭的寻常故事,导演许鞍华以女性特有的视角娓娓道来,舒缓细腻而富有亲和力。与多数家庭伦理片不同的是,影片把焦点放在一个中年女性如何面对家庭和事业的变故上。这一变故不是常见的巨大的家庭矛盾,而是全家需要共同面对的问题:患了老年痴呆症的公公需要照顾。外界不支持,阿娥必须要在家庭与事业中找到一个平衡。一位普普通通的中年女性阿娥被置于人情伦理的社会关系中,表现她身兼多种社会角色(儿媳、妻子、母亲、下属),忍辱负重却又苦中作乐的生存状态。阿娥在家是好媳妇、好妻子、好妈妈,在公司则是好下属、好同事;她天性乐观、精明能干、贤惠善良,又疲于奔命、劳累辛苦。她生活中遇到的种种困难,真实反映了社会与家庭给中年女性造成的生存压力与心理危机。

一个普通女性、一个小家庭的故事折射出香港市井小民的生存现状。在事业与家庭双重压力之下的香港中年女性,还要面对中西交融、新旧交替、通货膨胀等种种冲突与万千家庭不可避免要碰上的老人问题。这个严肃而沉重的题材,竟拍得如此生动活泼,人情味十足,又不依赖误会巧合,确实非常不易。片中许多妙趣横生的细节功不可没,它们充分展示了人物的特点与生活的无奈,也深深地打动了所有观众。影片开始的第一个场景就让人印象深刻。为了买比活鱼便宜得多的死鱼,阿娥在鱼摊前耐心等待,眼神专注,只为等一条鱼死掉。尤其是她乘小贩接电话时用力将鱼拍死,以死鱼价格买到活鱼的一幕,更是让人忍俊不禁,将一个不动声色又精明强干的中年妇女形象表现得淋漓尽致。然而在开心之余,细细品味,又会让人感叹一个普通中年女性生存的艰辛和无奈。普通而渺小、为生存而奔波的小市民恰恰是许鞍华所擅长表现的人物形象。影片中还有一个场面也很精彩:生病后的公公幻想自己还是飞行指挥官,半夜爬到房顶上大喊大叫指挥战斗。邻居们纷纷抱怨,更有人扔下垃圾。阿娥上房劝阻不成,只好对公公说"回防空洞去",才把他骗回家。阿娥跟在公公后面,头上是不断扔下的垃圾,耳边是邻居的谩骂声。阿娥边哄公公,边回骂邻居。这一幕极具喜剧效果,但观众笑过之后清楚地看到阿娥的艰辛。还有，阿娥晾衣服时想起婆婆而哭；公司电脑坏了，阿娥凭借准确的记忆救急；丈夫被公公误认为小偷，阿娥机智解救；全家人一起出游，公公和阿娥坐在一起讨论山头的幽会；中风的老伴一手打掉霞姨倒的水，泼了霞姨一脸，她却替老伴先擦衣服；患胃癌的霞姨最不放心的是生病的老伴，最后一次去看望老伴；初次到老人活动中心的一个老人，在大家的欢迎声中哭诉家里无人理他……种种细节真实动人，小人物的悲欢与无奈表现得十分细腻。

以细节连缀而成的故事，没有大起大落、曲折离奇的情节，也没有精心设计的精美结构，却呈现出平淡深远、富有诗意的意境美。在阿娥与公公从疗养院回家的路上，突然之间漫天飞絮飘扬而下，公公开心地大叫起来："下雪了……"阿娥也随声应和："是啊，下雪了。"两人就像孩子一样单纯，单纯得很美好。在别人眼中，这也许已经是习以为常的景象，而对于他们来说，仿佛是一次重生机会的降临。那一刻阿娥身上的重担似乎全都卸下，没有生活的烦恼，没有事业的压力，只剩下融入自然后的快乐与舒坦。这富有诗意的瞬间让人感动。

公公去世以后，阿娥一家复归平静：丈夫在厨房里切菜，儿子和女友在甜言蜜语，辛苦操劳的阿娥也有了喘息安歇的机会。她一个人爬上天台，镜头里出现了一群鸽子，镜头切回阿娥，她欣喜不已，呼唤着丈夫，赤着脚缓缓地走近鸽群，蹲下，望着它们啄食飞舞。伴随着画外音里传来的歌声："休涕泪，莫烦愁，人生如朝露"，影片定格在阿娥凝视天空的脸庞上。简单质朴的声画语言却产生了丰富动人的联想：鸽群呼啦啦地起飞，仿佛阿娥长久以来疲惫不堪的心灵终于获得了轻松平静，同时也放飞着人生与未来的希望；凌乱的天台、灰白色的鸽群、飘荡的衣衫，普通的景物在夕阳的照耀下显得无比温馨、祥和、愉悦，在阿娥的笑意里，我们看到亲人留给她的不是抱怨与厌烦，而是快乐温暖与无尽的思念。原来，亲情很美，看似无奈的生活也充满祝福。人生的种种况味在此慢慢地发酵挥散，令人回味无穷。

甜蜜蜜（1996）

嘉禾电影有限公司摄制

片长：118分钟

导演：陈可辛

编剧：岸　西

摄影：马楚成

主要演员：黎　明（饰黎小军）　张曼玉（饰李翘）　曾志伟（饰豹哥）　杨恭如（饰小婷）

[故事梗概]

1986年3月1日，带着存钱娶无锡"亲爱的小婷"为妻的理想，黎小军来到香港，认识了来自广州的李翘，两个人都很喜欢邓丽君的歌，渐渐不自觉地从朋友变为爱人，之后，他们以为对方并不是自己来香港的目的而分手。黎小军如约和"亲爱的小婷"结婚，李翘与黑社会老大豹哥同行。之后，二人终于发现自己的心……再次相遇时是

1995年5月8日,那一天,邓丽君去世,他们停留在她的歌声里……

[欣赏指导]

《甜蜜蜜》曾被喻为最成功抓住内地和港、澳、台地区中国人共通感情的爱情文艺片,曾获金马奖最佳影片等多项大奖。本片的剧本写得极有心思,用邓丽君的歌曲作为时代象征,将男女主角小军与李翘之间一段延绵十年之久的感情串联起来,令人荡气回肠。

影片中的所有情节似乎都那样自然,就像翻开一本发黄的日记,里面零碎地记载着往昔生活中的人和事,没有虚构的情节,只有些让人感怀至深的身边琐事和个人感情自然而然地流露。陈可辛用散文式的笔法,以人物日常的生存状态取代了对影片情节的戏剧化编织,细腻地刻画了一对闯荡香港的内地人,在陌生都市中挣扎奋斗的个人经历,以及他们之间那段萍水相逢而又刻骨铭心的爱情历程。

黎小军和李翘这两个不同文化背景、不同理想的人在香港这个他们的"希望城市"鬼使神差地凑到了一起,共同的异乡体验——漂泊、孤独、无着落、无安全感,以及对邓丽君的热爱,使他们心心相印、同病相怜,关系也由远而近、由怜而爱。这种转变却不是来自于任何外在的动作元素的推动,而是来自一种情感的力量。除夕夜,两个孤独的人凑在一块吃了顿饺子,并自然而然地发生了关系;黎小军为小婷买生日礼物,无意中刺伤了李翘,他们俩分手了;在送小婷上班归来的路上,两人偶然遇见了邓丽君,久久压抑的情感喷薄而出,忘情地拥吻在一起;在纽约大街上,在失去邓丽君的悲哀中,他们再次不期而遇……这些推动故事发展的情节元素经过精心编织,显得如此天然,如水一样漫过生活的浅滩,只在低洼处留下了点点痕迹,而这些痕迹却让我们感动叹息。

"漂泊"是陈可辛爱情电影的主题,他想反映的也正是香港人的一种"无根的状态"。拍摄本片的1996年正是香港人最彷徨的时候,因此影片展现的生命的感伤、爱情的挫折都来自时代,来自一块曾经漂泊的地方——香港。香港是一个喧嚣而又繁华的都市,一个机会之城。多少年来,无数的内地人到这儿寻找自己的梦想。但香港不是天堂、乐园,它甚至无法书写自己的身份。生活在香港的外来居民始终在寻找心灵的栖居之地,但他们连根都没有,于是他们没有安全感,像李翘、小军、姑姑、豹哥、阿恩。但归是归不去的,正如小婷所说的那样,为了幸福他们来了,如今只有继续。

"漂泊"——这也是陈可辛自己经历的体现,就如他自己所说的:"《甜蜜蜜》讲的是中国人的'飘',这和我的身世有关——在香港出生长大,后来去了泰国,也回过内地,又去美国念书,又回到香港,整个人的状态都是在'飘'着的,永远搞不清自己是哪里的人。"而作为本片线索的邓丽君恰好能将这样的一种状态表现出来,她是我们中国人的 John Lennon(约翰·列侬)"。

让我们在邓丽君的歌曲中,在电影《甜蜜蜜》中,去感受爱情,感受单纯,感受时代,感受漂泊吧,这也许也是一种"甜蜜"。

榴莲飘飘（2000）

香港嘉联娱乐亚洲有限公司出品
片长：116分钟
导演：陈 果
编剧：陈 果
摄影：林华全 刘国伟
主要演员：秦海璐（饰秦燕） 麦惠芬（饰阿芬）

[故事梗概]

学了八年京剧的东北女孩秦燕，用旅游签证到香港做三个月的妓女。为了在最短的时间赚到最多的钱，秦燕努力工作。在她频繁穿行的一条小巷中，她认识了小女孩阿芬。阿芬的父亲是残疾人，在香港和深圳两地奔波做小买卖。没有香港居留权的阿芬和母亲、妹妹就躲藏在巷子里，以洗碗为生。三个月后，秦燕回到家乡牡丹江。父母以为女儿在外做生意发财，摆酒请客。秦燕一面寻找合适的生意，一面与同窗八年的丈夫小名离了婚。阿芬给秦燕寄来一个巨大的榴莲，并告知她已被警察送回深圳。秦燕的表妹及伙伴们纷纷南下，要"到外面闯一闯"。

[欣赏指导]

《榴莲飘飘》是陈果继"九七三部曲"后的又一力作，入围2000年威尼斯影展竞赛片，获得2001年金马奖最佳剧情片、最佳女主角、最佳原著剧本、最佳新演员，2001年香港电影评论学会大奖和金紫荆奖影后奖。主演秦海璐也因此一举成名。

本片是"妓女三部曲"的开篇之作。影片中，不管是当妓女的秦燕，还是以洗碗为生的阿芬，都是去香港"讨生活"的内地人，是繁华社会里微不足道的一份子。素有"草根导演"之称的陈果，以其一贯的记录手法，继续了他对卑微小人物的底层生活状态的关注。最值得称道的是，影片采用鲜明的两段式叙事方式，展现了秦燕在内地与香港两个时空下的生活对照及内心挣扎。

在香港的秦燕，利用旅游签证，穿梭于旺角的小巷里拼命卖淫赚钱，由此认识了阿芬。回到家乡牡丹江的秦燕，轻松自在，在与亲戚、朋友、家人的交流中当一名乖乖女，并收到阿芬寄来的榴莲。两段毫无相似之处的生活，又互相联系互相映衬。香港在陈果的镜头中不是高楼林立的繁华都市，而是狭窄的街巷、简陋的房屋、黯淡的光线，暗示了作为妓女的秦燕的灰暗肮脏的生活与空洞的内心世界。一成不变地穿梭于宿舍、茶餐厅与马槛之间的秦燕，生活单调乏味。无论是走路、吃饭还是洗澡，都是快节奏的重复，最高纪录是一天接了三十八个客人。她如同一台冷漠而高效的机器，每天机械重复着接客、等待的循环。为了在最短的时间赚最多的钱，她放弃休息日，在香港三个月什么地方都没去。在接客时随口报出的籍贯与名字，不过是一串随意组合的符号。她已经失去了籍贯、身份，甚至情感和自我。对香港而言，她只是一个匆匆来去的过客，一旦离开，这里的一切都将被彻底遗忘。牡丹江则完全不同于充满欲望的香港，冰天雪地，视野开阔。回到家乡的秦燕被浓浓的亲情、友情包围着，生活温暖而真切。她是父母亲的宝贝女儿，是可信任的朋友，是个有出息的、令人羡慕的年轻人。在清闲放松的生活中，她不再紧张高速地运转，而是可以坐在街边慢悠悠地吃肉串，在学校的教室外和朋友一起回忆童年，在铁轨旁与伙伴们放声高歌。香港已经是一段过去的记忆，被她永久地封存起来，但这不可告人的秘密却成为她轻松生活的沉重负担。江姐的两次电话、朋友李爽无意中对她做生意的建议，都不经意地触到她内心的秘密，她的表情与动作瞬间就变了，内心的无奈与挣扎写在脸上。正当她换了手机号码，想彻底告别香港时，阿芬寄来的榴莲又唤起她对香港的回忆。在香港她可以单纯地做妓女，回到家就要心思细密地把自己伪装起来，当一个乖乖女。

　　与她割裂成两截的生活相应，影片采用了对比鲜明的表现手法。上半部基本上用肩扛拍摄，远距离、长镜头、追拍、晃镜、跳跃的画面、灰暗的色彩和遮掩式构图，描绘了秦燕动荡不安的生活。下半部则是架摄，手法平实，构图讲究，很多大视角和摇臂都充分展示了北方固有的粗犷和辽阔。上下半场，手法迥异，导演的用心不言自明。

　　为了让两段式叙事有机地连成一体，导演有意在细节安排上突出呼应与对比。同样是洗澡，前后的对比十分明显。在香港，秦燕每天冲凉三四十次，冲得手脚都破了。而这些冲凉场面，全是隔着玻璃门拍摄，不出现秦燕的裸体镜头。其中一次长时间地出现了一个文身嫖客擦洗的镜头，秦燕也始终在画面外。她小心地撕开脚上的破皮以及她和同伴们的聊天，侧面表现了冲凉的频繁与乏味。冲凉只是工作中必要的步骤，生硬而吃力，毫无乐趣可言。就连与客人的对话，也只是为了让客人高兴，一次又一次重复着："舒服吗？舒服的话就多给一点小费。""老板，多给一点小费。"无非是为了多赚些钱。回到家乡，出现了两次洗澡镜头，画面完全不同。第一次完整地出现了秦燕的后背，连腰间的那一根细细的红带都清晰醒目。第二次则出现了她泡澡的镜头，她悠闲地泡在水中，哼着京戏。在牡丹江的洗澡是安静而舒适的，是身体与心情的需要，是独自享受快乐的过程，是秦燕对自己的抚慰与疼惜。此时，秦燕已完全抛开那些隐藏的记忆、家人朋友关切的目光，拥有真正的、无人打扰的放松与自在。影片中还出现了吃饭场面的对比。在香港，秦燕没有好好地吃过一餐饭。每次捧着盒饭草草对付，甚至对着厕所门也可以无所顾忌地吃。吃饭的过程则经常被打断，吃到一半去接客，回来再继续。吃饭和洗澡一样，只是一种工作的需要，维持身体的正常供给以便有更多的精力投入工作。回到家，吃饭则具有鲜明的形式感。吃饭成了一种仪式，是人情关系的展示。不管是大张旗鼓地宴请亲友，还是小名父母热情地张罗，或是自家的一顿普通的家常饭，都不再是单纯的吃饭，而是与秦燕关系密切的人构成的人情网。置身于或隆重，或平淡，或悠闲的吃饭仪式中，秦燕既感温暖又觉得乏力无奈。此外，秦燕在香港从床垫下细心捡拾硬币的镜头，对应的是牡丹江的秦燕临睡前看已有多次提取记录的存折。在陌生的地方出卖肉体和尊严积攒的分分角角，是在另一个熟悉的地方获得体面与价值的资本。

　　导演陈果说，这是一部没有剧本的电影。影片没有波澜起伏的情节，只是一段经历，若干日常段落；没有环环相扣的因果链条，有的只是生活本身的真实与琐碎。吃饭、睡觉、洗澡这些最常见的生活细节，以及秦燕在小巷里的练功动作、戏校的伙伴们出现在练功房镜子里的模糊人影等极为真实而可贵的细节，一一罗列开来，告诉观众秦燕的生活、秦燕的悲哀。而影片中最能制造强烈戏剧冲突的种种事情的动因,如秦燕和阿芬的友谊如何开始、秦燕与小名为什么离婚、当初秦燕为什么南下等通通被忽略,作者只是集中力量来打造生活的实感。全部使用非职业演员(当时秦海璐只是中戏的学生)的本色表演,也让影片增添了几分生活的粗糙与自然。

片中多次出现的"榴莲"这一意象具有强烈的隐喻意味。这是一种奇异的水果,闻着臭,吃着香。它时而是伤人的武器,时而是餐桌上的美味;香港人觉得它是营养丰富的补品,东北人却拒绝这"水果之王";在香港时秦燕没吃过榴莲,回到牡丹江却收到阿芬寄来的榴莲。榴莲既是内地与香港两地差异的象征,又是秦燕回味过去的寄托。

一 一(2000)

中国台湾 Atom Films 电影公司摄制
片长:173分钟
导演:杨德昌
编剧:杨德昌
摄影:杨渭汉 李龙禹
主要演员:吴念真(饰简南俊) 金燕玲(饰敏敏) 李凯莉(饰婷婷) 张洋洋(饰洋洋)

[故事梗概]

简南俊是个不太成功的生意人,公司面临破产,他却坚守自己的人生信条。在小舅子的婚礼上,他遇到了初恋女友。借到日本出差的机会,简南俊与旧情人相会,发现二人都深爱着对方,却无法从头再来。简南俊的妻子敏敏,因为婆婆生病昏迷而心力交瘁,于是入山修行以寻求精神的解脱。大女儿婷婷是北一女中的学生,与邻居莉莉的前男友胖子谈恋爱,最终却分手。胖子杀死了莉莉的英文老师。八岁的儿子洋洋受父亲影响而喜欢上照相机,用儿童单纯而奇特的视角去拍摄世界的另一面。小舅子阿弟,在前女友与妻子之间摇摆不定,是非不断。不久,婆婆去世,敏敏下山回家,生活一如既往。

[欣赏指导]

杨德昌的《一一》荣获2001年戛纳电影节最佳导演奖和全美影评人协会奖最佳影片奖,并获得其他多个奖项的提名,从而掀起了世界影坛的华语电影热潮。法国媒体更是给予极高的评价,称"虽然它描写的是一个中国家庭及周遭所发生的事,但它精确地掌握着每一个镜头,把所有人物的每一件事都处理得恰到好处,故事情节简单,内涵深远,美不胜收,没有说教,但已赤裸裸地呈现出中国人的人生哲理"。"影片叙述了一则简单的家庭故事,真正触摸到了情感的精髓","以四两拨千斤的娴熟技巧将少女心事、童年困惑、事业危机、家庭纠纷,以及对宗教的慨叹和对时事的讽刺等现代社会日常生活的常态与变调一一呈现出来",是一则"很普通但很美丽的寓言故事",是一篇伟大的"生命诗篇"。

片名"一一"颇耐人寻味。"一一"既可以是每一个个体，也可以是一个又一个的个体；既可以是一个一个的叠加，也可以是人与人的相互关联。片中的父亲、女儿、儿子、妻子、婆婆、小舅子有各自独特的个性与经历，但其中所表现的童年的成长、青春的困惑、中年的无奈以及老年的虚弱累加成了完整人生的百般滋味。个体的生命历程叠印在一个又一个相互关联的其他个体生命中，从而编织成生活的全部。因此有人说，三个小时的《一一》让他经历了完整的一生。也有评论认为，影片反映了一个人从纯真到怀疑再到睿智的过程。影片从以婴儿啼哭为背景的婚礼开始，以婆婆的葬礼结束。从出生到死亡，从孩子到老人，从婚礼到葬礼，各个不同的年龄，各种不同的仪式，各种不同的情感，整部影片就是一段变化中的真实人生。婚礼不等于欢乐，葬礼也不意味着悲哀，不过是人生的组成部分而已。这不仅是家庭故事，也是一个人生故事。编导杨德昌说："这部电影讲的就是生命，描述生命跨越的各个阶段，身为作者，我认为一切复杂的情节，说到底都是简单的。"但是个体与个体之间毕竟存在距离，因此置身于实际生活的我们只能看到生活的一面，却看不到另一维度的生活。正如八岁的孩子洋洋对爸爸所说的："你看到的我看不到，我看到的你也看不到。我怎么知道你在看什么呢？我们是不是只能知道一半的事情呢？我只能看到前面，不能看到后面，这样，不是就有一半的事情看不到了吗？"简南俊看到初恋情人幸福生活的表面，却看不到她遭到拒绝的伤心；阿瑞看到简南俊抛弃自己的事实，却看不到简南俊被迫选择专业的痛苦；婷婷看到胖子在等待莉莉，却看不到他杀死了莉莉的英文老师……这就是最真实的生活。

一家三代不同年龄段的人物被抽离出来，既是他们自己，又是千千万万同龄人的代表，表达了导演对于都市中现代人生存状态的关注与思考。这些人的故事被组织在一起，人物的多样化决定了叙事结构的多线索与交叉性。小舅子麻烦的婚礼集合了所有人，而婆婆的昏迷又让各人重新回归自己的轨道并审视生活。简南俊要面对的是公司的重重危机与初恋情人的痴情；敏敏则要面对昏迷的婆婆的无助与每天重复单调的生活；婷婷陷入了友情与爱情的困惑之中；阿弟则在事业的起伏与情感的选择中摇摆不定。影片中有一段交叉蒙太奇的使用意思很明确。简南俊和阿瑞、婷婷和胖子牵手走过夜晚的都市，一对在东京，一对在台北，但是背景中的高楼、霓虹、街道、斑马线几乎是一样的，二者最大的差异可能仅仅只在于东京和台北一小时的时差。两段感情线索就这样交叉演绎着。婷婷与胖子的恋爱就是简南俊和阿瑞的初恋的折射，此后胖子对婷婷的抛弃其实也重合着当年简南峻对阿瑞的抛弃。而简南峻与阿瑞的意外重逢，是在阿弟与小燕的婚礼上，这也是云云和小燕的第一次出场。几条线索就集结在这一点上展开。在杨德昌看来，生命的个体虽然是独特而不可重复的，但许多生命的体验却是可以复制的。年轻的女儿重复着父亲的青春，夜晚的台北重复着东京的风情，在父亲的影响下喜欢拍照的洋洋重复着简南俊的童年，生命在轮回中不断重现。开始的婚礼与结束的葬礼，开篇婷婷与婆婆的对话与片尾婆婆对婷婷的爱抚，在时空交错中互相呼应，互相重复，曲折之后又回归原点。所以，简南俊对回家的敏敏说："你不在的时候，我有个机会去过了一段年轻时候的日子。本来以为，我再活一次的话，也许会有什么不一样。结果……还是差不多，没什么不同。只是突然觉得，再活一次的话，好像……真的没那个必要，真的没那个必要。"

众多的人物、交错的故事、琐碎的家事，还原了生活的真实，也体现了影片记录的真实。固定机位的全景长镜头以置身事外的静观态度强化了记录的真实性与影片的主题。摄像机远距离冷冷地看着发生的一切：阿弟喜庆又麻烦的新婚典礼、初恋的婷婷与男友在高架桥下的接吻、简南俊与旧情人在东京的浪漫相会、婆婆病床前每个人的倾诉……没有冲动，没有投入，只是记录，记录着真实的世界，这个和我们想象不一样的世界。写实的手法形成自然随意的风格，但导演有意识地运用玻璃窗这一元素却时时在暗示主题。婆婆一直昏迷不醒，敏敏深感无助、压抑。下班后，她孤独地站在办公室玻璃窗前。背对着同事的敏敏看不到身后欢笑的年轻人，内心的悲伤又让她看不到窗外的灯光闪烁、车水马龙的都市风景。在黑暗中，她与外部世界完全隔绝开，她看不到别人，别人也无法了解她的内心。玻璃还隔绝了办公室里的简南俊与他的同事们，隔绝了他的正直忠厚与公司伙伴的奸诈无信。简南俊与阿瑞在东京再次相逢，两人一起重温旧情，浪漫而又温馨，但一个车窗外的镜头却泄漏了他们的隔阂与最终的结局。在行驶的列车上，二人并排而坐。简南俊歪着头沉睡，阿瑞却睁大眼睛若有所思。他们的差异就在这"闭着眼睛沉睡"与"睁大眼睛沉思"中越来越清晰。在日本的最后一夜，简南俊对阿瑞说：我从来没爱过另外一个人。回到房间的阿瑞在黑暗中哭泣。透过玻璃窗，我们看到阿瑞模糊的身影，她慢慢地坐下来，仿佛支撑不住似的。初恋分手的伤痛难以愈合，而永远不可能走到一起的结局更让人痛苦。阿瑞内心的苦涩与痛楚，简南俊看不到，如同他看不到车上阿瑞的思考，看不到房间里阿瑞的眼泪一样，当年阿瑞也看不到简南俊被迫选择专业的烦恼与伤心。

《一一》是杨德昌的最后一部影片，从构思到完成凝聚了他十五年的心血。他一如既往地关注着都市人的生活，通过对生命真相的冷静思考传递着对生活的热爱与对社会的关注。没有强烈的冲突与矛盾的故事被娓娓道来，有如一泓清泉舒缓轻柔，早期影片中的批判与绝望在此转化成思辨的力量。

卧虎藏龙（2000）

中国电影合作制片公司、北京华亿亚联影视文化有限责任公司、英国联华影视公司联合摄制

片长：120分钟
导演：李　安
编剧：王惠玲　詹姆士·沙姆斯　蔡国荣
原著：王度庐
摄影：鲍德熹
主要演员：周润发（饰李慕白）　杨紫琼（饰俞秀莲）　章子怡（饰玉娇龙）
张　震（饰罗小虎）　郑佩佩（饰碧眼狐狸）

[故事梗概]
一代大侠李慕白有退出江湖之意，托付红颜知己俞秀莲将自己的青冥剑带到京城，作为礼物送给贝勒爷收藏。这把已有四百年历史的青冥剑伤人无数，李慕白希望如此重

大决断能够表明他离开江湖恩怨的决心。谁知当天夜里宝剑就被人盗走，有人看见一个蒙面人消失在九门提督玉大人的府内……俞秀莲的隐隐不安变成了现实，李慕白隐退江湖的举动实际却惹来更多的江湖恩怨，如果他们的命运就是这样的悲剧，期盼多年的安宁又将从何而来？

[欣赏指导]

《卧虎藏龙》是一部细腻并且文化气息浓重的武侠电影，然而也是李安作品中引起争议最多的一部影片。它得到了国外观众的认可和青睐，获得了包括奥斯卡在内的多个世界电影大奖。《卧虎藏龙》中所展现的古老而意蕴深厚的东方奇观、扣人心弦的动人情节、优美的武打、深情的对白、神秘的东方武功和令人眼花缭乱的特技动作，让西方观众深深为之倾倒。然而当它来到中国时，却面临着一个尴尬的局面，许多人并不认同它，认为这部影片在叙事结构、节奏的处理以及人物性格的刻画上都存在问题，而且对中国文化表现出来的只是一种奇观，而奇观化了的中国文化是非常表象化的。

的确，本片与我们以前看到的武侠片不同，因为无论从影片所表现的文化内涵还是影片的形式技巧来说，它更像是一个东西方文化结合的产物，是一部超越武侠的武侠片，是一部中国武侠版的"理智与情感"。

"理智与情感"这是一对人性中的矛盾，也是人类永恒的话题，而在本片中，深谙东西方文化的李安正是以此为切入点，拉近不同文化的距离。他在这奇观式的表象下，为我们展现的是人类文化中共性的东西：理智与情感的冲突、欲望与道德的矛盾、出世与入世的抉择等等。在电影中，李安不仅将中国人的理性、克制、含蓄等传统精神还原出来，将他深受熏陶的传统文化精神渗透其中，而且还不露痕迹地渗入了导演作为一个现代主体对这种历史精神的反思，让中国文化在世界领域获得更多的认同。

在片中，李慕白替李安说出了影片的真实主题，"江湖里卧虎藏龙，人心里何尝不是，刀剑里藏凶，人情里何尝不是？"《卧虎藏龙》正是以人心欲望的挣扎，颠覆了武侠片原有的"报恩仇"的主题，在讲述盗剑、寻剑、夺剑故事的同时，实际上是一个修心、爱心、伤心的故事。原著中的两位主角"玉娇龙"和"罗小虎"，在李安的改写下变成了四位，加入了"李慕白"与"俞秀莲"。这四人性格各异，在片中自然而然形成了两组对立：李慕白举止内敛、性情隐忍，儒雅的外表之下掩藏着被压抑的欲望冲动；俞秀莲在性格和处世上克制而理性，内心明明深爱李慕白，在举止上却总是若即若离；而玉蛟龙充满着年轻张扬的生命力，我行我素、天马行空，不愿受外界礼教束缚，一心向往"江湖"；罗小虎敢爱敢恨，思维直率天真，全不压抑自身的天性欲望。而他们也正代表着不同程度上的"理智与情感"的矛盾与融合。

李慕白追求"超我"（极致的理智），却让他感到了"寂灭的悲哀"，这样的悲哀使他无法承受。因此在他生命的最后一刻，他放弃了"超我"，对俞秀莲真情告白，回归真实的自我，"宁为野鬼，不当孤魂"。

玉娇龙追求"本我"（放纵的情感），却得到了一个她不想得到的结局——她曾经的过去（碧眼狐狸）与幻想的未来（李慕白）相继死去。因此，她知道有着如此追求的她是无法见容于世的，于是在和罗小虎最后放纵一次后，选择了跳入武当山的深涧，消失于云海之中。

而俞秀莲和罗小虎这两个追求"自我"的人,也因另一半的追求,而成为悲剧人物。

"理智与情感"到底该如何自处?这是《卧虎藏龙》留给我们的问题,也是人类的永恒矛盾。

十七岁的单车(2000)

吉光公司(Arc Light Films)北京电影制片厂摄制

片长:108分钟

导演:王小帅

编剧:徐小明　焦雄屏　唐大年　王小帅

音乐:汪　峰

主要演员:崔　林(饰郭连贵)　李　滨(饰小坚)　高圆圆(饰潇潇)　周　迅(饰红琴)

[故事梗概]

十七岁的农村少年郭连贵在北京找到一份送快递的工作,公司许诺,当他赚到六百块时可以拥有公司暂借他用的银色变速山地自行车。他每日勤恳地为这个目标工作着,就在梦想即将成真时,单车丢了,阿贵陷入绝望。小坚是和阿贵同岁的北京少年,但因家庭的贫困,他在维系骄傲时又常常自卑。父亲屡次三番将许下他一辆单车的承诺食言后,小坚为在同伴面前挣面子和交女朋友,从家里偷来钱买了一辆二手自行车,不想此车正是阿贵所丢。阿贵发现他赖以生存的单车被小坚"盗"去后,开始不计代价拼命讨回,两个少年为守护自己的简单梦想发生争斗。

[欣赏指导]

《十七岁的单车》获第51届柏林电影节评审团大奖银熊奖、最佳男女新演员奖。美国《洛杉矶时报》这样评价这部电影:"震撼人心,完美无瑕。它的作者王小帅被评论为凭借此片站到了当今中国为数不多的世界知名导演行列。"这也是继张元、姜文之后,"新生代"导演的作品再度荣获三大国际电影节大奖。

王小帅在片中为我们讲述了一个关于青春和成长的故事。片中的十七岁有矛盾,有彷徨,有爱情,有理想,但更多的是现实的残酷。这一切都缘起于那辆"自行车",一辆银色的山地车将两个同龄却不同身份的少年联系在一起,让他们感受到了青春的美好,也同时感受到了现实的残酷。在片中,"自行车"不仅仅是一个叙述故事的线索与道具,更上升到了一种象征物的层次。同是十七岁的少年,但因其不同的身份地位,单车对他们来说也有着不同的实际意义。单车是他们精神寄托的物质化和具体化,他们一个是为了追求美好的物质生活,另一个则追寻符合都市性格的精神生活。正如导演自己所说:郭连贵"对钱和物质的追求是他唯一的动机,于是自行车不仅是他的求生工具,还是他生存在城市的一个确证。失去它就意味着失去了在城市中生活的权利"。小坚

"是新生代的一员,尽管并不富裕,但生活在城市已经足以令他高人一等。尽管他仍然脆弱——脆弱到只能用板儿砖来证实自己,传统观念在他这里已经失去意义。自行车的初始功能已经被替换成了对虚荣、自尊的包容。他需要自行车并不是为了交通或生活(对于贵则是),而是为了爽"。

"北京"这个大都市,在导演的镜头中更加真实,有着高楼林立、车水马龙,也有着低矮的砖房、颓废的断墙、狭窄脏乱的胡同、拥挤凌乱的居家,还有着一群"事不关己,高高挂起"的北京人。而在这样的环境中追求梦想的少年,尝到的固然有青春的美好,更多的却是现实的残酷。

本片在音乐处理与场景配置上恰到好处地做到了音画同步。当郭连贵快速地踩着单车,穿梭在人流车流中时,他的那首"梦想华尔兹"便会随之响起。小贵在进入浴室前后,导演用了一段极有暗示意义的背景音响——老年腰鼓队击打的鼓声(暗示着他的单车被偷以及他自己的遭遇)。当他离开酒店,却怎么也找不到单车时,慢节奏的萨克斯风音乐开始回荡,让人感到小贵丢失的不仅是单车,还有更重要的希望。导演还在结尾安排了慢速的排箫音乐,伴随郭连贵扛着车走在人流车流中的慢动作,营造出了一种忧伤而沉重的气氛,俨然似一曲青春梦想的挽歌。生活仍然继续,青春在不知不觉中流逝。

此外,在本片中,导演王小帅在表现其主题的同时,用他的镜头和故事,以后现代的方式重写了多部经典:片中郭连贵似乎是现代骆驼祥子的化身;而他由自行车的拥有者变为偷窃者的情节,与德西卡《偷自行车的人》中男主人公的遭遇何其相似;两个少年在达成协议后,轮流使用着一辆自行车,导演的节奏设置和剧作结构都与伊朗电影《小鞋子》中兄妹共用一双鞋子颇为相似,只不过二者的感情由兄妹之情转换为了两位少年复杂的苦涩情谊。这是一次成功的重写,也是对解决"如何面对经典,如何创造性地利用经典"这个电影界面临的话题的一次颇有价值的尝试。

无间道(2002)

香港基本映画制作

片长:101分钟

导演:刘伟强　麦兆辉

编剧:麦兆辉　庄文强

摄影:刘伟强　黎耀辉

主要演员:梁朝伟(饰陈永仁)　刘德华(饰刘健明)　黄秋生(饰黄志诚)　曾志伟(饰韩琛)

[故事梗概]

陈永仁是警方安插在黑帮三合会的卧底,只与警司黄志诚单线联系。他在警校上学时,表面上被强迫退学,实际上是警方安排让他进入三合会当卧底。他的同学刘健明,则是受大哥韩琛的指示入学,准备进入警方做卧底。十多年后,陈永仁成为韩琛身边的红人,而刘健明则是警察局刑事情报科A队的一员。在一次毒品交易中,根据陈永仁提供的情报，警方准备抓捕韩琛，却被刘健明及时传送消息使其逃脱。由此，双方发现各自的内部都有"内鬼"。一场激烈的角斗之后，双方"内鬼"互相识破对方的身份。刘健明抢先一步删除了陈永仁的档案，使其无法恢复身份，而陈永仁在试图逮捕刘健明的过程中，死在韩琛的另一名警方卧底枪下。

[欣赏指导]

  2003年香港金像奖颁奖典礼上，《无间道》获得16项提名，并最终夺得最佳影片、最佳导演、最佳编剧、最佳男主角等7项大奖，此后还荣获第40届台湾电影金马奖最佳剧情片、最佳导演等5项大奖。它不仅获得多个奖项，还赢得5500万港元的票房，成为香港影片走出低谷的"救市"之作。香港著名导演杜琪峰说："我认为这部影片会刺激香港电影人在电影制作上做出更多的努力。《无间道》的最大成功在于振兴了香港电影业。"的确如此。此后拍摄的两部续集也在商业上非常成功。由此掀起的警匪片拍摄的热潮，甚至影响到整个亚洲地区。

  "无间"一词出自佛经，指无间地狱。无间地狱，又称为"阿鼻地狱"，是八大地狱中最苦的一个。在这个地狱里，刑罚日夜不间断，各式各样的刑具轮番使用，也从不间断。被打入无间地狱的人，永远没有任何解脱的希望，除了受苦，还是受苦，永无出离之时，这是生前罪恶的果报。影片以"无间道"作为片名，寓意深长。刘健明和陈永仁拥有的真实身份与伪装的现实身份完全相反，身份的错位使他们就像生活在无间地狱之中。他们隐藏自己的身份和情感，又害怕别人拆穿自己的身份，内心的痛苦与挣扎从未停止过。陈永仁必须每次定期到心理医生那里才能安心睡一个好觉，刘健明则像妻子小说里那个"有28种性格"的主角一样，"每天早上醒来都分不清自己到底是谁，该用什么面目面对别人"，自己跟自己演戏。他们一直试图摆脱这噩梦般的生活，重新找回自我。陈永仁做梦都想恢复自己原来的身份，他甚至忍不住告诉心理医生"我是警察"这一天大的秘密；刘健明也想摧毁过去的一切做一个好人，他故意杀死了韩琛。但是落入无间地狱的人没有回头路，也不可能逃脱。黄警司被杀，陈永仁真实的警察身份就此丧失；刘健明机关算尽，却因一个小小的疏忽而全盘崩溃。最终陈永仁依然以黑帮分子的身份死去，刘健明则继续在地狱中备受煎熬。"无间"之名，是对两个身为卧底的男人生存境遇的准确概括。身份错位、命运无常，饱受痛苦折磨却无法摆脱的无奈，不管是警还是匪，都一样。影片主人公自我的迷失与茫然的状态其实是处于高压与危机状态之中的香港人内心的真实写照。在竞争激烈的时代，香港人所承受的心理压力及恐惧与影片人物是相通的，因此本片特别能让人产生共鸣而大受欢迎。

  作为黑帮电影，本片选择了较为常见的边缘人题材，但却不是重点表现黑帮团伙的兄弟情谊或是黑社会与警察的对立，而是挖掘在特殊环境中人性的变异。影片一开始就挑明了两人的双重身份，因此"谁是卧底"不构成悬念，而"他们如何面对危机"才是最大的问题。他们未来的命运、他们危机四伏的生活、他们矛盾而深受折磨的内心世界，也就成为观众关注的内容。这样的剧情设计，已经超越了对故事及悬念的探寻，而上升到对生命、对生存状态及自我命运的关注。影片表现的人文关怀，使其蕴涵着超越一部黑帮影片或警匪片的深层意义。可以说，《无间道》是一种生命状态的隐喻，是对普通人生和命运的隐喻。

传统同类题材影片中对暴力血腥的渲染和永生英雄形象的塑造，本片都有意回避。影片没有出现直接的暴力场面，就算有些直接表现杀人的镜头也是淡化处理，如黄警司从楼上跌下，重重地摔在车上，只出现了面部的流血；陈永仁头部中弹后，画面快速地切换到黑镜头。影片中，三合会与警方基本上没有正面交火，黄警司死前受毒打的场面是通过傻强的描述来交代的，三合会的另一个卧底的死是通过电梯间的枪声来表现的。所有的血腥与暴力都被降到最低点，不再成为影片的看点与卖点。观众在欣赏过程中，全身心投入的是环环相扣的智力游戏：每一场精心设计的布局、双方卧底斗智斗勇的激烈较量以及他们矛盾无奈的内心挣扎。

影片中空间场景的设置，也暗示了人物的境遇与创作者对人性的理解。陈永仁与黄警司每次见面的地点都在天台，他的活动时间主要是夜晚，最后他死在电梯间里。这一系列的空间，是人物内心"无间"之苦的外化。天台上的大玻璃窗映出的永远是扭曲的人影，电梯始终上下来回没有一个长久的落脚点，夜色无边掩饰的是出卖身边兄弟换取生存资本的不安。这一切，都指向陈永仁迷失身份，在夹缝中挣扎生存的内心痛苦。天台、电梯、黑夜，是"无间"的标志性空间。刘健明在天台希望完成他人生的转折，陈永仁在天台显露他真实的身份，黄警司从天台跌落走完了一生；韩琛在电梯里下达命令，陈永仁在电梯里死去，第二个黑帮卧底也死于电梯中，刘健明从电梯里起来就完成了从黑帮向警察身份的变换；黑色的夜幕下是黑帮见不得光的交易，除了晃眼的车灯之外，没有明亮的东西。

可可西里（2004）

华谊兄弟太合影视投资有限公司、哥伦比亚电影制作（亚洲）有限公司出品

片长：87分钟

导　演：陆　川

编　剧：陆　川

摄影指导：曹　郁

主要演员：多布杰（饰日泰）　　张　磊（饰尕玉）　　赵　穗（饰洛桑）　　赵雪莹（饰冷雪）　　亓　亮（饰刘栋）

［**故事梗概**］

美丽寂寥的可可西里安睡在宁静中。突然，枪声打破宁静，保护站上的巡山队员被盗猎者残杀，鲜血染红戈壁，又一批藏羚羊群惨遭屠戮……

北京记者尕玉来到可可西里。随着巡山队长日泰和巡山队连夜紧急出发，发誓要抓到盗猎者。但是盗猎者却消失了，留下的只是成百上千具剥去皮毛的藏羚羊尸骨……巡山队员在遍布危险的茫茫大戈壁上奋力追踪，终于抓到一部分盗猎分子，藏羚羊的皮毛也被找回，但狡猾的盗猎头子却再次漏网。巡山队员冒着风雪继续追赶盗猎分子，但此时的环境越来越恶劣，车辆抛锚、汽油耗尽、食品短缺、大雪封山，巡山队员一个又一个牺牲……终于，尕玉和日泰队长追上了凶残的盗猎者，日泰拒绝了盗猎头目的收买，

倒在了盗猎分子的枪下,尕玉死里逃生,带回了已经冰冷了的日泰队长的遗体。

[欣赏指导]

作为一部纪实片,《可可西里》有着具体真实的事件与人物背景:为了保护即将被盗猎者屠杀殆尽的藏羚羊,1993年,一支名为"野牦牛"的武装反盗猎队,在队长索南达杰的领导下志愿进入可可西里进行反盗猎行动。这支由"临时工"组成的队伍在可可西里腹地与盗猎分子进行了无数次浴血奋战,两任队长索南达杰和扎巴多杰先后牺牲……

影片《可可西里》是一部能让人"震动"的电影。美国哲学家罗蒂说他为其中充满力量感的真实而震动。这种"有力量感的真实",很大程度来源于电影的纪录风格。但《可可西里》并不是一部纪录片,导演陆川在接受采访时说:"电影追求真实感,但已经没有任何真实的东西可以纪录。这是电影的可可西里,不是现实的可可西里。"而拍过野牦牛队的纪录片《平衡》的导演彭辉说:"电影是'比较真实'的,生活的真实平淡复杂,而电影需要高潮。"因此,让观众震动的《可可西里》的真实,并不意味着一种现实的直接倒影,而是一种真诚态度之下的重新结构。

在这部充满纪录片风格的作品中,导演陆川并没有注重情节的生动性,只是通过粗线条的描述把故事主线交代清楚,而把更多精力放在了恶劣的自然环境、特殊的正邪较量以及生存状态的写实性展现中。在这里,自然以无人区的方式横亘在人的面前,让人意识到自身的渺小。控制与改造自然这些豪言壮语,在此都显得如此可笑。人类只能怀着谦卑之心,与一切生物一起生存在这个地球上。藏羚羊的危机,或者生态平衡的危机,背后是更深刻的全球性经济发展不平衡。于是,贫穷带来对自然资源的过度滥用,滥用又带来更深的贫穷。

正如陆川自己所说的:"如实展现中国边地民众的生存状态,展示平实生活中人生存的挣扎,或许才是我真正的目的。在这里,你会发现是非观常常失去作用,善恶不再绝对,只有各自的立场下最自然的生存选择。这种选择,生活在城市中的我们同样每天都在面临。只是大多数时候,我们不自知,因为没有极端环境的逼迫,因为有身份的包裹。而在可可西里,人只有人一种身份,死亡随时可能发生;生命如此脆弱却又如此坚韧。这些感受能在电影中去表达,让我激动不已。"正是他的这种创作目的和情感让《可可西里》展示了一种极度洗练、残酷的纪实美学风格,带来的是对死亡的心灵震撼,留下的是完全的冰冷和决绝。在表现手法上,他抛弃了传统的高潮"煽情"配乐的方式,在描写刘栋和日泰队长死亡时,都只用自然的环境音效,给观众留下了更多回味和思考的余地,也更加凸显大自然的力量。

孔　雀（2005）

保利华亿传媒文化有限公司出品

片长:136分钟

导演:顾长卫

编剧:李　樯

主要演员：张静初（饰姐姐）　　冯　瓅（饰哥哥）　　吕玉来（饰弟弟）

[故事梗概]

影片讲述了生活在20世纪七八十年代北方小城市里的一个五口之家在一段时间里发生的事情，主线人物是家庭中的姐姐、哥哥和弟弟。姐姐二十岁出头，是消瘦清秀的女孩，有一种清教徒似的气质，但内心刚烈执拗，可以为了梦想狠得下任何心；哥哥二十三四岁，小时得病落下轻微脑疾，但以为他笨的人，往往还不如他心底里透着明白；弟弟十七八岁，敏感、忧郁，内心过于丰富，以至于人累得有些慵懒，这样的孩子，未来捉摸不定……

[欣赏指导]

在《孔雀》之前，顾长卫已经用他的镜头为我们带来众多优秀的作品，而本片则是顾长卫以一个导演的身份为我们带来的第一部作品，它也为他获得了柏林电影节的银熊奖。

影片采用了三段式的复调结构，分别讲述了这一家三兄妹的故事。影片一开始的一组镜头，在后来分叙其他两个人时，重复地出现着：那是在一个夏日的傍晚，一家五口在聒噪的虫鸣声中吃着晚饭。只是每次随之响起的画外音略有不同。而这淡淡的几句话，又十分自然地将人们带入到属于自己的回忆中，故事就从这里开始。

虽然看似平行的三段式结构，但是观众能够轻易地发现，电影的中心人物是第一个被叙述的姐姐，因为在长达136分钟的影片中，姐姐的故事就占了57分钟。姐姐是个叛逆、内向、爱幻想的人，有着清秀的外表和不羁的灵魂。她代表着理想，她不断地用梦想来逃离这种无聊平淡的现实生活，而当梦想破灭时，她又用一次一次的妥协做着变相的抗争，并且继续孤独而执着地追求着新的梦想。一次次的抗争，一次次的牺牲，一次次的幻灭，这也许就是那个时代一部分青年人追梦历程的缩影。

哥哥代表着现实，看似愚钝的外表，使他得到了父母的宠爱，而每到关键处，他又能展现出与其外表不符的精明：当他的工友因为他被打时，他知道买只烧鸡去慰问；当他看中姑娘时，知道如何巧妙地说服母亲；当昔日的工友向他借钱时，他爽快答应，却搬来一箱积攒的烟盒来应付。似乎在导演的镜头中，这个傻子比他的弟妹更能适应这个社会。

弟弟代表着虚无，因为是家中唯一正常的男丁，所以家庭所有的希望都寄托在他身上，而这却使他透不过气来。他不知道生活的真谛到底在哪里，目标又在何方，他迷失了，所以年轻的他希望过的却是一种退休的生活，他有一句话是这样讲的："爸爸妈妈总是说，人这辈子太短了，可是我却想一觉醒来，已经六十多了……"一个不到二十岁的小青年已经未老先衰了。这也是他最后成了一个靠女人养活的男人的根本原因。

正如导演自己所说的："这三个人是生活中最典型的三大类人群，也可以说任何一个普通的人身上都有这样三个人的性格。"他通过影片告诉我们的正是对普通人群的关注，对平凡人生命力的崇敬，以及如何去欣赏这些生命的个体。

三峡好人（2006）

上海电影集团公司上海电影制片厂、西河星汇联合出品
片长：108分钟
导演：贾樟柯
编剧：贾樟柯
摄影：余力为
主要演员：韩三明（饰韩三明）　赵　涛（饰沈红）

[故事梗概]

煤矿工人韩三明从汾阳来到奉节，寻找他16年未见的前妻。16年前，这个买回来的四川媳妇刚怀孕，就被公安局解救回去了。几经周折，他终于见到前妻，两人决定复婚。女护士沈红从太原来到奉节，寻找她两年未归的丈夫。找寻中，她发现丈夫对她已经没有感情了。他们在三峡大坝前相拥相抱，一支舞后黯然分手，决定离婚。

[欣赏指导]

贾樟柯凭借电影《三峡好人》获得第63届威尼斯电影节金狮奖及第34届洛杉矶影评人协会奖最佳外语片奖。这是中国"第六代"导演首次获得国际三大电影节最高奖项。贾樟柯一如既往地把镜头对准底层人民的生活状态，运用"真实电影"的纪实方式关注弱势群体和社会下层的小人物。

故事发生的背景是因修筑三峡大坝而正在拆迁中的奉节县城。它既有独特的自然环境，又有悠久的历史，但这样一座拥有两千四百多年历史的古城在两年内就将神奇地消失。这个小县城表现出奇特的景象，自然的幽静神秘与城镇的喧嚣躁动奇妙地组合在一起，拆迁带来的变化颇富戏剧性。正在拆迁的三峡是变化中的三峡，是一种正在消失的现实，它反映了中国当前的特色——各种各样的拆迁。拆迁也许是发展的代价，是现代化进程中的一段过渡。三峡在此便具有了象征意义，它是变化中的中国的缩影。贾樟柯说："我一直在不遗余力地描写变化中的中国。因为，不管是中国经济加速度发展也好，社会生活迅速发展也好，这种精神的变化说到底是我们国家现代化的问题。"影片中运用大量的长镜头，让我们看到了破烂凌乱的街道、拆迁中的房屋、大片的废墟、破产老化的工厂、残垣断瓦的城镇、剧中人物长时间的静默……节奏缓慢的长镜头，记录了一个真实的空间场景，同时也关注空间中人的生存状态。面对千年不改的青山绿水和正在消失中的城市，没有人能遏止，个人的反抗毫无力量。这种戏剧性的变化，不可避免地渗透到普通人的物质生活与精神层面。故乡正在消失，随之而来的是婚姻、邻里、亲朋等关系的变化。剧烈而快速的变化，使人们在不断的选择中自然生出人生的无常感、内心深处的孤独感、背井离乡的漂泊感、人世变迁的非逻辑性，等等。导演贾樟柯说："在这部电影开场，长江里的一艘船，慢慢开着。然后镜头拉进，我很仔细地拍摄每一个人，一共拍摄了80多个，有的人在说闲话，有的人在打牌，有的人在看手机短信，有的人在算卦。众生相看上去没有什么痛苦，但是镜头一收，其实那是一条很孤独的小

船,在长江上漂流着。"透过韩三明和沈红寻找的眼睛,我们看到成天混日子的青年、迷恋流行歌曲的小孩、守着旅馆的迟暮老人、拆房挣钱的工人以及希望当保姆的年轻女孩。随着拆迁的进行,他们或走或留,每一个人都面临着选择。在时代变迁的大潮中,每一个人都在无力地漂流。

长镜头缓慢凝滞的影像语言反衬出轰然变化的事实,而各种声音的运用则很好地还原了时代气息。影片中大量来自日常生活的噪音:汽车摩托车的喧闹、各种机器的轰鸣、市场上的叫卖声、收音机和电视机发出的声音等密集出现,没有消停。中国大多数小县城嘈杂拥挤的特点,在这些噪声中一览无余。而在拆迁过程中出现的摔打石头的声音、江水奔流的声音、码头的汽笛声,又显示出人的变迁。演员的本色表演与方言对白的运用,加强了影片的真实客观的效果。影片中两位主角都不是专业演员,韩三明的扮演者原本就是一名矿工。他们曾经在贾樟柯的电影中成功地塑造过底层小人物的形象。凭着自己对生活的体验,加上朴素的穿着与妆容、一口地道的山西话,他们演绎了真实的小人物,并以旁观者的身份观察且客观呈现了拆迁中的奉节以及当地居民的心理变化。影片中的音乐延续了贾樟柯作品中"音乐写实"的手法,以流行歌曲反映时代气息,体现艺术效果。如老歌《酒干倘卖无》表达了三峡移民的愁绪,舞曲《潮湿的心》暗合了沈红内心的无奈与悲凉,小孩唱的《老鼠爱大米》传达了三明对妻子的爱与思念,《两只蝴蝶》暗示了沈红与丈夫的距离越来越远,手机铃声《上海滩》《好人一生平安》也与剧中人物的性格特点相吻合。

贾樟柯用"不撒谎"的摄影机记录真实的生活,又以超现实的隐喻镜头赋予影片一种意味深长的诗意。影片中出现了颇耐人寻味的几个画面:神秘的飞碟将在大江两边的韩三明和沈红这两条平行的线索连接到一起,沈红身后的移民纪念塔突然升向天空,一个人在拆迁楼上空走钢丝,小饭馆里三个身着三国戏服的人围坐在桌前玩手机。这些画面对应的是人物内心感受、生存状态的形象化表达,由此象征人类的孤独渺小与现实世界的不确定感。这种虚实相间的手法的运用,使影片在主题深度与叙事手法上都超出了贾樟柯先前的作品。

《三峡好人》的英文名翻译为"静物"。对此,贾樟柯说:"有一天闯入一间无人的房间,看到主人桌子上布满尘土的物品,似乎突然发现了静物的秘密,那些长年不变的摆设,桌子上布满灰尘的器物,窗台上的酒瓶,墙上的饰物都突然具有了一种忧伤的诗意。静物代表着一种被我们忽略的现实,虽然它深深地留有时间的痕迹,但它依旧沉默,保守着生活的秘密。""带着摄影机闯入这座即将消失的城市,看拆毁、爆炸、坍塌,在喧嚣的噪音和飞舞的尘土中,我慢慢感觉到即使在如此绝望的地方,生命本身都会绽放灿烂的颜色。""镜头前一批又一批劳动者来来去去,他们如静物般沉默无语的表情让我肃然起敬。"导演最大限度地揭示了这群移民生活的真实状态,表现出极大的尊重,没有俯视,也没有一般意义上的同情,这使他的电影获得一种独特的艺术魅力。

疯狂的石头(2006)

中影华纳横店影视有限公司、四方源创国际影视文化传播(北京)公司、香港映艺娱乐有限公司联合出品

片长：101分钟
导演：宁　浩
编剧：张　承　岳小军　宁　浩
摄影：史　胜
主要演员：郭　涛（饰包世宏）　刘　桦（饰道哥）　连　晋（饰麦克）

[故事梗概]

重庆某濒临倒闭的工艺品厂，即将被环球大发展集团兼并。工艺品厂推翻旧厂房时发现了一块老坑翡翠，价值连城。为了让工厂起死回生，厂长谢千里决定举办翡翠展览，任命包世宏担任展览的保卫。环球大发展集团冯董得知这一消息，雇用国际大盗麦克偷取翡翠。以道哥为首的小偷三人帮从报纸上看到消息，也盯上了翡翠。厂长的儿子谢小盟邂逅道哥的女友菁菁，为追求她，卷入了盗取翡翠的风波。保卫科长包世宏想了各种办法，在展览厅布置种种机关。国际大盗、小偷三人帮、保卫科长围绕着翡翠展开了一场争夺战。经过一系列明争暗斗，真假翡翠几经交换，大盗落网，冯董身亡，道哥死了，最终包世宏把真翡翠误作假翡翠而留作纪念。

[欣赏指导]

《疯狂的石头》是一部低成本的商业类型电影，却创造了票房几千万元的奇迹，成为2006年中国观众为之疯狂的喜剧片。影片被誉为中国版盖·里奇《两杆大烟枪》式黑色幽默喜剧。巧妙的故事设计、精彩的剪辑手法、生动的细节表现、浓郁的生活气息、强烈的幽默感，使这部个性十足的影片获得了空前的成功。据说，每隔5分钟至10分钟就可让观众大笑一次。更可贵的是，它是一部真正拍给老百姓看的影片。

导演宁浩说："我并不是一个善于言辞搞笑的人，没有冯小刚那样厉害的台词功夫，但是我能让事件本身构成喜剧效果，不同于其他电影的'闹'。"情节的荒诞与逻辑的合理，多重的线索与巧妙的呼应，无疑是该片最大的看点。三方人马（以保卫科长包世宏为代表的守护者，冯董重金雇用的国际大盗麦克，道哥领导的有小军和黑皮合伙的本土贼团）各司其职，攻守不一，但因浪荡子谢小盟的介入，整个故事就成了一出闹剧。为泡妞，谢小盟用假翡翠换了真翡翠。在被屈打成招后，谢小盟颠倒真假。道哥一伙再次调包，真翡翠又回到罗汉寺。包世宏不明真相，误以为展厅里的是假翡翠，把真翡翠给换了出来。看似荒诞不经的两次调换，逻辑上却合情合理。在这个荒谬的故事中，大量看似漫不经心的细节，却无一处浪费，前后呼应，让故事的叙述毫无漏洞。谢小盟设局骗父亲与被绑架后自食苦果；麦克买绳子与悬在半空中骂"奸商"；三宝不小心把垫翡翠的布烫出印子与包世宏看到印子发现翡翠被调包；黑皮引以为傲的百米速度与他偷了面包后在高速上奔跑……由一系列的巧合、伏笔、偶然性编织而成的情节网络，导演从容不迫地展开，显示出高超的叙事技巧与非凡的掌控能力。

《疯狂的石头》故事情节本身并不复杂，但创作者有意识地将现实时间和空间切割再重组，巧妙地颠覆了电影的线性叙述方式。平行蒙太奇与独特的剪辑手法的运用，使故事的巧处出人意料又在情理之中，喜剧性也自然蕴含其中。比如影片的开场堪称神来之笔。三件事同时发生：道哥一伙在"搬家"时因违章停车而被警察盘问；谢小盟在城市上空的缆车上遭"高跟鞋"暗算，易拉罐失手落下；包世宏练习驾车，与三宝闲聊。"易拉罐"这一道具把三者巧妙地联系起来：易拉罐正好砸到包世宏的车窗，包世宏下车朝天大骂，结果小车沿道路下滑正好撞到冯董助理的宝马车，双方发生激烈争执；还在盘问的警察匆匆"放走"道哥一伙，来处理撞车事件。同一时间内发生的不同事件同时呈现在观众面前，平行蒙太奇展开的多条线索有条不紊地进行，影片的主要人物纷纷登场，人物的身份特征快速定位，为后续故事的发展埋下伏笔。这样的平行蒙太奇手法在片中比比皆是。在对影片的转场剪辑上，最精彩的是利用画面或声音的相似性来实现，突出了黑色幽默的效果。

故事荒诞、笑料不断，在令人捧腹的同时，我们还可以从影片中尝到无奈、苦涩，甚至愤怒的滋味。喜剧故事的背后是当前中国人生存的困境，尤其是小人物的生存危机。它直接反映了转型期中国底层老百姓的真实生活。真实性是这部影片获得成功的最直接原因。导演宁浩说，为了制造真实性，电影在"本土化"上下足了功夫。故事背景放在中国的重庆。重庆是一个既现代又传统，既时尚又落后的都市，几个中心人物包哥、三宝、道哥、黑皮也是在底层挣扎的普通重庆小老百姓。玉石厂里，厂长可以对员工任意打骂；小旅馆，脏乱不堪；三宝的家，狭窄而简陋；下岗、拆迁、彩票、诈骗……大量源自现实生活的熟悉片段，显示了生活的真实本色。影片对我们司空见惯的场景加以微妙讽刺与合理夸张，透过荒谬悖理的现象，指向转型期的中国社会存在的暗疾。国有企业的生存困境，暴力执法的合理性，金钱与权力的等价，恶劣而不安全的生存环境，传统伦理亲情的失落，诚信的缺失，随处可见的欺诈行为，贫富的巨大差距，等等，大量的问题在影片中都得到暴露与讽刺。可以说，这是一部极具中国特色的本土影片。

《疯狂的石头》诉说着转型时期当代中国混乱、复杂而又沉重的现实主题，给人留下变革中的中国城市特有的粗糙而鲜活的生活质感。与此对应的是多种方言的杂糅与交织，有如失去历史与个性的城市一样真实鲜活。保卫科长包世宏说着重庆话，小偷三人帮中道哥是河北口音，黑皮说的是青岛话，而小军说着不太标准的普通话，国际大盗麦克是港台口音，道哥女朋友说着成都话，谢小盟则在普通话、重庆方言和港台口音之间转换……方言的对白加强了喜剧效果，同时也向以普通话为特征的主流文化发出挑战，成为小人物草根文化崛起的标志。

为了加强影片的娱乐效果，影片融入当前社会流行元素与时尚符号，表现出对流行文化的关注与把握。影片既投合了流行，又创造了新的流行。许多台词十分精彩，如宝马轿车的标识BMW被曲解成"别摸我""注意你的素质，素质""你侮辱了我的人格，你还侮辱了我的智商""这个阶段正是我事业的上升期""我的招牌是讲诚信"等，无不让人印象深刻。

作为喜剧电影的新尝试，《疯狂的石头》通过对经典、流行颠覆性的戏仿来完成彻底的大众娱乐。它疯狂地聚合了各种类型的电影元素：爱情剧中的痴情与背叛，市民剧中的琐碎与无聊，刑侦片中的悬疑与追捕，警匪片中的黑白两道，同时又有意消解其严肃性，不失时机地反讽。许多经典影片的片段被导演加以调侃式的戏谑和滑稽的模仿。国际大盗麦克从屋顶悬下绳索进入罗汉寺的方式，不难看出《谍中谍》中汤姆·克鲁斯的影子；黑皮偷面包而被追赶的画面与《功夫》中包租婆大战邪神的镜头何其相似；三人帮行窃时的装扮，完全是蝙蝠侠的行头……就连流行歌曲《2002年的第一场雪》、轰动一时的歌舞《千手观音》也难逃被戏仿的命运，着实让观众乐了一把。

宁浩坦言，他是盖·里奇的推崇者，因此影片的剪辑手法、镜头运用、配乐风格、方言对白等确实受到了盖·里奇的影响与启发。但《疯狂的石头》不是生搬硬套他人的模式，而是把盖·里奇的表现手法本土化，讲述一个完全是中国的文化、生活与体验的故事，也是一个只有现时代中国人才能看得懂的故事。这种本土化的创作一直延续到他的后一部电影《疯狂的赛车》。

《唐山大地震》(2010)

唐山广播电视传媒有限公司、中国电影集团公司制片分公司、华谊兄弟传媒股份有限公司、上海电影（集团）有限公司、浙江影视（集团）有限公司、寰亚电影有限公司、英皇影业有限公司联合出品

片长：136分钟

导演：冯小刚

编剧：苏小卫

摄影：陈祝详、王　敏、贺阳等

主要演员：徐　帆（饰元妮）　　张静初（饰方登、王登）　　李　晨（饰方达）　　陈道明（饰王德清）　　陆　毅（饰杨志）

[故事梗概]

1976年发生在中国唐山的7.8级大地震中，一对龙凤胎姐弟方登、方达被压在同一块水泥板下，只能救其中一个。母亲元妮最终选择救弟弟，这成了姐姐方登心中难以抹去的隐痛。姐姐奇迹生还后被解放军收养，32年后与弟弟方达意外重逢，回家与母亲相认，化解彼此心中的心结。

[欣赏指导]

《唐山大地震》改编自旅居加拿大的华人女作家张翎的中篇小说《余震》，影片曾获2011年第28届中国电影金鸡奖最佳音乐奖、最佳美术奖等。

影片采用了传统的叙事方式，用"23秒，32年"演绎了一段与地震有关的感人至深、催人泪下的故事。该片一开场就给人以强烈的视觉冲击，1976年7月28日凌晨唐山发生了一场7.8级的大地震，瞬间天崩地裂，房屋倒塌，死伤一片……随着这短暂的23秒，带来的是几个主人公心中纠结了32年的心灵"余震"。影片没有把重点放在各种灾难场景的制作上，而是把重点放在灾难之后带来的心理变化上，通过展现普通人的情感和生活细节带给观众心灵上的强烈震动。可以说，《唐山大地震》从某种程度上改变了中国灾难电影的美学表现，不追求强烈的视觉刺激而是透过灾难触碰人类最敏感的内心。

影片中人物的塑造大多以中国传统价值观为审美标准，以此来打动观众。主角元妮

是最符合中国传统价值观人物。她原本有一个幸福的家庭，但这一切幸福被地震摧毁，失去了丈夫女儿，自己带着只有一只手的儿子生活。在面对救姐姐还是救弟弟的问题上，她的选择完全代表了中国传统观念的主流——救男孩，因为中国人最看重的就是传宗接代。她坚守着对丈夫的爱，拒绝与另外一个男人建立家庭，拒绝儿子方达对他的孝敬，她宁愿选择坚守清贫，就是为了让自己安心，她不是为了自己而是为了方家的血脉。影片中还有一个让人敬佩、充满温暖的人物，那就是养父王德清。他像亲生父亲一样疼爱方登，关心方登，让她的生活充满温暖。他对方登的爱是无私的，不仅从生活上关心方登，还从内心里理解方登，但是他明白不管方登有着怎样的恨，她始终需要亲情。因此，他鼓励方登去寻找亲人，毕竟"亲人，永远是亲人"。一句话让所有的观众感动不已。

此外，影片还注重通过各种情感碰撞的细节场景打动人心。地震发生后，得知消息的奶奶与姑姑从山东老家济南赶到了唐山，准备将孙子方达带走。元妮虽不舍还是亲自将孩子送上车，随着汽车的远去，元妮神情呆滞，欲哭无泪。这时，远处的汽车突然停了下来，方达下车呼喊着朝元妮奔跑过来，元妮这时再也控制不住了，她放声大哭起来，边哭边扑向孩子，当她抱住孩子的一刹那，电影的镜头渐渐离开了母子……母子情深让人感动不已！

32年后方达带方登回家与元妮相见，特写镜头对准元妮包饺子的颤抖的手，饺子从左边包到右边，捏到右边时，左边又开了，怎么也包不好。颤抖的手，包不住的饺子，将母女即将重逢时母亲激动紧张的心情刻画得非常到位，把难以言表的情感传达出来了。方登进屋后看到墙上供着自己和父亲的照片，照片下面放着一盆西红柿，她这才知道，原来这么多年母亲一直没有忘记自己。接着，年迈的母亲突然下跪，哭着说："登儿，妈给你道个歉，妈对不起你，这么些年了，你从哪儿冒出来的？"母亲突然流泪下跪，是她对女儿愧疚自责的情感释放，也是对女儿失而复得的激动喜悦，而女儿也明白了自己对母亲的误解，32年的怨恨也随之化解。母女真情流露的场面令人动容！

这部影片打动人心之处还有很多，它正是将亲情、温暖和感动从灾难中传达出来，给人安慰。正如张颐武教授所说，这是一部充满了人类原初情感的电影，让我们看到了生命最基本的感受呈现。

《让子弹飞》（2010）

英皇电影（国际）有限公司、中国电影集团公司、峨眉电影集团等联合出品

片长：132分钟

导演：姜　文

编剧：朱苏进、述　平、姜　文、郭俊立、危　笑、李不空

摄影指导：赵　非

主要演员：周润发（饰黄四郎）　姜　文（饰张牧之、张麻子、假马邦德）　葛优（饰马邦德、假汤师爷）　刘嘉玲（饰县长夫人）　陈　坤（饰胡万）　周　韵（饰花姐）

[故事梗概]

花钱买官的马邦德携妻及汤师爷走马上任，路过南国某地，遭到劫匪张麻子一伙的伏击，只夫妻二人侥幸活命。马邦德为自保，谎称是汤师爷，与张麻子伪装的县长一同赴鹅城上任。南国一霸黄四郎虎视眈眈镇守鹅城，与张麻子展开了一场恶霸和土匪的斗争。马邦德与张麻子也从生死宿敌变成莫逆之交，黄四郎机关算尽，被炸身亡。

[欣赏指导]

《让子弹飞》改编自马识途小说《夜谭十记》中的《盗官记》一章，是姜文导演的第四部电影作品，也是他执导的首部商业电影。作为2010年底贺岁档电影，一举拿下7亿票房，刷新了当时中国国产电影的票房纪录，而且在观众评价中也取得极好的口碑，获得第48届台湾电影金马奖最佳改编剧本奖、最佳摄影奖，第31届香港电影金像奖最佳影片提名等。

《让子弹飞》是一部有着独特个性特质的电影。影片以喜剧为基本格调，在形式上融合动作冒险、枪战武打、悬疑推理、奇幻爱情等元素，形成一种新型的叙事风格，通过传奇式的故事讲述吸引观众，情节上环环相扣，步步深入，引人入胜。麻匪头子张牧之原本是松坡将军的手枪队队长，圆滑世故的汤师爷是买官敛财的大骗子，黄四郎雄霸一方欺压百姓却在这场较量中输掉了一切，这些都具有极强的吸引力也大大增强影片的观赏性。

影片中人物的设置突破了传统的善恶分明的界定，具有戏剧性。主角张牧之原本是蔡锷军中猛将，北洋战乱后落草为寇，当了麻匪，这就为张牧之的英雄行为增添了戏剧性。张牧之既是匪又是英雄，打破了传统观念中对英雄与善恶的界定，英雄不一定是出身高贵，还可以出身绿林，二者身份因张牧之心中的正义在矛盾中达到统一。影片最后张牧之和黄四郎两人在沙发上的对话，交代了张牧之的动因，也将张牧之这个土匪的英雄形象完整地塑造出来了。同时，这个英雄的形象又带有深刻的社会内涵，他行侠仗义、发动群众、推翻压制，正是社会和百姓所需要的英雄。姜文通过这个英雄带给我们严肃的思考，让我们看到了他对民族对社会的热切情怀。在影片的结尾，姜文甚至把结局英雄化、理想化了。张麻子没动一枪就让黄四郎非常有尊严地走上不归路，满足了姜文对英雄的诠释。最后他骑着白马悠悠离去的身影，更是英雄主义情怀的再现，这似乎是一个结束，又似乎是一个开始。

幽默风趣也是本片的一大亮点，但更多的是嬉笑之余的深思。影片开头，十匹马拉着火车在轨道上行走，马县长、夫人还有汤师爷围着火锅兴高采烈地吃着唱着，马县长说："写诗要有风，要有肉，要有火锅，要有雾，要有美女，要有驴！"台词中的六种事物：风、肉、火锅、雾、美女、驴，全都不相干，但是在这里组合到一起，加上葛优的搞笑腔调，幽默味十足。马邦德、汤师爷是当时的官员，过着风花雪月的生活，从这个场景可以看出当时社会风气的腐败，他们当官不是为民做主，而是把官当成了赚钱的途径。在电影中有老六砍掉藤蔓将鼓弄出来的场面，当鼓滚出来的时候，谁也没想到那么大的一个鼓会让藤蔓隐藏得一点看不出来，让人爆笑的同时也在思考正义被遮蔽，冤屈被掩藏，人民百姓的疾苦无人顾及。还有武举人打人在先却气焰嚣张，坚决不跪，但是看到张麻子上膛的手枪立刻吓得跪地伏法。武举人这前后态度的快速转变让人大跌眼镜,幽默风趣的背后也让人看到了那个社会恶人横行、欺压百姓的现实,暗含批判和讽刺,引人深思。

影片《让子弹飞》从叙事风格到人物设置都呈现出了巨大的创新,以喜剧的形式表达了深刻严肃的主题,将电影的商业性和艺术性完美结合,达到艺术和商业的双赢。

《无问西东》（2018）

上海腾讯企鹅影视文化传播有限公司、中国电影股份有限公司、北京太合娱乐文化发展股份有限公司联合出品

片长：138 分钟

导演：李芳芳

编剧：李芳芳

摄影指导：曹 郁

主要演员：章子怡（饰王敏佳） 黄晓明（饰陈鹏） 张 震（饰张果果） 王力宏（饰沈光耀） 陈楚生（饰吴岭澜） 铁 政（饰李想）

[故事梗概]

这是四个不同时代却同样出自清华大学的年轻人,在时代变革面前,经历短暂的人生迷茫后,最终寻找到真实自我的故事。20 世纪 20 年代吴岭澜在文科与实科的选择中犹豫,最后遵从内心选择了文科；20 世纪 30 年代沈光耀目睹战争的残酷,不顾父母的反对,毅然从军,以身殉国；20 世纪 60 年代王敏佳因写信事件被批斗,陈鹏用真情温暖她,李想也受到了感化,救了张果果父母；21 世纪广告公司张果果在职场尔虞我诈中保持初心,帮助四胞胎家庭。

[欣赏指导]

《无问西东》是由青年导演李芳芳编剧并执导,为庆祝清华大学百年校庆而拍摄的定制影片。经过近十四个月的前期筹备,翻阅了百万余字的历史文献,十余万张历史参考图片影像,真实重现了许多清华珍贵的历史瞬间。影片经过六年的蛰伏才面世,它的亮相低调而又华丽,倾诉着清华精神。

影片片名《无问西东》正是取自清华大学校歌的歌词"立德立言,无问西东",表达的是一种雍容自信、开放包容、融会贯通的文化态度。在电影中,"无问西东"更多的是表达了清华人在纷繁芜杂的世界面前还能勇往直前、不忘初心的精神境界。电影开篇是"无问东西",尾篇是"立德立言",整部影片就是用坚持真实的本心贯穿始终,让大家明白在成长的过程中,每个人都要面对纷繁的选择,受到各种的干扰和阻碍,无论外界的社会如何变化,都要对自己真诚,坚持本心,这样才能勇往直前,无问西东。影片中的几个主要人物也是如此,他们都曾面临着这样一种处境：他们在自己内心真实的想法与世俗的规劝中犹豫不决,陷入了迷茫的境地。最终,他们都听从了自己内心的真实,做出了自我的选择,回归自我的本真。

吴岭澜，文科优秀，实科很差，纵使严重偏科他也不愿意选择自己擅长的文科，因为他认为"好的学生都念实科"，这也是那个时代世俗的普遍看法。一方面是世俗的观念，一方面是自己的真心，他陷入了迷茫。梅贻琦校长告诉他："什么是真实呢？你看到什么，听到什么，和谁在一起，有一种从心灵深处满溢出来的不懊悔，也不羞耻的平和与喜悦。"当他看到泰戈尔在清华演讲时站在身边的是那个时代最优秀的人，他们自信、从容、淡定深深打动了迷茫中的吴岭澜，他幡然醒悟，做出遵从自己内心的决定选择文科，留校任教，向学生讲述他的人生感悟。

沈光耀，文武双全，家族显赫，在西南联大读书期间目睹了战争给祖国带来的灾难，萌生了为国从军的想法，但遭到了父亲的百般阻挠，他陷入了困惑迷茫中，变成一个庸庸碌碌随大流的人。直到老师吴岭澜朗诵了泰戈尔关于人生的诗句，他如梦初醒，毅然选择了听从自己的内心，加入空军。在与日军的一次作战中，为保护队友，英勇地撞向敌舰而殉国。

陈鹏，一直深爱着美丽、善良与正义的王敏佳。他为了照顾王敏佳拒绝了学校安排的研究所工作，当他发现王敏佳与李想在一起时又主动退出回到研究所工作。当王敏佳因为信件之事被批斗和围殴，他不顾众人的眼光，救回了几乎丧命的王敏佳，并将她安置在自己的家乡，用自己真情温暖着王敏佳："你别怕，我就是那个给你托底的人，我会跟你一起往下掉。不管掉的有多深，我都会在下面给你托着。我最怕的是，掉的时候你把我推开，不让我给你托着。"正是这份发自内心的爱情的力量重新托起了王敏佳生活的勇气和希望。陈鹏没有因为王敏佳的遭遇、毁容而变心，没有因为世俗的看法而放弃，而是依然固守着自己爱的真心。

李想，陈鹏与王敏佳的好朋友，与王敏佳一起参与写信事件，但为了实现自己支边的梦想，不敢站出来承认事实，而让王敏佳一个人背负罪名，甚至与她彻底划清界限。当他在王敏佳的"坟前"痛哭时，陈鹏给了他忠告："逝者已矣，生者如斯，对以后的人好吧。"让李想明白不要因功利丢失自己内心的善良正义。这句话彻底改变和救赎了李想。在边疆的一次大风雪中，李想把所有的食物留给了张果果父母，自己独自去寻找搜救队，告诉他们张果果父母的具体位置后就牺牲了，他用生命践行着"真心"的精神。在李想坟前，张果果的父亲把这段经历告诉张果果，让张果果幡然悔悟，使他在现实的职场斗争中，找到了自己的真心，坚定自己的选择。他没有出卖前上司，而是退出了职场的尔虞我诈，真心地帮助四胞胎家庭。

可以说整部影片就是围绕着这几个主要人物的故事展开的，导演用真心将这几个不同时空的故事串联在一起，展现了清华大学百年的历史变迁，并以此彰显清华大学精神的传承。这四代人的故事，看似松散，实则不然，故事人物之间都有巧妙的关联。第四个故事中的吴岭澜（20世纪20年代的清华学生）是第三个故事的主角沈光耀（20世纪30年代西南联大学生）的老师，第二个故事的主角陈鹏（20世纪30年代西南某地的孤儿）就是第三个故事中沈光耀投送食物所救助的孤儿，而第一个故事中的张果果父母的救命恩人又是第二个故事中的李想（20世纪60年代支边大学生，与陈鹏、王敏佳是同学），这种关联构成了影片环形结构，也暗示了影片精神传承的主题。

《无问西东》作为对清华大学百年校庆的献礼之作，除了对清华精神的阐释与传承外，自然少不了对清华百年历史和杰出人物的展现。但是导演李芳芳不落俗套，没有把重点放在阐述清华大学百年变迁的历史过程和其中耳熟能详的著名人物上，而是巧妙的以清华大学的变迁为线索，串联起了民国以来中国的百年历史，通过聚焦不同时空中的普通人物命运，真实地还原了各个时代的风貌。对于那些影响中国历史进程的大师的塑造，也只是作为次要或背景人物出现在影片中，最后以"彩蛋"的形式一一展现：梅贻琦、梁启超、王国维、杨振宁、钱钟书、沈从文、朱自清、华罗庚、闻一多……他们都在李芳芳的"策划"下齐聚一堂，共同见证了清华大学、中国社会的变迁，但这些大师都只是一闪而过，褪去了圣贤的光环，还原了真实的生活状态，直到最后观众看了"彩蛋"才恍然大悟，原来那些不起眼的人群中竟隐藏着这么多大师，这种表达方式取得了意想不到的效果，这也正是影片的独特之处。

"如果提前了解了你们要面对的人生，不知你们是否还会有勇气前来，看见的和听到的经常会令你们沮丧，世俗是这样强大，强大到生不出改变它们的念头来，可是如果有机会提前了解你们的青春，知道青春也不过只有这些日子，不知你们是否还会在意那些世俗希望你们在意的事情，比如占有多少才更荣耀，拥有什么才能被爱，等你们长大，你们会因绿芽冒出土地而喜悦，会对出生的朝阳欢呼跳跃，也会给别人善意和温暖，但是在赞美别的生命的同时，常常，甚至永远忘记了自己的珍贵。愿你在被打击时，记起你的珍贵，抵抗恶意。愿你在迷茫时，坚信你的珍贵，爱你所爱，行你所行，听从你心，无问西东。"这段独白是张果果看着阳光下婴儿床上欢笑的婴儿说出的，也是影片要告诉人们的：人生就应该听从你心，摆脱世俗的束缚，爱你所爱，做最珍贵的自己。

电视剧部分

名著改编剧：《围　城》（1990）

上海电影制片厂摄制
集数：10集
导演：黄蜀芹
编剧：孙雄飞　屠傅德
主要演员：陈道明（饰方鸿渐）　　吕丽萍（饰孙柔嘉）　　李媛媛（饰苏文纨）
英　达（饰赵辛楣）　　葛　优（饰李梅亭）

[故事梗概]

电视连续剧《围城》改编自著名学者钱锺书先生的同名小说。作品讲述抗战时期从欧洲回到上海的留学生方鸿渐的生活及遭遇，重点表现他在三闾大学任教期间卷入的帮派之争以及他与四位女性——鲍小姐、苏文纨、唐晓芙、孙柔嘉的情感纠葛。

[欣赏指导]

黄蜀芹导演的电视连续剧《围城》，赢得了1991年第十届全国电视飞天奖二等奖和最佳导演奖、首届国际电视节金熊奖等奖项。电视剧成功地改编了名作，也成为著名的影视经典。

小说原作基于作者对人生的洞察，从各个角度刻画了不同层次、不同类型的知识分子灰色的人生与内心世界。通过种种世相深入人物的内心，思考社会、人生，挖掘其中深层的文化内涵。不管是方鸿渐还是赵辛楣，生活的艰难沉重、在理想与现实之间无望挣扎的痛苦，都沉甸甸地呈现在读者面前。电视剧对小说的主题把握得很准确，不仅再现了小说的情节和人物，还最大限度地忠实于原著的精神和风貌。

钱锺书的小说有一个突出的特点：叙述语言幽默犀利、妙语如珠、形象生动又富含哲理，把人性解剖得淋漓尽致，让人笑过之后不禁反省深思。而以画面、对白为主要表现手段的电视剧很难体现出小说的这一特点。电视剧《围城》则使用适量的画外音以弥补不足，将方鸿渐的所思所想明白地告诉观众，并借此来营造幽默的气氛。应该说，改编的效果相当不错。

实力强大的演员阵容以及精湛娴熟的表演，无疑是电视剧成功的最大因素。演员与角色之间已难分彼此，他们完美地诠释了小说中人物的尴尬状态，把钱钟书笔下种种无奈而卑微的角色转化为活生生的可见可感的人物群像。男一号方鸿渐这一角色充满了矛盾，他出身于传统乡绅家庭，又在欧洲游历中受到西方文化的熏陶。他聪明但不圆滑，懦弱而又清高，追求理想又安于现实，玩世不恭又用情至深，虽无用却不让人生厌，反而透出几分可爱。他性格懦弱、优柔寡断、得过且过。在购买假文凭、帮助赵辛楣摆脱范小姐等事件中又可见其狡猾，但他与老奸巨猾的高松年、厚颜无耻的韩学愈、痞气十足的李梅亭和奴颜婢膝的顾尔谦等人相比，却显得正直清高、知廉耻而通情理，这就使他在工作和感情上屡遭算计，屡屡碰壁。陈道明以张弛有度、不动声色的自然表演恰如其分地表现了方鸿渐的性格特点，尤其是把他身上特有的知识分子的酸腐气刻画得惟妙惟肖。此外，卖弄风情又虚伪做作的留洋博士苏文纨、风流放荡又无情冷酷的鲍小姐、天真幼稚又意气用事的唐晓芙、势利庸俗又工于心计的孙柔嘉、聪明风趣又善解人意的赵辛楣、自私自利又鬼鬼祟祟的李梅亭，就连只有一场戏的不可一世、傲慢无知的教育部李特派员都得到了完美的演绎。演员们从外在造型的设计到每一个眼神、每一举手投足的表演都极有分寸，看似信手拈来，实则丝丝入扣。

历史剧：《雍正王朝》（1997）

中央电视台影视部、北京同道文化发展有限公司、长沙电视台联合摄制
集数：44集
总导演：胡　玫
编剧：刘和平　罗强烈
改编自二月河的小说《雍正王朝》
主要演员：唐国强（饰雍正）　焦　晃（饰康熙）

[故事梗概]
故事从当时还是四王爷的胤禛请缨赈灾讲起，全剧共44集，分为两个部分：前20

集是"夺嫡"篇,主要讲述雍正如何历经艰难险阻夺得大清王位;后 24 集是"治国"篇,主要讲雍正如何巩固江山,如何整顿吏治,推行新政,为国为民呕心沥血,最终积劳成疾,过食仙丹而死。

[欣赏指导]

1999 元旦至春节前夕,中央电视台第一套节目在黄金时间播出了 44 集电视连续剧《雍正王朝》。该剧的播出,立刻在影视理论界、历史学界和广大电视观众中引起强烈反响。黄河以北最高收视率达 16.7%,一时间万人空巷只为看"雍正"。此剧也获得了当年的电视金鹰节和电视飞天奖的诸项大奖,还由此带动了随后的《康熙王朝》《天下粮仓》等优秀历史剧目的创作。

此剧为什么会有如此大的反响呢?细析下来有如下几个原因:

首先是精品意识。与现在的许多电视剧的快餐式制作不同,虽然是电视剧,但这部《雍正王朝》却历经四年,经过导演、制片方、演员的细致打磨,才宣告完成。其片决定投拍之初就确定了"精品战略",正如导演胡玫所说:"作为电影导演的我,深知此片的分量。我要求自己也要求全体工作人员,拿出拍电影的态度,用拍电影的标准,以最严谨的工作态度对待每一个镜头。"

其次是人物塑造方面。对于剧中的各个主要人物,都从不同层面、不同角度进行整体刻画,使人物性格呈现出多面性,也使观众感到人物更加真实。如对雍正的塑造,对待弊政他疾恶如仇,对待父兄他仁孝忠诚,对待不理解他的人他豁达大度……

再次,在拍摄手法上也有所创新。与之前电视剧的冗长、拖沓不同,该片采取快节奏、多信息、多角度、多运动、多反差的结构方法拍摄,并且较之过去电视剧每集 250 多个镜头,每个镜头 12 秒左右的速度,本剧采用了每集平均 400 多个镜头,每个镜头 7 秒左右的速度,使电视剧的表现力度和信息量增强。

最后,也是最重要的一点,即本剧的主题设置应和了人们对历史的特殊嗜好(权力斗争),并且又"合时而著"地讨论了与当今社会现实密切相关的反腐败、如何强国、关注民生的主题。雍正的"推行新政""整顿吏治",契合了民众对勤政廉政的呼唤,因此引起了极大的共鸣。

这些都值得今后的电视剧进行借鉴,以创作出质量更高、更好的作品。

公安剧:《永不瞑目》(1999)

海润国际广告公司、北京中视台和公安部金盾影视文化中心联合摄制

集数:27 集

导演:赵宝刚

编剧:海 岩

主要演员:陆 毅(饰肖童)　苏 瑾(饰欧庆春)　袁 立(饰欧阳兰兰)

[故事梗概]

电视剧《永不瞑目》根据海岩的同名小说改编而成。故事的主人公肖童是燕京大学

法律系的学生，接受了牺牲的缉毒刑警的眼角膜而重见光明，并爱上了他的未婚妻欧庆春。大毒枭欧阳天的女儿欧阳兰兰爱上了肖童，不顾一切地追求他。为了缉毒工作的需要，深爱着欧庆春的肖童故意接近欧阳兰兰，一再被迫吸毒还让欧阳兰兰怀孕了。在最后的战斗中，欧庆春亲手开枪杀死了肖童。

[欣赏指导]

1987年海岩的第一部警察题材的作品《便衣警察》被搬上荧屏，好评如潮，海岩特有的刑侦加言情的创作模式也开始为人所知。1999年《永不瞑目》的推出，则树立了"海岩剧"这一既叫好又卖座的品牌，成为"电视剧这一通俗文化领域内目前无人逾越今后也很难逾越的高峰"。

《永不瞑目》虽然以缉毒事件为脉络展开故事，但它并非严格意义上的刑侦剧。海岩曾经当过警察，于是他选择了自己熟悉的生活来写故事。因为是刑侦题材，电视剧里曲折的情节、引人入胜的悬念、惊心动魄的场面总是具有很强的吸引力。但是本剧的主人公肖童不是公安民警，而是在读的大学生；故事的重点不在于缉毒破案，而是披着刑侦外衣的爱情童话。《永不瞑目》中的爱情是简单、纯洁、坚贞的青春爱情。为了爱，肖童自愿当卧底，染上毒瘾；为了爱，欧阳兰兰付出了一切，甚至死在心爱的人的枪口下。深情描写爱情的海岩曾说："年轻人的爱情是多姿多彩的，总是吸引人的。没有爱情的小说，还能叫小说吗？"爱情是海岩创作永恒的主题。海岩笔下的爱情不同于琼瑶的不食人间烟火的爱情，他用细腻而真切的笔调抒写理想的爱情，将它安置在现实生活的土壤上。而现实生活中潜伏着种种不可知的危机，又令海岩剧的浪漫爱情弥漫着忧伤的气息。爱情伴随着执着与牺牲，令人心动又让人伤感。在欧庆春举枪面对向她走来的肖童那一刻，这无法兑现的爱情定格成悲伤，让人永远为之痛惜、震撼。

选用青春、靓丽的新人，是海岩剧的另一特色。每一部海岩作品的播出，都会捧红一些年轻演员。当年的《便衣警察》就让观众认识了胡亚捷、谭小燕和宋春丽。《永不瞑目》让还在上海戏剧学院就读的三年级学生陆毅迅速走红，成为最受欢迎的青春偶像。第一次演电视剧的新人苏瑾，表演也可圈可点。欧阳兰兰的扮演者袁立，脸部表情最丰富，角色性格最鲜明，给观众留下十分深刻的印象。可以说，《永不瞑目》成就了陆毅、苏瑾和袁立。

有"中国言情剧第一导演"美誉的赵宝刚，注重常理，追求常态，善于挖掘普遍人性中的不寻常情感，经他精心演绎的《永不瞑目》较原著更好看也更耐看。从人物塑造到环境烘托，赵宝刚都力求达到极致，试图用一种完美人生的毁灭唤起更深刻的同情、更强烈的震撼。从《便衣警察》开始的赵宝刚与海岩这一对电视界的黄金搭档，又一次默契配合，合作得如此完美。

传奇剧：《大明宫词》（1999）

中央电视台无锡太湖影视城、北京中视冠华技术有限公司、北京荣信达影视艺术中心联合摄制

集数：40集

导演：李少红

编剧：郑　重　王　要

主要演员：归亚蕾（饰武则天）　周　迅（饰少年太平公主）　陈　红（饰太平公主）　赵文瑄（饰薛绍、张易之）

[故事梗概]

《大明宫词》以武则天与太平公主这一对母女一生权力和情感的矛盾争斗为主线，向人们讲述了一个充满传奇色彩又饱含人生力度的故事。

唐军将士大胜突厥的喜讯传来，武则天怀孕 12 个月才生产的公主降生在朝堂之上。高宗皇帝李治认定女儿的降世为天下带来了好运，当场赐名——太平公主。

武则天从太平降世就对她倾注了特殊的关怀和宠爱。谁会料到，太平一生的悲剧也就在这幸福的童年中埋下了深深的祸根。太平的一生在权力的斗争和情感的矛盾纠葛中度过，最后在经历了无数的惊涛骇浪之后，平静地选择了死亡，用一尺白绫结束了自己的生命，像出生时那样满怀着期待死去。

[欣赏指导]

《大明宫词》既不同于以往追求娱乐效果的历史戏说剧，也不同于严格遵守历史史实的历史正剧，它为我们展示了一种独特的、全新的视听表述方式，给观众以一种鲜明的个性化的感觉。在本剧中，故事以太平公主的宫廷生活追叙为结构框架，以武则天称帝前后的一段唐朝旧事为影像主体背景，为我们描述了一轴宫廷生活与宫廷斗争的历史画卷。剧作者采取追忆式的叙事角度，用从容、舒缓的语气娓娓地讲述如梦往事，奠定了全剧抒情的基调。其最为独特的正是其富有诗意，甚至有些莎士比亚化的台词设计。

该剧的剧本表现手法丰富多样，包括叙述、描写、抒情乃至议论等修辞手段。但其中最为突出的是抒情方式的大量运用。剧中不乏大段直抒胸臆式的语言表达，抒情性是诗歌表达的典型化的美学特征。因为感情的强劲渗透介入，使得普通的符号语言具有了诗意之美，即"诗化的语言"《大明宫词》的符号语言浸透了浓郁而又忧伤的感情，这正是中国诗歌的传统风格。而且还运用了大量的排比、夸张、比喻等诗歌常用的修辞格，增加了语言的形象性、生动性和冲击力。如第六集旁白：

"在以后的漫长时日里，他的心情一如他脸上的神色，阴沉晦暗得仿佛一件被锈迹啃噬的前朝铁器，麻木沉默地应付着眼前流逝的时光。"

又如剧作的第二集第三场中的旁白：

"乳娘春的皮肤像玉一般圣洁细腻，像被掌心焐热的宝石般温暖恬静，我至今仍记得她那永远散发着淡淡幽香的身体优美的轮廓。"

在剧中充斥着这样充满诗意的台词，让人在享受视觉美时，也为其语言的优美所折服。

除了在剧本上追求诗一般的优美外，该剧在人物、服饰、音乐的使用上都追求唯美的效果。迤逦的衫裙，飘逸的轻纱，衬托出一种典雅和尊贵。武则天一尺多高的发髻和雍容华贵的帝王朝服，太平公主的"霓裳羽衣"，张易之飘逸的绘有竹墨的长衫，将宫廷的"贵族气息"透过服饰很刻意又不经心地展现在观众面前。其服装色彩设计融入了现代化的思维,绮丽繁复的服装既具现代感又带有古典韵味,展现出大唐时期的繁荣与浮华,并且能有效地衬托人物性格,突出主题,营造环境氛围。这也是本剧能成功的原因。

商业题材剧:《大宅门》(2001)

中央电视台影视部、无锡中视股份公司联合摄制
集数:40集
导演:郭宝昌
编剧:郭宝昌
主要演员:陈宝国(饰白景琦)　斯琴高娃(饰白文氏)　刘佩琦(饰白颖宇)

[故事梗概]

该剧分为上下两部,主要讲述了京城医药世家白府经历清末、民国、军阀混战、解放等时期的浮沉变化。

[欣赏指导]

著名编导郭宝昌历经磨难前后长达40年才写成的剧本《大宅门》,自投拍以来就受到了媒体的广泛关注。由陈宝国、斯琴高娃、刘佩琦、何赛飞、蒋雯丽等一线红星主演,著名导演张艺谋、陈凯歌、田壮壮、何群等人为报师恩客串小角色,姜文、李雪健、宁静等一大批中国演艺界著名演员友情出演拍摄而成的40集电视连续剧《大宅门》,自2001年3月底在中央电视台一套播出以来,收视率一路飙升,由14%上升到20%,创下长篇电视连续剧收视率的新高。

该剧为何有如此的影响力,吸引观众的又是什么呢?

一是《大宅门》讲述的故事够精彩。郭宝昌撰写《大宅门》40年,磨出了一部经典。他以同仁堂家史为素材进行创作,将生活中的真实与艺术的虚构很好地结合在了一起,而且将传统的戏剧法则运用得恰如其分,让观众在环环相扣的情节中欲罢不能。如全剧在白家的二儿媳白文氏喜添贵子,但这孩子生下来不会哭这一带有传奇色彩的事件中开始,为全剧的重量级人物白景琦做了铺垫。接着,不是描述白景琦如何长大,而是直接将故事放入一个矛盾冲突中:二爷白颖轩到詹王府为大格格切出喜脉,殊不知,大格格还是一个未出嫁的老姑娘。这一事件把白家和詹王府一下子推进了矛盾的漩涡之中,并且用颇具中国特色又尽显时代特征的"砸车""杀马",把这一矛盾冲突的形式具象化了。这种开场避免了开端部分极易产生的"皮儿厚",即充塞"前史"过多,叙述手段平铺直叙地介绍人物的弊端,让观众在一开初就能很快地被剧情所吸引。

二是《大宅门》中塑造的人物形象鲜明生动,与众不同。白景琦是个亦正亦邪的"活土匪"的形象,在叛逆中彰显着他的卓然不群。在这个形象上,剧本写好人不从好处着笔,而从"坏"处大量着笔,把一个七爷写得血肉丰满,也给了观众一个新的电视形象。再如白萌堂,一个为了家族名誉绝不肯"退"的大家长;白文氏,一个巾帼不让

须眉的二奶奶;白玉婷,一个和照片结婚的痴情女子……剧中为观众塑造了太多太多让人印象深刻的鲜活形象,让观众无法不去关注这些人物的命运和情节发展。

三是高超的艺术表现风格和功力。特别是《大宅门》的音乐让人印象深刻,它将中国戏曲音乐用于电视剧,给该剧带来强烈的京味色彩和传统文化韵味。特别是片尾主题歌更是将以医药为生,带有豪迈民族气势的大宅门历经百年风雨自强不息的精神,精炼地概括出来。这一概括,提纲挈领,将具体的故事总结、提炼后,升华到精神领域,使观众在看完电视剧后又能细细品味这有价值的精神,形成了一种重复渲染的强大力量。

青春剧:《情深深雨蒙蒙》(2001)

中国国际电视公司、怡人传播出品
集数:46集
导演:李 平
编剧:琼 瑶
主要演员:赵 薇(饰陆依萍) 古巨基(饰何书桓) 林心如(饰陆如萍)
苏有朋(饰杜飞)

[故事梗概]

电视连续剧《情深深雨蒙蒙》根据我国台湾著名作家琼瑶的小说《烟雨濛濛》改编而成。剧作以"九一八事变"之后的上海为历史背景,讲述东北的地方军阀陆振华一家父女、母子、兄弟姐妹等家庭成员之间的矛盾及陆家儿女尔豪、依萍、如萍等人的爱情故事。

[欣赏指导]

《情深深雨蒙蒙》是一部海峡两岸合拍的电视连续剧。2001年在中央电视台八套首播,其后又在中央电视台一套重播,同时在许多省级电视台再次播放,收视率极为可观。琼瑶剧总能在国内引起热播风潮,《情深深雨蒙蒙》也不例外。

琼瑶的小说《烟雨濛濛》曾经在台湾拍成同名电视剧,此次的《情深深雨蒙蒙》是"旧戏新拍"。小说《烟雨濛濛》以20世纪五六十年代的台湾为背景,讲述陆依萍与何书桓的爱情悲剧,展开对人性恶的描绘。此次翻拍,编剧琼瑶对原著的许多内容作了修改。她将故事发生的时代和地点改在抗战时期的中国,使作品的矛盾冲突更富有戏剧性和多样性;她增加了一些主要人物,又改写了一些人物的性格,如原作中并无乐观滑稽的杜飞这一角色,依萍的好友方瑜与原作的方瑜也有很大不同。最重要的是,琼瑶将一部悲剧改成了喜剧,经历了各种折磨与曲折,有情人最终如愿以偿,拥有一个大团圆的结局。这一结局十分符合中国传统的审美观念,为大多数人所接受,尤其是女性观众。缠绵动人的爱情,哀婉曲折的情节,间以轻松有趣的细节场面,最终又以喜剧式的结局收尾,使坐在电视机前的观众们暂时忘却了生活的复杂与不如意,获得愉悦、轻松、感动、同情等种种单纯的情感体验。

此剧的成功还在于导演的完美执导。总导演李平是一名资深导演,他此前拍摄过四百多部集作品，更重要的是他与琼瑶有十多年的合作经验。琼瑶在内地红火过的电视剧，诸如《青青河边草》《梅花烙》《水云间》等都出自李平之手。对于琼瑶的言情小说，他能恰如其分地把握人物的感情与内心世界，细腻刻画人物种种微细的心理变化。此剧还请来台湾擅长表现人物内心世界的知名导演陈烈参与指导，因此琼瑶这部重拍的作品较原著更能吸引人。

众多偶像明星的加盟也增强了青春剧的娱乐性与观赏性。由琼瑶一手打造，随着电视剧《还珠格格》而走红的明星赵薇、林心如已被众人所熟知，台湾歌星兼演员苏有朋也是琼瑶剧的经典人选，扮演何书桓的古巨基本来就是香港知名的艺人。除了知名影星之外，还有扮演方瑜、尔豪、可云等新人的清新表演，都为作品的成功助阵加码。

此外，旋律动听、歌词优美的音乐制作，在营造意境、渲染气氛上，为剧作增色不少。电视剧播出不久，其主题曲就已被四处传唱。

农村剧：《刘老根》（2002）

中国电视剧制作中心、本山传媒集团等联合摄制
集数：18集
导演：赵本山　谢晓嵋
编剧：薛立业　万　捷
主要演员：赵本山（饰刘老根）　范　伟（饰药匣子）　高秀敏（饰丁香）

[故事梗概]

刘老根乃长白山下一退休村支书。他在省城看护小孙子生活了两年后，带着"岁数不大，想干点事"的简单愿望回到家乡。两年的城市生活改造了他骨子里的农民意识，回到山里以后，他别出心裁地搞了一个旅游度假村，请城里人来睡小火炕、吃黏豆包、看二人转、玩真山真水，生意竟然火了。紧接着寄生虫们也来了，蚊子一般想喝他的血，他便巧妙地与之周旋，其招法之奇特常常让人捧腹大笑。其间还穿插着他与寡妇丁香、城里人韩冰的三角爱情故事。

[欣赏指导]

2002年3月，在赵本山《卖拐》《卖车》的余波中，在春节长假的余温中，《刘老根》在中央电视台一套播出。这部号称"现实主义农村题材"的电视连续剧在一开始就形成了热播效应，其收视率甚至比当年央视的开年大戏《天下粮仓》还要高出0.4个百分点，全国收视率为10.9%，单集收视率高达14.6%，创造了农村题材剧的收视奇迹。因此，2003年央视和赵本山更是在春节期间推出了《刘老根Ⅱ》，并再次延续收视神话。

为什么这部农村题材剧能得到如此多的关注？它在给观众带来笑声的同时，还带来了怎样的新鲜视野？

首先，在本剧中编剧和演员都十分用心地将小品的风格有机地融入电视剧的叙事中，注意在"情"和"趣"上下功夫，采用东北土话、俏皮话，让形象更加鲜活生动。

在细节场面的建构中，更是运用小品的方式，让人看起来像是一个个小品剧的联合，为观众带来了欢乐。

其次，《刘老根》的创作者们把东北农村生活掰开揉碎，为我们精心刻画了一个个有血有肉的东北农民的鲜活形象。并且大胆使用了原汁原味的东北方言，又按照剧情发展的要求，有机地糅进大量东北二人转的精彩篇章，使《刘老根》成为一部风格浓郁，具有鲜明东北地域特色的电视剧，这也正是赵本山接拍此剧的初衷，"想通过一个载体，反映东北黑土地的浓郁文化底蕴，表现东北地域文化的独特魅力"。特别是剧中东北二人转的运用，占了很大的比重，并成为故事情节的有机组成部分，这让更多的人了解了东北的民间艺术，并且爱上了这一民间剧种，为后来二人转走向全国打下了良好的基础。

最后，赵本山、范伟、高秀敏这黄金三角的组合也是该剧红遍大江南北的重要保证。这三人也将剧中的三位主要人物演活了，演实在了，让人看到了剧作的真实和农民的原生态生活。

都市情感剧：《中国式离婚》（2004）

纯真年代文化传播有限公司、南京电视台、山东视网联媒介有限公司联合摄制
集数：23集
导演：沈　严
编剧：王海鸰
主要演员：陈道明（饰宋建平）　　蒋雯丽（饰林小枫）

[故事梗概]

电视剧《中国式离婚》改编自王海鸰的同名小说，是一部反映当代中年知识分子家庭生活与婚姻状况的作品。外科医生宋建平在妻子林小枫的多次规劝下，终于从国营医院转向合资医院工作，而林小枫却因家中琐事耽误了工作而下岗。宋建平事业的成功与女人的中年危机，使林小枫对丈夫十分不放心。在经历过许多矛盾、误会与波折之后，夫妻感情彻底破裂而分手。

[欣赏指导]

《中国式离婚》是编剧王海鸰继《牵手》《不嫁则已》之后的又一情感力作。本剧在"首届电视剧风云盛典"上一举夺得现代剧最佳女演员，最具潜质男、女演员和年度最佳现代电视剧4项大奖。《中国式离婚》的热播，引发了观众对爱情、家庭、婚姻的关注与重新认识。

《中国式离婚》关注的不是第三者插足的婚外恋，而是深入到家庭内部，探讨婚姻危机的实质，重新审视当代人婚姻生活中存在的误区。剧中设置了四个家庭，其中有三对夫妻：青年夫妇刘东北和娟子、中年夫妇宋建平和林小枫、老年夫妇林小枫的父母，还有一个单身母亲肖莉。这些人物从不同年龄、不同角度、对婚姻的不同心态上展示了各自对婚姻的理解。娟子在目睹了丈夫的外遇后，尝试着原谅却做不到，最终她选择了

离开丈夫而独立生活。单身母亲肖莉一发现丈夫有外遇就断然离婚,一个人带着女儿十分辛苦,但她依然把事业和家庭都照顾得很好,生活过得有滋有味。对于丈夫的背叛,林小枫母亲的态度则完全不同,她包容了一切,包括把丈夫的私生女抚养成人。林小枫害怕丈夫的背叛与分离,却努力去寻找甚至制造婚外情,夫妻之间的距离越来越远,最终以悲剧收场。作品以林小枫为主要剖析对象,其他家庭作为映衬、对比或参照,表明了对婚姻的理解:个人态度决定婚姻的质量与结果。林小枫望夫成龙,又希望能到一个更好的学校。她努力劝说丈夫听从自己的安排,按自己的设计来改变生活。丈夫宋建平终于艰难地做出抉择,从国营医院跳到外资医院,事业蒸蒸日上。此时,林小枫却由一个职业女性变成家庭妇女,两人的差距越来越大。随着事态的发展,林小枫的压力渐渐增加,她也变得越来越不可理喻。猜忌、吵架、无理取闹成了她生活的全部。性格的扭曲把她一步步推向了离婚。宋建平的一味忍让与有意的隐瞒欺骗,又加速了婚姻的解体。借助误会、巧合等设计,剧作有意放大了婚姻生活中的不和谐、不理性、不宽容带来的伤害与痛苦,从而引发人们对婚姻中种种问题的思考。同时通过几个家庭的分分合合,深入探讨了"夫贵妻荣"的婚姻观念、女性回归家庭后的生存焦虑、女性对自我的忽视、婚姻伦理观念的缺失等问题。

本剧的两个主人公由著名实力派演员陈道明和蒋雯丽扮演,二人自然生活化的表演使作品更真实,更有震撼力。林小枫的尖刻无理、歇斯底里,蒋雯丽刻画得真实细腻;宋建平的书生气和懦弱,面对生活的百般无奈,陈道明也表现得恰如其分。从他们身上,观众可以找到自己或是身边人的影子,演员精湛的表演唤起的是观众切身的思考与反省。

革命历史题材剧:《亮　剑》(2006)

海润影视制作有限公司、上海电影集团公司、上海东上海国际文化影视有限公司、沈阳军区政治部电视艺术中心联合摄制

集数:30集

导演:张　前　陈　建

编剧:都　梁　江奇涛

改编自小说《亮剑》

主要演员:李幼斌(饰李云龙)　何政军(饰赵刚)　张光北(饰楚云飞)
童　蕾(饰田雨)　王全有(饰丁伟)　由　力(饰孔捷)

[故事梗概]

电视剧《亮剑》是根据作家都梁的同名小说《亮剑》改编的,故事内容是讲述我军优秀将领李云龙富有传奇色彩的一生,从他任八路军某独立团团长率部在晋西北英勇抗击日寇开始,直到解放战争、新中国成立后等各个历史时期的革命故事。特别是电视剧前半部分重点描绘了华北抗战的故事,那些震撼人心的战争场面,真实地再现了抗战时期的悲壮与残酷,给人以巨大的震撼。

[欣赏指导]

《亮剑》创造了中国电视剧历史上的奇迹,自 2005 年底面世以来,在中央电视台和各地方电视台连续重播,至今没有停止,让全国人民都知道独立团有个李团长。江西电视台更创造了重播 35 次的纪录,就连一向青睐偶像剧的凤凰卫视也放起了《亮剑》。一个遥远年代的故事,为何激起亿万人的热情?

首先,虽然《亮剑》是革命战争题材的电视剧,但它与过往我们看到的革命战争片不太相同。过去的战争片强调更多的是历史的真实,所以大多着眼于历史上的大战、名战,而涉及的主人公也都是我国历史上著名的军事领袖,也因为如此,所以我们看到的这类电视剧更多的是为了讲述战争,或是讲述我党我军的英明指挥;而《亮剑》的主人公李云龙并不是我们熟知的开国将领,他所领导的战役也并不是我们熟知的著名战役,但是正因为如此,给了编剧、导演更大的创作空间,也给我们更加真实、更富有冲击力的电视情节。在剧中的战争中,我们看到了真实的中国军人,从将领到士兵更加人性化,也更加打动人。

其次,电视剧成功的关键还在于对人物的塑造,特别是在主人公李云龙的塑造上,让人感到从来没有的真实。他首先是个活生生的人,其次才是个优秀的军人。作为人,他有自己独特的一面。他是个真性情的人,喜怒哀乐从不掩藏。他身上有抹不去的乡土气息,具有农民式的幽默。他打了胜仗,或因小事高兴时,就开怀大笑。他脾气暴躁,凡遇到不顺心的事,如鲠在喉,无论对方是小小兵蛋子、师长军长,还是亲密战友,有气就出,有怒就骂,从不闷在心里。他不是一个只会打仗的人,也憧憬爱情。面对心爱的姑娘,他会嫉妒别人的靠近。爱情到来了,他不犹豫。他的感情是浓烈的。而作为军人,他有他的原则,有他的"亮剑"精神。

最后,李云龙的"亮剑"精神也是本剧成功的一大亮点,"面对强大的对手,明知不敌,也要毅然亮剑,即使倒下,也要成为一座山,一道岭!"这是李云龙的亮剑精神,而这种亮剑精神正是生活在今天这个和平年代的人们所缺乏的,我们缺乏面对的勇气,缺乏拼搏的精神,缺乏这种明知山有虎,偏向虎山行的气势,变得慵懒、圆滑,却以此为生存的借口。《亮剑》给了很多人所缺乏却又向往的东西,因此也在现实中产生如此大的共鸣。

军旅题材剧:《士兵突击》(2006)

中国人民解放军八一电影制片厂、成都军区电视艺术中心、华谊兄弟影业投资有限公司、云南电视台联合摄制

集数:30 集

导演:康洪雷

编剧:兰晓龙

改编自小说《士兵突击》

主要演员:王宝强(饰许三多)　陈思成(饰成才)　张国强(饰高城)　段奕宏(饰袁朗)　邢佳栋(饰伍六一)　高　峰(饰齐桓)　张　译(饰史今)

[故事梗概]

本片讲述了一个农村青年许三多,从他爹口中的"龟儿子",连长口中的"孬兵",靠着"不抛弃,不放弃"的钢七连精神,坚持着父亲所说的"好好活,做有意义的事"的原则,成长为步兵的巅峰——老A的兵王的故事。

[欣赏指导]

2007年,可以被称作《士兵突击》年,这一年的电视荧幕被这部国产主旋律电视剧所占据,"许三多"一夜成名,而"不抛弃,不放弃""好好活,做有意义的事"也成为人们的口头禅。到目前为止,没有哪部主旋律电视剧能像《士兵突击》这样引起全国范围内的热播与追看,并激发空前红火的网上热捧。没有男女爱情戏、没有大牌明星加盟、没有什么猎奇案件,只是一群男兵的成长故事,却让观众震慑了。我们不禁要问:一部看来朴实无华的主旋律电视剧何以竟有着让普通观众牵肠挂肚、朝思暮想、街谈巷议乃至网络夜话的神奇本领?

首先,该剧为我们塑造了一群血气方刚,各具性格特点的当代军人群像——关心他人、甘于奉献的班长史今,铮铮铁骨、自强上进的班副伍六一,意气风发、神采飞扬的钢七连连长高城,睿智狡黠、风趣幽默的老A队长袁朗,迷途知返、挑战命运的成才,还有那个被称为中国"阿甘"的"许三多"……在他们身上我们看到了当代中国军人的风采,更重要的是,在他们身上,我们看到了自己的影子,生活的影子,还有自己的理想。

其次,它为我们揭示了两个非常深刻的却又具有普遍性的命题:一个人如何面对孤独、面对困惑、面对困难,和一个人如何面对生命中重要的人一个一个地走开。当我们看到许三多默默面对荒芜的内心和试图去守护他珍惜的人和事的时候,那种情感上的共鸣是相当强烈的。《士兵突击》写的是每个人内心的自卑、每个人生来的孤独、每个人生命中的珍惜和每个人为实现梦想的努力,而这正是我们普通人每天都要面对而又不敢面对的。

许三多是不可复制的,但是却可以引起我们深深的思考,让我们记住那两句士兵名言"不抛弃,不放弃""好好活,做有意义的事",让生活变得更加美好。

情景喜剧:《武林外传》(2006)

联盟影业摄制
集数:80集
导演:尚 敬
编剧:宁财神 程娇娥
主要演员:闫 妮(饰佟湘玉) 姚 晨(饰郭芙蓉) 沙 溢(饰白展堂) 喻恩泰(饰吕秀才) 姜 超(饰李大嘴) 王莎莎(饰莫小贝) 倪虹洁(饰祝无双) 范 明(饰邢捕头) 肖 剑(饰燕小六) 于 娟(饰杨惠兰)

[故事梗概]

本剧故事发生在明代一个叫七侠镇的地方,该镇是关中一个不起眼的小镇。一个叫郭芙蓉的黄毛丫头初入江湖,欠下钱财,被困在"能人辈出"的同福客栈。故事从这里开始,依次引出佟湘玉、白展堂、吕秀才、李大嘴、莫小贝,以及邢捕头、燕小六、钱掌柜这几个性格各异、风趣动人的年轻主人公,引出了一连串戏谑生动、引人入胜的故事。一群性情各异、既可怜又可爱的年轻人聚在一起,在同福客栈里经历了江湖上的各种风险和传奇,遍尝人间冷暖,体会亲情爱情,见证成长过程中的酸甜苦辣……

[欣赏指导]

2006年春节来临之际,一部不被看好的室内剧却在中国影视界引起了轩然大波。80集古装电视剧《武林外传》在中央电视台八套播出,不仅创造了9.7%的高收视率,而且该剧的大结局在除夕晚上PK春晚,更是爆出了电视剧播放以来少有的冷门。对于《武林外传》的意外成功,众说纷纭。赞成的人认为该剧绝了!反对者则认为它只不过是一部把现代娱乐元素组合在一起的"大杂烩"。双方都不能忽视的就是,《武林外传》取得巨大成功,就是那些批评者们也是边看边骂,边骂边看。人们为何对这部电视剧如此青睐?

首先,每集故事的开场音响是WINDOWS开机音乐,而在剧中网络词汇、广告用语、流行歌曲以及综艺节目主持人台词等等,更是被大量运用。《武林外传》正是巧妙借助网络时代的思维对这些不同的听觉符号进行了重新编辑和组合,而这一切引起了新生代人群的共鸣,并且让电视、网络时代的人们在熟悉的语言中感受到一种另类的诙谐和幽默。而剧中的人物又以小品的方式,将南腔北调的方言熔为一炉,陕西、天津、河南、东北等各地的方言不下10种,也为该剧增色不少。

其次,《武林外传》与周星驰的"无厘头"有着异曲同工之妙,都是用后现代的价值判断不断地对经典、对主流精英文化进行解构,所以在剧中没有像样的大侠,也没有真正的古人,有的是对经典的恶搞,有的是无厘头式的幽默,有的是对近几年"草根文化"的应和,对"草根"式狂欢的再一次诠释。

最后,《武林外传》所要关注的不是古代武侠世界里的英雄正义、你死我活,而更多的是当下你我生存的现实生活,其中有家长里短、鸡毛蒜皮,还有自娱自乐的草根狂欢。它为我们建构的是一个后现代的江湖,是一个平民狂欢的江湖。就如现实中现代的社会是一个没有大侠的社会一样。但不要失望,当一切都已解构,还有亲情、爱情、友谊无法解构,我们仍能从中获得救赎,获得温馨。

谍战剧:《潜伏》(2009)

东阳青雨影视文化有限公司、广东南方电视台联合出品

集数:30集

导演:姜 伟 付 玮

编剧:姜 伟

改编自龙一的小说《潜伏》

主要演员：孙红雷（饰余则成）　姚　晨（饰王翠平）　沈傲君（饰左蓝）　祖峰（饰李涯）　冯恩鹤（饰吴敬中）　吴　刚（饰陆桥山）

[故事梗概]

1945年初，国民党军统总部情报处的余则成弃暗投明，成为潜伏在军统天津站的地下党，代号"峨眉峰"。因工作需要他和女游击队长王翠平扮演假夫妻，在长久的工作和生活磨合之后，两人产生了情感。但因一次失误，翠平身份暴露并遭到国民党追杀，余则成虽然保住了身份，却无法和翠平在一起。经过余则成的努力，天津解放后潜伏的国民党特务被一网打尽，余则成则按组织要求继续执行潜伏任务。

[欣赏指导]

《潜伏》是当年电视剧的收视黑马，也将谍战剧的热门程度推到巅峰状态。它获得第27届中国电视剧飞天奖长篇电视剧一等奖、第25届中国电视金鹰奖优秀电视剧奖、第15届上海电视节白玉兰奖最佳电视剧金奖、第11届中共中央宣传部精神文明建设"五个一工程奖"等。

与传统的谍战剧相比，《潜伏》将视角深入到中国谍战的最高层次军统内部，并将战斗的场景由宴会、舞会拉回到办公室和生活化的住所，更贴近现实生活。剧中用大量的镜头表现余则成与王翠平这对假夫妻的日常生活，展现两人因文化观念等差异而产生的磕磕绊绊，从相互敌视到产生爱意的情感过程，许多方面突破了主旋律电视剧的表演限制，达到意想不到的效果。

在角色塑造上也有所突破，打破了传统谍战剧人物形象"高大全"的特点，将主人公余则成塑造成一个有血有肉的人。他相貌平平，眼睛很小，说话很慢，做事拘谨，靠对天津站站长吴敬中溜须拍马、阿谀奉承赢得信任，而且他起初信仰并不坚定，是被中共策反的，他的信仰是在革命过程中逐步坚定起来的。

但是他爱憎分明、心思缜密，与各方力量斗智斗勇、机智巧妙化解各种危机。他也有普通人的痛苦、烦恼、焦灼，是一个性格丰满的平常人，更贴近真实生活。

剧中对于反面人物的刻画也超越了传统的形象，不是简单的阴险、狡诈、残忍，而是有着各自的特点甚至有自己的信仰。比如李涯是一个有着坚定信仰的人，在军统内部忍辱负重，恪尽职守，虽知即将失败却随时准备为信仰奉献生命。他表明自己做这些事情并不为立功受奖，而是为党国消除所有敌人，为孩子们能过上好日子，抗日如此，反共也是如此。让观众唏嘘不已。总之，人物的刻画形象生动，突破常规，让人印象深刻。

导演姜伟还打破了谍战题材不适宜加入幽默元素的惯例，使谍战剧也能有喜剧的效果。余则成和王翠平本身就是一对充满矛盾的人物形象，他们扮演假夫妻的各种冲突充满了喜剧性。如两人因为文化层次的差异产生矛盾：当余则成夸翠平穿旗袍像林黛玉时，翠平破口大骂："哪里认识的野女人？"让人忍俊不禁。夫妻俩谈论生孩子的时候，余则成说："你能不能生个嘴巴小点的女孩？"翠平说："我还想生一个眼睛大点的小子呢？"拿对方的长相开玩笑，幽默风趣。关于鸡窝的一系列情节也充满了喜剧色彩，如

翠平和余则成商量把金条放在鸡窝里的对话；两人一起把金条放鸡窝的举动；翠平半夜偷看鸡窝的小心翼翼；余则成在家里模仿母鸡转圈，说"呱呱呱呱，恨不得每天都睡在鸡窝里的金条上"；最后两人在机场相逢，翠平坐在车里，余则成在车前再一次模仿老母鸡打转，让人感动不已，这不仅是对两人甜蜜时光的回忆，又传递了鸡窝里有情报的信息。在分别时仍然带着幽默的色彩，更增添了生离的悲凉之情。

《潜伏》融合了悬疑、爱情、谍战和幽默，在国内电视荧屏上实属难能可贵之作。上海电视节白玉兰奖的评委会认为："这是一部在全国产生巨大影响以及受广大观众喜爱的连续剧，精彩的情节与鲜明的人物塑造很好地结合在了一起，把此类题材的电视剧提到了一个新的高度。"

穿越剧：《步步惊心》（2011）

上海唐人电影制作有限公司、湖南卫视联合出品
集数：40集
导演：吴锦源　林玉芬　邓伟恩
编剧：王莉芝
改编自桐华的小说《步步惊心》
主要演员：刘诗诗（饰若曦、张晓）　吴奇隆（饰四阿哥胤禛）　郑嘉颖（饰八阿哥胤禩）　袁弘（饰十三阿哥胤祥）　林更新（饰十四阿哥胤禵）

[故事梗概]

都市白领张晓熟知清史，因车祸穿越到清朝康熙年间，成为满族少女马尔泰·若曦，身陷风云诡变的宫廷争斗。她看透所有人的命运，却无法掌握自己的结局，身不由己地卷入"九子夺嫡"的暗战之中无法自拔，个人情感也夹杂在宫斗的惨烈中备受煎熬。

[欣赏指导]

《步步惊心》是80后女作家桐华于2005年在晋江原创网上连载的一部"清穿"小说，拥有"清穿三座大山之一"（其他两部为《梦回大清》《瑶华》）的美誉，被称为"清穿的扛鼎之作"，受到无数穿越迷的热捧。改编成电视剧在湖南卫视播出后，一直占据热门话题排行榜前列，首播第一天收视率为同时段全国收视第一，在网络上也备受追捧，开播几天搜索量就达500万，掀起了一股"步步热"，可以说是收视和话题双丰收的典范。此剧还在韩国首尔国际电视节上获得"最受欢迎海外电视剧"大奖和"亚洲最具人气演员"大奖等。

以《步步惊心》为代表的穿越剧的流行，不仅迎合了大众文化的需求，也契合了当下人们的心理诉求，在时空交错中自由的穿梭，跨越时间和空间的界限，让人感觉很自由，带来前所未有的新鲜体验。《步步惊心》的风靡不仅仅是因为其具备一般穿越小说的特点，而且更有自己的独特之处。

首先，在穿越方式上《步步惊心》与以往的穿越剧有所不同，不是传统的进入时光

隧道或者神秘门式的肉体穿越，而是主人公因为车祸把脑电波撞出来后的精神穿越，穿越的是灵魂，肉体还是在现代，这就增加了新鲜感和悬念性。

其次，以悬念引发观众的兴趣与互动。《步步惊心》每集的结尾都会留下悬念，如第二集结尾埋下两个悬念：十阿哥惊讶的是什么？接下来他们会在那个飘满千纸鹤的凉亭中发生什么？编剧巧妙地利用这些故事的衔接点作为每一集的结尾，设置悬念，激发观众好奇心，引发观众的猜测，从而对下一集产生期待。剧中女主角若曦的情感归宿也是一个很大的悬念。若曦与四阿哥、八阿哥、十阿哥之间的情感纠葛，与十三阿哥的暧昧，以及十四阿哥对她的动心，皇帝的赐婚，这重重悬念让人捉摸不透。九子夺嫡的结果也是扑朔迷离，精彩纷呈。

第三，融古今元素于一体。《步步惊心》中既有传统古装剧的元素如古代服饰、古典家具、亭台楼阁等，也有奇妙搞怪的现代物品，如那套独具匠心的杯盏、那些俘获康熙味蕾的点心、千纸鹤、生日歌、美轮美奂的舞台设计；还有现代生活中随性自然的语言，如若曦刚穿越过去的那句话："二小姐？你才二呢？你谁啊？"以及她和几个阿哥之间的对话，都带有现代感。除此之外，她还把现代人的思想带到古代。她待人真诚，不因身份而区别对待，珍惜友情，捍卫爱情，拒绝赐婚，守卫自己命运的掌握权，虽然岁月磨平了她的那些尖锐的棱角，却磨灭不了她骨子里属于现代人向往自由平等的心，因而显得弥足珍贵。

最后，以互联网为代表的各种网络平台也推动了该剧的火爆。《步步惊心》自2011年9月10日在湖南卫视首播起便协同PPTV、搜狐视频、百度奇艺三家网站一起放映，引起巨大反响，与该剧相关的各种话题、帖子不断，恶搞图片、搞笑花絮视频等令人目不暇接，大大提升了《步步惊心》的人气，自然就能够在荧屏收视大战中拔得头筹。

宫斗剧：《甄嬛传》（2011）

北京电视艺术中心出品
集数：76集
导演：郑晓龙
编剧：流潋紫
改编自流潋紫的小说《甄嬛传》
主要演员：孙　俪（饰甄嬛）　陈建斌（饰胤禛）　蔡少芬（饰宜修）　李天柱（饰苏培盛）　蒋　欣（饰年世兰）　李东学（饰允礼）　陶昕然（饰安陵容）　斓　曦（饰沈眉庄）　张晓龙（饰温实初）

[故事梗概]

雍正元年，太后为制衡后宫与朝中势力，充实后庭，为皇帝举办了选秀。甄嬛与好姐妹沈眉庄、安陵容被选入宫。甄嬛因受宠而遭受来自皇后、华妃以及其他嫔妃的诸多算计，后被废位离宫修行，与果郡王允礼相恋。因种种误会，甄嬛为保住果郡王的血脉被迫向皇帝邀宠，以熹妃名义再次入宫，用自己的智慧保护家人，为报仇步步算计，最终战胜一个个敌人成为皇宫的主权者。

[欣赏指导]

电视剧《甄嬛传》自播出以来，屡掀收视狂潮，受到无数观众的追捧和喜爱，剧中主人公颇有特色的语言风格也被冠以"甄嬛体"而风靡全国。不仅如此，该剧在我国港台地区和韩美日等国也产生了广泛影响，成为第一部被引进到美国主流电视网的中国电视剧，创造了国产电视剧的神话，主角孙俪也获得第41届国际艾美奖最佳女主角提名，而该奖项被公认为是"国际广播电视业界的奥斯卡"。此外，该剧还获得第1届乐视影视盛典最期待古装电视剧、第26届中国电视金鹰奖优秀电视剧、第1届中国影视金牛奖最佳电视剧、第3届澳门国际电视节最佳电视剧奖等。

一般认为，香港TVB于2004年拍摄的《金枝欲孽》是宫斗剧的始祖和经典。中国内地的宫斗剧大热则从2010年的《美人心计》开始，出现了多部同类型的电视剧，直至《甄嬛传》的热播将宫斗剧推向前所未有的高峰，可谓是宫斗剧的巅峰之作。这部宫斗剧与以往后宫女人只为争宠夺势有所不同，更注重真实情感的演绎，把宫斗戏发挥到了极致。虽是以甄嬛为主线，但并不落俗套，不仅有令人艳羡的宫廷生活的展现，也较为真实地再现了后宫生活中阴暗的一面，其中的人物成长过程曲折跌宕，令人唏嘘。在叙事方式上采用"甄嬛""纯元"两条线索交叉叙事，一明一暗，相互交织，悬念重重，虽然"纯元"在剧中并未真实出现，却暗中操纵着甄嬛的命运，共同推动情节曲折发展，引人入胜。

《甄嬛传》在人物性格塑造上讲究个性鲜明，不管角色大小都能有自己的特点。出场不久便被赏"一丈红"赐死的夏冬青，流朱、颂芝、宝娟等小主身边服侍的丫鬟等都有各自鲜明的个性，让人印象深刻。而且在人物性格塑造上避免了单一性，比如飞扬跋扈的华妃，心机不深却是对皇上最为深情的一个，她用真心换来的只是皇上的提防，令人生怜。因此，很难简单地用好坏来给剧中人物划分属性。

此外，《甄嬛传》在视觉效果、服饰、礼仪、语言等方面也是十分讲究。画面意境的营造，宫廷美景的呈现，才子佳人的浪漫，服装首饰的精美，让人美不胜收。剧中人物言谈举止文雅有礼，琴棋书画样样精通，风流潇洒，温婉浪漫，构成浓郁的诗意表达，让观众陶醉其中。剧中展现的饮食、医药、器物、礼仪、官制等都比较考究，对历史细节真实性的注重无疑增加了该剧的历史厚重感，带给观众不一样的审美体验。

权谋剧：《琅琊榜》（2015）

山东影视传媒集团、山东影视制作有限公司、北京儒意欣欣影业、北京和颂天地影视文化有限公司、北京圣基影业有限公司、东阳正午阳光影视有限公司联合出品

集数：54集

导演：孔　笙　李　雪

编剧：海　宴

改编自海宴的小说《琅琊榜》

主要演员：胡　歌（饰梅长苏、林殊、苏哲）　　刘　涛（饰霓凰郡主）　　王　凯（饰靖王萧景琰）　　黄维德（饰誉王萧景桓）　　陈　龙（饰蒙挚）　　高　鑫（饰太子萧

景宣）

[故事梗概]

南梁大通年间，北魏兴兵南下，林燮与爱子林殊率赤焰军七万将士出征，不料遭奸人陷害，冤死于梅岭。侥幸生还的林殊，在琅琊阁的帮助下建立江左盟，于十二年后以宗主梅长苏的身份归来，暗中辅佐明君靖王登上皇位，为七万赤焰忠魂洗雪了污名。之后，他为解国难，不顾身体病弱，毅然出征，平定边患，战死沙场。

[欣赏指导]

电视剧《琅琊榜》播出称得上低开高走，开播时收视并不出彩，播到后来，却从收视到口碑都异军突起。数据显示，该剧每日网络播放量均维持在3亿左右，稳居电视剧点播榜首，微博热议指数排名第一，获得市场和口碑的双丰收。并荣获第6届澳门电视节优秀电视剧奖、2015年国剧盛典年度十大影响力电视剧奖、第30届中国电视剧飞天奖优秀电视剧奖、第19届华鼎奖中国百强电视剧第一名等奖项。

该剧的剧本原著曾被称为朝堂权谋的巅峰之作，与以往的古装权谋剧过多关注儿女情长、阴险算计不同，它以揭示真相、智斗奸佞、辅佐明君、报国明志为主要内容，展示家国天下、忠肝义胆、权谋策略的男儿剧。剧中构建了一个朝廷与江湖二元对立的"琅琊世界"，将武侠与权谋结合在一起，增加了传奇的色彩。江湖中的各种势力可以为朝中的皇子或官员效力，并成为影响朝局走向的决定性力量，这种江湖侠客与朝廷关系的处理方式在我国影视剧中尚无先例，令人耳目一新。整个剧情围绕重审赤焰旧案和夺嫡之争展开，梅长苏在国仇家恨、兄弟情义、明争暗斗中深谋远虑，沉着应对，使故事情节层层递进，环环相扣，撩动心弦。除了情节的曲折离奇外，该剧还体现出浓厚的传统文化价值观。制片人侯鸿亮谈到这部作品的价值观问题时说："剧中主人公对待朋友，对待国家，对待自己想要世界的方式，能够唤起大众内心的渴望。虽然讲的是权谋是宫斗，但指向是一个明亮的方向，这是能穿透人心的力量。"这种穿透人心的力量就是匡扶正义、赤胆忠心、诚信友善、舍生取义的英雄情怀，这正是中国传统文化价值观中最值得颂扬和赞美的，也是当下这个时代所需要的。

此外，该剧的故事时空虽然是架空的，但电视剧却在细节上下了不少功夫，从取景、构图、服饰、礼节等方面都可以察觉出参考真实历史风貌的用心，带有浓厚的中国风。从该剧水墨片头的处理就可以看出剧风淡雅清新，画面颇具古典韵味。全剧开头，主人公梅长苏素衣飘飘，轻吹长笛，伫立于江上船头，于雾霭茫茫中出场的画面就仿佛是一幅古画。之后剧中很多静景镜头也都仿佛是水墨画般的特写，诗意黯然。构图艺术上要求严格，画面中人物场景排列非常到位，采用对称式构图、三分法构图、黄金三角形构图等，注重画面品质。在场景布置上，有铜钱状龙腾背景屏风墙、红图腾背景墙、麒麟背景墙等体现传统文化元素的价值不菲的家具；人物服装方面更是参考了唐代前的造型风格，是各个历史时期中国风的经典融合。不仅如此，连剧中人物的发饰也有所讲究。梅长苏的发饰是玉冠、玉簪，代表着温润、隐忍、高尚、坚贞。

反腐电视剧:《人民的名义》(2017)

最高人民检察院影视中心、中央军委后勤保障部金盾影视中心等联合出品

集数:52集

导演:李　路

编剧:周梅森

改编自周梅森的小说《人民的名义》

主要演员:陆　毅(饰侯亮平)　张丰毅(饰沙瑞金)　吴　刚(饰李达康)　许亚军(饰祁同伟)　张志坚(饰高育良)　柯　蓝(饰陆亦可)　胡　静(饰高小琴)

[故事梗概]

国家部委某司项目处处长赵德汉贪污被抓,引出了与之案件牵连甚密的京州市副市长丁义珍的出逃,并将案件线索最终锁定在由京州光明湖项目引发的一家国企大风服装厂的股权争夺。以检察官侯亮平为代表的反贪集团以"一一六"事件为突破口,通过对各层官员的调查取证、明争暗斗,逐步将官商勾结、徇私枉法的贪腐集团一网打尽。

[欣赏指导]

电视剧《人民的名义》是根据周梅森的反腐题材小说《人民的名义》改编而成的,自2017年3月28日在湖南电视台播出之后收视率一路走高、节节上升,打破近十年国产剧收视率的纪录,网络播放量也不断飙升,达到240多亿次,与此相关的话题微博阅读量达23亿次,成为2017年上半年最受关注的电视剧。

作为反腐类现实题材电视剧的破冰之作,该剧用犀利冷峻的笔调直面现实问题,因反腐尺度之大引发社会各界的强烈反响。这主要体现在题材内容的真实性上。该剧的取材大多数来源于十八大以来的反腐案例,例如剧中赵德汉的原型就是原国家能源局煤炭司副司长魏鹏远,据媒体报道,检察机关从魏鹏远家中搜出2亿余元人民币,5台点钞机连续14小时清点,甚至其中1台被烧坏。剧中丁义珍副市长的原型就是近十年来第一个从美国回国自首的犯罪嫌疑人、辽宁省凤城原市委书记副厅级干部王国强。副国级人物赵立春身上也揉捏进了十八大以来落马的部分副国级官员,突破了此类题材以往"写到副省级为止"的红线,将反面角色的最高级别延伸到副国级,也是国内首部反映副国级"大老虎"贪腐问题的电视剧。除了触目惊心的贪腐事件,剧中更是揭示了政府公安机关在办案过程中的细节和"暗黑",以及官商勾结、官员玩忽职守、校园腐败等多种形态的腐败问题。官场的各种直接、间接的角力也直接上演,一个是以汉东省委副书记兼政法委书记高育良为主的"汉大帮",另外一个是以汉东省委常委、京州市委书记李达康为代表的"秘书帮"进行的官场博弈。这些对腐败现象既有深度又有广度的表现,自然成为观众热议的焦点。

在剧情的发展上,采用多线叙事,巧设悬念。人物随着案情的推进显现,快节奏下的巨大信息量,使剧情紧凑、悬念重重,给观众留下充分的想象和发挥的空间。电视剧一开始就为观众埋下一个贯穿始终的谜团——丁义珍的出逃是谁指使的?是谁打电话通知他的？厕所里冲掉的手机卡是谁的？一环扣一环的谜题，让观众捉摸不透，这就大大刺激了观众的好奇心，情不自禁地进行推理和猜测，令人欲罢不能。

人物塑造上立体丰满，性格鲜明。这主要得益于演员优秀的演技和对角色准确的把握。该剧集结了陆毅、张丰毅、吴刚、许亚军、张志坚、侯勇、张凯丽、胡静、柯蓝等40余位内地实力演员，随着首播走红，该剧演员阵容也有一个霸气的名字——"戏骨天团"。他们用优秀的演技成功塑造一个个鲜明的人物形象，让人印象深刻。侯亮平意志坚定决不妥协，李达康雷厉风行克己奉公，祁同伟野心勃勃谋求私利，沙瑞金苗红根正廉洁自律等等，形象生动，引发热议。吴刚，剧中李达康书记的扮演者，因为入木三分的表演圈粉无数，受到很多年轻人的喜欢，衍生"这锅我不背"、"达康书记别低头，GDP 会掉，达康书记别流泪，祁同伟会笑"等相应的表情包和网络用语，火遍网络。

《人民的名义》这部电视剧让大家感受到了国家反腐的力度和决心，具有深刻的现实意义。正如周梅森所言："我的故事就是要写出腐败带给老百姓的切肤之痛，并且要唤醒读者和观众的切肤之痛。"

第三节　影视剧本写作

一、影视剧作的含义及特性

（一）影视剧作的含义

所谓影视剧作，即指依据对生活的感受、认识和评价，用影视方式思维而以文字方式表达未来影视片内容的一种文学样式。它一般包括影视剧本、影视分镜头剧本和影视完成台本等三种不同的形式。影视剧本，也就是影视文学剧本，是由影视剧作者创作的，可供导演做拍摄影视片的蓝本的一种剧本；影视分镜头剧本，又可称为导演台本或导演剧本，它是导演案头工作的集中表现，是将影视片的文学内容分切成一系列可以摄制的镜头的一种剧本；影视完成台本，又可称为镜头记录本，它是在影视片制作完成后，由场记把影视片中的一切技术、艺术方面的内容如实记录下来的剧本。

（二）影视剧作的特性

剧本是影视作品的基础与前提，正如我国电影理论家夏衍所说："一部电影是由编剧、导演、演员、摄影、美工、化妆、道具、剪辑等许许多多电影艺术工作者集体创作而成的。但也必须明确：编剧却是第一个接触生活素材的人。电影剧作者既是对生活、形象和美的发现者，又是将这三者统一起来的创造者。因为，正是通过他的创造性劳动，将生活变为艺术，把素材提炼、构思成为银幕形象。"（汪流《电影剧本概述》）而日本著名电影导演黑泽明说得更为具体，他说："弱苗是绝对得不到丰收的，不好的剧本绝对拍不出好的影片来。……一部影片的命运几乎要由剧本来决定。我甚至认为，抓住一个好的剧本是导演艺术的第一步。"（野田高悟《剧作结构的基础》）

影视剧本和其他的文学作品不同，它有其自身所必须遵循的原则和规律。影视剧本是为影视作品服务的，最终将变成影视作品，所以在编剧的过程中要充分考虑到其不同

于传统文学创作和戏剧剧本创作的"影视思维",要有为"银(屏)幕写作"的自觉意识。这些意识主要包括以下几个方面:

首先,在编剧时必须注重文字的视觉造型和"外在"形象性。

影视是诉诸视听并以视觉为主的艺术,它的基本特征是视觉造型性。作为为未来影视片提供蓝图的影视剧作,首先必须要有适应银幕表现的视觉造型性。也就是说,影视剧作中所描写的人、事、物是要具有视象性的,是要有很强造型表现力的,正如普多夫金所说的,电影编剧"必须记住这一事实,即他们所写的每一句话将来都要以某种视觉的、造型的形式出现在银幕上。因此他们所写的字句并不重要,重要的是他们的这些描写必须能在外形上表现出来,成为造型的形象"(普多夫金《论电影的编剧、导演和演员》)。所以,在进行影视编剧时,我们应尽量少用抽象性、概括性的语言,而应时刻想着笔下的文字如何转化为可视性的画面,如果无法转换,则须进行修改。特别是文学作品中常会使用的比喻、拟人等手法,很多无法转化为画面,如"醋一样酸的面容""血盆大口"等,这些就必须舍弃,而换为更为直接的、更加造型化的文字。如美国女作家莉莲·海尔曼的小说《原话再现》中有这样一段叙述文字:

……早上五点钟,我接到一个男人的电话,说他的名字叫冯·齐默尔,是在维也纳打的电话,茱莉亚进医院了。

这是一段缺乏动作造型的文学作品文字,如果要进行银幕再现需要更多视觉性的东西,在根据这部小说改编的电影《茱莉亚》的剧本中,这段文字就被改造为了动作性更强的视觉文字:

睁着两眼、仰卧的莉莲。她的头在枕上不安地翻过来翻过去。听见叩门声,她抬起头来。坐在床上的莉莲……

女看门人:(声)电话,小姐。电话,维也纳来的电话。

……莉莲下床,向门口走去。

莉莲在楼梯口听电话。

莉莲:(声)出了什么事?哦,我的天……要不要紧?当然我要来的。请你告诉她,告诉她我要来的。对……维也纳。墙上贴着占领军的布告。

莉莲:(声)……我上哪儿找她?

两段文字一对比,我们不难发现,后一段的电影剧本更具有形象性,莉莲接电话时富有动作性的语言将她着急、关切的心情以及去维也纳的缘由都交代清楚了,同时还点明了维也纳当时的政治背景。这就是剧本的造型语言应达到的银幕视觉效果。

其次,在进行影视剧本写作时,还要有蒙太奇思维意识。

蒙太奇是影视艺术最为重要的表现方式,它贯穿于影视艺术创作的全过程,它既体现在影视镜头的组接中,也体现在影视剧本的写作中。因此,作为为导演提供可摄性剧本的剧作者,在构思自己的剧作时,也必须根据蒙太奇法则来表达未来影片的内容和思想，充分发挥它的独特功能。正如普多夫金所说："虽然编剧不必去规定要拍什么和如何拍，也不必去指明要剪辑什么和如何剪辑等，但如果他懂得并且能够考虑到导演工作上的可能性和特点，他就能给导演提供可用的素材，使他能创作出一个用电影手法表现出来的影片。"如冯小宁《黄河绝恋》剧本中的一段：

  草房   日 外
  草房窜起大火……
  埋伏在河岸边的日军大惊。
  峡口   日 外
  黑子急勒住马，三人向前方望去。
  远处河滩上   升起浓烟……
  草房   日 外
  翻译官从燃烧的草房中推出三炮，三炮呵呵傻笑着，
  一个日军一枪托将他打倒……
  草房已被大火吞没……
  峡口   日 外
  黑子三人爬上山顶，向河滩望去。

  这就是用平行蒙太奇方式写作的剧本模式。这样的写作方式更加方便了导演的操作和使用。
  最后，在进行剧本写作时还要注意"声画结合"。
  自有声电影诞生以来，影视作品不但满足了观众通过听觉感受客观世界的审美要求，而且也弥补了原来的影视单靠视觉画面来反映生活的局限性和片面性，从而使得影视艺术真实而全面地还原客观世界的本领大大增强了。因此，今天的剧作者在进行创作时也要有意识地将声效加入创作之中。这里的声效有最基本的人物对话、独白、旁白，不过，由于影视是以视觉为主的艺术，所以在剧作中，凡能用视觉表现的细节，就尽量不用对话。其次还有环境音响，甚至包括影视音乐都可以在剧作中体现，以便导演更好地依原作者之意进行再创作。

二、影视剧本格式

  文无定法，但影视编剧是一种特殊的职业，其创作的根本目的是让剧本变成影像作品而不是供案头阅读的文字。所以，了解一些常见的剧本格式是必要的。常见的剧本格式有以下几种。
  （一）分场景式剧本
  在写分场景剧本时通常要有场景标头，即在每个场景前用黑体标明地点、时间、内外景别，有的还标明场景序列号。一个场景可以由一个镜头组成，也可以由十几个甚至几十个镜头组成。以王惠玲编剧的《人间四月天》第一集的开头片段为例：

场景:硖石村庄后小溪边

人物:村妇,村人

时间:一九八〇年夏日清晨

●清晨,晓雾尚未散逸,村妇在溪边一块青石板上洗衣。

●村妇闲说闲聊离去的声音,溪水的微波荡漾轻抚着溪边那块青石板。

●淡出渐隐。

●村人合力的声音。

●青石板被翻开,石板竟是一块墓碑,碑上写着"诗人徐志摩之墓"。

●溪水依然微波荡漾,轻抚着碑上的墓志铭。晨起的初阳照在石碑上。

●字幕一九八〇年夏日

场景:硖石镇上,徐家老宅

人物:徐家酱园管事,管家,志摩奶奶,下人

时间:一八九八年(丁酉年腊月)冬日

●徐家大门口,门开,管家送酱园管事出来。

管家:你说这酱缸里怎么会有耗子呢?

管事:哎呀!是啊!昨天才送出去两百斤的酱,要过年了,可不能出乱子!——我先回酱园。

●管事匆匆离开,管家目送,回身进徐家大门,一路穿堂过院到天井。

●正是腊月时节,冬日暖暖的阳光斜照进徐家老宅的天井,一长串的熏肉腊肠挂在竹竿上油汪汪地享受着阳光。即使做成肉品挂在富裕人家的天井里也有不一样的气派。

●下人拿着扫把仰头看天,管家站在一旁,跟着也仰头看。

下人:(看看管家咧嘴笑着)这太阳多好!

管家:是啊!太阳多好!你不如就当块咸肉晾在那竿上吧!

●下人低头扫地。

●老妈子踩着小碎步穿过二楼的回廊,手捧着一个托盘,盘上的百岁服上头压着长命锁,一个小瓜帽扣在一旁。老妈子推开一扇门进去。

场景:硖石徐家楼上卧房

人物:志摩(一岁),奶奶

时间:一八九八年冬日

●房间里,一个周岁的孩子坐在锦缎的被褥上,有一种灿烂的光彩在他身上,是那一身绫罗绸缎,那斜阳照进屋里的阳光。奶奶已把他打扮妥当,最后将一个足金的长命锁挂在孩子的身上。

这一分场景剧本正是为了使导演、演员及其他工作人员看起来更方便,将每个场景的影像和声音部分分离开来。有一点要注意的是,在进行场景设计时对电影和电视剧要

有所区别。电影制作成本高,放映银幕大,有着很强的视觉冲击力,观看环境比较固定,所以可以表现大的场景。而电视剧制作成本低,播放屏幕小,观看环境比较随意,不能产生强烈的震撼效果,所以应尽量避免大的场景。

(二)小说格式剧本

小说格式剧本在注意影像画面的同时主要采取小说的叙述方式,对人物形象、环境氛围和剧情发展等内容进行比较详细的描写。这种格式既为导演等人的二度创作提供了自由的空间,又以其较强的可读性给读者以审美的愉悦。这种剧本不但可以作为拍摄脚本,还可以作为影视小说出版发行。如整理后出版的《乔家大院》的电视剧本的开篇:

> 1853年,杀虎口税关。
>
> 长长的商队,包括粮车队、盐车队、驼队都被堵在关口。车队和驼队上插着的各镖局的镖旗和各字号的号旗迎着风猎猎作响,和着牲口的嘶鸣,为这杀虎口平添了一份萧索之气。与之相伴的是一长队灾民,扶老携幼,被堵在另一个通道口。
>
> 一个留着小胡须的中年税官向商队大声喊道:"粮货二十文,盐货五十文,茶货五十文,排好队,别挤!别挤!"
>
> 另一个年轻壮实的税官则向灾民声嘶力竭地吼道:"别挤!别挤!男人一文,女人孩子两人一文!快交钱,交了钱就放你们过去!"
>
> 商队通道处一个掌柜模样的男人策着马往前挤了挤喊道:"官爷,怎么又涨了,粮货前天还是五文,怎么这么快就变成二十文了?"
>
> 税官朝他翻了翻白眼,"没见识的主,而今南方长毛作乱,丝茶路断绝,光剩下你们这些粮货油货盐货的商贾和这堆到口外逃难的灾民,皇上要养兵打长毛,不找你们要找谁要去?"
>
> ……

其写作方式似乎与小说没有什么区别,但细看就能发现其文字更具有造型性和动作性。这是在写小说格式的剧本时必须时刻注意的,不可真当作纯粹的小说进行创作。

(三)分镜头格式剧本

分镜头格式就是把场景进一步划分为镜头。镜头是指摄影机或摄像机从开机到停止期间所拍下的一系列画面。分镜头格式通常以一个或一组镜头为一个句子单位进行叙事。画面感强,时空跳跃性大,语言精练,很少有描述性词语。如冯小宁编剧并导演的《红河谷》(1997年)中琼斯与格桑交换打火机和火镰的那场戏:

> 四十六、草原上　　傍晚外
>
> 526 一只手打着了打火机,又打灭。一长排牛粪堆前蹲着两个身影,琼斯手把手教着格桑,格桑费力地打了几下,还是没打着,不好意思地向琼斯笑笑,掏出火镰,麻利地打着了引火线,点着了牛粪堆。琼斯拿过火镰,好奇地看着……
>
> 527 一只手笨拙地划着火镰,琼斯兴奋地点着一堆篝火……另一只手同样

笨拙地打着打火机，格桑紧张地点起另一堆篝火……

528 他们两人像孩子般欢叫着，用手中的工具竞相点着长长的篝火堆……

529 人们尖叫着拉成一排排人墙，一声喝喊，上百双脚踏出强烈的节奏，顿时烟尘腾起，遮蔽了如火的太阳。

530 帐篷外，代本揉着脸从帐篷中走出，琼斯端着酒碗打招呼："嗨，青稞酒，好酒！好酒！"他仔细看了看："你的脸……喝多了？"代本支吾着，琼斯向他脸两边看看："怎么？……"代本强笑了下："啊……我喝酒，只红一边脸。"

531 草原上夕阳将落，长袖翻舞，彩裙摆动，半醉的丹珠捧着酒碗动情地唱着敬酒歌。

532 格桑已站立不稳，仍一碗碗地接过喝下去……雪儿上前扶住他。

533 丹珠不停地在唱……

534 格桑喝下去最后一碗，轰然倒下……

535 琼斯捧着碗，仰头喝下。

536 丹珠又捧上一碗，仍在唱着……

537 琼斯吃力地接过来："度母……也喝酒吗？"

538 丹珠将一碗酒喝尽，又接着唱下去。

539 琼斯又喝下去，接过下一碗，看着丹珠："度……母，也流眼泪……吗？"

540 琼斯看着她，仰头喝尽碗中酒，也轰然倒下，身后露出了最后一缕残阳。

以上这种分镜头格式只要求编剧有一般的镜头思维能力，并不需要标清楚每个镜头如何拍摄，在创作中可以借鉴。还有一种分镜头剧本，又称为分镜头完成台本，是场记对影片所做的镜头记录。在这个剧本中详细地标出了每个镜头的拍摄手法，涉及镜头的很多专业知识，大致包括景别（远景、全景、中景、近景、特写）、焦距（标准镜头、短焦距镜头、长焦距镜头、变焦距镜头）、运动（推镜头、拉镜头、摇镜头、移镜头、跟镜头）、角度（平视镜头、俯视镜头、仰视镜头）、视点（客观镜头、主观镜头）等几方面，这就不是剧作者需要掌握的了。

三、影视剧本写作的基本元素与要求

影视剧本的写作，主要由以下几个基本元素组成：主题、人物、情节、结构。下文就将对这几个基本要素分别进行阐述。

（一）主题

剧作的主题是指剧作所描绘的全部生活现象，即整个形象体系所传达出来的中心思想，又称主题思想。电影大师普多夫金曾经说过："主题是一个为各种艺术所共有的概念。人类的每种想法都可以成为作品的主题。电影像其他艺术一样，对主题的选择是没有限制的。唯一的问题是它对于观众是否有价值。……如果作为电影剧本的基础的主题思想是模糊不清的，那么剧本就必然要失败。"

那么剧作者的剧作主题该如何确定呢？通常有以下两种情况：

其一，剧作者在开始构思剧本时，根据已有的素材，结合生活中的事件和人物给其带来的灵感，形成他所要表达的主题。而在接下来的创作过程中，根据其主题再来选择具体的事件和人物关系。在这个过程中，剧作者会发现，即使面对相同的素材，由于所要表达的主题不同，就会出现不同的选择，包括事件、人物关系、结构方式、细节等等。

其二，有可能出现的情况是，作品的主题并不是事先确立的，而是在创作过程中逐渐形成并与作品一起完成的。这时候，剧作者只是根据素材来进行初步创作，并在创作过程中发现素材本身所蕴含的倾向，使这种倾向逐步明确定型，最终形成作品的主题思想。

不论主题是哪一种，都有两点需要注意：其一，要以观众为中心，判断所选取的主题是否对观众有价值、有吸引力。其二，要确认自己是否能把握好选取的主题，"想"要表达什么和"能够"表达什么是否能够一致。

（二）人物

影视剧是人剧，和其他的叙事艺术一样，影视剧也是以"写人"为中心任务的。离开人物形象的塑造，即使故事编织得再离奇曲折，自然环境描写得再优美别致，也不可能拍摄出好的影视片。不过，这里所说的"人物"并不仅仅指人，叙事概念上的人物是指戏剧冲突的参与者，它可以是人，也可以是动物、植物，甚至是自然或超自然的现象，如《小猪宝贝》中的那只想成为牧羊犬的猪。

在剧本创作时，人物是其创作的中心，一部优秀的剧作一定有着生动形象的人物。如果没有形象的人物，那么该剧作将永远无法成为经典。就如全世界每年都有数以千计的影视艺术片出现，但能够在影视艺术史册上留下痕迹的却寥若晨星，绝大多数影视片只是昙花一现，其根本原因就在于这些影视片的编导把主要精力用于编织故事，制造悬念，或玩弄影视技法，却忽视了人物形象的塑造。

根据推动情节和表达主题的作用，影视剧作中的人物可以分为三类，即主要人物、次要人物和辅助人物。

主要人物，又称主角或主人公，是影视剧作着重刻画的中心人物，是矛盾冲突的主体，也是主题思想的重要体现者，其行动贯穿全剧，是故事情节展开的主线。主要人物不但是剧情发展的焦点，还是表达主题的重要载体。

次要人物，又称配角，对主要人物的塑造起着对比、陪衬、铺垫作用，或者作为矛盾的对立面而存在。次要人物可以或应该具有鲜明的性格特征，是影视剧作故事情节发展不可或缺的人物。次要人物在推动剧情发展和表达主题方面的作用仅次于主要人物，但绝不是主要人物的陪衬和点缀，而是有着自身独立的审美价值。

辅助人物所占篇幅最少，所处位置最不起眼，招之即来，挥之即去，如影视作品中的仆人、丫鬟、媒婆等，其作用是烘托气氛或者交代环境。

那么影视剧作又是通过怎样的手段来塑造人物形象的呢？同其他文学作品一样，靠的是对人物性格的刻画，但通过什么来刻画人物性格，影视剧作和其他的文学作品有共同点也有不同之处。

首先，必须设置好人物所存在的情境，情境是人物行动和性格形成的必然依据。

其次，要描写好人物在特定情境中的动作，这里的动作分为外部动作和内部动作。

外部动作包括形体动作和语言动作。形体动作是指人物在特定情境中所发生的表情变化和行为动作。它对于性格刻画十分重要。因为影视是以诉诸视觉为主的艺术,所以,表现人物性格用可见的表情变化和行为动作比语言更为生动有力。语言动作是指人物在特定情境中所说的话语,它也是动作,也是刻画人物性格的重要手段。当然,无论是形体动作还是语言动作,都必须符合人物所处的特定情境中所产生的特定心理动机,也就是说,要为人物的动作找到符合情境的内心根据。只有这样的动作,才具有刻画性格、塑造形象的功能。

内部动作是指人的心理活动,对人物的内心状态揭示得愈充分,其性格愈有艺术魅力。影视剧作与其他文学作品不同,需要将这种不可见的内部动作转化为可视、可听的影视语言。在影视剧本中,主要通过以下几种方式来表现人物的心理:(1)运用"闪回"镜头将人物的内心活动(包括回忆、联想、想象、幻觉、梦魇等)直接造型化。(2)以内心独白即"画外音"的形式揭示人物的内心世界。这种表现方法一般不宜多用。(3)以人物的外部动作(包括形体动作、语言动作等)来表现人物的心理状态。

总之,要把人物写成功,关键在于刻画人物性格,而要刻画好剧作的人物性格,则要为其设定好特定的情境,设置好外部动作和内部动作,让其性格得以全方位的展现。

(三)情节

情节是一切叙事作品共有的创作要素。在影视剧中,情节更是不可忽略的创作要素。什么是情节?高尔基曾经说过:"……情节,即人物之间的关系、矛盾、同情、反感和一般的相互关系,——某种性格、典型的成长和构成的历史。"(《论文学》)情节可以说是有关人物关系和人物成型的叙事过程。这个过程中所发生的各种事件需要剧作者精心设计、提炼和安排,使之足以表现人物关系和人物形象。这样,事件就成了情节的外在表现。一般对情节的分析往往落到剧作的设计或安排的具体事件上,就是这个道理。

影视剧作的情节一般也有开端、发展、高潮、结局等基本环节,有的还有序幕和尾声。

首先,开端是指矛盾冲突开始时发生的一系列事件,是情节发生的起点。开端是吸引人的关键部分。夏衍告诫人们说:"对于一部戏的开幕和电影的开头,情节交代得好坏,人物出场得好坏,我认为是决定一部戏或电影好坏的一个关键,如果开头交代得不清楚,观众就不了解,后面就得想许多办法来补救了。"(《写电影剧本的几个问题》)

根据气氛的浓淡,可以将开端分为热开端和冷开端两种。热开端,即气氛热闹的开端。冷开端,即气氛冷清的开端。冷开端有时能收到以静衬动的效果,但静的时间不能过长,否则观众就会感到不耐烦。

开端还有一个重要的任务,就是主要人物的出场。其出场方式有实出和虚出两种。"实出,就是人物真正的登场,有行动,有任务,但是他的登场也必须是自然而然的,编导应给人物安排上场的场面。虚出,就是未登场以前,先由别人提到他的名字,谈到他的经历、特点,也就是用伏笔来交代一下。"(夏衍《写电影剧本的几个问题》)

其次,发展又称"展开""进程",是继开端之后,主要矛盾及其他各种矛盾冲突纠葛在一起,得以上升、展开、深入、激化,直至高潮出现之前的情节进展过程。这也是推进情节的主体部分,所占篇幅最长,其任务是进一步组织矛盾冲突,为高潮的到来做好充分的准备。

再次，高潮是主要矛盾冲突发展到最紧张、最尖锐的阶段，是决定人物命运、事件转折和发展前景的关键时刻。正如霍华德·劳逊所说："'高潮'这个术语是用来专指动作最后的和最强烈的阶段。这不一定是指最后一场，而是指表现冲突的最后局面的一场。"（《喜剧和电影的剧作理论与技巧》）高潮是冲突和对抗的最后爆发和和解，是人物戏剧性需求的最终实现，是"总悬念"的解决。

最后，结局是剧作中情节发展的最后阶段，即矛盾冲突得到了解决或转化。结局的主要功能是在高潮的爆发之后形成一段节奏和情绪上的缓冲地带，同时补充交代一些剧情的结果，"将底牌一齐摊出"。一般说来，结局有两种类型：一是剧作最初提出的矛盾冲突终于解决；二是剧作最初提出的矛盾冲突并未完全解决，但已向新的方面转化。而结局的方式有很多，最常见的有两种：一种是首尾呼应；一种是提出问题，给观众留下思考和想象的空间，即所谓不是结局的结局，这也是现代电影常用的一种方式。

（四）结构

结构是影视剧作叙事过程的组织形式。尽管它是形式方面的问题，但剧作结构的高下，常常影响到一部影视剧作的命运。影视剧作结构的组织形式多从叙事体戏剧、文学作品的结构形式演变、发展而来。

常见的影视剧作结构的表现形态有两大类，即传统的和非传统的。此外还有心理结构、混合结构等。

传统的影视剧作结构从戏剧结构形式借鉴、演变而来，又称戏剧式结构。它的基本特征承袭了戏剧剧作中的冲突律，全剧以戏剧冲突为中心，形成起、承、转、合这一结构框架。这也是现代影视剧中运用得最多的剧作结构。

非传统的剧作结构是指除传统的剧作结构之外的其他结构形式，主要有文学式结构、心理结构、混合结构等。

文学式结构从文学作品的结构形式借鉴、演变而来，包括小说式结构（借鉴小说结构的基本特征，通过场景展示和环境渲染表现人物关系，着重于刻画人物性格、情感及其变化）和散文式结构（类似散文结构的基本特征，通常是把生活中一系列看似松散的、不连贯的现象通过具体人物而浓缩成一个整体，以引出对生活本身的某些思考）。

心理结构是指那些依据人物的意识活动进行结构的一种影视剧作样式。其特点在于：其一，着力表现人物的内心活动和对人物内在情感的剖析，以达到刻画人物心理活动的目的；其二，追求叙述上的主观性和心理性，并依据人物心境的变化，用回忆、倒叙的"闪回"形式，把过去、现在和未来相互穿插交织起来进行布局和剪裁，以加深其感人的力量。

不过，非传统结构与传统结构彼此间不存在高低优劣之分。结构是剧作内容的表现形式，因此重要的是根据剧作内容的特点，选择与之相吻合的结构形式。事实上，现代影视剧作实践的不断丰富已使影视剧作结构生出一种多元一体的形式，不妨称之为混合结构的形式。

四、文学作品的影视剧改编

改编是影视剧本创作的一个重要素材来源，有人做过统计，获奥斯卡最佳影片奖的作品85%是改编的，获得艾美奖的电视剧83%是改编的。在中国，虽然没有具体的统计数字，但我们可以一口气列出大量影视改编作品。你会发现最失败的和最成功的影片常常都是改编的，为什么有些改编可以成功，而另一些改编却不可行？

应该说，改编就其本性而言是一次转换、一次转化，是从一种媒体转为另一种。所有的原材料似乎都会摆出一副打架的架势，仿佛在对你说"必须保持原样"。然而，改编就意味着改变，意味着要求重新思考、重新构思和充分理解戏剧性和文学性之间的本质性区别。

首先，在改编文学作品之前，需要做的是选择改编的对象。并不是所有的文学作品都适合于被改编为影视剧，被选定为改编对象的文学作品，和文学作品本身艺术成就的高低是没有直接关系的。事实上，一些十分优秀的经典文学作品恰恰非常不适合被改编为影视作品。由于文学作品本身内涵太过丰富深刻或叙述方式十分特别，在对其进行影视改编时，无法将其原有的精髓加以展现，就变成了空有其形的劣质作品。而一些二、三流甚至不入流的文学作品，却往往能被改编成很好的影视作品，并且通过影视作品，其原著也能为人们所赏识。

其次，在对文学作品进行改编时，通常有两种方式：一是忠实于原著，既能尊重原著的创作意图，又能正确把握原著人物的性格逻辑。但实际上这一点很难百分百地做到。从以文字符号为表达手段的文学作品转化为以视听语言为表达手段的影视剧，毕竟是一次创造性的劳动，是两个完全独立的新作品，很难做到完全一致。而创作主体的不同，也使得文学作品改编成影视剧的过程实际上也是一次重新解读的过程，因此同中有异才是正常的。四大名著改编成影视剧后反响不一，其中原因之一也就是不同的解读所致。二是彻底地改造。这种改编方式是借用原著的基本轮廓及人物，不顾及原著的精神与故事的具体内容，给原著以全新的面貌。

最后，在进行具体的影视改编过程中，须根据影视文学的特性，以及编剧所要表达的内容，对其原有的文字、时空、人物、情节、结构、主题等一一进行改写，以适应电影和电视剧的篇幅以及形象性与商业化的要求。

五、写作练习

影视剧作的写作，首先要考虑人物角色这一核心问题。一般情况下，主角往往设置一两个人，要性格突出或比较复杂丰富。主角既可以是个体的人物，又可以是集体形象，如《一个和八个》等。重要配角人数不定，如《倚天屠龙记》中的金毛狮王等人，《大长今》中的德久等人，他们属于主要配角。当然还有为剧情需要而设置的次要配角，如目击者、服务员等，数目不定。至于在过程中出现后就消失的过场人物，如顾客、旅客、街市人群等，他们或是道具性与背景性人物，或者仅仅衬托剧情。在影视文学文本中必须交代人物的地位、身份、经历、性格等基本特征，越是重要人物越要详细，要有意地将不同的人物进行对比，显示出双方各个方面的差异，使演员在表演时能够抓住特征去表演，也便于导演拍摄。

写作时，要注意突出人物语言的个性，如《还珠格格》中的小燕子经常出现口误，作诗很蹩脚，这就符合这位民间格格没有受过良好教育的经历。在写作时，应该考虑如何将不同画面连接在一起以表达特殊效果,这也是镜头剪辑的需要。

在情节场面上,必须从塑造人物形象的需要出发进行设计,必须符合事物与社会的发展逻辑或规律来安排故事,还要注重情节与人物的趣味性表现。场面是由一个个画面组成的段落,在写作时,每个场面一定要交代相关的时间、地点,然后另起行写人物的姓名、行动、语言等。

写作影视剧本,还要掌握一些拍摄的专业术语,如镜头、景别等。主要镜头用语有较长时间连续拍摄一个镜头的长镜头,对拍摄对象进行高速拍摄放映时仍以正常速度放映以造成所拍动作变慢的慢镜头,没有人物而只出现景物或道具的空镜头,等等。景别指不同的画面,如镜头在远距离对拍摄对象所拍的画面远景、视距较特写稍远的画面近景、视距较近的画面特写等等。另外,还需要了解一些镜头组接方式,如切即是将有联系的画面直接连接在一起;显又称淡入、渐显、渐现,即画面从空白或全黑渐渐现出;隐又称淡出、渐隐,即画面逐渐退隐直至完全消失。

习作一:
观察公交车站、地铁站等,以《等车》为题,写一简短的场景画面,突出人物活动。

习作二:
创作一个 5 分钟左右的拍摄画面,题目为《春天来了》。必须同时包括如下因素:地点、时间、景别、镜头、剪辑等,要体现出春天来了的主题。

习作三:
观看姜文的电影《一步之遥》《让子弹飞》等,写一篇 800 字左右的影评。

习作四:
观看影片《阿凡达》,模仿其中的森林场景,写几段场景文本。

习作五:
电视剧《武媚娘传奇》大受欢迎,请参照此剧剧本,设定某个时代背景,写一集古装电视剧剧本。

参考文献

专　著

曹文轩. 小说门. 北京：作家出版社，2003.
常立，卢寿荣. 中国新诗. 上海：上海人民美术出版社，2002.
陈洪. 中国小说理论史. 合肥：安徽文艺出版社，1992.
陈厚诚，王宁，主编. 西方当代文学批评在中国. 天津：百花文艺出版社，2000.
陈吉德. 影视编剧艺术. 北京：中国广播电视出版社，2006.
陈晓春. 电视剧理论与创作技巧. 北京：北京大学出版社，2003.
范志忠. 百年中国影视的历史影像. 杭州：浙江大学出版社，2006.
方祖燊. 散文的创作鉴赏与批评. 台北："中央"文物供应社，1983.
冯汝常. 中国神魔小说文体研究. 上海：上海三联书店，2009.
冯振. 诗词作法举隅. 北京：中央文献出版社，2005.
［英］福斯特. 小说面面观. 苏炳文，译. 广州：花城出版社，1981.
公木. 新诗鉴赏辞典. 上海：上海辞书出版社，2009.
顾祖钊. 文学原理新释. 北京：人民文学出版社，2000.
桂青山，等. 影视创作文化学教程. 北京：北京师范大学出版社，2006.
何寄澎，编. 当代台湾文学评论大系·散文批评卷. 台北：正中书局，1993.
洪子诚，刘登翰. 中国当代新诗史. 北京：北京大学出版社，2005.
胡经之，王岳川，主编. 文艺学美学方法论. 北京：北京大学出版社，1994.
黄邦君，邹建军. 中国新诗大辞典. 长春：时代文艺出版社，1988.
黄会林，等. 中国电视剧名篇读解教程. 北京：北京师范大学出版社，2005.
黄琳，杨尚鸿，编. 绚烂与平淡：影片分析教程. 重庆：重庆大学出版社，2005.
黄润苏. 古典诗词教学与写作. 上海：复旦大学出版社，1991.
姜书阁，姜逸波. 汉魏六朝诗三百首. 长沙：岳麓书社，1996.
焦雄屏. 映像中国. 上海：复旦大学出版社，2005.
峻冰，主编. 中外当代电影名作解读. 北京：中国电影出版社，2007.
黎萌. 看得见的世界：电影中的哲学问题. 北京：中国传媒大学出版社，2009.
李继凯，史志谨. 中国近代诗歌史论. 长春：吉林教育出版社，1995.
李素伯. 小品文研究. 上海：新中国书局，1932.
李怡. 中国现代诗歌欣赏. 北京：高等教育出版社，2004.
［美］理查德·A. 布鲁姆. 电视与银幕写作：从创意到签约. 徐璞，译. 北京：华夏出版社，2003.

刘登翰，主编. 澳门文学概观. 厦门：鹭江出版社，1998.
刘晔原，主编. 电视剧鉴赏. 北京：高等教育出版社，2005.
刘宇清. 中国电影的历史审思与当下观察. 北京：中国传媒大学出版社，2009.
龙泉明. 中国新诗名作导读. 武汉：长江文艺出版社，2004.
鲁迅. 中国小说史略. 北京：人民文学出版社，1973.
陆侃如，冯沅君. 中国诗史. 济南：山东大学出版社，1996.
陆耀东. 中国新诗史. 武汉：长江文艺出版社，2005.
路海波，主编. 中国电影名片快读. 成都：四川文艺出版社，2003.
莫林虎. 中国诗歌源流史. 北京：中国社会科学出版社，2002.
南帆，主编. 文学理论（新读本）. 杭州：浙江文艺出版社，2002.
倪峻. 中国电影史. 北京：中国电影出版社，2004.
潘旭澜. 长河飞沫. 石家庄：河北教育出版社，1998.
潘旭澜，主编. 新中国文学词典. 南京：江苏文艺出版社，1993.
彭吉象，主编. 中国经典电影作品赏析. 北京：高等教育出版社，2006.
钱仲联，章培恒，等，主编. 元明清诗鉴赏辞典. 上海：上海辞书出版社，1994.
佘树森，陈旭光. 中国当代散文报告文学发展史. 北京：北京大学出版社，1996.
沈国芳，颜纯钧，主编. 影视写作教程. 北京：高等教育出版社，2005.
石昌渝. 中国小说源流论. 北京：生活·读书·新知三联书店，1994.
史可扬. 影视美学教程. 北京：北京师范大学出版社，2006.
宋家玲，胡克，主编. 影视剧本选评. 北京：中国传媒大学出版社，2005.
孙立军，主编. 影视动画影片分析. 北京：中国宇航出版社，2003.
孙慰川. 当代港台电影研究. 北京：中国电影出版社，2004.
孙献韬，李多钰. 中国电影百年. 北京：中国广播电视出版社，2006.
孙玉石. 中国现代诗导读. 北京：北京大学出版社，1990.
唐祈. 中国新诗名篇鉴赏辞典. 成都：四川辞书出版社，1990.
田卉群，等. 经典名片读解教程：电影部分（上、下）. 北京：北京师范大学出版社，2004.
汪文顶. 现代散文史论. 福州：福建教育出版社，1994.
汪文顶. 中国现代文学作品导引. 北京：高等教育出版社，2004.
王飚. 诗歌史话. 北京：社会科学文献出版社，2000.
王迪，主编. 通向电影圣殿. 北京：中国电影出版社，1993.
王定天. 中国小说形式系统. 上海：学林出版社，1988.
王光明. 艰难的指向. 长春：时代文艺出版社，1993.
王光明. 面向新诗的问题. 北京：学苑出版社，2002.
王红，谢谦. 中国诗歌艺术. 北京：高等教育出版社，2004.
王晓玉，杨海燕，崔彩梅，编. 影视文学写作. 上海：上海外语教育出版社，2006.
王耀辉. 文学文本解读. 武汉：华中师范大学出版社，1999.
王玉树. 诗与写诗. 天津：百花文艺出版社，2006.

王元忠．艰难的现代——中国现代诗歌特征性个案研究．北京：中国社会科学出版社，2007．

吴奔星．现代抒情诗选讲．南京：江苏教育出版社，1985．

吴冠平，主编．20世纪的电影：世界电影经典．北京：生活·读书·新知三联书店，2002．

吴小如，王运熙，等，主编．汉魏六朝诗鉴赏辞典．上海：上海辞书出版社，1994．

吴贻弓，李亦中，主编．影视艺术鉴赏．北京：北京大学出版社，2004．

西渡．名家读新诗．北京：中国计划出版社，2005．

萧涤非，程千帆，主编．唐诗鉴赏辞典．上海：上海辞书出版社，2002．

谢冕．中国现代诗人论．重庆：重庆出版社，1986．

徐学．台湾当代散文综论．福州：海峡文艺出版社，1994．

杨静．中国电视剧叙事文化研究．昆明：云南大学出版社，2005．

姚春树，袁勇麟．20世纪中国杂文史．福州：福建教育出版社，1997．

姚春树．中外杂文散文综论．福州：福建教育出版社，1997．

姚扣根．电视剧写作概论．上海：上海古籍出版社，2003．

游国恩，王起，等，主编．中国文学史．北京：人民文学出版社，1987．

俞元桂．中国现代散文十六家综论．上海：华东师范大学出版社，1989．

俞元桂，主编．中国现代散文理论．南宁：广西人民出版社，1984．

俞元桂，主编．中国现代散文史（修订本）．济南：山东文艺出版社，1997．

袁行霈．中国诗歌艺术研究．北京：北京大学出版社，2009．

袁勇麟．当代汉语散文流变论．上海：上海三联书店，2002．

袁勇麟，选．海外华文文学读本·散文卷．广州：暨南大学出版社，2009．

袁勇麟，主编．20世纪中国散文读本（当代）．福州：海峡文艺出版社，2003．

袁勇麟，主编．20世纪中国散文读本（台港澳）．福州：海峡文艺出版社，2003．

袁勇麟，主编．20世纪中国散文读本（现代）．福州：海峡文艺出版社，2004．

袁勇麟，主编．中国现当代散文导读．北京：中国市场出版社，2008．

曾庆瑞．中国电视剧艺术学研究方法论纲．北京：中国传媒大学出版社，2008．

张锦池．西游记考论．哈尔滨：黑龙江教育出版社，1997．

张明，主编．与张艺谋对话．北京：中国电影出版社，2004．

张燕，谭政．影视概论教程．北京：北京师范大学出版社，2004．

张宗伟．中外文学名著的影视改编．北京：中国广播电视出版社，2002．

赵敏俐．中国诗歌研究（第1辑）．北京：中华书局，2002．

赵雨．上古歌诗的文化视野．北京：社会科学文献出版社，2005．

郑家治．古代诗歌史论．成都：巴蜀书社，2003．

郑明娳．现代散文构成论．台北：大安出版社，1989．

郑明娳．现代散文类型论．台北：大安出版社，1987．

郑明娳．现代散文现象论．台北：大安出版社，1992．

郑明娳．现代散文纵横论．台北：大安出版社，1986．

周啸天. 隋唐五代诗词鉴赏. 成都：四川人民出版社，2003.
周星，等. 中国电影艺术发展史教程. 北京：北京师范大学出版社，2005.
周涌. 影视剧作艺术. 北京：中国传媒大学出版社，2005.
邹红，主编. 影视文学教程. 北京：中国人民大学出版社，2004.
邹晓丽. 传统音韵学实用教程. 上海：上海辞书出版社，2002.
[日]佐藤忠男. 中国电影百年. 钱杭，译. 上海：上海书店出版社，2009.

论 文

白航. 关于新诗创作的一点思考. 诗刊，1995（11）.
陈鸿秀. 解读《中国式离婚》的婚姻文化心理. 戏剧文学，2006（6）.
陈莹. 浅析电视剧《暗算》的叙事策略. 中国电视，2007（1）.
崔辰. 《榴莲飘飘》的滋味. 北京电影学院学报，2002（2）.
崔墨卿. 诗不厌改——新诗创作琐谈之四. 新闻与写作，2001（10）.
崔勇. 聆听远古与现代的呻吟. 世界华文文学论坛，1999（3）.
丁丹. 在荧屏上与海岩相遇. 广东艺术，2003（5）.
段鸣鸣. "家庭三部曲"的叙事策略及其文化内涵. 江西师范大学硕士学位论文，2007.
傅瑾. 新诗创作论. 文艺研究，1992（5）.
谷海慧. 此情可待成追忆 只是如今仍惘然——《阳光灿烂的日子》评析. 齐齐哈尔大学学报，2000（1）.
黄宝富. 《小城之春》电影意象探析. 文艺理论与批评，2007（1）.
贾磊磊. 《无间道》："标志性空间"及视觉表意方式. 当代电影，2004（2）.
李军红. 香港经验的书写者——王家卫电影剧作研究，山东大学硕士学位论文，2003.
李艳. 浅析《悲情城市》诗意式的叙事. 世界华文文学论坛，2004（4）.
李旸，刘立士. 从《小城之春》看费穆的导演风格. 东方艺术，2005（6）.
刘燕芳. 《可可西里》——真实影像系统的杰作. 电影评介，2008（22）.
吕东华. 关于孩子的寓言——论陈凯歌电影文化的审美诉求. 贵州大学硕士学位论文，2008.
罗振亚，刘波. 关于当前诗歌创作和研究的对话. 渤海大学学报（哲学社会科学版），2007（5）.
宁耕，张璀. 从《情深深雨蒙蒙》看国产电视剧市场. 声屏世界，2002（6）.
秦兰. 痴情殉情别情——观影片《胭脂扣》. 电影评介，2006（10）.
秋雁，张江艺. 《一一》银幕生命诗篇. 电影新作，2003（4）.
任庭义. "有意味的形式"——《疯狂的石头》剪辑分析. 学理论，2009（10）.
邵茹波. 《围城》：电视剧与小说之比较. 电影评介，2008（13）.
孙慰川. 重读"牯岭街"，重读杨德昌. 电影，2007（8）.
孙雁冰. 剑啸江湖侠客梦——以"徐克版黄飞鸿"论徐克创作思想. 苏州大学硕士

学位论文，2009.

田冰凌. 世界之行　始于传统——李安电影作品研究. 安徽大学硕士学位论文，2007.

王超. 电影手法的本土化——《疯狂的石头》与盖·里奇的影片的比较分析. 电影评介，2009（1）.

王光胜. 未完成的革命——评香港电影《女人四十》. 黔南民族师专学报，2000（1）.

王秋. 王家卫电影研究. 华东师范大学硕士学位论文，2006.

王亚娜. 男性导演视角中的女性世界——关锦鹏和他的女性三部曲. 宜宾学院学报，2006（9）.

未央. 写诗有没有方法——读魏怡著《新诗创作讲话》. 理论与创作，1989（4）.

温儒敏. 生命因艺术而"脱苦". 诗探索，2009（1）.

温玉林. 《倩女幽魂Ⅰ》艺术吸引力解码. 电影评介，2009（18）.

姚美云. 难测的命运与迷惘的社会——论王小帅的电影作品. 苏州大学硕士学位论文，2008.

于梅，高佳琦. 九十年代的诗歌走向. 今日科苑，2009（12）.

余波. "霸王别姬"母题的性别叙事与女性意识的建构. 海南大学硕士学位论文，2007.

袁靖华. 《阳光灿烂的日子》：男性成长的经典演绎. 电影评介，2006（21）.

袁晓如. 李安电影：跨文化语境中的影像世界. 上海大学硕士学位论文，2005.

张宇. 定格在岁月里的辉煌. 电影，2005（6）.

周志强，蒋述卓. 边缘的主流——对八九十年代诗歌论争的一种阐释. 暨南学报（哲学社会科学版），2008（2）.

朱刘霞. 温婉情怀　都市人生——评杨德昌的电影《一一》. 电影评介，2008（2）.

网　络

诗体概述　http：//baike.baidu.com/view/702.htm（2010-01-01）.

诗歌　http：//baike.baidu.com/view/656.htm（2010-03-20）.

诗歌历史概述　http：//www.findart.com.cn（2010-03-20）.

中国诗歌发展史　http：//tieba.baidu.com（2010-03-22）.

现代诗歌　http：//baike.baidu.com/view/15666.htm（2010-04-13）.

韦泱《从〈白色花〉说到"七月诗派"》　http：//www.neworiental.org/publish/portal0/tab464/info410405.htm（2010-04-13）.

经典绝版——新诗的创作与鉴赏（创作部分）　http：//wenku.baidu.com/view/6eef101ca300a6c30c229f82.html.

附 录

一、常用文学阅读、研究网站

中国文学网　http://www.literature.org.cn/
中国民族文学网　http://iel.cass.cn/
中国散文网　http://www.sanw.net/
中国作家网　http://www.chinawriter.com.cn/
庄子文化　http://www.zhuangzi.com/zzzb/mhzz/067d.asp
四月天　http://yc.4yt.net/
中华文化信息网　http://www.ccnt.com.cn/
中华经典文学网　http://www.ccview.net/
名著在线（豆丁网）　http://www.docin.com/p-12858146.html
书香门第网络图书馆　http://www.bookhome.net/
我要小说网　http://www.51xs.com/
超星数字图书网　http://www.ssreader.com/
万卷书屋　http://books.skyhits.com/
诗人　http://www.cnpoet.com/
影视文学论坛　http://bbs.good-taste.cn/
影视文学故事秀　http://www.storyshow.net/
界限诗歌网　http://www.limitpoem.com/
电影文学　http://www.dianyingwenxue.com/
古榕树下原创文学　http://www.enjoybar.com/
诗园文学　http://shiyuan.tc168.net/
文学欣赏与创作　http://10.134.240.117/jpkcwxxs/

二、文学刊物目录

读者　http://www.duzhe.com/　甘肃省兰州市南滨河东路520号
小说月报　http://www.bhpubl.com.cn/xsyb/xsyb.htm　天津市和平区西康路35号
人民文学　http://www.rmwxzz.com/　北京农展馆南里10号楼
当代　http://www.dangdaizazhi.com/　北京朝内大街166号
山花　http://www.shanhua.net.cn/Chinese/index1.asp　贵阳市科学路66号

长江文艺　http：//cjwy.qikan.com/　武昌雄楚大街268号
作家　http：//www.writermagazine.cn/　吉林省长春市人民大街6255号
小说选刊　http：//www.eduww.com/xsxk8010/　北京朝阳区东土城路15号
大家　http：//www.dajiazz.com/index.php　云南省昆明市环城西路609号
厦门文学　http：//www.xmwenxue.com　厦门市曾厝铵仓里社2号
福建文学　http：//www.fj—wx.com　福州鼓楼区黎明街11号
星星诗刊　http：//www.xxsk1957.com/Index.html　成都市红星路二段85号
电影　http：//www.zcom.com/m/dianying/
诗刊　北京农展馆南里10号楼
收获　上海市巨鹿路675号
微型小说选刊　南昌市新魏路17号
散文　天津市和平区西康路35号
大众电影　北京市朝阳区北三环东路22号

后 记

教育家梅贻琦1931年12月3日到清华大学任校长当天，在全校大会上发表就职演说时指出："大学之大，非大楼之大，乃大师之大。"大学教育之所以是大学，就应该是有大师的大学，培养高素质人才的场所。从培养高素质人才这一角度出发，我们的大学教育必不可少的素质之中包含着人文素养，而人文素养也正是今天大学教育中亟待加强的一个领域。

几年前，本着"人文化成"的目的，为了有助于人文素质的培养，使大学生能够通过欣赏我们祖国优秀的文学作品获得人文艺术熏陶与感悟，我们几位同仁商讨要编写一本能够体现当代文学鉴赏最新成就的书。几经谋划研讨，数易其稿，终于完成了《文学欣赏与创作》的编著。

2010年8月出版后，本书在重庆工商大学、福建工程学院、福建师范大学协和学院、三亚学院等多所高等院校的教学中得到广泛使用，实现了通过文学精品欣赏增强当代大学生的人文修养、提高阅读理解与写作鉴赏能力、夯实文学研究与写作基础等目标，已成为国内通识教育探索的成功案例，获得了良好的评价。教材与教学改革成果在福建省大学语文研讨会上得到充分肯定，而且"文学欣赏与创作"也成为省级精品课程，以本书为主要成果申报的《改革通识教育模式，提高独立学院学生人文素养》于2014年荣获福建省第七届高等教育教学成果二等奖。《文学欣赏与创作》的出版使用，也引起学界的关注。著名学者、福建省文学会原会长、福建师范大学博士生导师齐裕焜教授在《参照与坐标——评〈文学欣赏与创作〉》一文中高度评价了本书，认为"从体例到内容，从结构样式到语言表达，从作品选取到欣赏指导等，都令人耳目一新，充分体现了当代文学鉴赏的最新成就""《文学欣赏与创作》这本书，能够为读者领略文学胜景带来启悟"。2014年年底，本书入选第二批"十二五"普通高等教育本科国家级规划教材。

本书由袁勇麟、冯汝常共同策划，各章的具体编写分工为：第一章，袁勇麟、陈方；第二章，冯汝常、高林清；第三章，王进安、郑薇；第四章，黄佳楣、宾莹。全书由袁勇麟审核，冯汝常负责统稿并撰写绪论部分。在编写过程中，四川大学出版社的徐燕主任提供了非常有益的建议与帮助，在此一并致谢。

本书在编写过程中借鉴了近年文学研究的新成果，也参考了有关著作，由于篇幅所限，除在书后"参考文献"中列举外，余不一一，在此特表感谢。此次三版，对小说和影视部分内容做了调整，吴青科负责撰写小说部分增补内容，林烨负责撰写影视部分增补内容。

  由于无法与部分权利人取得联系，为尊重作者的著作权，特别委托北京版权代理有限责任公司向权利人转付本书中部分文字的稿酬。除了已过版权保护期的作品，其他选文的版权费用均已支付给该公司，请相关著作权人直接与北京版权代理有限责任公司取得联系并领取稿酬。联系方式如下：

  吴文波、方芳
  北京版权代理有限责任公司
  北京海淀区知春路23号量子银座1403室　邮编：100083
  电话：(010) 82357056 (57, 58) －230/229
  传真：(010) 82357055

袁勇麟　冯汝常
2018年10月于福州